翻譯與傳播

Translations and Communications

單德興 著

翻譯與傳播

Translations and Communications

單德興 著

國家圖書館出版品預行編目資料

翻譯與傳播 = Translations and Communications / 單德興 著 ── 一版, 臺北市：書林出版有限公司, 2025.02

568面；公分─ (譯學叢書；66)

ISBN 978-626-7605-06-6 (平裝)

1. CST：翻譯學　2. CST：文學評論

811.707　　　　　　　　　　　　　113019383

譯學叢書 66

翻譯與傳播
Translations and Communications

作　　　者	單德興
編　　　輯	張麗芳
校　　　對	王建文、陳雪美、趙麗婷
出　版　者	書林出版有限公司
	100臺北市羅斯福路四段60號3樓
	Tel (02) 2368-4938・2365-8617　Fax (02) 2368-8929・2363-6630
臺北書林書店	106臺北市新生南路三段88號2樓之5　Tel (02) 2365-8617
學校業務部	Tel (02) 2368-7226・(04) 2376-3799・(07) 229-0300
經銷業務部	Tel (02) 2368-4938
發　行　人	蘇正隆
郵　　　撥	15743873・書林出版有限公司
網　　　址	http://www.bookman.com.tw
登　記　證	局版台業字第一八三一號
出版日期	2025年2月一版初刷
定　　　價	500元
I　S　B　N	978-626-7605-06-6

欲利用本書全部或部分內容者，須徵得書林出版有限公司同意或書面授權。請洽書林出版部，Tel (02) 2368-4938。

目次

自序

i　　翻文譯華，傳學播智
　　　——一位文普者與譯普者的思想與行動

【輯一】翻譯乃大道

003　　千呼萬喚，誰與爭鋒?!
　　　——余光中著《翻譯乃大道，譯者獨憔悴》

008　　附錄：余幼珊《翻譯乃大道，譯者獨憔悴》編後記

011　　余譯鉤沉與新生
　　　——余光中譯《錄事巴托比／老人與海》

019　　一代中文大師的英文博雅讀本
　　　——余光中編著《余光中的英文課》

035　　柯南與克難：為臺灣翻譯史探查真相
　　　——賴慈芸著《翻譯偵探事務所》

046　　低眉信手續續彈
　　　——宋瑛堂著《譯者即叛徒？》

【輯二】經典與現代

061　　古道新義
　　　——林耀福譯《希臘之道》

066　　研下知疫
　　　——瘟疫的文學再現與生命反思

| 086 | 以詩歌面對生死
——張綺容編譯《死亡賦格》 |

| 099 | 張揚經典，華采譯注
——張華譯注《解讀・愛麗絲》 |

| 104 | 召喚黑人靈魂的先知杜博依斯
——何文敬譯注《黑人的靈魂》 |

| 112 | 文豪與譯家畢生最後力作
——彭淮棟譯注《浮士德博士》 |

| 117 | 譯注經典的另類來生
——《格理弗遊記》經典譯注版的再生緣 |

| 128 | 陪我們長大的《格理弗遊記》真相竟然是？
——專訪翻譯學家單德興（林承勳主訪） |

| 136 | 當訪談遇上大學指考
——翻譯成為國文科考題之意義與省思 |

【輯三】向前輩致敬

| 153 | 譯事・譯緣
——我與楊牧先生的翻譯因緣 |

| 162 | 中西文學之間的傳道人
——追念李達三老師 |

| 179 | 一心一意傳香火
——敬悼劉紹銘教授 |

187	獨此一家,別無分號的「王式教學法」 ——紀念王文興老師之一
193	未竟的訪談 ——紀念王文興老師之二
200	王文興的文學世界 ——紀念王文興老師之三
211	不可思議的文學因緣 ——紀念齊邦媛老師之一
219	齊邦媛老師與比較文學的因緣 ——紀念齊邦媛老師之二
226	與文偕老,邦之媛也 ——追憶齊邦媛老師與《巨流河》背後的故事
239	呼喚文藝復興 ——高行健演講暨座談會引言

【輯四】序言與導讀

251	文研大業,薪火相傳 ——蔡振興編《文學薪傳:臺灣的英美文學研究(2001-2022)》
269	外文學門的故事與重生 ——一位資深參與者及觀察者的回顧與反思
282	時代歷史與個人敘事 ——方德萬著《戰火中國 1937-1952》

297	箭藝・禪心・達道 ——海瑞格著《箭藝與禪心》
308	邁向美麗新世界？ ——愛特伍著《瘋狂亞當三部曲》
316	穿梭於幽明之間 ——愛特伍著《與死者協商》
328	觀賞翻譯鋼索上的舞技 ——艾斯蘭揚著《鋼索上的譯者》
337	翻譯鋼索上的舞技 ——王翎譯《鋼索上的譯者》
348	譯異與傳思，逾越與愉悅 ——王震宇編《譯鄉聲影：文化、書寫、影像的跨界敘事》

【輯五】疑義與評析

365	六譯並進的余光中 ——第六屆全球華文青年文學獎翻譯專題講座
383	向余光中教授致敬 ——第七屆全球華文青年文學獎翻譯專題講座
394	思想的翻譯，行動的翻譯 ——第三十四屆師大梁實秋文學大師獎「翻譯大師獎」總評
405	不容譯者獨憔悴 ——李斯毅譯《慾望莊園》

【輯六】華美的再現

417　無法遺忘的不平之鳴
　　　——張純如著《美國華人史》

433　華美的先行者
　　　——黃秀玲著《華美：華美及離散華文文學論文集》

453　內之內與外之外
　　　——游朝凱著《內景唐人街》

464　惜少作，見老成
　　　——馮品佳著《美國族裔女性成長小說》

470　亞／美環境人文與人文環境
　　　——陳淑卿編《亞／美環境人文：農業・物種・全球環境變遷》

附編

477　訪談　「三者」合一的譯行譯念
　　　——單德興教授訪談錄（孫艷主訪）

519　後記　我的青春翻譯夢
　　　——回顧與反思

531　原文出處

自序

翻文譯華，傳學播智
──一位文普者與譯普者的思想與行動

一則翻譯與傳播的故事

2022年4月6日，我接到新經典文化葉美瑤總編輯的電郵，邀請我推薦將於5月推出的長篇小說《內景唐人街》（*Interior Chinatown*）中文版，這是2020年首位榮獲美國全國圖書獎（National Book Award）[1]的臺裔美籍作家游朝凱（Charles Yu）得獎之作。此書內容特殊（華裔族群在美國舊金山唐人街的「內景」），形式創新（以劇本形貌來呈現長篇小說的跨文類手法），蘊含臺裔美國元素，多次運用「戲中戲」的技巧，閱讀門檻甚高，而譯者宋瑛堂的文筆忠實流暢，有些地方頗見巧思，甚至具有臺語譯文的色彩。因此儘管我手邊有書稿、演講、審查、推薦函等事，依然決定不只掛名推薦，更要撰文向華文世界

---

[1] National Book Award創立於1950年，由美國圖書出版商協會（American Book Publishers Council）、圖書製造商行會（Book Manufacturers' Institute）、美國書商同業公會（American Booksellers Association）這三個與圖書密切相關的民間組織共同發起，為美國最具聲望的文學獎之一。相關業務後來由美國全國圖書基金會（National Book Foundation）負責。該基金會成立於1989年，為不具官方性質的非營利組織。此獎一般中譯為「美國國家圖書獎」或「美國國家書卷獎」，值得商榷，因為「國家」一詞帶有官方色彩，容易誤會為美國政府所頒發，而「書卷獎」一詞多用於學校獎勵學業成績優異的學生，因此譯為「美國全國圖書獎」較符合原意。

闡明作者的創意、該書的特色與譯者的貢獻，為推廣文學與翻譯盡一份心力。

我詳讀譯文，仔細註記，比對原文，搜尋中英文資料，甚至跨海請教結識多年的華裔美國資深專家學者，以〈內之內與外之外〉為名，於兩週期限內交出兩個版本的導讀，精簡版收錄於該書之末（避免劇透），完整版則於 5 月 11 日刊登在網路，將個人三十年來研讀華 / 亞（裔）美（國）文學的心得，應用於《內景唐人街》的解讀，與華文讀者分享。[2] 此書出版後，葉總編輯於 2022 年 5 月 13 日臉書留言，特別提到作者表示很喜愛這篇導讀，收入書中是他的榮幸。6 月 2 日游朝凱於臺北國際書展舉行臺灣讀者線上見面會，接受其哥倫比亞大學校友張鐵志訪談，並透過同步口譯與現場觀眾互動，筆者特地前往致意，短暫交流。

2022 年 7 月 6 日，我接到加州大學柏克萊校區多元、平等與包容事務副院長暨族裔研究系亞美與亞洲離散研究學程召集人[3]烏姆（Khatharya Um）博士電郵，表示從該學程老師、著名華美作家伍慧明（Fae Myenne Ng）得知我為該書中文版撰寫導讀，因此邀我參加該年秋季的「共讀」（On the Same Page）計畫。電郵中說明，該校每年都會選一本書，供秋季入學新生共同閱讀，今年的指定讀物為《內景唐人街》，將針對此書籌劃系列活動，包括邀請身為該校校友的作者演講，邀請我參加專題討論會，與該校英文系梁清渭（Andrew Way Leong）博士對談，並進行問答。礙於疫情限制，我無法親臨現場，於是在美西時間 10 月 5 日（臺北時間 10 月 6 日）線上參加「唐人街翻譯：學者對

---

[2] 精簡版收錄於該書，頁 279-284，完整版見於 https://www.openbook.org.tw/article/p-66175，並收錄於本書頁 453-463。

[3] Associate Dean for Diversity, Equity and Inclusion and Coordinator for Asian American and Asian Diaspora Studies Program, Department of Ethnic Studies, University of California, Berkeley.

談」("Chinatown in Translation: Scholars in Conversation"),以臺灣學者暨中譯本導讀者的身分進行對談與問答,影片檔於線上公開。[4]

話分兩頭。梁實秋先生於 1987 年逝世後,弟子余光中先生等文化界人士,為了紀念他在散文與翻譯方面的成就,於 1988 年設立梁實秋文學獎,分為「散文創作」、「譯詩」與「譯文」三類,向海內外華文世界公開徵選,得獎作品連同評審的評論結集出版,發揮余老師強調的「社會教育」的作用。此獎於 2013 年第二十六屆起,由梁實秋曾任教多年的臺灣師範大學接辦,2021 年第三十四屆起改為「梁實秋文學大師獎」,由投稿競逐的單篇散文以及指定的英文詩歌與散文中譯,改為以出版的成書為評選對象。

我曾在梁實秋文學獎舊制時期,應余老師之邀三度參與翻譯類的評審,親身體驗主事者的用心與評審者的辛勞。[5] 新制第一年邀我參與決審評選,為表示支持這個華文世界罕見的翻譯獎項,也有意體會新制與舊制的不同,遂欣然允諾,並以兩個月左右的時間,閱讀十本進入決審的譯作,包括九本長篇小說與一本詩集。閱讀過程中不時參照原著(這正是翻譯獎評審的特殊與辛苦之處),悉心品評,相互比較,並於疫情期間親臨決審會議,與其他四位決審委員當面討論,決定名次。頒獎典禮 2022 年 3 月 12 日於國家圖書館舉行,以《北海鯨夢》得到翻譯大師獎首獎的馬耀民博士,以「一位譯者的告白」為題發表演講,我應邀為多年於臺大外文系講授翻譯的他頒獎,並以「思想的翻譯,行動的翻譯」為題發表「翻譯大師獎總評」。[6]

---

4 參見 https://www.youtube.com/watch?v=kIYlUeBeWqE。
5 參閱〈疑／譯意相與析——第二十二屆梁實秋文學獎翻譯類譯文組綜合評析〉與〈譯者的星光舞臺——第二十五屆梁實秋文學獎翻譯類譯文組綜合評析〉,收錄於單德興,《翻譯與評介》(臺北:書林,2016),頁 103-120 與頁 121-134。
6 參閱〈思想的翻譯,行動的翻譯——第三十四屆師大梁實秋文學大師獎「翻譯大師獎」總評〉,本書頁 394-404。

由於翻譯評審過於辛勞，個人時間與心力有限，第二年便婉謝擔任決審評審。待第三十五屆得獎名單揭曉，才知出版社推薦的《內景唐人街》在激烈競爭後贏得首獎，譯著百餘本的宋瑛堂獲得「翻譯大師獎」的榮銜。我於 2023 年 3 月 12 日國家圖書館的頒獎典禮中，應邀頒發翻譯大師獎首獎，並由得主以「寧可被踢館，也不能背叛原作」為題發表演講。翌日，宋瑛堂赴臺灣師範大學「第 35 屆梁實秋文學大師駐校作家專題講座」發表演講「譯者可宅，視野不可窄」，與師生分享心得。此前他將疫情時期開始撰寫，在網路上頗受歡迎的翻譯經驗與心得文章，結集出版為《譯者即叛徒？》（臺北：臉譜，2022），我為此書撰寫推薦詞，新書分享會 2023 年 2 月 4 日於臺北國際書展舉辦，現場聽眾爆滿，作者與聽眾熱烈交流，顯得勁道十足。

上述翻譯、導讀、共讀、獲獎、演講、寫作、出書、書展、與作者交流、與讀者互動的複雜過程，堪稱筆者經歷過有關翻譯與傳播的諸多事例中最具體且顯著的個案，有如一則傳奇故事，超乎了作者、譯者、出版者與筆者的意料，再度印證了文字因緣不可思議。其實，翻譯的本質就是傳播，涉及異語文、異文化、異媒介之間的傳達與散播。身兼翻譯的實踐者與研究者，筆者多年來致力於跨語文、跨文化、跨媒介之間的實踐與研究，力求促成文本、文學與文化的傳播、交流、了解與融合，以期達到「譯普」與「文普」的作用（此處的「文普」不限於文學，更擴及文化），無愧於文學與文化學者、人文譯者以及雙語知識分子的身分。隨著年近古稀，我更著力於「譯普」與「文普」的實踐，利用各種場合與媒介，希望透過一己的努力以及外界的合作，讓更多人看到中文世界的優秀譯者與譯作，以及相關研究者的成果，扮演評介、開拓與傳播的角色。

翻譯乃大道

　　《翻譯與傳播》是筆者繼學術性的《翻譯與脈絡》（簡體字版，北京：清華大學出版社，2007；正體字增訂版，臺北：書林，2009）與普及性的《翻譯與評介》（臺北：書林，2016）之後，於書林出版公司「譯學叢書」出版的第三本著作，旨在延續先前的研究與譯普之作，盡一己之力傳播，以期提升翻譯與譯者的可見度與地位。前一本《翻譯與評介》收錄二十一篇文章，分為「經典與現代」、「疑義與評析」、「序言與引介」、「越界與傳播」四輯。爾後八年間，筆者在不同機緣下陸續撰寫多篇涉及翻譯與傳播的文章，《翻譯與傳播》即是基於推廣文學與文化翻譯的初衷所進行的思想與行動的成果，在篇幅與內容上更倍於前書。全書篇幅逾五百五十頁，除了自序與後記之外，總計有四十三篇文章與一篇訪談。

　　此書分為六輯。輯一「翻譯乃大道」之名出自筆者的文學與翻譯啟蒙師余光中教授，共有六篇文章，其中三篇為筆者推薦與評介的余老師三本書：翻譯論集《翻譯乃大道，譯者獨憔悴》、翻譯小說《錄事巴托比／老人與海》、英文讀本《余光中的英文課》（原 *University English Reader*，《大學英文讀本》）。三文分別從不同面向引介身為譯論者、翻譯者與教育者的余光中，亦即他的譯論與譯評、英美小說譯作的脈絡與特色，以及如何透過英文教科書來達到大學博雅教育的目標。附錄的余幼珊《翻譯乃大道，譯者獨憔悴》編後記，從同行、女兒、編者的角度，道出成書的因緣與該書的意義，頗有參考價值。

　　賴慈芸為翻譯研究科班出身，其臺灣翻譯史研究獨具特色，除了學術論述，更以輕鬆幽默的筆法向社會大眾分享研究心得。〈柯南與克難：為臺灣翻譯史探查真相〉便是筆者對《翻譯偵探事務所》一書作者與內容的評介，從勾陳與出新的角度，強調全書「偵查」與考證的特

色，對臺灣翻譯史與譯普的貢獻，將翻譯史的追溯與當代的議題結合尤見創意。譯作上百的宋瑛堂，在新冠肆虐期間另開斜槓，在網路媒體分享多年翻譯經驗，輕鬆幽默，舉重若輕，舉證歷歷，娓娓道來，兼具知識性、實用性與趣味性，深受好評，結集出版的《譯者即叛徒？》，反思翻譯中亙古存在的忠誠與背叛議題，呈現譯者的欣喜與艱辛，並帶入AI時代的翻譯以及人類譯者的角色，也是難得一見的譯普之作。

經典與現代

輯二「經典與現代」的八篇文章討論經典之作在現代社會的重新詮釋、迻譯與傳播，顯示翻譯如何連接古今、溝通中西，讓不同性質的經典在新時代煥發出新生命。漢彌爾頓（Edith Hamilton）的《希臘之道》（*The Greek Way*, 1930）在英文世界風行數代之久，顯現作者身為西方古典的詮釋者、翻譯者、傳播者的重要角色。業師林耀福教授1968年的中譯本於2018年重印，展示了該書在當代華文世界可能衍生的新意，附錄的聯經出版公司發行人林載爵之文，更見證了佳作翻譯產生的巨大影響。〈研下知疫——瘟疫的文學再現與生命反思〉則是在新冠疫情期間，以外文學者與歐美研究者的身分，加入中央研究院人文與社會科學研究團隊，解讀西方不同時代的六部小說中所再現的瘟疫，凸顯人類在遭逢巨變的極端情況下的求生本能、道德選擇與象徵意義。同樣是面對生死大事，〈以詩歌面對生死〉藉由評析張綺容編譯的《死亡賦格》，探討古今詩人如何以詩歌處理此一嚴肅議題，指出輯譯的選材與詩歌的詮釋所展現的視野與見地、譯詩對原作韻律與意境的掌握，以及譯者與作者的感情契合。

〈張揚經典，華采譯注〉為「資深愛麗絲迷」張華以個人先前譯注本為基礎的後出轉精之作，通過反覆推敲的譯文與深思熟慮的譯注，

揭示《愛麗絲書》本身及其深層意涵，在試圖超越百年來的「趙元任障礙」之同時，自身也成了難以超越的「張華障礙」。〈召喚黑人靈魂的先知杜博依斯〉闡明非裔美國大師杜博依斯（W. E. B. Du Bois）的重要地位、代表作《黑人的靈魂》（*The Souls of Black Folk*, 1903）的經典地位以及當代意義，並揭示何文敬十年辛勞完成的譯注本之特色。〈文豪與譯家畢生最後力作〉指出歐洲文豪、諾貝爾文學獎得主托瑪斯‧曼（Thomas Mann）集畢生功力完成的鉅著《浮士德博士》（*Doktor Faustus*, 1947），以及翻譯家彭淮棟將一生所學投注於《浮士德博士》的翻譯與註解，力求掌握作者的創作背景、精神風貌、文本風格，並揭示作品的歷史背景、文化意義與文本細節，原作與譯作都是作者與譯者的最後力作，實為奇妙的巧合。

　　最後三篇則涉及筆者的國科會經典譯注計畫成果：綏夫特（Jonathan Swift）的《格理弗遊記》（*Gulliver's Travels*, 1726）。〈譯注經典的另類來生〉以《格理弗遊記》經典譯注版為例，說明如何經由信實流暢的翻譯以及豐富翔實的譯注，不僅使得原作在中文世界取得新生，並藉由不同形式的轉化（含普及版、學術論述與科普文章），出現一再轉化的「再生緣」，發揮意想不到的傳播效應。這些效應之一就是林承勳採訪、撰寫的〈陪我們長大的《格理弗遊記》真相竟然是？〉，藉由專訪筆者，將該譯注本以及譯者相關的背景資料、翻譯經驗、史實考證、研究心得，透過淺顯易懂的文字，發表於中央研究院科普媒體《研之有物》，將學術心得廣為傳播。更意想不到的後續發展就是，這篇翻譯文學的報導，竟然得到大學指考國文科命題委員的青睞，改寫納入題幹，據悉是翻譯議題首次出現於大學指考，提示在當前情境中翻譯可能具有的意義，引導此屆考生與未來莘莘學子留意全球化時代下的翻譯現象與跨文化交流。

向前輩致敬

　　輯三「向前輩致敬」是全書最帶感情的一輯。我的學術之道一路走來受惠於前輩學者之處不勝枚舉，其中有些是我的授業老師，有些雖無師生之緣卻也讓我受教良多。近年諸多師長謝世，讓我深深感受到一個世代悄然消逝，務必以文字為他們留下紀錄。李達三（John J. Deeney）老師與王文興老師分別是我臺大外文研究所碩士班一、二年級的老師。李老師教我碩一上學期必修課「英美文學參考書目」，扎實的專業訓練，尤其是對學術倫理的嚴格要求，為我的研究之路打下堅實的基礎，他的熱心教導與積極助人更是我畢生學習的典範。

　　王老師教我碩二選修課「現代英國小說」，身為極重視文字的小說家，他在閱讀上要求嚴苛，在教學上方法獨特。2023 年 9 月 27 日老師辭世的消息傳出，聞者莫不感到震撼與不捨，我相繼發表三篇文章。〈獨此一家，別無分號的「王式教學法」〉記述他的細讀方法與教學特色，可惜這些隨著他的過世已成絕響。王老師也是我訪談的啟蒙師，自 1983 年起與他數度訪談及對話，2022 年結集出版《王文興訪談集》。遺憾的是，因疫情阻隔，未能如願完成有關他師承的重要訪談，〈未竟的訪談〉就是有關訪談因緣的追憶。至於〈王文興的文學世界〉原為 2023 年 12 月 9 日於「推石的人——王文興追思紀念會暨文學展」的報告，地點在老師先前上課的臺灣大學文學院演講廳，於頒贈總統褒揚令之後，由我綜述老師的生平與創作，後來擴大一倍的篇幅，發表於連載其名作《家變》的《中外文學》。

　　其他文章記述惠我良多的師長輩。〈譯事・譯緣〉回憶我就讀政大西語系四年級時，與楊牧先生（我們稱為「王老師」）的一段翻譯因緣。那是我第一次翻譯學術論文，深深感受到當時已富盛名的王老師，對一位初出茅廬的學子的信任、寬容與鼓勵。那次寶貴的翻譯經驗，對

我後來決定鑽研比較文學產生了重大的作用。我也趁撰寫此文，稍微引介較少人談論的翻譯家楊牧。同為比較文學先進的劉紹銘教授，除了以知性散文影響數代港臺讀者，他英譯中國古典文學與日據時期至現當代的臺灣文學，以及中譯英美文學作品，尤其是反獨裁、反極權的歐威爾（George Orwell）以及猶太裔與華裔美國作家，都發揮了很大的傳播與啟蒙作用。

我與齊邦媛教授雖無師生之實，但由於翻譯與訪談的緣故，建立了密切的關係。她為人熱心，作事認真，推廣文學與翻譯的努力與成就更是為人津津樂道，言教身教影響深遠，「心靈的後裔」難以勝數。我先前在不同場合已寫過多篇文章，並編選《臺灣現當代作家研究資料彙編68 齊邦媛》。齊老師過世後，我陸續發表三篇文章，記述兩人的文學與翻譯因緣、她與比較文學的關係，並追憶她撰寫回憶錄《巨流河》背後的故事。

高行健先生為第一位華人諾貝爾文學獎得主，我先前蒐集了不少他的創作與評論，2012 年前往臺灣師範大學總圖書館參觀「『尋・靈山』高行健教授攝影特展」。他更無償提供水墨畫，當作我為聖嚴法師中譯的《無法之法：聖嚴法師默照禪法旨要》（2009）與《虛空粉碎：聖嚴法師話頭禪法旨要》（2011）兩書封面。高先生好學深思，行蹤廣闊，勤於創作，長於戲劇，精於繪畫，多才多藝，崇尚自由精神，重視人文價值，在在示範了「文藝復興人」（Renaissance Man）的形象與價值。收錄於此輯的文章，是我 2016 年 6 月 6 日參與他在中央研究院中國文哲研究所的「呼喚文藝復興」演講暨座談會的引言，就閱讀他的作品與相關評論提出一些感想，共同為此時此地的我們來呼喚文藝復興，為當前人類處境尋求出路。

序言與導讀

輯四的「序言與導讀」涉及專書與譯作的引介。外文學門由於語文之便,得風氣之先,積極引進外國文學與理論。然而,在臺灣從事外國文學研究,尤其是最大宗的英美文學研究,其意義何在,特色如何,值得時時思考。〈文研大業,薪火相傳〉是為時任中華民國英美文學學會理事長蔡振興教授主編的《文學薪傳:臺灣的英美文學研究(2001-2022)》(2023)所撰寫的序言,將該書置於臺灣的外文與英美文學建制史的脈絡,並連結到先前的相關研究,尤其是筆者與一群學者於千禧年進行的「台灣地區英美文學研究之評量」整合型計畫,見證我國的英美文學研究薪火相傳,精進不已。另一篇相關文章〈外文學門的故事與重生〉,則以入行四十年的資深參與者/觀察者的角色,呈現外文學門的昔今對比,由盛而衰的現象,提出若干反思與可能的轉向,包括善用 AI 作為工具,強調細讀,回歸外文學門的文學與文化本質,重建人文與人本特色。

其他六篇譯作的評介,涵蓋了歷史、禪修、文學、翻譯(史)等不同性質的文本。〈時代歷史與個人敘事〉評介戰爭史家方德萬(Hans van de Ven)的《戰火中國》(*China at War*, 2017),此書除了記述近代中國三大戰爭——對日抗戰、國共內戰、韓戰——的大敘事之外,特點在於靈活運用小人物的個人敘事,也就是齊邦媛老師的《巨流河》(2009)與陳克文先生的《陳克文日記 1937-1952》(2012),增添了動人的細節與有血有肉的故事,並特邀齊老師以見證者的身分撰寫推薦序,完成此生最後一篇力作。

海瑞格(Eugen Herrigel)的《箭藝與禪心》(*Zen in the Art of Archery*, 1948),筆者於學生時代已讀過先前的譯本,此次有緣推介新譯,特別帶入初讀之後三十年來個人習拳與禪修的經驗,尤其是以聖嚴

法師開示的禪修三種心態、三個過程與四個階段，為似無次第的習禪過程提供可資參考的指引。

　　加拿大國寶作家愛特伍（Margaret Atwood）著作多元，除了多類型的文學創作，也撰寫文學評論，展現多方面的才華與關懷。《瘋狂亞當三部曲》（*The MaddAddam Trilogy*, 2013）是其所定義的「推想小說」（Speculative Fiction），根據科學知識與條件，面對人類當前情境，所推想出的未來小說與反烏托邦文學，連臺灣也被寫入，想像之出奇，推斷之縝密令人佩服。她的《與死者協商》（*Negotiating with the Dead*, 2002）來自劍橋大學燕卜蓀系列講座（The Empson Lectures），現身說法，分享生命故事、文學心得與創作理念，是她多本文學評論集中最可親且環環相扣之作。

　　艾斯蘭揚（Anna Aslanyan）的《鋼索上的譯者》（*Dancing on Ropes: Translators and the Balance of History*, 2021）既有翻譯史的博覽強識與考證功力，又出之以明瞭淺顯的文字，藉由許多史實軼聞，說明經常隱身幕後、名不見經傳的譯者，其實在人類歷史上扮演著關鍵性的角色，甚至涉及戰爭等攸關生死存亡的大事。翻譯這類作品當然挑戰很大，譯者王翎除了努力忠實傳達內容，也務求再現書中不同風格的引文與文字遊戲。因此筆者既評論原書，又撰文評介譯者，以彰顯其巧思與貢獻，並喻／譽為〈翻譯鋼索上的舞技〉。至於筆者在書寫過程中發現金庸在《倚天屠龍記》中的兩個妙譯，則是始料未及的研究、探索之樂。此輯之末為論文集的導讀〈譯異與傳思，逾越與愉悅〉，針對國立臺北大學法律系教授王震宇主編的《譯鄉聲影：文化、書寫、影像的跨界敘事》所呈現的多元面貌，分述不同學者專家在專長領域內／外的表現，強調「因異而譯，因譯而易／異」的現象，以及可能的逾越／愉悅。

疑義與評析

　　輯五「疑義與評析」的四篇文章涉及華文世界廣受矚目的兩個翻譯獎項。前兩篇為 2017 年、2020 年的第六、七屆全球華文青年文學獎翻譯專題講座。此獎每每吸引數以百計的海內外華文青年踴躍參加。余光中老師自該獎成立以來便大力支持，每屆都參與翻譯獎的命題與評審。第六屆他循例命題，卻因頭傷無法接續，遂邀身為弟子的筆者代服其勞，參與評審與講座。因此，筆者另闢蹊徑，採用「譯者論」的方式，向現場聽眾，尤其是有志於翻譯的年輕學子，從六個面向介紹翻譯家余光中其人其事，以示典範在今朝。第七屆為紀念 2017 年尾辭世的余老師，取名「向余光中教授致敬」。此屆筆者實際參與命題和評審，就以命題者與評審者的角度，採用該講座慣常的「實際批評」的方式，剖析得獎作品的優點與商榷之處，以示余老師再三強調的「翻譯是一種逼近的藝術」，總是存在著精進的空間，與在場聽眾共勉。

　　梁實秋文學獎前二十屆由余老師擔任翻譯類的命題者與評審者，筆者應邀參加改制後的首屆（第三十四屆）翻譯大師獎決選評審，閱讀與評比十本譯書，一方面體會我國翻譯書市的豐富多元與譯者的辛勞奉獻，另一方面了解新舊制的特色與評審的異同。〈思想的翻譯，行動的翻譯〉是我在頒獎典禮發表的總評，〈不容譯者獨憔悴〉則是針對我主審的個別譯作（李斯毅譯《慾望莊園》）的分析，分別從整體與個別的角度，表達對改制後的梁實秋翻譯獎的觀察與期許，並套用王德威院士的文學見解，視翻譯為兼具思想與行動的特質。

華美的再現

　　輯六「華美的再現」的五篇序文聚焦於美國弱勢族裔文學、文化與

歷史的再現。〈無法遺忘的不平之鳴〉將華裔美國第二代張純如（Iris Chang）的《美國華人史》（*The Chinese in America: A Narrative History*, 2003）置於美國華人移民史以及她個人寫作的脈絡，彰顯這位正氣凜然、英年早逝的作家對自身族裔移民美國的歷史觀。〈華美的先行者〉導讀筆者主持編譯的華裔美國文學與文化研究先行者黃秀玲（Sau-ling Cynthia Wong）的《華美：華美及離散華文文學論文集》（*Huamei: Essays on Chinese American and Sinophone Diasporic Literature*, 2020），介紹作者的研究特色與學術地位，評述集作者大成的兩冊論文集，以及筆者籌組臺灣團隊中譯並結集出版的意義。〈內之內與外之外〉評介美國全國圖書獎首位臺裔得主游朝凱獨具特色的長篇小說《內景唐人街》，說明此書在中文世界翻譯與傳播過程的特殊性，以及譯者宋瑛堂的際遇。

〈惜少作，見老成〉從美國族裔文學、女性作家、成長小說，引介馮品佳教授今年（2024年）自譯、出版的博士論文《美國族裔女性成長小說》（"Rethinking the *Bildungsroman*: Return of the Repressed in Maxine Hong Kingston and Toni Morrison," 1994），如何以成長小說為主軸，論述分屬非裔與華裔的摩里森（Toni Morrison）與湯亭亭（Maxine Hong Kingston）的弱勢族裔背景、歷史脈絡、性別角色、作品內容與創作特徵，並將此學位論文的研究取向連結到作者兼譯者後來的卓越學術表現。〈亞／美環境人文與人文環境〉則從晚近新興的環境人文角度，評介陳淑卿教授主編的《亞／美環境人文：農業・物種・全球環境變遷》（2024），凸顯亞／美的區隔與連結，以及環境正義與農業發展、物種共生、環境變遷之間的關係，指出此書在華文學界所具有的開創性意義。

訪談與後記

　　附編〈「三者」合一的譯行譯念〉係筆者為該年（2020年）甫創刊的《翻譯史論叢》（廣西民族大學張旭教授主編），接受博士生孫艷的訪談。看到她廣讀相關資料，精心設計訪綱，往返仔細叩問，讓我回想起四十年前同樣身為博士生的我，初次訪談王文興老師的情景。藉由她的追詢究問，讓我反思自己的知識狀態與多元角色，更深入了解臺灣翻譯學界的發展與貢獻，闡明個人的譯行與譯念，在與主訪者的互動中，體認到在精準的叩問與深刻的反思中，受訪者其實可能是訪談最大的受益者。

　　最讓我帶著深切感情回顧與反思的，則是後記〈我的青春翻譯夢〉。1979年我就讀臺大碩士班時，接受母系政大西語系系刊《桂冠》採訪，除了回應翻譯議題，更根據自己對當時臺灣翻譯界的觀察與了解，建議成立翻譯協會，企盼能發揮九項作用。一位譯作等身、熟悉翻譯生態的老師跟我說，那些構想頗多不切實際之處。從四十五年後的今天回顧，有些想法的確過於一廂情願；有些期盼已然實現，甚至比先前預想的更好；有些則在施行受阻後回歸原狀。這些可說是我最早的翻譯觀察與理念，當時尚未踏入學界，如今重刊於退休之際的翻譯文集，固然不免敝帚自珍的況味，但也希望藉此相隔近半世紀的對比，省思其間的演化、變革與進步，滯礙之處有無打通可能，甚至在AI時代如何為翻譯與相關研究開創新局。

　　以上略述六輯與附編大要，至於書末的「原文出處」，依發表順序排列，一方面登錄筆者在學術論述之外的主要文章出處，以示雪泥鴻爪，另一方面也可藉此了解這些文章傳播的情況，驗證本書的旨趣。全書除了少數未刊稿，其他各篇在投稿前與校對時都已反覆修改，收錄於本書之前又花了不只一年仔細重讀，修潤文字，補充資料，統一格式。

相較於筆者先前的專書，本書特色在於多篇之後的「附識」，這些長短不一的文字，重新以當下的觀點回顧、補充、說明，形成昔今之間的對話，也希望讀者根據各自的觀點進一步對話與交流。

俯首甘為，化作春泥

綜覽全書，多位師長輩（余光中老師、王文興老師、李達三老師、齊邦媛老師、楊牧教授、劉紹銘教授）已然辭世，而碩士班同學、翻譯家彭淮棟的凋零，更令識者不勝唏噓。我從他們身上觀察與學習到的，有形無形間都化為自身的養分，也努力將所知所學，透過各種迻譯、轉化與傳播，俯首甘為，化作春泥，期盼未來世代繼續成長茁壯。

我多年從事翻譯實踐與理論研究，從中歸納出「雙重脈絡化」（"dual contextualization"）的理念與作法，試圖為一般人心目中「只不過是文字轉換」的翻譯，加入更細膩的解析、更長遠的脈絡、更寬廣的襟懷、更高遠的視野，並在前一本《翻譯與評介》的自序〈翻譯困難，評介不易——為作者、譯者與讀者搭橋〉中，提出「四文」之說（「文字—文本—文學—文化」四個層次），近年來更細分為「文字—文句—文本—文學—文化—文明」六個層次，由小而大，由淺入深，兼具微觀與宏觀，希望一方面能落實字字斟酌、句句推敲的翻譯實踐，另一方面能以更周全的思維與更寬宏的視野來看待與檢視翻譯，以期達到文學分享與文化協力，共創新猷。該序所揭櫫的目標，也是我一向秉持且奉行不渝的：

> 希望在原文、翻譯與各自的脈絡之間，以及作者、譯者與讀者之間，搭建起一座橋樑，扮演著評論者與中介者的角色，彰顯原作與譯作的特色與意義，以及譯者的角色與貢獻。（1）

因此，本書與《翻譯與脈絡》、《翻譯與評介》都是相同思維下的成果，力圖藉由適當的取材、嚴謹的研究、邏輯的鋪陳、順暢的文字、清晰的條理、開闊的眼界，進行譯論與譯評，連結學院與社會，推動文普與譯普。在此感謝勞苦功高的譯（注）者，熱心邀約的編者、主訪者與活動主辦者，讓我有機緣閱讀性質迥異的翻譯文本，了解我國的翻譯生態，觀察華文世界的翻譯文化，多方位思索繁複的翻譯現象與議題，提供一隅之見，與專家學者及讀者大眾分享與交流。除了單篇文章內的致謝，尤其是余幼珊博士惠允收錄她為余光中老師的《翻譯乃大道，譯者獨憔悴》所撰寫的編後記，特別感謝李有成先生將近五十年的問學與鼓勵，陳雪美小姐與趙麗婷小姐協助整理與校對書稿。書林出版公司蘇正隆先生更是個人出版的重大助緣，自1980年代初首度以翻譯英美作家訪談錄結緣，我在書林的出版品含括了翻譯、論述、編著、訪談。在全球出版界面臨嚴峻挑戰的今天，書林依然堅持出版具有特殊意義的書籍，多年來已在華文世界與臺灣的外文學界打造出獨特的品牌與名聲，為中外交流與東西翻譯貢獻良多。以上種種，衷誠致謝。

2024年12月12日
臺北南港

【輯一】
翻譯乃大道

千呼萬喚，誰與爭鋒?!
——余光中著《翻譯乃大道，譯者獨憔悴》

書名：翻譯乃大道，譯者獨憔悴
副標：余光中翻譯論集
作者：余光中
編者：余幼珊
出版者：九歌出版社有限公司
初版日期：2021 年 10 月
叢書系列：余光中作品集
頁數：416 頁
ISBN：9789864503582（平裝）

千呼萬喚，臺版始現

　　余光中翻譯論集終於在臺灣出版了，真是華文譯壇與文壇一件可喜可賀的事！

　　讀者也許會納悶，余光中的書不都是在臺灣出版的嗎？此事為何值得如此大驚小怪？

　　的確，余光中的著作以臺灣版最為齊全，或許因為如此，以致他覺得讀者若對其翻譯和語文論述感興趣，儘可在臺灣印行的不同文集中找到，出版專集也就不那麼迫切，反倒讓海峽彼岸搶了先：

1999年2月《余光中選集》第四卷《語文及翻譯論集》（黃維樑與江弱水編選）由合肥的安徽教育出版社印行，收錄1963年至1996年的十八篇文章，內文兩卷分別討論語文與翻譯；

2002年1月《余光中談翻譯》由北京的中國對外翻譯出版公司印行，收錄1962年至1999年的二十二篇文章，並由余光中筆下「沙田七友」之一的思果寫序（2014年11月易名《翻譯乃大道》，由北京的外語教學與研究出版社重新印行）；

2006年7月《語文大師如是說──中和西》由香港商務印書館印行，收錄1969年至1996年的九篇文章，以語文為主，兼及翻譯。

相形之下，余光中在臺灣出版的翻譯評論專書只有2002年3月由九歌出版社印行的《含英吐華：梁實秋翻譯獎評語集》，收錄1988年首屆至1999年第十二屆所撰的十四篇評語（十二篇評譯詩，兩篇評譯文），涉及翻譯的技巧與理念，內容雖不似其他幾本廣泛，卻為翻譯的實際批評（practical criticism）之範例。

因此，包括我在內的一些關切者，多次懇請余老師親自編選翻譯論集，在臺灣出版，讓華文世界的讀者一卷「欽定本」在握，便能綜覽身兼作者、學者、譯者「三者合一」之余光中的翻譯論述。然而創作不懈、勇猛前進的他，手邊總是有新計畫，編選相關論述一直排不上優先清單，以致2017年辭世時，此書始終與臺灣緣慳一面。

余光中高中時便熱中於翻譯，臨終那年印行的增訂三版《守夜人》（*The Night Watchman*, 1992, 2004, 2017）與修訂新版《英美現代詩選》（*Modern English and American Poetry*, 1968, 1976, 2017），分別為英文自譯與中文翻譯英美名家之作，不只見證了他對翻譯「一往情深，始終如一」的熱愛與忠誠，也具現了「譯無全功，精益求精」的態度與身教。鑑於翻譯論集「欽定本」因余老師過世而未果，我轉向師母范我存女士、女公子余幼珊博士以及九歌出版社陳素芳總編輯來「為民請命」，終於因緣成熟，此書在余光中過世三年餘問世。

全書大要與特色

　　《翻譯乃大道，譯者獨憔悴》由幼珊挑選余老師 1962 年至 2012 年半世紀以來的三十七篇翻譯與語文的論述，分為三輯。輯一的十四篇集中於翻譯的不同面向與譯者論；輯二的十二篇討論中西語文，尤其惡性西化的翻譯體，以及優美的中文與良性的西而化之；輯三的十一篇（含《濟慈名著譯述》四篇先前未完整收錄之作）包括書評以及為自己和他人譯作所撰的序、跋等。各輯內依發表年代排列，並註明來自哪本文集，既方便讀者分門別類了解作者的經驗與心得，也可檢視其思維與見解的延續與演變。

　　書末的三份資料更是彌足珍貴。〈余光中翻譯文章年表〉特將三輯文章彙整，依年代排列，註明出處，方便有心人對余光中的翻譯與語文思想有一整體的認識。〈余光中譯作一覽表〉讓讀者對他英翻中、中翻英的成果與不同版本能一目了然。〈余光中翻譯相關評論索引〉更蒐羅 1965 年以來，有關余光中的譯作與譯論的專書、報章雜誌評論以及期刊與專書論文，為探究翻譯家余光中提供了最佳指引。

　　因此，無論就時間之長，篇數之多，範圍之廣，分類之細，條理之明，資料之豐，本書都是余光中最周全且最具代表性的翻譯論集。

　　余光中出書一向自撰序跋，夫子自道，直指本心。本書雖無緣由作者「欽定」並撰序，卻因在他逝世後編選，反倒更為完整。由門生與女兒分別撰寫推薦序與編後記，可客觀烘托主體。幼珊全程參與規畫與編選，殫精竭慮，劍及履及，編後記交代此書來龍去脈，別具深意。筆者忝為門生，有事服勞，義不容辭，以敬謹之心拜讀全書，昔日情景如在眼前，彷彿重新聆聽恩師耳提面命，呈上「作業」，衷心推薦個人的文學與翻譯啟蒙師集大成之作。

筆者曾以《翻譯家余光中》（杭州：浙江大學出版社，2019）一書，綜合探討與呈現他的譯作、譯論、譯評與翻譯因緣，此處謹略述本書三輯的特色與意義。

首先，**現身說法，文理並茂**：余光中的「譯績」量多質精，影響深遠，翻譯論述淬煉自多年的實踐與體驗，絕非徒托空言，其力道特強的一大原因在於身為文體家（stylist）的修辭精準生動，深入人心。

其次，**三者合一，相輔相成**：余光中的詩文創作名聞遐邇，翻譯則是汲取外來養分的重要之道，再加上曾分別任教於臺港兩地的外文系與中文系，作者、譯者、學者之間交互為用，相得益彰，「白以為常，文以應變」之說通用於其創作、翻譯與評論便為一明證。

第三，**自論論他，鞭闢入理**：余光中的自序與譯後固然是言傳身教，金針示人，他序與書評亦非人情之作，既不吝肯定優點，也不隱諱缺失，提出商榷，必要時出手示範，令人信服。

綜上所述，三輯三十七篇彰顯了翻譯與評論（此書集中於譯評）在余光中「四大寫作空間」（另二者為令人稱道的詩歌、散文）中的重要地位，以及他對翻譯長久、多元的貢獻。書名來自 1985 年的兩篇文章標題，翻譯既為大道，自然值得終生相許；譯者雖獨憔悴，卻有獨特的貢獻與地位，正如他為《余光中談翻譯》的扉頁親筆題辭：

> 譯者未必有學者的權威，或是作家的聲譽，但其影響未必較小，甚或更大。譯者日與偉大的心靈為伍，見賢思齊，當其意會筆到，每能超凡入聖，成為神之巫師，天才之代言人。此乃寂寞之譯者獨享之特權。

以《翻譯乃大道，譯者獨憔悴》為名，畫龍點睛地呈現了余光中對他所稱頌的「第十位繆思」之衷心崇敬，並以他在文學史上的地位為翻譯與譯者背書，此誠為其畢生不渝之志。

千呼萬喚，此書始出；
此書既出，誰與爭鋒?!

2021 年 6 月 9 日
臺北南港

本文原名〈推薦序——千呼萬喚，誰與爭鋒?!〉，收錄於余光中著，余幼珊編，《翻譯乃大道，譯者獨憔悴：余光中翻譯論集》（臺北：九歌，2021年 10 月），頁 7-10。承蒙范我存女士、余幼珊博士與張錦忠博士過目，謹此致謝。

附識

《翻譯乃大道，譯者獨憔悴》為余光中老師最周全的翻譯論集，內容涵蓋翻譯與中文寫作，有志於翻譯與精進中文者仔細揣摩，當可獲益匪淺。出版社邀請撰寫「推薦序」時，筆者對身為學生能否「推薦」老師之作頗感遲疑，惟恐僭越。經請教中文系教授，並參照現有出版品後，懷著戒慎恐懼之心接受邀請，並在有限篇幅內扼要陳述重點。筆者在許多演講場合中，也向聽眾（尤其是高中生與大學生）力薦此書，希望有助於中英文素養以及翻譯能力之提升。

附錄

《翻譯乃大道，譯者獨憔悴》編後記

余幼珊

　　父親的寫作有「四度空間」，翻譯為其中之一。他不但身為譯者，還在大學裡教授翻譯數十年，另外又主持、評審「梁實秋翻譯獎」，推廣翻譯。近年來，有關父親翻譯方面的研究日益增多，然而，如單德興教授在此書序言中所說，父親的翻譯論文集卻只有對岸的兩本以及香港所出一本。這三本所收的文章並不齊全，因此，將他所有與翻譯相關的文章集成一冊，對於父親的翻譯研究實有其必要。也因此，去年底初步向九歌出版社總編輯陳素芳提出翻譯論集的計畫。而多年來深入研究父親翻譯作品的單德興教授，也一直期盼此書能夠問世，並大力協助。於是今年初終於與九歌敲定出版事宜，素芳總編並取父親的兩篇文章題目為此書定名——「翻譯乃大道，譯者獨憔悴」。

　　收入這本論文集的文章，不僅以翻譯為主題，也包含中英語文和文學的比較，因為父親對翻譯的熱愛始於他對文字之美的敏感，尤其是中國文字。他對翻譯的看法和要求，正是出於這份熱愛和敏感，希望譯者在中英語言轉換時，延續並擴展中文的美麗生命。此書選文共三十七篇，分成三輯，這三輯的類別，德興教授在推薦序中已經說明了，此處

不再贅述。唯一要補充的是，第三輯納入了《濟慈名著譯述》[1]中有關西方詩體的三篇綜述，這三篇原本是一篇長文〈濟慈名詩八首〉，發表在《聯合文學》，後來收入《濟慈名著譯述》時，父親依其類別拆成三篇綜述，即「十四行詩綜述」、「抒情詩」和「頌體」，對「頌體」的論述也有所擴充。

從1988年至2012年，父親評審「梁實秋翻譯獎」，每一屆都寫一至二篇扎實的評語，前十二屆的評述已經結集成《含英吐華》，[2]之後十三屆的評語，我們曾考慮選出若干篇，收入這本論文集。然而無論是哪幾篇入選，總有遺珠之憾，所以最終決定，將來再為這些未結集的評語另出一書。

書內的三十七篇文章分成三類後，已無法呈現其創作順序，所以我們在書末附上所有文章的年表，供讀者追蹤父親翻譯論述的發展脈絡。例如，父親以翻譯和創作為題寫了兩篇文章，一篇寫於1969年，另一篇則是2000年，對照這兩篇相隔三十一年的文章，當可看出其翻譯理論是否有所變異。除了這份年表，我們還整理了兩份附錄——〈余光中譯作一覽表〉和〈余光中翻譯相關評論索引〉。父親自1952年在《大華晚報》上發表中譯《老人和大海》，到2017年病歿前為兩本繪本翻譯巴布・狄倫（Bob Dylan）的詩歌，譯筆不輟，這六十多年的實譯經驗與其翻譯論述關係密切，所以特地提供這份一覽表供讀者參考。在父親的翻譯作品中，可能較不為人知的是幾本繪本，所以我們將繪本獨立出來，另立一個類別，故一覽表共分成三類——英譯中、中譯英和繪本。最後一份附錄，蒐集了1965年至今有關父親翻譯的專書、評論文章和碩博士論文。這份索引中的資料，以臺灣為主，未來研究余氏翻譯的學者可在此基礎上擴大、補充資料。

1　《濟慈名著譯述》（臺北：九歌，2012）。
2　《含英吐華：梁實秋翻譯獎評語集》（臺北：九歌，2002）。

前面提到，父親從事翻譯六十餘年，從生手到老手，譯藝自然不斷進步，好幾本翻譯在出新版時，為了精益求精而修訂舊版，如《梵谷傳》多達四個版本。這些不同的版本，除了列在一覽表中，我們也盡量找出舊版（大部分已絕版）的封面照片，刊在書首，以饗讀者。

　　九歌出版社數十年來為父親出版了三十幾本書，在網路和電子時代，仍如父親所說，「堅強不屈」地經營出版事業，父親離世後，也一本初衷繼續為父親出新書。而單德興教授不但為這本文集催生，還提供許多寶貴的意見和研究資料，使這本書的內容更加完整充實，並在百忙之中義不容辭地撰寫推薦序。九歌出版社和德興教授支持並協助此書之出版，為父親的翻譯研究奠定更穩固的基礎，在此由衷致謝。

　　最後必須一提的是，此書二校時，母親熱切地表示要和我們一起校對，我們便分配了幾篇書稿給她。她立即從父親的書櫃中找出相關的書，戴上老花眼鏡，認真地看起稿來。母親從二十幾歲開始，為父親謄寫《梵谷傳》的譯稿，至今九十歲，依然如此專注地為父親的文學事業付出。無論在哪一方面，她都是父親這一生最堅定的守護者，相信父親在天之靈也會一直守護著她。

本文原名〈編後記〉，收錄於余光中著，余幼珊編，《翻譯乃大道，譯者獨憔悴：余光中翻譯論集》（臺北：九歌，2021年10月），頁397-399。

余譯鉤沉與新生
——余光中譯《錄事巴托比／老人與海》

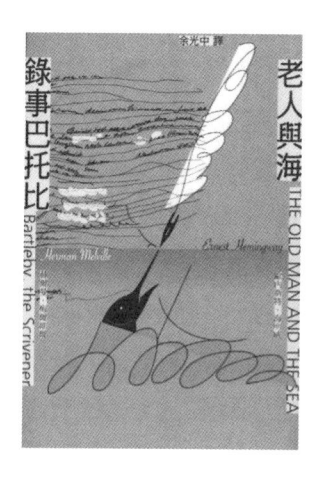

書名：錄事巴托比／老人與海
作者：梅爾維爾（Herman Melville）
　　　海明威（Ernest Hemingway）
譯者：余光中
校訂：余幼珊
出版者：九歌出版社有限公司
初版日期：2020 年 8 月
叢書系列：余光中作品集
頁數：208 頁
ISBN：9789864503056（平裝）

三者合一，六譯並進：翻譯家余光中

余光中自高中起便對翻譯產生濃厚興趣，1956 年起先後出版十五本譯作，2017 年辭世當年出版兩本，一為中詩英文自譯增訂三版的《守夜人》（*The Night Watchman*, 1992, 2004, 2017），一為修訂新版的《英美現代詩選》（*Modern English and American Poetry*, 1968, 1976, 2017）。可見他對翻譯用情之深，用心之切，七十年來始終如一。

此次九歌出版社將余氏早年譯作《老人與海》（Ernest Hemingway, *The Old Man and the Sea*）與《錄事巴托比》（Herman Melville, *Bartleby, the Scrivener*）合訂出版，是繼前二書以及《濟慈名著譯述》

（2012）、修訂新版《梵谷傳》（2009）與王爾德四齣喜劇全集之後的另一件大事。余光中在簡體字版《老人與海》〈譯序〉指出：「我一生中譯過三本中篇小說，依序是漢明威的《老人和大海》、毛姆的《書袋》（*The Book Bag*）、梅爾維爾的《錄事巴托比》。」因此，本書出版不僅是余譯中篇小說「三分天下有其二」，而且至此其譯作大抵收歸九歌門下。

余光中身兼作者、學者、譯者，曾以「三者合一」自稱，並將詩歌、散文、評論、翻譯視為個人「寫作生命的四度空間」，交互作用，彼此增能。關於翻譯，他有許多發人深省的妙語，如：「翻譯是一種逼近的藝術」（"Translation is an art of approximation."）；「翻譯正如婚姻與政治，實在是一種妥協的藝術」；「譯無全功」（"Translation knows no perfection."），總是存在著改進的空間。他既著且譯，對中文特別講究，多次為文糾正氾濫成災的翻譯體（translationese），批評其危害優美的中文，力圖撥亂反正，並提出「白以為常，文以應變」之說，主張在寫作與翻譯中可適度使用文言。

張錦忠因余光中在翻譯領域的多重貢獻而有「五譯」之說：「翻譯、論翻譯、教翻譯、編譯詩選集、漢英兼譯」。同為余門弟子的我，鑑於老師多年熱心提倡翻譯，再加上「提倡翻譯」，合為「六譯並進」，以推崇他對翻譯志業的熱心投入與多元發展。

譯無全功，精進不已：從《老人和大海》到《老人與海》

綜觀余光中的翻譯軌跡，可發現其中的變與不變。筆者討論他第一本譯詩集《英詩譯註》時，特以「一位年輕譯詩家的畫像」為題，[1] 指

---

1 參閱筆者，〈一位年輕譯詩家的畫像：析論余光中的《英詩譯註》（1960）〉，《應用外語學報》第 24 期（2015 年 12 月），頁 187-230；修訂版收入筆者，《翻譯家余

出此書於 1960 年出版時，年方三十上下的余光中對譯詩的審慎用心，力求面面俱到。而閱讀他早年翻譯的小說《老人和大海》，也可看出一位剛出道的年輕譯者，如何有意藉由翻譯引介外國當代文學，並尋覓在臺灣文壇的位置。

《老人和大海》是余光中第一部翻譯小說與報紙連載小說。與後來連載、出版的《梵谷傳》（Irving Stone, *Lust for Life: The Story of Vincent van Gogh*, 1934）一樣，表妹、當時的女友、後來的賢內助范我存都扮演了關鍵角色。正如《梵谷傳》原著，《老人和大海》原作也來自范我存。她因病輟學，大表哥常自美國寄來書刊，讓雅好文藝的表妹增長見聞，開拓視野。余光中常去探訪，1952 年 9 月看到美國著名的《生活》（*Life*）雜誌大手筆以一期刊完海明威這篇力作，非常喜歡，決定翻譯。此譯作也是他在臺大外文系的畢業論文，後來更在《大華晚報》連載。之後海明威相繼獲得普立茲獎（1953）與諾貝爾文學獎（1954），足見余氏觸角的敏銳，鑑賞的高超，文學的熱忱，翻譯的投入與執行力的卓越。

由於譯無全功，余光中只要有機會就修訂前譯，精益求精。以此書為例，前後就有三個正式發表的版本：

（一）連載版：1952 年 12 月 1 日至 1953 年 1 月 23 日連載於《大華晚報》，作者為「漢明威」，譯者為「光中」。由於年代久遠，少人知曉，甚至國家圖書館收藏的微縮捲片都欠缺兩回（1952 年 12 月 3 日、30 日的第三回、二十九回）。

（二）重光版：1957 年 12 月由臺北重光文藝出版社印行，前有三頁〈譯者序〉；封面除了「海明威著」、「余光中譯」之外，並有漁夫駕小舟與馬林魚奮戰的插圖。

光中》（杭州：浙江大學出版社，2019），頁 2-55。

（三）譯林版：2010年10月南京譯林出版社的簡體字版，除了重光版序言之外，新增了一篇六頁的〈譯序〉。書名改為通行的《老人與海》，作者為「歐內斯特‧海明威」，但序言不無遺憾地說，「其實我仍然覺得『漢』比『海』更接近原音。」余光中在接受筆者訪談時提到，「新譯本差不多修改了一千多處」，足證其審慎。

不為人知的是，連載版與重光版之間還有一個非正式的版本，姑且稱之為「剪報版」，即余氏個人剪貼簿之《大華晚報》完整剪報，不僅補足了國家圖書館欠缺的兩回，更有譯者對連載譯文的修訂手跡，書名則改為《老人與大海》。

此書早期中譯史有一樁公案，涉及最為人知的兩位譯者余光中與張愛玲。余光中是看到1952年9月號《生活》雜誌後便著手翻譯，12月初開始於報章連載，因此自認是此書第一位中譯者。就在同一年，流離到香港的張愛玲，為稻粱謀，看到報上徵求該書譯者的啟事，前往應徵。主事者宋淇（筆名林以亮）在上海時便已知曉張氏的文采與名聲，雙方一拍即合，從此開啟張愛玲與香港美國新聞處的合作關係，以及她與宋淇、鄺文美夫婦的畢生情誼。張譯1952年12月由香港中一出版社出版，譯者署名「范思平」，直到1954年海明威獲得諾貝爾文學獎，重印時才改回本名，並新增兩頁序言，1972年改由今日世界出版社出版。由於余譯出書較晚，而且張譯得到香港美新處在出版與行銷方面的大力贊助，以致後者成為最廣為人知的中譯本。[2]

綜觀兩人的翻譯策略，張愛玲採用白話，余光中則文白並用。劉紹

---

[2] 此書另一中譯《海上漁翁》由當時任職於中國石油公司高雄煉油廠的辛原（董世芬）翻譯，1953年1月至2月連載於該公司每月出版的《拾穗》雜誌，並於2月出版單行本，為拾穗出版社拾穗譯叢文學類第四種。參閱張綺容，《譯氣風發的高雄煉油廠：30位譯者 × 60篇譯作，重溫《拾穗》月刊開啟的文藝之窗》（高雄：台灣中油股份有限公司；臺北：漫遊者文化，2023），頁140-144與頁316。

銘在〈《老人與海》的兩種中譯本〉中指出,「余譯喜歡夾雜文言文片語」,好處在於文體變化,「使讀者眼前一亮,精神一振」,而且「文字乾淨,省去許多婆婆媽媽的文藝腔」,但若過當,恐「有損海明威苦心經營的口語文體」。[3] 另從翻譯史的角度來看,張譯為冷戰時期美國文化外交政策下的產物,背後有香港美新處為贊助人(patron),余光中則只是剛出大學校門的文青與個體戶,勢單力薄,有如「以一人敵一國」。重光版譯序除了介紹作家與作品之外,以相當篇幅指出原文中有一顆星的名稱有誤,若無相當的天文知識與自信,絕不會有如此作為。從第一部小說譯作的文白並用風格,以及善用譯序等附文本,都映照出一位早熟的譯者畫像,並預兆了余光中後來的翻譯策略。

分而復合,實現初衷:《錄事巴托比》

上述余譯與張譯隔海打對臺,後來余光中也受香港美新處委託翻譯,《錄事巴托比》即是雙方合作出版的唯一小說翻譯,關鍵來自另一段翻譯因緣。

余光中就讀臺大外文系時,臺北美新處華籍人員職位最高的吳魯芹也在該系任教。吳將余氏譯詩推介給宋淇,宋淇當時正在編譯《美國詩選》,苦於找不到合適譯者,看到余光中的譯詩頗為激賞,力邀加入,成為最重要的生力軍,不論譯詩數量或詩人評傳,都以余氏出力最多,幾占全書一半。換言之,《美國詩選》開啟余光中與宋淇及今日世界出版社的因緣,《錄事巴托比》便是後續合作的成果[4](至於余光中前往

---

3 劉紹銘,〈「老人與海」的兩種中譯本〉,《今日世界》第486期(1972年6月16日),頁29。

4 有關《美國詩選》(Anthology of American Poetry)與《錄事巴托比》的翻譯,參閱筆者〈在冷戰的年代:英華煥發的譯者余光中〉,《中山人文學報》第41期(2016年7月),頁1-34;修訂版收入筆者《翻譯家余光中》,頁56-98。

香港中文大學任教，宋淇為幕後最大推手，則屬後話）。

余譯《錄事巴托比》的版本史雖比《老人與海》單純，但至少有兩個版本：

（一）純文學版：刊登於 1970 年 12 月林海音主編的《純文學》第八卷第六期（87-122），一次刊完，末頁有十個「譯者附註」（122），其後為余氏的〈關於「錄事巴托比」〉（123-125），註明「一九七零年九月於丹佛」（125）。

（二）今日世界版：1972 年 8 月由今日世界出版社出版，為「美國短篇小說集錦（1）」（"American Short Story Showcase I"），採英漢對照。特別的是選用大開本（長 24 公分、寬 16 公分），封面、封底和內頁收錄多幀劇照，類似當時香港流行的畫報或電影小說，譯註採腳註，沒有譯者的前言或後語。

此外，1975 年 8 月該社出版《短篇小說集錦》，將《錄事巴托比》與「美國短篇小說集錦（2）」（"American Short Story Showcase II"）收錄的三篇小說合為一冊，尺寸縮小，英漢對照，封底介紹此書「大都是結構嚴謹、風格獨特、意旨深遠的作品。譯文由名家執筆，一字一句，都謹嚴有度，文采煥然。」余譯為第二篇（15-68），無圖，有腳註，無後記。

《錄事巴托比》出版後，1973 年 1 月《書評書目》「雨田」（經查證應是「陳森」筆名）發表〈評余光中的「譯論」與「譯文」〉，兼及兩個版本，對純文學版提出一些意見，包括使用成語過多，結語則表示：「但大體來說，余君的譯文還是相當優異的，比目下一般粗製濫造的所謂『翻譯家』的產品不知要好上多少倍」（76，楷體為原文所有）。文末「筆者附註」提到今日世界版：「本稿中所抽舉的一些闕失，已有三、五處經余君更正。這是一個非常值得欣喜的現象」（77）。由此可見，余光中既能從善如流，接納別人意見，但也有所堅

持，固守自己風格，如譯文中的諸多中文成語，成為余譯特色，體現了「白以為常，文以應變」。

一般讀者印象中較深刻的《錄事巴托比》，是圖文並茂、英漢對照的今日世界版大開本。遺憾的是，此版本一反該社介紹美國作家與作品的慣例，未納入余氏的〈關於「錄事巴托比」〉作為前言或後記。此文後來易名〈《錄事巴托比》譯後〉，收入《聽聽那冷雨》（1974），文末「附註」指出今日世界版「印刷精美，但校對略有謬誤」。直到將近半世紀後的今天，譯文與評介才再度在九歌版合體，實現余光中的初衷。

鉤沉之功，新生之效：合訂本出版之意義

無論獨力翻譯《老人與海》或受委託翻譯《錄事巴托比》，余光中都秉持認真負責的態度，努力譯介文學經典。巧合的是，這兩部譯作也是余氏有關美國小說唯二的翻譯：一為 1950 年代初出文壇時，翻譯的二十世紀諾貝爾文學獎得主之作；一為 1970 年代盛年時，翻譯的十九世紀美國文藝復興時期經典作家之作。前書〈譯者序〉提到海明威的靈感，應來自以海洋小說聞名的梅爾維爾巨著《白鯨》（*Moby-Dick*），但後來選譯的卻是梅氏篇幅較短、截然不同的華爾街故事（《錄事巴托比》副標題為 "A Story of Wall-Street"）。至於他與香港美新處簽約要翻譯的梅氏海洋小說《比利・巴德》（*Billy Budd*）和《泰比》（*Typee*），前者完成約三分之一初稿，後者未見進行，成為翻譯生涯的未竟之業。

班雅明（Walter Benjamin）將翻譯喻為「來生」（"afterlife"）。海明威與梅爾維爾的名作不僅藉由余光中的生花妙筆在華文世界獲得來生，更因為修訂而不斷獲得新生。如今事隔多年，兩譯合訂重新出版，

雖未能如 2017 年的兩本譯詩集般由譯者本人再次修訂，但也有鉤沉之功與新生之效。本導論謹提供這兩部譯作各自的脈絡與不同版本的相關訊息。至盼讀者除了閱讀余氏雙絕的詩歌、散文之外，也能留意他始終如一的翻譯之道，體認他對自己尊奉為「第十位繆斯」的翻譯之熱愛與貢獻。因此，本書不僅是余譯出版的大事，也是余學的另一開端，更希望余光中全集能早日問世。

2020 年 6 月 24 日
詩人節前夕於臺北南港

本文原名〈余譯鉤沉與新生——寫在《老人與海》及《錄事巴托比》合訂本出版之前〉，刊登於《文訊》第 418 期（2020 年 8 月），頁 126-129；完整版收錄於梅爾維爾、海明威著，余光中譯，《錄事巴托比／老人與海》（臺北：九歌，2020 年 8 月），頁 5-16。承蒙范我存女士、余幼珊女士、隱地先生、鄭樹森先生、張錦忠先生提供資訊並過目，謹此致謝。

附識

余譯前名《老人和大海》，取其兩兩對仗之意。「漢明威」譯名其實並非余氏獨創。林疑今 1940 年 11 月由上海西風社出版的《戰地春夢》（*A Farewell to Arms*），作者名便譯為「漢明威」，此書次月即再版，風行程度可想而知。然而張愛玲成名甚早，中譯本率先問世，又有香港美新處大力支持，因此「海明威」與「《老人與海》」之名遂盛行於中文世界，為後來譯者所採納。如果說余譯相對於張譯有如「以一人敵一國」，那麼相對於中油公司《拾穗》譯叢董譯之《海上漁翁》，則有如「以一人敵一公司」。值得一提的是，余光中在協助林以亮為今日世界出版社編譯《美國詩選》之後，建立起合作關係，遂有後來的《錄事巴托比》，並於 1974 年應聘至香港中文大學中國語言及文學系任教，前後十一年，1985 年返臺於國立中山大學外文系任教至退休。

一代中文大師的英文博雅讀本
——余光中編著《余光中的英文課》

書名：余光中的英文課
編著：余光中
出版者：商務印書館（北京）
初版日期：2023 年 6 月
頁數：570 頁
ISBN：9787100223072（平裝）

遺珠之憾：余光中最被忽略的一本編著

余光中先生於詩歌、散文、評論、翻譯「四大寫作空間」都有非常亮麗的表現，為中國現代文學史上罕見的通才。由於余氏文名顯赫，以致許多人忽略了他資深外文學者與教育者的身分。

余光中多年執教於臺灣的大學外文系所，講授英美文學，以英詩與翻譯兩課程最為人稱道。此外，他還曾擔任數所大學外文系所的系主任、所長、院長。不論何種角色，都涉及學生英文素養的提升及文學鑑賞能力的培養。他在國立政治大學擔任西洋語文學系（簡稱「西語系」）系主任時，於 1973 年主編、出版《大學英文讀本》（*University English*

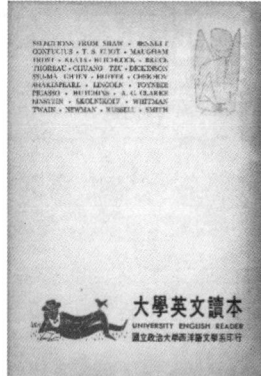

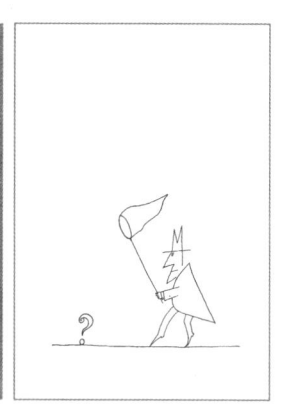

University English Reader 封面、封底以及余光中親繪的插圖。

Reader），為 1970 年代臺灣外文學界改革運動中應運而生之作，內容與形式獨樹一幟，帶有濃厚的余氏色彩，遂能異軍突起，引人注目。

此書可謂余光中有關大學英文讀本理念的「嘗試集」，選文廣搜博納，悉心編排，仔細註解，以回應教學的需求、時代的演變、學風的轉化、教育的目標，在余光中所有中英文出版品中獨樹一幟。北京商務印書館慧眼獨具，在半世紀後以英漢雙語形式重新印行，供今日讀者閱讀，更能體認此讀本歷久彌新之意義。

編者、作者與選文分析

大二時在余老師的英國文學史課堂上，曾聽他說起一則小故事：暑假期間他主編《大學英文讀本》，為了把長短不一的作者名在封底排成一個長方形，兜來兜去，不知不覺花了一個晚上。少不更事的我，對赫赫有名的詩人竟然花上整晚處理這種芝芝小事，感到有些詫異、好笑，甚至不值。待自己年事稍長，在寫作、校對、編輯多所磨練，才體會到正是先天的才華，加上後天這種獅子搏兔、全力以赴的精神，造就

了余老師身為作者、學者、譯者三者合一、一代大師的地位。

此書由余光中擔任主編，另三位編輯為美籍教師鄧臨爾（Paul Denlinger）以及華籍教師杜莉與斯安生。[1] 全書收錄三十三篇選文，來自三十二位作者，入選兩篇的是惠特曼（Walt Whitman），唯一的女性是狄瑾蓀/狄金森（Emily Dickinson），兩人為十九世紀美國「詩壇雙璧」。

就國籍分析，三十二位作者中，外國作者計二十九位，以美國十六位最多，占全書一半，自十九世紀初出生的林肯總統（Abraham Lincoln），到二十世紀中葉出生的科學家科珀（Peter Koper）。其次為英國作家十位，自十六世紀的莎士比亞（William Shakespeare），到二十世紀的科幻作家與導演克拉克（Arthur C. Clarke）。五篇來自其他語文的英譯，包括俄國作家契訶夫（Anton Pavlovich Chekhov）的短篇小說、西班牙畫家畢卡索／畢加索（Pablo Picasso）的藝術論，以及三篇中國文史哲經典：《論語》、《莊子》與《史記》。

就選文類別分析，除了三篇中國文史哲經典英譯，其餘三十篇包括詩歌六篇、短篇小說一篇、非虛構類散文二十三篇，細分為人文社會科學十篇、文學藝術六篇、抒情散文與傳記回憶錄四篇、自然科學三篇。

《大學英文讀本》收錄的作者多為名人，莎士比亞、濟慈（John

---

[1] 主編余光中為美國愛奧華大學（University of Iowa）藝術碩士。鄧臨爾為美國籍語言學家，華盛頓大學博士，專長為苗傜語言，教授筆者大一的「語言學概論」；杜莉為美國夏威夷大學（University of Hawaii）碩士，主修英語教學，教授筆者大一英文；斯安生為美國紐約州立大學賓漢頓校區（State University of New York, Binghamton）英美文學碩士，教授西語系另一班大一英文。四人為各自的選文撰寫註釋。英文版序言末段提到（中文版省略）四人的分工：鄧臨爾負責四篇（作者為 Newman, Hutchins, Toynbee, Clarke），杜莉負責六篇（作者為 Hoffer, Koper, Ellsworth, Bruce, Montagu, Skolnikoff），斯安生負責四篇（作者為 Thoreau, Chekhov, Smith, Peattie）。其餘十九篇由余光中本人負責，幾占全書六成，情形類似林以亮編選的《美國詩選》（香港：今日世界出版社，1962），該書譯者依序為張愛玲、林以亮、余光中、邢光祖，但余光中的貢獻約占全書之半。概言之，鄧臨爾的選文重歷史性與思想性，杜莉的選文重當代性，斯安生的選文重文學性，余光中的選文重文藝性與多元性，並留意東西文化的特色與對比。

Keats)、惠特曼、狄金森、梭羅（Henry David Thoreau）、馬克・吐溫（Mark Twain）等文學大家姑且不論，現代作家中，蕭伯納（George Bernard Shaw）、艾略特（T. S. Eliot）、羅素（Bertrand Russell）分別是 1925 年、1948 年、1950 年諾貝爾文學獎得主，愛因斯坦（Albert Einstein）為 1921 年諾貝爾物理學獎得主。毛姆（William Somerset Maugham）於 1919 年遊歷中國，羅素於 1920 年擔任北京大學客座哲學教授，蕭伯納於 1933 年訪問中國，湯恩比／湯因比（Arnold Toynbee）也於 1929 年、1967 年兩度訪問中國大陸，並於此讀本出版前兩年（1971 年）訪問臺灣，與歷史學家就世界局勢交換意見。

《大學英文讀本》內容大要與有機結構

余光中在撰於 1973 年 9 月的英文版〈前言〉（"Foreword"）以及中文版〈從畢卡索到愛因斯坦——《大學英文讀本》編後〉[2] 中未提，也是閱讀選文時很容易就忽略的，便是全書自成一體。隨機閱讀難免「見樹不見林」之憾。若能認知全書的有機結構，當可收「見樹又見林」之效。

全書以本涅特（Arnold Bennett）的〈經典何以為經典〉（"Why a Classic Is a Classic"）領銜，主張經典之所以為經典，是因為熱情的少數人對文學的樂趣與經驗，以品位維繫其地位，代代相傳。作品之所以成為經典，文字造詣高超是基本條件。毛姆在〈怎樣寫作才完美〉（"How to Write Perfectly"）拈出清晰、簡潔、悅耳三要訣。蕭伯納的

---

2 此文原名〈從畢卡索到愛因斯坦——寫在《大學英文讀本》出版前夕〉，文末註明「六十二年九月廿日於指南山下」（政大所在地），9 月 25 日刊登於《中央日報》第 9 版。後易名〈從畢卡索到愛因斯坦——《大學英文讀本》編後〉，收入《聽聽那冷雨》（臺北：純文學，1974），頁 143-145；後收入九歌版《聽聽那冷雨》（臺北：九歌，2002），頁 127-129。

〈戲劇批評家〉（"Theater Critic"）力主劇評家須獨立不群，具備「追求完美藝術的激情」（40）。

劇評後的兩篇選文擴及電影與繪畫。希區考克（Alfred Hitchcock）以〈新鑄的語言〉（"Freshly Coined Language"）形容自己所從事的藝術，現身說法，示範如何運用電影語言。畢加索的〈藝術宣言〉（"Statement on Art"）主張繪畫是為了「發現」（68），其本質是「或多或少令人信服的謊言形式」（69），只著重當下，並強調興趣、「發現的喜悅、意外的喜悅」（71）。

艾略特的詩作與評論影響深遠。其〈論詩歌〉（"On Poetry"）第一節「品味的發展」（"The Development of Taste"）分述孩提、青春期到成熟後對詩的欣賞，從單純好惡，到區分真偽，到品評高下。第二節「詩歌的鑑賞」（"The Appreciation of Poetry"）主張評論是甄別詩的好壞良窳。他把詩歌的鑑賞分為三階段，由初期選佳棄劣的享受，到加入知性的組織與鑑賞，再到遇見當代新作能參酌經驗加以重新組織。第三節「詩歌批評家」（"The Critic of Poetry"）強調各代都須以自己的世代重新品評詩歌。此篇不僅供讀者管窺艾略特的風格與論點，並可作為閱讀詩歌的參考。

緊接的六首英美詩歌，依序從十六世紀的莎士比亞，到二十世紀的佛洛斯特（Robert Frost）。莎翁的〈鄉村之歌〉（"Country Song"）來自喜劇《皆大歡喜》（*As You Like It*），活潑的節奏、輕巧的內容、接連的疊句，引領讀者進入詩歌的園地。濟慈的十四行詩〈久困在都市的人〉（"To One Who Has Been Long in City Pent"）則格律嚴謹、節奏穩重，傳達出久困都市中人的無奈，以及對大自然的嚮往。

英詩橫越大西洋來到美國，因應民族性與風土人情，產生自己的特色。惠特曼的兩首短詩均為自由詩，看似不講究韻式，其實自有節奏與章法。〈我歌唱自己〉（"One's-Self I Sing"）歌頌自我，擁抱自尊自

信,展現民主平等的信念。〈一堂天文課〉("When I Heard the Learn'd Astronomer")對比了科學家滿是資料、圖表的冰冷知識,以及詩人在寂靜中仰望星空,對大自然的直觀與敬畏。狄金森如隱士般深居簡出,對大自然觀察入微,〈蛇〉("A Narrow Fellow in the Grass")以歌謠體表達驟然遇到草叢中長蟲的驚悚。惠特曼因作品在形式與精神上的自由解放,成為現代詩歌的先驅。狄金森則因形式與內容自成一格,意象突出,成為意象派詩歌的先驅。余光中曾有一面之緣的佛洛斯特經常觸景生情,因物起興,將日常素材化為深具哲思的詩篇。〈雪夜林畔小駐〉("Stopping by Woods on a Snowy Evening")格律嚴謹,表面上是雪夜即景的自然詩,其實深具象徵意味。

英詩無數,不勝枚舉,選詩固然不易,註詩尤其困難。余光中使出英詩教授看家本領,用心評註,包括形式與內容、意象與意義、表面與象徵、觀察與想像、文體的發展及文學史上的地位與意義,強調朗讀以欣賞音韻之美。這些都來自多年讀詩、譯詩、教詩的心得,厚積薄發,深入淺出,言簡意豐。若能善加體會,依教奉行,有如跟著余光中上了一堂英詩課。

契訶夫的〈哀歌〉("The Lament")是全書唯一的短篇小說。讀者經由簡單的文字與情節,感受到作者筆下小人物馬夫的喪子之慟、無處可訴的孤絕,以及人與動物的親密關係。

其餘各篇均為散文作品,風格迥異,內容多樣。史密斯(Logan Pearsall Smith)的〈瑣事〉("Trivia")為典型小品文,十四則速寫長短不一,篇篇巧思,字字珠璣,俱見作者個性,平凡中見妙趣。馬克‧吐溫的〈回憶母親〉("This Was My Mother")透過一則則小故事,生動呈現十九世紀美國女性的真誠、坦率、幽默、悲憫與勇氣,令讀者如見其人。梭羅以特立獨行、離群索居聞名,〈論忙碌〉("On Being Busy")提醒世人檢視人生,批評終日勞碌奔波、蠅營狗苟的態度,主

張自動自發,以愛謀生。霍弗(Eric Hoffer)在〈人、遊戲和創造力〉("Man, Play, and Creativity")中指出遊戲與藝術在人類文明發展過程中的重要性,呼籲擺脫功利目的,以游於藝的心態面對人生,發揮創意。

接下來四位作者的時代、背景與身分各異,主題卻都涉及大學生、閱讀、教育、知識與學習。科珀寫〈離家〉("Away from Home")時只是大二學生,文中描繪四位美國大學新鮮人如何面對新生活,運用新自由,由想家而自立。埃爾斯沃思(Ralph E. Ellsworth)在〈大學生和閱讀〉("College Students and Reading")中警示大學生缺乏閱讀,憂慮這種非智主義的現象,並剖析其成因。作者強調求知欲,為學習而學習,廣泛閱讀,嚴加比較,培養判斷力與品味,認為這些都是好公民的素養。年僅三十歲就擔任芝加哥大學校長的傳奇人物哈欽斯(Robert M. Hutchins),以推動閱讀經典聞名。〈教育的基礎〉("The Basis of Education")主張教育的目標在於改善人與社會,強調哲學、歷史、文學和藝術能提供有關關鍵議題的重要知識。而年輕人的博雅教育目標是「教給他們日後自我教育所需要的習慣、思想和技巧」(283),並強調成人教育的重要,呼籲「持續的學習和溫故知新」(284),以建立理想的「學習的共和國」(285)。最早深入探討大學教育的是十九世紀的紐曼樞機主教(John Henry Newman),〈從與學習的關係看待知識〉("Knowledge Viewed in Relation to Learning")指出,為確保對嚴肅議題能形成個人見解,需大量的閱讀與資訊,否則思而不學則殆。而大學的作用在於廣其心志,博雅教育的目標則是心靈的啟蒙與擴展。作者把博覽群籍、融會貫通的知識稱為「普遍知識」("Universal Knowledge"),而大學就是培養普遍知識的場所。

林肯的〈葛底斯堡演說〉("Gettysburg Address")是全書最短的散文名作,僅兩百六十字,強調民有、民治、民享的政府,廣泛收入各種文選,也是極少數保留先前讀本之文。〈戰勝孤獨〉("A Conquest of Solitude"）來自布魯斯（Robert V. Bruce）1973年（此讀本出版同一年）問世的《貝爾傳》（*Bell: Alexander Graham Bell and the Conquest of Solitude*），以傳記文學手法呈現既盲又聾的海倫‧凱勒（Helen Keller）與發明家貝爾（Alexander Graham Bell）、老師莎莉文（Annie M. Sullivan）三人多年的情誼與合作。蒙塔古（Ashley Montagu）的〈女人天生優越論〉（"The Natural Superiority of Women"）以風趣幽默的口吻傳達科學新知。作者舉出許多科學證據，說明女人在生理與心理上都比男性優越，此篇既是平易近人的科普文章，又充滿女性主義意識。同為科普文章，皮蒂（Donald Culross Peattie）的〈鏡頭〉（"Lenses"）大異其趣，細描漫步鄉野自然觀察的優美筆法讓人聯想起梭羅。出外採樣後，回到家裡，取出顯微鏡悉心觀察，另一個截然不同的世界隨即映入眼簾。

愛因斯坦深具人文精神與道德關懷，〈宗教與科學〉（"Religion and Science"）區分原始先民因恐懼自然環境而產生的「恐懼宗教」（"the religion of fear," 400），以及文明人出於道德意識與社會感情而產生的「道德宗教」（"the moral religion," 400），兩者共同之處是「它們的上帝觀念都有擬人化特徵」（401）。作者從多年科學探索的體悟，拈出「宇宙宗教感情」（"cosmic religious sense," 401），認為不僅層次最高，而且可得自超越日常功利思維的藝術與科學研究。科幻小說作家克拉克兼具文學與科學之長，〈我們永遠無法征服太空〉（"We'll Never Conquer Space"）以具體數據論證，即使科技發展一日千里，再先進的飛行器速度依然有限，人類面對浩瀚宇宙只能望洋興歎。

〈技術與世界政局〉（"Technology and World Politics"）作者斯柯尼科夫（Eugene B. Skolnikoff, 1928-　）已臻九六高齡，是全書唯一健在的作者。全文主張科技的發展與影響早已跨越人為國界，必須以全球視角看待。文中提到全球暖化、生態污染、海洋資源與外太空的爭奪等議

題,甚至資訊戰、「自然資源管理、人口增長、信息〔資訊〕處理、遺傳工程」(451)以及「軍事技術」(451)等問題,並呼籲建立國際監管機制,這些都是今日迫在眉睫的事,卻早已出現於半世紀之前的英文讀本。

余光中一向關切中西文學、思想與文化,授課時經常帶入中西比較的觀點。〈《論語》五十節〉摘自狄百瑞(William Theodore de Bary)、陳榮捷(Wing-tsit Chan)、華茲生(Burton Watson)合編的《中國傳統文獻》(*Sources of Chinese Tradition*),[3] 讓習於從《論語‧學而篇》讀起的中文讀者,得以透過英譯以及比原著更有系統的分類,不僅重新認識這部儒家奠基文本,也能學到儒家重要觀念的英文表達方式,有利於向外國人士介紹中華文化。〈《莊子》五節〉選文集中於生死,錄自〈至樂〉、〈大宗師〉、〈齊物論〉、〈秋水〉諸篇,英譯者分別為韋禮(Arthur Waley)、華茲生與梅貽寶(Yi-bao Mei),[4] 足見取材之廣泛,編選之用心。讀者借道三位中西學者的英譯,再次領

---

[3] William Theodore de Bary, Wing-tsit Chan, and Burton Watson, eds., *Sources of Chinese Tradition*, 2 vols. (New York: Columbia University Press, 1960).《中國傳統文獻》第一冊第二章〈孔子〉("Confucius")分為導言(15-20)與選文(20-33)兩部分。第二部分自《論語》選譯一百零三節,分為「孔子其人」(20-25)與「孔子的教誨」(25-33),而「作為老師的孔子」(23-25)為「孔子其人」的一部分。《大學英文讀本》則自《中國傳統文獻》的選譯中再精選一半,並在結構上有所調整,將「作為老師的孔子」獨立出,以凸顯孔子的老師形象。《論語》共二十篇,四百九十七節,《大學英文讀本》此五十節約占《論語》全書十分之一,分為「孔子其人」(一至十六,共十六節)、「作為老師的孔子」(十七至二十三,共七節),以及「孔子的教誨」(二十四至五十,共二十七節)。感謝趙麗婷小姐協助尋找英譯出處。

[4] 第一、二節選自〈至樂第十八〉,英譯出自韋禮,見於 Arthur Waley, *Three Ways of Thought in Ancient China* (London: George Allen & Unwin Ltd., 1939), pp. 21-22, 51-52;第三節選自〈大宗師第六〉,英譯出自華茲生,見於 Burton Watson, *Chuang Tzu: Basic Writings* (New York & London: Columbia University Press, 1964), pp. 80-82;第四節選自〈齊物論第二〉,第五節選自〈秋水第十七〉,第四、五節英譯出自梅貽寶,見於 William Theodore de Bary, Wing-tsit Chan, and Burton Watson, eds., *Sources of Chinese Tradition, Volume 1* (New York: Columbia University Press, 1960), pp. 73, 77。感謝趙麗婷小姐協助尋找英譯出處。

會道家聖哲思想之超脫與想像力之豐富。來自《史記》的〈李將軍列傳〉以英文再現兼具歷史之真與文學之美的名作。[5] 余光中建議讀者對照中文閱讀，以見太史公雄深雅健的風格。

壓卷的兩篇名家之作別具深意。羅素的〈中西文明的比較〉("Chinese and Western Civilization Contrasted")以跨文化的視野，對比中西文明，分析各自的特色與優劣。文中論及歐美文明的三個共同源頭——希臘文化、基督宗教與現代工業主義——也介紹中國的老莊、孔子以及詩歌與藝術，並提到中華文化接受佛教，以示其相容並蓄。他對比老子的「生而不有，為而不恃，長而不宰」（546）與西方的「占有、自恃，以及統治」（546），指出中國人天性寬容、友善，以禮相待，而西方白人到中國則出於三個動機：打仗、賺錢、傳教。羅素認為中西雙方相互學習必然有益於彼此。

湯恩比寫〈我為什麼不喜歡西方文明〉("Why I Dislike Western Civilization")時已高齡七十五，此文是彙集他多年研究世界各大文明後的反思。他之所以不喜歡西方文明，是因為在他有生之年，「西方世界爆發了兩次世界大戰」（565），「出現了墨索里尼、希特勒、麥卡錫等領導人物」（565）。他也細數當前西方文明讓他不滿之處：個人主義、嫌棄老人、廣告業、標準化、性意識、專業化、機械化等。

讀本最後五篇選文中，前三篇介紹中國儒家、道家與史家的代表文本，續以羅素與湯恩比的兩篇思想性文章。余光中特別提到，「壓卷的五篇選文〔……〕這樣子的取材和編排，我自命是『革命性的』，不免

---

5 司馬遷的《史記》依體例分為本紀、表、書、世家、列傳，其中以記載人物的列傳最具文學特質。列傳依內容可分為單傳、合傳、類傳、四夷傳、附傳、自傳。英譯選文出自華茲生，見於 Burton Watson, trans., *Records of the Grand Historian of China: Translated from the Shih Chi of Ssu-ma Ch'ien, Volume II: The Age of Emperor Wu, 140 to circa 100 B.C.* (New York: Columbia University Press, 1961), pp.141-152, 154.〈李將軍列傳〉以李廣為主，並附其子李敢、其孫李陵的傳記，故屬附傳，英譯予以保留。

有點沾沾自喜」（xii）。

要言之，全書始於經典的定義與功能，接著重視文字與修辭的作用，經由廣泛的藝術引入詩論，繼而賞析英美詩作與短篇小說，再進入面貌繁複、具有文學性、知識性與啟發性的散文，銜之以英文重新閱讀、詮釋的中華文學與文化經典，總結於中西文明的對比與批判。細讀各篇固然開卷有益，總體觀之則更見其結構有機，井然有序，前後呼應，體現余光中如何透過語文學習達到博雅教育的理念。

余氏美學與讀本特色

余編《大學英文讀本》採用高雅光滑的乳白色系以及較大的開數，頗顯亮麗、脫俗、大氣。封面插圖為他心儀的克利（Paul Klee）畫作《滿月時的動物》（*Animals at Full Moon*, 1927），寥寥幾筆，童趣中帶有深意，彷彿召喚讀者參加一場知識派對。扉頁後的兩頁，左側底下的十音節雙行體詩："Write down your own immortal sayings here. / Never mind the saints and bores in the rear."（「此處寫下自己不朽格言。／別理後面無聊人與聖賢。」）出自精通英詩的余老師，格律工整，語帶幽默，期許讀者的同時調侃書中作者。右側硬筆畫也出自他的手筆，只見一位頭戴高帽、身穿燕尾服的男士，手持捕蝶網正躡手躡腳要捕捉前方地上的「問號」，一如書中多篇文章所強調的求知慾與好奇心。這些編排在在體現「余氏美學」。

綜上所述，余編《大學英文讀本》特色有四：

第一，**博雅理念，具體實踐**：余光中身為大學西語系系主任，因應時代與教學需求，新編英文教材，以強化學生的語文能力。他的理念高超，視野廣闊，秉持博雅教育理念，落實於具體文本，以期培養出兼具英文能力、人文素養、現代感與國際觀的知識青年。

第二，**推陳出新，設計多元**：四位編者對跨文化的語言學習都有深切的體認，明瞭大學英文教育的需求，深悉舊有教材的貧乏與缺失，力求創新與多元，若干選材甚至是幾年內的新文，顯示觸角的敏銳、與時俱進的精神、接軌國際的作為。

第三，**古今相容，中西並蓄**：選文上自中國傳統經典，下至當代美國大學生的回顧，既有莎士比亞詩歌、艾略特詩論、契訶夫短篇小說、希區考克電影論、畢卡索藝術論，也有二十世紀小品文、科普文，及其他領域論述。內容既涉及大學理念、教育目標、閱讀與學習，以及中西文化比較與批判的思想性文章，也涉及女性意識、科技發展、宗教觀點、環保議題與國際政治等文章，熔古今中外於一爐，以成就大學之「大」與「學」。

第四，**渾然有機，六「文」兼具**：此書小到一字一詞的註解，中到作者的簡介與選文提要，大到文章的精挑細選、排列組合與有機結構，在在透露出主事者目標明確，大處著眼，小處著手，由文字、文句，而文本、文學、文化、文明，層層向上，統攬古今中外，開拓學生視野，達到博雅教育的目標。

余老師於 2017 年辭世，為中文世界留下豐厚遺產，化為現當代文學史上的一顆巨星。卻也因文名閃耀，難免遮掩他身為英美文學教授，尤其英語教育者的角色。《大學英文讀本》以嶄新面貌問世，再現余光中罕為人知的一面，就「余學」而言，固然有尋幽探微、鉤沉出新的意義，一般讀者也可運用昔今的雙重視角，精讀細品，依文索意，體會其中的微言大義與博雅教育。

2023 年 3 月 31 日
臺北南港

原收錄於余光中編著，《余光中的英文課》（北京：商務印書館，2023年6月），頁 i-x；增訂版〈廣搜博納、獨樹一幟的英文博雅讀本〉，刊登於《中華讀書報》，2023年8月2日，第18版。此處再度增訂。本文部分內容曾以〈余光中的博雅教育之理念與實踐——以 University English Reader 為例〉為題，發表於2018年10月12日至13日國立中山大學外文系主辦之「余光中國際學術研討會」。

附識

University English Reader 出版時，筆者就讀政治大學西語系二年級，記得在上余光中老師的「英國文學史」必修課時，不時聽到老師提到這本書的編輯過程與選文特色，包括對於中華文化的引介與認識，對於西方文化的了解與批判，並戲稱羅素與湯恩比的兩篇壓軸之作可備學生未來跟西洋人「吵架」之用。

北京商務印書館胡曉凱編輯得知余老師所編的英文讀本後，有意重製為英漢雙語版，透過筆者與師母范我存女士及余幼珊博士取得聯繫，徵得同意後，廣邀譯者分頭翻譯，並邀筆者撰寫序言。編輯過程中，三方保持密切聯繫，經常交換意見。我留意到編校稿未含原附內頁插圖，委請幼珊詢問師母該圖是否出自老師之手，獲得師母證實，特請編輯納入書中，保留余老師難得一見的手繪漫畫，配合其親撰的英文雙行體詩，顯示老師風趣幽默的一面。書中三首選詩直接採用余老師中譯，介紹文字則由胡編輯中譯。此書2023年6月出版後廣受矚目，據編輯告知，當當網讀者評論在沒有推出大規模折扣促銷活動的情況下，截至12月18日已有「616評價」且「100%好評」，誠屬不易。該書出版至今已三刷，有英語培訓機構購下數千冊，並於2024年推出「余光中的英文課」課程與視頻，大力推廣。足見此書在半個世紀後依然歷久彌新，具有時代意義與價值。

序文撰寫過程中，筆者數度與定居美國的杜莉老師聯繫，了解當年編輯細節。斯安生老師英年早逝，筆者透過陳竺筠老師（王文興夫人）與其妹斯海文教授取得聯繫，承蒙告知其學歷背景，謹此致謝。

《余光中的英文課》目錄

一代中文大師的英文博雅讀本　單德興
從畢卡索到愛因斯坦——《大學英文讀本》編後　余光中
FORDWORD　Yu Kwang-chung

1. WHY A CLASSIC IS A CLASSIC　Arnold Bennett
   經典何以為經典　本涅特著　羅選民譯
2. HOW TO WRITE PERFECTLY　William Somerset Maugham
   怎樣寫作才完美　毛姆著　羅選民譯
3. THEATER CRITIC　George Bernard Shaw
   戲劇批評家　蕭伯納著　葉子南譯
4. FRESHLY COINED LANGUAGE　Alfred Hitchcock
   新鑄的語言　希區柯克著　吳思遠譯
5. STATEMENT ON ART　Pablo Picasso
   藝術宣言　畢卡索著　覃學嵐譯
6. ON POETRY　T. S. Eliot
   論詩歌　艾略特著　覃學嵐譯
7. COUNTRY SONG　William Shakespeare
   鄉村之歌　莎士比亞著　朱生豪譯
8. TO ONE WHO HAS BEEN LONG IN CITY PENT　John Keats
   久困在都市的人　濟慈著　余光中譯
9. ONE'S-SELF I SING　Walt Whitman
   我歌唱自己　惠特曼著　趙蘿蕤譯
10. WHEN I HEARD THE LEARN'D ASTRONOMER　Walt Whitman
    一堂天文課　惠特曼著　羅良功譯

11. A NARROW FELLOW IN THE GRASS　*Emily Dickinson*
　　蛇　狄金森著　余光中譯
12. STOPPING BY WOODS ON A SNOWY EVENING　*Robert Frost*
　　雪夜林畔小駐　弗羅斯特著　余光中譯
13. THE LAMENT　*Anton Pavlovich Chekhov*
　　哀歌　契訶夫著　李堯譯
14. TRIVIA　*Logan Pearsall Smith*
　　瑣事　史密斯著　李堯譯
15. THIS WAS MY MOTHER　*Mark Twain*
　　回憶母親　馬克‧吐溫著　李堯譯
16. ON BEING BUSY　*Henry David Thoreau*
　　論忙碌　梭羅著　李堯譯
17. MAN, PLAY, AND CREATIVITY　*Eric Hoffer*
　　人、遊戲和創造力　霍弗著　章艷譯
18. AWAY FROM HOME　*Peter Koper*
　　離家　科珀著　章艷譯
19. COLLEGE STUDENTS AND READING　*Ralph E. Ellsworth*
　　大學生和閱讀　埃爾斯沃思著　郭英劍譯
20. THE BASIS OF EDUCATION　*Robert M. Hutchins*
　　教育的基礎　哈欽斯著　郭英劍譯
21. KNOWLEDGE VIEWED IN RELATION TO LEARNING
　　John Henry Newman
　　從與學習的關係看待知識　紐曼著　郭英劍譯
22. GETTYSBURG ADDRESS　*Abraham Lincoln*
　　葛底斯堡演說　林肯著　《英語世界》譯本

23. A CONQUEST OF SOLITUDE　　Robert V. Bruce
戰勝孤獨　布魯斯著　彭萍譯

24. THE NATURAL SUPERIORITY OF WOMEN　　Ashley Montagu
女人天生優越論　蒙塔古著　章艷譯

25. LENSES　　Donald Culross Peattie
鏡頭　皮蒂著　周瑋譯

26. RELIGION AND SCIENCE　　Albert Einstein
宗教與科學　愛因斯坦著　張卜天譯

27. WE'LL NEVER CONQUER SPACE　　Arthur C. Clarke
我們永遠無法征服太空　克拉克著　彭萍譯

28. TECHNOLOGY AND WORLD POLITICS　　Eugene B. Skolnikoff
技術與世界政局　斯柯尼科夫著　彭萍譯

29. SELECTIONS FROM *THE ANALECTS*　　Confucius
《論語》五十節　孔子　英譯摘自狄百瑞、陳榮捷、華茲生合編之《中國傳統文獻》

30. SELECTIONS FROM *CHUANG TZU*　　Chuang Tzu
《莊子》五節　莊子著　韋禮、華茲生與梅貽寶（英譯）

31. THE BIOGRAPHY OF GENERAL LI KUANG　　Ssu-ma Ch'ien
《史記・李將軍列傳》　司馬遷著　華茲生（英譯）

32. CHINESE AND WESTERN CIVILIZATION CONTRASTED
Bertrand Russell
中西文明的比較　羅素著　商務印書館譯本

33. WHY I DISLIKE WESTERN CIVILIZATION　　Arnold Toynbee
我為什麼不喜歡西方文明　湯因比著　羅選民譯

柯南與克難：為臺灣翻譯史探查真相
——賴慈芸著《翻譯偵探事務所》

書名：翻譯偵探事務所
副標：偽譯解密！台灣戒嚴時期翻譯怪象大公開
作者：賴慈芸
出版者：蔚藍文化出版股份有限公司
初版日期：2017 年 1 月
叢書系列：文化觀察
頁數：384 頁
ISBN：9789869205061（平裝）

多方位的學者與譯者

　　賴慈芸教授《翻譯偵探事務所》問世，對臺灣翻譯史與翻譯研究史具有特殊的意義。全書以深入淺出、風趣幽默的筆法，娓娓道出臺灣翻譯史上許多軼聞與逸事，化枯燥無味的史實為平易近人的故事，讓人在輕鬆閱讀間吸取有關臺灣翻譯史的知識，可謂另類的科普或「譯普」，先前多篇文章在部落格刊登時廣受歡迎與肯定，榮獲 2016 年臺灣部落格大賽「文化與藝術類」佳作。

　　在臺灣翻譯學界，像賴教授這樣學經歷完整的學者屈指可數。她自幼喜愛閱讀，因為喜好中國文學而罕見地由臺灣大學外文系轉到中文

系,但依然以外文系為輔系,因此奠定了良好的中、英文基礎,培養了對中、英兩種語境與文化脈絡的知識(晚近為了研究需要,又修習日文)。就讀臺灣最早成立的輔仁大學翻譯學研究所時,在比較文學及翻譯高手康士林(Nicholas Koss)教授指導下,與同學分頭撰寫不同文類的英美文學在臺灣的翻譯史,她的碩士論文〈飄洋過海的繆思——美國詩作在台灣的翻譯史:1945-1992〉(1995),連同其他幾位同學的碩士論文,[1] 經常為臺灣翻譯史的研究者所查詢、徵引。

之後她前往當時華人世界翻譯研究的領頭羊香港取經,以研究金庸武俠小說英譯("Translating Chinese Martial Arts Fiction, with Reference to the Novels of Jin Yong," 1998)取得香港理工大學中文及雙語研究系博士學位,指導教授就是與霍克思(David Hawkes)共同英譯《紅樓夢》聞名的閔福德(John Minford)教授。返臺後,多年任教於臺灣的翻譯研究重鎮——國立臺灣師範大學翻譯研究所——由助理教授、副教授而教授,並曾擔任所長,造就不少筆譯與口譯的新秀與學者。由此可見她不僅是翻譯研究科班出身,而且多年來結合研究、教學與專業服務,作育眾多英才。

賴教授在翻譯(與)研究方面的表現多元而豐富。她一直站在翻譯實踐的最前線,多年譯作不輟,去年(2015年)剛出版了《愛麗絲鏡中奇遇》(Lewis Carroll, *Through the Looking-Glass, and What Alice Found There*〔臺北:國語日報〕)以慶祝《愛麗絲漫遊奇境》(*Alice's Adventures in Wonderland*)出版一百五十週年(2000年曾協助修訂趙元任翻譯的《愛麗絲漫遊奇境》〔臺北:經典傳訊〕,以期兼顧趙氏名譯與現代讀者的語言習慣)。譯作《遜咖日記》(Jeff Kinney, *Diary*

---

1 李惠珍,〈美國小說在臺灣的翻譯史:一九四九至一九七九〉,1995;周文萍,〈英語戲劇在台灣:一九四九年至一九九四年〉,1995;張琰,〈說了又說的故事——十九世紀英國小說中譯在台灣(一九四九至一九九四)〉,1996。

of a Wimpy Kid〔臺北：博識圖書〕）自 2008 年起至 2015 年已出版十集，是臺灣書市少見的現象。先前的譯作《未來城》（James Trefil, *A Scientist in the City*〔臺北：時報文化，1997〕）、《我絕對絕對不吃番茄》（Lauren Child, *I Will Not Ever Never Eat a Tomato*〔臺北：經典傳訊，2002〕）與《當天使穿著黑衣出現》（Nathaniel Lachenmeyer, *The Outsider*〔臺北：大塊文化，2003〕）分別獲得香港電臺十本年度好書（1999）、聯合報讀書人最佳童書繪本類獎（2002）與中國時報開卷十大好書翻譯類獎（2003）等港、臺具有代表性的獎項。

此外，賴教授也主持國立編譯館的研究計畫「建立國家中英文翻譯人才能力檢定考試『一般文件筆譯』命題及評分機制研究」（2007-2010），實際參與國家翻譯政策的擬定與執行。她所負責的國科會／科技部專題研究計畫「十九世紀英美小說翻譯品質研究：附評註書目」（2010-2012）與「戒嚴時期的歐美小說翻譯品質研究：附評註書目」（2012-2016），旨在兼顧臺灣翻譯的歷史與品質研究。

她的學術論文刊登於《編譯論叢》、《翻譯學研究期刊》、《英美文學評論》等代表性期刊，並獲邀為《中華民國發展史：文學與藝術》（臺北：國立政治大學，2011）撰寫〈翻譯文學史〉，綜觀中華民國建國百年來的翻譯文學史。〈還我名字！──尋找譯者的真名〉一文獲得香港中文大學宋淇翻譯研究論文紀念獎「評判提名獎」（2014）。

她的專書《譯者的養成：翻譯教學、評量與批評》（臺北：國立編譯館，2009）頗受學界重視，如其中一篇〈評韓南新譯「明朝愛情故事」〉（Patrick Hanan, trans., *Falling in Love: Stories from Ming China*〔Honolulu: University of Hawaii Press, 2006〕，原刊登於《漢學研究》第 25 卷第 1 期〔2007 年 6 月〕），2007 年夏季我在哈佛大學與被評論的國際著名漢學家韓南面談時，他對書評中的論點表示贊同，並要我轉達謝意。

由此可見，她不僅翻譯實務經驗豐富，也參與政府的翻譯政策制定，既能深入研究個案，也具有翻譯史的廣闊視野，既能見樹，也能見林，既在象牙塔中登高望遠，也不時於十字街頭與網路行走，實為在翻譯實踐、研究、政策與教學多方位都有突出表現的學者。

中文翻譯界的名偵探柯南

凡從事翻譯工作者基本上都樂於與人分享，否則就不會從事這種吃力不討好、報酬偏低、地位不高的苦差事。因此，賴教授除了從事嚴肅的翻譯研究之外，也積極利用網路平臺分享她在研究過程中發現的一些奇聞軼事。有鑑於二次大戰後臺灣翻譯界的許多奇冤怪案，2013年4月她成立了部落格「翻譯偵探事務所」（https://tysharon.blogspot.tw/），旨在「致力於挖掘台灣各種翻譯作品的來龍去脈。一方面釐清戒嚴時期，大量使用大陸譯本，又『依法』更改姓名的事實，還譯者公道；另一方面，也回顧過去數十年來影響我們的各種翻譯作品。」

以偵探自居的她，「上窮碧落下黃泉，動手動腳找東西」（傅斯年名言），進行了許多超級任務，並把辦案的經過與結果，藉由靈活生動的文筆公諸於世，在知識的生產與傳播上，將嚴肅的學術成果普及於廣大的庶民社會，與她的研究計畫相輔相成，交互為用，這種研究過程與呈現方式在當今臺灣尤其重要。先前筆者便在她的部落格閱讀過多篇，深知這一篇篇平易近人、不時流露出幽默風趣的文章，其實來自非常踏實綿密的偵察與推理功夫，每次相遇都戲稱她為「柯南」，並希望能早日結集出書，將研究成果分享廣大讀者，因此對於此書出版特別感到高興。

既然以名偵探「柯南」來形容她，當然就涉及辦案。以當時的大環境而言，臺灣受到二次大戰後政治因素與戒嚴時期的影響，「投匪」或「陷匪」的譯者之作不能在光天化日下出現，加上語言與文化政策造成的

青黃不接，有能力從事中文翻譯的人才不多，出版社或基於文化使命、文學喜好，或在商言商、有利可圖，於是上有政策、下有對策，將舊譯易容改裝、借殼上市，雖然不免風險，但畢竟相對較小，並可省卻找人重譯成本高昂、曠日廢時且品質沒有把握的情況，以致仿冒者眾，流風所及，出版界習以為常，除了少數明眼人之外，絕大多數讀者都遭矇騙而不自知。這種翻譯界的怪現象固然為當時臺灣的文化荒漠注入一些活水，後遺症則是使得臺灣翻譯史成了一筆糊塗帳，埋名隱姓、化名出版、冒名頂替、「謀殺譯者」的情況比比皆是，時間一久就沉冤莫白了。

這些不幸的譯者因為當時政府的文化政策，以致譯作遭禁，「毀屍滅跡」，不見天日，雖然在出版社的變通下得以偷天換日，「借屍還魂」，卻是匿名、甚至為他人所冒名，其中固然有少數出版社是出於善意（如美國新聞處為了保護身陷中國大陸的譯者，避免他們受「美帝」牽連而遭遇不測），卻不脫「二度謀殺」之嫌（相對於禁書之首度謀殺）。因此，賴「柯南」的使命便是追根究柢，讓這些譯作認祖歸宗，譯者得以洗雪冤情，「還我真名」。因此這本深入淺出的書固然可以讓深者見其深，見識到作者在翻譯史料上所下的驚人工夫，以及其中或隱或顯的路數，而一般讀者也可由各篇文章了解白色恐怖情境下臺灣翻譯界的怪現狀。

換言之，作者藉由史料的考掘與鋪陳，試圖讓改名換姓、銷聲匿跡的譯者重見天日、重新發聲。就翻譯研究而言，這本書充分反映了皮姆（Anthony Pym）在《翻譯史的方法》（*Method in Translation History* 〔Manchester: St Jerome Publishing, 1998〕）中所強調的四個原則：翻譯史「應該解釋譯作在特定社會時空出現的原因」；其「中心對象應為譯者」；必須聚焦於譯者置身的「社會脈絡」；從事翻譯史研究是「為了表達、面對並嘗試解決影響我們當前處境的問題」（ix-xi）。而這正是晚近翻譯研究的典範轉移：由以作者與原作為導向，轉為以譯者與譯

作為導向。就《翻譯偵探事務所》而言,便是藉由有心人追根究柢,針對一例例個案加以處理,根據一塊塊碎片逐漸拼湊出大時代下的臺灣翻譯史拼圖。

要成為一名傑出的偵探,至少必須具備以下幾個條件:(一)敏銳力:在不疑處起疑,在習以為常處覺察出異常;(二)觀察力:明察秋毫,「譯者」藏在細節裡;(三)活動力:腳到手到,四處蒐證;(四)想像力:竭盡所能納入各種可能性;(五)推理力:根據線索抽絲剝繭,順藤摸瓜;(六)意志力:鍥而不捨,使命必達;(七)敘事力:真相大白後,排比線索,說明始末。

要兼具這些條件頗為困難,而賴教授也是在多年的翻譯理論、實務與教學中,逐漸強化這些能力,面對真偽雜陳、混沌不清的臺灣翻譯史,根據縱橫糾葛、千絲萬縷的線索,逐一核實確認,多年努力終至有成,並不吝與讀者分享。所以本文標題〈柯南與克難〉可分為兩半三解:前半是佩服賴教授發揮名偵探柯南般的精神、技巧與績效;後半「克難」可有兩解,一是在研究經費有限的情況下,四處奔走,努力偵察,另一則是克服種種困難,衝破重重迷障,揭開臺灣翻譯史上荒謬時代的神祕面紗。

除了以幽默風趣的文字呈現嚴峻荒誕的史實之外,全書搭配了作者上下求索、千辛萬苦找到的許多珍貴圖片,以圖文並茂的方式來佐證內容的真實無訛。書中出現的一些圖表,也是多方爬梳經年累月的資料而來,不宜等閒視之。

揭開臺灣翻譯史的神祕面紗

臺灣戒嚴時期的翻譯現象實在光怪陸離,五花八門,因此全書內容豐富多元,分為五卷,每卷十文,總計五十文。「獨裁秘辛之卷」呈

現的是戒嚴時代翻譯與政治、權力、禁忌的關係，基本上依時間順序排列，揭露反共年代短命的編譯機構（臺灣省編譯館），遭逢白色恐怖的春明書店與啟明書局，官方禁書政策下（如警總頒布《查禁圖書目錄》）民間出版社的作為／作「偽」，美新處為了保護「投匪」或「陷匪」譯者而成為偽造譯者的始作俑者，臺灣如何為了反共而偽譯（《南海血書》）或炮製不同的譯本（蔣介石閱讀的《荒漠甘泉》與國防部出版的《伊索寓言新解》），如何透過翻譯來看統治者蔣介石（從日文中譯的《蔣總統秘錄》）或中國大陸（從英文中譯的《天讎：一個中國青年的自述》〔2016年易名為《從前從前有個紅衛兵》重新出版〕），以及戒嚴時期的禁書於解嚴後出現了一書兩譯的中文譯本與臺語譯本（《一桶蚵仔》）。

「偷天換日之卷」是作者從已發現的一千四百多種抄襲譯本中，擇取精采案例來說明張冠李戴、冒名頂替（受害者包括大名鼎鼎的林語堂、以翻譯俄國文學享有盛譽的耿濟之、譯作《茶花女》風行臺灣的生物學家夏康農、譯作《魯濱遜飄流記》成為臺灣主流譯本的吳鶴聲），同書異譯、一書多譯、抽樑換柱、魚目混珠的現象（三本《紅與黑》、十本《茵夢湖》），以及罕為人知的多位莎劇譯者（除了著名的梁實秋與朱生豪之外，還有曹禺、曹未風、方平、方重、章益、楊周翰等人），並追根溯源（直接譯自阿拉伯文的《新譯一千〇一夜》），討論在臺灣翻譯史上「功過難論」的遠景出版社，甚至舉證推測朱光潛翻譯過勞倫斯（D. H. Lawrence）的名作《查泰萊夫人的情人》。

「高手雲集之卷」從個案中凸顯大時代的滄桑與個別譯者的命運，讀來往往令人不勝噓唏：如尋譯者（鍾憲民）不遇，因國共對抗、兩岸分隔而不得相見的父子（英千里與英若誠）與怨偶（沉櫻與梁宗岱），「逃避婚姻的天主教女譯者」張秀亞與蘇雪林，以創辦《文學雜誌》、培養出白先勇等作家而聞名的文學教育者與反共譯者夏濟安，自由主義

先驅、夾譯夾論的殷海光，父未竟譯作由子續完的郁達夫與郁飛，多產譯者卻因血案入獄的馮作民，白色恐怖下的受害譯者許昭榮、姚一葦、張時、糜文開、柏楊、朱傳譽、紀裕常、盧兆麟、方振淵、胡子丹、詹天增等人，以及雖分隔兩岸未能謀面、卻因《柴可夫斯基書簡集》結緣且惺惺相惜的愛樂者吳心柳（張繼高）與陳原。

「追憶再啟之卷」從作者本人的經驗出發，記錄與形塑我們這一世代的翻譯記憶，頗能引起讀者共鳴。討論的對象包括從原本無語到中譯有話的美國漫畫《小亨利》，歷三十多年不衰的日本漫畫《千面女郎》，臺大中文系教授黃得時自日譯本轉譯的美國作品《小公子》與《小公主》（因刻意隱瞞以致日譯者隱形），同一年出現七個中譯本的《天地一沙鷗》，美國名將麥克阿瑟（Douglas MacArthur）的〈為子祈禱文〉（《天》與〈為〉後來都編入部頒教科書），三毛譯自西班牙文的漫畫集《娃娃看天下》，始譯自林語堂、以何凡最持久、繼之以茅及詮、終於黃驤的美國時事諷刺《包可華專欄》，崔文瑜與張時翻譯的西洋羅曼史《米蘭夫人》與《彭莊新娘》，甚至自德文翻譯的〈搖籃曲〉，自英文翻譯的驪歌，自英文、日文翻譯的流行歌曲。

最末的「娛韻繞樑之卷」分享作者在辦案過程中發現的一些有趣現象，以博讀者一粲，如臺日對照、作為學習臺語之用、臺灣最早的《伊索寓言》（1901），臺灣最早的莎士比亞故事〈丹麥太子〉（即〈哈姆雷特〉，1906），最早的安徒生童話中譯其實是臺灣出版的〈某侯好衣〉（即〈國王的新衣〉，1906），把名盜亞森羅蘋的犯案現場移到高雄的《黃金假面》（1960），《拾穗》出版的香艷大膽蕾絲邊譯作《女營韻事》（1963），譯者邊譯邊貶作者的《紫禁城的黃昏》（1965），《畢業生》的七本中譯因「違反善良風俗」而遭禁（1971），使徒保羅以希臘文撰寫、經英文轉譯為中文聖經和合本《哥林多前書》第13章、再譜為曲的〈愛的真諦〉（1973），把作者誤認為柯南・道爾或其

好友華生的《最後的難題》(1975),以及荷蘭漢學家高羅佩(Robert Hans van Gulik)由譯者成為作者而撰寫的充滿東方(主義)遐思的「神探狄仁傑」系列小說(1982)。

搭乘時光機重返犯罪現場

　　從以上簡述全書大要,便可一窺辦案者觸角之敏銳與範圍之寬廣,欲知偵探詳情,務必閱讀內文。總之,在有關臺灣翻譯史的著作中,範圍如此廣闊、功夫如此扎實、內容如此深入、文筆如此風趣的作品可謂絕無僅有。讀者閱讀時可根據個人的興趣與經驗自行感受。至於癡長賴教授十幾歲的筆者,在閱讀中也能感受到彼此經驗的異同,如國語書店「世界名作全集」裡的《黑奴魂》、《孤星淚》、《斬龍遇仙》、《神箭手威廉泰爾》等可能都是我們共同讀過的版本。

　　筆者大學時曾目睹臺北公館書攤上海鷗滿天飛(《天地一沙鷗》)的盛況,也在政大的大一英文讀本讀過麥克阿瑟的〈為子祈禱文〉,然而這兩個充滿勵志或父愛的文本成為部頒教科書的教材,則余生也早,無緣體驗。至於宗教歌曲〈愛的真諦〉則是在基督徒的團聚或婚禮中聽到,雖對「〔愛是〕不作害羞的事」有些起疑,但就當成全篇道德勸誡的一部分,未如作者般尋根探源,比對晚近的中文譯本,找到更貼切原文的字眼。全書類似的例子眾多,讀者在閱讀時當會找到與自己相應的經驗。

　　此外,書中提到的一些現象,在歷史對照下足令我們反思。最重要的當然就是藉由一些實例印證翻譯絕非無關緊要,與時代、政治的關係密切而複雜,值得深入探討,並至盼因翻譯賈禍、因意識形態扭曲譯本、因政治因素使譯者銷聲匿跡等等「害羞的事」不復出現。

　　又如,以往不重視智慧財產權,以致盜譯橫行,一有名作問世,市

面上往往出現不同譯本,然而經由譯評和市場機制,會出現本書所說的「良譯驅逐劣譯」的情形。如今在智慧財產權保障下,只要一家出版社取得版權,其他家便不得翻譯,這固然是對智慧財產權的尊重與保護,然而翻譯若所託非人,而出版社事前未能把關,事後不願負責,對如今偶爾一見的譯評毫不在意,對網路上的糾錯又笑罵由人,使得劣譯成了唯一合法的版本橫行於世,任何人奈何不得,不僅對作者是莫大的傷害,也損及讀者的權益,並破壞出版社與譯者的聲譽,形成「四輸」的局面,能不慎乎?

儘管賴教授主持的翻譯偵探事務所已偵破不少困難的案例,然而臺灣翻譯史上的謎團不勝枚舉,許多真相仍舊未能大白,許多譯者依然沉冤待雪,相信這本書只是辦案成果的初集,寄望這位大有來頭的偵探再接再厲,就像她的譯作《遜咖日記》般一集集出版,繼續為隱身不見的譯者伸張正義,使他們得以重見天日,讓臺灣翻譯史真相大白,海清河晏。

現在就讓我們搭上時光機,在賴神探的引領下,重返犯罪現場,仔細勘查採證,抽絲剝繭,讓多樁陳年舊案水落石出,為臺灣翻譯史上蒙冤的譯者尋回真相與公義。

謹祝翻譯偵探事務所業務蒸蒸日上,賴「柯南」屢建奇功。

2016 年 9 月 3 日
臺北南港

原收錄於賴慈芸著,《翻譯偵探事務所》(臺北:蔚藍文化,2017 年 1 月),頁 6-17。

附識

　　《翻譯偵探事務所》由於史料翔實，內容豐富，文筆靈動，深入淺出，榮獲 2018 年第四十二屆金鼎獎（圖書類之非文學圖書獎）。此書探討臺灣戒嚴時期遭到隱姓埋名的譯者以及改頭換面的譯作，對於廓清白色恐怖時期的臺灣翻譯史發揮了空前的作用，因此國家人權博物館主辦的「白色恐怖歷史現場——白色恐怖景美紀念園區主題展」（新北：白色恐怖景美紀念園區，2021.7.26-2025.12.31），納入此書作為時代的見證。此外，賴慈芸教授主編的《臺灣翻譯史：殖民、國族與認同》（新北：聯經，2019），為執行教育部一〇七年度編纂主題性論文集計畫之成果，共收錄十二位學者的論文，包括筆者〈冷戰時代的美國文學中譯：今日世界出版社之文學翻譯與文化政治〉增訂版（467-514）。全書逾六百頁，橫跨日據時代與冷戰時代，是迄今為止最具代表性的臺灣翻譯史研究論文集。

低眉信手續續彈
——宋瑛堂著《譯者即叛徒？》

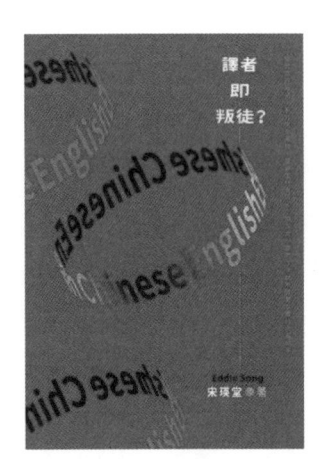

書名：譯者即叛徒？
副標：從翻譯的陷阱、多元文化轉換、翻譯工作實況……資深文學譯者30餘年從業甘苦的真實分享
作者：宋瑛堂
出版者：臉譜出版／城邦文化事業股份有限公司
初版日期：2022 年 12 月
叢書系列：臉譜書房
頁數：264 頁
ISBN：9786263152120（平裝）

翻譯與叛逆

　　翻譯是人類文明自古以來就存在的活動。不同語文的使用者相逢，若有意溝通，卻又不通曉對方的語文，勢必只能仰賴通曉彼此語文的中間人，但又無法確認訊息是否充分傳達。即便周遭有通曉雙語者，對訊息內容也可能有各自的詮釋，未必全然認同傳譯者的表達方式，甚至有所質疑。這種懷疑的態度屢屢出現於和翻譯有關的譬喻，最為人知的莫過於義大利名諺："Traduttore, traditore."（「譯者，逆者也。」）。宋瑛堂的翻譯論集《譯者即叛徒？》（臺北：臉譜，2022）書名中的問號，便是一位中文世界資深譯者對這個議題的反思與回應。

宋瑛堂從事英翻中三十餘載，譯作上百種，種類繁多，尤以文學翻譯著稱，近譯臺裔美國作家游朝凱（Charles Yu）美國全國圖書獎（National Book Award）得獎之作《內景唐人街》（*Interior Chinatown*〔臺北：新經典文化，2022〕）榮獲 2022 年第三十五屆梁實秋文學大師獎之「翻譯大師獎」首獎，堪稱其翻譯生涯的高峰。

　　其實，宋瑛堂的翻譯之路有些曲折蜿蜒，也正因為如此，反而有機緣瀏覽更多的沿途風光。他就讀臺灣大學外文系四年級時，獲得全校中英筆譯比賽首獎，因而志得意滿，沒料到兩、三個月後報考輔仁大學翻譯研究所時，卻因表現手法未獲青睞而慘遭滑鐵盧，延畢一年後考取臺灣大學新聞研究所。取得碩士學位、服完兵役的他，進入英文報界工作，因緣際會轉回翻譯舊愛。後來移居北美，投身翻譯，在過程中多方請教原作者，並先後參加加拿大、德國、拉脫維亞的譯者駐村計畫，與多國譯者朝夕相處，交換翻譯經驗與心得。

　　雖然譯作等身（應是「逾」身），《譯者即叛徒？》卻是宋瑛堂第一本文集，書中分享個人多年翻譯實務的心得，包括對於人工智能興起後機器翻譯之實驗與評價。本書雖非理論之作，但其中不少議題可供翻譯研究者進一步思索。書中許多實作經驗，可供有志於翻譯實務者參考，避免錯誤，少走冤枉路，提升翻譯的眼界與成效。至於普通讀者也可藉此窺見翻譯這行的甘苦，增長見聞。

　　正如余光中老師所言：「譯無全功」（"Translation knows no perfection."）。完美的翻譯既然是不可能的任務，身處作者與讀者之間的譯者因而動輒得咎，有功不賞、有過遭究，常自稱從事的是「吃力不討好的工作」（a thankless job）。然而依然有一群人多年孜孜投入此行業，其中固然不乏為稻粱謀的考量，但更多的是樂在穿梭於兩種語文之間的體驗，享受身為擺渡人的喜悅與成就感。

　　從事翻譯，尤其是文學翻譯，譯者面對文字的挑戰甚多，小到一字

一詞的處理，大到章節的統整，以及個別與整體之間的呼應，處處都得用心。學者在論述時若遇到沒有把握的外文尚可選擇迴避，但譯者在翻譯時遇到大大小小的挑戰卻不容視若無睹，必須見招拆招。有些難處也許當下就能處理，然而不少卻必須深思熟慮，甚至「旬月踟躕」（嚴復語），棘手難解。挑戰愈大，解決後的成就感就愈大，但也未必盡如己意，遑論盡合人意。這些都是獻身翻譯者的嚴峻考驗與獨特體會。

譯者儘管沉浸於原作的豐美，以及文字轉化的甘苦，但事過境遷，往往不再多談（不堪回首？急於趕赴下一個翻譯計畫？），或者未能及時留下筆記、感思，於是隨著時間而淡忘，不願或不能分享個人的感受與領會，以致外界對翻譯這一行存有不切實際的看法，或未盡公允的評論。即便有人對譯作提出批評，譯者基於種種考量也未必回應。因此，一般人固然透過閱讀翻譯增長見聞，欣賞文學，了解文化，但對勞苦而功不高、甚至吃力而不討好的譯者，仍欠缺深入的認識。雖然不時看到譯者零星發表文章訴說經驗（在自媒體時代尤其如此），但集結出書的譯者相較於實際從業人數，顯然不成比例。因此，宋瑛堂的《譯者即叛徒？》一書以資深譯者的身分現身說法，提供一窺堂奧的機會，也就特別引人矚目。

此書雖是新冠疫情期間無心插柳之作，卻成為譯界與讀者的幸事。作者原本是趁譯事之餘應博客來 Okapi 編輯之邀，在譯界人生「宋瑛堂翻譯專欄」撰文，分享一些「實戰血淚」，刊出後引發諸多共鳴，因此繼續撰寫，積稿既多，便有出版社邀請出書。整件事看似順理成章、水到渠成。然而若非多年經驗打下穩固基底，那麼水到之後可能只是泛濫，未必能成為灌溉良田的溝渠。換言之，「在文學翻譯界打滾三十餘年」（153）的作者，實務經驗豐富，加上疫情期間行動受限，便興起撰文分享翻譯經驗的念頭，因此這些文章與其說是一時之作，不如說是經年累月的積累。而眾人聞之色變的新冠疫情，恰恰為作者提供了化危

機為轉機的因緣。

　　如前所述,《譯者即叛徒?》的書名呼應了義大利名諺「譯者即叛徒」或「譯者,逆者也」,打上問號既可能是身為譯者的宋瑛堂部分接受此說法(因為翻譯絕不可能百分之百忠實),但更多的是對此說法的質疑(否則不會多年從事翻譯),而全書多方引證並提供親身體驗,以示認真的譯者如何面對自己的角色,發揮中間人的作用。

全書結構與大要

　　全書由〈序〉與二十九篇文章集結而成,分為四部。〈序〉自述經驗,個人處境,本書緣起,翻譯實例,一己見解與感受,以及自我期許,可與第二十二篇〈譯研所落榜,新聞界逃兵,譯緣剪不斷〉並讀,以了解作者曲折的心路歷程,包括受挫經過,轉進歷程,以及如何重拾初衷,多年在北美從事翻譯,尤其是致力於文學翻譯。

　　第一部「作者已死?!作為『靈媒』的譯者如何通靈詮釋」(原書「通靈」二字特別加上刪除線)收錄五篇文章。「作者已死」之說在文學理論界流傳甚廣,強調的是讀者對作品的詮釋與解讀,而非作者對作品的權威與掌控。此說與1980年代歐美風行的讀者反應理論有關,固然提升了讀者的地位與權力,但犧牲作者的說法則不免有誇大其詞、聳人聽聞之嫌,不僅與翻譯的文化轉向相左,也與歷史化及脈絡化的研究取向格格不入,可聊備一格,但不宜太過強調,否則可能得不償失。從這種角度來看,宋瑛堂把譯者喻為「靈媒」,並以實例說明自己在翻譯時如何像「通靈」般來詮釋原作,理解作者,也就順理成章了。

　　這就涉及譯者對文本的了解與掌握。若作家已過世,譯者只能借助多讀原著以及相關資料,以期更貼近作家,有助於透過譯文傳達原作的意思,這點與通靈有相似之處。然而翻譯健在的作家,由於當今網路科

技發達，與作家聯絡比以往方便得多。宋瑛堂從實際經驗發現，作家非但不是遙不可及，而且往往相當友善，有問必答（當然也不免音訊全無的情況）。畢竟作品翻譯成另一種語文，掛的依然是原作者的名字，譯者則有如「代理孕母」（34, 56），除了孕育胎兒，還要避免「手滑、眼殘、才疏學淺」，「把別人的孩子生壞了」（34-35）。作者關心自己作品實屬理所當然，遇到認真的譯者詢問自然樂於協助，讓自己的作品得以更精確地以另一種語文呈現。

　　正因為如此，「譯者不能怕被作者嫌笨」（第一篇篇名），除了細讀文本，努力翻譯，如果該書也發行有聲書，則可借此「通靈密道」（來自第三篇篇名）增加對文本的了解，遇到問題時宜多方尋求資料、詢問母語人士之外，也要不恥「上」問，追本溯源，請教作者本人，以期充分掌握原意，正確傳達。由於譯者身兼細讀者與傳達者，偶有發現原作不妥、矛盾甚至錯誤之處，也要代為「抓蟲」，供作者更正。宋瑛堂因而與多位作者建立起文字因緣，甚至電話專訪，於簽書會見面，餐敘，發展出深厚友誼，當然也不乏吃閉門羹或石沉大海的情形。宋瑛堂不吝分享親身經驗，尤其第四篇專門敘述他翻譯臺裔美國作家游朝凱《內景唐人街》的幕後故事。每本書的情況不同，與作者的來往、緣分也深淺不同，但最重要的心得是：「不會再託辭省略請教作者的這項功課」（29）。

　　第二部「譯者的罪與罰」收錄十篇文章，討論在英翻中的過程裡，遭遇的實際困難與處理方式。如重複出現的高頻字（有時一本書裡同一字出現高達一、兩百次），是都譯為同一個中文字眼，還是以不同字眼交替，「連番上陣代打」（62）？與之相關的就是英文裡的"must"、"have to"、"need to"、"ought to"等情狀助動詞，若都譯為「必須」，勢將如福壽螺般氾濫成災，因此「不是不能用，而是不宜濫用」（123）。至於「善用」與「濫用」的區別，在在考驗著譯者的功力。

專有名詞的翻譯也大有學問。如翻譯地名時,「務必再三確認發音、字源、本意、屬性」(75),盡可能貼近。翻譯人名時,如何兼顧音、義與性別,尤其是「尊重當事人的母語發音」(77)。遇到約定俗成的中譯人名,「沿用既定譯名為上策」(77)。而中文人名英譯也會遇到不同的困擾,包括用不用名字之間的連字號(124-133)。至於長久以來為人詬病的翻譯腔,其「病灶是直譯」(100),多花點心思當可避免,有時也不妨「與時俱進」(103),為中文增加一些外來的表達方式與新意。

　　其他如以訛傳訛、一誤再誤的誤譯(如披頭四的金曲"Norwegian Wood",被日本唱片行誤譯為「挪威的森林」,再經村上春樹的小說而流行於中文世界〔86, 92-93〕);臺灣報界慣於「化繁為簡」的英文「字母湯」(如新冠疫苗廠牌 AZ、BNT),簡則簡矣,但用於與外國人溝通時,恐生誤會或困惑;翻譯時遇到擬聲字如何處理(英文的擬聲字遠多於中文)。以往「師」字級的頭銜或尊稱,因為一再濫用而名實不副,「偽稱」不斷,以致詞義「貶值」、甚至「崩壞」,也值得留意(140)。

　　第三部「莫忘譯者如意少,須知世上語言多」收錄六篇文章,標題明顯脫胎自「莫忘/須知世上苦人多」,以此形容譯者面對多語世間的處境。自原文翻譯是直接且普遍的方式,然而小語種的作品翻譯往往必須借道強勢語文,如英譯本,勢必難以閃躲「二手翻譯」、「輾轉翻譯」、「間接翻譯」的議題。因此,查閱資料、多方請教是基本功,但翻譯過程中也潛藏不少陷阱,令人防不勝防。何況小語種作品如何藉由翻譯,跨越語文的疆界,走上國際,其中涉及多方因素,如稿酬偏低、譯者難尋(145-146),至於透過強勢語種的「二手翻譯」,也難逃無形的陷阱。由此可見,不同語種之間的權力關係影響翻譯的跨語文實踐。

宋瑛堂認為，儘管全世界中文的使用人口僅次於英文，但不容諱言的是，真正熟悉中文、有能力從事外譯的人依然很有限，以致「繁簡版原著在文學翻譯界仍屬小語種」（178），在向外拓展上仍有很大的成長空間。即使同屬最強勢的國際語文的英文，也存在著英式英語與美式英語之別。作者在第十七篇以英文裡的 "corn" 為例，說明可由「古今、英美、上下文判斷」（152）是指「玉米」或泛稱「五穀」。第十八篇進一步舉例顯示英式英語與美式英語的差異，因此英國書在美國發行時，必須經過編輯處理，調整文字，以符合美國讀者的認知。譯者在翻譯英文書時，當辨別版本來自美國或英國，以免混淆，造成誤譯。

　　翻譯有時會遇到面貌相似、似是而非的用語（如日語中的漢字）。稍一不慎，這些語言學上所謂的「假朋友」（163）就成為了「真損友」，宛如詭雷，必須提高警覺，認真分辨，細心拆除。而中英文裡有關顏色的用詞也不同，有些涉及相關語詞的多寡（英語系國家的用詞遠多於中文〔174〕），以及「跨文化顏色認知互異」（170），翻譯時既要仔細辨識，又得避免詞窮之困。

　　第四部「『譯』世界的職場現形記」收錄八篇文章，除了自述生平之外，主要是作者的翻譯職場經驗談。如臺灣的教育部與文化部共同合作，自 2020 年起在國立公共資訊圖書館與國立臺灣圖書館試辦「公共出借權」（public lending right）三年，依照圖書館紙本的借閱次數，發給作者與出版社一定比例的酬金。加拿大更將此權擴及譯者，值得借鑑。此外，國內多年來已引進作家駐地制度，邀請或開放作家申請國內進駐，可與來自不同背景與語種的國際村民交換心得。國立臺灣文學館自 2019 年起主辦「譯者駐村計畫」，讓國際譯者有機會更深入認識臺灣文學的多元性。凡此種種都看得到臺灣文化界借鏡國外優良制度，力求與國際接軌，正視作者、譯者與出版社的貢獻與權益。

　　歐美率先設立譯者駐村制度，各國譯者都有機會申請。書中記錄

了宋瑛堂2014年申請到加拿大班夫國際文學翻譯中心的駐村機會，在電影《斷背山》取景的湖光山色中參與四星期的工作坊（208-210），譯書計畫為席爾茲（David Shields）與薩雷諾（Shane Salerno）合著的作家傳記 Salinger（中譯《永遠的麥田捕手沙林傑》2015年10月由麥田出版）；2017年通過德國司卓倫鎮（Straelen）歐洲翻譯中心的申請，在田野小鎮「自由隨性」（208）駐村兩星期（205-206），譯書計畫為伊根（Jennifer Egan）的 Manhattan Beach（中譯《霧中的曼哈頓灘》2019年7月由時報文化出版）；2022年到拉脫維亞溫達堡（Ventspils）國際文人譯者之家駐村四星期，於疫情期間置身波羅的海海邊河口，為翻譯中的美國前國務卿希拉蕊（Hillary Rodham Clinton）與推理小說家佩妮（Louise Penny）合著的政治驚悚小說 State of Terror 收尾（中譯《恐懼境界》2023年3月由遠流出版）。這些文學譯者駐村制度各有特色，提供宋瑛堂「不時出門讓譯筆喝喝活水」的「好事」（211），不致獨「譯」而無友，得以和不同地區、不同語種的譯者交流，了解翻譯中各自遭遇的難題與解決之道，相濡以沫，彼此鼓勵，更可積極連結，擴大視野，形成筆者所謂的「翻譯共和國」，共同致力於促進人類相互了解，而無巴別塔的不當野心與崩塌之虞。

　　近年來人工智能發展迅速，AI翻譯突飛猛進，方便不同語種的使用者溝通與傳遞資訊，但也使得人類譯者面臨極大的挑戰。作者撰寫三篇討論「人翻」與「機翻」的熱門議題。以往軟硬體設備及應用未臻成熟，「機翻」常成為取笑的對象，而淪為「譏翻」（225），如今「機」別何止三日，歷經數十年來的三波技術發展，晚近能夠深度學習（Deep Learning）的類神經網路，其處理速度與精確率令人刮目相看，大大拉近了人機之間的差距，以致許多從業者擔心人類譯者會遭機器取代（另可參閱艾斯蘭揚的《鋼索上的譯者》，第十八章〈非邏輯因素〉〔臺北：臉譜，2023〕，頁260-268；有關該書書評，見本書

頁328-336）。

　　作者舉出許多人翻與機翻交流與交鋒的實例，如眾所矚目的Google翻譯軟體、OpenAI的GPT-3自然語文生成器、中文AI「悟道」預訓練模型（230），以及「谷歌、微軟Bing、小牛、有道、騰訊、蘋果手機app、臉書年糕、Skype翻譯交談」等「免費網翻」（236），肯定機翻的能力，承認其功能與效率，但也指出力有未逮之處，尤其是涉及曲折幽微的文學翻譯。換言之，機翻確實在不少領域可大幅提升效率，節省人力與成本（如法律領域〔234-236〕），因此必須正視、接納、甚至不得不擁抱。另一方面，機翻的成果尚須由人類譯者進行「譯後編修」（post-editing, 237），加以確認，顯示「人類依然是主子，機器還得聽人類發號施令」（248）。而「譯後編修員」一面負責編修譯文，一面協助提升機翻效能（245），參與「『人入』（human in the loop）的譯文生產流程」（248），扮演把關與提升的角色。有鑑於此，目前已入行或將來有志從事翻譯的人，必須精進職能，永遠領先機器一步，否則便有被取代的危機。再者，因為機翻有其局限，不同種類的譯文難易程度不一，在各類譯者中，則以文學譯者最難被取代（筆者進一步認為，文學翻譯中以詩歌翻譯最精妙幽微，因而最難被取代）。

　　余光中老師主張「翻譯是一種逼近的藝術」（"Translation is an art of approximation."）。因此，翻譯之於原文只有更近，沒有最近，而近與不近又涉及不同詮釋，見仁見智，言人人殊。儘管譯者挖空心思，努力傳達，但讀者各有見解，未必接受。有些讀者提出意見與譯者切磋，但也有人毫不留情，不管有無道理便大肆批評。全書以〈讀者來踢館〉收尾，列出讀者一些常見的評語，理由五花八門，有些簡直匪夷所思，令人為譯者抱不平。

　　書中提出「譯者即忍者」（251）之說，指的是好譯文流暢通順，讓人讀來毫無障礙，忽略譯者的存在，這涉及翻譯研究中所謂的「譯

者的隱形」（translator's invisibility），已有多人批判這種漠視譯者的主體性與主動性（agency）的現象。然而筆者認為，「譯者即忍者」又何嘗不能予以正面解讀？也就是說，字斟句酌的譯者往往既是翻譯過程中的「堅忍者」，也是面對不平批評時的「忍耐者」。這種種情形都是「譯者難為」的寫照。因此，對於認真從事翻譯、積極引介新作的譯者，我們都該存有一份體諒、同理與感謝之心。若見解不同，不妨以切磋的心態，提出建設性意見，共同精進翻譯之道，而非妄下斷語，惡言相向，徒顯個人心量之不足與見識之褊狹。

闖蕩雙語森林的心得與特色

　　作者謙稱本書是「小譯者進雙語森林裡闖蕩的心得感想」（16）。然而，譯者未必渺小，闖蕩也可走出自己的路。綜觀全書可歸納出底下幾項特色：首先，內容豐富而多元，由一字一詞的斟酌，到文本的掌握與風格的呈現，譯者的角色與定位，翻譯過程中的陷阱與克服之道，與作者、讀者的互動與切磋，譯者的罪與罰以及獨特的功與賞（如譯者駐村制度），面對來勢洶洶的 AI 機器翻譯，人類譯者的挑戰與未來……

　　其次，此書篇篇出自作者的親身經驗、深切領會與坦誠反思，列舉許許多多例證，現身說法，分享數十年出入於中英文之間的甘苦，讓讀者從不同面向感受到「實質收穫」（16）。2023 年臺北國際書展的新書發表會現場聽眾爆滿，其中尤以年輕人居多，欲罷不能，反映了臺灣讀者對翻譯議題的強烈興趣，以及宋瑛堂本人的諸多譯作與《譯者即叛徒？》的吸引力。

　　第三，以往討論翻譯的書籍，往往作者道貌岸然，文字莊重嚴肅，有諄諄教誨之功，卻不免讓人難以親近（像喬志高先生那般談笑間傳達微言大義的高人實屬鳳毛麟角）。本書作者態度誠懇，文字生動活潑，

內容涉及重要的翻譯議題，有時甚至咬文嚼字，卻能出之以輕鬆幽默的方式，寫來舉重若輕，深入淺出，不吝傳授自己的經驗與心得，讓讀者更容易接納。

第四，書中除了討論中英翻譯的實務之外，也以開闊的視角來看待翻譯與譯者。在制度性與國際性方面，如加拿大的公共出借權，以及三個國家的譯者駐村計畫；在未來性與前瞻性方面，如面對來勢洶洶的 AI 翻譯，人類譯者自處之道。最令人感到親切與動容的便是，作者以過來人的身分，娓娓道出自己如何踏上翻譯之路，一路以來的跌宕起伏，譯者面臨的文字挑戰與社會評價，並肯定這些雙語文字工作者的苦勞與功勞。

總之，宋瑛堂厚積薄發，俯首低眉，信手寫出心中諸多翻譯事，一般讀者得以窺探翻譯生涯的不同面向，有志於此道者可作為翻譯職場的教戰守則，資深譯者能找到會心與借鑑之處，從事翻譯研究的學者也能找到值得探索的議題。至於「譯者即叛徒？」這個大哉問，就留待各方讀者細細參詳。

2023 年 9 月 15 日
臺北南港

原刊登於羅選民編，《亞太跨學科翻譯研究》第 15 輯（2024 年 12 月）。

筆者對本書之推薦語

　　譯事難,身歷其境的譯者有諸多不肯或不能為外人道的甘苦,難得有心有能者現身說法,他人方有機緣一窺箇中奧妙。宋瑛堂先生投身譯界三十餘載,譯作上百種,挑戰多種題材與不同風格,處理過直接翻譯與二手轉譯,根據切身體驗撰就此教戰守則。面對層出不窮、見仁見智、動輒得咎、說來話長的譯事,作者將一路／譯路遭逢的點點滴滴分門別類,以坦誠的心胸,幽默的口吻,將英翻中的角力經驗以及「譯」世界的現實情境,化為一篇篇深入淺出、趣味盎然的文章。一般人閱讀固可增長見聞與語文常識,管窺作為「靈媒」的譯者之罪與罰,以及可能的救贖之道;有志於譯事者也可借鑑作者的經驗與心得,參悟其微言大義,培養一己的技能與態度,以精進翻譯此一「通靈之術」。

附識

　　宋瑛堂數十年來勤於翻譯,譯作高達一百六十本上下,涉及不同題材,累積豐富經驗。此文集內容多元,文筆風趣,頗受讀者好評,獲得「2023 讀墨(Readmoo)年度華文大獎」之年度人氣作家非文學類首獎。他所翻譯的長篇小說《內景唐人街》也榮獲 2023 年第三十五屆梁實秋文學大師獎「翻譯大師獎首獎」。論集與譯作雙獲大獎,實屬難得,兩者並讀,當可更了解其翻譯理念與實踐。

　　本書評為符合全書體例,刪除簡體字版所附之英文標題、中英文摘要、中英文關鍵詞、中英文作者簡介與中文參考文獻。

【輯二】
經典與現代

古道新義

——林耀福譯《希臘之道》

書名：希臘之道
作者：漢彌爾頓（Edith Hamilton）
譯者：林耀福
出版者：聯經出版事業股份有限公司
初版日期：2018 年 7 月
叢書系列：聯經文庫
頁數：400 頁
ISBN：9789570851458（平裝）

西方古典文化的推廣者

　　參訪西方大博物館的人都會發現，館內有關希臘羅馬神話以及基督教聖經的收藏品琳瑯滿目，美不勝收，令人歎為觀止。若是排除乞靈於這兩大傳統的歷代藝術品，恐怕便只剩下為數不多的物件以及空空洞洞的廳堂與迴廊了。由此可見，希臘與希伯來兩大文化在西方世界與人類文明中舉足輕重的地位。如能對源遠流長的文化有更深的認識，不僅有助於了解人類的過去，並可從中汲取知識與經驗，以面對並反思當前的處境。因此，許多有心人致力於提倡古典文化，而這些文化傳統也因為學者、教師、作家、譯者不斷地鑽研、詮釋、改寫與翻譯而注入活水，

生生不息。在近代英文世界提倡與推廣西方古典文化的有心人士中，本書作者漢彌爾頓（Edith Hamilton, 1867-1963）便是佼佼者。

漢彌爾頓生於德國，長於美國，家學淵源，七歲隨父親學習拉丁文，後來又加上希臘文、法文、德文，先後於美國著名的女子文理學院布林瑪爾學院（Bryn Mawr College）取得學士與碩士學位，並獲得獎助金遊學德國，研究西方古典文明。之後返回美國擔任創立不久的布林瑪爾學校（Bryn Mawr School）校長，專門招收有意深造的女子，前後二十六年，1922 年退休後繼續鑽研古籍，發奮著述，不知老之將至。

在漢彌爾頓的著作中，以《希臘羅馬神話：永恆的諸神、英雄、愛情與冒險故事》（*Mythology: Timeless Tales of Gods and Heroes,* 1942）在華文世界流傳最廣，在臺灣至少是三代的外文系學生必讀之作，中譯本不勝枚舉。筆者於 2014 年為余淑慧博士的新譯本撰寫推薦序時，特以〈轉世與再生──《希臘羅馬神話》的新譯與新意〉為題，強調經典透過翻譯不斷獲得新生。[1] 而此新譯本一再重印，廣為流傳，既印證了古代西方神話對當代華文世界的吸引力，也顯示了翻譯對文學、思想、文化傳播的重要性。

其實，在名聞遐邇的《希臘羅馬神話》問世之前，漢彌爾頓便已經出版了《希臘之道》（*The Greek Way,* 1930）、《羅馬之道》（*The Roman Way,* 1932）、《以色列先知》（*The Prophets of Israel,* 1936），並翻譯了《希臘三劇》（*Three Greek Plays: Prometheus Bound, Agamemnon, The Trojan Women,* 1937），由此可見她對西方文明源流的熟悉，以及對希臘文學的重視。之後的作品更顯示了她以弘揚西方古典文明為己任，如《希臘文學的偉大時代》（*The Great Age of Greek Literature,* 1943）、《見證真理：耶穌及其詮釋者》（*Witness*

---

1 收錄於漢彌敦著，余淑慧譯，《希臘羅馬神話：永恆的諸神、英雄、愛情與冒險故事》（臺北：漫遊者文化，2015），頁 vii-xi；完整版收錄於單德興，《翻譯與評介》（臺北：書林，2016），頁 11-18。

to the Truth: Christ and His Interpreters, 1948）、《上帝的代言人》（*Spokesmen for God*, 1949）、《希臘的回聲》（*Echo of Greece*, 1957），以及與凱恩斯（Huntington Cairns）合編的《柏拉圖對話錄》（*The Collected Dialogues of Plato*, 1961）。

《希臘之道》及其中譯

《希臘之道》初試啼聲便表現不凡，為漢彌爾頓早期的成名作，開啟了三十餘年的著述生涯。此書出版至今將近九十年，一直維持著相當高的可見度，根據筆者寓目的資料，此書為美國「每月一書俱樂部」（Book of the Month Club）1957 年與 1991 年的選書，去年（2017 年）由以出版教科書聞名的諾頓公司（W. W. Norton & Company）重新印行，足見為歷久彌新的長銷書。也有出版社將此書與《羅馬之道》合併印行，讀者一卷在手，就能掌握希臘羅馬文化要義。

《希臘之道》共十七章，始於〈東方與西方〉，終於〈現代世界之道〉，兩章均強調人類的均衡發展，如首章在結語時強調：「我們是有靈魂也有肉體、有心靈也有精神的複合體。」末章在結論時更指出，雅典融合了「法律與自由、真理與宗教、美與善、客觀與主觀〔……〕其結果是平衡與明晰、和諧與完整，這就是希臘這個字所代表的東西」，並斷言當時的雅典為世所僅見，成為後代仰望的對象。其他各章分述心靈與精神、藝術、文學、貴族、歷史、宗教等方面，論及哲學家柏拉圖（Plato, 428-348 BC）、希羅多德（Herodotus, 484-430 BC）、歷史家修昔底德（Thucydides, 460-404 BC）、色諾芬（Xenophon, 430-350 BC）等人，而於文學著墨最多，如詩人品達（Pindar, 518-438 BC）、喜劇家亞里斯多芬（Aristophanes, 450-388 BC），以及悲劇家艾斯奇勒斯（Aeschylus,

525-456 BC）、索福克里斯（Sophocles, 496-406 BC）、尤瑞皮底斯（Euripides, 484-406 BC）。由全書對希臘之道的闡釋，可看出作者的衷心推崇，並視其為現代世界的「希望之道」，期盼能為混亂的現世提出解方。

本書以論述的方式闡釋作者心目中的「希臘之道」，其中的微言大義與殷殷期盼值得吾人深自領會。若與已有中譯的《希臘羅馬神話》並讀，相互參照，當能對希臘的文學與文明有更深入、生動的領會。倘能進而閱讀漢彌爾頓其他有關希臘文學與思想以及基督宗教的論述，不僅能對西方思想兩大源頭有一通盤的認識，也會更加體認與佩服作者的學養與用心。

有鑑於本書的內容精要，呈現手法深入淺出，很值得引介給華文世界。根據林師耀福教授的回憶，當時應叢書主編顏師元叔教授之邀，於赴美深造前的1968年夏天譯出，列為淡江文理學院（今淡江大學）的淡江學術譯叢。也許因為受限於時間、體例或篇幅，未有較長的附文本（paratext）對原作進一步詮解，但由譯者於三處註明中譯未能保持原文韻律，可知態度之誠懇審慎。此中譯本受到知識界矚目，發揮了相當的引介效用。本書收錄的〈古典世界向你召喚〉，為1970年代初的大學生、現今的聯經出版公司發行人林載爵先生所撰，回憶當年閱讀此書，透過作者「全面的視野、優美的文字，在林耀福教授的翻譯下，放射出古典世界的光芒」，有如「一個生動的古典世界開敞了面貌向你迎來」，見證了佳作翻譯對異地異語的讀者可能具有的巨大影響力。

臺灣出版界早年欠缺版權觀念，雖然翻譯了許多著作，後來因智慧財產權觀念之興，無法於1994年著作權法的「六一二大限」之後在市面上流通，以致湮沒無聞，其中不乏優秀原著的翻譯，實為華文知識界的重大損失。晚近由於科技發展，閱讀習慣改變，書市面臨重大挑戰，臺灣的出版界步步為營，戒慎恐懼以待。在此之際，聯經出版公司鎖定

經過時光淘洗的優良譯本,取得版權,在整整半世紀之後再度出版,不僅讓舊譯重獲新生,作者的思想得以廣布,譯者的努力得到肯定,也提供機會使華文世界的廣大讀者透過歷久彌新的作品領會希臘之道,實在功德無量。

2018年6月14日
臺北南港

本文原名〈古道新義——歷久彌新的《希臘之道》〉,收錄於漢彌爾頓著,林耀福譯,《希臘之道》(新北:聯經,2018年7月),頁5-9。

附識

歷史學家張元教授在《自學歷史——名家論述導讀》(臺北:三民,2015)的三十二篇導讀中,選錄了十九位歷史名家的精采篇章,其中唯一的外國史家就是漢彌爾頓,收錄三篇(第三十至三十二篇)。* 把漢彌爾頓與中國歷史名家並列已是異數,而其篇數與錢穆的三篇數量相同,僅次於梁啟超的四篇,則是另一異數。張元教授對此書有如下的介紹:「這是一本1930年在美國出版的書,直至今日,一直為人們所喜愛。一本經得起時間考驗的書,必然有晚近出版的新書無法超越的優長之處;我們閱讀這類的書,比起閱讀新出版的書,收穫往往更為豐碩,這本書就是一個例證」(〈導讀30 漢密爾頓——修昔底德寫史的目的〉,184)。他在另一篇導讀中也指出,此書是「可以引導讀者進入古代希臘世界的入門書,因而長期以來,深受人們歡迎。〔……〕大概自從1930年出版以來,以迄今日,它一直列在中學生閱讀的書單之中。我們不妨想像一下,經由這本書的引介,進入古代希臘世界的人,會有多少啊!」(〈導讀31 漢密爾頓——戰鬥前夜,旗艦上的談話〉,189)。

* 張元教授根據的是葛海濱譯《希臘精神:西方文明的源泉》(瀋陽:遼寧教育出版社,2005),比林耀福譯本初版晚了三十七年,作者之名譯為「漢密爾頓」。

研下知疫
——瘟疫的文學再現與生命反思

書名：研下知疫
副標：COVID-19 的人文社會省思
主編：康豹（Paul R. Katz）、陳熙遠
出版者：中央研究院出版中心
初版日期：2021 年 7 月
頁數：368 頁
ISBN：9786267002407（平裝）

前言：瘟疫・人生・文學

　　新冠肺炎（COVID-19）來勢洶洶，變化莫測，所向披靡，全球確診與死亡人數持續攀升，令人聞風色變，戒慎恐懼，惶惑莫名。由於全球化的緣故，交通工具便捷，人流物流通暢，此次疫情傳播之快、範圍之廣、影響之大史無前例。

　　然而就地球演化史而言，微生物出現已有數十億年之久，遠早於人類。人類為細菌、病毒環繞已是眾所周知的事實，疫情也就史不絕書。如公元前 430 年夏季希臘雅典爆發瘟疫，導致近四分之一人口喪生，歷史家修昔底德（Thucydides, 460-404 BC）曾染疫並倖存，他編寫的《伯羅奔尼撒戰爭史》（*History of the Peloponnesian War*）為歐洲史留

下第一個有關疫情的翔實紀錄。中國的殷墟甲骨文以及《尚書》、《左傳》等古籍已有疫疾的記載。西方宗教與神話也有相關描述,《聖經》中多次出現有關瘟疫的文字,其中以《舊約‧出埃及記》(*Exodus*)最為人知,摩西因此得以帶領以色列人脫離法老的暴虐統治,甚至改變了全人類的歷史。

英文 "quarantine"(〔檢疫〕隔離)一詞源自義大利文 "Quaranta giorni"(四十天),始於十四世紀威尼斯控制黑死病傳播所採取的隔離措施,一說引申自耶穌在曠野禁食四十晝夜。希臘羅馬神話中,潘朵拉(Pandora)的故事眾人耳熟能詳。諸神送給她一個盒子,並叮囑切莫打開。然而她克制不住好奇心,打開盒子,頓時從裡面「飛出無數的瘟疫、憂患、災害。在恐懼之中,潘朵拉急忙蓋上盒子。但太遲了,盒子裡僅剩下一項東西存在,亦即『希望』(Hope)」(漢彌敦 91)。

文學反映人生,表現人性。瘟疫與人類的關係有多密切,與文學

左 Edith Hamilton, *Mythology: Timeless Tales of Gods and Heroes*. Boston: Little, Brown & Co., 1942.
右 漢彌敦著,余淑慧譯,《希臘羅馬神話:永恆的諸神、英雄、愛情與冒險故事》,臺北:漫遊者文化,2015。

的關係就有多密切。面對史不絕書、令人畏懼的瘟疫，正是人性的試煉場，也是文學的實驗室。不同時代與地域的文學家，把人放入瘟疫的嚴苛情境中，以深入的觀察，生動的文筆，創造出栩栩如生的人物，刻劃出芸芸眾生各式各樣的反應，既有懷疑、怯懦、蒙昧、自私、悲觀、絕望，也有信心、英勇、睿智、無私、樂觀、希望……

文學作為一種知識形式，藉由作家敏銳的觀察、深刻的體悟、豐富的想像、細膩的筆觸，或以寫實技巧描繪人生樣貌，或以象徵手法暗示人性幽微，讓讀者得以設身處地，換位思考，另眼看待世間，對芸芸眾生同情同理。當瘟疫如此重大災難降臨時，個人與社會遭逢巨變，內心與外在俱受衝擊，更是文學創作的絕佳題材。世世代代的讀者透過瘟疫文學，對於人的存在、一己的處境、人我的關係、與世界的連結，有了更深切的體認。

《十日談》（1349-1353）

在西方文明中，瘟疫除了早見於希臘與希伯來的歷史記載與宗教經典，也出現於不同時代的文學作品，直到晚近各地的疫情與封城書寫，都是以文學面對、回應瘟疫，銘記下生命的體驗。代表作之一就是十四世紀義大利作家薄伽丘（Giovanni Boccaccio, 1313-1375）的《十日談》（Decameron）。

故事伊始，「在我主降生後第一千三百四十八年，意大利的城市中最美麗的城市——就是那繁華的佛羅倫斯，發生了一場可怖的瘟疫」（薄伽丘 30）。書中接著描述瘟疫不斷蔓延的情形，以及病人出現的徵兆：

這瘟病太可怕了，康健的人只要一跟病人接觸，就染上了病，那情形彷彿乾柴靠近烈火那樣容易燃燒起來。不，情況還要嚴重呢，不要說走近病

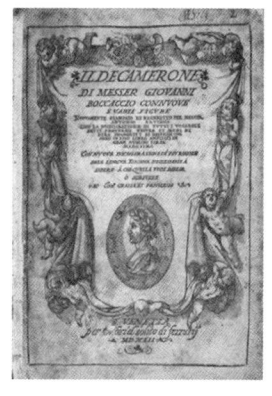

左　Giovanni Boccaccio, *Il Decamerone*. Venice: Christopher Valdarfer, 1471.
中　Giovanni Boccaccio, *The Decameron*, trans. John Florio. London: Isaac Iaggard, 1620.
右　薄伽丘著，鍾斯（方平、王科一）譯，《十日談》，臺北：桂冠，2019。

　　人，跟病人談話，會招來致死的病症，甚至只要接觸到病人穿過的衣服，摸過的東西，也立即會染上了病……（31）

　　疫情的發展令人難以置信，「要不是我，還有許多人親見目睹，那麼，這種種事情即使是我從最可靠的人那兒聽來的，我也不敢信以為真，別說是把它記錄下來了」（31）。

　　瘟疫使得人心惶惶，反應不一：有人清心寡欲，與世隔絕；有人及時行樂，醉生夢死；也有人選擇出城避難，以防不測……其中七位年輕女子，年紀由十八到二十八歲不等，彼此不是沾親帶故，就是朋友鄰居。有一天她們在教堂做完彌撒，最年長的一位提議：「要是我們不願意把自己的生命當作兒戲，坐以待斃，那麼許許多多人都走的走，溜的溜了，我們不如也趁早離開了這個城市〔……〕我們每個人在鄉間都有好幾座別墅，讓我們就住到鄉下去，過著清靜的生活吧」（40）。這時有三位年輕男子進入教堂，他們的「親友多半死了，自己也是朝不保夕」（42），而三位男子的情人就在這七位女子之中，而且與其他四

位女子也有親戚關係。這群人商量之下，第二天一早就帶著男女僕人出發，前往城外小山上的別墅。

如果說《天方夜譚》(*The Arabian Nights*)中既勇敢、慈悲又智慧的女主角是以說故事來保命延年，進而感化殘暴的國王，那麼《十日談》中這十位自我隔離的男女則決定以說故事自娛，來排遣時光，進而揭露封建貴族與教會人士的腐敗偽善。他們每天輪流由其中一位擔任女王或國王，每人各說一個故事，第一天沒有主題，其他九天都由當天的女王或國王指定主題。十人十天共講了一百則故事，是為《十日談》。

第十天的故事講完後，當天的國王看到夕陽西下，想到彼此的處境，有感而發地說：

> 人的本領不僅在於記得過去的事情，認識現在的事情，還在於觸類旁通，鑒往知來。多少大智大慧的人都是以這種本領而聞名於世的。自從佛羅倫斯發生瘟疫以來，滿城都是淒慘悲傷；我們為了不忍目睹這種慘狀，為了保持自己的生命和健康，出來消遣作樂；到明天為止，我們離開佛羅倫斯就有十五天了。在我看來，我們已經很好地達到了本來的目的，而且沒有發生傷風敗俗的行為。（834）

然而，這種生活過久了不免煩膩，也擔心招人閒話。於是這群離群索居、相互娛樂、過著田園般生活的男女，次日一早便整裝重返佛羅倫斯，結束了這趟避疫之行。

這部文學名著始於黑死病的降臨，終於回歸原居的城市，疫情使得平日無法長聚的男女有機會共聚一處。雖然城裡瘟疫肆虐，飽受死亡的威脅，這群人卻能在山上別墅悠遊享樂，逐日針對特定主題，講述各式各樣的故事，對於社會與人性極盡嘲諷，尤其對於宗教人士的偽善與表裡不一更是大肆批判。換言之，薄伽丘以疫情為框架，搭建出說故事的平臺，三男七女有如說書人，輪番主導，每日粉墨登場，彼此以說故事與聽故事來取樂，藉由十人的多元觀點與一百則的生動故事，表達出作家的價值觀與批判意識，為世人留下一部獨特的文學經典。

《大疫年紀事》（1722）

　　十八世紀英國作家狄福（Daniel Defoe, 1660-1731）的《大疫年紀事》（*A Journal of the Plague Year*）主角兼敘事者 H.F.，則採取與《十日談》主角們截然不同的態度與抉擇，留下迥然有別的觀察與紀錄。狄福的作品以《魯濱遜冒險記》（*The Adventures of Robinson Crusoe*, 1719，又譯《魯濱遜漂流記》）最為世人所知，而《大疫年紀事》呈現的是第一人稱的見聞，當中引用了不少教區資料、統計數字、政府文件，加上主角本人耳聞目睹的人物與事件，以致被許多人視為紀實文學。其實倫敦疫情爆發時，狄福年僅五歲，本書是他在半個多世紀之後多方蒐集資料，運用想像力重建的場景，看似歷史紀實，實為結合事實與虛構之作，宜視為歷史小說，也是經典的疫情文學。

　　1665 年，倫敦發生瘟疫。敘事者 H.F. 是個未婚的馬具商，前一年就從街坊口中聽說「荷蘭又鬧瘟疫了」，疫情的源頭說法不一，「有

左　Daniel Defoe, *A Journal of the Plague Year*. London: Printed for E. Nutt, J. Roberts, A. Dodd, and J. Graves, 1722.
右　狄福著，謝佳真譯，《大疫年紀事》二版，臺北：麥田出版，2020。

人說是義大利,有人說是他們土耳其船隊帶回國的黎凡特〔地中海東岸地區〕,有人說是甘第亞〔克里特島〕,還有人說是塞普勒斯」(狄福19)。次年,倫敦不同教區發現瘟疫,湧現離城潮。H.F. 徘徊在去留之間:

> 我認真思量起自己的處境,忖度自己該怎麼辦,是該留在倫敦呢?還是跟許多鄰居一樣,鎖上家門避難去?這些事情我之所以說得如此詳細,是因為也許日後有人會碰上相同的難題,必須跟我一樣做出決定。那麼,這些記載對他們會很有幫助。(27-28)

在哥哥力勸之下,H.F. 原本有意出城避難,卻數度受阻,因而認定上帝有意要他留下。羈留期間,他不時冒險外出探訪,就近觀察,以了解實情。他的記載主要依照時序敘述疫情發展,除了提供具體數據以及官方資料與防疫措施(如封屋),並不時穿插個人親身見聞的故事,增加了可信度與趣味性。書中記錄了各式各樣的趨吉避凶之道,富者出城避難,窮者只能自求多福,飢寒起盜心,甚至暴力相向。

一位醫師摯友知道 H.F. 經常外出,於是「教我如何預防感染,還教我走在路上要搗住嘴巴」(100-101)。有一對夫婦,先生是教區的副教堂司事,經常到喪家收屍,太太是照料染疫者的看護,儘管如此,兩人卻從未感染。先生親口告訴 H.F.,「不曾用過什麼防範方法,只是口含大蒜及芸香、抽菸草」。太太則「用醋洗頭,並將醋灑在頭巾上,讓頭巾常保溼潤。如果照料的人氣味異常刺鼻,她便用力嗅嗅醋,把醋灑在頭巾上,並以醋將手帕弄溼,用來搗口」(112)。這些似與今日的口罩與防護措施有異曲同工之效。

在死亡的籠罩下人心惶惑,謠言流竄,迷信風行,騙子、庸醫、算命師、星相師大行其道。另一方面,人們為了求生,暫時放下原有的矛盾,合作對抗疫情,因為「人們面對死亡,與致命疾病打交道,這種經驗能去除怨心,化解人們的敵意,讓人換一個角度看事情」

（202-203），於是意見不同的教派可以彼此往來,「可是,當瘟疫不那麼嚴重了,局勢不再那麼可怕,一切又走上回頭路,恢復原狀」（203）。

狄福藉由倫敦瘟疫,再現了人們在生命無常的極端情境下,由於恐懼、焦慮、絕望所出現的各種反應。虔誠的 H.F. 思索疫情的發生與傳播,認為除了人禍,還有來自上天的旨意：

> 我們應時時謹記,瘟疫這種事情,是上帝降下的天譴與意旨。〔……〕是上帝復仇的先兆,是要疾呼受懲的國家、地區或城市謙卑懺悔。〔引用《聖經‧耶利米書》（*Jeremiah*）第十八章第七、八節〕我要提醒世人,碰上瘟疫時仍要對上帝抱持敬畏之心,不可或減。正因如此,我才將這些點點滴滴付諸文字。（222）

遺憾的是,人性善忘,好了瘡疤忘了疼,疫情一旦緩和,「一般人就像以色列子民一樣,得到救贖,從法老手中逃了出來,當他們通過紅海,回頭看到埃及人被水吞沒,他們歌唱讚美上帝,事後卻迅速忘記神的恩典」（276）。幸而藉由作家的妙筆,為三個半世紀之前的倫敦瘟疫留下生動的紀錄,讓今人讀來歷歷在目,對照眼前新冠肺炎的發展以及全球各地人士諸多不同的反應,令人心有戚戚焉。

〈紅死病的假面具〉（1842）

文學家面對瘟疫,固然可用紀實的手法呈現,也可藉象徵的技巧處理。十九世紀美國作家愛倫‧坡（Edgar Allan Poe, 1809-1849）的〈紅死病的假面具〉（"The Masque of the Red Death"）就是明顯的例子。

愛倫‧坡既是著名的詩人、評論家,也是傑出的短篇小說家,尤以偵探小說與恐怖小說聞名,用字精準,擅長營造氣氛。〈紅死病的

左 Edgar Allan Poe, "The Masque of the Red Death," *Graham's Lady's and Gentleman's Magazine*, Vol. XX (1842), pp. 257-259.

右 愛倫・坡著，曹明倫譯，〈紅死病的假面具〉，《愛倫・坡短篇小說全集》，北京：當代中國出版社，2014，頁112-116。

假面具〉原文只有短短兩千四百字，卻創作出一個精巧、恐怖的寓言故事。此故事依循哥德式小說（Gothic fiction）的傳統，場景設在城堡般的修道院，卻不指明確切的時間與地點，以示可能發生於任何時空。

故事主角為「快活，無畏，而且精明」的普洛斯佩羅親王（Prince Prospero），他的國度裡遭到恐怖、致命的瘟疫肆虐多時，染疫者感到劇痛，突然頭暈，接著毛孔大量出血而亡，身上、特別是臉上出現紅斑，「從感染，發病到死亡的整個過程」（愛倫・坡112）只消半小時，極為迅速。由於疫情嚴重，導致一半人口喪生。

儘管生靈塗炭，高高在上的親王卻不為所動，「從宮中召集了一千名健壯而樂觀的騎士淑女〔……〕退隱到一座非常偏遠的城堡式宅院」（112）。此建築宏偉，外有堅固的高牆環繞，只有數道鐵門可以進

出。待所有人進入後，隨即以熔爐和巨錘將門閂焊死，與外界斷絕往來。牆內飲食無虞，親王並提供各式各樣的活動供眾人尋歡作樂，卻任由牆外的百姓自生自滅。

如此過了五、六個月，親王決定舉辦一場盛況空前的化裝舞會，場地共有七個房間，各有不同顏色，最東邊一間所有飾物都是藍色，搭配藍窗，其他依序為紫屋紫窗，綠屋綠窗，橘屋橘窗，白屋白窗，第六間為紫羅蘭色，唯獨最後一間與眾不同，為黑屋紅窗，一座黑檀木大鐘緊靠著西牆，每當整點報時，聲響悅耳、響亮、深沉而奇特，令舞蹈中的男女停下舞步，樂團中止演奏，眾人瞬間陷入「倉皇失措，神經緊張和沉思冥想」（114）。第七間房由於氣氛非常詭異，大家都避免進入。

午夜時分，鐘敲十二響，大夥兒照例暫停活動，「陷入一種不安的休止」（115）。此時，突然出現一位陌生蒙面客，渾身裹著屍布，上面濺滿鮮血，打扮成紅死病的模樣，令人心生反感。站在第一間藍屋裡的親王見狀既驚且怒，召人前來要剝下此人面具。誰知這位不速之客毫不畏懼，欺身來到親王身旁，其他人紛紛退避至牆邊。接著怪客的腳步毫不停歇地由藍屋，逐一沿著各屋走去。

親王火冒三丈，手持短劍緊追在後。兩人來到黑屋時，只聽得一聲慘叫，親王竟然倒地不起。其他人蜂擁而上，抓住的竟只有那裹屍衣和面具，底下沒有實體，個個嚇得目瞪口呆。原來此怪客正是紅死病，如小偷般趁著黑夜溜進這座固若金湯的城堡，那群歡樂中的男女一個接一個倒在血泊裡。於是，在午夜時分的黑屋內，時鐘靜止，盆火熄滅，「黑暗、衰敗和『紅死病』從此君臨一切，永無盡期」（116，此處譯文有修訂）。

這則寓言故事的象徵意味濃厚。親王不顧貧苦百姓死活，自認能將瘟疫封鎖於鐵門之外，讓自己人安全無虞，盡情歡樂。七個房間的顏色宛如一日從黎明到黑夜，也如生命由始至終。黑檀木大鐘不捨晝夜地擺

動,宣告生命的流逝,整點報時也有如警世的巨鐸。而紅死病自然是死亡的象徵,即使狂妄自大之徒以為能將它緊閉於門外,誰知它卻悄然降臨,肆意穿梭於享受醇酒美食音樂舞蹈的男女之間,頓時就取走所有人的性命。

在〈紅死病的假面具〉中,作者透過出奇的想像、精確的文字,創造出一個奇幻詭異的世界,以示瘟疫之恐怖,癡人之狂妄,歡樂之虛幻,人生之無常,死亡之無可遁逃。讀者閱讀時,一方面感受到恐怖的氣氛,另一方面可思索其中的深意。

《鼠疫》（1947）

二十世紀最著名的瘟疫文學作品,當屬法國作家卡繆（Albert Camus, 1913-1960）的長篇小說《鼠疫》（*Le Peste*〔*The Plague*〕,又譯《瘟疫》、《黑死病》）。卡繆不僅是著名的存在主義哲學家,也是

左 Albert Camus, *La Peste*. Paris: Gallimard, 1947.
中 Albert Camus, *The Plague*, trans. Stuart Gilbert. New York: Alfred A. Knopf, 1948; London: Hamish Hamilton, 1948.
右 卡繆著,顏湘如譯,《鼠疫》二版,臺北:麥田出版,2019。

1957年諾貝爾文學獎得主。全書第一句就界定了此書的時空背景與性質:「這部記事中所談論的怪異事件是在194X年發生於奧蘭〔Oran,法國殖民地阿爾及利亞第二大城〕」（卡繆24）。

這裡的「怪異事件」指的是當地發生的鼠疫,導致封城,多人病故,而主角李厄醫師（Dr. Bernard Rieux）一如狄福《大疫年紀事》的敘事者,以現場見證人的觀點,留下了忠實的記事（chronique）。扉頁引述狄福在《魯濱遜冒險記》的話:「以一種禁錮來表現另一種,就如同以任何不存在的東西來表現任何真正存在的東西一樣合理」（21）,暗示了禁錮與虛實之間的關係,也藉此向狄福致意。

故事伊始,該城居民發現有些老鼠死去,起初不以為意,等到大批老鼠紛紛死去,李厄認為事非尋常,向當地政府示警,官方卻掉以輕心,錯失先機。直到人們相繼罹病,死亡人數攀升,官員才宣布疫情,並且下達封城令,要求市民配合防疫措施,包括禁止在公共場所群聚與社交活動。面對疫情的威脅與官方的禁錮,市民普遍感到恐懼與孤絕,也表現出不同的反應:有人坦然面對、積極處理,有人勉強接受,有人不願受到約束,有人想溜出城去,有人伺機走私發財,甚至有人不堪壓力而尋短⋯⋯

全書除了呈現眾生在面對瘟疫時的失措無助與微不足道,也讓人看到了官僚體系的反應遲鈍與推託無能。人物塑造中,最明顯的對比就是李厄醫師與潘尼祿神父（Father Paneloux）。李厄為無神論者與人道主義者,信奉科學知識,謹守醫師本分,即便面對疫情不斷惡化,死亡人數持續攀升,依然竭盡所能,不顧自身安危,努力救治罹疫者,在平凡中顯現了英勇。宗教人士潘尼祿神父則透過佈道,宣告這座城市之所以逢此巨變,是因為罪惡遭到天譴,瘟疫正是考驗眾人的信仰是否堅定,因此他即使罹病也不願接受治療,終至病故。

作者依時間順序鋪陳,把原先這座「平淡無奇」、具「平靜的外

表」（24），「沒有風景、沒有植物也沒有靈魂」（25）的城市，隨著鼠疫的出現，市民的死亡，以及官員的顢頇駑鈍，發展成風暴的中心。城中百姓則在風暴中以各自的方式面對，或逃避，或求生、甚至求死，然而也促使某些人反思瘟疫的實質與象徵意義。

外地來的憤青塔盧（Jean Tarrou）在與李厄醫師促膝長談時便說，「每個人身上都有瘟疫，因為這世上沒有人能免疫，一個也沒有。所以我們得隨時提高警覺，不要一個不留神就往另一張臉呼氣，把病菌傳染給別人」（211），並表示自己「學會了謙卑」（212）。盡本分救人的李厄的說法則得到塔盧的認同：「我對英雄主義和聖人行為都沒興趣，我關心的是怎麼當個人」（213）。相較於塔盧，李厄「只贏在體驗到了瘟疫並記在心裡、體驗到了友情並記在心裡，體驗到了溫情，將來想必也會記在心裡。在瘟疫與生命的遊戲中，人能贏得的也只有體驗與回憶」（240）。

歷經了鼠疫的狂襲後，情勢終於趨緩，城門重啟，禁錮多月、再獲新生的市民興高采烈，路上交通擁擠，教堂裡舉行感恩彌撒，娛樂場所爆滿，而李厄醫師「還是照常營業，〔因為〕病人是不會放假的」（245）。直到記事之末，醫師才「表明自己作者身分」（247），認為身為「誠實的見證人最重要的就是得記錄行為、文獻與傳聞〔……〕非得替所有人發聲不可」（248）。

李厄看到夜空中綻放的煙火，聽到群眾的歡呼，「便是在這片呼聲中決定撰寫這篇到此為止的紀事，為的是不當那些沉默分子之一，以便為這些受瘟疫侵襲的人作見證，至少能為他們所遭受的不公與暴力留下了一點紀念」（353）。然而他也知道，「鼠疫桿菌永遠不會死亡或滅絕」，可能四處潛伏在人們的生活中，「也許有那麼一天，為了帶給人類苦難與教訓，瘟疫會再次喚起老鼠，把牠們送到一座幸福快樂的城市去赴死」（254）。

身為存在主義者的卡繆，透過身為醫師與知識分子的李厄，表現出面對生命的危脆與荒謬時，必須善盡一己之力，為自己與他人創造意義與價值。瘟疫有如一面照妖鏡，人人在性命攸關的考驗下原形畢露，有人就此悲觀、沉淪、絕望，但也有人經過苦難的淬煉，得以覺知、成長、昇華。

然而，人性健忘，瘟疫永不止息，隨時伺機而起，一再以生死大事考驗著學不會教訓的芸芸眾生。儘管如此，主角仍認為必須為蒙受苦難者留下見證與紀錄，「簡單說出我們從疫災中學到的教訓，那就是人類值得讚美的地方比應受鄙夷的地方更多」（353）。

《盲目》（1995）

《盲目》（*Ensaio sobre a Cegueira*〔*Blindness*〕）是 1998 年諾貝爾文學獎得主、葡萄牙作家薩拉馬戈（José Saramago, 1922-2010）最廣

左　José Saramago, *Ensaio sobre a Cegueira*. Lisboa: Caminho, 1995.
中　José Saramago, *Blindness*, trans. Giovanni Pontiero. New York: Harcourt, Brace, 1997; London: Harvill Press, 1997.
右　薩拉馬戈著，彭玲嫻譯，《盲目》，臺北：時報文化，2022 世紀新版。

為人知的作品，也是筆者所讀過最奇幻、大膽的瘟疫小說。

事件發生的時間與地點不明，只知在一個不知名國家的不知名城市裡，莫名其妙地出現了一種「白病」（薩拉馬戈 102）或白盲症，患者突然間就失明，「驟然落入如此明亮而徹底的渾白之中，這白不是吸收，而是吞噬了所有的色彩、事物、所有的存在，因此一切又加倍地不可見」（5）。任何接觸到「傳染性的失明」（35）的人，也會立即墜入相同的命運，只有一位眼科醫生的太太例外，奇蹟似地保有視力（故事中沒有提供任何解釋），成為白盲國度中唯一的「明眼人」，有如「諺語說，在盲人的國度裡，一隻眼睛的人就是王」（83），但也承受了更多的責任與壓力。

此症迅速蔓延，造成社會恐慌。為了避免疫情擴散，軍方把罹患者拘留在一處精神病院裡集中管理，「就像癲癇病患一樣」（89）。由於「可怕的狂潮」（94），入住人數與日俱增，導致衛生條件惡劣，食物供給匱乏，而被拘禁的盲人非但未能和衷共濟，反倒出現相互排擠，甚至強凌弱、眾暴寡的現象。作者發揮出奇的想像力，仔細描繪細節，如病院內部環境凌亂骯髒，屎尿滿地，令人作嘔；又如病院中居然出現「土匪」、「盲暴君」（133）、「盲流氓」（137），發生剝削、強暴等不堪事件。起初軍方尚能提供食物與基本照護，但因害怕自己也難逃染疫的厄運，在嫌惡與恐懼交加的情況下，擔心這群盲人逃逸，竟向他們開槍。

等到這群被禁錮的盲人憤而縱火、逃脫病院時，才發現自己早被軍隊遺棄。於是原本同住的一群人，在醫生太太帶領下，一路小心翼翼地走過「瘋狂的都市迷宮」（182），好不容易回到醫生家中，住了下來，彼此照應，逐步恢復秩序。然而突如其來的白病不知為何也突然消逝，眾人驚喜地恢復視力，紛紛喊著「我看得見了」，以致「人們高喊我瞎了的故事彷彿完全是另一個世界的傳奇」（278）。

本書的特色之一，是故事中的人物完全無名無姓，來自不同背景與行業，只以特徵或職業稱呼，如第一個盲人和妻子、眼科醫生、眼科醫生太太、藥劑師助理、戴墨鏡的女孩、戴黑眼罩的老人、斜眼的男孩、計程車司機、旅館清潔婦、盲會計、偷車賊，甚至還有一條「拭淚狗」（198）。無名無姓象徵了平民百姓與各行各業，而一路伴隨的狗兒也表現出人與動物之間彼此照護、休戚與共。

　　另一個特色，就是全書對話完全沒有引號，也未特別為對話分段，迫使讀者在閱讀過程中不得不放慢速度，分辨是誰在說話，有時甚至必須反覆重讀，以確定說話者是誰。這完全違背一般的閱讀習慣，其效果則是：欠缺標點符號視覺指引的讀者，有如盲人般不得不前後摸索，梳理文意，才能知道目前所在的位置，以決定前進的方向。

　　薩拉馬戈一面以異乎尋常的想像，建構出令人匪夷所思的故事，來寄寓他的深意，一面以許多具體的細節，再現一個栩栩如生的世界，以及其中受苦受難的眾生相，因為「流行病猖獗時，沒有誰害誰，大家都是受害者」（39）。最明顯的象徵就是白盲症，文本中提供的多條線索允許不同的解讀。如白盲症使得彼此疑懼，眾人生活脫軌，社會秩序大亂，「失去眼裡的光亮，也就同時失去了對人的尊重」（137-138），彷彿眼盲導致心盲，造成人性的沉淪。另一方面，白盲者之間也能相濡以沫，藉由合作尋求一己和團體的利益。而眼盲造成的一些奇聞異事，反倒使人對於人性的複雜有了更深層的明瞭，「或許唯有在盲人的世界裡，事情才會以源源本本的面目呈現」（105）。

　　再者，在盲人國度裡，唯一保有視力的人固然有諸多的方便，以及更大的能力助人，但也因為「眾人皆盲我獨明」，更清楚環境的污穢與人心的險惡，甚至為了夥伴的人身安全，不得不手刃「流氓首領」（157），從而印證了先前的感慨：「如果你看得到我被迫看到的景象，你會情願失明」（111）。凡此種種令人尋思：如何在「眼不見為

淨」與「眼不見為患」之間抉擇？

　　故事末尾，盲而復明者的一番體悟引人深思：「我覺得我們並沒有失明，我認為我們本來就是盲目的。盲目卻又看得見。看得見卻不願看見的盲人」（278）。

結語：因為懂得，所以慈悲

　　上述五部文學作品橫跨十四到二十世紀，作家分別來自義大利、英國、美國、法國、葡萄牙，各自發揮巧思，運用不同手法，讓人見識到豐富的想像與高超的技巧。由於處理的題材是不時橫空出現的疫情，有些基本模式可循。

　　瘟疫在大眾渾然不覺時突然降臨，讓人措手不及。源頭不明，感染不清，防堵不易，治療困難。疫情蔓延迅速，無孔不入，防不勝防，以致人心惶惶，整個社會陷入恐慌。官方反應遲鈍或有意遮掩，在訊息不明的情況下，謠言流竄，迷信盛行，人人自求多福。富人與窮人的資源懸殊，災難時益發凸顯出貧富差距，而被邊緣化的弱勢者更易淪為眾矢之的，成為代罪羔羊。檢疫與禁制，隔離與封鎖，使得疫區成為人性試煉場，彰顯了人的怯懦與英勇，以及身心靈的禁錮與自由。

　　在瘟疫拖磨下，多數人陷入悲觀與絕望，不知伊于胡底，但也有人勇於面對現實，盡一己之力處理。不知不覺中，疫情逐漸平息，劫後餘生的眾生歡喜慶幸，忘卻了創傷與疼痛。唯有有心人，把這一路以來的現象看在眼裡，存在心中，留下紀錄，希望後人記取前車之鑑。文學家則以這些為素材，創作出發人深省的作品，廣為流傳，感動人心，啟迪民智。

　　本文介紹的五部作品中，紀實者如《大疫年紀事》與《鼠疫》，作家蒐集多方資料，精挑細選，排列組合，鋪陳情節，安排人物，以寫實

的平鋪直述,甚至佐以數據與官方文件檔案,呈現面對突如其來的瘟疫時,不同的角色在力圖自保的求生本能或助人救人的崇高情操之間的拉扯,以及表現在外的不同言行舉止。

象徵者如〈紅死病的假面具〉與《盲目》,顯現了作家超凡的想像力,從奇思異想出發,透過生動的文字、情節的鋪陳、細節的安排,讓讀者一步步踏入文字建構的奇幻世界,觀看其中的角色如何在詭異的情況下自處。故事的情境固然令人驚異,但處理手法與情節發展卻又有其內在邏輯,符合「意料之外,情理之中」的原則。

至於《十日談》,則以避疫為楔子,回歸為結束,作為主體的一百則故事,在田園般的情景中,透過自我隔離於社會之外的十位青春男女道出,口吻嬉笑怒罵,內容光怪陸離,針對社會的種種弊端與宗教界的怪現狀,極盡嘲諷針砭之能事。

其實,病毒便在我們生活周遭,疾病就是生命常態,因此佛家有生老病死四苦之說。健康與疾病也是一體兩面,正如桑塔格(Susan Sontag)在《疾病的隱喻》(*Illness as Metaphor; and, AIDS and Its Metaphors*, 1978〔刁筱華譯,臺北:大田,2000〕)中所言:

> 疾病是生命的暗面,一較幽暗的公民身分。每個來到這世界的人都握有雙重公民身分——既是健康王國的公民,也是疾病王國的公民。儘管我們都希望僅使用好護照,遲早我們每個人都會成為疾病王國的公民。(桑塔格 9)

既然人人兼具兩種身分,如何看待疾病與他者,就決定了如何看待健康與自己。而疫病的反覆出現,更不時提醒我們反思,如何看待自己、他者、環境與社會。

這些文學作品,讓我們看到了面對致命的威脅時,人心的怯懦與英勇,人性的黑暗與光明。疫敵當前,自保是本能,戒慎恐懼是常情,但在力圖自保的同時,是否因此將恐懼、甚至仇恨,投射於非我

族類的異己——經常是弱勢者與邊緣人——致使他們成為疾病王國的代罪羔羊？然而，也正是在此極端處境下，激發出平日隱而未現的人性光輝，展現了自救救人，甚至先人後己、捨己為人的崇高情操。

　　文學來自人生，折射人性。人生方方面面，人性複雜多樣，文學也因此繁複多彩，層出不窮。文學作為一種特殊的知識與了解的方式，有別於純粹的推理與論述，也不拘泥於有憑有據的事實，而是藉由內容（說什麼，what）與形式（怎麼說，how），善用文字與技巧，傳達作者對於特定人、事、時、地、物的想像與評斷，以期感動讀者，贏得認同，甚至廣為流傳，影響後人。

　　因此，如疫情般的極端情境，既是對作家的挑戰，也是難得的契機，讓他們透過個人的理解與體悟，深入題材，運用想像，發為文字，以激起讀者的感情、想像與思緒，藉由作家殫精竭慮呈現的精采情節與生動人物，同理共感，了解人生百態，探索人性幽微，拓展視野與胸襟，以期達到張愛玲說的：「因為懂得，所以慈悲」！

2020 年 12 月 31 日
臺北南港

本文原名〈瘟疫的文學再現與生命反思〉，刊登於「COVID-19 的人文社會省思」專題網站，2021 年 1 月，https://covid19.ascdc.tw/essay/204；完整版收錄於康豹、陳熙遠編，《研下知疫：COVID-19 的人文社會省思》（臺北：中央研究院出版中心，2021 年 7 月），頁 17-36。

附識

　　新冠肺炎肆虐全球，成為人類歷史上傳播最快、影響最廣的疫情，染疫病故者數以百萬計，舉世人心惶惶。科學家們努力研發疫苗與抗病毒藥物，期能迅速有效防堵、消滅病毒，遏止疫情蔓延，化解眾人的生命威脅。面對如此普遍的危機，人文與社會科學學者不能置身事外。中央研究院近代史研究所特聘研究員康豹（Paul R. Katz）教授籌組團隊，來自院內十二個人文與社會科學研究單位的二十位成員發揮專長，檢視世紀大疫帶來的衝擊與挑戰，提供觀察、分析與因應之道，並以平易近人的筆法，於數月內呈現學術心得，快速回應社會需求，以期達到「科普」之效。

　　研究成果 2021 年初先以中英雙語呈現於「COVID-19 的人文社會省思」專題網站（https://covid19.ascdc.tw），繼於 7 月發行實體專書《研下知疫：COVID-19 的人文社會省思》（臺北：中央研究院出版中心，2021）。此書由康豹與陳熙遠主編，收錄十九篇科普文章，分為「歷史回顧」、「世界衝擊」、「本土挑戰」三部，「或針對疫情進行數據分析、問卷調查；或針砭時事、反省法規；或從文學找到共鳴，從歷史得到啟發。」本文為第一部首篇。

以詩歌面對生死

——張綺容編譯《死亡賦格》

書名：死亡賦格
副標：西洋經典悼亡詩選
編譯者：張綺容
出版者：漫遊者文化事業股份有限公司
初版日期：2019 年 10 月
叢書系列：森林的詩
頁數：288 頁
ISBN：9789864893638（精裝）

  生死乃世間大事。「有生必有死」雖為宇宙定律，然而人們對於死後世界因無所知而有所懼，因此佛家有四苦、五怖畏之說，「死苦」、「死畏」俱在其中，哈姆雷特面對生存的困境則有 "To be or not to be" 之疑懼躊躇，此皆人之常情。尤其逝者為至親、情人、知交以及崇敬之人時，生者難免覺得自身生命的重要部分也隨之永逝，心靈衝擊多年難以平復。再則，隨著年歲增長，也不得不面對生命有時而盡的事實，以及時不我予的迫切感。處於如此存在狀態，一般人往往心有所感，卻難以適切表達，抒發感受思緒，一吐胸中塊壘。

  詩歌是最精練的語言。詩人以敏銳的覺受、細密的思維、高超的文字造詣、精巧的布局謀篇、出人意表的比喻，把人類面對生死大事

的情境，藉由特殊事件觸引，發而為文，提醒人們「牢記終將一死」（"memento mori"）。這些詩歌不僅協助詩人梳理思緒，抒發情感，安撫心靈，也讓處於類似情境中的芸芸眾生，藉由他們的文字，達到疏導、撫慰、昇華、超越的作用。因此，弔文與悼詩便成為重要的文學類別。中國的《文心雕龍》固有「誄碑」、「哀弔」之類，西洋文學傳統也有悼亡詩（lament）、輓歌（dirge）、哀歌（elegy）之屬。雖然傳統各異，分類有別，但情真意切、文妥辭當的要求則一。至於高僧大德的臨終詩偈，更是一生修為的自然流露，本無意於辭章，但生死交關揭示的體會證悟，更引人深思。

西洋詩歌悲悼的多樣面貌

《死亡賦格》收錄了張綺容（原名張思婷）自西洋文學傳統中編譯的四十首詩歌，按悼亡對象分為五輯（「死亡與我」、「悲悼愛人」、「緬懷故友」、「悼念親情」、「獻給名人」），每輯收錄七至九首，展現古今西洋詩人筆下對於親情、愛情、友情的悲悼緬懷，對於名人的景仰哀思（唯一例外是綏夫特〔Jonathan Swift〕對已故政敵的諷諭譏刺與幸災樂禍），以及詩人自身對於死亡的冥思想像。

全書編排獨具匠心，篇首以〈譯序〉統攝全局，五輯詩作為主體，附錄「詩作年表與影音列表」。各篇排列依序為漢英對照的詩作、作品賞析、文學一瞬，有些並附「延伸聆賞」的影音方塊。編譯者除了提供英文詩作與中文翻譯之外，每篇均附一千兩百字左右的賞析，說明其人其詩，小自字詞典故，中至技巧格律，大至文學傳統與文學史地位，旁及在中文世界的翻譯（史），以及受到詩作啟發所衍生的其他藝術形式創作，如音樂、戲劇、電影等，可謂具體而微，琳琅滿目。依照雅克遜（Roman Jakobson）的分類，這些中譯詩屬於不同語文之間的語際翻譯

（interlingual translation），其他藝術形式的呈現則為不同符號之間的符際翻譯（intersemiotic translation）。而言簡意賅、旁徵博引的賞析不僅發揮畫龍點睛之效，也具有觸類旁通之功。這些安排在在顯示編譯者的巧思熟慮。

全書蒐羅之廣博多樣，由詩人的時代、國籍、語文得以略窺一二。四十位詩人上起西元前三世紀、首開西方悼亡詩傳統的希臘詩人西奧克里特斯（Theocritus），下至二十世紀的歐美男女詩人，前後兩千兩百餘年。[1] 就國籍而言，本書以英國詩人最多，總計二十位，其次為美國詩人十三位，歐洲詩人六位，墨西哥詩人一位。

其中不乏文學史上的名家與桂冠詩人，也有一些非經典作家，包括吟誦詩人、報端詩人、反戰詩人；有人生前窮困潦倒，鬻文為生（如愛倫‧坡〔Edgar Allen Poe〕），有人因逢政治獨裁慘遭殺害（如羅卡〔Federico Garcia Lorca〕）。這些詩作絕大多數為一再斟酌、千錘百鍊之作，但也有原先無意為詩的佈道詞（霍蘭德〔Henry Scott-Holland〕的〈死亡沒什麼大不了〉〔"Death Is Nothing at All"〕），或臨時寫在牛皮紙袋的文句（弗萊〔Mary Elizabeth Frye〕的〈不要站在我的墳前哭泣〉〔"Do Not Stand at My Grave and Weep"〕），但都因其獨特的觀照而收錄書中，可見死亡議題深入眾生的日常生活，無所不在。

不僅如此，全書並囊括英國文學史上四大輓詩，俱為哀弔故友之作：密爾頓（John Milton）的〈李希達〉（"Lycidas"）、雪萊（Percy Bysshe Shelley）的〈艾朵尼〉（"Adonais"）、丁尼生（Alfred Tennyson）的〈追憶哈倫〉（"In Memoriam A.H.H."）、阿諾德（Matthew Arnold）的〈瑟西士〉（"Thyrsis"）。這些代表作由於篇幅較長（如〈艾朵尼〉全詩五十五節，〈追憶哈倫〉更前後撰寫長達十七

---

1 依出生年代統計，西元前詩人一位，十六世紀詩人兩位，十七世紀詩人三位，十八世紀詩人八位，十九世紀詩人二十二位（蔚為大宗），二十世紀詩人四位。

年,總計一百三十三章),書中只是摘譯,供讀者品味淺嚐,有意者可循此進一步閱讀。讀者若依附錄的詩作列表順序閱讀,宛如一覽西洋悼亡詩小史及其代表作。

再就思想而言,西方思想兩大源頭為希臘與希伯來的傳統,前者見於希臘神話,後者見於《聖經》。悼亡詩既為西方文學傳統的一支,自然承繼此二大傳統,反映出其中的生死觀。希臘的生死觀體現於西奧克里特斯的牧歌中,其中出現的多位神祇表徵了泛神觀,而主角之英年早逝使得天地震撼、人神同哀、山河變色、草木含悲,這些都成為悼亡詩的成規(convention)。

至於另一大傳統的基督教,即使面對死亡的現象,心中至為哀痛不捨,但藉由永生的信仰與天家的盼望,終能提供自己和他人某種程度的慰藉,因此本書作者中出現若干基督宗教神職人員,如鄧約翰(John Donne)、茵內斯修女(Sor Juana Ines de la Cruz)、綏夫特、霍蘭德,並不意外。布雷克(William Blake)與葉慈(William Butler Yeats)則有個人獨特的宗教經驗與神話系統。密爾頓的〈李希達〉更是結合了希臘牧野輓詩的成規以及基督宗教的意象與信仰,「公認是英國文藝復興時代牧野輓歌中登峰造極之作,為華文詩人余光中欽點為英文悼詩之首」(123)。

書裡的英文詩作固然直接中譯,非英文詩作也透過英譯本轉譯為中文,如原為希臘文的西奧克里特斯之〈牧歌一:達夫尼之戀〉("Idyll 1: The Passion of Daphnis"),原為德文的歌德(Johann Wolfgang von Goethe)之〈死亡之舞〉("The Dance of Death")、里爾克(Rainer Maria Rilke)之〈得知一樁死訊〉("On Hearing of a Death")、策蘭(Paul Celan)之〈死亡賦格〉("Death Fugue"),原為西班牙文的茵內斯修女之〈悼念尊貴夫人〉("On the Death of That Most Excellent Lady")、羅卡之〈朦朧的死亡詩〉("Ghazal of the Uncertain

Death"）。這些詩作經由英文中介的轉譯或二度翻譯，形式與內容雖與原作更隔一層，但在英文為當今強勢語言的情境下，恐怕也不得不然。通曉原文、英文與中文的三語讀者，若能對照三種語文的版本，比較原詩、英譯與中譯的異同，探究其中的曲折蜿蜒、利弊得失，當更能深切體會譯事之困難與轉譯之複雜。

　　由於詩是最精練的語言，言簡而意豐，因此是最難翻譯的文類，甚至有「唯詩人足以譯詩」的說法。儘管作者、學者、譯者「三者合一」的余光中已有力駁斥此一論調，[2] 然而詩之難譯也是眾所周知，無論如何字斟句酌，反覆推敲，總是有精進的空間，由余光中生前出版的最後兩本書都是修訂的譯詩集（自譯的《守夜人》〔臺北：九歌，2017〕與翻譯的《英美現代詩選》〔臺北：九歌，2017〕），可見一斑。更何況本書處理的是上下兩千多年的詩作，如何盡量貼近原詩，掌握其中的意旨與蘊涵，努力再現格式、韻律與節奏，在標的語言（target language）中既不顯得生硬，又不流於油滑，而能維持詩的質地，在在都是譯者的挑戰。正由於「因難見巧」，自有藝／譯高膽大之人樂於迎接挑戰，因而譯詩常常成為眾家高手大顯身手、切磋技藝的擂臺。

從翻譯到編譯，從解析到再創造的挑戰

　　本書編譯者張綺容為科班出身，自幼嗜讀中文群籍，於臺灣大學外文系接受外國語言與文學的訓練，對於西洋文學傳統，包括牧歌，具有相當程度的體認，後就讀臺灣師範大學翻譯研究所碩士班與博士班，師從以考掘白色恐怖時期「被隱姓埋名」的翻譯者、開設「翻譯偵探事務所」聞名的「譯界柯南」賴慈芸教授，師生二人曾合撰〈追本溯源——

2　余光中，〈唯詩人足以譯詩？〉，收入余幼珊編，《翻譯乃大道，譯者獨憔悴：余光中翻譯論集》（臺北：九歌，2021），頁 119-145。

一個進行中的翻譯書目計畫〉（2011），後來並獨撰〈翻譯與政治：論臺灣翻譯文學史〉（2015）、〈他們在島嶼翻譯——戒嚴初期在臺譯者研究〉（2018）等論文。2016年的博士論文〈臺灣戒嚴時期的翻譯文學與政治——以《拾穗》為研究對象〉，深受包括臺灣文學史家陳芳明與筆者在內的口試委員肯定，咸認填補了臺灣翻譯史上的一個空白。研究所期間，張綺容多方接觸翻譯理論，出入於諸多門派之間，窺探箇中奧妙，打下良好的論述基礎。此外，她並與人合著《中英筆譯：翻譯技巧與文體應用》等四本翻譯教科書。因此，相較於一般譯者，張綺容掌握了理論主張、翻譯史實例以及翻譯教學演練，擁有更廣闊的視野與更多元的選項，有利於她面對編譯特定主題詩歌的嚴峻挑戰。

　　翻譯與其他學門最大的不同在於除了研究、論述與批評之外，很重視實作，因此翻譯研究所的學生必須努力培養口譯與筆譯的專長（精修語文能力與翻譯技巧是每位報考翻譯研究所的學子初心），除了接受校內訓練，也要參與專業實習，出版譯作或取得國內外專業證照，以精進考核自己的翻譯實力。張綺容年紀雖輕，卻已入行十年，筆譯成果——余光中所謂的「譯績」——相當耀眼，出版超過二十本不同性質的譯作，包括文學、史地、攝影、健康養生、心理勵志等，其中尤以文學類的成果最為豐碩，包括經典文學（如《大亨小傳》、《傲慢與偏見》）、類型文學（如《讓愛走進來》、《達西的難題》、《心裡住著獅子的女孩》）與文學讀法（《教你讀懂文學的27堂課》）。這些性質迥異的譯作提供她豐富的學習機會，得以累積多種的經驗，包括與委託的出版社編輯共商針對目標讀者（target audience）所採取的翻譯策略（這些涉及翻譯研究中的「贊助人」〔"patron"〕與「目的論」〔"Skopos Theory"〕），如翻譯/重譯經典文學作品《大亨小傳》採取歸化的譯風，《傲慢與偏見》則選擇較古雅的風格。而單單風格之擇擇便考驗著譯者的解讀功力、文字造詣與變通技巧。

相較於以往的譯作，編譯賦予張綺容更大的揮灑空間，以及隨之而來的責任，因為挑選作品這件事本身就是一門學問，涉及當事人的興趣、見地與能力。本書的主題為悼亡詩，在西方文學傳統中的佳作不勝枚舉，編譯者自其中挑選出四十篇，上下兩千多年，橫跨歐美兩洲，格式更是不一而足。

較為古典者多為格律之作，謀篇之間有規矩、脈絡可循。嚴謹的格律與韻腳，固然方便讀者就形式上檢視譯詩的忠實程度，然而僅止於初步的審視，內容的信達、節奏的掌握、文字的肌理等等則是進一步考驗。較晚近的詩作，如自由詩（free verse），即使不再嚴守格律，但蘊涵內在結構與節奏，儘管看似自由，其實更不易掌握，必須反覆吟詠，方能有所領會。凡此種種形式與內容在轉化為另一種語文時都殊為不易。

從本書「賞析」中對文學傳統的介紹、詩歌成規的說明、各類詩體的分析（包括入選最多的十四行詩〔sonnet〕之不同類型），可知譯者相當能夠掌握這些詩作的傳統與文體的特色。然而，這只是了解原作的基本功，分析、講解原詩，是每位外文詩歌老師課堂必做之事，如何適切地以另一種語文傳達，則須仰賴高明的譯者方能見其功。

至於讀者則應如張譯的《教你讀懂文學的27堂課》原作者佛斯特（Thomas C. Foster）所言：「既然詩人千錘百鍊才寫成，我們理當要下一番功夫去讀，而既然要讀，就應該要讀個透徹，否則愧對詩人也愧對自己」（48），進而明瞭「一首詩要迷人的方法有很多：可以靠鮮明的意象、巧妙的文字遊戲、深刻的中心思想、音樂的抑揚頓挫」，至於十四行詩，「有一部分的樂趣則來自於形式」（43）。

因此，譯者的職責便在於將這些迷人、有趣之處，藉由另一種語文加以再創。閱讀本書便會發現，譯者在中譯格律詩時，尋求再現原詩的格律，包括行長（如每行音節數）與韻腳（如雙行體〔couplet〕或十四

行詩），但儘量維持遣詞用字的自然靈動,很能貼近當今讀者的閱讀習慣。換言之,本書採取的是歸化、「接地氣」的翻譯策略,與先前翻譯的《大亨小傳》、《傲慢與偏見》有相通之處,唯因涉及格律、節奏,所以難度更高。此外,為了精要、自然、生動、琅琅上口,譯者並不忌諱使用文言、白話、甚至口語的用字或句法,顯示出翻譯過程中的膽識與巧思。至於譯文文本之外的相關脈絡與資訊,本書則藉由譯序、賞析與文字方塊等附文本（paratext）補充,發揮相輔相成之效,以期讀者能進入這些悼亡詩本身,以及詩人的生平與內心世界。

譯文與選介精采處

翻譯由於原文俱在,讀者的解讀詮釋難免有所出入,譯者的轉化與再創造更是各顯本領,翻譯的成果往往見仁見智,詩歌翻譯尤其如此。由各詩的賞析,可知張綺容對於詩人與原詩的掌握,在翻譯格律詩時雖有意維持,但也不願因此損及譯文的自然,取捨之間甚費斟酌;至於一些用字,更可看出其翻譯策略及語文修養。如惠特禮（Phillis Wheatley）的〈悼五歲的小淑女〉（"On the Death of a Young Lady of Five Years of Age"）,中譯在形式上並未亦步亦趨,但基本上維持詩型的齊整（將每行十音節轉化為九字）,有些雙行體加碼到四行押韻,用字則力求平順自然:

> Perfect in bliss she from her heav'nly home
> Looks down, and smiling beckons you to come;
> Why then, fond parents, why these fruitless groans?
> Restrain your tears, and cease your plaintive moans.（169-170）

> 令嬡在天家福氣滿滿,
> 從天堂笑著向您呼喚;
> 兩位又何苦徒勞傷心?
> 快收住淚水止住呻吟。（168）

布朗忒（Charlotte Brontë）的〈悼安妮·布朗忒〉（"On the Death of Anne Brontë"）中譯第一節將每行八音節轉換為七字，維持 ABAB 的韻腳，以「生死別離」迻譯 "the parting hour" 平順而押韻，以「恨不能以命抵命」更強調了詩人之姊妹情深以及死別之悲慟：

> There's little joy in life for me,
> 　And little terror in the grave;
> I've lived the parting hour to see
> 　Of one I would have died to save.（189）

> 生命裡再無歡喜，
> 　墳墓裡再無震驚；
> 歷經了生死別離，
> 　恨不能以命抵命。（188）

又如惠特曼（Walt Whitman）的詩作一向以元氣淋漓著稱，〈船長！我的船長！〉（"O Captain! My Captain!"）表達了他對於解放黑奴的總統、偉大的「船長」林肯之衷心愛戴與崇敬，中譯努力傳達此詩的氣勢，以「近了」、「響了」處理原詩 "near" 與 "hear" 的行中韻（internal rime），而「多決絕」、「多威武」則是中譯特意增添的頭韻（alliteration）效果，朗誦起來簡短有力，「舳艫」、「多威武」更為增添的行中韻：

> O Captain! my Captain! our fearful trip is done,
> The ship has weather'd every rack, the prize we sought is won,
> The port is near, the bells I hear, the people all exulting,
> While follow eyes the steady keel, the vessel grim and daring;（245）

> 船長！我的船長！險惡的旅程已到盡頭，
> 我們挺過了風暴，尋求的獎賞已經得手，
> 海港近了，鐘聲響了，歡欣者眉飛色舞，
> 目迎這堅實的舳艫，多決絕，多威武；（244）

霍蘭德的〈死亡沒什麼大不了〉，原為佈道詞的一部分，平易近人的語句深入人心，後來被當成詩來閱讀，甚至還有日本插畫家高橋和枝

日譯的繪本。中譯則維持了口語的特色：

> Death is nothing at all.
> It does not count.
> I have only slipped away into the next room.
> Nothing has happened.（265-266）

> 死亡沒什麼大不了。
> 算不得什麼。
> 我只是溜去隔壁房間。
> 什麼事也沒有。（264）

除了翻譯文本之外，身為「『編』譯者」，張綺容也利用此一角色及「特權」，帶入其他方面的關懷，如本書特色之一的性別意識。由於人類歷史上對女性的歧視與壓抑，致使女作家被納入世界文學史的數量低得不成比例，有些「不甘雌伏」的作家甚至必須化名男性來發表文學創作（如布朗忒）。本書入選的四十位詩人中，女性有十一位，包括英美詩人惠特禮、白朗寧（Elizabeth Barrett Browning）、羅塞蒂（Christina Georgina Rossetti）、布朗忒、狄瑾遜（Emily Dickinson）等，將近三成，高於女作家在一般文學史與文學選集裡的比例。

編譯者筆下所呈現的女詩人生平與寫作生涯，不僅讓人見識到她們為了從事文學創作勇於突破歷史限制與社會框架，更佩服她們的勇氣、決心、毅力與才華。對照她們的詩作，可看出這些女詩人在歷史、社會、意識形態的層層束縛下，面對生死大事時的感思與回應，以文字留下恆久的見證。依照時代順序閱讀她們的作品，未嘗不能勾勒出另類的西方悼亡詩傳統。

值得一提的是，非裔美國女詩人惠特禮的〈悼五歲的小淑女〉。她出生於西非，幼時被人口販子擄掠後，搭著奴隸船橫渡大西洋惡名昭彰的「中間航道」（"the Middle Passage"），被波士頓富商惠特禮（John Wheatley）買下，打算培養成貼身女僕，服侍其妻蘇珊娜（Susanna Wheatley）。在主人家教導下開始識字，熟讀《聖經》，進而閱讀西洋

經典,十三歲即以詩作驚艷文壇。此詩以流暢的十音節雙行體呈現基督教的永生信仰,也顛覆了黑人為文盲、女人為弱勢、奴隸為屈從的三重宰制之刻板印象,反倒以個人信奉的白人主流社會基督教思想,來撫慰痛失五歲愛女南茜的父母,以及類似處境下的芸芸眾生(這也是中文傳統裡「短折曰哀」的觀念)。此詩不僅以基督教信仰提供讀者面對死亡的一種選擇與撫慰,其中蘊含的族裔、階級、性別意識,以及其翻轉之深意(非裔美國文學一向著重文字的顛覆性以及文學中的政治性與權力關係),也值得玩味。

此外,全書提到不少由文字轉化為其他媒介的符際翻譯,遍及音樂、戲劇、電影,進入大眾文化的場域:如弗萊的〈不要站在我的墳前哭泣〉,由日本芥川賞作家新井滿翻譯、譜曲成〈千風之歌〉(又譯〈化為千風〉),並贏得 2007 年度單曲榜冠軍(211);奧登(W. H. Auden)的〈葬禮藍調〉("Funeral Blues")納入他與伊薛伍德(Christopher Isherwood)合寫的劇本《攀上 F6 高峰》(*Ascent of F6*),於舞臺演出,後來由英國知名編劇寇蒂斯(Richard Curtis)納入電影劇本《妳是我今生的新娘》(*Four Weddings and a Funeral*)(111-112);惠特曼的〈船長!我的船長!〉成為羅賓‧威廉斯(Robin Williams)主演的代表性電影《春風化雨》(*Dead Poets Society*)中反覆出現的母題(249);愛倫‧坡的〈安娜貝爾麗〉("Annabel Lee")更啟發了幾十種不同的傳唱版本、納博科夫(Vladimir Nabokov)的小說《蘿莉塔》(*Lolita*),以及格里菲斯(D. W. Griffith)的恐怖電影《復仇之心》(*The Avenging Conscience*)(85)。

凡此種種,都可滙歸為姊妹藝術(Sister Arts)與文化研究的範疇,有興趣者自可按圖索驥,細究這些詩作如何被翻譯成不同的符號媒介,繼續發揮感人肺腑的效應。再者,詩歌特重節奏與音韻,讀者若能上網聆賞詩歌朗誦的音檔或影像檔(本書附錄網路影音 QR Code),反

覆吟詠外文詩作與中文翻譯,對於中外雙語的呈現方式當有更深切的體會。

穿越時空的同理共感

翻譯作為跨語文的活動,可謂與人類歷史同樣久遠,箇中現象異常複雜,千古以來討論不休,難有定論。翻譯與轉譯涉及「初跨」與「再跨」,如先前提到其他外文經由英文轉譯為中文便是一例。至於美國的愛倫·坡影響法國的波特萊爾(Charles Pierre Baudelaire),再由波特萊爾影響英國的史文朋(Algernon Charles Swinburne),這種文學的跨界啟發與再創未嘗不是另一種意義的翻譯。

好詩在不同時代都有人翻譯,這種重譯現象史不絕書,涉及「先跨」與「後跨」。書中提到徐志摩翻譯羅塞蒂的〈歌〉("Song")、朱湘翻譯鄧約翰的〈死〉("Death, Be Not Proud")、戴望舒和楊牧翻譯羅卡的詩作,以及胡適、周策縱、李敖的譯詩,看似信手拈來,實則來自編譯者厚積薄發的翻譯史功力,才能如數家珍,恰如其分,讓人得以認識其中的文學翻譯因緣。

生為偶然,死為必然,眾生在死亡面前一律平等,不再有性別、階級、種族、時代、年紀、地域之別。理雖如此,然唯有太上,才能忘情,凡夫俗子面對至親、情人、好友、名人的死亡,或自身瀕臨生死關卡的威脅與陰影,心中的無助、恐懼、惶惑、不甘、不捨、絕望,難以清楚覺知,明白曉喻,遑論澄淨心思,以文字傳達。值此之際,詩人秉其錦心繡口,以詩歌介入生死兩端,為起伏的心念造像記錄,從一時一地一人一事的殊相出發,向內外求索而遍及世間的共相,表達出芸芸眾生面對大限時的悸動,既緬懷死者,也撫慰生者,將個人參詳所得之箇中奧秘,轉化為精妙的詩文,再藉由翻譯傳達到不同的語境,讓世人得

以穿越時空同理共感,省思人生在世的實相,長養哀矜悲憫的胸懷。

　　文學之用大矣!

　　翻譯之功大矣!

2019 年 6 月 15 日

臺北南港

原收錄於張綺容編譯賞析,《死亡賦格:西洋經典悼亡詩選》(臺北:漫遊者文化,2019 年 10 月),頁 7-16。出版時因篇幅之限有所精簡,此處為完整版。

附識

　　《死亡賦格》由於內容豐富,深入淺出,獲選文化部「第 42 次中小學生讀物選介」文學翻譯類評審精選,以及好書大家讀第 77 梯次文學讀物。

　　張綺容於翻譯的論述與實踐有多元而突出的表現,於翻譯史與文學翻譯著力尤深。以翻譯史研究聞名的賴慈芸教授為其博士論文指導教授,明師高徒薪火相傳。2016 年的博士論文〈臺灣戒嚴時期的翻譯文學與政治:以《拾穗》為研究對象〉鑽研臺灣第一本純翻譯的綜合性雜誌《拾穗》月刊(1950 年 1 月至 1989 年 4 月,總計 462 期),多方蒐集資料,進行訪談,為翻譯史研究添磚加瓦,填補空缺。在編譯完《死亡賦格》之後,她重拾翻譯史研究,進行與台灣中油(原名「中國石油股份有限公司」,2007 年易名「台灣中油股份有限公司」)的產學計畫,在博士論文的堅實基礎上完成了《譯氣風發的高雄煉油廠:30 位譯者 × 60 篇譯作,重溫《拾穗》月刊開啟的文藝之窗》(高雄:台灣中油股份有限公司;臺北:漫遊者文化,2023),雖然處理的是特殊歷史情境下的翻譯研究議題,史料扎實,言必有據,但文筆生動活潑,充滿趣味,故事性高,是難得的「譯普」之作。

　　台灣中油與高雄市立歷史博物館合作之《拾穗》月刊數位典藏計畫,2024 年先對外公開無版權之虞的年份,有興趣者上網便可瀏覽,重溫臺灣翻譯史頁。

張揚經典，華采譯注
——張華譯注《解讀・愛麗絲》

書名：解讀・愛麗絲
作者：卡洛爾（Lewis Carroll）
譯注者：張華
插圖：田尼爾（John Tenniel）
出版者：漫遊者文化事業股份有限公司
初版日期：2024 年 3 月
叢書系列：漫遊經典
頁數：336 頁
ISBN：9789864898992（平裝）

　　英國經典文學的中譯史上，最知名的「兒童文學」作品大抵就屬綏夫特（Jonathan Swift, 1667-1745）的《格理弗遊記》（*Gulliver's Travels*），以及卡洛爾（Lewis Carroll, 1832-1898）的「愛麗絲書」（the *Alice* Books），即《愛麗絲漫遊奇境》（*Alice's Adventures in Wonderland*, 1865）與續作《愛麗絲鏡中奇遇》（*Through the Looking-Glass, and What Alice Found There*, 1871）。許多人小時候就看過它們，誤以為「只不過」是兒童讀物，而且因為知道故事情節，就自以為了解。其實，即使小道也有可觀之處，何況兒童文學豈是小道？能成為經典則更是大道！其中的細緻微妙，若無人爬梳、解讀，很可能就此帶著童年印象終其一生。殊不知《格理弗遊記》原本是諷刺文學，作者綏夫

特是愛爾蘭當時重要的宗教與政治人物。而「愛麗絲書」雖是為女童愛麗絲‧利道爾（Alice Pleasance Liddell, 1852-1934）所寫，但作者卡洛爾在牛津大學講授數學與邏輯，看似淺白的文字裡暗藏著多種謎題與文字遊戲，若非細說詳解，將錯失許多獨特的趣味。

《愛麗絲漫遊奇境》出版於 1865 年，充滿奇思幻想，並且穿插許多歌謠、打油詩與文字遊戲，此書的樂趣在此，對譯者的挑戰也在此，克服挑戰之後的成就感更在此，因此自問世以來不同語文的譯本不計其數。中文世界最早譯本出自語言學家趙元任 1922 年上海出版的《阿麗絲漫遊奇境記》，流暢細緻地再現原文趣味，不僅深受一般讀者喜愛，也普為譯者與研究者推崇。一百多年來中譯本難以勝數，有如「打擂台」般，「擂台主」為趙元任，各個譯者化身挑戰者，以致此書成為中文世界最流行的翻譯作品之一。

筆者於 2015 年指出，「愛麗絲書」的中譯者經常面臨三重障礙。第一重是「原文障礙」：此書最初對象是兒童，卻存在著多種文字遊戲、無稽歌謠、諧擬詩作，雖讀來有趣（有些不一定了解，甚至是無厘頭），卻成為譯者的挑戰、甚或夢魘。第二重是「趙譯障礙」：趙元任的中英文造詣深厚，翻譯策略恰如其分，因此成就了經典文學的經典翻譯，令人仰之彌高，鑽之彌堅。第三重是「一般障礙」：百年來許多中譯者挖空心思挑戰前兩重障礙，遂使此書在中文翻譯史與接受史自成傳統，成為後來者亟思突破的考驗。[1]

《解讀‧愛麗絲》則多了第四重「張華障礙」。1982 年張華初遇二書中譯便深深著迷，數十年來收集諸多英文本、中譯本（含注解本）與研究資料，先後譯注、出版英漢對照插圖版《挖開兔子洞：深入解讀

---

[1] 參閱單德興，〈落入語言的兔子洞裡──愛麗絲中文奇遇記〉，收入王安琪譯注，《愛麗絲幻遊奇境與鏡中奇緣》（*Alice's Adventures in Wonderland and Through the Looking-Glass*〔臺北：聯經，2015〕），頁 5-32；後來收入單德興，《翻譯與評介》（臺北：書林，2016），頁 45-72，逾一萬八千字，為該書最長的文章。

愛麗絲漫遊奇境》（臺北：遠流，2010）與《愛麗絲鏡中棋緣》（臺北：遠流，2011）。此番進一步結合晚近的翻譯心得與研究發現，以「十年磨一劍」的毅力，修訂前譯，補充譯注與資料，將兩書合體，以全中文印行，不斷「以今日之我挑戰昨日之我」的精神令人敬佩。

讀者看到精心打造的譯注本，可能以為張華是英美文學科班出身。其實不然！他本職是建築工程師，多年如一日投注於愛麗絲書，體現他身為「業餘者」對此書的深情與純愛。薩依德（Edward W. Said）在《知識分子論》（*Representations of the Intellectual: The 1993 Reith Lectures*）中對「業餘性」（"amateurism"）有如下的定義與稱頌：「不為利益或獎賞所動，只是為了喜愛和不可抹煞的興趣，而這些喜愛與興趣在於更遠大的景象、越過界線和障礙、拒絕被某個專長所束縛、不顧一個行業的限制而喜好眾多的觀念與價值。」[2] 張華正是為了喜愛、興趣，不在意名利，不拘泥成規，反而使其具有「興奮感和發現感」（132），成就獨特的翻譯志業，表現得比專業人士更專業。

本書除了力求達到等效翻譯的兩個文本、精研細解的譯注，還有多項特色。譯注者張華的〈一百年的歷史，四十年的夙願〉標舉本書為愛麗絲中譯一百零二年紀念之作，敘述英美人士對愛麗絲故事的研究、此書的中譯史與趙元任譯本的魅力、後來譯本不如趙譯之處，並詳述此譯注本的特色，處處以趙譯為「試金石」來檢測他人與自己的譯作，顯見是向趙譯致敬與挑戰之作。至於成敗如何，有待專家、學子與愛好者仔細比對、評析。張譯眼界之高、視野之闊、用心之細、工夫之深、執行之切，由此可見一斑。至於選用田尼爾（John Tenniel, 1820-1914）的插圖，意在維持「愛麗絲書」原版圖文的呈現方式。

除了譯注與緒論之外，全書其他諸多附文本都出自譯注者的用心與巧思。多張彩色照片為張華走訪實地與參加相關會議所攝；別出心裁的

---

2 單德興譯，《知識分子論》經典版（臺北：麥田出版，2011），頁131。

拉頁〈愛麗絲身高變化圖〉（"Changes of Alice's Size"）呈現主角忽大忽小的體型變化與尺寸比例；〈奇境地圖〉（"The Wonderland Map"）標示故事地點與相關位置。書末並以下載連結的方式提供豐富的附錄資料：附錄一詳列引用資料，包括張華本人的中英文論文、卡洛爾與愛麗絲兩家的族譜與年表、卡洛爾的著作年表及相關研究學會；附錄二提供譯注參考資料，包括注釋本與故事背景資料；附錄三臚列翻譯類參考資料，包括中譯版本與華文世界論文、評介、學位論文；附錄四提供中譯及原文對照的雙關語翻譯、詩歌翻譯、戲仿翻譯與藏頭詩翻譯，呈現譯者為了實踐等效翻譯所運用的各種創意奇思與機靈手法。

其中最令筆者驚艷、也備受國際學者專家肯定的就是書前的〈愛麗絲身高變化圖〉。除了一般譯者對文字的細讀、詮釋與傳達之外，工程師張華具備數學背景，精於設計，對邏輯、美學與比例非常敏銳，遂能見人所未見，逐一圖示愛麗絲多次的高矮變化，令人一目瞭然。此創舉深受北美卡洛爾學會（Lewis Carroll Society of North America）矚目，於 2015 年《愛麗絲》出版 150 周年紀念的紐約會場，將張譯《挖開兔子洞》及此拉頁與趙元任譯本同櫃展出（書中有照片為證）。此外，張華多次於國內與國際研討會宣讀論文，刊登於相關期刊，可見其翻譯心得與研究成果獲得肯定。

綜觀《解讀‧愛麗絲》的多元翔實再現方式，與筆者多年提倡的「雙重脈絡化」（"dual contextualization"）若合符節。也就是，盡責的譯介者除了將原作置於原文的脈絡之外，也將譯作置於譯文的脈絡，並透過各種附文本提供相關訊息，小自一字一句，大至翻譯史與文學史的評價，讓讀者得以循序漸進，從基本的文字，逐步進入文句、文本、文學、文化、文明的「六文」層次。《解讀‧愛麗絲》一書綜合了張華四十年的興趣與鑽研成果，不僅譯文本身頗有可觀之處，附文本也旁徵博引，後出轉精，為「愛麗絲書」在中文世界、乃至於全世界的翻譯

史，新添一部獨具特色的譯注本。

2024 年 3 月 6 日
臺北南港

本文原名〈張揚經典，華采譯注——序張華《解讀・愛麗絲》〉，收錄於卡洛爾著，張華譯注，《解讀・愛麗絲》（臺北：漫遊者文化，2024 年 3 月），頁 6-8。撰文時係根據書稿，然全書出版時文字有些更動，此處為更新版。

附識

　　「愛麗絲書」是許多人的童年讀物。我已記不清自己何時首次閱讀，譯者為誰，但對故事情節留有印象。直到大學時閱讀翻譯研究的文章，包括思果先生的論述，才知卡洛爾原著之奧妙，以及趙元任中譯本之傑出，然而並未深入探討。

　　大約十年前我應王安琪教授之邀，為其國科會經典譯注計畫成果《愛麗絲幻遊奇境與鏡中奇緣》（臺北：聯經，2015）撰寫緒論，才廣泛蒐集相關資料。記得那時帶了大約一公斤的資料飛往香港，於嶺南大學翻譯系掛單期間寫出〈落入語言的兔子洞裡——愛麗絲中文奇遇記〉（5-32），全文逾一萬八千字，超出王教授與我個人的意料。文中提到翻譯「愛麗絲書」的三重障礙（6-16），也提到張華先生的《挖開兔子洞：深入解讀愛麗絲漫遊奇境》與《愛麗絲鏡中棋緣》（8, 13-14, 16），對於張先生多年的鑽研以及這兩本書的特色留下深刻印象。

　　因此，張先生邀我為《解讀・愛麗絲》撰寫推薦序時，即使個人時程緊迫，手邊還有其他寫作計畫，依然當下接受，原因很簡單：這是一本獨特的文學經典譯注！孰料此書上市在即，截稿日期短促，且有字數限制。儘管如此，我仍把握一期一會的機緣努力撰寫，於期限前交稿，並利用三次校對過程微修，力求周全，達成這項「譯普」的任務。惟接到成書時，發現若干內容與書稿有異，遂趁收入本書時加以修訂。

　　正如愛麗絲在奇境中身形變大變小，先前的長篇緒論與此處的短篇推薦序見證了我與「愛麗絲書」的奇遇與奇緣。

召喚黑人靈魂的先知杜博依斯
——何文敬譯注《黑人的靈魂》

書名：黑人的靈魂
作者：杜博依斯（W. E. B. Du Bois）
譯注者：何文敬
出版者：聯經出版事業股份有限公司
初版日期：2018 年 6 月
叢書系列：現代名著譯叢／科技部經典譯注
頁數：400 頁
ISBN：9789570851335（平裝）

原作者杜博依斯

　　1994 年至 1995 年間，我以哈佛燕京學社訪問學人（Harvard-Yenching Visiting Scholar）的身分訪學哈佛大學一年，研究主題為亞裔美國文學與文化（Asian American literature and culture）。當時美東的學風仍相當保守，即使在首屈一指的哈佛大學，有關亞美文學的課程也只有大學部的一門，而且講授該課的年輕亞裔女老師婉謝我旁聽。於是我四處尋訪有興趣的課（按學生的說法就是「血拚」〔shopping〕），在旁聽的眾多課程中，上、下學期各聽了一門有關非裔美國文學與文化（African American literature and culture）的課，分別由杜博依斯研究

所（W. E. B. Du Bois Research Institute）的所長蓋慈（Henry Louis Gates, Jr.）與哲學家阿匹亞（Kwame Anthony Appiah）講授，上課地點就在暫居哈佛廣場（Harvard Square）街角美體小鋪（The Body Shop）樓上的研究所。在蓋慈的主持下，此所當時已成為非裔美國研究的世界首要重鎮（蓋慈至今仍為該研究所負責人），而他力邀前來的哲學家、公共知識分子韋斯特（Cornel West）更讓人對該所的未來發展充滿期待。那年我在不少公開與私下場合聽到許多人對杜博依斯（W. E. B. Du Bois, 1868-1963）的推崇與景仰，而名滿天下的哈佛大學以他的名字來為研究所命名，既是對校友的尊崇，也印證此君在非裔美國研究中的獨特地位。

杜博依斯與哈佛大學淵源深厚。他於 1868 年出生在美國麻薩諸塞州，1888 年註冊為哈佛大學大三學生，1890 年以第三名成績獲得優等學士學位（BA cum laude），次年取得歷史學碩士學位，1895 年取得歷史學博士學位，成為第一位取得哈佛大學博士學位的非裔美國人。1896 年博士論文修改為專書出版《美國黑奴貿易禁制史，1638-1870》（*The Suppression of the African Slave-Trade to the United States of America, 1638-1870*），為哈佛歷史研究系列（the Harvard Historical Studies Series）開山之作。在校期間他深受歷史學家哈特（Albert Bushnell Hart）與哲學家詹姆士（William James）的影響，與兩人發展出亦師亦友的關係。

杜博依斯興趣廣泛，於文學、歷史、哲學無所不窺，在社會學領域的貢獻尤其卓著。身為傑出學者，他也積極參與社會運動，努力爭取黑人權益，為 1909 年成立的美國全國有色人種協進會（National Association for the Advancement of Colored People，簡稱 NAACP）創始人之一，並自 1910 年起擔任該組織刊物《危機》（*Crisis*）雜誌主編長達二十五年。然而由於他的真知灼見與政治主張不容於當權者與主流社會，他對共產主義的友善與憧憬在冷戰的政治氛圍中更難容身，於是

1961 年選擇出走非洲迦納共和國（Republic of Ghana，1957 年獨立，為非洲英屬殖民地中第一個獨立的國家），1963 年成為該國公民，同年逝世，享耆壽九十五歲。迦納共和國為他舉行國葬，備極哀榮。由以上簡述可略窺他傳奇的一生，詳細敘述可參閱本書〈杜博依斯生平〉。

杜博依斯一生著述不輟，九十高齡時還受迦納共和國之託編撰《非洲百科全書》（*Encyclopedia Africana*），智力、體力、使命感與學術熱忱令人敬佩。他著作等身，各有其脈絡與影響，其中以 1903 年、三十五歲出版的文集《黑人的靈魂》（*The Souls of Black Folk*）流傳最廣。此書除了前言、後記共計十四章，文字生動，內容廣泛，指涉豐富，分析深入，其中若干觀念，如「雙重意識」（"double consciousness"）與「膚色界線」（"color line"），影響尤其深遠，先見之明令人歎服。然而也因此構成閱讀與翻譯的障礙，必須深切掌握作者的學思歷程與時代背景，才可能深入了解該書的大義與微言，絕非一般譯者或學者能率爾操觚。此書中譯本姍姍來遲，實為事出有因。

譯注者何文敬

本書譯注者何文敬教授為美國研究科班出身，1989 年獲得美國密西根大學安娜堡校區（University of Michigan-Ann Arbor）美國文化研究所博士學位，早年鑽研福克納（William Faulkner）小說時，就注意到其中呈現的黑白種族問題。1987 年英文論文 "In Search of a Female Self: Toni Morrison's *The Bluest Eye* and Maxine Hong Kingston's *The Woman Warrior*"（〈追求女性的自我：童妮・墨莉生的《黑與白》和湯婷婷〔亭亭〕的《女戰士》〉），刊登於中央研究院美國文化研究所（今歐美研究所）的《美國研究》季刊（*American Studies*），從族裔、性別與弱勢論述的角度出發，比較、分析非裔的墨莉生（又譯摩里森）與華

裔的湯亭亭之名著,為最早從事非裔與華裔文學比較研究的華人學者之一。

爾後何教授多年從事非裔與華裔美國文學與文化研究,曾在國立臺灣師範大學英語研究所開設「福克納專題研究」、「童妮・摩里森專題研究」、「美國小說中的種族主義」等課程,並有多篇中英文論文於國內外期刊與論文集發表,更於 2010 年出版專書《我是誰?:美國小說中的文化屬性》(臺北:書林),為華文世界此一領域的代表性學者。

難得的是,何教授同時也是一位傑出的譯者,具有可觀的「譯績」(套用余光中老師用語),曾於 1989 年、1997 年、1998 年三度獲得梁實秋文學獎翻譯類譯文組之獎項。除了單篇譯文之外,並曾中譯文學理論《神話與文學》(*Myth and Literature*, William Righter 原著〔臺北:成文,1980〕),以及長篇小說《天堂樹:一個華裔美國家族四代的故事》(*Homebase*, Shawn [Hsu] Wong〔徐忠雄〕原著〔臺北:麥田出版,2001〕)與《寵兒》(*Beloved*,摩里森原著〔臺北:臺灣商務,2003〕)。

《天堂樹》為華裔美國文學中獨具特色之作,是筆者與加州大學柏克萊校區(University of California, Berkeley)黃秀玲(Sau-ling Cynthia Wong)教授合編的國立編譯館華美文學譯叢之一。《寵兒》更是諾貝爾文學獎得主摩里森的力作,何教授的譯著以忠實流暢的譯筆、鞭辟入裡的導讀、翔實平易的注解,於 2003 年同時榮獲《聯合報》讀書人最佳書獎(文學類)與《中國時報》開卷年度十大好書(翻譯類),難能可貴,實至名歸。

經典譯注計畫的要求與成果

國科會／科技部的經典譯注計畫始於 1990 年代末期,筆者有幸

參與計畫草創期的規劃，執行《格理弗遊記》(*Gulliver's Travels*)的學術譯注版與普及版的計畫（臺北：聯經，2004, 2013），並為王安琪教授的兩部英美文學譯注經典撰寫各超過一萬五千字與一萬八千字的緒論，對此系列計畫有充分的體認與深厚的感情。[1] 此譯注計畫旨在邀請學有專長的學者「並」具有翻譯經驗的譯者，選擇在其專長領域中的經典之作，迻譯為中文，並撰寫緒論（critical introduction）、添加譯注、提供原作者年表與參考文獻，以這些附文本（paratext）協助讀者深入了解該經典的大義與微言，若有可能並與自身的社會與文化脈絡相互參照，以期達到筆者多年提倡的「雙重脈絡化」("dual contextualization")的效應。此計畫自1998年啟動以來，至今已邁入第二十個年頭，在譯者、推動者與出版者通力合作下，出版人文與社會科學的譯注經典逾百本，允為國科會／科技部最顯著的成果之一，為華文世界厚植學術與文化資本，居功厥偉。

何教授身兼學者與譯者之長，實為翻譯杜博依斯經典之作《黑人的靈魂》的難得人選。他自2005年向國科會提出經典譯注計畫申請，採用的版本正是蓋慈與奧立佛（Terri Hume Oliver）合編、1999年諾頓公司（W. W. Norton & Company）出版的批評研究版。此書的中文譯注字斟句酌，前後耗時十餘年才完成，並依經典譯注計畫標準作業程序，由兩位學者專家審閱，真可謂「十年辛苦不尋常」。

譯文以忠實順暢的語言再現原著，並佐以譯注提供必要的資訊（包括黑人靈歌的出處），協助讀者進一步了解文本及脈絡。原文與譯文的

---

[1] 參閱筆者〈文學・經典・翻譯：馬克吐溫歷險記〉，收錄於《赫克歷險記》(*Adventures of Huckleberry Finn*)，馬克吐溫（Mark Twain）著，王安琪譯注（臺北：聯經，2012），頁3-25；〈落入語言的兔子洞裡——愛麗絲中文奇遇記〉，收錄於《愛麗絲幻遊奇境與鏡中奇緣》(*Alice's Adventures in Wonderland / Through the Looking-Glass*)，卡若爾（Lewis Carroll）著，王安琪譯注（臺北：聯經，2015），頁5-32。二文後來收錄於筆者《翻譯與評介》（臺北：書林，2016），頁19-43與頁45-72。

章節頁碼對照表方便讀者比對杜博依斯的原作與譯作,原版封面與獻詞頁則讓讀者得以一窺原作的面貌。至於此書的內容、特色、貢獻與意義,譯注者在附文本中言之甚詳,此處不贅,僅簡述何教授所提供的附文本之作用如下。

由於杜博依斯在非裔美國傳統的地位獨特,著作眾多,相關研究汗牛充棟,然而中文世界有關他的翻譯與介紹卻極為欠缺,因此譯注者在譯文前、後添加的諸多附文本,多少彌補了這個缺憾,藉由提供重要的背景資料與研究成果,協助讀者了解作者生平與此書出版時的環境。

譯文之前的附文本〈譯注者序 傾聽杜博依斯發自靈魂深處的吶喊〉,說明此書的意義與翻譯此書的因緣;〈杜博依斯生平〉扼要展示作者傳奇的一生;〈導論 析論《黑人的靈魂》:美國內戰後之社會文化史經典〉分節呈現此書的出版背景、版本說明、重要性與意義、篇章評析與綜合討論。

譯文之後的附文本則有〈杜博依斯年表〉,以編年方式展現作者的生平大事,收一目了然之效;〈參考研究書目〉提供譯注者的研究資源,若干重要著作並有書目提要,可供有心人按圖索驥,深入研究;〈附錄一〉收錄四篇早期評論,以示此書問世時的若干回應;〈附錄二〉以中英對照的方式,呈現了此書出版五十年後,原作者杜博依斯與第二任妻子葛蘭姆(Shirley Graham)的反思與評語,使人得以一覽昔今之比與自他之論。

凡此種種均可看出譯注者的用心。若杜博依斯再世,當能領會譯注者的努力與用心——或「愛意」("love",套用德希達〔Jacques Derrida〕的說法)——深慶自己的著作得此知己,並在華文世界得到精采豐富的「來生」("afterlife",套用班雅明〔Walter Benjamin〕對翻譯的著名譬喻)。

黑色先知之火

2017 年夏天我重回哈佛大學進行研究，在哈佛合作社（The Harvard Coop）購得韋斯特與布絲辰朵芙（Christa Buschendorf）的對話錄《黑色先知之火》（*Black Prophetic Fire* [Boston: Beacon Press, 2014]），該書分章深入討論十九、二十世紀六位高瞻遠矚的非裔美國領袖，以及他們的傳承在當代的意義，「無疑是二十世紀最重要的黑人知識分子的杜博依斯」（41）為當然之選。

在對話中，布絲辰朵芙提到《黑人的靈魂》結合了「科學的散文式書寫與詩歌式書寫」（52），書中使用的一些比喻，如「面紗」（"the Veil"）和「雙重意識」，形塑了後來的學術討論（55）。韋斯特則強調杜博依斯的人文主義，認為「他是徹底激進的民主人文主義者，乞靈於文藝復興、啟蒙時代以及維多利亞時期的批評家」（61）。而杜博依斯對資本主義與白人至上主義（white supremacy）的批判，使他成為「二十世紀人物中，與二十一世紀的我們最相關的一位，如果忽視他就會自陷險境。確實如此。就這個意義而言，我們都站在他的肩膀上」（44）。然而韋斯特也慨歎，「對身為學者、公共知識分子、行動分子的杜博依斯，我們仍未能充分體認他的寬度、範圍與深度」（42）。

韋斯特引用金恩（Martin Luther King, Jr.）被暗殺前四十天於杜博依斯百歲誕辰慶祝活動中的發言，來總結兩人的對話：「杜博依斯最偉大的美德，乃是對所有被壓迫者永遠懷著人飢己飢之心，對各種不公不義打抱不平」（63）。由金恩與韋斯特這兩位不同世代的黑人領袖對這位先驅的由衷推崇，足證杜博依斯地位之崇高及意義之重大。

當今美國卓異主義（American Exceptionalism）盛行，排外氣氛日趨濃厚，對弱勢族裔益發敵視與不利，貿易保護主義之風興起，杜博依斯的論述與批判再度印證了他的真知與遠見。何教授花費十多年心血完

成的這部經典譯注,讓華文世界的讀者有機會以原汁原味的方式閱讀全書,並透過他的介紹深入了解這位非裔美國公共知識分子與人權鬥士。這位先知以豐富的知識、獨特的經驗、卓越的智慧與生動的文字,所召喚的不僅是黑人的靈魂,以及美國境內弱勢族裔的靈魂,也是全球各地受到各種不公不義所壓迫的弱勢者的靈魂,希望在他的奮鬥與啟蒙下,一個更公平合理正義的世界能早日降臨。

2018 年 4 月 16 日
臺北南港

本文原名〈魂兮歸來——召喚黑人靈魂的先知杜博依斯〉,收錄於杜博依斯著,何文敬譯注,《黑人的靈魂》(新北:聯經,2018 年 6 月),頁 7-14。

附識

華裔與非裔在美國俱為弱勢族裔,而且非裔的人數更多、歷史更久、分布更廣、遭遇更慘、經驗更深,文學與文化生產也更豐富多元,提供華裔社群與學界諸多借鑑。此書作者杜博依斯為最具代表性的非裔美國先驅與知識分子,其論述不僅對非裔美國社群與學術研究影響深遠,對美國華人也深有啟發。筆者在從事華美文學與文化研究時曾借助其觀念,擔任哈佛燕京學社訪問學者時也經常出入杜博依斯研究所,旁聽課程,聆聽演講,增長不少見聞。譯注者何文敬教授為國內非裔與華裔美國文學研究的先行者之一,也是資深譯者,藉由執行國科會經典譯注計畫翻譯名家名作,相得益彰。

文豪與譯家畢生最後力作
——彭淮棟譯注《浮士德博士》

書名：浮士德博士
副標：一位朋友敘述的德國作曲家阿德里安‧雷維庫恩的生平
作者：托瑪斯‧曼（Thomas Mann）
譯注者：彭淮棟
出版者：漫步文化／遠足文化事業股份有限公司
初版日期：2024 年 10 月
叢書系列：Classics
頁數：768 頁
ISBN：9786269870233（平裝）

不忘初衷，方得始終

彭淮棟與德國文豪托瑪斯‧曼（Thomas Mann, 1875-1955，又譯「湯瑪斯‧曼」）有著極深的緣分。他的第一本譯作《魔山》（遠景，1979）是借道海倫‧羅—波特（H. T. Lowe-Porter, 1876-1963）的英譯本 The Magic Mountain（1927）之轉譯。羅—波特以英譯曼之作品著稱，多達十餘本，獨領風騷數十載，對其作品暢行英文世界厥功甚偉，亦有助於其獲得諾貝爾文學獎。淮棟翻譯此書時年方二十六歲，以五十萬言、八百頁的經典之譯，開啟了個人的翻譯生涯與人生新境界。醉心於德國文學與歐洲文化的他，不以轉譯為足，遂自修德文，深入探究德

國文學、藝術與文化之妙。最後一本譯作《浮士德博士：一位朋友敘述的德國作曲家阿德里安‧雷維庫恩的生平》（新北：漫步文化，2015初版）直接譯自德文，時年六十二歲，兩書相隔三十六年。淮棟翻譯之路始於曼，也終於曼，與其說是巧合，不如說是不忘初衷，方得始終。

正如《浮士德》之於歌德（Johann Wolfgang von Goethe, 1749-1832），《浮士德博士》也是諾貝爾文學獎得主曼「畢生最後一部力作」，自道「幾乎是以我心之血書之」，「前此所有作品都為歸指此書而寫」。別具深意的是，《浮士德博士》中文譯注本也是淮棟「畢生最後一部力作」。即使已累積三十多年的翻譯經驗，從德文直譯過曼在流亡美國期間頗為親近的阿多諾（Theodor W. Adorno, 1903-1969）之《貝多芬：阿多諾的音樂哲學》（臺北：聯經，2009），然而譯注《浮士德博士》的兩年半期間形同「閉關」，晝夜於斯，孜孜矻矻，以千日之功完成嘔心瀝血之作，自稱箇中辛苦有如「夢魘」。

之所以稱為「夢魘」，是因為博學深思、歷經兩次世界大戰的曼，欲藉由現代版浮士德，亦即書中為了換取二十四年音樂靈感、創造力而與魔鬼締約、出賣靈魂的作曲家，來反思德國、歐洲、乃至全人類的文明。全書內容宏偉深邃，即便是德國讀者閱讀時，也希望手中能有一把開啟該書奧祕的鑰匙。

翻譯不易，善盡職責

淮棟身為資深譯者，深知翻譯不易，佳譯尤難，而有「使無譯者，何來譯品，若無能手，何來佳譯」之說，也熟諳「譯無全功」之理（余光中語），故謙稱「吾欲寡過」。《浮士德博士》中譯本便是他知難而進、奮力拚搏、字字為營、句句為陣的成果。淮棟為人低調，潛心譯事，大多隱身譯文之後，慣常以譯注協助讀者了解原文旨意，最顯

著的例子就是翻譯博藍尼（Michael Polanyi, 1891-1976）的《博藍尼講演集：人之研究、科學信仰與社會、默會致知》（臺北：聯經，1985）時，為了說明為何將關鍵觀念 "tacit knowing" 譯為「默會致知」，加了一個將近七百字的長註（就筆者印象所及，很可能是他最長的譯註），出入於中外之間，引經據典，細析明辨，而得此創意／創譯。即使讀者未必接受這個譯法，也會佩服他所下的工夫，更何況他還謙稱此譯「雖比他詞較近，也不過強為之名而已」。

然而，淮棟在必要時也會現身，如為曼的《魔山》撰寫三十頁的〈湯瑪斯・曼和「魔山」〉，為柏林（Isaiah Berlin, 1909-1997）的《俄國思想家》（臺北：聯經，1987）撰寫十頁的〈譯序〉，為普希金（Alexander S. Pushkin, 1799-1837）的《普希金秘密日記》（臺北：聯合文學，1997）撰寫二十一頁的〈譯序〉，為阿多諾的《貝多芬：阿多諾的音樂哲學》撰寫十頁的〈譯跋〉。篇篇文句典雅，內容充實，為讀者提供頗多助益。然而，這些都比不上他為《浮士德博士》一書所花的苦心。

淮棟精讀原文，多方查閱資料，參考曼本人也推崇的羅—波特之英譯本 Doctor Faustus（1948）（比對發現她有刪節之處），務期以精鍊的譯文充分傳達原意。此外，為協助讀者了解書中深意，更將個人相關研究化為附文本，撰寫逾兩萬字的導論、近八百條的譯注，合計逾五萬五千字，除了說明人名、地名以及文學、歷史、藝術、音樂等典故，並加上前人的研究與自己的詮釋，用心之良苦、工夫之扎實、功力之深厚令人折服，足可躋身國科會的經典譯注計畫成果之列。

桑塔格（Susan Sontag, 1933-2004）在作為附錄的〈朝聖——記托瑪斯・曼〉一文中透露，十四歲時與同學登門拜望當時居住於美國南加州的曼，直接從作者口中得悉對此書的看法：「部分以尼采生平為底，〔……〕不過，我的主角不是哲學家。他是個偉大的作曲家」；「德國

靈魂的高度與深度都反映於其音樂之中。」曼向這兩位慕名而來的美國中學生坦承，《浮士德博士》是「我所寫過最大膽的書」，「我最狂野的一本書」，「也是我老年的書」，「我的《帕西法爾》」，「當然，是我的《浮士德》」，以音樂裡的華格納（Richard Wagner, 1813-1883）與文學裡的歌德之最後力作，來比喻自己甫殺青但尚未付梓的《浮士德博士》。

曼也曾表示，此書是「我一生的總結，是我所親歷的這個時代之總結，同時也是我有生以來所能給出的最為個人的東西，其坦率近乎瘋狂。」他在生前最後一次訪談中明言：「這部浮士德小說於我珍貴之極〔……〕花費了我最多的心血〔……〕沒有哪部作品像它那樣令我依戀。〔……〕誰對它承受的精神高壓有所理解，誰就贏得我的由衷感謝。」而花費畢生最多心血、精心譯注此書的淮棟，不僅是其解人，也是知音，更是協力者與傳播者，文豪地下有知，必當奉上由衷感謝。

譯在人在，譯家長存

淮棟才華洋溢，敏學覃思，博覽強記，翻譯態度嚴謹，文筆典雅洗練，一生譯作三十餘種，量多質精，普受推崇。身為臺大外文研究所同學，筆者欽佩淮棟不忘初心，翻譯之道以文學始，以文學終；也惋惜他在學養、見識、文筆臻於巔峰之際，以六十五歲之齡溘然辭世，中文譯界從此少一健筆；更遺憾自己多年進行深度訪談，卻未能及時與這位君子之交的老同學促膝而談（友人都不知他罹患惡疾），分享他的翻譯經驗與理念、治學之道與自修之法（其書法、音樂皆為自學，造詣不凡）、人生體悟與生命智慧。而淮棟最依戀、最花心血、最受精神高壓的《浮士德博士》，遂成為一代譯家獻給中文世界最後以及最厚重的禮物。

筆者身為譯者與翻譯研究者，堅信「譯在人在」，因此只要淮棟的佳譯存在，「翻譯家彭淮棟」就會長在！

2024 年 8 月 20 日
臺北南港

本文原名〈推薦序——文豪與譯家畢生最後力作〉，收錄於托瑪斯・曼著，彭淮棟譯注，《浮士德博士》二版（新北：漫步文化，2024 年 10 月），頁 7-9。出版時因篇幅之限略有精簡，此處為完整版。

附識

彭淮棟與我結識於 1976 年，當時我們都是臺大外文所的新生，他來自東海外文系，我來自政大西語系，李有成、李容慧、陳英輝來自師大英語系，梁欣榮、王淑華、黃毓秀原本就在臺大外文系⋯⋯各路學子齊聚一堂，自是有緣。不過他不喜歡當時外文所的教育環境，決定離開，我則選擇了學術之路，看似殊途，後來卻又同歸於翻譯。淮棟的職涯主要是在聯合報系，先任聯經出版社編輯，後任《聯合晚報》外電編譯，穩定的收入讓他可以選擇自己想要翻譯的作品。他才華出眾，自學篤實，一生譯作三十四種，內容多元。數量最多的是「文化與思想」類，包括博蘭尼、柏林、威廉斯（Raymond Williams）、華勒斯坦（Immanuel Wallerstein）等人的代表作，建立起他在翻譯界、學術界與思想界的地位；其次為「美學與音樂」類，包括艾可（Umberto Eco）的美學著作，以及薩依德（Edward W. Said）與阿多諾的音樂論述；其他則涵蓋他本行的作家評傳與小說創作、歷史與傳記、人生哲學與自我成長，甚至還有兩本企業管理之作。

淮棟博學深思，文筆雅健，譯作普受華文世界推崇。我既以老同學的「譯績」為榮，也為天不假年而悲。漫步文化柳淑惠總編輯不忍見淮棟最後一本譯注《浮士德博士》絕版，邀我撰文推薦。德國文學雖非我所長，但為推廣佳譯，我除了閱讀淮棟譯注本以及該書相關資料，並設法找齊他畢生的譯作，逐一翻閱，對「翻譯家彭淮棟」有了更深的體認與敬佩。譯在人在，誠哉斯言！

譯注經典的另類來生
——《格理弗遊記》經典譯注版的再生緣

書名:《格理弗遊記》
作者:綏夫特(Jonathan Swift)
譯注者:單德興
出版者:聯經出版事業股份有限公司
初版日期:2004 年 10 月
叢書系列:聯經經典
頁數:672 頁
ISBN:9570827688(精裝)

翻譯的來生

筆者自 1976 年翻譯第一篇學術論述(楊牧先生的〈論一種英雄主義〉),[1] 轉眼已逾四十載,這段期間翻譯了近二十本不同性質的書,各有不同的領會,其中費時最久、篇幅最長、功夫最深的便是國科會的譯注經典《格理弗遊記》(*Gulliver's Travels*)。我自 1998 年 6 月應國科會之邀執行此一經典譯注計畫,至 2004 年 10 月出版,前後耗時六載

---

1 單德興譯,〈論一種英雄主義〉("Towards Defining a Chinese Heroism"),王靖獻(C. H. Wang)原作,《中外文學》第 4 卷第 11 期(1976 年 4 月),頁 28-45。參閱單德興,〈譯事・譯緣——我與楊牧先生的翻譯因緣〉,本書頁 153-161。

有餘,足跡廣達歐、美、亞三大洲,全書總計六百七十二頁,除了十五萬餘字的譯文之外,還有逾七萬字的〈緒論〉,逾九萬字的譯注、年表大事紀及參考書目等。[2] 齊邦媛老師在序言〈航越小人國〉中,稱其為「任何人都可以自慰曰『不虛此生』的貢獻」(5)。我一方面欣喜於有此機緣完成這畢生難得的譯注計畫,另一方面也遺憾由於求好心切,譯文與譯注一改再改,在校對階段依然持續增訂,以致晚了幾個月,未能在母親生前出版,只能將此書「獻給從小為我講故事、購買文學翻譯名著」的先慈孫萍老師。

班雅明(Walter Benjamin)在〈譯者的職責〉("The Task of the Translator")一文提出了幾個有關翻譯的比喻,其中最得我心的就是「來生」("afterlife")。[3] 翻譯界前輩學者劉紹銘教授對於翻譯也有「借來的生命」與「再生緣」之喻,前者指的是譯者藉由翻譯作品來抒發自己的感受與創作欲,後者指的是作品一譯再譯猶如再生。[4] 這幾個比喻雖有不同,但共同的則是翻譯與「生」和「延續」的觀念。本文擬借題發揮,加以轉化,以實例說明經典譯注版《格理弗遊記》的幾個不同性質的來生或再生緣,以示翻譯工作之功不唐捐,以及文字因緣之不可思議,希望喚起學界對於學術翻譯的重視,即使無法親身參與其事,但至少在觀念上與體制上予以應有的評價與肯定,以落實文化生根與發展,厚植我國與華文世界的文化資本與軟實力。

國科會經典譯注研究計畫

國科會規劃推動的「人文學及社會科學經典譯注研究計畫」始於

---

2 單德興譯注,《格理弗遊記》(臺北:聯經,2004)。
3 Walter Benjamin, "The Task of the Translator," *Illuminations*, ed. Hannah Arendt, trans. Harry Zohn (New York: Schocken, 1968), p. 71.
4 參閱單德興,〈寂寞翻譯事——劉紹銘訪談錄〉,《卻顧所來徑:當代名家訪談錄》(臺北:允晨文化,2014),頁 273, 275, 294-295。

1997 年，我是 1998 年第一批應邀執行計畫的學者，雖然國科會事先已多次徵詢意見，擬出詳細的作業要點，但畢竟只是藍圖，如何一磚一瓦、一樑一柱蓋出經典譯注的大廈，眾人都在摸索中。我先前曾翻譯過十幾本書，逐漸累積出一些經驗，因此從事這個計畫時，希望能把握此「一期一會」，完成較接近自己心目中理想的學術譯注，達成我所定義的「雙重脈絡化」（"dual contextualization"），也就是在迻譯文本時，力圖兼顧源始語言與文化（source language and culture）以及標的語言與文化（target language and culture）的脈絡。[5] 然而《格》書精裝譯注版後續所引發的一些現象則是我始料未及，帶給我不同的驚喜。

首先，就是當初撰寫〈緒論〉時雖然找到三個最早的中譯本，建立起《格》書在中國的早期接受史，但始終不知第一個中譯本《談瀛小錄》（同治 11 年〔1872 年〕5 月 21 日至 24 日上海《申報》連載）的譯者是誰。2007 年 6 月我重返哈佛大學，在哈佛燕京圖書館巧遇我十二年前擔任哈佛燕京學社訪問學人時的社長韓南（Patrick Hanan）教授，他的考證功力深厚，屢為李歐梵、王德威院士等人所推崇。韓南教授三度邀我到他研究室，在交談中表示，根據他的考證，《談瀛小錄》的譯者應是當時《申報》的編輯蔣其章，原作則可能來自《申報》創辦人英籍茶商美查（Ernest Major）。[6] 沒想到多年懸而未決的問題，就在與韓南教授的交談中輕易得到解答。

再者，《格》書譯注版雖然詳盡且具特色，但附文本（paratext）

---

5 筆者尤其受益於以中文翻譯與再現薩依德（Edward W. Said）的《知識分子論》（*Representations of the Intellectual*）〔臺北：麥田出版，1997〕）之經驗，並在該書簡體字版後記（北京：三聯書店，2002）提出相關概念（154-155）。有關「雙重脈絡化」的進一步闡釋，參閱筆者，《翻譯與脈絡》（臺北：書林，2009），頁 1-7，並詳見筆者，〈翻譯與雙重脈絡化〉，《翻譯研究十二講》，張錦忠編（臺北：書林，2020），頁 47-91。

6 韓南，《中國近代小說的興起》，徐俠譯（上海：上海教育出版社，2004），頁 106-107, 134-137。

超過了譯文正文,並不符合一般讀者的閱讀習慣。而該書在英文及其他語文的流傳史中,很重要的一個傳統就是當成兒童文學來閱讀。為了避免那些附文本構成閱讀障礙,我在贈送學童譯注版時,都會特別交代跳過正文前一百八十多頁的附文本,有關正文的腳註有興趣則看,若會影響閱讀則略過。其實早在譯注版問世之前,我就考慮過出版普及版,並且擬出作業要點,提供國科會與出版社參考,可惜未能立即實現(個人推測主要原因是經典譯注系列成果無前例可循,而出版社也不希望在譯注版問世不久便出現「自己打自己」的現象)。

然而,《格》書畢竟是世界文學經典,內容引人入勝,不同時代與年齡的讀者各有不同領會。為了達到經典普及的目標,終於在譯注版問世八年半之後發行了平裝普及版,並在準備過程中修訂了百餘處譯文,以期精益求精。為了符合臺灣讀者的閱讀習慣,版面改為直排,除了齊老師和我的序言之外,其他附文本均置於譯文之後。普及版序雖將原先七萬餘字的〈緒論〉精簡為五千餘字,卻也加上了一些新資料,包括韓南教授考證出的第一位中譯者,以及林以衡博士提供的兩個日據時期的漢文譯本,為該書中文世界的早期流傳史提供了更多元的面貌。[7]

譯注版的另類來生

如果普及版是譯注版的一種來生或再生,那麼由譯注版所引發的學術論述和辯論則可謂另類來生或再生。我在蔡祝青博士介紹下,認識〈《格理弗遊記》在臺灣:日治時期〈小人國記〉、〈大人國記〉的譯寫、諷喻與政治想像〉一文的作者林以衡。[8] 他撰寫此文時為國立政治

---

7 參閱筆者,〈重新整裝,再度出發──《格理弗遊記》普及版的緣起、過程與目標〉,《人文與社會科學簡訊》第 14 卷第 3 期(2013 年 6 月),頁 11-17。
8 該文刊登於《成大中文學報》第 32 期(2011 年 3 月),頁 165-198。

大學中國文學研究所博士生,正從事日據時期臺灣漢文翻譯研究,查閱當時報章雜誌上的翻譯小說,發現《臺灣日日新報》曾連載〈小人國記〉與〈大人國記〉(前者於昭和 5 年〔1930 年〕3 月 3 日至 5 月 18 日,後者於同年 7 月 6 日至 12 月 6 日,前後七個半月)。

　　林文提到,「時至今日,單德興以嚴謹的學術研究方式對《格理弗遊記》的翻譯,以及一連串由此引申而出對《格理弗遊記》中文譯本的研究、翻譯理論的闡述等,將是本文欲處理日治時期的〈小人國記〉與〈大人國記〉各項問題時重要的參考資料」(170-171)。文中多處引用《格》書譯注版的〈緒論〉、譯注與譯文作為討論的基礎,[9] 尤其強調該書作為經典諷刺文學嘲諷時政之處。他主張從譯文看來,譯者的英文造詣已足以直接自英文漢譯,「並非一定要經由中文或是日文的二度翻譯」(196),而且藉由翻譯來諷刺日本殖民政府的統治,「將小說的諷喻之意發揮的淋漓盡致」(197),由此可見當時臺灣知識分子的國際觀、英文能力與反殖策略。文末並表示,「未來如何能將日治時期翻譯文學的問題更為擴大思考,將更能加強臺灣文學與世界的對話與交流,實為臺灣文學研究值得重視的問題面向」(197)。

　　看到自己的譯注版竟能如此運用於臺灣文學研究,有如譯作之另類遊記,令我既驚且喜。與林交流後進一步得知更早之前還有《小人島》/《小人島誌》連載於《臺灣教育會雜誌》第九十一至九十四期(明治 42 年〔1909 年〕10 月 25 日至 43 年〔1910 年〕1 月 25 日)。我先前譯注《格》書時已根據相關資料發表英文論文,探討此書在中文世界的早期接受史。此時更進一步根據林以衡提供的資料,撰寫此書在臺灣的早期接受史。[10]

9　如第一段第三個腳註有關綏夫的生平與作品簡介便說,「以上背景參考單德興譯注〔……〕頁 34-51」(170)。其他至少還有七個腳註提到此譯注版及筆者相關論述。
10　前文為 "Gulliver Travels to the Centre of the Earth: Three Early Chinese Translations of

林文刊出之後引發了許俊雅教授的回應文章。許教授先前已有專文綜論日據時期臺灣報刊所刊出的小說之種種改寫現象，並強調在進行相關研究時要特別留意版本的考察與出處的探索。[11] 她將前文的理念集中於探討〈小人國記〉與〈大人國記〉的譯本來源，經過仔細的考證與文本交叉比對，「極為合理地判斷」（104）《臺灣日日新報》的譯本源自一、兩年前韋叢蕪於北京出版的《格里佛遊記（卷一）》與《格里佛遊記（卷二）》（北京：未名社，1928, 1929），而韋譯本所根據的丹尼斯（G. R. Dennis）編輯的版本，不僅列於我參考的十一個英文譯注本之一，而他參考的辜（A. B. Gough）編輯的牛津版，也在我參考的三個主要英文譯注本之列（78）。

　　許教授仔細比對丹尼斯所編的英文版本、韋譯本與《臺灣日日新報》譯本後，斷定「臺譯者」的英文程度未必那麼好，並且引用筆者的譯注本以示該譯本對於原文的諷刺掌握不足（80，注 25；103，注 39），所改寫的譯本中的反殖力道也未如林文所說的那麼強烈，因而呼籲研究者必須「重視史料」與「尊重文本」。[12]

　　如果說林文帶給我的是驚喜，那麼許文找出《臺灣日日新報》譯本可能根據的源本，考掘出湮沒已久的韋譯本，讓銷聲匿跡的譯者韋叢蕪（本名韋崇武）再度現身，更令我喜出望外。而這些論述都與我的雙重脈絡化所具現的譯注版息息相關。至於以研究《譯介學》聞名的上海外國語大學謝天振教授對《格》書譯注版的六千餘字書評，則是在海峽彼

Gulliver's Travels," *Swift Studies* 17 (2002): 109-124；後文為 "Traveling Text and Dual Contextualization—The Early Reception History of *Gulliver's Travels* in Taiwan," *Swift Studies* 29 (2014): 42-51。

11　許俊雅，〈日治時期台灣報刊小說的改寫現象及其敘述策略〉，《台灣文學學報》第 23 期（2013 年 12 月），頁 137-174。

12　許俊雅，〈日治台灣〈小人國記〉、〈大人國記〉譯本來源辨析〉，《台灣文學學報》第 27 期（2015 年 12 月），頁 69-111。亦可參閱許俊雅的修訂版，〈日治臺灣〈小人國記〉、〈大人國記〉譯本來源辨析：兼論其文學史意義〉，收入賴慈芸編，《臺灣翻譯史：殖民、國族與認同》（新北：聯經，2019），頁 141-203。

岸出現的另一種衍生。[13]

單文經教授的杜威譯注

由於與經典譯注計畫關係密切，除了文學之外，我在書店也會留意並購買其他學門的經典譯注計畫成果，其中之一就是單文經教授譯注杜威（John Dewey）的《經驗與教育》（*Experience and Education*）。[14] 之所以買這本書一方面因為父母親終身為國小教師，我自幼就對教育感興趣；另一方面因為杜威是胡適的老師，對他影響甚巨，而胡適曾任中研院院長，其故居和墓園離我的住家和研究室都不遠，經常路過。至於另一個個人因素則是單氏一向人單力薄，難得見到單氏宗親從事翻譯，遑論經典譯注——印象深刻的是單國璽樞機主教多年前曾翻譯《獻身與領導》（*Dedication and Leadership*, by Douglas Hyde, 1966〔臺中：光啟出版社，1970〕）。

單文經教授根據 1998 年的《經驗與教育》六十週年增訂本重新譯注此書，上篇為譯注者的學術導讀，下篇為譯注本的翻譯，譯文與附文本的分量相當，有關杜威原作的譯注有五十二個，引經據典，中西參照，細析詳解，時而引用自己的著述，在在顯示了譯注者的用心與學養。

令我更驚異的是，此譯注本數度引用我有關經典譯注與學術翻譯的看法。如上篇第二章〈杜威其世其人〉開頭便引用我一再強調的「讀其書」、「知其人」、「論其世」之說，並仿照我的句法寫道：「此三者相輔相成，對於深深介入當時哲學界、教育界，並且在作品中常常議論

---

13 謝天振，〈台灣來的格理弗——讀單德興教授新譯《格理弗遊記》〉，《文景》第 15 期（2005 年 10 月），頁 68-73；後收入謝天振著，《海上譯譚》（上海：復旦大學出版社，2013），頁 21-30。

14 杜威著，單文經譯注，《經驗與教育》（臺北：聯經，2015）。

時政的杜威來說,更是如此」(23)。

第三章〈《經驗與教育》一書的重要性〉開頭再度引述我由於經典譯注計畫「明顯地覺察到翻譯與譯者的地位逐漸受到肯定」之說,帶入他本人的感想,指出自己致力翻譯四十餘年,「主要是在翻譯過程體驗到譯者與原作者、乃至假想的讀者之間持續進行對話與互動而獲得的成就感。」然而以往「只譯不注」,如今執行譯注計畫,「方才有機會自我超越」(45),並表示「依本人理解,譯注計畫實施十餘年來」,《格理弗遊記》「應為最能符合〔國科會〕上述要求者之一」,並帶入了筆者「雙重脈絡化」之說(46)。

上篇結論時引用筆者「學術翻譯」之說,並期盼「不論翻譯、注釋與研究皆能臻於真善美的境界」(98)。單文經教授再接再厲,於今年(2017 年)出版另一本經典譯注《重新詮釋杜威《民主與教育》的時代意義》(*John Dewey and Our Educational Prospect: A Critical Engagement with Dewey's* Democracy and Education),[15] 見到宗親如此投入經典譯注,頗感吾道不孤。

於香江談學術翻譯

2017 年 1 月,我應香港中文大學翻譯系之邀,前往擔任第四屆丘成瑤翻譯講座主講人,除了一場公開演講,並有一場與該系研究生的閉門演講。我趁機以實例說明自己從多年翻譯經驗中,體會到的有關「學術翻譯」與「雙重脈絡化」的看法。該系為宋淇(林以亮)先生倡議於香港首設之翻譯系,結合該校翻譯研究中心,多年來出版品豐碩,研究成果斐然,作育英才眾多,是我多年來佩服的華人世界翻譯研究與教學機構。

---

15 韓森(David T. Hansen)編,單文經譯注,《重新詮釋杜威《民主與教育》的時代意義》(新北:心理出版社,2017)。

第二天演講結束後,兩位博士生陪我一路走到火車站,其中一位數次詢問我有關「學術翻譯」三個定義的出處,因為她的學位論文要以此作為立論的基礎,我向她確認這是我在十年前為《人文與社會科學簡訊》撰文的過程中,根據一己的經驗與想法所歸結出來的看法,也就是:

(1)翻譯的原著本身是具有歷史意義、學術價值、典範地位的文本;
(2)結合了學術研究的翻譯;
(3)本身可能成為學術研究對象的翻譯。[16]

我的解說令她對自己學位論文的立論基礎更為安心。至於長榮大學翻譯系吳姿燕同學的碩士論文〈強納生・綏夫特《格列佛遊記》二種中譯本比較研究〉,則是第一篇以《格》書譯注本為比較研究的學位論文,有如為第三個定義的學術翻譯踏出了第一步。[17]

「做中學」與「學中做」的翻譯

回顧個人的閱讀與學習生涯,翻譯扮演了關鍵性的角色:我的翻譯生涯早於學術生涯,翻譯書籍的數量與種類多於自己著作的書籍,譯著的讀者也遠多於我的學術論述。如果非要我在「譯者」與「學者」這兩個身分擇其一,我寧取譯者,因為翻譯中的細讀與傳達包括了學習與分享,而且影響更為深遠。

---

16 參閱筆者,〈我來・我譯・我追憶——《格理弗遊記》背後的「遊記」〉,《人文與社會科學簡訊》第 8 卷第 4 期(2007 年 9 月),頁 75-85。
17 吳姿燕,〈強納生・綏夫特《格列佛遊記》二種中譯本比較研究〉,長榮大學翻譯學系碩士論文,2013;蔣永影,〈斯威夫特在中國〉,中國人民大學博士學位論文,2017 年 5 月,其第二章第三節為「三、單德興譯本《格理弗遊記》(學術譯注版)的個案研究」(頁 54-59)。

因此，我對於好的翻譯與譯者一直抱持著敬意與謝意，也對於翻譯與譯者未受到應有的尊重與報償一直懷抱不平，並在可能的範圍內致力於做翻譯、研究翻譯、評論翻譯、提倡翻譯。近來受邀演講也多以翻譯為主，努力將一愚之得與人分享，希望為打造華文世界更健全的翻譯生態略盡棉薄之力。[18]

杜威的《經驗與教育》強調經驗在教育中的重要性，而我有關翻譯與譯者的看法大都來自親身經驗，既是「做中學」，也是「學中做」，想必符合杜威標榜的經驗主義的精神。上述《格理弗遊記》譯注本不同性質的來生與再生緣，不論是普及版、英文論述、臺灣文學／翻譯史研究、後續經典譯注計畫，或學位論文，雖然大多在我意料之外，卻也見證了經典的威力與譯注的效應，給予譯注者莫大的鼓勵。我也靜待其他的「來生」與「遊記」。

在凡事講求速效、報酬率、CP 值（Cost-Performance Ratio，性價比）、KPI（Key Performance Indicator，關鍵績效指標）的今天，人文與社會科學學者更該定下心來，莫為各項指標所迷惑，著眼於輕薄短小的研究，甚至抄襲剽竊，變偽造假，欺世盜名。應謹記學術、教育與文化無法速成，不能強圖立竿見影之效，必須步步踏實，時時耕耘，長期累積，正如翻譯是一字一句、絲毫取巧不得的硬功夫，也是自利利人的專業、職業、甚至志業。翻譯惠我良多，我也力求將此惠澤傳遞下去。

2017 年 3 月 15 日
臺北南港

---

[18] 如 2017 年 3 月 2 日擔任國立中山大學余光中人文講座主講人，講題為「翻譯與雙重脈絡化」；同年 3 月 16 日擔任國立東華大學楊牧文學講座主講人，講題為「從翻譯出發──一位學者／譯者的反思」。

原刊登於《人文與社會科學簡訊》第 18 卷第 3 期「創刊 20 週年紀念特刊」（2017 年 5 月），頁 44-49。

附識

　　翻譯引發的後續效應，有些完全出乎譯者意料之外。本文記述筆者執行國科會經典譯注計畫成果《格理弗遊記》於 2004 年 10 月出版後所引發的一些現象，如普及版與學術論述，並稱之為「再生緣」，印證了翻譯的踐行效應（performative effect）。筆者正與出版社籌劃「《格理弗遊記》二十週年版」，修訂譯文上百處，並補充後續資料，特別是《格理弗遊記》第一個中譯本的可能譯者，以及日據時代臺灣報章雜誌上的兩個連載譯本，是為另一次「再生緣」。

陪我們長大的《格理弗遊記》真相竟然是？
——專訪翻譯學家單德興

書名：研之有物
副標：穿越古今！中研院的 25 堂人文公開課
作者：中央研究院 研之有物編輯群
出版者：寶瓶文化事業股份有限公司
初版日期：2018 年 7 月
叢書系列：Vision
頁數：272 頁
ISBN：9789864061242（平裝）

時間：2018 年 2 月 14 日
地點：中央研究院歐美研究所
主訪：中央研究院《研之有物》採訪團隊
執行編輯：林婷嫻
採訪撰文：林承勳
美術設計：張語辰

真相還原！被誤譯的經典名著

如果認為「只要精通兩種語言，即可勝任翻譯的工作」，那就誤會

大了!例如,曾被譯得面目全非的《格理弗遊記》(*Gulliver's Travels*, 1726),在在凸顯了翻譯的重要性。中央研究院歐美研究所特聘研究員單德興認為,若要讓大眾得以接觸美好的外文作品,並使原文作者的才識為人欣賞,翻譯時便不能忽略深藏其中的「文化脈絡」。

翻譯史上嚴重歪樓的代表作

在中華文化裡,早在周朝就有關於「翻譯」的文獻流傳,如《禮記‧王制》提到:「中國、夷、蠻、戎、狄……五方之民,言語不通,嗜欲不同,達其志,通其欲,東方曰寄,南方曰象,西方曰狄鞮,北方曰譯。」在漫長的中外翻譯史裡,家喻戶曉的《格理弗遊記》絕對佔有特殊地位。

絕大多數國人都讀過或看過翻譯、改寫、漫畫或動畫版的《格理弗遊記》(或譯《格列佛遊記》),然而,從第一、二部的小人國、大人國,到第三、四部的島國、馬國,隨著系列演進,閱讀過的人數也愈來

大眾看過的《格理弗遊記》,往往只是第一部的小人國。
圖片來源│the United States Library of Congress

愈少。最後，讀過原文版本的，可能就只剩下英語系學生。

　　《格理弗遊記》在華人世界裡流傳，可以說是經典的幸，也是不幸。幸，是這部英國文學經典幾乎無人不知；不幸，則在於它廣為流傳，卻被認為沒必要再仔細閱讀。更諷刺的是，華文世界通行的版本經常是被「節譯」或「誤譯」之後的樣貌，而不是全貌。

　　《格理弗遊記》原來有四部，是愛爾蘭出生的綏夫特（Jonathan Swift, 1667-1745）寫來諷刺人性、英國時政與權貴的作品。在第一部第三章裡頭寫道，小人國國王將三種不同顏色的細絲線，賞賜給一種類似凌波舞的舞技最高超的人，表現靈巧且跳躍、爬行時間最久的前三名，分別獲賜藍、紅、綠絲線。

　　不同顏色的絲線，分別對應當時的三種勳章：藍色綬帶的嘉德勳章、紅色綬帶的巴斯勳章、綠色綬帶的薊勳章。而表演者以凌波舞取得絲線，正是在譏諷國王用人並非選賢與能。因為要隨著橫桿升降跳躍鑽爬，舞者的身段必須異乎常人的柔軟，影射沒有骨氣的人才能得到寵幸、成為高官。

　　因為暗示得太明顯，出版商擔心這段文字會得罪當道，因此當年在出版時，將絲線的顏色改為紫色、黃色、白色。顏色一改，原有的寓意大打折扣。單德興參考不同的英文注釋本與相關研究，並在譯注中加以說明，中文讀者才能重新了解作者綏夫特的用心，以及不同中譯本可能根據的英文版本。

《格理弗遊記》譯者沒告訴你的事

　　被視為愛爾蘭民族英雄的綏夫特，其長達四部的諷刺文學經典介紹到中文世界後，幾乎沒有辦法以真面目示人。中文世界最早的三個譯本中，《談瀛小錄》（同治 11 年〔1872〕）與《僬僥國》（後來改名為

《汗漫游》，光緒29年至32年〔1903至1906〕）先後在《申報》和《繡像小說》以連載的形式刊出；直到林紓與魏易（另一說是曾宗鞏）合譯的《海外軒渠錄》，才首度以專書的形式出現（光緒32年〔1906年〕），而且出版者都位於開風氣之先的上海。

然而，流傳於世的版本中，大多經過改寫，甚至腰斬得面目全非。即使是逐句翻譯，錯誤與誤解也屢見不鮮。以第一部第一章為例："Leyden: There I studied Physick two years and seven Months, knowing it would be useful in long Voyages." 其中，"Leyden" 是荷蘭西南部的城市，林紓直接音譯為「來登」，當時的讀者只能得到「外地城市」的模糊印象，而不知該城市在當時歐洲的學術、文化與思想上的重要性。

此外，"Physick" 一詞，早期被誤譯為「格致」，即現代的物理學。但在綏夫特的時代，該詞其實指的是醫學。學習科目一變，《格理弗遊記》主角船醫的身分就變成了物理學家，在長途航行中該如何發揮所學有些令人困惑。由此可見，翻譯時被誤解的細節，對語句、甚至是文意暗示卻有極大的影響。

不存在的完美翻譯

余光中曾經多次表示：「譯無全功」（"Translation knows no perfection."）。對翻譯要求完美，幾乎是種苛求。不論是貼近作者原意與表達方式的「異化」策略，還是翻譯得通順、易讀的「歸化」手法，都會面臨不同的挑戰。

單德興認為，從最高標準來看，「完全忠實」是不可能的。2017年，余光中的兩本譯詩集《守夜人》與《英美現代詩選》先後推出修訂版。即便余光中翻譯的是自己的作品，《守夜人》前後還是有三個版本，以期精益求精。原因在於每種語文都有特殊的形、音、義，尤其是

譯詩，文意跟音樂性很難兼顧。

不過，即便完美翻譯是不可能的任務，譯者仍應在能力與時間的許可下，以「序」帶出文本的時代背景、文化脈絡、作者地位、作品特色等，幫助讀者理解文本所產生的時空環境；並於譯文加上「註解」，說明原文詞彙的考證、可能的意涵、翻譯時的考量等，加上再三修訂，藉此兼顧忠實、通達、充實，以期達到異文化傳達與溝通的作用。

長期研究並親身投入翻譯的單德興強調，翻譯絕不只是把文本移植到另一個語文，還牽涉到原作者與譯者雙方的文化。因此，他引申余光中的譯者為演員的比喻，指出翻譯文本時，譯者要當一個忘我的演員，入乎其內；註解文本時，則要像個劇評家，站在舞臺外面客觀解說，呈現知識、見解與立場，出乎其外。唯有如此，讀者才有機會透過譯注者體現的自身文化脈絡，以及他所呈現的原作者與作品的文化脈絡，深入了解譯注的經典，形成單德興所一再強調的「雙重脈絡化」（"dual contextualization"）的模式。

「作者」是文字的創作者，從無到有，生產一個文本；「譯者」則是文字的轉化者，將一個語文的作品轉化成另一個語文。不僅如此，將文本用另一個語文再現，也是透過文本引介「異文化」。因此，譯者同時身兼「文本的再現者」、「文化的中介者」兩個角色。

譯者動輒得咎的尷尬處境

如《格理弗遊記》般被誤譯、誤解，卻又備受歡迎的案例史上罕見，但翻譯所遭遇的困難、錯誤與挑戰，卻也從來沒有少過。"Traduttore, traditore." 這句義大利諺語的意思是：「翻譯者，反逆者也。」這句帶有懷疑、貶斥之意的諺語，正說明了譯者的處境。

「反逆」指的是違背原作的意義。撇開誤譯不說，翻譯過頭或不及

都可能被視為逆反——翻譯得順暢，可能被質疑過度遷就本國語言，犧牲了原文的特色與含意；措辭、語法貼近原著，則往往會被批評為文句生硬、文意不通。

詩的翻譯尤其難以拿捏。古典英詩的格律通常經由音韻、節奏、行數、格式體現，若為完全保留詩的格律而執意押韻，可能譯成了打油詩，反而得不償失。此外，貼近原文的譯法，像是翻譯抑揚五步格（iambic pentameter）時，為了湊齊一行十個字，有可能讀起來比較呆板。因此，與其為了保存形式而犧牲文意，不如在中文字數和韻腳上保留些彈性，單德興這樣分享余光中的多年經驗之談。

無論是翻譯一般書籍或詩作，譯者都得絞盡腦汁，但將原文文本轉化之後，讚歎與榮耀卻往往盡歸於作者，譯者彷彿隱形一般不被看見。當翻譯有缺失時，譯者又責無旁貸，成為眾矢之的。這是翻譯人常面臨的窘境。

臺灣社會普遍不重視翻譯，許多人認為只要有Google、字典在手，翻譯不是大問題，甚至會有「無法創作，才從事翻譯」的刻板印象。若你也有這種刻板印象，不妨找兩段文字，自己動手翻譯看看。藉由翻譯簡短文字來揣摩、體驗翻譯的過程與感受，可能就會對翻譯這件事有不同的看法。

翻譯，讓外文作品更容易閱讀

即便是中文能力傑出如魯迅，卻也因為他的翻譯理念主張「硬譯」，以致譯出來的作品在現代幾乎沒人看。因此，除了熟悉「譯出語」（原文）和「譯入語」（譯文）是基本條件，譯者還要知道翻譯的基本觀念與技巧。

「譯者，既是易者，也是益者。」單德興以此句點出譯者對於文化

交流的重要性，而這可貴、精微之處，只有「人」才能勝任，難以為人工智慧（AI）所取代。

「易」，兼具「易文改裝」以及「變得容易與人親近」兩個意思，因為翻譯將大多數讀者無法以原文閱讀的文本，以「容易閱讀」的方式呈現；至於「益」，是指作者與讀者同為翻譯的「受益者」。沒有翻譯，就沒有廣為流傳的世界文學，不僅大眾無法接觸到美好的作品，作者的才識也無法受到肯定，異文化之間更無法交流，甚至導致自身文化的孤立與枯萎。而認真的譯者藉由細讀與傳達，既可使作者與讀者獲益，自己也進入作者的內心世界，領會原作的精髓，成為最大的受益者。

世界上可不只有《格理弗遊記》這本翻譯名作，信徒早晚課誦的宗教經典也是因為有了翻譯，才能在各地廣為流傳。其實，我們早已置身在「翻譯」中，只是鎮日接觸卻不自知，因此必須打破刻板印象、思考翻譯的重要性，並給予譯者必要的尊重。

原刊登於中央研究院科普媒體《研之有物》，2018 年 4 月 3 日，https://research.sinica.edu.tw/gullivers-travels-shan-te-hsing-translation-studies/；易名為〈兒時讀過的故事《格理弗遊記》居然不只是童話？〉，轉載於「故事：寫給所有人的歷史」網站，2018 年 5 月 10 日，https://storystudio.tw/article/gushi/gullivers-travels；改寫版〈陪我們長大的《格理弗遊記》，真相竟然是……〉，收錄於中央研究院研之有物編輯群（著），《研之有物：穿越古今！中研院的 25 堂人文公開課》（臺北：寶瓶文化，2018 年 7 月），頁 211-219。此處為改寫版。

附識

　　本文係根據中央研究院《研之有物》團隊的採訪稿修訂而成。印象中這是該團隊首次採訪院內的英美文學學者，聚焦於《格理弗遊記》經典譯注版所引發的一些議題，從翻譯研究、尤其是翻譯史的角度，發掘歷史真相，引介有關翻譯（史）與譯者的見解。至於此文獲得一〇九學年度指考國文考科命題委員青睞，將相關觀點改寫並納入試題，令人驚喜，則屬後事，特撰下文，詳述始末與感想。兩文並讀，當更有領會。

當訪談遇上大學指考
——翻譯成為國文科考題之意義與省思

刊名：中華民國英美文學學會電子報
　　　（2021年春季號）
理事長：黃心雅
編輯：李翠玉
出版者：中華民國英美文學學會
出版日期：2021年3月
刊別：電子報

忘了我是誰？

　　2020年7月4日（週六）下午四點左右，我接到好友李有成教授傳來的臉書訊息，附上本（109）學年度指定科目考試（指考）的國文考科試題一頁，並說甲題是有關我的訪談，令我甚感意外。

　　當時出門在外，手機字小，更別說密密麻麻的考題了，只能勉強看個大概。原來是第一大項單選題中一個與翻譯相關的題組（參閱本文附錄），問題前面有甲、乙兩段文字。甲段是有關翻譯的論點，讀起來滿熟悉的，結尾註明「改寫自林承勳〈專訪翻譯學家單德興〉」。我看了心裡一愣。明明這些文字和觀點讀來很熟悉，卻想不起來曾以「翻譯學

家」的身分接受過訪談，難道我的記憶力竟然衰退至此?!

轉念一想，又是一驚：這些文字竟然成為指考國文考科的題幹，考生必須先讀完甲、乙兩段文字（乙段有幾句中國古典詩的英譯，譯者包括第三屆唐獎漢學獎得主、美國哈佛大學教授宇文所安〔Stephen Owen〕），再回答兩個問題。但是，這些問題我答得出來嗎（雖然傳來的訊息中已附參考答案）？這麼落落長的考題要在有限的時間內讀完並作答，會不會太為難考生？若答不出來，如何是好？而這只占全份十一整頁考題中一頁的五分之四，考試時間全長八十分鐘。

「有問題，求Google」——於是我上網查詢。發現原來這是兩年前我接受中央研究院科普媒體「研之有物」團隊的採訪，分享我的國科會經典譯注計畫成果《格理弗遊記》（*Gulliver's Travels*）。當時跟我接洽者前後有幾位，以採訪稿的形式呈現（不是我自己多年訪談慣用的一問一答），採訪稿經我修訂過幾遍，2018年4月3日刊登於中央研究院科普平臺「研之有物」網站。後來與其他文章由寶瓶文化結集時，又與出版社編輯數度往返，有些修訂，於7月納入《研之有物：穿越古今！中研院的25堂人文公開課》，以實體書方式上市。[1] 9月28日於臺北市民權東路何嘉仁書店舉行的新書分享會，我是少數出席的受訪者之一，並當場應邀致詞。

由於事隔兩年，而且官網的文章標題是「陪我們長大的《格理弗遊記》真相竟然是？」，副標題才是「專訪翻譯學家單德興」（書籍版的標題則為〈陪我們長大的《格理弗遊記》，真相竟然是……〉且沒有副標題），然而我向來自稱「譯者」、「學者」、「作者」，從不敢以「家」自居，以致造成這種看來熟悉、卻似失憶的狀況。

---

[1] 參閱單德興，〈陪我們長大的《格理弗遊記》真相竟然是？——專訪翻譯學家單德興〉，本書頁128-135。

《格理弗遊記》譯注經典的另類來生：普及版、《研之有物》電子版與專書版。

初步反應

儘管是週末，我還是直接由市區回到南港的研究室，列印出這頁題目，仔細再讀。試卷上註明第十至十一為題組，兩段文字後接著是兩道四選一的選擇題（詳見附錄）。我讀完之後感覺命題老師非常用心，手法靈活，內容不再局限於一般認知的「國文」，而擴及翻譯（如翻譯與文化的關係，歸化與異化的觀念），畢竟從文化史的角度來看，若是沒有翻譯，中華文化又如何會有「儒道釋三家」？這種命題方式旨在測驗考生的多元閱讀、分析歸納、甚至反思批判的能力，早已超越我們當年（將近半世紀前的 1972 年！）那種拘泥於字詞與題旨的背誦模式，也讓我感覺到「簡直無從準備」。然而正是這種感覺，激勵考生平日就必須大量閱讀，掌握方法，培養快速閱讀的技巧，以及分析與理解的能力，絕不是臨時抱佛腳，死背字義或題解便可過關。

當天晚上我把該題組貼上臉書，底下文字反映了當時的感想：

今年指考國文考科竟然出現與我的訪談，令人覺得有些不可思議。
希望考生順利作答，獲取高分。
若能因此提升大家對翻譯的重視與了解，也是好事一樁。

> 訪問者是中研院「研之有物」的團隊成員。
> 佩服命題老師的多元視野與靈活命題。

然後我又發給不同 LINE 群組的友人，這些群組的成員很多元，包括小學同學、大學同學、社會人士、作家、編輯，遍布不同行業、專長、年齡層……。陸陸續續從臉書與 LINE 群組得到回應。

眾所矚目的考試效應

余生也「早」，參加的是舊制大學聯考乙組（文學院各科系）考試，共考六個科目（國文、英文、數學、歷史、地理、三民主義），每科總分為一百分，國文科包括命題作文一篇，占分高達四十分。我應考那年（民國 61 年〔1972 年〕）的作文題目是「論現代知識青年應如何培養義務感與責任心」，反映了在那個時空環境下主辦單位的命題心態。記得我寫到最後時感覺不順，槓去了一段之後重寫，父母親還惋惜可能因此失分不少。此後的大專校院入學考試，由於未涉及切身利害，就不再留意；有關各項課綱的爭議、歷屆考試的情形等等多是從新聞媒體得到的印象，未曾探究。對於國文科印象比較深的就是文白比例之爭，因為有我認識的師長涉入，反對與支持降低文言文比例的人都有。

看到這次國文科考題相關題組兩天後，適逢中央研究院廖俊智院長召開一個有關新冠肺炎（COVID-19）的人文社會科學跨學門科普會議，討論如何將研究人員的學術成果分享給社會大眾。[2] 我趁機以指考之事為例，說明知識普及與共享的意義，技術上深入淺出的重要，知

2　該計畫成果先出現於 2021 年初推出的「COVID-19 的人文社會省思」專題網站，以中英雙語呈現，接著於 7 月出版專書《研下知疫：COVID-19 的人文社會省思》（臺北：中央研究院出版中心，2021），由康豹（Paul R. Katz）與陳熙遠主編，收錄中研院二十位學者撰寫的十九篇科普專文，提供人文與社會科學學者對於疫情的觀察、剖析與省思。筆者之文〈研下之疫——瘟疫的文學再現與生命反思〉，參閱本書頁 66-85。

識傳播的管道——如中央研究院科普媒體《研之有物》的人物訪談——並且呼應廖院長有關對象設定的問題，直指以高中生為 target audience（院長接口道，很多高中生的程度比大學生好，並以「研之有物」自豪）。同時，我有感而發地表示，從余光中老師多年來的苦口婆心，到我這些年的翻譯實踐與論述，以及許多翻譯研究者與實踐者的呼籲，不斷強調翻譯的重要、譯者的貢獻，提倡翻譯的觀念等等。然而眾人幾十年來的努力成效與社會影響，都比不上指考的一個考題能夠立即讓數萬考生閱讀並思索，引發媒體報導與分析，激起社會大眾矚目，並且成為考古題，持續對未來的應考者發揮作用。

　　會議結束後，一位院裡列席的年輕公關前來，說他當場上網查詢相關資訊，對此事甚感興趣，問我願不願意進行網路直播，如此劍及履及的行動力令人驚訝。不過我平日習慣以文字溝通，即使演講或座談也要反覆準備，再三修訂 PPT，對於網路直播這種新興傳播形態一時難以適應，若稍有不慎，出現任何不妥言詞，不但「一言既出，駟馬難追」，還有影音為證，茲事體大。於是表示家中長輩有事，需我隨時待命，不便約定時間，若能改以錄影方式，時間較具彈性，且有充分準備，必要時還可剪輯，以達到最穩妥的效果。如此看來，要成為網紅必得有很大的本領，不僅要頭腦清晰，口條流利，能帶動氣氛，還要表達精準，反應迅速。萬一出錯，也要能立即修正，免得以訛傳訛，貽笑大方，甚至遭人物議，徒增困擾。

重當考生

　　有感於翻譯的這一題組命題靈活、視野寬闊，不由得引發我的好奇心，不僅想要了解這次完整的國文科考題，體驗考生的感受，也想知道根據現行指考制度評量標準，自己的「國文實力」究竟如何？畢竟經

過 1980 年博士班入學考試之後,我就再也沒考過國文。於是我列印出全份考題,特地來到歐美研究所圖書館二樓僻靜處,攤開試卷,按下手機上的馬表,開始計時作答。我完全沒觸過現行的國文課綱,也沒看過任何教科書或參考書,不知課內、課外之分,不過一路下來,發現考題的選材五花八門,既有儒家思想,也有莊子的庖丁解牛,既有古典詩詞,也有章回小說《紅樓夢》、《水滸傳》,而老人照護以及朱熹〈偶讀謾記〉中對疫情的看法更連結到時事……,命題之豐富多元,讓我邊作答邊驚艷。

有些答案的選項看來意思相近,模稜兩可,實在難以區分,只能憑著既有的「實力」,「虛心」、甚至有些「心虛」地作答,途中看了兩、三次馬表,發現時間相當緊迫。等到全部答完,總共花了七十二分鐘,加上先前已大略看過的翻譯題組,整場八十分鐘的考試時間非常緊湊,根本無暇回頭檢查。這次「老考生」的切身體驗,讓我更領會到考題的靈活多樣,命題老師的良苦用心,以及考生面臨的艱苦挑戰。正如一位中學退休老師的臉友留言:「現在考題的題幹這麼長,學生能看完再正確答題,誠屬不易!」

網友意見調查與回饋

臉書上的貼文以及 LINE 群組的訊息吸引來熱烈迴響,最直接的反應就是大家都肯定命題委員出題靈活。也有人問我,對於自己的訪談被改寫為指考考題有何感想(本文就是對於這個問題的回應)。兩位曾經入闈命題的朋友提供了親身經驗。一位曾擔任四年大考中心英文考科命題研究委員的朋友表示,闈外命題通常一組五人,成員保密,考題則顯示了對於該主題及相關個人的重視。另一位不同學門的臉友、虔誠的基督徒也表示,當年入闈三天後才能出場,為了命題絞盡腦汁,「心中一

直祈禱：能公平和寬廣的測試出受試者應有的知識水平。」她一方面表示「出題者的思維很重要」，另一方面也指出，由此可見翻譯目前受到重視的程度。

有高普考經驗的行政同仁，則從國家考試的角度切入，表示「在大學指考被引用，能讓更多學生重視翻譯。」這一點是許多朋友的共同看法。有人指出應該肯定譯者的地位與貢獻：「部份人士視譯者為作者附屬，譯者的專業也長期被低估，好譯者值得更多尊重。」余光中老師的女公子余幼珊也認為此命題「出乎意料」，「真的好特別！至少表示出題的考官是重視翻譯的。」

命題靈活也得到不同學門人士的肯定。政大臺文所陳芳明表示，「現在國文考試越來越活潑。真的是好事一樁。」北藝大顧玉玲指出，「現在出題愈來愈多元，不八股。」西班牙文學者張淑英稱讚出題的老師「顯然是個讀書人、學術人，不只是教書匠。」科班出身的翻譯研究博士余淑慧認為：「這是好事，表示中文系的人也開始注意到翻譯這件事了。益者譯者，非常同意這個說法！」臺大中文系蔡祝青更有感而發地說：「太有意思了，可見國文考題有與時俱進，不再局限於文白比例之爭。實際上，在全球化的時代，各種外語與中文的碰撞交融就是實存的現實，能透過考試提醒大家留意翻譯的議題也很好，雖說有些專業語彙對這些高中生還是有點挑戰性。」

還有人問我，能不能答出由自己的訪談文字改寫成的考題？面對這個題組，坦白說第一題即使不看甲文，但因為是自己的論點，所以答得出來。第二題由於手機字小，先前只能看個大概，並運用消去法，排除機率低的選項，但對於自己的答案不是很有把握。不過，題目中出現中英對照的翻譯（甚至在英譯上附加中文直譯），而且納入唐獎得主宇文所安的譯文，著實讓人大開眼界。然而，正確答案卻主要在描述的文字中，而不在列舉的三個中英對照的例子，多少是個陷

阱，需要格外小心。

　　一位群組朋友表示，以往的模擬題曾用上她翻譯的英國社會學家之作，然而考題死板硬套，答案模稜兩可，連譯者也看不出正確答案，反而像食古不化的閱讀測驗，懷疑出題老師對於該觀念到底了解多少。兩相對照，更讓人佩服這次命題委員的用心與功力。

　　散文家簡媜坦然告知，文章曾被出成考題，自己居然答錯，嚇出一身冷汗，因此表示「自慚」。其實就我所知，許多作家都有類似經驗。我個人認為這種「異化」或「陌生化」的現象，可解讀為作家的榮耀與挑戰，作品的豐富與多元，再加上國文教育以及考試制度的運作，不必負面看待（無論是對作者、出題者、考生或相關制度）。答得出來固然可喜，答不出來則是以具體案例印證了作品的意義繁複，作者不是唯一的解人或權威的詮釋者，事後的報導與討論也可視為國文教育、甚至社會教育的一環。

　　即使我個人不是作家，只不過是採訪稿經命題老師改寫為考題，依然對此有所感受，可見這是人之常情。這種感受與反應往往是一則以喜，一則以憂：喜的是自己的文字或觀點被指考命題老師相中，並且花費心思改寫，納入考題，引起矚目，尤其是考生與相關人士的關注；憂的是經過改寫，之後再與其他資料整合，出為考題，考生必須從幾個答案中有所取捨，而此取捨涉及他們的分數與前途，不免令人覺得茲事體大。

　　如前所述，在指考的體制與運作下，原先的作者已經不是自己文章的最佳詮釋者，未必能答對根據這些文字所引申的考題，而必須以主辦單位的答案為標準，進行評量，標示等級，以期為考生找到適當的系所。

　　其他包括大學時代的翻譯老師高天恩，臺大外文研究所同學陳英輝，昔日學生、現任教臺大外文系的陳重仁，都對此命題表達肯定與讚

許之意,並且表示多年推動翻譯研究,以知識學養來引領,供學子師法,只要用心思索、努力答題的人,就能從中受益。連出家法師也表示隨喜功德與讚歎。這些不同的反應顯示了大家對於翻譯的重視。

利害關係人的看法

以上是早已不受指考規範的學者與社會人士的說法。至於攸關切身利益、最敏於指考及其意義的,當推補教名師、高中老師與應屆考生(根據大考中心統計,今年考生人數為近五年最少,但也有四萬三千人)。綜合國內媒體相關報導,可以發現此屆國文考科的一些命題特點。如中山女高老師黃月銀就有「三多」之說:學術性延伸增多;時事趨向增多;高層次閱讀理解增多。[3] 也有媒體根據國文科教師群的分析,指出此次命題的八大特色:

> 知性題與感性題並重,文言文相關題組增加;複合式題型變多;以課文為基礎的學術導向素養題變多;文化教材考題較以往靈活;回答閱讀題組需兼備基本與高層次理解能力;文法題稍增;具有時事題亮點;試題統合運用,兼顧能力導向與素養導向。[4]

具體而言,首先就是全卷頁數多(十一頁),字數多(一萬兩千餘字),題目長。雖然大考中心表示,題目的長短與難易度沒有絕對的關聯,但是考生花在閱讀與理解的時間相對增加,則是不爭的事實,這也是此次考生普遍的反應。

其次是命題靈活,內容多元。有人分析此次指考,課內題只有十題,課外題則有三十二題之多。除了國文與文化基本教材之外,也有哲

---

[3] 簡立欣,〈指考國文新冠肺炎入題 文言文比例高達6成〉,《旺報》,2020年7月4日,https://www.chinatimes.com/realtimenews/20200704002303-260405?chdtv。

[4] 顏真真,〈國文指考新冠肺炎、朱熹看疫情入題 文言文占比達6成〉,《今日新聞》,2020年7月4日,https://www.nownews.com/news/5028255。

學反思、企業倫理、醫療照護等議題，有些還連結古今（如有關朱熹的命題涉及疫情與倫理），因而有「跨域」與「閱讀遷移」之說。[5]

第三，先前有關課綱討論雖有文白之爭，但此次考題儘管各方算法不同，卻都指出文言的比例高於前兩年（甚至有高達七成之說），不過事後並未引發太大的爭議。

第四，命題老師之用心除了翻譯一例，也可以經典作品《紅樓夢》為例，試題前面不僅有文本描述的榮國府宅院位置，甚至附上示意圖，要考生選出故事人物的關係與住所，若不是平時就已閱讀，對於內文有些印象，短時間內要由文意配合圖示，恐怕不易作答。

第五，由於字數眾多，題目綜合，需要更多時間閱讀與思考，普遍認為比前兩屆更難（有考生坦承這次考題「爆難」），因此鑑別度也比較高。

由上述特點可知，考生必須在八十分鐘內閱讀完一萬兩千餘字的多元考題並且作答，在在考驗著閱讀速度與分析、理解能力，因此有高中老師提出「跨域整合力」及「文本思辨力」之說。[6]

至於這次涉及翻譯的兩題，被歸為具有創意的五、六個題目之二，雖然未說明創意何在，但很可能在於範圍的擴充（由國文擴及翻譯），以及命題的方式與旨趣（除了文字描述之外，還有三個中譯英實例，並且體貼地為英譯提供了簡要的中文對照）。換言之，在國文考科中出現英文翻譯及其中文返譯（back translation），並且要對應於翻譯研究中長久存在的歸化／異化之辯，也因此有老師與學生認為此題「爆難」。

此外，純就答題而言，其實題幹不必提到譯者的角色，卻特別納入筆者主張的譯者作為「益者」之說，讓人更注意到譯者的角色，透露

---

[5] 陳至中，〈指考國文這題爆難 分析唐獎得主英譯杜甫名句〉，《中央通訊社》，2020 年 7 月 4 日，https://www.cna.com.tw/news/firstnews/202007040132.aspx。
[6] 同註5。

出命題老師用心之處，以及「凸顯出跨科跨領域的素養導向精神」。中央社記者陳至中發自臺北的新聞稿中，用了一半以上的篇幅討論這個有關翻譯的題組，評估這兩題「就是有創意、有設計過的題目」，並引用全國教師會的看法：「面對這類試題，教師須以更靈活的視角看待教材，培養學生閱讀與應用的能力，基礎學習仍非常重要，但須進一步加深加廣，並培養閱讀的耐心。」[7]

「棄養」？「素養」！

除了新聞報導之外，讀者投書也反映了各自的立場。《風傳媒》有退休公務員投書，指陳「樂於見到文言文比率提高」，重拾對於中華文化的信心，並表示「老祖宗窮盡智慧留下四書五經六藝，無窮寶典，吾人不應束之高閣，棄之如敝屣，應加以開發研讀，並應用於日常生活。」[8]

另一方面，《自由時報》則有國小教師投書，抱怨在所有考科中國文科的鑑別度最差，並以醫科為例，指出 2019 年指考分發，全國二十七個醫學系與牙醫系中，有二十六個未採計國文科，而理工類組的學生，也因國文科「『投資報酬率』太低」與「範圍無邊無際」，認為不值得花時間準備，而有「棄養」之說。[9]

就我個人對考題的觀察與作題的體驗，與其說是「棄養」，不如說是「素養」。由命題的多元與靈活，以及訊息量之大，可知平時就必須養成大量閱讀的習慣，以及理解與分析的能力，這些絕非可以速成，而

---

7 陳至中，〈指考國文這題爆難 分析唐獎得主英譯杜甫名句〉。
8 王清厚，〈觀點投書：國文指考題漸增古文，拾回消失的倫理道德〉，《風傳媒》，2020 年 7 月 10 日，https://www.storm.mg/article/2829710。
9 宜和靬，〈棄養國文 其來有自〉，《自由時報》，2020 年 7 月 10 日，https://talk.ltn.com.tw/article/paper/1385387。

這正符合著重「素養」的取向——「平素的修養」。換言之，國文科不再只是為考試而準備，而是日常能力的培養。筆者支持這種國文教育取向，因為閱讀與分析能力是一切知識的基礎，當然包括其他科目在內。許多時候考生不會作答，問題未必出在有關該科的知識，而是沒有理解題意，以致專業知識派不上用場。

記得我在 2014 年至 2016 年擔任教育部資訊及科技教育司顧問時，有機會參與一些國文科教學的會議與審核，當場聆聽這些老師的經驗分享，對於第一線國文老師所展現的教學熱忱、使命感與責任心佩服不已。他們自主開發多元豐饒的教材，教法靈活創新，將國文教學配合生活經驗、生命成長，力求引發學生學習動機。在這種情況下，國文不再只是課堂上的說文解字、題旨的背誦死記，而是與興趣、生活、經驗、情感結合，發揮學生潛能，主動開發學習。

這種情況正符合「素養」之說。依照《教育部重修國語辭典修訂本》，「素養」的定義是「平日的修養」，也就是日常的工夫，不是特地為了考試才準備。因此，國文科就該與日常生活結合，廣泛閱讀，分析思考，而非臨時抱佛腳。至於其他考科，閱讀與理解文本也都是基本功，難道醫科、理工科就不需要嗎？許多醫師作家從何而來？其實專業能力的學習、表達、傳遞與文字素養息息相關，若文字素養不足，必將限制專業能力的習得與溝通，豈可罔顧?!

就知識而言，識讀（literacy）是各學科的基礎，最好能落實於平日的廣泛閱讀與分析理解，培養出的能力可運用於各方面，並不限於一時一事（如指考），也不限於特定科目，實在很難臨時準備。如此所培養出的獨立思考與綜合判讀的能力，除了應用於知識的追求與真相的探索，更能廣泛運用於日常生活的方方面面，尤其是在當今錯誤資訊（misinformation）、虛假資訊（disinformation）、甚至惡意資訊（malinformation）四處流竄的後真相時代，這種能力益發重要。

揭曉

　　翻譯首度進入考題，成為此次指考國文科命題的亮點之一，長久以來被忽視的翻譯，終於在我國具有指標意義的大型考試中得到肯定，並呈現出命題的生動活潑，讓出版《研之有物》實體書的寶瓶文化朱亞君總編輯表示與有榮焉。而因為這次國文考科的題目，筆者被動地涉入其中，卻反而為個人打開一扇窗，除了看專家與考生的判斷與感受之外，自己也親身體會命題老師的用心，以及命題的影響力。雖然以往有「考試指導教學」之說，並視為聯考的弊病，但藉由靈活的命題，反而有助於擴大學生的視野，尤其是作為一切學習基礎的國文，更可開拓學生的胸襟，促進廣泛閱讀的習慣，以及分析、理解的能力，培養二十一世紀公民的識讀能力與創意。

　　根據主辦單位大考中心統計，這次指考國文科分數頂標（88%）為 77 分，前標（75%）為 71 分，均標（50%）為 60 分，後標（25%）為 48 分，底標（12%）為 39 分。為了客觀起見，我的考卷交給助理根據主辦單位公布的標準答案評分，得到 75.2 分，位於前標。對於將近五十年未碰大學考試題目，完全不知現行國文課綱、命題方向、考試方式的我來說，如此分數已是心滿意足了。

2020 年 8 月 15 日初稿
2021 年 1 月 7 日修訂
臺北南港

本文原名〈當訪談遇上指考——翻譯成為 109 學年度指定科目考試國文科考題之意義與省思〉，刊登於《中華民國英美文學學會電子報》2021 年春季號（2021 年 3 月），頁 7-16（含附錄）。

附識

前一篇《研之有物》的訪談內容獲 109 學年度指考國文試題所取材，筆者一方面覺得意外，另一方面也欣喜於國文科終能正視翻譯的重要。若能因此提升學子對於相關議題的重視，進而提升翻譯與譯者的地位，也算多少回應了譯界人士的多年呼籲與期盼。

附錄

10-11為題組。閱讀下文，回答10-11題。

甲 對翻譯要求完美，幾乎是種奢求。譯者若採「歸化」策略，遷就譯作語言的文化背景，或顧及譯作語言的順暢表現而調整文意，可能被質疑犧牲原文特色與含意；若採「異化」策略，將文意與表達方式按原作樣貌重現，往往被批評為生硬不通。例如翻譯古典英詩，必然會碰到韻腳、節奏等格律，與其保存形式而犧牲文意，不如在中文字數和韻腳上保留彈性。執意押韻卻譯成打油詩，反而得不償失。因此，翻譯不只是把作品移植到另一種語文，還涉及作者與譯者雙方的文化。在機器翻譯發達的時代，只有「人」能使翻譯在文化交流上產生重要功能與意義。譯者，既是易者，也是益者。「易」，兼具易文改變、變化容易與人親近之意；「益」，則是指作者與讀者同為翻譯的受益者，獲益最大的其實是認真的譯者。沒有翻譯，就沒有廣為流傳的世界文學，作者才識無法受到肯定，異文化之間無法交流，將導致自身文化的孤立與枯萎。（改寫自林承勳〈專訪翻譯學家單德興〉）

乙 翻譯從來不是兩種語言的等值替代，而是原文的再創作。翻譯中文古典詩，有可譯和不可譯的範疇，但不可譯範疇並非無法處理。以翻譯杜甫律詩〈旅夜書懷〉為例，英國外交官弗萊徹為它套上英雄雙韻體的古典英詩外衣，呈現維多利亞詩歌風格。劉若愚將「星垂平野闊，月湧大江流」的英譯試圖透句式、詞類的平行對應，呈現原詩對仗的部分樣貌。杜甫在詩的末句以「天地一沙鷗」提供聯想意境，是中文古典詩「言有盡而意無窮」的常用手法。美國漢學家宇文所安直譯此句，即試圖保留中文古典詩簡潔含蓄的特質。有其他翻譯家則另外添加「尋找庇護所」之意，固然便於英文讀者理解，卻限制翻譯讀者想像而「抑」縮了詩意。

譯者	〈旅夜書懷〉詩句的英譯
劉若愚	Stars drooping, the flat wilds widen; The moon bobbing, the Great River flows. （星）（垂下）（平坦的荒野）（開闊）　（月）（湧起）　（大江）（流動）
宇文所安	In Heaven and Earth, a single gull of the sands. （天）　　（地）（單一的）（鷗）（沙）
其他翻譯家	A wild gull seeking shelter on the sea. （野生的）（鷗）（尋找）（庇護所）（海）

10. 關於翻譯的認知，下列敘述與甲、乙二文最相符的是：
(A)翻譯工作者將原作以另一種語文轉化時，既是再創作，同時也引介了異文化
(B)翻譯使用「歸化」手法，較易接近完美；使用「異化」策略，較易遭受批評
(C)機器翻譯發達的時代，翻譯工作者的可貴在於成為「益」者，而非「易」者
(D)中文古典詩譯為英文，不可譯的範疇多；古典英詩譯為中文，可譯的範疇多

11. 下列甲、乙二文所述原作與譯作的關係，明顯屬於甲文所謂「歸化」策略的是：
(A)保留古典英詩韻腳而譯為打油詩
(B)宇文所安對「天地一沙鷗」的英譯
(C)劉若愚對「星垂平野闊，月湧大江流」的英譯
(D)弗萊徹讓〈旅夜書懷〉呈現維多利亞詩歌風格

12-14為題組。閱讀下文，回答12-14題。

儒學規定了中華文化的基本性格，即是人本的、人文的。要彰顯這種文化性格的特質，我們不妨通過人性的兩重需求及人文發展的兩階段過程分析，並藉西方文化性格加以對照，來獲得清楚的了解。

就人性的兩重需求而言，即是生存的需求與價值實現的需求。前者是人與動物重疊的部分，即告子所謂「食色性也」，或美國羅斯福總統所許這的四大自由的前兩項：「免於匱乏的自由」與「免於恐懼的自由」，也可稱之為人性的初級需求。嚴格的說，這不足以稱為人性，因為無法將人與動物有效區分。因此，孟子才會以人性的進階需求，也就是意義、價值、尊嚴的需求來界定人性，而說「人之所以異於禽獸者幾希，庶民去之，君子存之」。

【輯三】
向前輩致敬

譯事・譯緣
——我與楊牧先生的翻譯因緣

書名：告訴我，甚麼叫做記憶
副標：想念楊牧
主編：須文蔚
出版者：時報文化出版企業股份有限公司
初版日期：2020 年 8 月
叢書系列：People
頁數：336 頁
ISBN：9789571383316（平裝）

不可能的翻譯任務

楊牧先生為文壇名家與學術前輩，一般人與他結緣大多因為文學、學術，或兼而有之，而我的因緣較特殊之處在於翻譯。雖然只是一篇譯作，卻是個人學術翻譯的濫觴，或許值得一記。

1972 年，我進入國立政治大學西洋語文學系，經過大一這一年的「解凍期」，逐漸從僵冷的中學教育甦醒過來，大二時開始閱讀楊牧早年以葉珊為筆名發表的詩與散文，沒想到大四時竟有幸結識作者。

1975 年秋，我與西語系同學及政大文友，因為新詩朗誦比賽和成立長廊詩社的緣故，多次前往拜訪楊牧。剛開始彼此不免有些拘謹，因

為「王老師」（我們都如此稱呼）是屬於慢熱型的人，當時自美返臺在臺大外文系客座一年，獨居於金山街的公寓，而我們則對這位文壇名人與大學教授心存敬畏。由於沒有正式的師生關係，經過幾番以文相會、把酒言歡，逐漸化冰，相處自在。

入冬後的臺北既濕且寒，有幾次我們相約到王老師住處吃火鍋，由他提供各式飲料酒類，我們則帶著多種食材與鍋碗瓢盆，一進門就直奔廚房，分工合作，洗洗切切，三兩下便上桌。大夥兒圍著熱騰騰的火鍋吃喝暢談，其樂融融。

有一次我們幾個男生登門拜訪，看到他桌上擺著一份英文論文抽印本，題目為 "Towards Defining a Chinese Heroism"，1975 年刊登於《美國東方學會會刊》（*Journal of the American Oriental Society*）。原來是《中外文學》社長兼主編侯健老師邀稿，但他苦於沒時間撰寫新論文（想必許多資料不在手邊，另撰新稿耗時費心），有意找人中譯這篇比較文學的論文投稿。

由於我在政大的中英翻譯比賽得過幾次獎，大夥兒便你一言我一語地吹捧起我的翻譯能力。我起先只當是玩笑，沒想到老師居然當真，當場就說由我翻譯。我至今仍想不透，他為何如此放心地把這篇發表於已有一百多年歷史的國際期刊上的論文，交給了一個年方二十的西語系毛頭小子來翻譯。因為臺大人才濟濟，既有中文系與外文系的老師，也有碩士班與比較文學博士班的學生，依常理判斷，再怎麼樣也輪不到外校的大學生來翻譯這篇論文。

除了自認能力不足，另一個顧慮是我正在準備外文研究所入學考，為了集中心力，連已報名的預官考試都已放棄，除了一門每堂必點名的課之外，固定每天早上八點到圖書館報到，晚上十點關門才離開，成天猛啃英國文學史與美國文學史。若接手翻譯知識量如此之大的學術論文，勢必要花費很多時間與精神，會壓縮到準備研究所考試的時間。

或許因為聽信了同學們的說法，或許酒精發揮了作用，王老師竟然決定交由我翻譯，並說譯稿出來後他會訂正，要我放寬心。既然老師都這麼說了，再加上朋友們在一旁鼓噪，我只好硬著頭皮接下來，心想既然中英翻譯是外文研究所入學考五個科目之一（其他四科為國文、英文、英文作文、英美文學史），那就把這份差事當成暖身。那晚大夥兒照例吃吃喝喝，酒足飯飽後時間已晚，沒有公車回木柵。老師進房休息，其他人在客廳各自找地方酣睡，只有我如同接下不可能的任務，徹夜讀完論文，次晨當面向老師請教一些問題，懷著忐忑的心情返回木柵。

　　這是我首度翻譯學術論文，因此甚為戒慎恐懼。翻譯過程中多方查考資料，並重讀收錄於他和林衡哲先生合編的新潮叢書中的論文集《傳統的與現代的》（1974），尤其留意書中第一部分「傳統的」裡幾篇比較文學的論文，如〈公無渡河〉、〈驚識杜秋娘〉、〈衣飾與追求——「離騷」和「仙后」的比較〉、〈說鳥〉、〈詩經國風的草木〉等，揣摩論述方式與文字風格，盡量讓自己進入「翻譯狀態」。我很可能也循例複習了思果的《翻譯研究》，因為先前幾次為了準備校內翻譯比賽，每回都從頭到尾細讀此書，悉心體會，切忌筆下出現「翻譯體」。

　　譯稿完成後送請王老師訂正，定名為〈論一種英雄主義〉。記憶中老師對譯稿改動不多，我不免有些意外，心想以他的博學與文采，大學生的譯筆應是難入法眼。我們相約見面取稿，王老師重點式說明，我將修訂稿取回，重謄一遍，總算大功告成。

　　該文於 1976 年 4 月刊登於《中外文學》。稿費好像是一千五、六百塊，對大學生的我有如發了一筆小財，但又覺得受之有愧，因為我既非原作者，而且王老師花了不少時間校閱。後來想到木柵以包種茶聞名，便在學校附近茶莊挑了一罐較高檔的茶葉親自送上，敬表謝意。

多年後，我偶爾有英文稿由他人中譯，在修訂時往往大張旗鼓，稍微不符自己的意思或文字風格就訂正，電腦上的追蹤修訂檔經常是滿江紅。這時才體會到當年王老師對我是多麼的寬容。

修訂、提點與特色

事隔四十多年，當初翻譯的過程與細節已不復記憶，王老師訂正的譯稿也早不知流落何方。如今回想，並比對原文與譯稿，印象中比較深刻的有幾點。

最明顯的就屬標題了，原先我把 "Towards Defining a Chinese Heroism" 直譯為〈朝向一種中國英雄主義的定義〉，老師改為〈論一種英雄主義〉，言簡意賅，精實有力，為歸化（domestication/naturalization）的最佳例證。但若非原作者一錘定音，我絕無這樣的靈感或膽識。二十年後，我在翻譯薩依德（Edward W. Said）的 *Representations of the Intellectual* 時，書名捨直譯的「知識分子的代表」或「知識分子的再現」，而採直截了當的《知識分子論》，這種大膽的歸化手法或許與當年的經驗有關——我在緒論中說明，為了避免無法譯出雙關語 "representations"（代表／再現），而直接出之以「論」，以示「知識分子薩依德現身說法談論知識分子這個議題」。

其次是小標題，原文四節標題分別為："THE EPIC QUESTION"、"CONCEALING THE WEAPON"、"ELLIPSIS OF BATTLE" 與 "DEGENERATION OF A BIRD"。譯文定稿均以四字呈現：「史詩問題」、「載戢干戈」、「戰情省略」、「飛鳥惡化」，後三者都是我能力不及、想像不到的表達方式。這種四字譯法既排比、又工整，讓人聯想到他的博士論文《鐘鼓集——毛詩成語創作考》（*The Bell and the*

Drum: Shih Ching as Formulaic Poetry in an Oral Tradition, 1974）[1] 所研究的《詩經》文體。

　　另外兩件記憶猶新的事，則與早期手工寫稿的年代有關。一是英文論文中有一個註解在中文版實無必要，但若刪除，那麼內文與尾註的所有註號都勢必要前挪，工程不小（此篇註解之多在我翻譯的學術論文中名列前茅）。於是老師在刪除的原註位置另補一註，問題便迎刃而解。為了撰寫這篇紀念文章，我特地比對原文與譯文，發現中文版刪去的是有關《詩經‧小雅‧出車》編號的註十七（31），代之以他博士論文中有關〈出車〉的討論（43），除非仔細對照原文，否則了無痕跡。另一則是此篇論文有四十七個原註，近半數附有英文。我本想手寫即可，但老師提醒，根據他的經驗，內文、尤其是註釋裡的英文，一定要打字，否則不管手寫得多麼清楚，鉛字排版時一定會出錯。

　　還有一件事涉及「王字標記」的標點符號用法。王老師寫詩撰文從不用頓號，因為他認為標點符號是「舶來品」，而頓號為中文特有，所以本篇譯文中甚少頓號。此譯文後來收入《失去的樂土》（2002），原先少數倖存的頓號悉數改為逗號，文字略有修訂（如將「中國文學」改為「漢語文學」），文末標識「單德興漢譯」。其他一些專有名詞也由老師定奪，最重要的就是攸關全文宏旨的 "The Weniad"。此一觀念與英文都為楊牧新創，仿希臘史詩《伊里亞德》（*The Iliad*）自鑄新詞，中文裡前所未有，譯為「周文史詩」自是原作者的決斷。這些都絕非才疏學淺、筆力有限的青青學子絞盡腦汁所能想出。

　　然而，我也有少許得意之筆。如文中一處出現 "ambitious"，若譯為「野心」實有偷懶之嫌，而且中文的負面意涵也與上下文扞格，但若

---

[1] 此譯名係遵照楊牧本人譯法，納入《楊牧全集》，文論 V，第 17 冊時，名為《鐘與鼓：《詩經》的套語與詩歌口述傳統》，施湘靈、楊東益譯（臺北：洪範，2024），頁 3-215。

譯為「雄心壯志」則不免俗套,而且與其他對等的形容詞(「自重」、「高貴」、「完美」)字數不一,顯得詞費。譯者都有此經驗:翻譯過程中遇到的困難會縈繞於心,此時對文字特別敏感,腦筋轉得快。我靈機一動,想到陶淵明追憶自己的年輕志向時,曾寫下「猛志逸四海」的詩句,於是以「猛志」翻譯,不僅精簡有力,而且貼切、對仗。我當面向王老師說明出處與用意,獲得首肯。

　　譯者是最精讀的讀者與最賣力的表達者。就文字層面而言,以上事例便讓我受益良多。再就內容而言,翻譯此文讓我有機會首次深入精讀比較文學科班出身學者撰寫的英文期刊論文,不僅了解文章架構,也留意資料來源與論證方式。要言之,全文力圖為「漢語文學裡為什麼沒有發展出西方式的史詩?」這個長久存在的問題尋求答案。作者上下求索的證據包括了文學、歷史、哲學、思想,並獨創了「周文史詩」之說與西方史詩分庭抗禮,強調中華文化深切體認到兵凶戰危,因此文學作品中不像西洋史詩般大肆描繪戰爭場景,而以略筆處理(即「戰情省略」),並主張這正是中國文學與文化的特色,而非缺失。這種揚文抑武的立場與人道精神,與《年輪》中所呈現的反戰思想,相互映襯。足證文學創作與學術評論俱為王老師的人格思想於不同面向的展現。

　　雖然細枝末節因年代久遠而模糊不清,但翻譯時的縝密審慎、字斟句酌、反覆修訂,這種心態與作為無形中已內化成自己的一部分,連同從其他老師與前輩所學,尤其是余光中老師的翻譯理念與實踐,都具現於我後來的翻譯中。而〈論一種英雄主義〉就成為我學術翻譯的初體驗,一直位居個人履歷表中翻譯項下的第一個條目:

1. 〈論一種英雄主義〉,王靖獻(C. H. Wang)原作,《中外文學》,第4卷第11期(1976年4月),頁28-45;收錄於《中外比較文學的里程碑》,李達三、羅鋼主編(北京:人民文學出版社,1997年12月),頁240-255。

譯者楊牧

　　楊牧以現代詩與散文名聞遐邇，然而正如許多外文學門出身的學者，翻譯於他可說是份內之事，也是引介異文學與異文化精華之職責所在。他的譯作中有轉譯自英譯的洛爾伽（Federico García Lorca）的《西班牙浪人吟》（*Romancero Gitano*，英譯名多為 *Gypsy Ballads*，1966），與張愛玲、林以亮、於梨華合譯的《美國現代七大小說家》（1967，翻譯〈威廉・福克納〉〔William Faulkner〕與〈拿撒奈・韋斯特〉〔Nathanael West〕兩篇），譯自義英對照的但丁（Dante Alighieri）的《新生》（*Vita Nuova*, 1997），編選翻譯的《葉慈詩選》（1997）與《英詩漢譯集》（2007），莎士比亞告別劇場之作的《暴風雨》（*The Tempest*, 1999），以及從中世紀英文翻譯的《甲溫與綠騎俠傳奇》（*Sir Gawain and the Green Knight*, 2016）。[2] 其中《葉慈詩選》、《暴風雨》與《英詩漢譯集》更採英漢對照。

　　這些選材與實踐一方面反映了楊牧涉獵之廣、鑽研之深、用心之切，另一方面也顯示了他有意引介的文本以及凸顯的特色。凡此種種俱見於譯者夫子自道的導言、跋語等附文本（paratext）中，並可與他身為詩人、評論家與文選家的其他論述相互參照。

　　雖然「詩人楊牧」與「散文家楊牧」的名聲遠遠蓋過「譯者楊牧」，但也有學者撰文探討他的翻譯，正反面意見都有。個人雖然收藏

---

[2] 《西班牙浪人吟》譯者葉珊，作者「F・嘉西亞・羅爾卡」，1966 年 8 月由現代文學雜誌社出版，為現代文學叢書之三。根據鄭樹森教授 2020 年 6 月 19 日與 20 日的電郵，「《西班牙浪人吟》**似轉譯自**美國著名詩人及 Lorca 英譯者 Edwin Honig 的譯文」，但不清楚曾否參照其他英譯版本。「中譯先在《現代文學》刊出並以當期版樣抽出另印小冊子（送詩友文友非賣品）。（譯文風格可比對一九六〇年代中期珊詩作，又可對比〈禁忌的遊戲〉）。」《新生》則「譯自原文及英文對照本（似另有參照 Mark Musa 重刊多次的英譯）。」至於《甲溫與綠騎俠傳奇》「所用自是托爾金（J.R.R. Tolkien）整理的版本，及其另刊的現代英語譯本。」有意者或可按圖索驥。

他的譯作與譯論,但因時間有限,並未深入探究。記得有次與曾珍珍提到不知為何會把 "Gawain" 譯為「甲溫」,而不是常用的「高文」,她提點我用閩南語唸唸看,果然是相當貼近的音譯。

我與楊牧最後的因緣依然是翻譯,場合為國立東華大學的楊牧文學講座。安排講座的負責人曾珍珍邀我於 2017 年 3 月針對翻譯發表兩場演講,我就以「從翻譯出發——一位學者／譯者的反思」與「翻譯與評介——作者、譯者與讀者之間的橋樑」為題,於東華大學圖書館楊牧書房旁發表演講。我在開場白特別提到四十年前的那段翻譯因緣,如今在楊牧文學講座以資深學者與譯者的身分談論翻譯,覺得相當不可思議,卻又彷彿冥冥中自有安排。演講結束後我參觀楊牧書房裡收藏的文物、手稿、書籍等,更貼近了這號傳奇人物的日常生活、學術生涯與文學生命。

展示的圖書中包括了香港出版的《譯事》(2007),這是他擔任香港科技大學包玉剛傑出訪問講座教授時的演講與討論翻譯的文章合集,我先前在撰寫翻譯論文時曾引述。他在書中寫道,自己正式從事翻譯始於應林以亮之邀,為香港今日世界出版社翻譯《美國現代七大小說家》,合譯的張愛玲、於梨華俱為當時華文文壇名聲烜赫的人物,而他仍是博士班學生。他感謝林以亮提供的機會,並且「很認真地審閱了一遍」他的譯稿,優渥的稿酬也讓他免於暑假打工云云。讀到這裡讓我想到,在那個濕冷的臺北冬夜,或許老師也是以過來人的身分,提供窩居於指南山下的大學生一個機會,從翻譯與他的審閱、訂正中潛移默化。

遙想當年,楊牧不過三十五歲,但已以詩文聞名,後來更是著作等身,包括現代詩、散文、論述、文選、回憶錄等多種文體,並且經由多種語文翻譯名揚國際。而我也如願考上臺大外文研究所,陸續取得英美文學碩士與比較文學博士學位,進入中央研究院美國文化研究所(1991年易名為歐美研究所),並與後來應聘至中國文哲研究所擔任首任所長

的楊牧有數年同事之誼。如今我已是坐六望七之年，回首往事，一路得到許多良師益友的關照，也陸續翻譯了不同類別的著作，而其中的學術翻譯，便是始於大四的那段譯緣。

2020 年 6 月 23 日
臺北南港

原收錄於須文蔚編，《告訴我，甚麼叫做記憶：想念楊牧》（臺北：時報文化，2020 年 8 月），頁 73-83。承蒙須文蔚教授邀稿、鄭樹森教授與張力教授提供資料並過目，謹此致謝。

附識

集詩人、散文家、學者、譯者於一身的楊牧過世後，許多人撰寫紀念文章，大多聚焦於私人往來、文學創作與學術研究。筆者應須文蔚教授之邀，為《告訴我，甚麼叫做記憶：想念楊牧》一書撰文，特從較少人觸及的翻譯角度切入，記述與王老師的翻譯因緣，以示追悼與感恩。有興趣者亦可參閱筆者應李奭學教授之邀另撰之〈猛志逸四海——懷念楊牧先生〉，原刊登於《中國文哲研究通訊》第 30 卷第 3 期（2020 年 9 月），頁 3-6，後收入筆者，《法緣‧書緣》（臺北：法鼓文化，2021），頁 168-176。

中西文學之間的傳道人
——追念李達三老師

李達三教授 2009 年 6 月 29 日於東吳大學研究室接受單德興與王智明訪談。（謝育昀攝）

以學生之眼看李老師

「這位老師的名字好特別哦！」我站在臺大文學院大廳右側外文系公布欄前，瀏覽著外文研究所開設的課程，心裡這麼想。

時間是 1976 年 9 月，政大西語系（今英文系）畢業的我，懷著既期待又忐忑的心情前往臺大外文研究所選課。該年外文所錄取十二位學生，錄取率約十分之一，我是第五名。後來得知錄取者的分數相近，唯有第一名是遙遙領先的廖朝陽，他選擇先服兵役，保留學籍，

晚兩年就讀。

「李達三」是這位老師的名字,開的是必修課「英美文學參考書目」。老師的名字當下讓我聯想到「智仁勇三達德」。上課地點和方式也很特別:在耕莘文教院圖書館,臺大、師大、輔大三校的研一學生一塊上課。當時臺灣經濟尚在起飛階段,大學圖書館資源欠缺,以收藏英美文學為主的耕莘文教院圖書館,自然成為該領域教師尋找資料之處,更是研究生撰寫報告與學位論文必訪之地。

大約二十個學生圍坐在幾張方桌拼成的大方桌前,就此開啟學術研究的學徒之路。這裡遠離學校,聽不到校園鐘聲,上課節奏完全由老師掌握。

大家坐定後不多時,一位留著落腮鬍的中年外籍男子快步走來,在大方桌靠近一排排書架那側就座。我心想,原來這就是李達三(John J. Deeney)老師。當時他是天主教耶穌會神父,因此我們都稱他 Father Deeney。

老師發下課程大綱,上面詳列每週進度,接著說明這門課的目標與要求。我就讀大學時並未受過論文寫作訓練,如今上研究所,這門課有如站樁的基本功,不僅為我打好基礎,而且終身受益。

李老師開門見山說道,這門課主要是學習一些研究方法與論文格式的 mechanics(技術規範),培養學生獨立研究的能力。雖然不像文學課那樣妙趣橫生,卻是文學研究的基礎,寫出的論文好壞是一回事,但起碼體例上看起來要中規中矩,符合學術規範。因為會用到各種圖書資源,所以就在圖書館上課,方便隨時查閱。

老師每週根據進度分發不同材料,主要的參考書是他編的 *Style Manual and Transliteration Tables for Mandarin*(《英文漢學研究體例與拼音手冊》),書中除了相關規範,還附錄五種漢字拼音系統對照表[1]

---

1 即 *Pinyin*(拼音)、Wade-Giles(威妥瑪拼音)、Yale(耶魯拼音)、*Chu-yin Tzu-mu*(注音字母)與 International Phonetic Alphabet(國際音標)。

以及 1970 年修訂二版的 *The MLA Style Sheet*（*MLA Handbook* 是後來的事），為《淡江評論》專書系列第一號（*Tamkang Review Monograph Series Number One*），1973 年由淡江文理學院西洋文學研究所出版，耕莘文教院圖書館發行。書末特別提到 "By encouraging consistency in the use of a style manual and transliteration systems for Chinese, it is hoped that this book will also contribute seriously to cordial and scholarly relations between the English- and Chinese-speaking worlds." 因此，這本工具書既有國際化的基礎，又有在地化的特色，旨在連結英文與中文學界，是有志從事當時風起雲湧的中西比較文學研究者的基本配備。

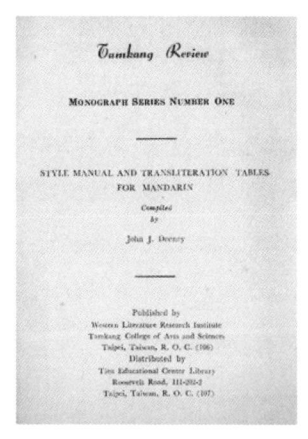

李達三老師所編《英文漢學研究體例與拼音手冊》。

事隔多年，上課細節已不記得，但老師有幾句話讓我印象深刻，銘記在心，不論在研究或教學上都影響我一生。老師在臺灣任教多年，深知本地學生勤勉認真，謹守本分，但怯於當眾表達意見，尤其不願發問，唯恐自曝其短，為人訕笑。因此，第一堂課就鼓勵我們發問，還特別說道："The only foolish question is the question unasked." 也就是有疑就問，不發問才是有問題。老師在第一堂課分配作業，要我們事先準備，分頭報告，彼此發問，他也會發問。如今我演講時往往會攜一袋書，送給發問或發言者，就是為了發揮鼓勵與交流的作用。

老師根據多年教學與研究經驗循序漸進，雖然只是一學分的課，但作業多，壓力大，一星期我總有幾天要泡在耕莘文教院圖書館，感覺比三學分的課還吃重。一群新科研究生就從找資料、做筆記、寫腳註、整理書目這些功課開始，一步步築基、堆疊。老師循循善誘，有問必

答,有時也會反問,要求嚴格,偶爾示現怒目金剛相,同學們更是不敢懈怠。他鼓勵大家多方利用圖書館,但必須謹守該館限用鉛筆的規定,揚言若有人在書上做記號,必遭死當。至於這座圖書館因為後來館長換人,經費不再投注於英美文學,加上國內經濟起飛,大學圖書館預算逐漸充裕,耕莘文教院圖書館在完成階段性任務之後,大批圖書資料轉移至靜宜大學蓋夏圖書館,則是後話。

我們除了依照課程大綱按表操課,更重要的是實作。李老師很強調 consistency(一致性),告訴我們寫論文時選定一種格式後就要一以貫之,切忌三心兩意。作業就是依照自己選擇或老師指定的題目,蒐集資料,撰寫 annotated bibliography(書目提要),一方面訓練蒐集資料、閱讀與寫作的技巧,一方面藉由集體力量充實相關書目資料。印象中我負責的是自選的美國作家梅爾維爾(Herman Melville),李有成則是老師指定的比較文學。後來我的碩士論文研究梅爾維爾,有成鑽研比較文學,可能都是當時埋下的種子。

為了解每位學生的學習狀況,李老師特別在學期中安排私下會談,地點就在他耕莘文教院的辦公室,如今想來有如禪七中的小參(個別指導)。我進入後好奇地四下張望,只見室內滿是書籍資料,光是書桌上的漢英字典就有好幾種。談完我的學習狀況之後,老師問我還有什麼問題。我就請教要如何有效運用時間。他說自己修博士學位時有不同課程,因此必須善加分配時間,如兩小時研究神學,兩小時研究文學等,必要時就得躲起來。

李老師要求每位學生都應熟悉圖書館館藏,在學期結束之前進行 speed research(快速查找)。每位學生各出十道題目,現場各自抽出,立即往書架上找答案。我不確定老師是否計時,只知道自己還沒找出幾個答案,就見王淑華已經完答,端坐在座位上,速度之快令人驚訝。

由於資訊科技的發達與文書處理機的進步,蒐集資料與撰寫論文已

省事許多。早年的紙本 *MLA International Bibliography* 逐年出版，卷帙浩繁，要找某位作家的資料必須依年份逐冊翻閱、抄錄，稍一不慎便有漏網之魚，費時費力卻難保周全。如今資料都已數位化，只要在該資料庫輸入關鍵詞檢索，相關資料瞬間顯現，可供儲存或列印。

論文格式也相當講究，頁面上下左右各有固定邊界，內文為 double spacing（雙行間距），腳註為 single spacing（單行間距），註號與腳註必須在同一頁。當時是用打字機，只能估算內文與腳註各佔多少空間，以期打出整齊美觀的頁面，或者至少不要太離譜。儘管如此，卻難免估算錯誤，時而內文太長，以致腳註空間不足，直逼頁底，或者內文太短，與腳註之間留白太多，有如懸空。遇到這種情形，只得全頁重打。打字過程中，若不小心打錯一個字母，就得停下來用修正液塗去，再對正原位重打。撰文時為了避免詞窮，必須查閱紙本同義詞典。校對時更是連一個字母都不可放過。這一切在今天看來有如天方夜譚，在當時卻是日常。

記得李老師有一次提到校對的重要，並說文章中出現錯字是對讀者的 insult（侮辱）。此訓誡我謹記在心，不僅撰文時一再校對，出書時更是留意。國內出版社一般書稿流程會有三次校對，我每次都與兩位助理同步校對，加上出版社編輯的校對，以及頁碼確定後的索引製作，每本書至少經過十人次校對，以期減少錯別字，維持格式與專有名詞統一。所幸這種「龜毛」的心態與繁瑣的作業模式，都能獲得出版社認同，共同努力將書籍以最佳的面貌呈現，以示對讀者的負責與尊重。

我先前在研究方法與論文寫作方面完全沒有受過訓練，大四時必修課「歐洲文學」的老師曾高舉我在筆記紙上手寫的草草幾頁報告，當眾說這種報告很可能被當。幸好我接連考上三校研究所，逃過被當的命運，有次碰巧與那位老師在早餐店用餐，竟蒙他招待，以示對我考取研究所的獎勵，令我受寵若驚。因此，我在研究所修李老師這門課，雖然

不似文學課有趣,卻是務實的打底工作,讓我脫胎換骨,即時把學得的技巧應用到其他文學課的期中與期末報告。

這堂研一上學期的課時間雖短,但經歷這種訓練有如闖過少林寺十八銅人陣,終於可以行走江湖。隨著學期步入尾聲,同學們心情愈來愈輕鬆,覺得終於苦盡甘來,要告別枯燥無味的基本功,全心航向文學的大海。在最後一堂課,老師對我們這批研究生有如下贈言,我雖只記個大概,但非常受用,一直奉為雙語知識分子的圭臬:身為橋樑就得忍受踐踏。2009 年,我第三度獲得國科會傑出研究獎,應《人文與社會科學簡訊》之邀撰文,想到多年前李老師的贈言,於是取名〈俯首為橋〉,並以電郵請教老師原文出處,有勞老師特地找出,甚為感動。因此,文末特別提到老師引述外籍學者曼札拉歐尼(Mahmond Manzalaoni)的話勉勵我們:「既然要當一座橋,就必遭重重踐踏」("You can't act as bridge and not expect to be trampled rather heavily")。這句話對身為外文學者與譯者的我,有很大的鼓勵作用,讓我俯首甘為異語言、異文化之間的橋樑,為促進不同語言、文學、文化之間的交流、理解、尊重而努力不懈。

研一課程結束後師生聚餐,老師一反課堂上的嚴肅態度,與學生有說有笑,幾乎全程以中文與我們交談,師生盡歡。李老師閱人甚多,對學生了解深入,也適時鼓勵關懷。李有成在師大上過他的課,如今再次相逢,表現優秀,老師在他期末報告的評語上表示看好他未來在學術界的發展,果然如此。

我除了學到這些態度之外,與其他課不同的地方就是學到一些實用技巧。上過李老師課的人都知道,他隨身攜帶幾種不同顏色的 3 吋×5 吋卡片,隨時筆記,分類整理,研究與生活合而為一。他教我們在這種薄薄的卡片上寫下任何問題、想法或心得,也記下閱讀筆記,並提醒只寫一面,註明出處,以免疏漏。他找人訂做這種卡片,學生可向圖書館

櫃檯洽購。撰寫論文時，只要根據大綱排列卡片，依序寫下。這種方式看似麻煩、瑣碎，其實卻最穩妥，到頭來也最方便、最有效率。我的多篇論文，包括碩士和博士論文，基本上是按照這種方式完成的，只不過執行的細膩度有待加強。（當時臺灣比較科學的資料卡是中央卡系，在長方形卡片四周打洞，可依照不同議題分類，使用方便。但這種卡片相當厚，尺寸有些大，不便放在口袋，而且價格昂貴，對學生來說負擔有些沉重。）

我也把這種方法運用在訪談上，效果奇佳。第一篇訪談於 1983 年與王文興老師進行，配合該年第四屆國際比較文學會議。我細讀王老師所有文學創作以及相關二手資料，把要問的問題抄在卡片一面，依主題分類，進行訪談。最近為了出版《王文興訪談集》，找出先前資料，細數之下才發覺為了該篇訪談竟準備了超過兩百張小卡片，卡片已褪色，而用來固定的長尾夾早已生銹，銹痕印在卡片上。睹物思人，又想起當年李老師的諄諄善誘，口授心傳。

以上是我的學徒階段受益於李老師之處，以下則是身為同行學者的觀察。

以學者之眼看李老師

李老師教過我們之後沒多久，便於 1977 年應香港中文大學宋淇先生之邀前往任教，我則前後花了十年取得臺大外文研究所碩士與博士學位，進入英美文學與比較文學學界，也於 1983 年進入中央研究院美國文化研究所（1991 年易名為「歐美研究所」），從事並推動相關研究與學術活動，迄今四十年。

身為英美文學與比較文學學界一員，我多年關注這兩個學科在臺灣的發展與建制史，也努力藉由論述與訪談留下文字紀錄。最讓我感到遺

憾的一件事就是，臺灣的外文學界與建制史未能翔實記載外籍學者的貢獻，尤其是早期臺灣學術的萌芽階段，那些無私奉獻、虛懷若谷的神職人員與外籍教師。因此，希望這些外籍學者能有自述文字，或有人針對他們進行訪談、研究，留下文字紀錄，標記他們在這片土地上的足跡與貢獻。

　　回顧李老師在臺灣與華文學界的貢獻，個人印象中比較深刻的有以下幾項。我雖然大學時沒機會上李老師的課，但間接受到他的影響，關鍵就在 Study Guide（閱讀輔導）系列。當時臺灣的大學聯考英文科著重文法、片語和拼音，閱讀的比例甚低，遑論長篇英文閱讀。1960 年代末，顏元叔、朱立民老師引進新批評（New Criticism）的教材與教法，一改臺灣的外文學門生態，文學作品的閱讀量陡增。其實動輒兩千頁上下的《諾頓英國文學選集》（*The Norton Anthology of English Literature*，下文簡稱《諾頓文選》）或《美國文學傳統》（*The American Tradition in Literature*）原本的對象是美國的英文系本科生，以臺灣學生的英文能力要閱讀、理解、考試，挑戰實在很大，讓許多人視為畏途。老師們也因為教材繁多，上課時間有限，很難深入講解。

　　為解決這些學習困難，「閱讀輔導系列」應運而生。對於許多「嗷嗷待哺」的英美文學學生，這是香港今日世界出版社的美國文學譯叢之外，另一個可以求助的系列，而且更貼近臺灣師生的現實需求。此系列的特色是除了英美文學經典原作，還提供作者簡介、作品解讀與分析、中文註釋、題解等。由李老師與談德義神父（Fr. Pierre E. Demers）主其事，原先是每週與臺灣青壯輩的大學老師聚會，討論較艱深的文本，成員包括田維新、滕以魯、周英雄、楊敏京、馬楊萬運等，也有研究生參與其事（記得高天恩老師在我們大四的翻譯課上曾說，李老師為了波普〔Alexander Pope〕的 *The Rape of the Lock* 中譯名，在研一書目學課堂上廣徵意見，最後定名為《秀髮劫》便是來自

高老師神來之筆）。[2] 後來由李老師與談德義神父編註，將討論成果付梓，嘉惠英美文學的師生。

　　此系列學習指南小小一冊，結合中英文，以詩歌為主，英國文學如密爾頓（John Milton）的輓詩〈李希達思〉（"Lycidas"）、波普的《秀髮劫》，美國文學如狄瑾蓀（Emily Dickinson）、惠特曼（Walt Whitman）、佛洛斯特（Robert Frost）、龐德（Ezra Pound）、艾略特（名詩《荒原》，*The Waste Land*）、史蒂文斯（Wallace Stevens）、康明思（e. e. cummings）、莫爾（Marianne Moore）等詩人，甚至還有小說家詹姆斯（Henry James）、奧康諾（Flannery O'Connor）的作品解析。由於選題精要，註解詳細，詮釋深入，定價合理，不僅是老師的教學參考，也是學生了解作家與文本的重要入門，更是準備學校與研究所考試的指南。我個人無論身為學生或老師，在學習、備考或教學時都獲益良多。此系列已絕版多年，幸好輔仁大學英文系網頁保有數位化檔案可供參考。[3]

　　2009 年李老師在接受我和王智明訪談時透露，此系列出版品原先從美國文學開始，協商由美新處支付原作版權費，並以美新處名義進行編輯與出版，也協助行銷。由於設計得當，符合需求，銷路很好，有了盈餘之後便擴及英國文學。李老師說到這裡時戲稱：「大概是美國人對母國大英帝國的一點回饋吧。」說完不禁莞爾一笑。其實更重要的是，藉由中外學者團隊合作出版的系列，方便英文/外文系學生以及有興趣的中文讀者進入英美文學的堂奧，是很重要的文學扎根工作。

　　另一件特別的事蹟則是，李老師在臺灣教學多年，深知學生的學

---

[2] 高老師表示靈感來自當時一些西洋名片的中文譯名都有「劫」字，如《劫後英雄傳》（*Ivanhoe*, 1952）與《鳳宮劫美錄》（*Camelot*, 1967）。

[3] 參閱該系「英文文學與文化資料庫」（English Literature and Culture Teaching Database），http://english.fju.edu.tw/lctd/Feature/RelatedBook.asp?F_ID=13。

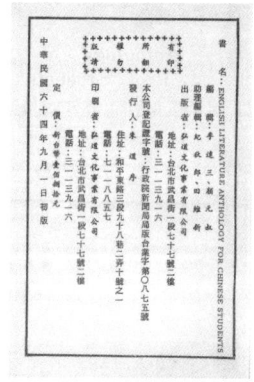

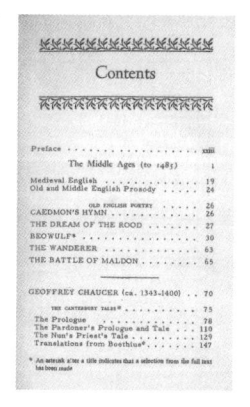

李老師與顏元叔老師為臺灣學生主編的英國文學選集之書名頁、版權頁與重新打字的目次，字形迥異於《諾頓英國文學選集》。

習困難，尤其是作為英美文學史必修課的選集雖然內容豐富，但選材未必符合臺灣學生的需求與興趣，書價更是一大負擔。於是他和顏元叔老師合作，在助理編輯紀秋郎老師和田維新老師協助下，編選 *English Literature Anthology for Chinese Students*，1975 年 9 月初版，由弘道文化事業有限公司印行（發行人朱道序曾任教淡江大學，據李老師說是朱立民老師的友人），從書名即可看出設定的讀者。

該書以《諾頓文選》為底本，李老師遍讀各篇選文，選編適合臺灣學生的教材（據他說大概收錄三分之一），另一方面也增加一些文本，包括短篇小說、長篇小說和劇本的精采片段，另行打字。因此全書大部分為《諾頓選集》的字體與版面，其他則為打字稿，「一書兩式」，不甚協調。根據該書序言，篇幅由《諾頓文選》的四千頁濃縮至兩千四百頁，分為上下冊，每冊定價一百八十元。

當時臺灣的版權觀念薄弱，盜版與盜譯橫行。李老師身為美籍教師與神職人員，當然知道美國對於著作版權的重視與保護，先前編選「閱讀輔導系列」時曾透過美新處協助取得原作版權。然而他之所以甘

冒大不韙為臺灣學生選編英國文學選集，純粹是站在教育的立場，堅信學生的受教權高於出版社的利潤，此舉有如俠盜羅賓漢（其實絕大多數經典選文已年代久遠，屬於公共版權，只是經由諾頓公司選輯、打字與編排）。該書序言雖只短短兩頁，今天讀來卻獨具意義，呈現了編選者的視野、目標與具體行動。他曾當面向一位來臺灣的諾頓公司代表建議，應該為亞洲學生編輯不同版本的選集，甚至因應亞洲不同地區的歷史、文化而編輯不同的選集，如臺灣與前英國殖民地印度就該有不同版本，但此建議未獲接納。

English Literature Anthology for Chinese Students 因為符合臺灣師生的需求，出版後頗受歡迎。次年再刷時特附卡式錄音帶，以供聆聽，加強學生的學習興趣與效果，並於 1978 年出版三刷修訂版。此書具現了臺灣在地教師對英美文學教材與教法的反思與調整，其混雜性固然為相關文選的一大異數，也代表了在地化的努力與調適，以求達到最佳的教學效果。

我個人曾研究美國文學史的書寫與美國文學選集的編輯，認為文學史與文學選集代表當時的典律觀，不同的重寫與重編反映的是不同時空環境下文學觀的變遷。只可惜大學圖書館將這類選集視為一般文選，未考量所代表的文學史與建制性意義。這種情況中外皆然，1994 年至 1995 年我在美國哈佛大學總圖書館，只能看到最近幾版的文學選集，早先版本完全不見了。其實，比對不同時代與不同版本的差異，便可顯示不同社會與文化環境下的選材，以及所反映的文學典律。因此，若能比對、分析 *English Literature Anthology for Chinese Students* 與先前《諾頓文選》的異同，當可看出主事者在跨語言與跨文化的情境下，對於 1970 年代中期臺灣的英文系學生需求之設定，以及對於跨國的英國文學教材之想像，會是相當有趣的課題。

當時正值比較文學在臺灣風生水起，李老師躬逢其盛，從英美文學

此書特地選用利瑪竇時代的世界地圖為封面封底,並標示出臺灣的位置。

跨足比較文學,受顏元叔老師之託,與袁鶴翔老師共同擘劃當時臺灣唯一的外文系博士班課程,參與授課,勤於著述,1972年6月《中外文學》首期便有他的論文〈比較的思維習慣〉(周樹華、張漢良譯),相關文章陸續發表,以《比較文學研究之新方向》(臺北:聯經,1978)為名結集出版,為第一本源自臺灣的比較文學中文專書,發揮重大影響。

比較文學素有「法國學派」與「美國學派」之說,前者重視影響研究,後者重視平行研究。至於比較文學「中國學派」最早由誰提出,李老師與古添洪、陳鵬翔等人各有不同看法,成為難斷的公案。李老師認為法國學派與美國學派都未能超脫西方範疇,而中國文學自有悠久傳統與豐富特色,因此提出「中國學派」之說來挑戰西方學界,有意突破既有的歐美中心框架,以及國際間對比較文學的狹隘認知,拓展對於非西方文學的視野。另兩位則傾向以西方理論來研究與闡發中國文學,檢視外來理論,進行必要調整。相形之下,李老師的看法較尊重不同文學傳

統的差異與兼容並蓄,由身為外籍學者的他提出,更見其視野與胸襟。

　　1977 年李老師到香港之後,與袁老師合力引進在臺灣發展比較文學的經驗,開設課程。1978 年成立香港比較文學學會(袁老師為創會會長,周英雄老師和李達三老師都擔任過會長),舉辦活動,編輯書籍(如李老師編輯 *Chinese-Western Comparative Literature Theory and Strategy*〔《中西比較文學:理論與策略》,Hong Kong: Chinese University Press, 1980〕)。兩人善用香港地利之便,積極促進兩岸三地學者交流,並大力協助歷經幾十年封閉、告別文革、走向開放的中國大陸學界。2019 年袁老師在接受我訪談時便提到,當時邀請中國大陸不同世代學者赴香港短期訪學,運用香港中文大學庋藏豐富的比較文學資料,後來還提供獎學金讓年輕研究生來修讀文憑或碩士學位。

　　李老師也多次前往中國大陸學術交流,籌辦會議,如與北京大學中文系樂黛雲教授多方交流,在當時北大學生、錢鍾書私淑弟子張隆溪協助下,拜訪錢鍾書;與學者羅鋼合編《中外比較文學的里程碑》(北京:人民文學出版社,1997),大力傳播比較文學。樂黛雲教授後來有「中國比較文學學科奠基人」之美譽。因此,李老師對於比較文學在華人世界的發展,由臺灣而香港而中國大陸,都扮演了重要角色,應在華人世界的比較文學建制史上給予公允的評價。

　　李老師在香港中文大學時,曾擔任香港美國中心(Hong Kong-America Center)首任主任,負責推動學術文化交流,中心主任的辦公室就設在香港中文大學校園內。[4] 我在從事冷戰時期香港美新處出版品研究時,曾進入香港中文大學圖書館,發現該處收藏的今日世界出版社

---

[4] 根據袁老師 2022 年 7 月 1 日電郵表示,該中心由「中文大學通過金耀基和後來第一任香港特首董建華共同構建」,辦公室總部設於香港中文大學。蘇其康教授 2022 年 7 月 1 日 Messenger 訊息表示,「此中心接受香港各界捐助,並有美國政府資助,主要以香港做橋樑促進中美文化交流,其中最主要的項目為 Fulbright program。〔……〕H K-America Center 由六所大學共組董事會,服務香港六所大學,但 Center 地址設在中文大學。」謹此致謝。

譯作相當集中，數量之多前所未見。惟不知是既有館藏，還是九七大限將屆時美新處的贈書。

鑑於外籍學者在臺灣的外文學門所扮演的角色為人忽略，2009年我和王智明決定第一個訪談的對象就是李老師。當時他與老搭檔袁老師同在東吳大學英文系比較文學碩士班任教。雖然比較文學在國內外的氣勢已大不如前，不過他還是謹守崗位，為中西比較文學繼續奉獻心力。

我與李老師電郵聯絡，立即得到回覆，相約來到他在東吳大學的研究室，根據訪談大綱進行。李老師以一貫的和善態度娓娓道來，唯一讓我們感到意外的是，訪談之初，回憶往事時他的情緒有些波動，甚至拭淚。我們盡量把握時間，既訪談，也拍照，得到許多未曾聽聞的第一手訊息，為英美文學與比較文學在兩岸三地的發展提供寶貴資訊。可惜因緣不具足，訪談稿未能發表，甚感遺憾。期盼未來因緣具足時得以問世，讓更多人得以分享學跨中西的李老師的經驗、心得與智慧。

李老師接受單德興（右）與王智明（左）訪談，師徒三代共聚一堂。（謝育昀攝）

2012年4月14日余光中老師的《濟慈名著譯述》（臺北：九歌）新書對談與簽書會於誠品信義店舉行，余老師指定彭鏡禧教授和我與他對談。當天李老師與夫人孫筑瑾教授連袂前來。孫教授是余老師在師大的學生，李老師和余老師同列中華民國比較文學學會十二位發起人（李老師是唯一外籍人士，齊邦媛老師與林文月老師是唯二女性），也都是齊老師在國立編譯館推動臺灣文學英譯計畫的五人編譯小組成員（另兩位是師大吳奚真教授與政大何欣老師），努力把臺灣文學推向國際。

《思考：中國文學、比較文學與文化論文集》為李老師與袁鶴翔教授合編的最後一本論文集。

新書會上李老師的出現讓余老師驚喜，相談甚歡。我也很高興再度與老師見面，卻沒想到那會是最後一次見面。後來聽說老師自東吳大學退休（91-100學年度擔任客座教授），返回美國，之後又聽說身體有些狀況，但依然與袁老師合編出版 Reflections: Essays on Chinese Literature, Comparative Literature, and Culture（《思考：中國文學、比較文學與文化論文集》；臺北：書林，2019），直到6月上旬在東吳大學英文系秘書臉書上看到訊息，並從高天恩老師那裡確認李老師已於5月24日蒙主寵召，享年九十一歲。

李老師的博士論文是研究波普的長詩《埃蘿伊莎致阿柏拉德》（*Eloisa to Abelard*），[5] 學成後畢生致力於中西文學與文化教育，授課

5　博士論文題目為 "A Critical Study of Alexander Pope's 'Eloisa to Abelard.'" Fordham University, ProQuest Dissertations Publishing, 1961. (UMI No. 6201022)。前五章為背景說

內容豐富，除了專研的十八世紀英國文學之外，也講授其他重要時期的英國文學（如十六、十七、十九世紀英國文學），並曾開設「聖經與文學」、「但丁（《神曲》等）」以及「文學翻譯」，其中在臺大、師大講授之必修課「英國文學史」可謂重中之重，對比較文學在華人世界的拓展更有開創之功，受惠者不可勝數，以臺灣和香港尤多。[6]

在我大學與研究所階段親炙的老師中，李老師有別於本國籍創作型老師（余光中老師和王文興老師）所傳達的對於文字的敏感與文學的熱愛，也不同於學者型老師所講授的專業知識。他教導我的書目學與論文寫作格式，雖似卑之無甚高論，然而關鍵性的研究方法與學術倫理盡在其中，讓我一生受用不盡。至於老師長達近半世紀的教學生涯中，在課堂內外樹立的傳道、授業、解惑的言教身教，更是令人敬仰（特別值得一提的是，身為神職人員的他從未向我們傳教）。

李老師把大部分的生命都奉獻於中西文化交流，對於兩岸三地的英美文學與比較文學教研工作貢獻良多，體現了中國儒家的「智仁勇」三達德，一生行儀也如《聖經》所言：「那美好的仗我已經打過了，當跑的路我已經跑盡了，所信的道我已經守住了。」如今老師回歸天主懷抱，達成三位一體的一部分，也許是另一種意義的「達三」吧。

2022 年 7 月 7 日
臺北南港

明與接受史，第六章 "Explication de Texte"（文本分析）運用新批評的手法解析此作。

6 感謝孫筑瑾教授於 2022 年 7 月 4 日電郵提供李老師講授課程相關訊息。李老師的「英國文學史」授課方式與影響，可參閱張純瑛，〈風流儒雅亦吾師 李達三教授〉，2020 年 8 月 2 日刊登於臺大外文系英千里教授紀念網站，https://ying.forex.ntu.edu.tw/detail/20/507，資料擷取日期 2022 年 7 月 5 日。

本文原名〈追念李達三老師――個人與建制的回憶〉,刊登於《中華民國英美文學學會電子報》2022年夏季號（2022年7月）,頁30-39。承蒙師母孫筑瑾教授、袁鶴翔教授、蘇其康教授提供資料與修訂意見,謹此致謝。此處為增訂版。

附識

　　因緣果真不可思議！本文提到,我與王智明於2009年6月29日與李老師進行訪談,「可惜因緣不具足,訪談稿未能發表,甚感遺憾」。在撰寫本文過程中,我透過康士林教授,取得師母孫筑瑾教授電郵地址,在聯繫中得知,當年李老師很可能因為筆電出狀況,未接到我們寄的訪談謄稿與後續通訊,否則以他為人的細心周到、做事的高效率,一定會有所回應。孫教授得知有此訪談稿喜出望外。我們陸續將訪談謄稿、錄音檔、錄影檔提供給孫教授,她表示這些文字與影音檔案不僅對她個人很有紀念價值,也有獨特的學術意義,值得公諸於世。於是她熱心查證資料,協助修訂、補充內文,並從她的角度提供了額外的訊息,使得訪談稿的內容更為豐富。我們原本堅守學術倫理,未取得受訪者的回應與首肯,這篇珍貴的訪談稿就不予公開,沒想到在「冬眠」十三年之後,春暖花開,重見天日。〈比較文學的傳道者：李達三教授訪談錄〉刊登於2022年12月號《中外文學》（51.4: 183-214）,頗受學界矚目,終能「讓更多人得以分享學跨中西的李老師的經驗、心得與智慧」。

一心一意傳香火
——敬悼劉紹銘教授

書名：劉紹銘教授追思集
主編：《劉紹銘教授追思集》編委會
出版者：（香港）嶺南大學中文系
初版日期：2023 年 2 月
頁數：248 頁

劉紹銘的臺灣因緣

好不容易送走危機四伏的 2022 年，沒想到 2023 年伊始就接到劉紹銘教授大去的消息。

我從 1970 年代起就閱讀劉教授的雜文（更貼切的說法應是「知性散文」）、翻譯與學術論文，2013 年起多次與他在香港嶺南大學見面，並針對翻譯等議題進行深入訪談。[1] 他在臺灣大學外文系高我老師王文興教授一屆，屬於師長輩，因此我始終尊稱他為「劉教授」。

我在大學時讀到劉教授自傳《吃馬鈴薯的日子》，描述他在美國如何面對艱難處境，奮發圖強，終能完成博士論文。全書對於個人在美國的勤工儉學敘述生動翔實，頗為感人，是風行港臺數十載的勵志之作。

---

1 〈寂寞翻譯事：劉紹銘訪談錄〉收錄於單德興，《卻顧所來徑：當代名家訪談錄》（臺北：允晨文化，2014），頁 269-306。

2013年11月劉紹銘教授與筆者於香港嶺南大學訪談後合影

當時正值臺灣《聯合報》與《中國時報》兩大報副刊的黃金時代，主編莫不卯足全勁向海外學者拉稿，署名「劉紹銘」的文章經常出現。由於他具有香港與臺灣的背景，關懷面廣，又身處開風氣之先的美國學界，不僅為華文世界傳遞不少新知，並分享個人觀察與研究心得，很受讀者歡迎，港臺出版的多本文集便是明證。

至於小說體的《二殘遊記》，顧名思義是仿《老殘遊記》，主角換成棲身美國學界的華人學者，表達的「只是一個吃時代塵埃的美華知識分子的心路歷程」。此篇以「二殘」筆名在報上連載時，眾人無不好奇作者是何許人也，等到後來謎底揭曉，知道是劉教授，跌破大家的眼鏡。

劉教授與臺灣淵源甚深，以僑生身分就讀臺大外文系時，為夏濟安先生的入室弟子。1960年白先勇、王文興、陳若曦、歐陽子等人創立《現代文學》雜誌時，他便積極投入，署名「本社」的〈發刊詞〉便出自他筆下，揭櫫了該刊的創作、評論、譯介等幾大方向。如今該刊已成為臺灣文學與文化的珍貴資產。

劉教授為人古道熱腸，頗具俠氣。我大學時在臺北公館的書店發現《陳映真選集》（1972），小小一冊，迥異於臺灣書的開本。當時由於政治因素，陳映真的作品未能在臺灣結集出版，經劉教授編選，由香港小草出版社出版，回銷臺灣。此外，他與張愛玲有一面之緣，多回通信，曾協助她在美國俄亥俄州牛津鎮邁阿密大學（Miami University in Oxford, Ohio）擔任駐校作家，這些往來與研究取徑，使得他有關張愛玲的文章兼具獨特性、多元性與可讀性。

　　他在臺港編輯、出版《臺灣本地作家短篇小說選》（香港：小草，1972；臺北：大地，1976）、《千金之邦》（臺北：時報文化，1984）、《英武故里》（臺北：時報文化，1984）等小說選集，可見他對臺灣文學用情之深、用功之勤。所選的作家與作品，今日看來俱見代表性，印證了他的文學判斷與歷史眼光。

臺灣小說英譯與編選

　　劉教授另一重大貢獻在跨文化交流，體現於他所執行的中英翻譯計畫。就譯介臺灣小說而言，他先後編譯、出版了 *Chinese Stories from Taiwan: 1960-1970*（《臺灣小說選：1960-1970》，哥倫比亞大學出版社，1976）、*Modern Chinese Stories & Novellas: 1919-1949*（《中國現代小說選：1919-1949》，與夏志清、李歐梵共同編譯，哥倫比亞大學出版社，1981）、*The Unbroken Chain: An Anthology of Taiwan Fiction since 1926*（《香火相傳：1926年以後的臺灣小說》，印第安那大學出版社，1983）。末者收錄了1926年以來臺灣四代小說家十七篇作品，每篇並附作者小傳，以歷史的縱深呈現臺灣小說的多元樣貌。

　　2013年接受筆者訪談時，劉教授透露在國外編譯與推廣臺灣文學的心境：

其實當時強調臺灣文學還有一層顧慮。雖然我不是臺灣人,連一句臺灣話都不會講,卻很重視臺灣文學,並且熱中於編譯臺灣文學,把它推往國際學界。小說家姜貴就曾提醒我,要我小心別人說我搞臺獨。我說那可真是冤枉,不過我並不害怕。你是臺灣人,我跟你說這種滋味你就能明白。可是那個時候國際上注意的都是大陸文學,沒有人注意臺灣文學,那就是為什麼我要推廣臺灣文學。因此,我編譯這兩本書也是一種借來的生命,因為在國際冷落臺灣的時候做一點有關臺灣的東西。(〈寂寞翻譯事〉281)

劉教授在《唐人街的小說世界》〈借來的生命——我的文學因緣(代序)〉中提到「翻譯是我借來的生命」,訪談中也多次以此來形容個人的翻譯志業,並說明如下:

我從事翻譯最主要的動機就是我認為 "A translator lives a borrowed life."(譯者活在借來的生命)。比方說,我想寫出像杜斯妥也夫斯基(Fyodor Mikhailovich Dostoyevsky, 1821-1881)那樣的作品,但是我沒有那種天分,寫不出來,於是藉著翻譯他的作品來表達自己內心深處想要表達的。我有好幾個翻譯作品都是借來的生命的表現,其中之一就是瑪拉末(Bernard Malamud, 1914-1986)的《夥計》(*The Assistant*)。(〈寂寞翻譯事〉273)

也因為是「借來的生命」,彌足珍貴,所以不會翻譯自己不認同的作品。

中國文學英譯

劉教授另一個對英文世界影響深遠的就是中國文學翻譯。他與馬幼垣共同編譯的 *Traditional Chinese Stories: Themes and Variations*(哥倫比亞大學出版社,1978;中文版《中國傳統短篇小說選集》,臺北:聯經,1980),允為當時英文世界蒐羅最廣的中國短篇敘事文學。1990 年春季我在加州大學爾灣校區(University of California, Irvine)

開授「中美敘事文學比較研究」（Comparative Studies of American and Chinese Narrative），本書是主要的中國敘事文本來源。

至於他與葛浩文（Howard Goldblatt）共同編譯的 The Columbia Anthology of Modern Chinese Literature（《哥倫比亞版中國現代文選》，哥倫比亞大學出版社，1995），以及與閔福德（John Minford）合編的 Classical Chinese Literature: An Anthology of Translations (Vol. I: From Antiquity to the Tang Dynasty)（《含英咀華集》，香港中文大學出版社與哥倫比亞大學出版社共同出版，2000），都是代表性的中國現代與古典文學選集。這些編譯費時費力，雖然不計入研究績效，卻是重要的基礎學術服務，在普及中國文學上發揮重大作用。

英美文學中譯

然而對華文世界來說，影響最顯著的就是他的英譯中作品，主要分為三方面。首先是 1970 年代初的猶太裔美國文學（Jewish American Literature）：瑪拉末的《魔桶》（The Magic Barrel, 1958〔香港：今日世界出版社，1970〕）與《夥計》（1957〔香港：今日世界出版社，1971〕）、貝婁（Saul Bellow）的《何索》（Herzog, 1964〔與顏元叔合譯，香港：今日世界出版社，1971〕），以及辛格（Isaac Bashevis Singer）的《傻子金寶》（Gimpel the Fool and Other Stories, 1957〔香港：友聯出版社 1972；臺北：大地出版社，1972〕）。與香港美新處支持的今日世界出版社其他譯者不同的是，劉教授是當時少見的比較文學博士，而且認識美新處的美籍與華籍人士（編輯戴天〔戴成義〕為臺大外文系與《現代文學》的老友），得以選擇自己想要翻譯的作品。而貝婁與辛格分別於 1976 年與 1978 年獲得諾貝爾文學獎，印證了劉教授的先見之明。

其次是1980年代初的華裔美國文學（Chinese American Literature）。當時華文世界對此一領域仍相當陌生，劉教授俱足了唐德剛先生所提的四項條件——華僑、廣東人、學者、中英文俱佳——因此，連譯帶評，先後出版《唐人街的小說世界》（臺北：時報文化，1981）與《渺渺唐山》（臺北：九歌，1983）。經由他的譯介，華文讀者不僅閱讀到一些代表性作家的文本，更透過他的解析，了解這些離散至美國的華裔作家的文學表現與價值。因此，劉教授實為猶太裔與華裔美國文學在華文世界的知音與開拓者。

第三是反共與反極權主義文學。1984年將屆之際，他應香港《信報》林行止先生之邀，在該報翻譯連載歐威爾（George Orwell）的反烏托邦名著《1984》（*Nineteen Eighty-Four*），同時在臺灣《皇冠》月刊連載。之後譯文結集出版，相繼有臺灣的皇冠版（1984）、東大版（1991）、北京十月文藝出版社的簡體字版（2010），以及香港版（2019）。近年香港中文大學出版社邀他翻譯歐威爾另一名著《動物農莊》（*Animal Farm*），於2020年出版，應屬封關之譯。對照今日世局，不得不佩服歐威爾的預言成真，寓言落實。劉教授在訪談中坦承自己的反共立場是「受夏〔濟安〕先生的影響」（278），也曾明確表示，「如果有人要我列出十本改變我一生的書，我會毫不考慮選上《一九八四》。」而歐威爾在1940年代末期所預測的未來世界，像是無所不在的監視器，如今已成為日常。

編譯《中國現代小說史》

劉教授另一個龐大的編譯計畫則是夏志清先生的《中國現代小說史》（*A History of Modern Chinese Fiction*）。原書1961年由耶魯大學出版社初版，早成為研究中國現代小說的經典之作，卻遲遲未見中文

版。劉教授與志清先生交情深厚,便擔負起編譯此書的重責大任,在多人協力下,終抵於成,1979 年 7 月香港發行友聯版,兩個月後臺灣的傳記文學出版社版問世。2001 年香港中文大學出版社在友聯版的基礎上,增加劉教授的再版序言與王德威教授的〈重讀夏志清教授《中國現代小說史》〉,允為此書定版,距離啟動此計畫已逾二十載(2005 年上海復旦大學出版社簡體字版便據此定版,但內容有些刪節)。由該書收錄的劉教授〈經典之作——夏志清著《中國現代小說史》中譯本引言〉(li-lx)與〈《中國現代小說史》再版序言〉(vii-ix),可知編譯的艱辛以及耗費的時間與心力。

一心一意傳香火

近十年我與劉教授保持電郵聯繫,著作出版也會奉上。最後一次接到他的電郵是在 2018 年底,他感謝我致贈之物,提到自己近月身體不適,羨慕我能積極投入學術活動,並提醒我不要太拚。去年(2022 年)5 月我出版《從文化冷戰到冷戰文化:《今日世界》的文學傳播與文化政治》(臺北:書林),第四章〈冷戰・文學・傳播:《今日世界》與美國文學在華文世界的傳播〉提到他和吳魯芹、夏濟安諸位,特地寄上,卻未如往常般接到回覆,並從香港友人處得知他身體欠安。

我在訪談中曾詢問劉教授有關自己翻譯志業的定位或評價,他直截了當地回答:「毫無定位或評價。我跟你說過,有關生死的觀照,我臺大的老師吳魯芹說過的話最堪記取:『但求速朽』。」可謂灑脫低調至極。

文章是生命情調的展現,翻譯則是借來的生命。劉教授本人也有「一心一意傳香火」之說(見《傳香火》代序)。因此,只要是「文字還能感人的時代」(借用其書名),他的文章與翻譯會在中英文世界持

續流傳。

　　肉體的生命雖逝，文字的生命長傳。

2023 年 1 月 7 日
臺北南港

原刊登於《文訊》第 448 期（2023 年 2 月），頁 86-90；增訂版收錄於《劉紹銘教授追思集》編委會主編，《劉紹銘教授追思集》（香港：嶺南大學中文系，2023 年 2 月），頁 152-156。收入本書時再度增訂。

附識

　　2013 年 8 月至 2016 年 1 月，筆者應邀擔任香港嶺南大學翻譯系人文學兼任特聘教授，每次前往香港都承蒙任教於中文系的劉紹銘教授賜宴，談笑風生，如沐春風，並曾接受筆者深入訪談。劉教授是比較文學與翻譯界的前輩學者，時常在報章雜誌發表雜文，多年來在港臺擁有眾多讀者。1960 年臺灣大學外文系幾位同學創辦《現代文學》，他便與王文興老師等人密切合作，經常發表短篇小說，譯介外國文學作品，引入新知。2023 年，劉教授與王老師分別於 1 月 4 日與 9 月 27 日辭世，筆者均撰寫紀念文，向兩位師長前輩表達追悼之意。

獨此一家,別無分號的「王式教學法」
——紀念王文興老師之一

刊名:中華民國比較文學學會電子報
　　　(第44期)
理事長:陳重仁
編輯:楊承豪、王榆晴
出版者:中華民國比較文學學會
出版日期:2023年11月
刊別:電子報

　　1970年代初,我就讀政治大學西洋語文學系(相對於「東方語文學系」,1991年易名為「英國語文學系」),那時臺灣大學外文系白先勇、王文興、陳若曦、歐陽子等人於1960年創辦的《現代文學》早已成為文壇傳奇。猶記得大二時同學黃玉珊(現為導演)對該刊頗表欽慕,期盼我們班能效法前賢,足見《現代文學》諸君的典範效應。

　　王文興老師的《家變》在《中外文學》連載時,我正讀大一。這部小說掀起的文壇波瀾眾所矚目,身為西語系學子的我也密切關注,努力了解雙方的論點。在通讀全本《家變》之後,對該書的結構、內容、技巧,尤其是語言文字的實驗性,雖未能充分領悟與接納,但印象非常深

2015年5月9日王文興老師在故居紀州庵和單德興邀請讀者一起讀《家變》。

刻,也敬佩作者的用心、創意與毅力。

大學時我曾慕名前往臺北市南海路美國新聞處(現為「二二八國家紀念館」)聆聽王老師演講十九世紀美國小說家梅爾維爾(Herman Melville)的《白鯨記》(Moby Dick)。他朗誦書中連續三天追捕白鯨的段落,低沉渾厚、抑揚頓挫的聲音,彷彿把聽眾帶到遼闊大海上緊張刺激的捕鯨現場。

真正有緣成為王老師的學生,是在臺大外文研究所碩士班二年級上學期選修「現代英國小說」。這是三學分的課,前兩個小時與大學部一塊在文學院演講廳上課,最後一小時研究生移至二樓右側底端的教室。記得跟著王老師讀過海明威(Ernest Hemingway)的〈白象似的群山〉("Mountains Like White Elephants")、勞倫斯(D. H. Lawrence)的《兒子與情人》(Sons and Lovers)、佛斯特(E. M. Forster)的《印度

之旅》（*A Passage to India*）、高汀（William Golding）的《蒼蠅王》（*Lord of the Flies*）等作品。六年後高汀獲得諾貝爾文學獎，足證王老師的慧眼。

但凡有人請教如何創作，王老師總是強調要先學會如何閱讀。身為「文字的苦行僧」、每天奮力錘鍊出數十個字的他，主張慢讀、細讀，務求深入體會作者用心處，看出字與字、句與句、各自與整體之間的關係，甚至連一個標點符號都不放過。由於需要全神貫注，字斟句酌，「苦讀細品」（顏元叔老師用語），因此必須在體力好、精神足的時候閱讀文學作品。

更特別的是，老師要求一小時只讀一千字上下，一天不超過兩小時。他甚至把慢讀、細讀形容是對讀者的「橫征暴斂」，自稱「把每個字當音符」，而閱讀如同聆賞音樂，必須留意每個音符的韻味，因為「讀者的任務是去盡量符合、適應小說的節奏；符合了節奏，才能了解小說的真相。」他的小說創作極力展現中文形音義的特色，為達到視覺性與聽覺性的效果，甚至自鑄新字、標點或留白，時至今日依然具有前衛色彩。

王老師是我生平第一次見到用麥克風上課的老師。文學院演講廳空間大，聽眾多（包括外系、甚至校外慕名而來的旁聽者），放眼望去幾乎滿座。從階梯式座位俯瞰講台上手持麥克風的老師，很有舞台感。他以磁性的聲音誦讀小說，每讀完幾句便問我們是什麼意思。問的當然不是字面上的意思，而是作者的用心與文本的深意。有時學生會主動舉手作答，但這種情形很少，大多由老師點名。

如果回答切合老師的想法，他會微微點頭以示嘉許，讓回答的學生很有成就感。不過這樣的情形並不多見，絕大多數的回答都跟老師的看法有出入，於是他會問：「是這樣嗎？」，要我們「再想想」或「再看看」，並點名其他人作答。如果試問幾次仍未合意，他便慢條斯理說出

自己的看法。老師的解讀往往出人意表,卻又言之成理,每個細節都不放過,讓人覺得:為什麼同樣是這些文字,我們就沒能讀出這些涵義。這種獨特的上課方式讓許多學生膽戰心驚,壓力奇大。我則非常享受這種腦力激盪與互動過程,戲稱為「猜謎大會」:主持人對謎底早已了然於心,只待會心之人提出正解。

這種「朗讀—提問—回答—揭曉」的上課方式很花時間,即使一篇短篇小說往往也得幾星期才能上完,看似非常缺乏「時效」,對於以學術為導向、必須大量閱讀的研究生來說更是如此。然而,正是這種「超沉浸式」教學法,引領學生一字一句細讀、剖析,深入文本的語境,透過問答的互動,刺激學生思考,發揮創意與想像,即使現場壓力很大,但得到老師首肯時的鼓勵,以及老師最後提供的精采解說,都是這門課獨一無二之處。這堂課有如急躁喧囂紅塵中的一方閱讀「王」國,在這片淨土上,以「文」學「興」味為己任的傳道者,引領著徒眾從容悠遊,體會慢讀的樂趣以及金針度人的苦心孤詣。

這套獨步天下、舉世無雙的「王式教學法」,對提升學生的文字敏感以及文學喜愛,發揮了難以估計的效應。殊勝的教學方式充滿了對話性與戲劇性,看似失之「時效」,但獲得的「實效」卻非常驚人,甚至令人終生難忘。難怪 2019 年老師八十歲生日時,選擇在臺灣大學文學院演講廳,復刻這種獨樹一幟的教學方式來慶生,取名「八十課堂重聚會」,主題「以讀助寫:《剪翼史》選頁句探」,聞訊而來的前後四十載學生再度擠滿文學院演講廳,一道重溫獨此一家、別無分號的王式教學法。

這手獨門功夫在老師退休後,於學院內成為絕響。然而,面對科技發達、AI 盛行、人文沒落、外語式微的今天,臺灣的外文教育要浴火重生,已不可能僅僅著重於語言的學習與應用,或僅僅以英文作為教學的媒介,而必須深刻體會文字的精微奧妙,文本的呼應貫串,進入更

深厚的文學與文化內涵。因此，王老師示範的精讀細讀、深入的文句探索、師生間的互動以及「疑義相與析」，在當今可能具有的啟發與新意，值得有心人省思與探索。

現代人追求速度、講究效率，這種全神貫注的慢讀精讀，在老師提出的年代已屬苛求、奢望，更何況在當今這個追求十倍速、百倍速的時代。然而讀者如果能靜下心來，好好沉浸於文學經典的細讀慢品，會是難能可貴的體驗與享受：

> 世界愈是混亂紛擾，心智的敏銳、安定與提升愈是重要。

2023 年 10 月 17 日
臺北南港

原刊登於《中華民國比較文學學會電子報》第 44 期「王文興紀念專輯」（2023 年 11 月），頁 21-24。此處為增訂版。

附識

2023 年 9 月 27 日王文興老師溘然長逝，家人低調處理，數日後消息才傳出，眾人紛紛表達震驚與不捨，傳統媒體與社群媒體的報導與追思文字不勝枚舉，許多都提到他對文學的堅持與毅力、文風的特色、慢讀的要求，以及受到他的典範與作品啟迪之處。

筆者於臺大外文所二年級時受教於王老師，自 1983 年起多次與老師進行訪談和對話，2022 年 5 月結集出版為《王文興訪談集》（臺北：文訊雜誌社），因此接到一些紀念文邀稿。首先是《文訊》雜誌封德屏總編輯，筆者依循先前訪談的脈絡，撰寫了〈未竟的訪談〉（參閱本書頁 193-199）。其次是《中華民國比較文學學會電子報》楊承豪編輯邀我為「王文興紀念專輯」撰文。鑑於學會成員大都在大專院校任教，而許多年輕學者

無緣親身體驗王老師的授課,所以我撰寫〈獨此一家,別無分號的「王式教學法」〉,除了凸顯這種「超沉浸式」教學法的特色,也提到在人文學科式微、外文學門沒落的時代,這種慢讀法可能具有的意義。

此外,筆者也應邀於12月9日在臺大文學院演講廳舉辦的「推石的人——王文興追思紀念會暨文學展」發表短講〈王文興的文學世界〉,報告老師的行誼、風範與文學成就,並歸結於「學徒王文興」、「讀者王文興」、「作家王文興」、「文學教授王文興」、「天主教徒王文興」五個面向,以示敬意與謝忱(參閱本書頁200-210)。

未竟的訪談
——紀念王文興老師之二

刊名：文訊（第 457 期）
社長兼總編輯：封德屏
出版者：文訊雜誌社
出版日期：2023 年 11 月
頁數：237 頁
ISSN：1019-9128
刊別：月刊

　　9 月 28 日教師節當天，我發了一封傳真給王文興老師，祝賀老師與師母教師節快樂，中秋節吉祥如意。因為剛接到的 10 月號《文訊》上沒看到老師的「星雨樓續抄」專欄，所以順帶詢問每月刊出的隨筆是否已告一段落，可有計畫結集出版？結尾時再度請示與老師進行訪談的可能性。以往我與老師傳真都使用新細明體，這次不知為何心血來潮，臨列印前把字體改為端凝厚重的標楷體。

　　傳真是王老師與外界聯繫的管道，老師則是我唯一以傳真聯繫的人。三天連假期間，我不時在想老師會不會迅速回覆，還特地到所裡查看，直到星期一（10 月 2 日）上午，依然沒接到。

　　中午十二點多手機響起，我停下工作，一看是《文訊》封德屏總編

輯來電。她語帶哀戚地告訴我，王老師已於27日「走了」，師母非常低調，為免打擾大家的連假，直到上班日才告訴她，並請她轉告有接到我的傳真。德屏哽咽地說，王老師多年來在各方面都很支持《文訊》，是不折不扣的「大恩人」，如今驟然離世，讓她非常感傷。

乍聞惡耗，我只能婉言寬慰。放下話筒後，我定定神，算算日子，才發覺啟蒙我閱讀與訪談的王老師，已在我向他請安前一天遠行了。

我在臺大外文系碩士班時閱讀《巴黎評論》（*Paris Review*）作家訪談錄，深深喜愛上這種兼具生命故事、文學藝術與歷史價值的文類。1983年第四屆國際比較文學會議在淡江大學舉行，我除了撰寫論文，並趁此機緣與王老師進行我此生第一次訪談，之後又有幾次機會對談或鼎談，至2021年總共累積了五篇當面訪談與一篇書面訪談，2022年5月由文訊雜誌社出版《王文興訪談集》，這是有關老師的唯一一本訪談集。

因為新冠疫情席捲全球，臺北國際書展在睽違兩年後，終於在2022年恢復舉行，6月4日文訊出版社在黃沙龍舉辦《王文興訪談集》新書會，由小說家郝譽翔與我對談。事後我向老師報告新書會現場情況。他在9月8日傳真中，除了感謝在書展討論《訪談集》之外，並提到「關於我恩師的訪談，且等疫情過後進行。他們共有12人。計曾昭偉，金承藝，吳協曼，郭軔及師母蔣章，潘光晟，何欣，黎烈文，張心漪，張蘭熙，余光中，夏濟安。」其實在那之前，老師在2月27日的傳真中便曾寫道：「假如我們的訪談再繼續的話，我們或可談談我一生最感謝的老師。我曾寫過小學的劉德義老師。後面還有許多人，如初中的曾昭偉老師，高中的潘光晟老師，吳協曼老師，金承藝老師，郭軔老師，程敬扶老師，大學的夏濟安老師，張心漪老師，黎烈文老師，以及校外的何欣老師，殷張蘭熙老師。我更不能忘懷校外亦師亦友的余光中老師。這都且等疫情安定後，我們再商量。」

這些都是以往未曾披露的訊息，若能順利進行，當可讓我們從「學

未竟的訪談——紀念王文興老師之二　195

> 德興同學：
> 謝謝你計劃「訪談集」，並發表書展對談記錄。也謝謝鍾玲、林靖傑二人的關照。林靖傑曾有一佳體甚佳的記錄片，不是傳記記錄片，惜名字我已記不得。
> 關於我畢師的訪談，且等疫情過後進行。他們共有12人。計齊邦媛、金承藝、吳協曼，就姚及師母蔣韋，潘光晟，何欣，黎烈文，張心漪，張蘭熙，余光中，夏濟安。
> 近好
> 　　　　　　　　　　　　　　王文興 謹

王文興於 2022 年 9 月 8 日發給單德興的傳真。

生」的角度，來了解「青年王文興」如何受益於前輩，因此我非常期待。然而大疫當前，不便催促，也不願過於打擾老師，於是每隔一段時間便藉由傳真請安，報告近況，並表示只要老師願意進行訪談，不論任何方式、時間、地點，我都完全配合。這種情形類似 2021 年 9 月的書面訪談。當時我提出三個選項：當面訪談；根據題綱電話訪談或由老師錄音；書面訪談。後來老師決定採取書面方式。然而這回雖多次詢問，卻都未得到答覆。

第三十一屆臺北國際書展於 2023 年 1 月 31 日至 2 月 5 日舉行，疫情尚未平息，文訊雜誌社不便邀請國寶級的老師現身說法「千錘百鍊：談王文興、楊牧的寫作」講座，而由我與洪範書店葉步榮先生上場。我事先透過傳真詢問老師有什麼特別要向現場來賓傳達的訊息，1 月 21 日接獲回覆：

德興同學，
謝謝籌辦書展對談，祝順利成功。
我願贈送聽眾一句話，請代轉達。
◎閱讀要訣：
你須是每一句的作文老師，替每一句打分數。

信末並說明，「很抱歉因為我 AZ 疫苗反應惡劣，故未再續繼，惟以避免人多場所消極防疫，請代向葉步榮先生致歉。」

會後我依例向老師稟報，他在 2 月 8 日的傳真中表示，「十分謝謝你座談節目的主持，聽眾如此之多，足證座談之成功無疑。」意外的是，老師竟然稱讚起我的文筆：「近年來，我益覺你在文筆上的重大進展，你能既精簡，又音聲和諧，且此一音聲是低沉雄健的音聲。祝你堅執此一成就，繼續更遠更昇的追求。」我自己對此毫無覺知，便請老師進一步提點，但未接到回覆，看來已成為個人今生必須參悟的功課。

王文興於 2023 年 2 月 8 日發給單德興的傳真。

老師給我的最後兩封傳真都涉及桃園縣內壢高中，這與他晚年念茲在茲的文學普及工作有關。身為文學教授的他，退休後一反前例，頻繁接受各方演講邀約，內容多為中國古典詩詞與筆記小說，或自己的作品，也有英美文學作品，藉著帶領聽眾細讀文本，示範閱讀方法，目標在於「文普」。我曾以「自家現身自說法，欲將金針度與人」來形容，深獲老師首肯。

此事緣起於內壢高中國文科申請到教育部計畫，譚靜梅老師與我聯繫，「希望能就『從文學家身邊的發現與體悟』此一主題與同學們分享您的見解與看法」，邀我向高一、二學生介紹余光中老師與王文興老師，並帶領討論《家變》。我循例請示老師有什麼要我轉達給學生的，2月25日接到傳真，「這樣的中學真了不起」，並說：「我有兩句話轉述學生。1. 如果少年入文學，必能終身事文學。2. 文學是至寶，豪富是干草。」對於第二點還特別說明，「我認為此處『干』字勝於『乾』字。」當天演講我在PPT上秀出老師的手跡，校長與師生都深受鼓舞。之後，我向老師報告當天情形，3月9日接到回覆：

> 德興同學：
> 　　謝謝你詳盡記述內壢中學的活動。可知非常成功。今天高中已有往日大學的程度了。希望大學水準亦也提昇。然則話說回來，文學不靠學校，仍應端靠個人。中學也好，大學也好，研究所也好，往後的人生也好，文學盡靠個人，端靠個人的閱讀也。希望普世都閱讀不歇。
> 　　　　　　　　　　　　　　　　　　　　　　文興 啟 3.9.

當時渾然不知，這竟是老師給我的最後一封傳真！

老師是天主教徒，我是佛教徒，2011年曾兩度針對文學與宗教進行訪談。我問已逾七十歲的老師：「以你現在的年紀與視野，再加上多年的宗教修持，你對生死大事抱持什麼樣的看法？」他答道：「我是愈來愈相信有來世、有永生，這個信念，conviction，是基於我對神的存在的確信。〔……〕我對於身後時空的看法是比較肯定的，因為我既然

王文興於2023年3月9日發給單德興的最後一封傳真。

肯定神的存在,也信任神所說的話,就知道將來也有神的時空。我先把神的那個時空肯定了,就不難肯定人也可以到那邊去。」[1]

在另一次〈宗教與文學〉訪談結束前,我詢問老師有無補充或強調,他表示:「我只想再強調一下,就是,信仰除日日對自己有利之外,最重要的還是能夠一天比一天更體認到神的存在。這是有生之年信仰的目標。這個目標完成之後,就可以進到下一步,能夠更堅定地相信永生之存在。從體認神的存在,才能夠跨到體認靈魂不滅,永生的存在,這是我目前所追求的。」[2]

距離那兩次訪談已十二年,老師的靈修更為精進,對神的存在以及靈魂與永生的體認更加深切,如今已超脫人世的軀殼,進入身後的時空,安息主懷。只可惜,由於內、外在因素之限,加上我出於尊師而未

---

[1] 王文興,〈文學與宗教〉,《王文興訪談集》,單德興編著(臺北:文訊雜誌社,2022),頁123。

[2] 王文興,〈文學與宗教〉,頁180。

2010 年 4 月 25 日王文興（左）與筆者為林靖傑導演拍攝《尋找背海的人》，於臺灣大學總圖書館旁談宗教與文學。（林靖傑提供）

更積極爭取，以致失去機緣繼續向老師請益靈修之道，並依其恩師名單逐一就教，為他的師承與感恩留下紀錄。既然因緣未能具足，只能將缺憾還諸天地，徒留未竟的訪談之嘆！

2023 年 10 月 12 日
臺北南港

原刊登於《文訊》第 457 期（2023 年 11 月），頁 108-111。此處為增訂版。

王文興的文學世界
——紀念王文興老師之三

刊名：中外文學（第 53 卷第 1 期）
總編輯：陳重仁
出版者：國立臺灣大學外國語文學系
出版日期：2024 年 3 月
頁數：312 頁
ISSN：0303-0849
DOI：10.6637/CWLQ
刊別：季刊

　　我們敬愛的老師、小說家、文學教授王文興先生於 2023 年 9 月 27 日，教師節前夕，悄然離世，安息主懷，享年八十四歲。

　　王老師 1939 年 11 月 4 日出生於福建福州，父親王慶定先生，[1] 母

---

1 此處係根據黃恕寧，〈勇敢邁向孤獨的實驗創作之路——王文興〉，《偶開天眼覷紅塵——王文興傳記訪談集》，黃恕寧編（臺北：國立臺灣大學出版中心，2013），頁 131。該文經王老師本人過目。文訊編輯部整理的〈王文興文學年表〉中父親之名為「王仲敏」（文訊編輯部，〈王文興文學年表〉，《推石的人——王文興追思紀念會暨文學展特刊》〔臺北：文訊雜誌社，2023〕，頁 106）。身分證上的名字則為「王郁」（因敬佩郁達夫之故，陳竺筠老師 2023 年 12 月 7 日致筆者電話）。本文有關王老師家世、生平與文學生涯的資料，主要參考黃恕寧前文、文訊編輯部的〈王文興文學年表〉與洪珊慧的〈王文興生平與寫作年表〉，《新舊十二文》（臺北：洪範，2019），頁 197-222。

早期生平回顧

1946年隨父母親來到臺灣，先住在屏東，兩年後遷居臺北，住在同安街省政府員工宿舍（今紀州庵文學森林）。

1957年考上臺灣大學外國語文學系。1960年與同學白先勇、陳若曦、歐陽子等人創辦《現代文學》。就讀臺大期間勤於文學創作，有短篇小說、譯作、詩作、評論散見於臺港報刊如《聯合報》、《大學生活》、《文學雜誌》、《現代文學》、《藍星詩頁》、《文星雜誌》等。

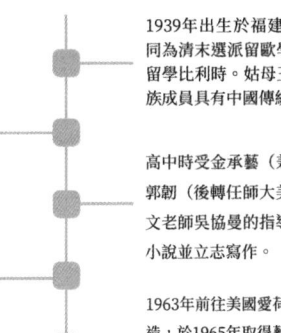

1939年出生於福建福州。祖父王壽昌與嚴復同為清末選派留歐學生，精通法文。父親王郁留學比利時。姑母王真、王閒為著名詩人。家族成員具有中國傳統文學、西學的淵源。

高中時受金承藝（兼任《自由中國》編輯）與郭軔（後轉任師大美術系教授）啟發，並在英文老師吳協曼的指導下，開始閱讀英文與翻譯小說並立志寫作。

1963年前往美國愛荷華大學「作家工作坊」深造，於1965年取得藝術碩士學位。回臺後在臺大外文系與中文系任教。2005年退休，從事文學教育凡四十年載。

蔣皓製

親林蘊瑛女士。祖父王壽昌先生（1864-1926）為清末馬尾船政學堂選派留歐學生，精通法文。透過他的協助，不曉外文的桐城派古文家林紓（1852-1924）得以漢譯法國作家小仲馬（Alexandre Dumas）的《巴黎茶花女遺事》（*La Dame aux camélias*），踏上翻譯之路，終以翻譯家的身分於中國文學史上留名。伯父王慶驥也曾留學歐洲，並與林紓合譯法文作品《離恨天》（*Paul et Virginie*）和《魚雁抉微》（*Lettres persanes*）。父親為上海震旦大學法國文學學士，曾留學比利時，擅長古體詩。姑母王真、王閑為著名詩人。因此王氏書香傳家，既有中國傳統文學的背景，也有西學的淵源。

1946年，王老師隨雙親來到臺灣，先住在屏東東港，就讀東港東國民學校（今東港國小）；兩年後遷居臺北，住同安街省政府員工宿舍（今紀州庵文學森林），就讀臺北國語實驗國民小學；1951年考入臺灣師範學院附屬中學（今師大附中）初中部，1954年直升高中部。

王老師在高中時深受金承藝（胡適弟子，當時兼任《自由中國》

編輯）與郭軔（徐悲鴻弟子，後轉任國立臺灣師範大學美術系教授，作家郭強生之父）[2] 兩位老師啟發，並在英文老師吳協曼指導下，閱讀英文與翻譯小說。早慧的他當時已立志寫作。1957 年大學聯考時選擇文組，考上臺灣大學外國語文學系，同年 10 月翻譯莫泊桑（Guy de Maupassant）的短篇小說〈海上〉刊登於《聯合報》副刊。

　　大學期間，王老師除了善用臺大的學習環境與圖書資源，如隨美籍客座教授高格（Jacob Korg）賞析英詩、卡夫卡（Franz Kafka）與勞倫斯（D. H. Lawrence），並閱讀系上黎烈文教授翻譯的法文小說，更自行開列書單，按部就班涉獵外國文學經典。他也從這時起正式從事文學創作。大一時初試啼聲的短篇小說〈守夜〉1958 年 4 月發表於香港的《大學生活》雜誌，此後陸續在期刊發表多篇短篇小說及譯作，包括在夏濟安主編的《文學雜誌》發表〈一條垂死的狗〉、〈一個公務員的結婚〉、〈殘菊〉、〈痺〉、〈下午〉等短篇小說。

　　1960 年 3 月，就讀大三的王老師與同班同學白先勇、陳若曦、歐陽子等人創辦《現代文學》，積極投入編務。根據白先勇、李歐梵等人的回憶，每期專題介紹的西方現代作家多出自他的建議。創刊號便刊出他的短篇小說〈玩具手槍〉，以及以筆名「金聲」翻譯的龐德（Ezra Pound）詩作。這份文學期刊涵蓋新詩、散文、小說、評論與翻譯，為戒嚴體制下的臺灣文壇帶入一股清新的氣息，影響深遠，現已成為臺灣文學史上現代主義運動的代表刊物。王老師勤於筆耕，除了短篇小說、譯詩和詩作發表於《現代文學》，另有詩作發表於《藍星詩頁》，評論發表於《文星雜誌》，譯作發表於《筆匯》等。

　　1963 年王老師前往美國愛荷華大學的「愛荷華作家工作坊」（The

2　郭強生，〈那個少年一直都在──紀念王文興老師〉，《推石的人》，頁 80-83。有關金、郭兩人師承，係根據郭強生於追思紀念會中「懷念王文興」之發言。

Iowa Writers' Workshop）進修，[3] 1965 年取得藝術碩士學位，[4] 返回母校臺大，早年同在外文系與中文系任教，後來專任外文系，講授小說課程，根據自身閱讀與創作經驗，強調慢讀，引領學生鑽研文字，務求深入體會作家用心之處，教學方式獨樹一幟。

1969 年王老師與陳竺筠女士結婚，鶼鰈情深逾半世紀。王老師曾表示，幸福安定的婚姻生活提供他從事文學創作的最佳環境。2005 年夫妻兩人同步自臺大退休，於母校春風化雨整整四十年。多年上課的教室就是文學院演講廳，數代門生在此接受「王式教學法」的啟蒙，成為畢生難忘的記憶。[5]

1966 年 7 月王老師著手撰寫長篇小說《家變》，1972 年 9 月起於《中外文學》連載，次年 4 月由臺北環宇出版社出版單行本。由於內容與文字具顛覆性、實驗性與創新性，正反兩面意見都非常強烈，按照王老師本人在〈一九七八年洪範版序〉的說法，「真好像是在舉辦『徵文比賽』」。[6] 同樣在這篇序中，他明確宣示：「理想的讀者應該像一個理想的古典樂聽眾，不放過每一個音符（文字），甚至休止符（標點符號）。任何文學作品的讀者，理想的速度應該在每小時一千字上下。一天不超過二小時」（iv）。至於作者，則「可能都是世界上最屬『橫征暴斂』的人」（iv）。

《家變》於 1999 年 1 月獲選為「臺灣文學經典 30」，同年 6 月

---

[3] 「愛荷華作家工作坊」1936 年由施拉姆（Wilbur Schramm）創辦，為美國第一個授予創意寫作與翻譯「藝術碩士」（Master of Fine Arts）學位的單位。1941 年至 1965 年在第二任主任安格爾（Paul Engle）主持下，享譽國際。1967 年，安格爾與作家聶華苓另行創辦「國際寫作計畫」（The International Writing Program，簡稱 IWP），邀請世界各地優秀作家前往，提供創作與討論的平臺，促進文學交流與文化外交。

[4] 余光中是臺灣作家循此途徑取得藝術碩士學位的第一人，時為 1959 年。

[5] 參閱筆者，〈獨此一家，別無分號的「王式教學法」——紀念王文興老師〉，《中華民國比較文學學會電子報》第 44 期「王文興老師紀念專輯」（2023 年 11 月），頁 21-24；本書頁 187-192。

[6] 王文興，〈一九七八年洪範版序〉，《家變》二版（臺北：洪範，2000），頁 iii。

獲香港《亞洲週刊》選為「二十世紀中文小說一百強」，並先後出版德譯本 *Die familiäre Katastrophe*（Trans. Anton Lachner. Frankfurt: Peter Lang, 1988）、英譯本 *Family Catastrophe*（Trans. Susan Wan Dolling〔溫淑寧〕. Honolulu: University of Hawai'i Press, 1995）、法譯本 *Processus familial*（Trans. Camille Loivier. Paris: ACTES SUD, 1999），流傳於中文世界之外。換言之，五十年後的今天來看，文學史是站在王老師這一邊的。

1974 年王老師開始撰寫第二部長篇小說《背海的人》，上冊於 1981 年出版，下冊則於十八年後出版，出版者為合作多年、「文學五小」之一的洪範書店。此書上冊有英譯本 *Backed Against the Sea*（Trans. Edward Gunn. Ithaca, NY: East Asia Program, Cornell University, 1993）。

2005 年王老師退休，同年以宗教與校園為題材，開始撰寫《剪翼史》，2016 年由洪範書店出版，成為他第三部、也是最後一部長篇小說。

退休後，王老師更常接受大學、書店、出版社的演講邀請，除了現身說法，講解自己的作品之外，也多次導讀中國古典文學，前者如「《家變》逐頁六講」與「《背海的人》六講」，後者如「詩文慢讀六講」、「詩文慢讀續講」、「稼軒詞選四講」、「如何接近文學──鄭板橋『道情』例講」、「『舊詩新探』──李商隱詩的再認」，繼續在校園與社會示範細讀，推廣文學，努力將閱讀的金針度與有緣人。

王老師對文字嚴肅以待，惜墨如金，小說創作每日只得數十字，從事其他文類創作時則字數稍多，日積月累出豐碩的成果。在超過一甲子的文字生涯中，著有：

小說：《龍天樓》（1967）、《家變》（1973）、《十五篇小說》

（1979）、《背海的人》上下冊（1981, 1999）、《剪翼史》（2016）；

散文：《星雨樓隨想》（2003）；

論述：《家變六講——寫作過程回顧》（2009）、《玩具屋九講》（2011）；

文集：《玩具手鎗》（1970）、《書和影》（1988, 2006 增訂再版）、《小說墨餘》（2002）、《原來數學和詩歌一樣優美——王文興新世紀讀本》（2013）、《新舊十二文》（2019）。

這些作品中以小說創作為大宗，其他包括手記、劇本、藝評（如電影、建築與書法），展現了多元的興趣與獨特的見解。因此，拍攝紀錄片《尋找背海的人》的林靖傑導演在追思紀念會中表示，王老師其實是一個「總和藝術家」，但隱身於小說家的身分裡。而他之所以獲得如許

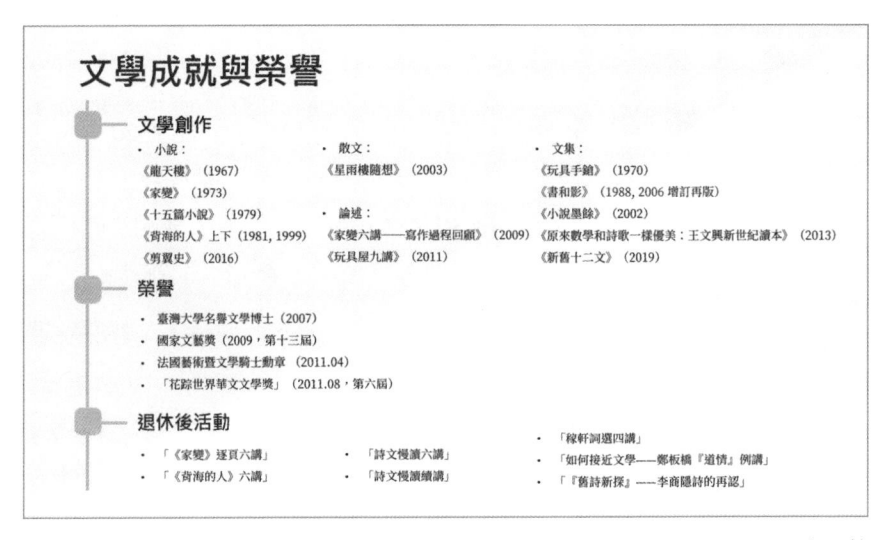

文學成就與榮譽

文學創作

- 小說：
  《龍天樓》（1967）
  《家變》（1973）
  《十五篇小說》（1979）
  《背海的人》上下（1981, 1999）
  《剪翼史》（2016）

- 散文：
  《星雨樓隨想》（2003）

- 論述：
  《家變六講——寫作過程回顧》（2009）
  《玩具屋九講》（2011）

- 文集：
  《玩具手鎗》（1970）
  《書和影》（1988, 2006 增訂再版）
  《小說墨餘》（2002）
  《原來數學和詩歌一樣優美：王文興新世紀讀本》（2013）
  《新舊十二文》（2019）

榮譽

- 臺灣大學名譽文學博士（2007）
- 國家文藝獎（2009，第十三屆）
- 法國藝術暨文學騎士勳章（2011.04）
- 「花踪世界華文文學獎」（2011.08，第六屆）

退休後活動

- 「《家變》逐頁六講」
- 「《背海的人》六講」
- 「詩文慢讀六講」
- 「詩文慢讀續講」
- 「稼軒詞選四講」
- 「如何接近文學——鄭板橋『道情』例講」
- 「『舊詩新探』——李商隱詩的再認」

蔣皓製

的文學成就,沒有別招,就是用時間來換取。

由於傑出的文學成就,王老師先後榮獲臺灣大學名譽文學博士(2007)、國家文藝獎(2009)、法國藝術暨文學騎士勳章(2011)、馬來西亞花踪世界華文文學獎(2011)。他在獲頒母校名譽博士的致答詞中表示,自己「對臺灣一直心懷一份濃厚的感謝之情」,並視臺灣為「第一故鄉」。[7] 他主張在認同臺灣的同時,「仍然可以認同中國的舊文化」(107)。對於「如何創造新文化」的問題,他的答案是:「應該熱烈吸收西方文化,再結合中國的古文化,據此創造出臺灣的新文化來」(108)。

王老師文學創作數量雖然不多,但獨具特色,吸引眾多人研究,相關資料以易鵬教授編選的《臺灣現當代作家研究資料彙編 48 王文興》(臺南:國立臺灣文學館,2013)以及黃恕寧教授、康來新教授、洪珊慧博士合編的《慢讀王文興》七冊(臺北:國立臺灣大學出版中心,2013)最具代表性。兩者出版至今已十年,宜予以增訂,俾臻完備,並進一步籌劃出版「王文興全集」,為「王學」奠定堅穩的基石。

綜觀「王文興的文學世界」,可分為五個不同面向:

學徒王文興:身為學徒的王老師,世人所知甚少。他在 2022 年 9 月 8 日致筆者的傳真中表示,希望疫情過後能進行「關於我恩師的訪談」,並列出十二人名單:「曾昭偉,金承藝,吳協曼,郭軔及師母蔣章,潘光晟,何欣,黎烈文,張心漪,張蘭熙,余光中,夏濟安」,[8] 可惜天不從人願,隨著他的辭世,這已成為「未竟的訪談」,只能從他過往寫的一些紀念文章與片段文字,以及何欣老師、余光中老師等人筆

---

[7] 王文興,〈認同與創新之路〉,《原來數學和詩歌一樣優美——王文興新世紀讀本》,康來新編(臺北:國立臺灣大學出版中心,2013),頁 106。
[8] 此前他在 2022 年 2 月 27 日致筆者的傳真中便表示,想談談「我一生最感謝的老師」,其中提到「我更不能忘懷校外亦師亦友的余光中老師」。

下的王文興來尋覓、拼綴。[9]

讀者王文興：身為讀者的王老師，不僅閱讀文學作品時字斟句酌，也樂於分享親身經驗與心得，多年倡導慢讀，主張不能只看表面文字，要細細體會作者的苦心孤詣，反覆咀嚼文本的深厚涵蘊，深入理解字與字、句與句、部分與整體之間的結構關係，有如聆賞音樂般，一個音符都不能錯過。他在 2009 年獲得國家文藝獎的致詞中，對自己 1978 年的說法有所引申：「余卅年許前曾謂，合理的慢讀速度，小說應為一小時一千字，一日二小時。余當時言指白話小說。今若古體文小說，恐一小時只宜五百字。古體詩詞，速度自應更迂。」[10] 而這種慢讀法才是「真正吸取西洋文化的祕方」。[11] 換言之，這種閱讀秘訣不僅適用於文學，也適用於文化。

作家王文興：身為作家的王老師，竭力發揮中文形音義的特色，甚至自鑄新字、標點，與文字進行「無休止的戰爭」。「錘鍊文字」一詞之於他不是虛幻的形容、誇張的比喻，而是真實的創作寫照，儘管大家多年耳聞，但直到紀錄片《尋找背海的人》問世，才有機會一睹在斗室中奮力「打造」文字的王文興，此情此景在世界文學史上堪稱獨一無二！經他如此千錘百鍊出來的小說，公認是臺灣現代主義的代表作。至於小說之外的其他文類創作，也頗有可觀之處，尤其數十年來以手記隨筆記錄抒發生活觀察、文藝心得、宗教領會，充分體現性情，獨具特色。

文學教授王文興：身為文學教授的王老師，以其殊勝的「王式教

---

9 王老師在余老師過世後，於 2018 年 1 月發表〈余先生的後院〉以示緬懷（《文訊》第 387 期〔2018 年 1 月〕，頁 52）。其他參閱何欣，〈在暢銷書排行榜外的王文興〉，《偶開天眼覷紅塵——王文興傳記訪談集》，頁 31-38；余光中，〈一時多少豪傑——淺述我與《現文》之緣〉，《憑一張地圖》，重排新版（臺北：九歌，2008），頁 193-196。
10 王文興，〈提升文學，應讀古體文〉，《原來數學和詩歌一樣優美》，頁 116。
11 王文興，〈認同與創新之路〉，頁 109。

學法」,「自家現身自說法,欲將金針度與人」,凡上過王老師的課或聽過他演講的人都印象深刻。這種方法不僅努力引導讀者進入文學作品的幽徑／境,如今對王老師任教多年的外文系可能具有另一種不同的意義。在「科技發達、AI 盛行、人文沒落、外語式微的今天,臺灣的外文教育要浴火重生,已不可能僅僅著重於語言的學習與應用」(如 ESP-English for Specific Purposes),「或僅僅以英文作為教學的媒介」(如 EMI-English as a Medium of Instruction)。相反地,需要回歸外文系的核心價值,力求「深刻體會文字的精微奧妙,文本的呼應貫串」,進入更高深的文學與文化層次。王老師示範的精讀、師生互動、「疑義相與析」,看似曲高和寡,卻如同他的文學創作般,提供了許多的資源與可能性,讓人省思、探究、開發與創新。[12]

天主教徒王文興:身為天主教徒的王老師,於 1985 年復活節領洗,次年成為輔仁大學第一屆文學與宗教國際會議主題討論的三位天主教作家之一(另兩位為英國作家葛林〔Graham Greene〕與日本作家遠藤周作)。他信仰虔誠,每週必望彌撒,在靈修之路精進,並以多年的文學修養慢讀聖經,精闢獨到的詮釋連神父修士都折服。2011 年我訪談年逾七十的王老師,請教他如何看待生死大事,他回答:「我是愈來愈相信有來世、有永生,這個信念,conviction,是基於我對神的存在的確信。〔……〕我對於身後時空的看法是比較肯定的,因為我既然肯定神的存在,也信任神所說的話,就知道將來也有神的時空。我先把神的那個時空肯定了,就不難肯定人也可以到那邊去。」[13]

如今,作為文學創作的苦行者、慢讀運動的倡導者、文學教育的推

---

12 此處是對〈獨此一家,別無分號的「王式教學法」〉一文結論的發揮,並置於王老師的生命脈絡。
13 王文興,〈文學與宗教〉,《王文興訪談集》,單德興編著(臺北:文訊雜誌社,2022),頁 123。

廣者、天主信仰的追隨者，王老師已打過那美好的仗，跑盡當跑的路，守住所信的道，蒙主寵召，不僅獲得宗教的「公義的冠冕」，也如同他的名字「文興」一般，獲得「文」學的桂冠，如星（「興」）光般璀璨，照耀著文學殿堂。

2024 年 2 月 5 日
臺北南港

原刊登於《中外文學》第 53 卷第 1 期「王文興紀念專號」（2024 年 3 月），頁 93-100。本文原為 2023 年 12 月 9 日於國立臺灣大學文學院演講廳舉行的「推石的人——王文興追思紀念會暨文學展」之短講，因配合活動流程，發言較精簡。此處為增訂版，篇幅為發言稿一倍有餘，承蒙師母陳竺筠老師過目，謹此致謝。

附識

　　王文興老師遽然離世，家人非常低調，以致絕大多數人在教師節與中秋節連假之後才獲知消息，深感驚愕、不捨。我碩士班二年級時修老師的「現代英國小說」，1983 年以來多次訪談，並於 2022 年編著、出版《王文興訪談集》（臺北：文訊雜誌社）。老師辭世後，我應邀撰寫的文章中，以本篇篇幅較長，過程較曲折。

　　此篇原是應追思紀念會主辦單位（臺大文學院、臺大外文系、臺大中文系、洪範書店、文訊雜誌社）之邀，於 2023 年 12 月 9 日就「王文興的文學世界」報告王老師的生平、著作與貢獻。這是我生平首次在莊嚴肅穆的追思場合發言，時間限定為十五分鐘。為求周全，我廣蒐資料，撰寫初稿，多次演練，一再精簡，甚至在前往高雄參加 8 日余光中老師夫人范我存女士告別式的往返高鐵上還一直修訂文稿，校對投影片。

　　追思紀念會當天中午，我先出席書林書店蔡振興教授主編的《文學薪傳：臺灣的英美文學研究 2001-2022》（書林，2023）新書分享會，發言

後再趕往臺大文學院演講廳。追思紀念會備極哀榮，在頒贈總統褒揚令、貴賓致詞與主辦單位致詞後，由我報告〈王文興的文學世界〉，「懷念王文興」由五位門生故舊廖咸浩、劉亮雅、易鵬、郭強生、林靖傑分享個人與王老師的因緣，「慢讀王文興」由六位作家郝譽翔、周昭翡、伊格言、張亦絢、陳美桂、陳柏言朗誦王老師的作品，呈現遠行者其人其作的方方面面。兩天之內連趕三個活動，都與追思、記憶與紀念有關。王老師曾撰寫〈余先生的後院〉紀念余光中老師，如今追思者與院子的女主人於兩個月內相繼謝世（范我存女士於 11 月 24 日），令我心情沉重，但身為學生後輩也只能以文字來紀念那個一去不返的世代。

《中外文學》新任總編輯陳重仁教授、中華民國比較文學學會理事長，為「王文興紀念專號」邀稿，我趁機增訂追思紀念會的「短講」，希望能更周全呈現王老師的不同面向，也為當天活動留下文字紀錄。文中的兩個圖檔為文訊雜誌社蔣皓先生在極短時間內根據我的文稿整理出的短講投影片，結構清晰，言簡意賅，讓人對王老師的生平要事與文學成就一目了然。這兩張投影片也出現於 2024 年 2 月 23 日臺北國際書展文訊雜誌社主辦的「慢讀《家變》」講座，由我與作家陳德政對談，謹此致謝。

不可思議的文學因緣
―― 紀念齊邦媛老師之一

外文學界獨特人物

　　在臺灣的外文學界中，齊邦媛老師是一位獨特的人物。她於抗戰期間考取武漢大學哲學系，大一英文為全校統考第一名，蒙朱光潛先生召見並建議轉系，幾經思考後轉入外文系，成為朱門弟子。戰時的艱苦環境錘鍊出青春學子堅定向學之心，更珍惜學習機會，抄錄教材，背誦英詩（齊老師能背誦上百首英詩），打下堅實基礎，成為未來教學的重要資糧，甚至往後因牙疾就醫，躺在診療椅上時，以背誦英詩來轉移注意力，度過難熬時刻，聞者莫不訝異英詩竟有如此妙用。

　　1947 年秋齊老師自上海來臺，擔任國立臺灣大學外文系助教，1950 年隨在臺灣鐵路管理局任職的夫婿定居臺中十七年，先後在臺中一中以及臺灣省立農學院（今國立中興大學）、靜宜女子英語專科學校（今靜宜大學）、東海大學任教，於 1969 年擔任新成立的臺灣省立中興大學外文系系主任。1970 年臺大文學院朱立民院長請她到文學院為中文系與歷史系研究生講授「高級英文」。當時大學聯考錄取率低，研究生更是稀罕，可謂菁英中的菁英。齊老師上課認真，要求嚴格，精選教材，包括赫胥黎（Aldous Huxley）的《美麗新世界》（*Brave*

New World）與歐威爾（George Orwell）的《1984》（*Nineteen Eighty-Four*）。授課內容與方法迥異於傳統中國文史研究所的英語課程，前後長達十八年，弟子有四百多人。這批菁英雖然上課壓力大，但也眼界大開，許多人出國留學時方知其妙。齊老師也在外文系講授英國文學史與翻譯等課程，直到 1988 年退休。

齊老師教書三十多年，「心靈的後裔」滿天下，中研院院士中不乏她的學生。我出身外文，卻未正式修過她的課，雖無師生之誼，但緣分深厚，主要建立在 2002 年 10 月至 2003 年 12 月我與趙綺娜博士針對齊老師進行的將近二十次訪談。這些年來除了書信與電話往來，我曾在不同場合寫過多篇有關齊老師的文章，並專門針對翻譯與學門建制進行過兩次訪談。我與王智明的合訪著重於臺灣的英美文學學門建制史，刊登於中華民國英美文學學會出版的《英美文學評論》。[1] 最長的那篇〈永遠的齊老師——從巨流河到啞口海再到巨流河〉逾兩萬字，是為筆者編選的《臺灣現當代作家研究資料彙編 68 齊邦媛》所撰寫的「綜合評述」，其中「人生舞臺的多重角色」一節仿莎士比亞在《如願》（*As You Like It*）一劇中「世界如舞臺，人人似演員」的比喻，指出「置身

---

[1] 參閱〈齊邦媛——台灣文學的國際推手〉，《自由時報》自由副刊，2009 年 7 月 7 日至 8 日，D13 版；〈齊邦媛教授訪談：翻譯面面觀〉，《編譯論叢》第 5 卷第 1 期（2012 年 3 月），頁 247-272；單德興、王智明合訪，〈「曲終人不散，江上數峰青」：齊邦媛教授訪談錄〉，《英美文學評論》第 22 期（2013 年 6 月），頁 207-226；〈永遠的齊老師——從巨流河到啞口海再到巨流河〉，《臺灣現當代作家研究資料彙編 68 齊邦媛》，單德興編選（臺南：國立臺灣文學館，2016），頁 79-108；〈過自己生活，寫生命之書——齊邦媛教授新版《一生中的一天》讀後〉，《文訊》第 384 期（2017 年 10 月），頁 28-34；〈精進的人生，美好的晚年——讀齊邦媛教授日記有感（上）〉，《人生》第 410 期（2017 年 10 月），頁 78-82；〈精進的人生，美好的晚年——讀齊邦媛教授日記有感（下）〉，《人生》第 411 期（2017 年 11 月），頁 66-70；〈意料之外，情理之中——主編《臺灣現當代作家研究資料彙編・齊邦媛》始末與感想〉，《文訊》第 387 期（2018 月 1 月），頁 129-131；〈渡過巨流，贏取桂冠——賀齊邦媛老師獲頒美國印第安那大學榮譽博士學位〉，《文訊》第 401 期（2019 年 3 月），頁 155-157；〈與文偕老，邦之媛也——追憶齊邦媛老師與《巨流河》背後的故事〉，《文訊》第 463 期（2024 年 5 月），頁 95-100。

大時代的齊邦媛一生曲折，扮演了多種角色，各自累積經驗，匯入她的生命巨流：女兒、學生、助教、家庭主婦、老師、體制內改革者、異文化交流者、公共知識分子」（81），分項說明她的角色與貢獻，介紹她的文學論述，以及相關的評論文章與訪談，配合珍貴照片、文訊編輯部整理的文學年表和研究評論資料目錄，於 2016 年出版，為有關齊老師最周全的研究資料彙編。

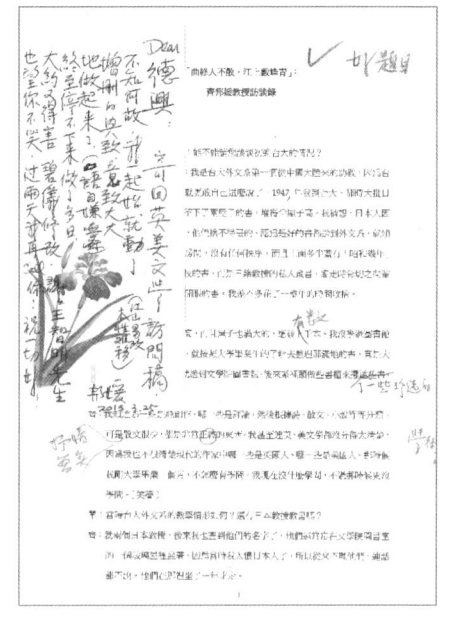

齊老師訪談修訂手稿與信札。

奇妙文學因緣

　　不像其他正式修課的學生，我真正在校園裡受教於齊老師大概只有短短不到一小時。那時我就讀臺大外文研究所碩士班，正式撰寫學位論文之前必須先通過四次書單考試（Reading List Exam），也就是從所方規定的英美文學史七個時期中，選擇四個時期的書單應試，包括一次資格考（早期彭鏡禧、張漢良等老師就讀碩士班時更嚴格，七個時期都要考）。這個嚴苛的規定（有人戲稱為「土法煉鋼」），使得在國內攻讀學位者往往要比出國攻讀者多花上一、兩年，碩士生之間噴有怨言。為了回應學生的訴求，當時系主任兼所長侯健老師請在大學部教英國文學史的齊老師，利用課餘時間到系辦公室為我和李有成在內的幾位研究生，針對準備書單考試講述重點，內容包括《高文爵士與綠騎士》（*Sir Gawain and the Green Knight*）。齊老師以流暢的英文娓娓道

來，在短短時間內綜覽早期英國文學史的重點，條理分明，要言不繁，令我們這批研究生安心不少。這是我第一次、也是唯一一次聽齊老師講課。

1986年11月，輔仁大學主辦第一屆國際文學與宗教會議，邀請的天主教作家有英國的葛林（Graham Greene）、日本的遠藤周作以及我國的王文興。為了使外國文學研究成果扎根本土，除了舉辦研討會，主辦單位並籌劃中譯兩位外國作家的作品，英譯中團隊由齊老師主持。我不知

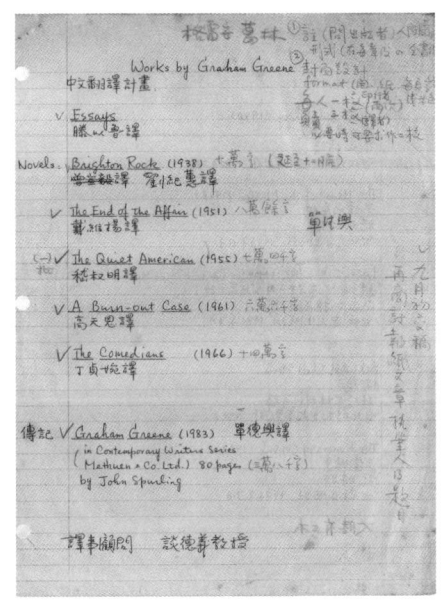

齊老師手書葛林作品集中譯團隊分工。

自己為何得以進入這個團隊（可能是高天恩老師推薦，但他本人沒有印象）。團隊開了幾次會議，商討工作事宜，包括工作時程、作品分派、譯名統一、聯絡方式等。在齊老師的率領與輔大的高效率後勤支援（來自當時英文系助教、現任外語學院院長劉紀雯）之下，我利用取得博士學位之後與10月入伍受訓之前的三個月空檔，譯出史柏齡（John Spurling）的《格雷安・葛林》（*Graham Greene*），國際會議召開時我已入伍，未能共襄盛舉，頗引以為憾。那套書由臺北時報文化出版，[2] 規模雖未如原先規劃，卻是我國首次有系統地譯介葛林的作品，配合會議召開與媒體報導，頗受矚目。齊老師過世後，我在臉書上看到有人表

2　《格雷安・葛林》（單德興譯，1986）；《沉靜的美國人》（*The Quiet American*，稽叔明譯，1986）；《喜劇演員》（*The Comedians*，丁貞婉譯，1986）；《布萊登棒棒糖》（*Brighton Rock*，劉紀蕙譯，1987）。

示很喜歡將近三十年前出版的這套書,希望有機會能夠重新印行,足證好書深入人心,翻譯功不唐捐。

文學經典譯注

完成空前的葛林作品集翻譯計畫之後,每次遇到齊老師,她都鼓勵我翻譯綏夫特(Jonathan Swift)的《格理弗遊記》(*Gulliver's Travels*)。我因專注於中研院的研究工作,未能應命,但銘記在心。直到 1998 年國科會推動經典譯注計畫,我已升等為研究員,各方條件成熟,便應國科會外文學門之邀,參與規劃並執行這個新設立的計畫項目。當時外文學門規劃的主題之一為旅行文學,於是我名正言順地選擇了《格理弗遊記》。我非常珍惜這個難得的機緣,秉持著一期一會的精神,花了六年時間仔細翻譯,撰寫緒論,詳加註釋(正文十五萬字,緒論七萬字,註釋九萬字),完成此書中譯史上最翔實的譯注本,置於該書將近三百年的翻譯史也獨樹一幟。在執行計畫的過程中,我親身體驗到如何藉由厚實翻譯(thick translation),努力達到充分譯介的效應,並拈出「雙重脈絡化」("dual contextualization")一詞,[3] 作為自己多年翻譯實務與理論研究的心得,而本書就是此觀念的最具體例證。

記得我向齊老師稟報要譯注此書時,她非常開心,每次見面都詢問進度,書稿完成後,並欣然同意寫序,全書於 2004 年出版。在序言〈航越小人國〉中,齊老師寫道:「這是一本期待了多年的書。離開讀童書《小人國遊記》的日子越遠,這種期待就更殷切。這本忠實豐富的學術翻譯,兼顧了原作者的用心和近三世紀以來文化變遷衍生的意涵,

---

3 亦即,在翻譯中重視文本與脈絡的關係,除了留意原文文本與其文學、文化脈絡的關係,也留意譯文文本與其文學、文化脈絡的關係,愈是內涵豐富的文本愈是如此。詳見單德興,〈翻譯與雙重脈絡化〉,《翻譯研究十二講》,張錦忠編(臺北:書林,2020),頁 47-91。

自有它嚴肅的意義。讀後深思，亦極有趣味。」她提到多年來屬意我翻譯此書的原因：「我曾三訪愛爾蘭，首訪之地就是綏夫特的聖帕提克大教堂。綏夫特的文字風格和他滿載歷史、政治和社會紛爭的諷刺文體，並非只要英文好就能翻譯。一直到一九八六年，我為輔仁大學第一屆文學與宗教國際研討會邀人合作中譯葛林（Graham Greene）作品時，得識單德興的中、英文能力與譯作態度。在選書、資料研究、文字技巧、譯文體例等討論時，年紀最輕的他常常有最適當的建議。他所譯的《格雷安・葛林》評傳也成了那套叢書的標竿。我知道他就是我尋找多年，能航越小人國淺水困境的譯者！」看到這段文字我才明白，當初開會討論時，年輕氣盛的我，有些不知輕重地提供了先前參與國立編譯館許倬光院士著作中譯計畫團隊的經驗，竟讓她覺得此人可以期待。

她了解我在中研院有自身的學術要務，但也提到在我「分心」於學術之外，「仍是回到綏夫特（或許這是他「正業」以外的「分心」？），將這部經典之作譯出，寫了詳盡充實的七萬四千餘字〈緒論〉，其中除了綏夫特的寫作背景資料豐富，中譯史的史料、敘述與評論皆極可貴，完成了是讀書人『不虛此生』的貢獻。」此譯注本也因為其特色，受到海內外學者專家矚目，成為我個人翻譯生涯的顛峰之作，以及國科會經典譯注計畫的代表作。如今年近七旬，回首自己的學術生涯，對於齊老師以前輩學者的高度所提出的「不虛此生」之評，以及禪宗「一期一會」之說，有了更深切的體悟。

齊老師不僅對《格理弗遊記》視如己出，甚至比身為譯注者的我更熱心，經常向人推薦，甚至購書送人，包括同是來自東北的李敖，讓他看看在臺灣還是有人埋首認真做事。譯注版問世九年後，為了發揮推廣的作用，出版普及版，成為國科會經典譯注計畫系列的首例。我向齊老師報告此事，並請她修訂原序作為普及版序，讓文學經典譯作以嶄新的包裝，更平易近人的方式，發揮「文普」與「譯普」的效益。

譯注版初版二十年間，又出土了一些新資料，包括了第一個中譯本／改寫本可能的譯者，以及臺灣文學學者以此厚實譯注本為基礎，研究日據時期的漢文譯本（其實是轉譯本和抄譯本），為中譯史添磚加瓦，擴大漣漪效應。齊老師畢生念茲在茲的就是文學與文化的推廣，以及跨文化之間的交流與了解，一定樂於知道此書將增訂出版，因此我不只一次向齊老師報告此事，最後一封電郵發送於 3 月 20 日，希望能為年逾百歲、老病纏身的齊老師提供些許慰藉。一星期後齊老師辭世，安息主懷，為世人留下無盡的追思。

2024 年 5 月 4 日
臺北南港

本文原名〈不可思議的文學因緣——追念永遠的齊邦媛老師〉，刊登於《中華民國英美文學學會電子報》2024 年夏季號（2024 年 8 月），頁 40-44。

《格理弗遊記》序言於《聯合報》刊登時,前後各加四段與兩段,更貼近副刊讀者。

齊邦媛老師與比較文學的因緣
——紀念齊邦媛老師之二

刊名：中華民國比較文學學會電子報
　　　（第 46 期）
理事長：邱彥彬
編輯：楊承豪、王榆晴
出版者：中華民國比較文學學會
出版日期：2024 年 9 月
刊別：電子報

比較文學的基礎與影響

　　2024 年 3 月 28 日，齊邦媛老師以一百零一歲嵩壽辭世，圓滿了精采的一生。媒體廣泛報導，臉書等自媒體也出現許多追思文章與感言。

　　齊老師 1924 年元宵節出生於遼寧鐵嶺，「母親河」遼河因她的回憶錄《巨流河》更廣為人知。抗日戰爭爆發後，她隨家人從南京一路遷徙到重慶，就讀南開中學。1943 年考入武漢大學哲學系，次年轉入外文系。

　　在《巨流河》中，齊老師對那段戰火中的求學歲月，尤其是受教於朱光潛先生，留下了動人的紀錄：因教材匱乏，同學之間傳抄《英詩金

庫》（*The Golden Treasury*），在朱老師指導下欣賞、背誦英詩（齊老師能背誦百首以上）；又如朱老師不時將英詩與中國古詩聯想，一次課堂上讀到至情處竟哽咽流淚疾步而出，留下「滿室愕然」、寂然無聲的學生。這些文學教育與感性經驗，連同自幼閱讀的中國新舊文學作品、世界文學翻譯名著，以及中學國文老師的教導，為她打下了良好的中西文學基礎。

1947 年齊老師大學畢業，受馬廷英教授之邀，自上海搭機抵達臺北，於國立臺灣大學外文系擔任助教。因此，她曾多次對我說，「我是到臺灣工作的，不是逃難來的」。1950 年，夫婿羅裕昌先生轉調臺灣鐵路管理局臺中電務段，舉家遷往臺中，定居十七年。1953 年起齊老師於臺中一中擔任高中英文教師，三年後考取美國國務院傅爾布萊特交換教員計畫（Fulbright Exchange Teachers' Program）獎助，首度赴美研習半年，眼界大開。1958 年起先後執教於臺灣省立農學院（今國立中興大學）、靜宜女子英語專科學校（今靜宜大學）與東海大學。1967 年再度考取美國國務院傅爾布萊特交換學者計畫（Fulbright Exchange Fellowship）獎助，前往美國印第安那州，在聖瑪利森林學院（Saint Mary-of-the-Woods College）講授中國文學，後並於比較文學重鎮印第安那大學（Indiana University）註冊，接受科班訓練，結識在那裡攻讀學位的胡耀恆先生與家人。

已在臺灣任教多年，為人妻、人母的齊老師非常珍惜這個難得的進修機會，跟隨名師勤勉研讀，「在一學期和一暑期班時日中，我不顧性命地修了六門主課」，並拿到全 A 成績。通過碩士學位考試後，只差六個法文課學分便可取得學位，無奈交換學者簽證到期，不得不返臺。

暮年撰寫回憶錄時，齊老師對此仍難掩黯然之情，以《聖經》中雅各夢見天梯的故事，比喻自己好不容易在印第安那大學尋得「學術天梯」，卻「在我初登階段，天梯就撤掉了。它帶給我好多年的惆悵，

須經過好多的醒悟和智慧才認命」。然而她並不氣餒，繼續在工作崗位上努力，「一直在一本一本的書疊起的石梯上，一字一句地往上攀登，從未停步」。在她不懈向上攀爬的同時，熱心發揮專長，改革現狀，提攜後進，推廣文學，促進文化交流。

1969 年齊老師返回臺灣省立中興大學，擔任新成立的外文系系主任，建樹之一就是組織編輯委員會，修訂 College English Readings（《大學英文選》），為七年中的第四版。[1] 1972 年齊老師擔任國立編譯館人文社會組主任、次年兼教科書組主任，先前的文學素養結合後來的比較文學訓練使她眼界高遠，改革國文教科書內容，納入當代臺灣文學，積極推動翻譯，既有英翻中，也有中翻英，後者維持到她從臺大退休後，接續殷張蘭熙擔任《中華民國筆會季刊》總編輯，並與王德威合作推動哥倫比亞大學出版社的「臺灣現代華語文學」英譯系列。[2]

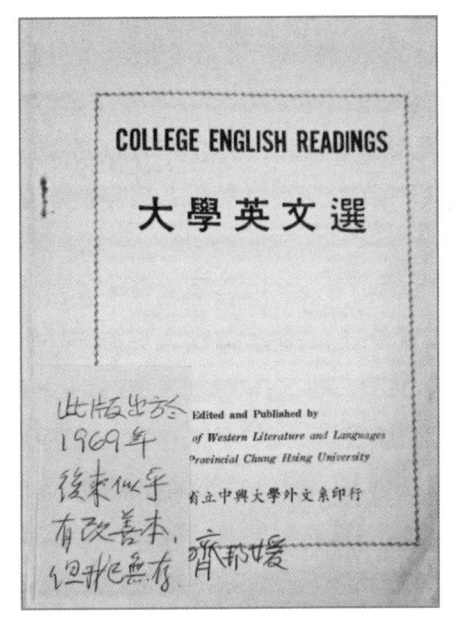

2018 年 8 月 19 日齊老師寄贈單德興的中興大學《大學英文選》。

我雖未修過齊老師的課，但與趙綺娜博士自 2002 年 10 月至 2003

1　全書收錄五十四篇選文。當時臺灣重編大學／大一英文讀本之風盛行，參閱單德興，〈外文學門的故事與重生〉，《人文與社會科學簡訊》第 25 卷第 2 期（2024 年 3 月），頁 49-55，尤其頁 50-52；另可參閱本書頁 269-281。

2　參閱單德興，〈齊邦媛——台灣文學的國際推手〉，《自由時報》自由副刊，2009 年 7 月 7 日至 8 日，D13 版；後收入《翻譯與評介》（臺北：書林，2016），頁 229-239。

年 12 月跟齊老師進行過將近二十次訪談，建立起深厚的情誼。齊老師的文字造詣高超，不滿意自己的四百五十頁口述紀錄，多次試圖改寫不成，2005 年搬入長庚養生文化村，在「最後的書房」潛心筆耕四年多，終於完成牽掛心頭數十載的大事，也就是 2009 年 7 月 7 日出版的回憶錄《巨流河》。此書出版後轟動華文世界，在海峽兩岸連連得獎，中興大學、佛光大學、臺灣大學相繼頒贈榮譽博士學位，尤其是 2019 年 2 月母校印第安那大學校長孟世安（Michael A. McRobbie）專程來臺頒發榮譽博士學位，肯定這位傑出校友多年的專業服務與文化貢獻，彌補了昔日的遺憾。[3]

與中華民國比較文學學會的深厚緣分

2008 年 6 月我接任中華民國比較文學學會第十九屆理事長，齊老師問我學會檔案裡有沒有當年的發起書，我與助理遍尋不得，於是她寄來珍藏多年的發起書影本，這份重要文獻終於回歸學會，列入移交檔案。

這份發起書上未署年月。齊老師在〈初見台大〉一文中回憶：「一九七二年，為了參加國際會議，外文系朱〔立民〕、顏〔元叔〕、侯健、胡耀恆、朱炎、余光中和我等，與中文系的葉慶炳先生等共十二人簽名發起，成立中華民國比較文學學會。[4]〔……〕記得當年我們簽發起書前後，並不常談理想二字，但事事都有理想在，好似互相見證了生命中最美好的歲月。」就在此前的 1971 年 10 月，中華民國因為聯合

---

3 參閱筆者，〈渡過巨流，贏取桂冠──賀齊邦媛老師獲頒美國印第安那大學榮譽博士學位〉，《文訊》第 401 期（2019 年 3 月），頁 155-157。

4 依發起書上的 6 月 9 日星期六查證，應為 1973 年，其中並無朱炎老師簽名，學會於該年 7 月 21 日正式成立。參閱中華民國比較文學學會官網之「成立沿革與現況」，https://claroc100.wordpress.com/overview/。

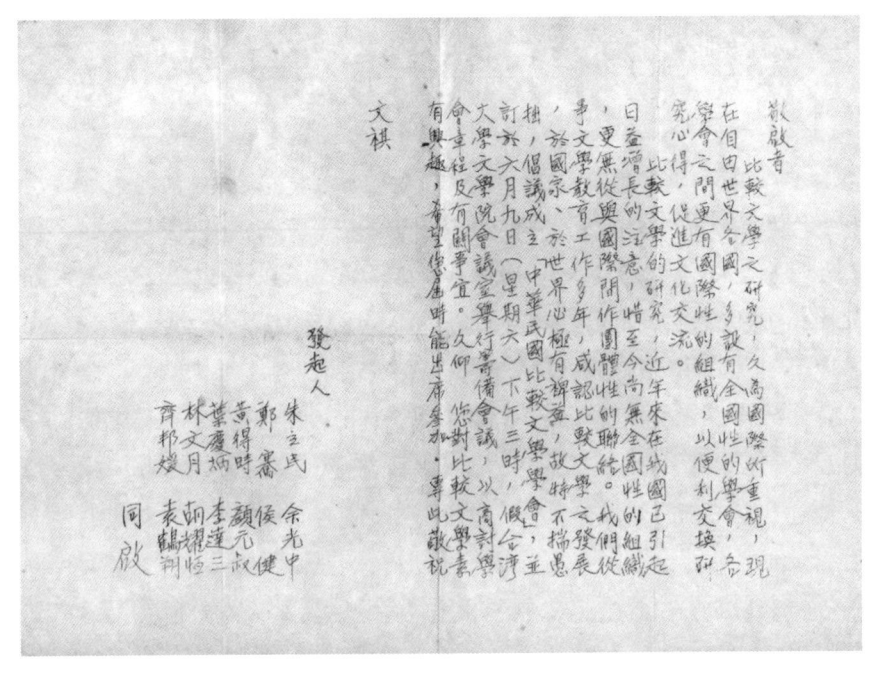

中華民國比較文學學會發起書（1973年）。（齊邦媛教授提供）

國大會表決通過「排我納匪案」而退出聯合國，人心惶惶，執政當局勉勵國人：「莊敬自強，處變不驚，慎謀能斷」。1972年9月，日本忘恩負義，與中華民國斷交。眼見我國外交處境日益艱困，國際地位更加孤立，這群來自中、外文系的學者，本著「書生報國」的熱忱，在風雨飄搖之際，倡議成立中華民國比較文學學會（Comparative Literature Association of the Republic of China）。

在我與李有成、張力的《朱立民先生訪問紀錄》（臺北：中央研究院近代史研究所，1996）中，朱老師表示，以當時臺灣外文學界的師資與圖書資源，尚無創辦英美文學博士班的條件，「還不如得到中文系的幫助，成立一個比較強的比較文學博士班。」早年雖無「利基」

之說，[5] 卻是心同此理，力求在冷戰的國際局勢之下善用學術與文化資源，凸顯在地特色，發揮獨特的主體性，以尋求學術、文化與國家的最大利益。

十二位發起人中，臺大中文系有四位：鄭騫（1906-1991）、黃得時（1909-1999）、葉慶炳（1927-1993）、林文月（1933-2023）。臺大外文系有七位：朱立民（1920-1995）、齊邦媛（1924-2024）、侯健（1926-1990）、李達三（John J. Deeney, 1931-2022）、顏元叔（1933-2012）、袁鶴翔（1933-　）、胡耀恆（1936-2024）。唯一的外校學者就是時任政大西洋語文學系系主任的余光中（1928-2017）。多年來我努力透過訪談為臺灣的外文學門留下第一手史料，八位外文系學者中，曾訪談過五位：朱立民（十次）、余光中（兩次）、袁鶴翔（兩次）、李達三（與王智明合訪）、齊邦媛（兩次，一次與王智明合訪；另與趙綺娜合訪十七次）。其中余光中老師是我在政大西語系的老師，李達三老師與朱立民老師是我的碩士班老師（朱老師更是我的碩士論文指導教授），袁鶴翔老師是我的博士班老師，齊老師則是我與趙綺娜的口述史訪談對象。如今袁老師碩果僅存。

齊老師為中華民國比較文學學會發起人之一，也是其中少數受過比較文學科班訓練的學者，曾擔任第一、二、三、五屆理事與第四、七、八、十屆監事。學會成立之時，比較文學在世界各地如火如荼展開，臺灣掌握了天時、地利、人和，迅速發展，成長茁壯，在華人文化圈統領風騷，並隨著李達三老師與袁鶴翔老師前往香港中文大學任教，將臺灣經驗帶到香港與中國大陸。如今學術風氣更迭，比較文學於全球式微，在本地的學術環境中也漸次萎縮，我國能在這個領域繼續推動各項活動，進行國際學術交流，中華民國比較文學學會居功厥偉。學會成立至

5　此說可參閱周英雄，〈漫談外文學門的生態〉，《人文與社會科學簡訊》第 2 卷第 3 期（1999 年 11 月），頁 7-8。

今逾五十年，前輩學者所打造的健全制度與穩健財務，以及接續者的承先啟後、兢兢業業，都成就了比較文學在臺灣學術建制史上的地位與影響力。撫今追昔，更宜珍惜得來不易的學術生態，並致力於學會的永續經營與學科的長遠發展。

2024 年 4 月 30 日
臺北南港

原刊登於《中華民國比較文學學會電子報》第 46 期「齊邦媛紀念專輯」（2024 年 9 月），頁 19-24。

2021 年 3 月 11 日齊老師與單德興於長庚養生文化村。

與文偕老,邦之媛也
——追憶齊邦媛老師與《巨流河》背後的故事

2011 年 6 月 20 日於齊老師「最後的書房」合影。

永遠的祝福

2022 年 8 月,齊邦媛老師寄來一個包裹。由於好一陣子沒接到老師的信或電話了,我滿心好奇地打開,只見 A4 大小的塑膠袋裡裝了一

個 L 文件夾，竟然是我這些年來寄給齊老師的書信與電郵列印，由上到下主要是該年 2 月到 2016 年 3 月將近六年的厚厚一疊信件，每封信上以紅鉛筆寫上要點，有些註明「已復手書」，甚至包括 1986 年首次合作葛林（Graham Greene, 1904-1991）作品集時，翻譯團隊提供的譯名、分工、聯絡方式等文件（見本書頁 214）。包裹內附了一張卡片，以工整的齊氏字體一筆不苟地寫道：

德興賢弟：
　　我今將多年影印收好的你的信寄去給你留念。
　　感謝你的訪問使我書成真，這些年你對我關懷鼓勵，信上亦皆可見，祝福您家四代慧根、善良、努力與積極樂觀的人生態度永遠幸福穩渡，安全，溫馨，永遠的祝福！

齊邦媛
二〇二二年八月四日

信末提及先前在家中摔折右腕，因老邁不能開刀，住院半個月。我打心底佩服九九高齡的齊老師，在身體稍微恢復之後，還能如此有條不紊地整理信件，繼而感傷又感動於她即使面對老病無常，依然以如此溫馨的方式給予後生晚輩的我和家人留念與祝福。

之後，我依然每隔一段時間發電郵向齊老師請安，報告個人和家庭的近況，或寄上自己的新書。她先前不只一次在電話中告訴我，儘管年邁不便回信，但很高興接到來信，知道大家近況，也會在接到幾次信之後，打個電話。不過隨著年老體衰，後來連電話也打不了了。我最後一封給齊老師的電郵寫於今年 3 月 20 日，循例報告近況，並特別提到正在增訂自己譯注的《格理弗遊記》，籌畫二十周年紀念版，因為這是她「視如己出」的文學經典翻譯。

3 月 28 日，青年節前夕，齊老師擺脫肉身的羈絆，遠離紛擾的塵世，安息主懷，享嵩壽一百零一歲。

齊老師是獻身文教界的典範，做事認真，樂於助人，任教多年，桃

李滿天下。我雖未在課堂上正式受教於她,多年來卻因難得的機緣,得到她許多真摯的關切、專業的見解與人生的指引,甚至年屆耳順,一家四代還不時受到她的關懷,真真是罕有的福分!

從婉謝邀訪到回心轉意

　　眾所周知齊老師既有遠見,又有組織力與執行力,任職國立編譯館期間的重要建樹便為人津津樂道,主要在兩方面:(一)修訂中學國文教科書,去除黨國色彩與意識形態,納入當代臺灣文學作品;(二)推廣翻譯,一方面中譯外國經典,另一方面英譯臺灣文學,不僅為中文世界引進人文與社會思想,並將臺灣文學推向世界舞台。其他熱心參與的事務不勝枚舉,其犖犖大者如催生中華民國比較文學學會、中興大學外文系、輔仁大學翻譯研究所、新聞局金鼎獎之**翻譯類獎**、國立臺灣文學館等。她也多年擔任中華民國筆會會刊總編輯,並與王德威先生為美國哥倫比亞大學合編臺灣文學英譯系列,從事臺灣文學的翻譯與傳播數十年如一日。此外,她的文學評論扎根於平實的文本閱讀,展現獨特的洞見,內容包括女性文學、留學生文學、反共文學、鄉土文學、眷村文學、探親文學、馬華文學、原住民文學等重要議題,屢屢開風氣之先。凡此種種為她贏得了「臺灣文學的知音」與「臺灣文學的推廣者」的雅號。

齊老師相關研究資料以此書最為周全。

齊老師是精讀善寫之人，但多年來熱心公眾事務，先人後己，以致個人作品較少，包括文學評論《千年之淚》（1990）與《霧漸漸散的時候》（1998），以及散文集《一生中的一天》（2004），因此她主要是以學者、教授、譯者、編者的身分為人所知，直到回憶錄《巨流河》（2009）問世，廣大的華文世界才體認到她的作家身分。我編選的《臺灣現當代作家研究資料彙編68 齊邦媛》（2016）提供了多元的呈現。

　　身為臺灣的英美文學與比較文學學者，我對外文學門的建制史深感興趣，認為沒有歷史意識就不必奢談主體性與獨特性。多年前我曾與李有成、張力合作，與外文學界「教父級」人物朱立民老師進行口述歷史，完成《朱立民先生訪問紀錄》（1996）。之後，我便一直有意為外文學門的女學者進行口述歷史，那時想到的就是齊老師。當時中央研究院歐美研究所同事趙綺娜，就讀臺大歷史研究所時修過齊老師的「高級英文」，研究領域為美臺之間的學術與文化交流，而齊老師曾兩度獲得美國國務院傅爾布萊特交換計畫獎助，前往美國研修。我們商量後，決定由我出面邀請齊老師進行訪談。

　　第一次向齊老師提出訪談邀請時，她表示自己是個平凡人物，予以婉謝。先前我邀訪朱老師時，也遇到類似情況，因此並不死心。過了一段時日，我與太太前往臺大附近，接近中午時分，第一次、好像也是唯一一次進入「菊之鄉」用餐，恰巧看到齊老師與一對中年男女進來。我等他們坐定，趨前再度向齊老師提出邀請，她表示要再考慮考慮。

　　後來我提供中研院近代史研究所出版的文教界人士口述史（魏火燿、朱立民）。齊老師看了之後表示，自己的生平與遭遇特殊，應有值得記錄之處，於是自 2002 年 10 月 28 日起接受我與綺娜的訪談，地點就在齊老師麗水街臺鐵宿舍旁的臺灣師範大學綜合大樓八樓咖啡廳，每次兩個多小時。訪談一直進行到 2003 年 12 月 16 日，前後十七次，之後綺娜還專程到齊府，從女性角度訪談了一次。

後來我才從齊老師得知為何她會回心轉意，接受邀訪。原來當天與齊老師一道用餐的是臺大中文系柯慶明與張淑香教授夫婦，他們是齊老師的學生，多年知交。老師當場徵詢兩人意見，都表示可行，柯老師還提到我個人在學界有些知名度，應不是想藉齊老師出名。的確，即使我在 1986 年便進入齊老師主持的葛林作品集翻譯團隊，但因個性使然，一直未積極聯繫，只是偶爾應老師之邀，為筆會校讀英譯稿，提供一些建議。因此這是我初次知道自己有些薄名在外，而且會方便做點事情，不必刻意排斥。

口述歷史 vs. 書寫回憶錄

　　訪談時由我開車與綺娜自中研院出發，與齊老師見面後，根據事先準備的訪綱提問。齊老師教學多年，思緒清晰，口條流暢，娓娓道來，必要時我們進一步詢問，錄音檔整理出來就是一篇文從字順的稿子。謄稿出來後，我與綺娜先過目，標出疑問或需要說明、補充之處，寄給齊老師確認後定稿。

　　齊老師很看重此事，但對長達四百五十頁的口述歷史稿並不滿意，並特別說明文稿本身忠實，但口述與書寫的性質迥異，於是在赴美國加州探親時帶在身邊，隨時修訂，然而進展頗為緩慢，因此我不免擔心書稿究竟能否完成。

　　這時齊老師廣結的善緣發揮了作用。2006 年 1 月臺大中文系李惠綿教授與作家簡媜女士在讀了老師新寫的初稿後，自告奮勇，表示願意協助，於是開始了三年多的漫漫長路。齊老師後來在《巨流河》的序言中把我們形容為「我的三位天使……乘著歌聲的翅膀，自天降臨到我的書桌上」。她還把我喻為「點燃火炬的人，也是陪跑者」，我則把兩位女士喻為古道熱腸、拔「筆」相助的今之俠女。

我因為是男生，加以尊師重道，即使心急，也不便催促老師。兩位俠女則發揮了纏功與巧勁，不時噓寒問暖，關切進度，軟硬兼施，「巧言利誘」。2005年至2006年，我在加州大學柏克萊校區研修一年，每隔一段時間便打電話回臺灣向家父和齊老師請安。家父性格乾脆利落，聽到我聲音，得知一切安好，便掛斷電話；反而是我與齊老師在電話中聊的時間長得多。記得老師最常問我：誰會讀這樣的一本書？我就列舉，像是出身於外文系、中文系、臺文系、歷史系、性別研究、女性研究，甚至社會學系、人類學系的學者與學子，還有就是對翻譯、文學與文化有興趣的人。

　　其實齊老師一直期待有人寫類似的書，為走過那段歷史的人留下紀錄。然而幾十年過去，依然沒有等到。如今有人與她進行口述紀錄，並且留下白紙黑字的文稿，於是就利用這個機緣完成多年宿願。齊老師對此事非常認真，套用她的話說，是「拚著老命」在寫，光是介紹家世、鋪陳歷史的第一章〈歌聲中的故鄉〉，前後就改了七、八次之多。至於書名，更列出一百個左右，寫在一張張彩色小卡片上，多日反覆斟酌。有一次我前往長庚養生文化村探望老師，她出示這些五彩繽紛的卡片，擺滿桌面，向我說明不同名字各自代表的意義。她一再堅稱自己寫的不是自傳，而是回憶錄，因為個人沒那麼重要，主要是透過一個人的回憶，記錄下那一代人的遭遇，為歷史作見證。

　　齊老師寫回憶錄的消息逐漸為人所知，書稿尚未殺青就有四家出版社爭取，都與齊老師有相當的淵源。齊老師經過長考，決定交給遠見天下文化，除了規模較大、行銷有力之外，創辦人高希均教授親自當面邀稿，承諾「永不下架」也是決定性因素。

　　《巨流河》於2009年7月7日抗戰爆發紀念日問世，[1] 我為老師

---

[1] 在2024年5月10日遠見・天下文化教育基金會舉辦的「相逢巨流河：齊邦媛老師紀念茶會」中，許耀雲透露，當時出版社有兩個出版時程，一個是7月7日，另一個是

多年辛勤努力的豐碩成果欣喜不已。齊老師在給我的贈書中題字:「第一本書贈／德興存念／今生的紀念／無盡的感謝！」,並在卡片中寫道:「請永遠保持我們所尊重的這種穩重持久的人生特質。人生總有些該留下的努力,但是也務望欣喜多於凝重！」殷切的期許令人感動。

環環相扣的三本書

《巨流河》出版後佳評如潮,成為海峽兩岸暢銷書,連連榮獲出版界重要獎項,齊老師並因此榮獲中興大學、佛光大學、臺灣大學的榮譽博士學位,中華民國總統文化獎與行政院文化獎,並於 2015 年獲得亞洲研究學會（Association for Asian Studies）第一屆終身成就獎以及國家元首頒贈一級景星勳章。除了報章雜誌刊登的書評,許多讀者寫信到養生村,與齊老師分享閱讀的心得與感動,也有些海外人士來訪談。齊老師將這些迴響精選為一冊,於 2014 年出版《洄瀾——相逢巨流河》,以紀念殊勝的文字因緣,並在序言中表示:「這是一本大家合寫的書,如千川注入江河,洄瀾激盪。」許多讀者也在閱讀這本「大家合寫的書」時,不僅在其中找到共鳴,也從眾多不同的視角來領會《巨流河》的豐富意涵與多元面向。

這些年來我每到書店,尤其是桃園機場的書店,看到《巨流河》時,總會翻開版權頁,看看是哪年哪月、幾版幾刷,對於此書既是暢銷書又是長銷書深感與有榮焉,實為動念訪談之初所未能預期。

此外,《巨流河》撰寫期間及殺青之後,齊老師幾度跟我提到,自己對老年生活有些切身的領會,記在日記裡,可能有些參考價值,想要公開披露,又擔心部分內容涉及隱私,有些躊躇。我表示老師以八十高

---

9 月 18 日（紀念改變東北與中國歷史的九一八事變）,身為總編輯的她決定於 7 月出版。因此,齊老師在最後階段幾乎廢寢忘食地趕進度。

齡，力排眾議，獨自住進養生村，奮力完成畢生最重要之作，這種精神令人鼓舞，頗有勵志作用，因而建議可加以篩選，將不涉隱私、記錄自己以及有利他人之處公諸於世。2017 年新版《一生中的一天》問世，將舊版中的文學評論移至《霧起霧散之際》一書。新版的副標題為「散文・日記合輯」，輯一為十四篇散文，輯二則為 2005 年 3 月 16 日至 2009 年 7 月 7 日的日記，始於遷入養生村，終於《巨流河》出版。讀者在日記中不僅讀到齊老師對老年的觀察、感受與心得，以及日常生活之道，更從所記錄的《巨流河》艱難寫作過程，看到一位八十多歲的長者示範如何堅持初衷，鍥而不捨，終抵於成，令人佩服不已，甚至生效法之心。

因此，這三本書環環相扣，以記憶文學《巨流河》為中心，述說傳主所經歷的大時代，以及個人的生平故事與生命體悟，為歷史作見證。新版《一生中的一天》裡的日記記錄了撰寫回憶錄的過程中身心遭遇的挑戰，如何憑著決心與毅力克服種種困難，以及如何善用生命餘輝，繼續發光發熱，照亮自己與他人。《洄瀾——相逢巨流河》則是辛勤筆耕後所獲得的真誠熱情回饋，與回憶錄相互映照，分享文字因緣的甘甜美果，形成善的循環，以一炬之火引發萬火，普照人間，發揮感動世人、教化人心的作用。

齊老師環環相扣的三本書。

不同版本與譯本

　　《巨流河》全書二十五萬字，相關報導中有人提到「三十萬字」也是有所本。原稿實為三十萬字，因篇幅浩繁而有所精簡。[2] 此書出版後，轟動海峽兩岸，不止一家大陸出版社與老師聯繫，爭取出簡體版。由於兩地出版環境不同，加上書中有些批評共產黨的文字，為了此書能順利「登陸」，讓更多人有機會了解那段近代史，齊老師本著「先求有，再求全」的想法，允許出版社在文字上做些調整，惟不能違背原意，雖事非得已，但不免有「未得全貌」之嘆。在桃園機場等陸客眾多之處，永不下架的《巨流河》成為許多人的最愛，不少人已讀過簡體版再購買繁體版，以了解全貌，甚至作為禮物送人。

　　除了簡體版，本書先後有日譯本（池上貞子、神谷まり子譯，2011）、英譯本（John Balcom〔陶忘機〕譯，2018）、德譯本（車慧文、王玉麒譯，2021）。齊老師的生平與日本侵華息息相關，書中描述父親的抗日行動以及張大飛的家世、投筆從戎、空戰殉國，更是令人印象深刻。因此，齊老師特別關注日本學者與讀者對此書的反應。日譯本出版後，次年11月在神戶大學召開的「戰爭與女性」會議中，特闢一場次「《巨流河》及其時代」。齊老師因年邁體衰，無法應邀出席，要我代表與會。返臺後，我向齊老師報告會議過程以及日本學者與讀者對《巨流河》的肯定，她知道之後頗感欣慰。

　　老師多年推動臺灣文學外譯，尤其是以英文向全世界介紹臺灣文學，[3] 結識許多英文翻譯高手，很期待透過最通行的語文讓更多人認識那段歷史。陶忘機的英譯本 *The Great Flowing River: A Memoir of China,*

2　此書主編項秋萍在「相逢巨流河」紀念茶會中透露，齊老師配合出版社進行精簡時，不是直接刪除完整的章節，而是逐字逐句精簡，嚴謹敬業的態度令她非常佩服。

3　參閱筆者，〈齊邦媛——台灣文學的國際推手〉，《自由時報》自由副刊，2009年7月7日至8日，D13版；收入《翻譯與評介》（臺北：書林，2016），頁229-239。

from Manchuria to Taiwan 由紐約哥倫比亞大學出版,流通全世界。德譯本則開啟了通往另一個語文的大門。

英譯本問世之前,藉由與齊老師有兩代交情的王德威院士引介,《巨流河》獲得劍橋大學戰爭史家方德萬(Hans van de Ven)的重視,並在 2017 年哈佛大學出版社出版的《戰火中國 1937-1952:流轉的勝利與悲劇,近代新中國的內爆與崛起》(*China at War: Triumph and Tragedy in the Emergence of the New China*;何啟仁譯,2020)中多所引用,為大時代的歷史提供了有血有肉的庶民經驗與親身感受,成為該書特色。因此,2020 年聯經出版公司邀請老師以見證者的身分為中譯本撰寫序言時,儘管已高齡九六,而且臺灣疫情已起,她依然允諾,我則從旁提供中英文資料,並閱讀初稿,提供建議。推薦序〈弦歌不輟在戰火中國〉從驚蟄、春分寫到清明,歷時一個半月,全文約四千字,很可能是齊老師此生最後一篇力作。[4]

《巨流河》中最動人的情節就是齊老師與張大飛之間的感情,透過平實真摯的文字娓娓道來,令許多人讀了非常感動。有數家公司有意拍成電影或電視劇,其中不乏知名導演,但都遭到齊老師婉拒。因此張釗維導演的《沖天》,以抗戰期間三位空軍英雄為主角,有關張大飛的部分只能以動畫呈現。對齊老師來說,張大飛既是父親遭到日本人活活燒死的東北同鄉,哥哥的同學,更是捍衛領空、保家衛國的空中英雄,以及可以在書信中傾吐心聲的對象。然而張大飛深知戰爭中的飛官命懸一線,不敢進一步發展感情。以今天的話來說,兩人的關係或可說是「靈魂伴侶」(soul mate)。

《戰火中國》排版期間,出版社人員前往長庚養生文化村拜訪老師,當面確認若干細節,有些作為編注,其中之一就是齊老師明白表示

---

[4] 參閱筆者,〈時代歷史與個人敘事——方德萬著《戰火中國 1937-1952》〉,本書頁 282-296。

自己「當時年紀太小」，與張大飛「兩人間的情感不算是愛情」。其實她在不同場合也回答過這個問題。對齊老師來說，這種情感純真高潔，不宜隨意議論、遑論褻瀆。張大飛何其不幸，在抗戰勝利前僅三個月在空戰中殉國，令人噓唏不已，卻又何其有幸，能由知交於暮年寫下，在文字中復活，為短暫的生命留下永恆的紀錄，否則「張大飛」三字只是流傳在袍澤之間，或銘記在紀念碑的刻紋裡。齊老師一生珍藏張大飛贈送的《聖經》，最後送交空軍司令部典藏。直到閱讀此書中所描述的兩人之間的情感，我才多少領會齊老師為何強烈推薦英譯蕭麗紅的《千江有水千江月》。

看淡世情，直面生死

齊老師一生與文學為伍，隨著生命的發展而扮演不同的角色，學、教、編、寫、譯、評、推廣，無所不包。這種與文學的不解之緣，內化為生命的重要養分，在溫柔敦厚中帶有執著韌性，並表現於外在的待人接物。她表示，「文學給了我一生的力量」，也肯定「文學的責任是看真正的人生，文學的目的是使世界變得更好。」她在文學上的多元表現，既印證了文學賦予她的強大持久力量，也讓我們對於人生與世界有了更真切的體認，啟發多元寬宏的視野，培養同理共感的心態，發揮悲憫淑世的作用，因為「在文學面前，沒有『他們』，『你們』，只有『我們』啊！」。

齊老師推崇《格理弗遊記》，特別是第四部《慧駰國遊記》中具有高度智慧的馬，讓人印象深刻的就是他們的生死觀：「親朋好友對於他們的離去既不喜也不憂；垂死的慧駰對於即將離開世間也沒顯露出絲毫的悔恨，彷彿只是拜訪鄰人後要回家一般。」2021年12月17日，老師來信，末段寫道，「我活至今日，身體機能極老化，頭腦尚可，真正

待鶴不至,哭笑不得,祝福!」以她一貫的幽默豁達,坦然面對老病與生死大事,展現了視死如歸的態度。

2024年3月28日,久待的仙鶴翩然降臨,載著齊老師去與父母夫婿重逢,也與張大飛、林海音、殷張蘭熙、林文月、柯慶明等好友再聚。而她一生與文學相伴,自利利人,在廣澤眾生的同時,也樹立了「國之珍寶,邦之媛也」的崇高地位。

2024年4月12日
臺北南港

本文原名〈與文偕老,邦之媛也──追憶齊邦媛老師與《巨流河》背後的故事〉,刊登於《文訊》第463期(2024年5月),頁95-100。此處為增訂版。

附識

齊老師是磅礴大氣、閱歷豐富、見識高超、優雅尊嚴、幽默風趣的奇女子。幼時遇軍閥交征,青少年時逢日本侵華之亂,隨家人流亡,顛沛流離,在患難中成長,勤勉好學,孜孜不倦,先後畢業於南開中學與武漢大學外文系。抗戰勝利後,1947年應父親摯友馬廷英教授之邀,自上海飛抵臺灣,擔任臺大外文系助教。因此,她不只一次對我強調,自己不是逃難來的,對於有人把來臺第一代的父母形容為「失敗者」不以為然,因為其中大多數是隨著歷史洪流漂流此處,落地生根,成家立業,安分守己,在各自的崗位上奉獻於這片土地。

2024年4月20日王建元老師自英來臺,邀約老學生見面,李有成熱心宴請,所選的「青田七六」便是馬廷英教授故居。我於十二點準時到達,服務人員引導就座時,我特地詢問齊老師當初住哪間房,結果竟然就是我們用餐那間有座椅的小包廂(張鳳女士看到相關訊息後表示齊老師住的是「女兒房」)。

我雖無緣成為齊老師正式課堂上的學生，卻有著出奇深厚的緣分，曾多次進行訪談，於《巨流河》（2009）的問世略盡棉薄之力，也因應不同場合寫過若干文章，並編選《臺灣現當代作家研究資料彙編68齊邦媛》（2016）。二十多年來從齊老師的言教身教受益無窮。齊老師於今年3月28日過世，家人非常低調，不舉辦公開儀式，只於4月12日在《聯合報》與《中國時報》頭版刊出齊老師生前擬就的告別啟事，「再次感謝所有賜予我的溫暖」。細膩周到，溫馨和煦，見者莫不感佩。

　　門生故舊謹遵老師遺訓不舉辦追思會，但總覺得過意不去，於是出現了不同的紀念形式。先是出版《巨流河》的遠見天下文化於2024年5月10日舉行「相逢巨流河：齊邦媛老師紀念茶會」，二十多位生前好友、門生故舊共聚一堂，追憶齊老師的生平點滴，場面溫馨感人。7月13日洪建全基金會於敏隆講堂舉辦「閱讀‧聆聽《巨流河》：齊邦媛和她的大時代」，由簡靜惠女士引言，須文蔚教授主持，王德威院士主講「巨流湧去」，鄭毓瑜院士與我朗讀《巨流河》精采片段並解析。蜂擁而來的兩、三百人坐滿講堂，並有多人站著聽講，呈現難得的盛況。我個人則在7月6日應屏東「永勝5號」獨立書店之邀，前往演講「從巨流河到啞口海——永遠的齊邦媛老師」，前後兩小時，座無虛席，場面熱絡。

　　齊老師過世後，報章雜誌刊載許多紀念文章，社群媒體也有多人撰文追思哀悼。我心裡千頭萬緒，未在臉書上發表任何文章，只應邀為與齊老師有特殊因緣的《文訊》雜誌、《中華民國英美文學學會電子報》與《中華民國比較文學學會電子報》撰稿，紀念橫跨學術界與文藝界的齊老師。本書將三篇文章收錄一處，方便檢索。

　　齊老師一生精采，名字是幼時救她性命的中醫所取，典出《詩經‧鄘風‧君子偕老》：「展如之人兮，邦之媛也。」果然人如其名！

呼喚文藝復興
──高行健演講暨座談會引言

時間：2016 年 6 月 6 日
地點：中央研究院中國文哲研究所
主持：彭小妍
引言：胡耀恆、單德興、楊小濱、梁志民、熊玉雯
整理：林延澤
校訂：陳佩甄、彭小妍

與高行健的因緣

　　謝謝彭小妍教授的邀請。今天我很榮幸能參加高行健先生這場「呼喚文藝復興」演講暨座談會，與高先生和諸位學者專家、文學愛好者共聚一堂。尤其高興見到胡耀恆老師，因為我跟在座的李有成先生，三十多年前就讀臺灣大學外文系比較文學博士班時，修過胡老師的「比較戲

劇」，在胡老師指導下閱讀希臘悲劇、英美戲劇、日本能劇、印度戲劇等不同文學傳統的劇作。

高先生是多方位的創作者，既是小說家、劇作家、詩人、評論家，也曾從事翻譯，又是畫家與導演，他的多才多藝有如 Renaissance man（「文藝復興人」）。在座的各位跟高先生各有不同的因緣，像是身為高先生的知音、讀者、觀眾、戲迷、畫迷、粉絲等等。我跟高先生的因緣除了身為讀者之外，還建立在另外兩本書上，不過高先生本人可能並不知道。我曾經為聖嚴法師翻譯《無法之法：聖嚴法師默照禪法旨要》（臺北：法鼓文化，2009）和《虛空粉碎：聖嚴法師話頭禪法旨要》（臺北：法鼓文化，2011），這兩本書的封面與封底設計，分別採用了高先生 1999 年的水墨畫《了然》與《舞》。這兩幅畫除了技法的創新之外，更充滿了禪意與空靈之氣，蘊涵著深遠的意境，與內文相得益彰。我曾詢問出版這兩本書的法鼓文化，得知是高先生無償讓出版社使用於聖嚴法師的禪法譯作。今天特地利用這個機會奉上這兩本譯作，並當面向高先生致謝。

至於高先生的劇作，也是充滿了實驗、創意與禪意，因此多年前趙毅衡教授就把他的專書命名為《高行健與中國實驗戲劇——建立一種現代禪劇》（臺北：爾雅，1999）。在高先生的劇作中，《八月雪》（臺北：聯經，2000）是唯一一部以真實人物六祖慧能大師為主角的劇作，內容涉及禪宗史，由此可見他對中國禪宗史的熟悉，對《六祖壇經》尤有領會，並從中汲取靈感，藉由劇作傳達個人的見解與體悟。

其實，高先生其他不少作品也涉及禪宗或運用禪宗的典故，其中最著名的當屬《靈山》（臺北：聯經，1990）了，這個書名讓人聯想到一首流傳很廣的禪詩：「佛在靈山莫遠求，靈山只在汝心頭。人人有個靈山塔，好向靈山塔下修。」這首詩短短四句，句句不離「靈山」，強調的就是人人本自具足佛性，不假外求。

呼喚文藝復興：人的意義與尊嚴

　　這種對於個人的肯定以及人性的著重，正好呼應了今天的主題「呼喚文藝復興」。我們知道，文藝復興最重大的意義，就是重新發現了人的意義與尊嚴，不再受到神權等權力與意識形態的束縛。換言之，它的特色在於人本主義或人文主義。再者，"renaissance" 一詞也有 "rebirth"（「再生」或「重生」）的意思，也就是神的退位，以及人的再生或重生。因此，義大利思想家維柯（Giovanni Battista Vico）主張歷史不是由神所創造，而是由人所創造，因而可以再創造。這種主張影響了二十世紀後殖民論述大家、公共知識分子薩依德（Edward W. Said），進而提出 "worldliness"（現世性）與 "secularism"（世俗主義）等論點，反對單一的、絕對的、終極的、神聖的起源，轉而強調開放的、多元的、對位的、自由的詮釋與重新詮釋。這裡的自由包括了政治、藝術、寫作等各方面的自由。

　　2000 年，瑞典皇家學院在頒發高先生諾貝爾文學獎的頌辭中指出：「在高行健的文藝創作中，表現個人為了在大眾歷史中倖存而抗爭的文學得到了再生。他是一個懷疑者和洞察者，而並不聲稱他能解釋世界。他的本意僅僅是在寫作中尋求自由。」這裡所提到的「個人」、「再生」、「在寫作中尋求自由」，都讓我們聯想到文藝復興的精神。而高先生在頒獎典禮的演說〈文學的理由〉中也強調文學與個人的關係：

> 回顧我的寫作經歷，可以說，文學就其根本乃是人對自身價值的確認，書寫其時便已得到肯定。文學首先誕生於作者自我滿足的需要，有無社會效應則是作品完成之後的事，再說，這效應如何也不取決於作者的意願。[1]

1　高行健，〈文學的理由〉，《論創作》（臺北：聯經，2008），頁 5。

由此可見，在高先生的心目中，文學根源於人對自我價值、自我滿足、自我實現的嚮往與實踐，至於其後的社會效應則是餘事，並非作者所能預見或決定。

超越人類中心主義

以今天來看，文藝復興所揭櫫的許多目標都已經達到，尤其是確定了以人為本位或中心的思想，也就是 "Anthropocentrism"（人類中心主義），認為人是萬物之靈，地球的主宰，世上的一切都歸人類掌控。這種人類至上的觀念與作為，看似提升了人類的地位，促進了人類的福祉，然而這種唯我獨尊、唯人至上的心態與作為卻也遺害無窮，例如殘害非我族類、剝削其他物種、無止盡地向自然環境巧取豪奪。凡此種種，可說是對於人類整體利益的「短多長空」，如今後果已然顯現，像是大自然反撲、全球暖化現象、極端氣候頻繁出現，包括法國、德國前兩天的洪災等等，都是值得注意的警訊。

這些現象固然有些來自天災，但也有部分來自人禍，尤其是人類破壞大自然所引發的生態失衡、氣候變遷加劇。換言之，人類假借發展與福祉之名，對於大自然需索無度，危害可謂前所未有，喻為地球的癌細胞當不為過。就如同綏夫特（Jonathan Swift）在《格理弗遊記》第二部第六章結尾，假借大人國國王之口來指責「人小鬼大」的格理弗及其同類：「你的國人中，絕大多數是大自然有史以來容許在地面上爬行的最惡毒、最可憎的小害蟲。」

在面臨危急存亡之秋的今天，迫切需要再生與新生。如果先前的 "Renaissance" 發揮了思想解放的效應，達成神權的退位以及人的發現與重生，那麼二十一世紀的 "Renaissance" 也應隨著不同時空環境的需求而重新定義，發揮新的解放效應，坦然面對人類中心主義的自大、狂

妄與危害；不再視人為地球上唯一的主宰，而是包含動植物在內的芸芸眾生中的一員，整個生態系統中的一分子。更因為人的能力最大，對於我族、他族、其他物種與自然環境也必須負起最大的維護、保存與永續發展的責任。

除了生存環境的警訊，人類社會也面臨了其他許多危機，包括剛剛高先生在演講中指出的，像是一些意識形態的宰制，或者集權主義、資本主義、消費主義、科技主義、發展主義等等的挑戰。這些文明與科技一方面讓人的生活更舒適、便利，但也往往造成人與人之間的疏離、冷漠。以往的誇飾說法「天涯若比鄰」、「南京唱戲北京聽」，如今已成了日常生活中的現實，但人與人之間的關係是否就更親密？說句玩笑話，人與人之間最遠的距離，就是我在你面前，但你卻在滑手機，而我呢？也是在滑手機。

其實，類似這種的人類處境與危機，在文學與藝術中已有許多的省思。以科技主義為例，赫胥黎（Aldous Leonard Huxley）於 1932 年出版的《美麗新世界》（*Brave New World*），或者歐威爾（George Orwell）於 1949 年出版的《1984》（*Nineteen Eighty-Four*），對人類來說既是預言（prophecy），也是寓言（allegory）。類似的預言和寓言也出現於 1968 年上映的電影《2001 太空漫遊》（*2001: A Space Odyssey*），以及張系國於 1980 年出版的科幻小說《星雲組曲》，前者呈現了超級電腦叛變的場景，後者的〈玩偶之家〉中描寫人類淪為機器人的寵物。

當年這些預言和寓言，在今天看來不再是遙遠的科幻或杞人憂天，而是迫在眉睫的事。以今年（2016 年）來說，2 月中國大陸的猴年春晚（中央電視臺春節聯歡晚會），就有五百四十個白色智能機器人組成方陣為歌手伴舞，動作靈活，整齊劃一，讓人看了又驚，又喜，又憂，又懼。3 月 Google（谷歌）DeepMind 開發的人工智能程式 AlphaGo

打敗了南韓圍棋九段高手李世乭。5月富士康說要改用機械人來生產iPhone，裁員六萬人，培訓他們轉型去做研發、生產控制、品質控制等附加價值更高的工作，然而研發等工作能立即用上六萬人嗎？未能轉型的那些人又該何去何從？至於Amazon（亞馬遜），更是已經使用上千的機器人來做倉儲工作，取代了數萬名的人力。總之，機器人的記憶力與運算力比人強，既耐操又耐煩，使命必達又不鬧情緒、不會罷工……。如此說來，人類的許多工作都將逐漸被取代，後人類的時代悄悄降臨。相形之下，人的處境將愈來愈艱難。

學人的處境

人的處境如此，我們目前置身於中央研究院等學術機構，不妨也稍微談談學人的處境。記得十多年前，在李遠哲院長於院內召開的座談會中，我就提到希望建立一個能讓學人悠遊其中的環境。座談會結束時，一位院士行政主管特地跟我說：「做研究本來就該很辛苦的啊，我們這一行有很多著名學者為了研究甚至連婚都離了。」

我想他誤會了我的意思。我心目中的「悠遊」並不是不用功，而是徜徉在一個自由、開放、悠遊自得的環境中，所看所學與自己的生命打成一片，讓見識與學問從中自然成長；而不是像現在這樣，為了執行計畫或研究績效，在短時間內出版一些輕薄短小的文章，乍看之下出版的數量是增加了，但品質、深度和影響呢？以人文學科為例，我們這個時代學者的數量是增加了，而且學術訓練與水準普遍提升，可是大學問家、大思想家在哪兒？能不能回到做學問的初衷？能不能像陳寅恪那樣即使在戰火中依然「從容閒暇，析疑論學」？或者像錢穆那樣以耐心、恆心來著書、立說？

當今科技挾帶著我們不斷往前衝，強調創新（與技轉），似乎義無

反顧或「利」無反顧。另一方面，文學與藝術提供了我們反省的契機，提醒我們要放慢腳步，反思這一切「所為何來？」

讓我回到文學以及今天演講暨座談會的主角高行健先生。高先生主張「冷的文學」與「沒有主義」，並把「冷的文學」定義為：

> 恢復了本性的文學〔……〕它所以存在僅僅是人類在追求物慾滿足之外的一種純粹的精神活動。這種文學自然並非始於今日，只不過以往主要得抵制政治勢力和社會習俗的壓迫，現今還要對抗這消費社會商品價值觀的浸淫……。[2]

高先生在與方梓勳有關戲劇的對談中提到：「我認為戲劇的功能就在於揭示人生的真實處境，在於除魅，在於揭示人生真相的同時賦予一種審美……。」[3]

在討論禪與戲劇的關係時，高先生明白指出：「我並不是佛教徒，至今也沒有宗教信仰。禪對我來說並非宗教，而是一種獨特的感知和思維方式。」[4]他並進一步表示：「這〔禪〕不僅僅是從人生經驗得來的智慧，也是一種精神狀態，對困惑或妄念的超越，又是立身行事的一種行為和生活方式。禪不可言說，所謂說出的皆不是，得在行為中體現，這不就是生動活潑的戲劇？」[5]而他對於六祖慧能大師的評論，再度體現了文藝復興所強調的人的本質與尊嚴，以及生命的價值與意義：

> 慧能確實開了新風氣，回到人的本真，率性而活，充分肯定個人的尊嚴。這種生活方式對權力當然是巨大的挑戰，也是對社會習俗和倫理的挑戰，但挑戰不是造反，也不搞革命，不破壞，也不故作挑釁的姿態，而以自己的思想與行為切切實實確認生命的價值和做人的尊嚴。[6]

2　高行健，〈文學的理由〉，《論創作》，頁8。
3　高行健、方梓勳，〈全能戲劇〉，《論戲劇》（臺北：聯經，2010），頁29。
4　高行健、方梓勳，〈禪與戲劇〉，《論戲劇》，頁151。
5　高行健、方梓勳，〈禪與戲劇〉，《論戲劇》，頁152。
6　高行健，〈劉再復與高行健巴黎對談〉，《論創作》，頁302-303。

因勢利導，共生共榮

　　如果科技是一條不歸路，至少我們希望能因勢利導，借力使力，並且從先前文藝復興的啟示，或者從剛剛高先生對我們臺灣的期許，回到人的尊嚴與個人的價值，進而把視野擴及整個地球，發展出所謂的 "planetary consciousness"（星球意識），[7] 用心體會其中的 "interdependence"（相互依存），也就是人與人、人與其他物種、人與大自然之間的互相倚賴，息息相關，休戚與共。

　　當我們不斷地往前衝時，偶爾可以停下腳步來想想：到底要衝往何處？如何衝？為何衝？衝到目標之後又如何？值得那麼衝嗎？身為文學人，我認為在眾人恓恓惶惶的今天，我們不妨定下心來，好好讀一首詩，看一篇散文或小說，觀賞一齣戲，聽一場演講，或者參加一場座談會。

　　因此，今天很高興有機緣參加這場座談會，聆聽高先生與其他引言人的高見，並就個人閱讀高先生的作品以及相關評論的一些感想，針對今天的主題發抒個人的看法，共同為此時此地的我們來呼喚文藝復興。

原刊登於《中國文哲研究通訊》第 27 卷第 3 期（2017 年 9 月），頁 112-116（全文頁碼 101-141）。篇首照片擷取自中央研究院中國文哲研究所近現代文學研究室「高行健：呼喚文藝復興」YouTube 視頻，https://www.youtube.com/watch?v=a5KD-Gom97E&list=PLlPkilLR3TiEBs4m_6AzpahHy4XV3XN1N&index=1。

---

[7] 相關宣言參閱 https://www.clubofbudapest.com/our-mission（瀏覽日期：2023 年 4 月 10 日）。

附識

　　本篇為筆者參加第一位華人諾貝爾文學獎得主高行健先生於中央研究院中國文哲研究所舉辦的「呼喚文藝復興」演講暨座談會，擔任五位引言人之一的發言紀錄。這是筆者唯一一次與高先生會面，由於曾讀過他的不少作品與評論、其他學者的研究專書與論文，以及報章雜誌上的報導與訪問，再加上對於禪宗的共同興趣，所以並不覺得陌生。至於筆者翻譯的《無法之法：聖嚴法師默照禪法旨要》（臺北：法鼓文化，2009）與《虛空粉碎：聖嚴法師話頭禪法旨要》（臺北：法鼓文化，2011）二書封面，承蒙高先生無償提供水墨畫用作封面設計，再次印證了文學與藝術因緣之不可思議。

【輯四】
序言與導讀

文研大業，薪火相傳
——蔡振興編《文學薪傳：臺灣的英美文學研究（2001-2022）》

書名：文學薪傳
副標：臺灣的英美文學研究（2001-2022）
主編：蔡振興
出版者：書林出版有限公司
初版日期：2023 年 12 月
叢書系列：西洋文學
頁數：336 頁
ISBN：9786267193525（平裝）

回顧：細說從頭

《文學薪傳：臺灣的英美文學研究（2001-2022）》一書出版，是我國學術建制史上值得矚目的一件事。此書既呈現與傳揚近二十年來臺灣的英美文學研究，也繼承與延續千禧年之初筆者等人所執行的「台灣地區英美文學研究之評量」整合型計畫成果。

1999 年 5 月國家科學委員會（簡稱「國科會」）為了業務執行更具彈性與效率，成立人文學研究中心（簡稱「人文中心」）與社會科學研究中心（簡稱「社科中心」），分別設於臺灣大學與中央研究院（2011 年二者合併為「人文社會科學研究中心」，簡稱「人社中心」，

設於臺灣大學)。人文中心首任主任由臺大哲學系林正弘教授擔任。林主任視野寬宏,積極主動,力圖善用資源,為國內人文學領域打造更優質的環境。他提出的大型研究計畫之一,就是盤點人文學各學門截至當時的學術成果,一方面「鑑往」,俾便了解各學門發展的軌跡、成就與特色,另一方面「策來」,根據過往的學術成果,規劃各學門未來可能的方向,以發揮利基,凸顯特色,立足臺灣,接軌國際。

筆者服務的中央研究院歐美研究所是院內、乃至國內罕見的多學門研究所。林主任為歐美所幾位哲學同仁的老師,也多年擔任本所諮詢委員,來往密切,深受同仁敬重。我很自然就隨著哲學同仁尊稱他「林老師」,更從其幽默風趣、卻不乏深意的言談舉止中,感受到人文學者的風範與智慧。人文中心推動這項大規模的跨學門計畫時,我正擔任中華民國英美文學學會理事長,因此林老師邀請我負責我國的英美文學研究之回顧與評量。由於此計畫切合學會宗旨,我在 2000 年 9 月 24 日第三次理監事聯席會議提出此案,獲得理監事熱烈支持,一致決議通過學會接受人文中心委託,進行這項意義重大的計畫。

其實在那之前國內的英美文學界並非沒有相關計畫,而是出之以「研究書目」的形式,如余玉照教授 1987 年執行的國科會「西洋文學在台灣」專題計畫,部分研究成果發表於 1989 年 9 月中研院美國文化研究所(「歐美研究所」前身)的第二屆美國文學與思想研討會,1991 年出版為〈美國文學在台灣:一項書目研究〉,該計畫收錄資料 12,294 筆(余玉照 1991: 176)。1998 年張靜二教授賡續余教授的研究,先後在國科會及人文中心支持下多方蒐集資料,於 2002 年 12 月完成書目編纂,2004 年出版《西洋文學在臺灣研究書目:1946 年—2000 年》(臺北:行政院國家科學委員會),上下兩大冊,合計 2,728 頁,收錄資料 28,223 筆,至今依然為此領域集大成之作(張靜二 2004)。記得張教授幾度對我說,他是以「做公益」、「做功德」的心態來進行這項費時

耗力的大計畫，作為退休的他獻給外文學界的一份禮物。

相形之下，「台灣地區英美文學研究之評量」則在國科會人文中心的支持下，以團隊方式進行整合型計畫，以期在前人的基礎上躋事增華，後出轉精。為了推動計畫，林主任在人文中心數度邀集不同學門的計畫負責人召開會議，闡述這個大型計畫的目標與方向，建立跨學門的共識。印象最深的是，他特別提到有些文章未必發表在學術期刊，卻具有學術性，而且影響深遠，所舉的實例就是余英時先生 1976 年於《聯合報》連載的〈反智論與中國政治傳統〉相關文章。[1] 我依據此共識，與理監事集思廣益，將計畫名稱定為「台灣地區英美文學研究之評量」，由我與林主任建議的臺大外文系資深教授林耀福老師擔任整合型計畫共同主持人（我在臺大外文研究所碩士班一年級下學期修過林老師開設的「美國文藝復興」）。

此計畫工程浩大，為了慎重其事，壯大聲勢，昭告學界，中華民國英美文學學會先與中研院歐美所、國科會人文中心於 2000 年 12 月 30、31 日共同舉辦中華民國第八屆英美文學研討會，主題為「臺灣的英美文學研究：回顧與展望」。在學會悉心籌劃與人文中心慷慨贊助下，眾多學者積極參與，熱烈討論，成為學會自 1991 年創立以來獨樹一幟的會議。論文宣讀人選經由「研討會籌備暨審稿委員會」以及理監事會議審議通過，都是該領域的代表性學者，與會人士從他們的報告得以綜觀數十年來臺灣的英美文學研究，對數代學者的耕耘有了鳥瞰式的認知。

研討會暖身之後，研究團隊正式開始執行「台灣地區英美文學研究之評量」整合型計畫，按照英美文學的不同時代以及我國的學術特色

---

1 余英時，〈反智論與中國政治傳統──論儒、道、法三家政治思想的分野與匯流〉，《聯合報・聯合副刊》，1976 年 1 月 19 日至 25 日，第 12 版；余英時，〈「君尊臣卑」下的君權與相權──「反智論與中國政治傳統」餘論〉，《聯合報・聯合副刊》，1976 年 4 月 12 日至 16 日，第 12 版。

（如對愛爾蘭文學、英美弱勢族裔文學、新興英文文學的重視），分為九個子計畫，分別邀請學有專精的學者擔任主持人，大多為先前在研討會中宣讀論文的學者，只有極少數因為出國或其他因素而調整。期間我數度邀集各子計畫主持人到歐美所，共同商討內容、格式等細節，以期統一呈現，方便讀者查閱。

各子計畫主持人在助理協助下，蒐集截至 2000 年半世紀以來，臺灣具有學術價值與歷史意義的英美文學研究資料，針對每本 / 篇出版品撰寫提要（annotation），並在此基礎上撰寫導論，綜觀、解讀並評述該領域在臺灣的發展、走向、特徵、成果，並提出必要的建言。在各子計畫主持人通力合作下，整個計畫終底於成，是為我國英美文學學門有史以來首次大規模盤點，並由我撰寫三萬多字的〈總論：台灣的英美文學研究——歷史・文化・政治〉。全部計畫名稱與主持人表列如下：

「台灣地區英美文學研究之評量」整合型計畫

子計畫名稱	主持人
總論：台灣的英美文學研究——歷史・文化・政治	單德興（中央研究院歐美研究所）林耀福（淡江大學英文系）
中古世紀與文藝復興文學的研究	蘇其康（中山大學外文系）
新古典主義文學的研究	宋美璍（淡江大學英文系）
浪漫主義文學的研究	吳雅鳳（臺灣大學外文系）
維多利亞文學的研究	陳超明（政治大學英語系）
二十世紀英國文學研究（英國篇）	楊麗敏（政治大學英語系）
二十世紀愛爾蘭文學研究	林玉珍（中山大學外文系）
二十世紀以前的美國文學研究	李欣穎（臺灣大學外文系）
二十世紀美國文學研究	何文敬（中央研究院歐美研究所）
英美弱勢族裔文學與新英文文學研究	馮品佳（交通大學外文系）

身為此計畫的倡議者，人文中心林主任一路以來在觀念、視野、精神與資源上都給予最大的空間、支持與協助。中華民國英美文學學會在

執行此計畫的過程中,為學界凝聚了更大的向心力,體質更臻健全,財務更為充實,進而為我國的英美文學學界提供更多元化的服務。研究成果原先公開於國科會人文學研究中心協助建置的匯文網(http://hermes.hrc.ntu.edu.tw/),但匯文網結束後,遂不知所終,殊為可惜。[2]

此整合型計畫成果由於篇幅龐大,未能付梓,不過多數成員都能透過各自的管道,以專書或論文的形式於國內外出版:

Lin, Yu-chen (林玉珍). "Joyce on the Eastern Edge: Globalization, Localization and Joyce Studies in Taiwan." *Joyce's Audiences*. Ed. John Nash. Amsterdam: Rodopi, 2002. Pp. 99-109.

Li, Hsin-ying (李欣穎). "Forty Years of American Literary Studies in Taiwan." *The Rising Generation* (Japan) 150.3 (June 2004): 150-155.

So, Francis K. H. (蘇其康). "Medieval European Studies in Taiwan at the Turn of the Century." *Medieval English Studies Newsletter* (Japan) 8 (June 2004): 2-16.

——. "A Fledging Field: Medieval European Studies in Taiwan, 1980-2000." *Sun Yat-sen Journal of Humanities* 20 (Summer 2005): 1-14.

馮品佳。〈世界英文文學的在地化:新興英文文學與美國弱勢族裔文學研究在台灣〉。《英美文學評論》第 9 期(2006 年 3 月):33-58。

Feng, Pin-chia (馮品佳). "A Brave New World?: New Challenges and New Frontiers to English Studies in Taiwan." *Journal of English and American Studies* (South Korea) 6 (Dec. 2007): 5-28.[3]

---

[2] 此實為數位資料庫最為人詬病之處:費時費力費錢建置的資料庫,因計畫結束、系統升級、無人維護等原因,以致無法使用,甚至資料遍尋不著。反倒不如先前至少留存紙本。

[3] 此外,朱炎教授七十壽慶時,李有成和王安琪邀集其門生故舊撰寫論文,作為祝壽紀念。筆者建議何文敬教授以其執行此計畫的研究成果,撰寫有關朱老師的學術成就,即〈探道索藝,「情繫文心」:朱炎教授的美國文學研究〉,收入李有成、王安

楊麗敏。《廿世紀英國文學研究（英國篇）：1950-2000》。臺北：鼎淵，2010。

由此可見，此一整合型計畫絕非僅止於資料蒐集、註解與描述。相反地，這些學者的研究與評析，對內可讓國人了解英美文學學術社群在這塊土地上多年的耕耘成果，對外可讓國際學者認知臺灣英美文學研究的發展與特色，因此具有特殊的意義。

身為臺灣的外文學者與雙語知識分子，主持這項大計畫讓我對英美文學在臺灣的發展與成果有了通盤的認識，深深感受到前輩學者篳路藍縷的艱辛，也看到學術一路發展的軌跡，並對照國際英美文學學界，更體認到臺灣學者在從事英美文學研究時的發言位置，擁有的利基（niche），[4] 以及可能打造出的空間。這些都是獨一無二的寶貴經驗。

接續：念茲在茲

這次切身的經驗，讓筆者對我國的學術建制史有了更深一層的體悟。有鑑於外文學門、尤其是英美文學在臺灣建制化的獨特性，我多年來關注相關議題，於〈總論：台灣的英美文學研究——歷史・文化・政治〉一文結尾，提出這個整合型計畫所具有之書目的（bibliographical）、歷史的（historical）、評析的（evaluative）意義（單德興 2006: 26-27）。在〈建制化：初論英美文學研究在台灣〉一文中，也針對我國的英美文學研究提出以下的扣問：

琪編，《在文學研究與文化研究之間：朱炎教授七秩壽慶論文集》（臺北：書林，2006），頁 349-377。朱炎老師盛讚該文，表示比他更了解自己的研究。

4 「利基」之說來自前輩學者周英雄教授。他在上世紀末擔任國科會外文學門召集人時，撰文討論我國的外文學門生態，強調要建立自己學術的「利基」，「花點精力做些我們比較能勝任的工作」，並指出，「研究愈是具本土特色，往國外投稿，命中率往往愈高」（周英雄 1999: 7-8）。

> 在台灣發展英美文學到底是怎麼一回事？其歷史、文化脈絡如何？有些什麼理論及方法學上的意義？從相對於國際學術主流的邊緣位置出發，我們如何能以有限的資源來有效介入？到底有哪些稱得上是「我們的」立場、觀點、甚至特色與創見？（單德興 2002: 204）

我前前後後發表了幾篇有關臺灣的英美文學及比較文學建制史的中英文文章，[5] 兩篇有關《中外文學》的文章，[6] 並為慶祝歐美研究所成立四十週年，以所長身分邀集同仁編纂所史。[7] 此外，我在公開與私下場合一直強調外文學門建制史在臺灣的學術史、文化史與思想史上的重要性，期盼更多人投入相關領域，多頭並進，從在地、甚至各單位（如系所、期刊）的角度切入，盤點各項成果，撰寫微歷史（microhistory），以期積少成多，拼綴出更周全的圖像，顯示臺灣多

---

[5] 中文文章包括〈冒現的文學／研究：台灣的亞美文學研究——兼論美國原住民文學研究〉，《中外文學》第29卷第11期（2001年4月），頁11-28；〈台灣的華裔美國文學研究：回顧與展望〉，《在文學研究與文化研究之間：朱炎教授七秩壽慶論文集》，李有成、王安琪編（臺北：書林，2006），頁331-348；〈比較文學在臺灣〉，《人文百年・化成天下：中華民國百年人文傳承大展（文集）》，楊儒賓等編（新竹：國立清華大學，2011），頁109-113；〈臺灣的比較文學：一位在地學者的觀察〉，《中外文學》第42卷第2期（2013年6月），頁199-209；〈理論的旅行：建制史的任務與期待〉，《中外文學》第43卷第1期（2014年5月），頁205-212；〈緒論：《他者與亞美文學》及其脈絡化意義〉，《他者與亞美文學》，單德興編（臺北：中央研究院歐美研究所，2015），頁vii-xxxv；〈導論：華美的饗宴——臺灣的華美文學研究〉，《華美的饗宴：臺灣的華美文學研究》，單德興編（臺北：書林，2018），頁1-40。英文文章包括 "Positioning Chinese American Literature—A Perspective from Taiwan," *Aspects of Diaspora: Studies on North American Chinese Writers*, ed. Lucie Bernier (Bern: Peter Lang Verlag, 2000), pp. 101-118; "American Literary Studies in Taiwan," *Journal of American Studies* (Korea) 36.1 (Spring 2004): 240-254; "Branching Out: Chinese American Literary Studies in Taiwan," *Chinese America: History and Perspectives 2007: Special 20th Anniversary Issue & Branching Out the Banyan Tree Conference Proceedings*（《榕華風貌：美國華人發展研討會論文集》）(San Francisco: Chinese Historical Society of America, 2007), pp. 199-206。

[6] 單德興，〈《中外》之中／外〉，《中外文學》第28卷第8期（2000年1月），頁7-12；〈面對「不惑」，鑑往圖來：2012之交的《中外文學》〉，《中外文學》第41卷第2期（2012年6月），頁185-195。

[7] 魏良才主筆，單德興等人編纂，《孜孜走過四十年：歐美研究所的歷史與展望1972-2012》（臺北：中央研究院歐美研究所，2012）。

年來如何引進外國文學（尤其是英美文學），展現何種成果，進行反思並策劃未來。[8]

雖然我一直念茲在茲於英美文學在臺灣的建制史，然而整體說來效果相當有限，主要原因在於一般印象中這種工作屬於資料性，缺乏創意，與眾人關切的議題或時興的理論相去甚遠，難有學術績效可言。然而也出現少許顯著的成果，其中之一就是為了慶祝民國百年，國科會人文處推動的「百年人文傳承大展（文集與圖錄）」展覽計畫。此大展由當時擔任中文學門召集人的國立清華大學楊儒賓教授倡議，根據其三階段發展史觀，[9] 由八個人文學門共同參與，外文學門則在學門召集人張小虹教授的規劃下，除了英美文學之外，並結合日本文學、法文文學、德文文學、西班牙文文學，針對各自在臺灣的建制史進行盤點與呈現。這項空前的人文學門大展除了策劃展覽，並出版《人文百年・化成天下：中華民國百年人文傳承大展》兩冊（新竹：國立清華大學，2011），分別以文集與圖錄呈現我國人文學科百年來的發展與傳承。

參與此計畫的青壯輩學者王智明在該書收錄的〈溝通中外、重建文明〉一文中叩問：

> 外文學門究竟從何而來？不同的學科範疇與專業要求又是如何進入並形成了外文學門的建制與想像？百年前的外文學門就是今天的樣貌嗎？百年來有什麼改變與創新呢？……百年後回首前塵，我們應該如何理解外文研究在華文思想史上的知識狀態與文化位置，並在全球化與本土化的張力中展望將來？（王智明 2011: 97）

---

[8] 如 2011 年 5 月 21 日於國立暨南國際大學舉行的「百年思索：揮別、延續、創新──第三十四屆全國比較文學會議」的主題演講「管窺百年，思索外文」，以及 2015 年 6 月於《中華民國比較文學學會電子報》第 13 期發表的〈陶然忘機共築夢：回首與期盼〉。

[9] 楊儒賓在〈東亞視座下的臺灣人文科學〉一文指出，「我們這檔展覽有個明確的歷史圖像，此即中日雙源頭──雙源匯流──在地轉化的三階段發展」，並以具有重大歷史與文化意義的「1911、1949 與 1987 三條年線當作功能性的區隔」（楊儒賓 2011: 25-26）。

因為對建制史議題深感興趣，王智明後來申請科技部「人文行遠專書寫作計畫」，該計畫目標在於「鼓勵具有前瞻性的傑出學者進行有系統、可長遠發展且深刻反映時代意義的人文及社會科學專書寫作」。王智明的計畫成果便是 2021 年出版的《落地轉譯：臺灣外文研究的百年軌跡》（新北：聯經）。書名副標題中雖為「外文研究」，實則聚焦於英美文學與文化研究，並納入冷戰視角，於楊儒賓的「雙源匯流」再加上美國源流，成為「三源匯流」（王智明 2021: 40-41），並拈出「落地轉譯」一詞：

> 本書以「落地轉譯」為題，就是想要強調，外文研究作為文化邊境上的知識實踐，既要與西方接軌，更要經過翻譯、研究與批評，消化西方的知識，使之落地，進入在地的文化脈絡。〔……〕因此，作為一種理論行旅的在地版本，外文研究本身即是一個重新表述（re-articulation）的過程，它既是西方思想的行旅，也是本土文化的再造。因為時空變化，在被迫「番易」與主動「翻譯」之間產生的矛盾與掙扎，便構成了外文研究發展的歷史軌跡；這亦是其定位與價值之所依。（王智明 2021: 15）

此書由於探討深入，立論精闢，獲得中央研究院人文及社會科學學術性專書獎（2022），並成為王智明獲得國科會傑出研究獎（2022-2023）的最重要代表作，堪稱臺灣的外文／英美文學建制史研究的里程碑。

簡言之，從 1987 年余玉照與 1998 年張靜二由國科會（後者包括人文中心）支持的臺灣西洋文學研究書目的個人型計畫，經 2000 年筆者由國科會人文中心委託進行的「台灣地區英美文學研究之評量」整合型計畫，2010 年國科會「百年人文傳承大展」跨人文學門整合型計畫中的「外文學門百年變遷」計畫，到 2021 年王智明的國科會「人文行遠專書寫作計畫」成果《落地轉譯》，前後約三十五年，大抵勾勒出我國外文學門相關研究的簡要路徑圖。

本書：二十年成果

在以上勾勒的簡史中，「台灣地區英美文學研究之評量」整合型計畫記錄了自 1950 年代至 2000 年，臺灣的英美文學研究之軌跡與成績，為臺灣在上個世紀／千禧年的學術成果，距今轉眼已逾二十載。在這段期間，由於學門的發展、學界的要求，以及國際化的努力，臺灣的英美文學學界比以往更快速開展，除了傳統的作家與文本研究之外，開拓新興研究領域，吸收新的文學與文化理論，加強與國際學界接軌，使得學術風貌更為豐富多元，繁花異果美不勝收，值得重新查核與省視。

因此，在國科會人社中心支持下，中華民國英美文學學會再度責無旁貸地擔負起這項任務。由蔡振興理事長擔任規劃案主持人，邀集其他八位學者組成團隊，在兩位諮詢委員（李有成教授與馮品佳教授）指導與三位研究生（林運增、侯婷云、方冠琳）協助下執行，全部計畫成果與主持人表列如下：

「臺灣的英美文學研究（2001-2022）」規劃案

計畫成果	主持人
臺灣的英美文學研究（2001-2022）	蔡振興（淡江大學英文系教授）
臺灣的英國中古世紀文學研究回顧（2001-2022）	劉雅詩（臺灣大學外文系副教授）
臺灣的英國文藝復興與十七世紀研究回顧（2001-2022）	王儀君（高雄醫學大學暨中山大學外文系退休教授）
星圖指南：十八世紀英美文學在臺灣的發展（2001-2022）	黃柏源（嘉義大學外國語言學系助理教授）
十九世紀英國文學研究在臺灣（2001-2022）：回顧與展望	陳重仁（臺灣大學外文系教授）
臺灣的二十及二十一世紀英國文學研究	廖培真（成功大學外文系教授）

專精、多元、全球化：臺灣的愛爾蘭文學研究（2001-2022）	林玉珍（中山大學外文系教授）
臺灣的二十世紀以來之美國文學研究回顧（2001-2022）	李欣穎（臺灣大學外文系教授）
複音・離散・跨界：英美弱勢族裔與新英文文學研究	李翠玉（高雄師範大學英語系教授）

　　有鑑於學術發皇，科技進步，世代更迭，內外在條件同異互見，《文學薪傳》與先前計畫成果有所異同也就不足為奇。林玉珍教授與李欣穎教授參與前後兩個計畫，更能感受到同一研究領域在視野、主題、方法、理論、趨勢上的發展與異同，如林玉珍教授便言簡意賅地以「更精進、更多元、更國際化」（2023: 221）來總括其觀察，類似的評斷也屢屢出現於其他子計畫主持人筆下。與千禧年的整合型計畫相較，本書既是延續，也有創新。首先就架構而言，《文學薪傳》基本上沿襲千禧年的計畫，但因時程相對緊迫，經費與人力有限，規模稍有縮減，除了主編的〈導言〉之外，其他依年代順序分為八章，未能涵蓋二十世紀以前的美國文學研究，實為美中不足，期盼將來有機會補齊。

　　其次，兩個計畫在形式上的最大差異，與我國學術的發展息息相關。千禧年的計畫涵蓋範圍長達半世紀，當時我國的學術著作規範尚處於形塑階段，相關書目格式與資料未臻完備。因此，各子計畫主持人在助理協助下，地毯式蒐集資料，斟酌篩選符合學術標準或具影響力的文章與專書，分類整理，逐一編號列出書目資料並撰寫提要，花費許多時間與心力。相對地，隨著學術規範逐漸確立，期刊與專書具有明確的格式，國科會主導的「臺灣人文及社會科學期刊評比暨核心期刊收錄實施方案」要求瑣細，以及若干期刊為了申請納入國際學術期刊論文資料庫，論文摘要與關鍵詞已成必備。因此，本次計畫的主持人不必耗費心力於建立書目資料、撰寫提要，節省許多時間（畢竟難得有人比作者更

熟悉論文主旨)。但也因為如此,計畫主持人針對單一的論文或專書予以專業評斷的空間隨之限縮。

　　第三,與前一項密切相關的就是,在書目尚未自動化的前資料庫時代,研究者全面搜尋資料固然費時費力,但過程中可能看到未必密切相關、卻有趣的資料,無形中擴大了視野,能以更脈絡化的方式來省視。反之,在數位化的資料庫時代,只要手指輕敲幾下鍵盤,所需資料瞬間呈現,真是不可同日而語。這種不同經驗或可類比為昔日撰寫英美文學論文必須逐年翻查紙本的 *MLA International Bibliography* 相對於今日使用 MLA International Bibliography 資料庫,或親臨實體書店相對於網路書店檢索瀏覽介面。然而若搜尋時關鍵詞不夠精確,便無法得知自己到底漏失多少筆可能相關的資料,也難收觸類旁通之效。

　　再者,各資料庫雖力求完備,仍不免遺珠之憾,尤其是期刊或學位論文索引不含專書、論文集、紀念文集、經典譯注(而且國內資料庫未涵蓋我國學者在國外出版的論文或專書),但人文專著的涵蓋面、長遠性與影響力絕非期刊論文可相比擬,若全然倚賴期刊或學位論文資料庫,會有「抓小放大」之弊,甚至錯失出版社發行的系列學術叢書。職是之故,在享受資料庫便利的同時,必須維持相當程度的警覺,切莫疏漏其他方面的資料。[10]

　　第四,《文學薪傳》計畫執行者都是該領域的佼佼者,願意在百忙中撥冗承擔這件耗時費力、而且可能吃力不討好的苦差事,提供專業的

10　本計畫則透過三階段的資料蒐集,即檢索華藝線上圖書館資料庫、徵求英美文學學會現任會員提供資料、查詢國內大學學報與博碩士論文,以期避免遺珠之憾(蔡振興 2023: 3)。然而就全書看來,還有一些資料待補。王智明表示,「就資料數位外的議題而言,研究者的挑戰不只是無意識地受限於資料庫的算式,更是如何思考大數據的問題,亦即如何思辨學科邊界的問題,以及學科發展中的失落與新興的問題……換言之,學科史研究的目的不只是『從頭到尾』的敘史,也是對學科發展預流、主流和末流的判斷、評價與思考。當然,我們不該也無須在這本階段性的成果中求全,但我們確實應該思考『不全』的歷史成因與意義」(王智明 2023 年 11 月 11 日致筆者訊息)。

省思與判斷，其學術專業與服務熱忱值得讚揚。其中，統籌全局、居間協調的蔡振興主編更是勞苦功高。擔任諮詢委員的兩位資深學者李有成教授與馮品佳教授熱心提供意見，本人也樂於分享千禧年計畫的資料與經驗，一如當年余玉照教授與張靜二教授的熱心協助。千禧年計畫由於資料繁多、篇幅龐大，只得以上網方式分享，未能發行紙本。二十多年後的本計畫，因為期刊與學位論文的書目資料與摘要均已齊備，所以只要在章末附錄依年份排列的書目資料即可，無須再撰寫提要，省卻許多的時間與篇幅，並由曾多方協助國內英美文學研究與出版的書林出版公司印行，嘉惠華文世界。讀者一卷在手，即可一覽臺灣近二十年來的英美文學研究概況與演變，分享學門專家的評核與分析，方便無比。

因此，《文學薪傳》係比照千禧年計畫的目標與方式，根據二十多年來的學術發展、科技進步與物質條件，在主編、兩位諮詢委員、八位子計畫主持人以及三位研究生通力合作下，所完成的具體成果，呈現了我國的英美文學研究最新的地形圖。

危／機：挑戰與機會

英美文學與相關研究漂洋過海來到臺灣，落地生根，與在地的文化、文學及學術環境相互作用，在學界逐漸建制化，發展出系所、期刊與學會。臺灣的英美文學學者由於語文與學科之便，在引進歐美思潮方面一向開風氣之先，扮演著引介與轉譯的重要角色，並以自由開放多元繁富的學風著稱，經過五、六個學術世代的經營，[11] 形成今日風貌，自有其可觀、可評之處。

---

11 學術世代有如抽刀斷水，難以截然劃分，此處係以臺大外文系為例，自 1945 年之後第一代的蘇維熊、錢歌川、英千里、黎烈文、夏濟安等人起大致估算。掀起臺灣英美文學界改革風潮的朱立民與顏元叔（有「朱顏改」之稱）則略晚。

在千禧年計畫的總論中,筆者提到該計畫「書目的」、「歷史的」、「評析的」意義,前兩者屬於描述性,後者則帶有評價與分析的性質。其實個人當時懷有更宏大的遠景,也就是期望處於中美兩大文化霸權之「既邊緣又交集」的處境中的臺灣學者,能立足於這個獨特的發言位置,善用雙語文與雙文化的利基,開展出具有特色的研究成果與文化傳承。就國內近年的學術表現,尤其就個人從事華美／亞美文學與文化研究以及翻譯的經驗,這與跨國的(transnational)及翻譯的(translational)面向關係密切,也與王智明強調的亞洲視角(Asian perspective)及跨太平洋扣連(transpacific articulation)相近,並且接軌美國有識之士所提倡的跨國轉向(transnational turn)與亞洲轉向(Asian turn),共同介入相關研究,形成對話關係。

先前提到的三個層次中,「評析」已經帶有後設批評的(meta-critical)性質,若能進一步剖析臺灣的英美文學研究特色,探索可能具有之方法論的(methodological)意義,如「亞洲作為方法」、「臺灣作為方法」的可能性,甚至從英美文學與臺灣在地文化互動後所產生的現象中,淬煉、提取出理論性的(theoretical)觀念,並嘗試將其應用於其他領域,這樣的結果將具有對位的(contrapuntal,挪用薩依德〔Edward W. Said〕借自音樂的術語)以及全球在地的(glocal)性質。根據這種對位與全球在地的思維方式,臺灣的學界不是僅僅被動接納外來文學,或成為外來理論的試驗場、甚或思想上的殖民地,而是具有自身的主體性與主動性,從特定的處境與位置,以具體的學術成果及不卑不亢的態度,與外來文學、理論、思想相互燭照,彼此輝映,分庭抗禮。換言之,臺灣的學者在面對外來的文學、理論與學說時,能知己知彼地批判性揀擇,創造性轉化,在全球與在地的對話與辯證中,一方面掌握一己特定的主體性與主動性,另一方面以開放的態度與外界對話、

協商，截長補短，相互增益，進而展現全球在地化的特色。[12]

　　進言之，主體性與歷史意識實為一體兩面，身為雙語學者與知識分子的臺灣英美文學學者，如何致力於探索外界新知，慎思明辨，轉譯成果，與在地的歷史脈絡及文化背景進行有機結合，並以獨具特色的研究成果與全球學界交流，互利互惠，在國際學術社群佔有一席之地。而非唯歐美馬首是瞻，照單全收，鸚鵡學舌，甚至邯鄲學步，陷入主/奴般的殖民困境，忘卻自身歷史與文化，喪失主體性，捨棄主動性，犧牲在地特徵，面目模糊不清，在國際社群中淪為可有可無的角色。因此，回顧與反思自己學門的發展與特色，正是建立學術主體性與歷史意識的重要方法。

　　如今人文學科在全世界都面臨著衰退的危機，臺灣的外語學群因考招變革、多元入學導致在優先志願序大幅滑落，研究所遭遇生源稀少的窘境，整體外文學界受到空前的挑戰，此際回顧近二十年來臺灣的英美文學研究有其特殊意義。筆者在 2020 年 12 月 25 日國立交通大學舉行的「亞裔美國文學學術研討會：二十一世紀的亞裔美國研究」主題演講「擺渡與鏈結：臺灣的亞美文學研究之回顧與展望」中，期盼我國學者除了在專長領域不斷精進，發揮創意，也主張建立更寬闊的視野，立足於臺灣，鏈結於東西，擺渡於三世（過去—現在—未來），並且提出六項目標：挖掘隱藏的歷史，反思學科的處境，凸顯學術的特色，開發新興的議題，重視現世的連結，發揮人文的精神。

　　《文學薪傳》一書的出版，再度提醒讀者檢視臺灣在英美文學研究這個領域所走過的歷史，提供對當前學科處境的脈絡化認知，揀選值得

12　筆者此處所強調的「臺灣的」英美文學研究，有別於「英美文學研究在臺灣」，後者有如英美文學由起源地向四處擴展拓殖，前者則強調在臺灣落地生根之後的轉化與在地特色。或者如王智明所說，「如何在〔……〕跨國流佈中，講出一個台灣的故事。這也是在地學科史的全球在地化」（王智明 2023 年 11 月 11 日致筆者訊息）。

發揚的學術特色,努力與時俱進,開拓當前學界與世界關切的議題,讓在地的英美文學研究除了本身的學術意義之外,能進一步建立起與現世的相關性,發揮關切、介入與淑世的功能。

蔡振興主編在〈導言〉結語提到本書與臺灣的英美文學研究之前世、今生、未來的關係,並表示,「為了回顧過去,了解現在,策劃未來,《文學薪傳:臺灣的英美文學研究(2001-2022)》嘗試為文學研究立下一個重要里程碑,其成果亦可擘劃下一個新時代的來臨」(2023: 25)。以建制史的眼光來看,本書是我國英美文學研究接力賽中重要的一棒,針對學門進行最新的階段性盤點,既接續著前輩學者傳遞下來的傳統,也承擔著燭照現狀、啟迪後來者的責任,在歷史長河中扮演承先啟後、薪火相傳的角色。主編、諮詢委員與作者奮力投入這項歷史性的任務,以白紙黑字記錄下學術軌跡與遞嬗,分析其中具有的意義,加以再現與傳揚,不僅為這代學者留下明確的研究風貌,並奠定想像與策劃未來的基礎。

引用書目

王智明。〈溝通中外、重建文明〉。《人文百年・化成天下:中華民國百年人文傳承大展(文集)》。楊儒賓等編。新竹:國立清華大學,2011。頁97-108。
——。《落地轉譯:臺灣外文研究的百年軌跡》。新北:聯經,2021。
——。致作者訊息。2023 年 11 月 11 日。
余玉照。〈美國文學在台灣:一項書目研究〉。《第二屆美國文學與思想研討會論文集》。方萬全、李有成編。臺北:中央研究院美國文化研究所,1991。頁 173-207。
周英雄。〈漫談外文學門的生態〉。《人文與社會科學簡訊》第 2 卷第 3 期(1999 年 11 月):7-8。

林玉珍。〈專精、多元、全球化：臺灣愛爾蘭文學研究（2001-2022）〉。《文學薪傳：臺灣的英美文學研究（2001-2022）》。蔡振興編。臺北：書林，2023。頁 221-254。

張靜二編。《西洋文學在臺灣研究書目：1946 年－2000 年》。上下冊。臺北：行政院國家科學委員會，2004。

單德興。〈建制化：初論英美文學研究在台灣〉。《方法：文學的路》。張漢良編。臺北：國立臺灣大學出版中心，2002。頁 203-231。

——。〈總論：台灣的英美文學研究——歷史·文化·政治〉。國科會人文學研究中心「台灣地區英美文學研究之評量」整合型計畫成果報告，2006 年 3 月，30 頁，未出版。

——。〈理論的旅行：建制史的任務與期待〉。《中外文學》第 43 卷第 1 期（2014 年 5 月）：205-212。

——。〈陶然忘機共築夢：回首與期盼〉。《中華民國比較文學學會電子報》第 13 期（2015 年 6 月）：30-38。

——。主題演講「管窺百年，思索外文」。百年思索：揮別、延續、創新——第三十四屆全國比較文學會議。中華民國比較文學學會、國立暨南國際大學外國語文學系共同主辦。南投：國立暨南國際大學，2011 年 5 月 21 日。

——。主題演講「擺渡與鏈結：臺灣的亞美文學研究之回顧與展望」。亞裔美國文學學術研討會：二十一世紀的亞裔美國研究。國立交通大學亞裔美國研究中心、醫療人文跨領域研究中心共同主辦。新竹：國立交通大學，2020 年 12 月 25 日。

楊儒賓。〈東亞視座下的臺灣人文科學〉。《人文與社會科學簡訊》第 13 卷第 1 期（2011 年 12 月）：25-32。

——等編。《人文百年·化成天下：中華民國百年人文傳承大展（文集／圖錄）》。新竹：國立清華大學，2011。

蔡振興。〈導言：臺灣英美文學研究（2001-2022）〉。《文學薪傳：臺灣的英美文學研究（2001-2022）》。蔡振興編。臺北：書林，2023。頁 1-25。

——編。《文學薪傳：臺灣的英美文學研究（2001-2022）》。臺北：書林，2023。

本文原名〈文研大業，薪火相傳——臺灣的英美文學研究之再現與傳揚〉，收錄於蔡振興編，《文學薪傳：臺灣的英美文學研究（2001-2022）》（臺北：書林，2023年12月），頁 i-xviii。本文撰寫承蒙蘇其康教授與林玉珍教授提供資料，初稿承蒙本書主編蔡振興教授、計畫諮詢委員李有成教授與馮品佳教授，以及張錦忠教授與王智明教授過目，謹此致謝。收入本書時略有增訂。

外文學門的故事與重生
——一位資深參與者及觀察者的回顧與反思

刊名：人文與社會科學簡訊（第 25 卷第 2 期）
發行人：蘇碩斌
執行編輯：汪怡君
出版者：國科會人文及社會科學研究發展處
出版日期：2024 年 3 月
頁數：184 頁
刊別：季刊

憶往與書懷

先從一則個人的小故事說起。

1972 年，我是大學聯考乙組（文組）考生，當時的作業程序是先填志願、後考試、再分發。我是家族中第一個大學聯考考生，非常慎重其事。母親把公私立大學乙組科系名稱各寫在一張小紙條上，數量上百。母子二人就在南投中寮國小日式宿舍榻榻米上，參考前一年的分數，排列志願順序，多次反覆挪移。雖然天氣燠熱，卻不敢開電扇，唯恐吹亂紙條。

我高中時英文成績較好，而且嚮往父母親的教書生涯，因此第一志

願填寫的是公費的國立臺灣師範大學英語系，接著便從國立大學的英文系（或以英文為主的外文系、西洋語文學系）填起，直到私立大學的英文系都填完了，再回過頭來填寫國立大學其他學系。這一方面顯示我們不清楚如何選填志願，渾然不知填在私立大學之後的國立大學科系均屬無效，另一方面也透露出從事基礎教育的父母，依循教育理念，尊重子女的興趣與抉擇，並在關鍵時刻給予必要的關懷與協助。聯考放榜，就讀省立南投高中的我，以第三志願考上國立政治大學西洋語文學系，從此開啟我的外文生涯。

我就讀政大時，適逢余光中老師擔任西語系系主任，他除了熱心提倡校內多項英文與文藝活動，並順應風潮，銳意革新。當時盛行新批評（New Criticism），著重文學的內緣研究與文本的獨立自主（autonomy），強調細讀（close reading），分析作品裡的張力（tension）、反諷（irony）、弔詭（paradox）、象徵（symbol）等。時任臺大外文系主任的顏元叔老師為新批評的主要倡導者，在文學院院長朱立民老師支持下，大力改革臺灣的英美文學教育，如開設「文學作品讀法」教導學生如何閱讀文學；英美文學史的教科書由文學史綱改為文學選集；為了提升學生的中國文學素養，奠定比較文學的基礎，將中國文學史列為必修⋯⋯一時之間風吹草偃，許多今天視為當然的事，在當時實為大膽創舉，在教學與研究都發揮了重大影響，英文系／外文系為之耳目一新，以致有「朱顏改」之說。[1]

由於各校英語教學基本上由外文系負責，不少學校都有自編的英文讀本，於是這股外文教育的改革之風，便藉由新編讀本而擴及整個

---

[1] 外文系這種博覽文學、細讀文本的訓練結果之一就是學者增加，作家減少，一反先前余光中或白先勇時的情形——當時外文系出身的作家多於中文系。彭鏡禧便指出，這種嚴格訓練「造就出許多當今臺灣英美文學界的菁英。（相對的，臺大外文系出身的作家比例銳減；也有不少同學因為壓力過大而放棄原先對文學的熱情）」。彭鏡禧，〈開風氣之先：懷念恩師顏元叔教授〉，《拾零：敝帚自珍集》（臺北：書林，2024），頁282。

校園。以往讀本主要目標是語言學習，此時則希望具有通識教育或博雅教育的作用。臺大外文系成立六人編輯委員會，朱、顏兩位老師都是成員，負責選文與註釋，於 1970 年出版 *20th Century English Reader*（《二十世紀英文讀本》），將數十篇選文分為文學、人文、社會科學、自然科學四類，以符合臺大身為綜合大學的需求。編者在 "OUR EDITORIAL POLICY"（〈我們的編輯政策〉）開宗明義指出幾項特定目標，首要的就是「大一英文課程是博雅教育的課程」。[2] 文末強調，「這是教授大一英文的新實驗，至少在國立臺灣大學的歷史上如此。我們希望這本教科書能為初入大學的學生提供扎實的知識食糧，以便他們能有一個良好的開始，成為真正的現代知識分子，並且在語言方面能成為熟練的英文讀者……」[3]

臺大、政大、中興三校之英文讀本。

---

[2] 原文為 "the Freshman English course is a course for liberal education," *20th Century English Reader*, 7th edition（Taipei: The Department of Foreign Languages and Literature, National Taiwan University, 1979），未註頁碼，筆者中譯。

[3] 原文為 "This is a new experiment in teaching Freshman English, at least in the history of National Taiwan University. We hope this textbook will provide solid intellectual food for the beginning university students so that they may have a good start in becoming truly modern intellectuals and that in the matter of language they may become competent readers in English . . ." *20th Century English Reader*，未註頁碼，筆者中譯。

這股重編大學／大一英文讀本的風潮發揮了重大影響，政大西語系余光中、中興外文系齊邦媛、成大外文系馬忠良等系主任，各自針對該校需求新編英文讀本。余老師在接受筆者訪談時指出：「我是受他（顏元叔）的影響。早年的大一英文課本編得不好，把它當作一種純語言的課本，不太強調人文深度，其實大一英文、大一國文應該是變相的 liberal education〔博雅教育〕的教材才對。」[4] 余老師不僅為 *University English Reader* 撰寫〈前言〉（"Foreword"），並另撰〈從畢卡索到愛因斯坦——寫在《大學英文讀本》出版前夕〉發表於《中央日報》，說明讀本的緣起、特色與意義。[5] 他明白宣示自己的理念：

> 我一直認為，大學的英文讀本，應該一箭雙雕，不僅旨在提高學生的英文程度，更應在課文的編選和闡揚上，擴大他們的見識，恢弘他們的胸襟，鍛鍊他們的美感，並且鼓舞青年特有的旺盛的好奇心。新編《大學英文讀本》，對於課文的要求，除了內容的深度和時代性之外，強調的正是這種興趣的多般性。三十三篇課文，以內容而言，有詩，有散文，有文學和藝術的論述，也有教育、哲學、歷史、生理、太空、宗教與科學等等的文章。至於作者的陣容，從蕭伯納到佛洛斯特，從濟慈到希區考克，從愛因斯坦到畢卡索，更是多采多姿，並不限於英美的大師。（127-128）

齊邦媛老師在《巨流河》中回憶在中興大學新編英文讀本的往事：「我主編的大一英文新課本取代了幼獅公司出版的大一課本，也引起另一批真正『老』教授的指責。但是我剛剛讀書歸來，對英美文學的基本教材曾認真研究過，也搜集了相當多的資料，確知學生不能再用陳舊的標準選文，須加上二次大戰後的文化各領域新文章，幸好獲得多數支持

---

[4] 單德興，〈回顧臺灣英美文學界——余光中教授訪談錄〉，《英美文學評論》第32期（2018），頁123-148，引自頁140。

[5] 余光中，〈從畢卡索到愛因斯坦——寫在《大學英文讀本》出版前夕〉，《中央日報·中央副刊》，1973年9月25日，第9版；易名為〈從畢卡索到愛因斯坦——《大學英文讀本》編後〉，收入《聽聽那冷雨》，重排初版5印（臺北：九歌，2012），頁127-129。

（包括學生）。」[6]

馬忠良教授接受筆者訪談時提到，為因應成大學生不願使用行之有年的英文讀本，外文系組成七、八人的編輯委員會，成員包括兩位美籍教師，各自遴選文章，經委員票選決定後，進行《大學英文讀本》（*College English Reader*）的編註作業，在開學前出版，由於是新的選文，獲得學生接納。[7]

去年（2023 年）北京商務印書館將余老師主編的 *University English Reader* 以英漢雙語新版《余光中的英文課》重行問世，適值原書出版半世紀。筆者在書序〈一代中文大師的英文博雅讀本〉中指出：「本書可謂余光中有關大學英文讀本理念的『嘗試集』，在其他〔三位〕編者協力下，廣搜博納，悉心編排，仔細批注〔註解〕，以響應〔回應〕教學的需求、時代的演變、學風的轉化、教育的目標，遂成為余光中所有中英文出版品中獨樹一幟之作。」[8]

筆者在分析全書架構之後寫道：「全書始於經典的定義與功能，接著重視文字與修辭的作用，經由廣泛的藝術引入詩論，繼而賞析英美詩作與短篇小說，再進入面貌繁複、具有文學性與啟發性的散文，銜之以英文重新閱讀、詮釋的中華文學與文化經典，總結於中西文明的比較與批判。細讀各篇固然開卷有益，總體觀之更見結構有機，井然有序，前後呼應，體現余光中如何透過語文學習達到博雅教育的理念。」[9] 此書於五十年後以英漢雙語新版在海峽彼岸再度發行，不只為了懷舊或紀念余光中，更重要的是再現寬闊的人文視野，以昔日博雅教育的典範，激發當代的想像與創新精神。

---

[6] 齊邦媛，《巨流河》（臺北：遠見天下文化，2009），頁 387-388。
[7] 單德興，〈馬忠良教授訪談錄〉，臺北市武昌街明星咖啡館，2022 年 11 月 21 日，未出版。
[8] 單德興，〈一代中文大師的英文博雅讀本〉，《余光中的英文課》，余光中編著（北京：商務印書館，2023），頁 iii；全文參閱本書頁 19-34。
[9] 單德興，〈一代中文大師的英文博雅讀本〉，頁 viii。

半世紀前,臺灣經濟條件落後,文化視野狹隘,外語資源稀缺,外文系／英文系成為眾多莘莘學子優先選擇的志願,掌握外語能力有如打開面向世界的一扇窗,方便取得國際資源,不僅開拓視野,增長見聞,而且未來發展空間廣闊,不論就業、深造或改行,都有方便之處。因此在文學院中,外文系往往成為大多數人的首選,我的志願選擇就是一例。

現況與反思

　　曾幾何時,由於人文學科衰退,語文學習環境變遷,英文能力普遍提升,加上考招變革、多元入學,以及少子化衝擊,外文系的吸引力不再,大學分發入學的志願序與報到率逐漸下滑,在各招生學群中的缺額比率最高,外文研究所碩、博士班報考人數屢創新低,甚至無人問津。此外,在 AI 盛行的時代,機器翻譯品質突飛猛進,是否要投資那麼多時間與精力於外文學習,又是一大問題。臺灣大學人文社會高等研究院即將主辦的「外國語文學系的危機與轉機」高峰論壇,便邀集外文系資深教授與行政主管集思廣益,謀求對策。[10]

　　其實類似的問題以往便已出現,因應的方式有些來自學門本身的反思與革新,如前文提到的課程改革與讀本更新,有些則是回應學門外的質疑。楊牧於 1975 年發表的〈外文系是幹甚麼的?〉與〈人文教育即大學教育〉,便是探討外文系、文學院、人文教育與大學教育的定位。[11] 晚近王智明《落地轉譯:臺灣外文研究的百年軌跡》的〈結

---

[10] 國立臺灣大學人文社會高等研究院【高峰論壇系列十一】外國語文學系的危機與轉機,2024 年 3 月 15 日於臺灣大學文學院演講廳(線上同步)舉行,相關資訊參閱 https://www.ihs.ntu.edu.tw/web/events/events_in_01.jsp?lang=tw&np_id=NP1708505349446。

[11] 兩文撰於 1976 年 5 月,可視為姐妹作,收入楊牧,《柏克萊精神》(臺北:洪範,1977),頁 157-160 與頁 161-167。

語 讀外文系的人〉中提到的諸多問題,包括「外文研究如何與臺灣社會互動,發揮影響?〔……〕作為外文系的學徒,我們身上究竟銘刻了什麼樣的歷史,得要承擔什麼樣的責任和業力?」,[12] 外文人都不容迴避。

質言之,今天外文學門至少面臨三重危機:本科系的危機、人文學科的危機,以及 AI 對人類的普遍挑戰。茲事體大,絕非區區一篇短文或一場論壇所能處理,而必須念茲在茲,隨著主客觀條件的演變而思索、因應。此處謹提供個人的初步想法,以期拋磚引玉。

首先,**認清現況與學科目標**。外文是接觸異文化的窗口,外文系是所有科系中既以「外」又以「文」為目標的科系,因此有心要擴大視野,開拓胸襟,在專家學者指導下了解異國的語言、文學與文化,相較於其他科系,外文系理當更能同時兼顧這些效益。外文教育絕不僅止於學習外國語文的一般能力與實際應用,否則很可能是浪費時間與心力,培養出會被 AI 取代的人(其實 AI 對全人類的威脅是普遍而立即的,但目前的一般思維似乎特別針對人文學科)。

去年新聞報導,「觀光署在松山機場以及野柳遊客中心設置 AI 智慧櫃檯,可以即時翻譯,輕鬆接待外國遊客,讓溝通無礙」,便是正在發生的事。[13] 而語言與文學、文化息息相關。外文系老師當初的養成教育就是由文字、文本進入文學與文化,正可善用自身的專長與經驗傳授給學生。既然目前 AI 已能進行一般的外語教學與翻譯,不願被 AI 取代就必須認知外文的教與學不再局限於語言,而是藉由語言進入文學與文化的層次,並維持永遠領先 AI 一步,使 AI 成為輔助、協作的工具,而不是主宰。

---

12 王智明,《落地轉譯:臺灣外文研究的百年軌跡》(新北:聯經,2022),頁 449。
13 歐芸榕、彭耀祖,〈松機與野柳設 AI 翻譯櫃檯 提供中英日韓即時翻譯〉,《公視新聞網》,2023 年 12 月 5 日,https://news.pts.org.tw/article/670016。

其次,**體認學科特色與定位**。外文系的看家本領就是文本閱讀,也就是咬外文、嚼異字,推到極致的當屬王文興老師的「王式教學法」。[14] 這種幾乎是手把手式的細讀法,透過師生之間的密切互動、腦力激盪,「疑義相與析」,把文本閱讀發揮得淋漓盡致,難怪上過他小說課的學生都印象深刻,終生難忘。王老師進而主張,這種精讀法「才是真正吸取西洋文化的祕方。」[15] 雖然「王式教學法」隨著他的逝世已成絕響,但那種細讀的工夫與互動的效用,至今依然為人津津樂道,也絕非 AI 所能取代,可提供教學的參考。

細讀文本,詳加解析,繼而將文本置於文學與文化的脈絡,進行不同層次的解讀,不僅理解字面上的意思,也探索發掘不同層次的意義,凡此種種都是外文學者可以發揮的長處。筆者近年提倡文字、文句、文本、文學、文化與文明的「六文」之說,用意便在透過閱讀文字媒介,層層深入,以期達到博雅教育的目標。相較於其他人文學科,外文學門更需要學有專精的老師引領。一般討論未來不易為 AI 取代的行業中,帶有溫情、密切互動的教師穩居其中,何況是講授具有高度專業的異文學與異文化的教師?!而接受過這種調教的學生多少會受到潛移默化,養成對文字的敏感與敬重,賞析文學的愛好與素養,甚至將此閱讀素養與解析能力活用於視/聽文本與其他資訊,包括因科技發達而流竄各方的假訊息,令人終身受益。

第三,**回歸文學的基本面,思索文學的性質與作用**。亞里斯多德的《詩學》(*Poetics*)第九章指出歷史與文學之別在於:前者寫已發生之事,後者寫可能發生之事;前者寫特殊性質者,後者寫普遍性質者。

---

14 單德興,〈獨此一家,別無分號的「王式教學法」——紀念王文興老師〉,《中華民國比較文學學會電子報》第 44 期「王文興老師紀念專輯」(2023 年 11 月),頁 21-24。收入本書頁 187-192。
15 王文興,〈認同與創新之路〉,《原來數學和詩歌一樣優美——王文興新世紀讀本》,康來新編(臺北:國立臺灣大學出版中心,2013),頁 109。

此說雖嫌粗疏，卻扼要凸顯了文學的特色，包括想像力、虛構性、或然性、創造力與普遍性。至於文學的目的，羅馬詩人賀拉斯（Horace）在《詩藝》（*Ars Poetica*）中寫道：「詩人的願望應該是給人益處和樂趣，他寫的東西應該給人愉悅，同時對生活有幫助。」[16] 由於文學具有愉悅作用，使人願意親近，從而受益。在專人引導的情境中閱讀外國文學，容易發揮更大的效用，使其有別於歷史、其他人文學科與社會科學，遑論數理科學與生命科學。喜愛者固然可以專修，其他人也可作為雙主修或輔系，增進文字與文學素養，加強想像、感受、分析、表達與溝通能力，不論在職場或人生都可受益。

近年來筆者多次受邀演講，對象除了外文系學者、研究生與大學生，也包括社會人士、非外文系大學生、高中人文社會資優班與國中生，希望分享閱讀之樂，散播文學的種子，發揮「文普」的作用。為了吸引不同背景、興趣的聽眾，我都會藉由故事引導聽眾進入情境，闡明「說故事」對職場與人生的重要，反應頗佳。我在結論時都會強調故事之用與文學之益：

- 說故事是打動人心、傳遞訊息的利器。
- 文學作品為取之不盡、用之不竭的寶庫。
- 文學家透過敏銳的感受、精巧的文字、適當的技巧所寫成的作品，再現了人在不同情境下的存在狀態與應對方式。
- 透過閱讀文學作品，可以省視古今中外的人生處境，觀察形形色色的人性，拓展個人的生命經驗，啟發多元寬宏的視野，增長同理心，培育敘事力，發揮反思與淑世的功能。[17]

第四，**透過經典文學閱讀賞析，培育跨領域軟實力**。筆者在擔任教育部資訊及科技教育司顧問時（當時司長為現任國立政治大學李蔡彥校

---

16 楊周翰譯，《詩藝》（北京：人民文學出版社，1997），頁 155。文字稍有修訂。
17 單德興，〈說故事・觀疫情・創新生〉，國立臺北大學「生涯發展與心靈成長」課程 PPT，2023 年 11 月 9 日，頁 92。

長），正籌劃推動「議題導向跨領域敘事力培育」計畫，吳靜吉顧問在會議中極力主張敘事力、創新力與利他精神的結合。後來該計畫的徵件說明中，揭示其目標在於「以培養學生具備綜合敘事、多元想像及問題解決能力，鼓勵大學校院運用跨領域合作、場域實踐為策略，發展以利他精神為核心、多元敘事為載體的創新課程機制及模組。」[18] 其中「敘事」涉及故事，「多元想像及問題解決能力」涉及想像力，「利他精神」則涉及同理心與淑世功能。雖然其他學科也能培養這些能力，但可同時兼顧學習異語言、異文學與異文化，又能拓展視野與胸襟，並培養出上述多方位的軟實力，還有什麼比得上閱讀外國文學的寓教於樂，在老師指導下愉悅學習？

文普與期待

　　本文以故事始，也以故事終。

　　去年（2023 年）12 月 4 日我應黃大魚文化藝術基金會之邀，參加第 18 屆校園悅聽文學之旅──經典賞析活動計畫，前往宜蘭東光國中演講「大家來讀《格理弗遊記》」。面對六百多位國中師生演講對我是空前的挑戰，若是無法吸引聽眾興趣，90 分鐘演講加上 30 分鐘問答對彼此都會是折磨，於是殫精竭慮，多方思索演講內容與呈現方式。當天現場目睹七至九年級的學生，如何從入座之初的浮動，到藉由聽故事、觀賞影片與圖片逐漸進入狀況，專心聽講，有獎徵答更是欲罷不能。事後學生們各抒己見，將閱讀與聽講心得發表於校刊《東光好讚》，[19] 配

18　參閱教育部全球資訊網，「教育部議題導向跨領域敘事力培育計畫 110 年度徵件起跑」，即時新聞，2021 年 3 月 9 日，https://www.edu.tw/News_Content.aspx?n=9E7AC85F1954DDA8&s=45F6AEDD9EB8800B。

19　參閱宜蘭縣立東光國民中學《東光好讚》線上版，第 26 期（2024 年 1 月 5 日），〈一起暢遊文學〉，頁 2-3，https://drive.google.com/drive/folders/152MjqzfaJbB7OvpActt-4FANst2_Iv4s。

合活動照片,充分令人感受到故事與文學的魅力與感染力。

　　我自 1970 年代初進入外文系,見證了外文學門的熱絡盛況與風風火火,觀察並參與其一路發展,也目睹當前的重重困境與亟思振作。個人認為若能從語文連結到文學與文化,凸顯在 AI 來襲時刻此學科的專業性以及不可取代,讓人們體認到不論作為專業或多元興趣、斜槓人生的一支,外文學門所具有的特色、作用與意義,期望早日看到浴火重生的一天。

《東光好讚》刊載「大家來讀《格理弗遊記》」的報導、照片與七位學生的回饋。

2024 年 3 月 12 日
臺北南港

原刊登於《人文與社會科學簡訊》第 25 卷第 2 期（2024 年 3 月），頁 49-55。

附識

　　2023 年 5 月，我接到國科會人文處《人文與社會科學簡訊》執行編輯汪怡君小姐的電郵，表示正為 2023 年 9 月刊期規劃【人文社會科學研究的現況與挑戰】專題，邀我為季刊撰寫 4500 字至 5000 字，「探討學術研究的國際鏈結之現況與挑戰，引領讀者擴增學術新視境」。電郵中特別提到，「本刊非學術審查期刊，請以轉譯方式探討議題，讓其他領域學者及讀者易讀」。此專題的重要性不在話下，然而範圍廣闊，內容繁複，要在有限的時間與篇幅內深入淺出呈現，實為巨大挑戰。由於當時手邊有書稿急待處理，於是回信婉謝，並建議其他人選。

　　今年（2024 年）1 月再度接到電郵，表示該刊將於 3 月刊期規劃【學門發展態勢】專題，邀請「就文學二〔外文〕學門之研究趨勢變化、或科系招生及高教人力現況、或教學場域面臨挑戰等進行綜述，可擇一主題進行闡述，俾學界瞭解關懷臺灣人社領域面臨現況及因應」。身為入行逾四十載的資深學者，親眼目睹外文系以往在大專聯考社會組排名名列前茅，近年卻落居其他學群之後，加上自己多年的學術研究與專業服務，深度參與外文學門兩個代表性學會──中華民國比較文學學會與中華民國英美文學學會──兼具觀察者／參與者的親身體會，感觸既深，也有若干想法，於是決定接受邀稿，趁機整理自己多年觀察與參與的見聞與省思。

　　即使限定於外文學門，範圍依然頗為廣闊，再加上我不願寫一篇四平八穩的學院文章，有意帶入個人的經驗與故事，讓外文專業領域以外的讀者，也能讀到有趣的故事（我多次演講都強調「說故事」的重要），便多方思索，努力歸納。落筆時才知難度超乎預期。初稿恣意揮灑逾一萬字，有些岔出，於是調整方向，繼續奮鬥，二稿寫了六千多字，仍與「有趣」、「有料」有段距離，不得不另起爐灶，三易其稿。這在個人多年寫作經驗中，不論是學術論文或一般文章，很可能是空前、也是絕後的經驗。寫作過程橫跨了農曆春節，卻依然與此文纏鬥，期間數度向執行編輯爭取延長期限，奮力成篇，三校期間雙方密切配合，幾乎是「朝發夕返」，終能如期刊出。

　　3 月號出版後，我發現其他撰稿人都針對該學門的發展、現況或展望，

以學術方式呈現,不乏圖表與統計數字。我則以文字鋪陳,穿插個人對學門的多年觀察與深切關懷,文章前後為個人相隔五十年的兩則故事,希望讀者日後即使不記得文中的學術經驗與趨勢觀察,但多少對故事還有點印象,於願足矣。

後來在臉書上看到對歷史教育與教學著力甚深的臺大歷史系宋家復博士提到拙文與其他文章相較特殊之處,並表示欣賞,令我頗有吾道不孤之感。納入本書時增加副標題,補充圖片,增加故事性與史實,務期更有趣、更有料。

時代歷史與個人敘事
——方德萬著《戰火中國 1937-1952》

書名：戰火中國 1937-1952
副標：流轉的勝利與悲劇，近代新中國的內爆與崛起
作者：方德萬（Hans van de Ven）
譯者：何啟仁
譯校：張志雲、沈高陽
出版者：聯經出版事業股份有限公司
初版日期：2020 年 11 月
叢書系列：歷史大講堂
頁數：480 頁
ISBN：9789570854961（平裝）

戰爭史家方德萬

　　《戰火中國 1937-1952》（*China at War: Triumph and Tragedy in the Emergence of the New China*）作者方德萬（Hans van de Ven）出生於荷蘭，中學開始學中文，於萊頓大學修習漢學，後來前往美國哈佛大學取得博士學位，現任英國劍橋大學歷史系教授，為國際知名戰爭史學者，著作與編書約十本，幾乎都與（中國）戰爭史、中國共產黨史、中國海關史相關，《戰火中國》是第一本正體字中譯。[1]

1　另有三本簡體字中譯本：《中國的民族主義和戰爭（1925-1945）》（北京：三聯書

方德萬表示，美國的中國近代史研究較少觸及戰爭史。他之所以對生靈塗炭的戰爭議題頗為關切，一方面因為來自曾遭兩次世界大戰蹂躪的歐洲，另一方面因為外祖父在二戰中的不幸遭遇（51-52），可知他的研究不只是為了知識的興趣，更涉及個人的家族史與生命關懷。因此，本書〈臺灣版序〉伊始便以詢問開場：「『你為誰而寫？』」其回答：「『為自己而寫』是絕佳答案。畢竟，書寫終究是一種梳理自身想法的方式」（16）。儘管如此，他在接受中文媒體訪問時提到，自己研究的議題在美國學界未必討好，更曾因為對史迪威（Joseph Warren Stilwell）的看法與美國主流意見不同而受到批評，甚至險遭拳腳相向。[2]

　　本書「將抗戰放在戰爭演進的背景中來看」，一方面「反對歐〔洲〕軍事史上持續存在著的歐洲中心觀」，另一方面「反對大多數中國歷史研究者心中的中國中心主義」（20），展現了有意與「中國歷史研究者，以及會閱讀他們著作的中國、臺灣讀者們進行對話的企圖心」（17）。全書由戰爭史的角度切入，探討三大戰爭——對日抗戰、國共內戰、韓戰——以及它們對中國與世界的意義與影響。作者不僅回顧歷史，並省思當今處境，持續探詢：「今日何謂中國？這個國家應該代表著什麼？在這世界上的立場為何？」（413）。

　　書中多方引用檔案、資料以及海峽兩岸和英文世界學者的研究成果，出版後頗受學界重視，並有一些中英文書評。全書史觀與內容自有

店，2007〔*War and Nationalism in China: 1925-1945*, Routledge, 2003〕）、《潮來潮去：海關與中國現代性的全球起源》（太原：山西人民出版社，2017〔*Breaking with the Past: The Maritime Customs Service and the Global Origins of Modernity in China*, Columbia University Press, 2014〕），以及《為中國而戰：1937-1945 年中日戰爭軍事歷史論文集》（上海：文匯出版社，2021〔*The Battle for China: Essays on the Military History of the Sino-Japanese War of 1937-1945*, Stanford University Press, 2011〕）。

2　彭珊珊，〈專訪劍橋教授方德萬：為何歐洲人比美國人更關注抗戰〉，《澎湃新聞》，2015 年 11 月 11 日，https://www.thepaper.cn/newsDetail_forward_1394862。

中國現代史與戰爭史的專家學者評論,筆者謹從一般讀者的角度記述若干讀後感,以及對於中譯本的出版與特色之所知,提供讀者參考。

結緣《巨流河》與《陳克文日記》

我數度聽齊邦媛老師提起,曾請王德威院士於赴劍橋大學演講之便,攜帶三本《巨流河》(臺北:遠見天下文化,2009)贈送給有興趣者。當時陶忘機(John Balcom)尚在英譯 *The Great Flowing River: A Memoir of China, from Manchuria to Taiwan*(2018 年 7 月由哥倫比亞大學出版社出版)。王德威向筆者提供了進一步資訊,表示《巨流河》是「2014 年在劍橋演講時,推薦並致贈方德萬教授閱讀的書。他當時正在寫作《戰火中國》,希望找到最新的實例,齊老師的書讓他大喜過望。」[3] 方德萬閱讀後,對書中呈現的庶民角度與生動細節印象深刻,於是將《巨流河》與《陳克文日記 1937-1952》(臺北:中央研究院近代史研究所,2012)納入《戰火中國》,融時代歷史與個人敘事為一體,形成本書的一大特色。誠為難得的文字因緣。

方德萬於〈導論〉自言:

> 我給了自己一個挑戰,去探討這場戰爭在文化面相〔向〕上如何被理解。書中有兩個人的經歷,被我交叉用於分析,一個是於戰爭期間成年的年輕女士,另一位則是身處希望逐漸破滅的中產階級的國民黨官員。前者是齊邦媛,她將自己的經歷寫成了一份美好的回憶錄,留給我們;後者為陳克文,他仔細的將自己周遭發生的人和事記在了日記裡。這兩人的背景迥異。齊邦媛出身東北一個具有相當政治影響力的家庭,而陳克文來自南部山區一個受過教育但貧窮的家庭。他們的經歷並非具有相當代表性或是十分典型,但透過他們之眼看到的那些事件,卻能讓我們更為貼近這場戰爭。由於他們兩人雖接近權力,卻都止於邊緣,所以能夠提供我們沒那麼

---

[3] 王德威致筆者電子郵件,2020 年 3 月 6 日。

意識形態的觀點，看法不同於那些到目前為止都還在主導歷史學和文學回憶錄的共產黨或國民黨高官。（45）

《巨流河》是齊邦媛八十歲之後，出於不容青史盡成灰的心境，回首往事所寫下的一生遭遇。《陳克文日記》則是一位中華民國政府官員，記載自 1937 年至 1952 年那段動盪歲月的每日見聞與感想，上下兩冊，近一千五百頁。陳克文日記涵蓋的年代與《戰火中國》完全吻合。齊邦媛回憶錄則涵蓋更久遠，由齊家在中國東北的三代家族史，為《戰火中國》處理的年代提供了歷史的縱深，至她來到臺灣後的遭遇，則顯示這三場戰爭對一些庶民所產生的關鍵性影響。兩者一北一南，一女一男，一回憶一日記，交織對照。這些個人敘事又與根據官方檔案和大人物資料所建構的歷史交織對照，構成《戰火中國》此書。檢視英文索引，齊邦媛與陳克文各出現十六次與二十一次，遠高於宋美齡的兩次，實為此類史書所罕見。

有關齊邦媛最周全的資料與評論，可參閱筆者編選的《臺灣現當代作家研究資料彙編 68 齊邦媛》（臺南：國立臺灣文學館，2016），其中涉及《巨流河》者，可參考王德威、王鼎鈞、林文月、李建立、張

齊邦媛回憶錄《巨流河》正體字版、簡體字版、英文版。

陳克文之子陳方正編輯、校訂的《陳克文日記 1937-1952》。

學昕、梁海等人的文章，以及筆者、王智明、明鳳英與齊老師的訪談。王德威的文章標題〈如此悲傷，如此愉悅，如此獨特〉具體而微地表達了他對《巨流河》的看法。筆者在資料彙編的研究綜述〈永遠的齊老師——從巨流河到啞口海再到巨流河〉也指出，《巨流河》「為在歷史中銷聲匿跡的數以百萬計的芸芸眾生代言，以一位女子的視角與『詩的真理』寫下『忘不了的人和事』，見證且記錄了一個大時代」（107）。

　　《陳克文日記》的價值可由余英時院士的序言看出：「基於對克文先生人格的認識，我讀他的日記，自然而然地生出一種信任感；無論是記事或是評論，我反覆參究，都覺得是可信的。可信度是和日記的史料價值成正比的」（vi）。他表示，「近十餘年來，我讀了大量的日記，從清代一直到二十世紀，不是為了專業研究，而是為了從種種私生活的角度去認識歷史的變動；這一角度不但與所謂『正史』不同，而且也和專史或地方史大有分歧。」他將日記大致分為兩類，「一類是基本上可以信任的，另一類是未可盡信的」，《陳克文日記》不僅「屬於前一類，而且是其中的上乘作品」（vi），具有「特殊史料價值」（iii），

並且如此總結:「作為國民黨政權在大陸上的一部衰亡史提綱,《陳克文日記》的歷史客觀性具有最可靠的保證」(xi)。

身為走過那個大時代的人,齊邦媛甚為關切那段歷史,對海峽對岸的史觀,尤其是抗戰史觀,多次表示深深不以為然。撰寫《巨流河》的重要動機之一,就是要為走過的歷史留下個人忠實的觀察與紀錄。齊老師雖年事已高,但學問之心未減,依然不斷閱讀,尤其關心中國近代史的英文著作,對以往忽略中國抗戰的外國學界現象深感遺憾。我手邊的英文原著《被遺忘的盟友》(*Forgotten Ally: China's World War II, 1937-1945*〔Boston: Houghton Mifflin Harcourt, 2013;林添貴譯,臺北:遠見天下文化,2014〕)就是她的贈書,[4] 認為可彌補以往研究的缺失,該書作者米德(Rana Mitter)正是方德萬的學生。

因此,得知聯經將出版《戰火中國》中譯本,齊老師甚感欣慰。我向服務於中央研究院近代史研究所的老友張力教授提及本書與作者,他說書中引用的日記正是該所出版。我將此訊息傳達給胡金倫總編輯,出版社特別購買《陳克文日記》供譯者參考。

《戰火中國》中的大歷史與小故事

《戰火中國》除導論與尾聲共十四章,分為四部:立國大業、歷史轉捩點、試煉、新中國。全書記述三大戰爭:對日抗戰、國共內戰、韓戰,於影響後兩者甚巨的抗戰著墨尤多。每章之前的引文既有歷史文獻、兵法觀念、政治文字,也有宗教文本,甚至文學作品,出現最多的是克勞塞維茨(Carl Von Clausewitz)的《戰爭論》(*On War*),主要原因在於當時交戰的中日雙方都接受他的戰爭觀。

---

4 此書在英國發行的書名為 *China's War with Japan, 1937-1945: The Struggle for Survival* (London: Allen Lane, 2013)。

第一則引文來自《聖經·申命記》：「我耶和華你的神，是忌邪的神，恨我的，我必追討他的罪，自父及子，直到三、四代」（35），以示作者從家族史中體認戰爭，產生深切的信念：「要經過至少三或四個世代，他們才能走過傷人至深的二次世界大戰，安然的讓這段時間成為過去」（51）。

倒數第二則引文來自《孫子兵法》：「夫兵久而國利者，未之有也」（383），以示戰爭之為害。最後一則來自文藝復興哲人伊拉斯謨（Desiderius Erasmus）對於和平的憧憬與戰爭的警示：「和平能孕育出對全人類有益的事務；戰爭，在突如其來的瞬息間，傾覆、滅絕、毀棄所有愉悅、快樂和美好之物，並為人生澆灌不幸的災難」（403）。這些引文，一方面展現作者的博學深思與觸類旁通，另一方面顯示戰爭涉及芸芸眾生的方方面面，和平更是得之不易，應善加珍惜守護。

《戰火中國》的大敘事從蔣介石的崛起，力求全國軍事與政治的統一，經抗日戰爭中的諸多戰役，日本投降，國共內戰（由抗戰時期的「戰爭中另有戰爭」，到抗戰勝利後雙方各個會戰以及政治、外交角力），到韓戰與冷戰和平，讀來頗為精采，深富知識性。然而同樣讓筆者感興趣的是，方德萬如何運用有別於正史、專史、地方史的《巨流河》與《陳克文日記》，從個人的角度去認識歷史的演變，進而支持他的史觀、敘事與論述。

綜觀全書，這兩份個人紀錄都出現於重要的轉折點，以個人的遭遇、觀察與感想，為作者的論點提供具體細節，使其更細緻化、形象化、立體化。兩人首次出現在方德萬的歷史敘事，是在對日抗戰前的南京。在大致呈現當時中國的情況以及1930年代的南京之後，作者以陳、齊兩人的南京旅程來結束第三章，表示「來到南京的人們有著各種不同背景和緣由，藉由陳克文和齊邦媛在戰時曲折，最後佇足在南京的個人經歷引領，更清楚的呈現這段歷史」（100）。介紹過兩人各自的

生平背景之後,進而提到陳克文「深信當時的中國正站在充滿希望的新起點上」(103),而齊邦媛「印象裡的南京十年,不僅是『國家的黃金十年,也是我父親一生的黃金十年』」(105)。這些都呈現了當時平民對國家的評價與寄望。

兩人再度出現是在 1937 年淞滬戰役之後,這時國家局勢已迥然不同,日軍「開始轟炸上海、南京、天津、廣州、杭州和蘇州等城市的政府機關、橋梁、軍營和鐵路」(146),這些在陳克文眼中都是「『野蠻』之舉」(147),對齊邦媛則是「將戰爭的恐怖帶進了家門」,結束了她的童年(147)。

接下來是 1938 年武漢會戰後將近六千萬人的大遷徙,「齊邦媛就被捲入這場朝向內陸的大撤退」,作者「順著她花上將近一年的時間向重慶移動的這段路程記憶,來觀察這次遷移。陳克文日記中也記述有關南京、徐州和武漢會戰的內容,讓我們可以藉由這些內容看到當時原本在南京,後來遷至武漢的政治中心內部氛圍變化」(161)。

「逃難」一節以過半篇幅引用《巨流河》中的生動細節,凸顯沿途的艱辛與危險,也提到後來投筆從戎、成為空軍飛行員的張大飛(186)。方德萬寫道:「這段旅程讓齊邦媛學到不少,除了看到中國山川的美麗,也經歷許多磨難」,也提到在戰火中弦歌不輟,「尤其是在這樣險惡的年代裡,這些老師們將中國的文明和價值表現及傳遞當成是自己責無旁貸的任務」(187)。

全書便如此穿插著歷史的大事件與個人的小故事,齊、陳兩人相繼出現於遭到日軍戰略轟炸下的四川(205-206),中國共產黨對共產主義的調整(218)以及在鄉村的發展與壯大(219),1944 年衡陽之役失利後國人對時局的失望、悲觀與恐慌(295),1945 年抗戰勝利之後的返鄉,後續的動亂,1947 年時對未來的一些不祥預感(341-343),以致齊邦媛「決定到臺灣試試運氣」(342)。作者藉由這種手法表現

戰爭不再只是叱吒風雲、號令部隊的將軍,以及政治、外交等大人物的大歷史與宏偉敘事,也包括庶民百姓日常生活中有血有肉的小故事。

對比之下,中華人民共和國建國以後,致力建設新秩序,然而「關於大陸一般民眾如何經歷這段中國歷史的新階段,我們缺乏像陳克文和齊邦媛一樣的日記或是回憶錄一窺究竟」,尤其文化大革命期間,許多人為了避免惹禍上身,將文件「付之一炬〔……〕重要檔案也被嚴密管制」(405),加上嚴格控管意識形態,以致對上述歷史固守符合黨意的特定詮釋。而這正是《戰火中國》有意挑戰的中國中心主義。

中譯本的特色與附文本

翻譯這類學術書籍,除了卓越的雙語能力之外,專業知識也是必備條件,舉凡涉及的檔案、文獻、資料都必須費心查證原始文件,以期忠實還原,而非僅依照英文字面的意義,這構成了中譯時更大的挑戰。何況在查核中文原始資料時,也是檢視英文原書是否忠實再現的機會,形成雙重任務。譯者何啟仁為職業軍人出身,先後畢業於中正國防幹部預備學校、海軍官校、政治作戰學校政治研究所,於法國社會科學高等研究院(École des Hautes Études en Sciences Sociales)近現代中國研究中心取得高等研究文憑,並成為該中心博士生,目前於醒吾科技大學兼課,並從事翻譯,這些學歷與資歷為翻譯此類戰爭史提供了良好的條件。

2018年4月26日齊老師於寄贈 China at War 時,貼了一張便箋:「Dear 德興:近日兩個兒子帶來幾本 China at War。我想你或有興趣看看他怎樣評到我的巨流河。寄上一本慢慢看。」我依囑尋找書中引用《巨流河》之處,對照中文版閱讀,發現《戰火中國》中大歷史與個人史穿插的特色,引用之處大致忠實,但難免少數英譯值得商榷,如把

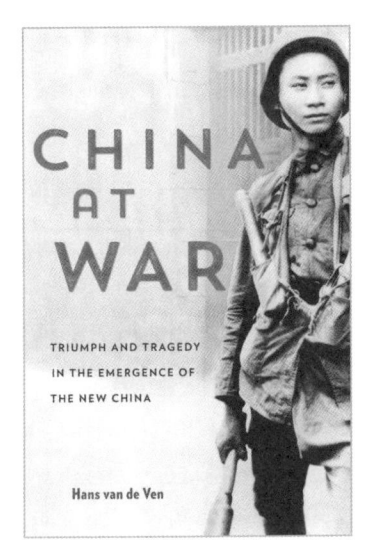

齊邦媛致贈單德興《戰火中國》原文書並附誌。

「助教」誤為 "Assistant Professor"（*China at War* 273，「助理教授」，臺灣至 1994 年修訂大學法才有此一職稱，齊老師向譯者表示應為 "teaching assistant"）。由於英文原著註明引用出處，譯者得以查閱，並向齊老師本人求證，齊老師對譯者也有數處提醒，這些在中譯本都加以處理。一些疑義經譯者向方德萬查詢，得到確切的答覆，有時更肯定譯者的建議比原文更佳。這些都歸因於譯者的專業能力與嚴謹態度。可見譯者的角色絕非僅僅被動接收與迻譯，而是可以發揮積極、主動、甚至校勘的功能，將疑處與心得回饋給作者。筆者有機會當面詢問上海交通大學歷史系張志雲教授，得知擔任譯校者的他與沈高陽發揮專長，校讀譯文，查證資料，使文字與史料更為精準。此書編輯黃淑真特地前往長庚養生文化村，請教齊老師若干細節，並以編注的方式納入書中。凡此種種都令全書得以精益求精。

美國學術書籍出版皆經學者專家審查，聲譽卓著的大學出版社尤

其慎重。此類小疵其實不掩大瑜,但可看出譯者在細節查核上甚至比審查者更仔細,印證了「譯者是最精讀者」("The translator is the closest reader.")之說。換言之,由於譯者的軍事專業與學術訓練,認真的態度與查證的工夫,再加上翻譯過程中與作者密切聯繫,相互討論,再經專人譯校,編輯協助,使得譯本更為精準,讀者群不再局限於通曉英文的讀者,更普及一般華文讀者,發揮知識傳播的作用。

除了本書的史觀、史實、戰爭觀之外,身為譯者、評介者與翻譯研究者的我,也感興趣於中譯本的特色,以及譯者與編者在文本生產過程中扮演的角色及其意義。這些主要見於中譯本特有的附文本或周邊文本(paratext),如作者的〈臺灣版序〉、譯者序、譯注、編注。

〈臺灣版序〉為作者的夫子自道,提供了重要訊息,如言明目標讀者(target audience)為「對中國戰史有興趣的中文世界讀者」(20)。序中提示了幾個重點,讓讀者更能了解著作的動機與背後的深意,補充並強化原書的論點。除了上述個人與家族史的因緣之外,作者提到海峽兩岸學者在詮釋這段歷史時的偏重與遺漏;主張將抗日戰爭置於「長時段(longe duree)戰爭演進」的脈絡(18),從而具有更寬廣的視野;以大歷史與齊邦媛、陳克文的個人故事交互為用,顯示「對個人層面的關注」(20);語重心長地指出,要「關照引人入勝戰爭記憶的跨世代傳承以及沉默的課題」,因為「這些課題對中國大陸背景逐漸褪去的臺灣而言非常重要」(20),此一提醒尤其值得臺灣讀者深思。

若說作者是既為自己而寫,也為中文讀者而寫,那麼譯者何啟仁似乎也是既為讀者而譯,也為自己而譯,最明顯之處就是〈譯者序:戰爭年代,和平想望〉:「戰爭年代」是譯書的內容,「和平想望」則是動機,也是願景。譯者序開宗明義指出:「兵兇〔凶〕戰危,戰爭是人類行為中最荒謬、最殘忍的作為」(22)。序言中分享譯者的感想與反思:指陳戰爭之殘酷與生靈塗炭,「許多人的生命戛然而止,更多人的

命運也因為戰爭而改變」（23）；提到汪精衛、張自忠、方先覺的前後生平，感慨歷史之弔詭與評價之不易；以帶隊演習的經驗，說明置身其中的深切感受。全序以歷史的教訓與和平的珍貴為結。

若譯序多少透露出譯者「以譯言志」，那麼隨處可見的譯注就是「以注輔文」，為中文讀者補充原文未竟之處，如人名、地名、戰役名稱與說明。有些譯注顯示譯者的軍事知識，如黃埔軍校學員編制的演進（67）、馬歇爾（George Catlett Marshall, Jr.）對美國軍事教育的改革（「班寧堡大改革」〔the (Fort) Benning Revolution〕）（261）。有些則是提供背景資訊，如中共「長征」途中張國燾與毛澤東的分裂（217, 235）、肅 AB 團事件（223, 239）。其他更有中文資料的補充與校正。[5] 兩處引用齊邦媛與韓倞（Carma Hinton）的譯文標明出處，[6] 以示言必有據及文不掠美……凡此種種，都體現了譯者的軍事背景、專業訓練、學術研究與認真態度。

同樣地，黃淑真的編注也協助讀者更方便接近原文。其中較多的是資料性說明（如書中提到多位國際著名人士出現於武漢便加了八個編注〔173〕），其他包括專有名詞的定義（如「科技民族主義」、「技術民族主義」〔79〕、戰鬥序列〔119〕）。值得一提的是，《巨流河》出版後，許多讀者感興趣於作者與抗日戰爭中殉國的飛行員張大飛之間的關係，甚至不只一組人馬希望能拍成影劇，但均為齊老師婉拒。《戰

---

[5] 前者如頁 223 提到肅 AB 團事件時，補充高華的《紅太陽是怎樣升起的——延安整風運動的來龍去脈》（香港：香港中文大學出版社，2000）；後者如頁 236 提到「據說」政委項英死於「一九四一年一月的『新四軍事件』（又稱皖南事變）」，頁 237 譯注則指出「惟按中共中央黨校出版社二〇一一年出版的《中國共產黨歷史大辭典：總論‧人物》記載，項英並非直接於戰場上遇害，而是『三月十四日在涇縣蜜蜂洞遭叛徒殺害』」（《中國共產黨歷史大辭典（1921-2011）》，李景田主編，全三冊，北京：中共中央黨校出版社）。

[6] 頁 269 引用齊譯惠特曼之〈啊，船長！我的船長！〉，《巨流河》（臺北：遠見天下文化，2009）；頁 367 引用韓譯其父韓丁之《翻身——中國一個村莊的革命紀實》（北京：北京出版社，1980）。

火中國》中提到兩人之間由「友誼變成愛情」（330-331），然而編注指出，「齊邦媛對此表示，當時年紀太小，兩人間的情感不算是愛情」（331）。筆者不僅多次聽齊老師如此提到，並將明鳳英與齊老師的訪談資料提供編者參考。[7] 以上這些附文本為中譯本獨有的特色，也是中譯過程裡譯者與編者對作者與原書的回饋與補充。

本文原先的副標題「另眼看戰火中國」，一方面表示作者從長時段戰爭史的角度對三大戰爭提出見解，有別於以往的歐洲中心觀與中國中心觀；另一方面也表示筆者從非歷史專業的文學學者角度切入，從敘事方面觀察作者如何安排時代歷史與個人敘事，也從翻譯研究的角度切入，討論作者與譯者、原本與譯本的關係，進而肯定譯者的用心與譯本的特色。

兼具宏觀與微觀的歷史面貌

哈金在〈歷史事件中的個人故事〉中提到歷史與文學，相對於中國大陸的「英雄敘事」，他強調個人故事，指出「我們總是透過一些特殊的、具體的、小的細節，表現普世的、永恆的東西；也就是從具體的事物開始，再慢慢延伸到永恆的、無限的境界」。[8] 他談的雖是小說創作，但與歷史同為敘事書寫（narrative writing），涉及情節安排（emplotment），因而有相通之處。

此外，張曉風在接受明鳳英訪談時感慨：「打仗的時候，除了戰場上的傷亡，還有大大小小不為人知的『戰場』。大歷史裡看不見這些小

---

[7] 齊老師在接受明鳳英訪談時明白表示：「俞君是我真正可以戀愛的對象。張大飛不是，他是我崇拜的對象。」參閱明鳳英，〈潭深無波《巨流河》——齊邦媛〉，《她們的時代——民國女子訪談錄》（臺北：釀出版，2020），頁56。

[8] 哈金，〈歷史事件中的個人故事〉，《思想》第16期（2010年10月），頁6。

故事。」[9]而方德萬在書中引用齊、陳兩人的生命書寫,正是要用這些小故事為大歷史平添細節與血肉,讓讀者看到兼具宏觀與微觀的歷史面貌。換言之,《戰火中國》既公眾又個人,既由上而下又由下而上,為歷史增加了過往難得聽聞的平民聲音與具體細節,強化了本書的論點與感染力。[10]

總之,《戰火中國》除了專業的歷史學意義之外,中文讀者也可藉由中譯本迅速、正確地掌握作者對影響中國近代史至巨的三大戰爭的分析與評斷,從戰爭史的脈絡更加了解今日海峽兩岸的處境,希望不只鑑往,也能知今,並思索在大時代裡個人與國家何去何從。

2020 年 2 月 27 日
臺北南港

本文精簡版〈歷史為誰而寫?《戰火中國 1937-1952》:近代中國的內爆與崛起〉,刊登於《udn Global 轉角國際》,2020 年 11 月 9 日,https://global.udn.com/global_vision/story/8664/4990482,當時係根據出版社提供的二校稿撰寫,頁碼與引文異於正式出版的紙本,此處為根據成書之完整版。

---

[9] 明鳳英,〈永康街的文人之風——張曉風〉,《她們的時代——民國女子訪談錄》,頁 261。

[10] 這點正如作者的高足、中央研究院近代史研究所張寧博士所言,「為冰冷的史實補入血和肉,讓殘酷的戰爭更添人性」(〈推薦序 2 以戰爭史實貫穿整個中國現代史〉15)。

附識

　　《戰火中國 1937-1952》多處引用齊邦媛老師的《巨流河》，對此齊老師曾多次向我表示，很欣慰自己的回憶錄為歷史名家納入書中，並由世界一流的哈佛大學出版社出版，讓那一代人的歷史能廣泛傳揚，為世人所知。因此，聯經出版公司邀請齊老師撰寫推薦序時，她本著為時代作見證之心而接受。當時齊老師已九六高齡，頭腦敏銳，記憶清晰，雖年邁體衰，做起事來依然奮不顧身，我便盡力從旁協助，提供資料，並校讀初稿。

　　筆者此文完稿後，特請齊老師過目，承蒙來電修訂兩處。當時齊老師的推薦序正如火如荼進行中。筆者在 2020 年 3 月 5 日致齊老師的電郵中寫道：「聽到老師目前全力投入撰寫序文，喜的是老師的精神與心力足堪此事，憂的是老師做事一向全力以赴，最近溫度起伏，長庚〔養生文化村〕方面又傳出疫情。請老師務必留意身體健康，從自己的角度切入撰寫序文，包括對於方德萬的 China at War 一書如何運用並詮釋您和令尊的紀錄，會是原作者與讀者最感興趣的。」齊老師的推薦序〈弦歌不輟在戰火中國〉（6-11）從驚蟄經春分到清明，歷時一個月半殺青，全文四千字左右，允為齊老師晚年代表作，以及最後一篇力作。

箭藝・禪心・達道
——海瑞格著《箭藝與禪心》

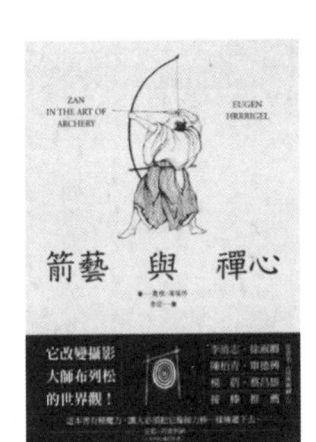

書名：箭藝與禪心
作者：海瑞格（Eugen Herrigel）
譯者：魯宓
出版者：心靈工坊文化事業股份有限公司
初版日期：2021 年 2 月
叢書系列：Holistic
頁數：144 頁
ISBN：9789863572046（平裝）

習藝・修禪・慕道

　　自大學時代起，我就對禪宗很感興趣，只要在書店看到相關書籍都會翻閱。有一天在書店看到《射藝中的禪》（臺北：慧炬，1979，中英對照），作者海瑞格（Eugen Herrigel, 1884-1955）為德國哲學教授，由顧法嚴轉譯自英譯本 Zen in the Art of Archery，也就是心靈工坊取得授權後由魯宓重譯的《箭藝與禪心》。當時市面上的禪書大多與禪宗的義理、公案、歷史或文藝有關，印象中這是唯一一本涉及武藝的，而且作者是德國人，在眾多禪書中顯得頗為特殊，於是購回閱讀。

　　事隔將近半個世紀，依稀記得作者自述在日本射箭大師門下數載習

藝的艱辛歷程，努力嘗試但總不得要領，反反覆覆似無進展，在失望之下略使心機，運用技巧，表面上達到目標，卻遭經驗老到的大師識破，險些逐出門牆，於是痛改前非，徹底放下得失心，只管射箭，終能在無意中得之，獲得老師認可，並且繼續精進。數十年來我看過的禪書不在少數，這是至今記憶猶新屈指可數的幾本書之一，其生動特殊可想而知。

初讀此書時涉世不深，各方面經驗有限，只限於字面上的理解，談不上什麼深切的體會或領悟。之後，我繼續涉獵禪書，自三十歲開始學習太極拳，三十三歲在聖嚴法師座下皈依三寶、正式學佛，三十七歲在師父指導下禪修，陸續有機緣中譯他的幾本禪書，轉眼已到坐六望七之年。如今重讀此書，有些不同於以往的領會。

本書是1920年代一位西方人到東方拜師學藝、登堂入室的心路歷程。作者以樸實的語言，精確記錄了1924年至1929年跟隨日本弓道大師阿波研造（Kenzo Awa, 1880-1939）學習箭術，六年間從拉弓、放箭，到以心傳心，通過考試，取得證書，繼續精進等循序漸進的過程，終章並連結到劍道。

作者為德國哲學家，學生時代「就特別嚮往神祕主義之類的玄學」，因此身為大學講師時，欣然應邀前往日本東北大學講授哲學，以便有機會認識日本以及佛教，「由內學習玄學」，包括「一種被嚴密保護的生活傳統：禪」。由於禪「不重理論」，「可算是東方最玄奧的生活方式」，為了方便入手，有人建議他先學「一項與禪有關的日本藝術」，於是選擇箭術作為習禪的「預備學校」。經由已在阿波研造門下學藝二十年的法學教授小町谷操三（Sozo Komachiya）引介，海瑞格得以成為門生，苦學數載，屢挫屢試，終於有成。因此，一般讀者可將此書視為一位西方人士前來東方慕道習藝之旅。至於書中呈現的西方對於東方的想像，這些帶有東方主義色彩之處，反倒為餘事。

另一方面，由於作者的民族性、學者性格與哲學訓練，加上實事求是的精神，本書有如特定時空環境下的「田野筆記」，既是作者的紀錄，供個人反覆檢視、思維，也透過寫作與人共享，讓對於武藝與禪修感興趣卻無緣親炙明師的人，得以透過作者習藝過程的忠實紀錄，一窺箭藝與禪心之妙。

海瑞格於 1955 年辭世，遺留下許多習禪筆記，1958 年由遺孀古思悌‧海瑞格（Gusty Herrigel）與陶善德（Hermann Tausend）整理出版，德文書名 *Der Zen-Weg*，意為《禪道》，英文版《禪之方法》（*The Method of Zen*）由哈爾（R. F. C. Hull）翻譯，並與美國名作家、禪修者瓦茨（Alan W. Watts）編輯，於 1960 年出版，呈現了海瑞格對於禪的多方認識，如呼吸、公案、禪畫、禪詩、開悟、生活中的禪、慈悲的藝術、西方人眼中的禪、禪與歐洲神祕主義的對比等。[1]

無藝之藝，無筏之筏

禪宗的特色是不立文字，言語道斷，最忌拘泥文字，死於句下。弔詭的是，歷代祖師大德為了度化有緣，從禪出教，勉強以文字表達難以言傳的體驗，讓後人得以藉教悟宗，從這些遺留下來的字跡追溯前人的悟境，因此不僅不離文字，反而留下比其他宗派更多的紀錄。

海瑞格以箭術作為習禪的具體入手處，意在以藝入道。然而，「大匠能與人規矩，不能使人巧」，既然名為「藝」、「術」，許多地方就只能意會，無法言傳，頗有拈花微笑、以心傳心的況味。禪宗頓悟之說固然吸引人，但也因不講次第，無跡可循，令人不得其門而入。

因為無法言傳，所以禪宗「說似一物即不中」；因為必須親身體

1　參閱《學箭悟禪錄》，余小華、周齊譯（北京：今日中國出版社，1993）。

會,所以禪師有不能道破的慈悲心與智慧心。由於言語功能有限,要能親身領會才是自家本領,否則儘管師父說得舌敝唇焦,弟子也只是徒長知識,與真實功夫無干,反而可能成為所知障。這些從書中師徒的互動便可看出。

本書篇幅簡短,文字精要,生動描述習藝的過程與師生的互動,這一方面因為外在的過程與互動最易於掌握與真確記錄,另一方面則因為禪在作者心目中「無法解釋而又無可抗拒地吸引人」,強作解人反倒容易弄巧成拙。為了有利於與讀者、尤其是與歐美世界的讀者溝通,作者除了自己的記載與說明,借助最多的就是當時已在西方揚名立萬的鈴木大拙(Daisetz T. Suzuki)。

鈴木以英文撰寫佛教與禪宗書籍,為當時西方世界最具代表性的東方禪師與學者。海瑞格不僅在書中引述鈴木,並請他寫序。鈴木在〈序〉中肯定,透過此書「西方的讀者將能夠找到一個較熟悉的方式,來面對一個陌生而時常無法接近的東方經驗」,也扼要指出書中的精要,如無念、無藝之藝(artless art)、平常心、忘我、純真、不計較、不思量、射手與目標無二⋯⋯

為了方便當今華文世界的讀者了解書中的無藝之藝、無法之法、無言之教或微言大義,下文借用聖嚴法師的禪法加以解說,因其禪法除了中國傳承的禪宗以及法師本身的禪修體悟,並融入了留學日本期間跟隨伴鐵牛禪師的參禪經驗,以及在東西方的教禪心得。雖然禪宗主張外無所求,內無所欲,放下自我,打破對立,過程重於結果,而且「這些過程是超過理解範圍的」,然而過來人的體驗與開示,依然可作為渡河之筏。

海瑞格的初發心是好奇,為了探究具有東方神祕主義色彩的禪,因而應邀赴日本教學,並藉由箭術來了解禪宗以及佛教(本書對於佛教著墨不多,主要見其遺作《學箭悟禪錄》),也就是以弓箭為助力,達到

「內在的自我完成」。作者的學藝過程曲折起伏,若以聖嚴法師所開示的三種心態、三個過程與四個階段來解析,當更方便讀者掌握。

三種心態,就是大信心、大願心與大憤心。

大信心——相信自己具備能力,只要立定志向,努力不懈,就能達到目標;相信老師是經驗豐富的明眼人,能因材施教,適時指導,相機啟發;相信教法,只要切實信受奉行,自會有所長進。海瑞格在強烈的初發心以及經由益友引介良師的因緣下,對於自己、老師與教法具有相當程度的信心,也努力向學,然而在六年的歲月中,不僅進展緩慢,而且屢遭老師否定,難免心生挫折,幾度出現退轉的跡象,所幸每每出現轉機,讓他重拾信心,鼓起勇氣,屢挫屢試,終抵於成。

大願心——設定目標並且立志實現,如此才能針對目標,確定方向,放下自我,勇往直前,達成目標,進而利益他人。就像海瑞格立定習箭學禪的目標,奮力邁進,在老師嚴格要求下,層層深入,節節脫落,逐漸進入無我、無求的境界,終能達成目標,進而著書立說,分享體悟,廣為流傳,尤其在向西方傳播禪宗方面發揮了很大的作用。

大憤心——奮發向上,勇猛精進,不達目標,誓不甘休。作者在整個過程中,盡可能放下西方人的見解與執著,尤其是知識分子的自以為是、貢高我慢,從最基本的工夫開始,在日本老師的嚴格教育下,向目標前進。其間為了克服挫敗,自作聰明,擅用機心,經老師揭穿後深自慚愧,真誠懺悔,修正舊怨,絕不二過,重新出發,唯師命是從,終能在無數次嘗試後,於無求、無我、無念的狀態下,達成弓道的目標。

三個過程,就是調身、調息、調心,由外而內,由粗而細。

調身——調整身體的姿勢,如第一堂課時老師教導他:「箭術不是用來鍛鍊肌肉的。拉弓時不要用上全身的力氣,而要學習只讓手掌用力,肩膀與手臂的肌肉是放鬆的,彷彿它們只是旁觀者似的。只有當你

們做到了這一點，才算是完成了初步的條件，使拉弓與放箭心靈化。」這點有如打坐的七支坐法，或太極拳的立身中正安舒，先把身體調整到正確姿勢，再內外放鬆，完成這個初步條件後，才進行後續的工夫。

調息——呼吸既為自主神經自動調節，又可由意識來調控，是出入於身心內、外的要處，因此在佛教中，呼吸法是身念處的重要法門。由於作者多次嘗試仍無法正確拉弓，老師指出這是因為未能掌握呼吸要領，於是教導正確的呼吸法。此處有如「應機逗教」、「不憤不啟，不悱不發」（其中「吸氣之後要輕輕地把氣向下壓，讓腹肌緊繃，忍住氣一會兒」，與中國武術的「氣沉丹田」似有相通之處）。老師並說，呼吸若能「自然形成一種韻律」，不僅成為「一切精神力量的泉源」，也能灌注於四肢，使人輕鬆，「覺得射箭一天比一天容易」。

調心——把外在的姿勢以及介於內、外之間的呼吸調好之後，拉弓與放箭時能維持身體放鬆，呼吸自在，接著就是內在的調心，也是最無形無狀、難以捉摸、微妙困難之處，卻也是通禪的關鍵。在此階段，學生要持續精進，又要維持無執、無我之心，唯有在這種狀態下經過不計其數的嘗試，才能妙手偶得，於無意之中射出突破的一箭。

四個階段，則是將調心的過程分為散亂心、集中心、統一心、無心。

散亂心——剛開始時，觀念和方法還不熟悉，修行不得力，以致妄念紛飛，此起彼落，有時高亢掉舉，有時低落昏沉，思前想後，不能專注於當下。

集中心——了解觀念與運用方法一段時間之後，工夫逐漸上手，雜念妄想逐漸減少，即便出現也更能覺知，不迎不拒，知非即離，心思集中。

統一心——此時心愈來愈細，身、心逐漸合而為一，由個人的身心統一，到人與境之內外統一，再到前念與後念統一，「融入時空無限的

禪定境界」，為「世間禪定」，然而尚有我執，並未開悟，也未見性。

無心──運用方法，如話頭、默照，持續精進，因緣成熟時，或虛空粉碎，大地落沉，或無物無相，明淨靈活，我執不復存在，達到無念無我的開悟境界。然而即使開悟，依然要保任，悟後起修，精進不已。[2]

整體來說，《箭藝與禪心》描述的主要是外顯的階段，如拉弓、等待、放箭，然而內心的成長與轉化過於幽微，難以言說，外人更不易了解，遑論體悟。以上述的三種心態、三個過程與四個階段來說明，雖未必全然吻合，但應有助於華文世界讀者的領會。

師徒關係

東方學藝與修禪，一向注重師承。然而西方弟子遇到東方老師時，情形如何？海瑞格 1925 年開始習箭，時年四十一，為大學的哲學講師。阿波研造時年四十五，只比他年長四歲，但聞道有先後，術業有專攻，不僅系出名門，並於兩年後創立大射道教流派，以「一射絕命」為宗旨，藉由箭術來求道。東西師徒二人由小町谷操三介紹認識，此人為早作者二十年入門的師兄，也是居間的翻譯者。由此可見，海瑞格能習得射藝，除了自身的條件，良師與益友也是重要的助道因緣。

阿波研造的教法可分為言教與身教，然而他的言教卻不同於一般，因為技巧必須親身操作，一再演練，才會熟能生巧，空談無益。另一個更關鍵的是，他傳授的箭藝與禪結合，而禪宗卻是不講次第，「說似一

---

2 有關三種心態、三個過程與四個階段的解說，參閱聖嚴法師與史蒂文生合著之《牛的印跡》全新中文修訂版（梁永安譯，臺北：法鼓文化，2023），頁 341-362 與頁 87-120；聖嚴法師，《禪修菁華（一）：入門》（臺北：法鼓文化，1998），頁 99-133；聖嚴法師，《聖嚴法師教默照禪》（臺北：法鼓文化，2004），頁 134-139 與頁 143。

物即不中」，即使「老婆心切」，也只能旁敲側擊，或以比喻來形容（如放箭好似「雪從竹葉滑落」，又如以舞與舞者來說明專注、無念、自他不二），希望聽者自有領悟。

更常出現的就是以「否定」來削減錯誤，損之又損，則近道矣。因此，書中經常出現老師否定學生的反面教導（如「千篇一律的回答：『不要問，繼續練習！』」），即使有正面的教導，如多次提醒「重過程，不重結果」，然而不論正說反說，對來自於西方、習慣邏輯思維的學生／知識分子，都會覺得難以掌握，無所適從。書中一個細節值得一提，海瑞格從益友得知，老師為了想更了解學生，有利傳授，曾私下閱讀日文哲學入門書，後來發覺與他的教法格格不入而放下。由此可見，嚴苛的要求背後，老師對於弟子的關切與用心。

再就身教而言，比較明顯的有三類。一類是技術上的傳授，包括拉弓時如何維持臂部與肩部的放鬆，近似手把手的教導。另一類是回應學生的質疑，尤其夜間在射箭場展示在黑暗中連發兩箭都命中靶心的神技，建立起學生的信心，從此死心塌地服從老師。第三類則是當學生以「完全無我與無所求的狀態」正確放箭時，老師立即肅然，深深一鞠躬，向瓜熟蒂落般的放箭致敬，但隨即要學生放下此事，以平常心繼續練習。

這一切，也是因為師生之間殊勝的因緣。老師從開始時的不願傳授（因先前與西洋弟子的不良經驗），到過程中的嚴格要求（一度因為學生投機，幾乎將他逐出師門），然而不時出現適時的放鬆與鼓舞，如兩次喝茶時的開導、示範，顯示出教法鬆緊有度，收放自如。在學生以無我、無求的心態放箭時，老師鄭重其事地向此狀態鞠躬致意。

習箭五年多之後，老師建議學生去參加考試，並在家練習儀式，強化放鬆與專注，因此「能夠毫不費力地滑入當下真心的狀態中」，順利通過考試。之後，不再著重於射箭，而是配合學生的程度，開示「大

道與箭術的關係」，雖然多半是「神祕的象徵與晦澀的比喻」，但些許提示都能讓學生有所會心。其中，特別強調「無藝之藝」，因為「這是箭術追求完美的目標」，而此中的大師，「本身就是無藝之藝，大師與非大師集於一身。在此時，箭術成為不動之動，不舞之舞，進入禪的境界」，有如語默動靜、行住坐臥莫不是禪。而這些都來自「練習又練習，重複再重複……示範，舉例；直覺，模仿」。

學生詢問：回國後沒有老師在旁如何是好，老師的回答明白顯示了師徒一體、「吾道西矣」之感。學生返國後也能繼續精進，著書立說，弘揚師門的射藝與禪法，並在〈前言〉中明示，書中的教誨與比喻，無不出自老師，以示以師心為己心，以師言為己言。師徒之契合，顯見於臨別時老師以最好的弓相贈：「當你用這張弓射箭時，你會感覺到老師的精神與你同在。」至於焚弓的交代，頗有伯牙子期知音知己的況味。

總之，阿波研造與海瑞格見證了 1920 年代東西師徒之間一段殊勝的弓道因緣，而本書作為見證報告（witness report）則將此學藝經歷記錄下來，為當時東西方的交流，尤其箭藝與禪心的關係，留下了一份空前的紀錄，並接引了許多西方與東方的有緣人，可說是回報師恩的最佳方式。

還有一位人物不容忽略，就是海瑞格的妻子古思悌‧海瑞格。書中雖未言明她是職業婦女或家庭主婦，但提到她與先生同時習箭，也學習花道與繪畫，並在先生通過箭術考試領到證書的幾天後，「也在一場公開考試中獲得了花道師父的頭銜」。

有三件事值得一提。一是兩人曾帶著弓箭到海邊過暑假，先生因經年勤練卻不見具體進展而心生偏執，想到取巧的手法，當時妻子曾有「反對的忠言」，但他沒聽進去，反而自以為在技術上有所突破，後來被老師識穿，幾乎逐出師門。另一件事就是海瑞格過世後，妻子為他整理卷帙浩繁的遺稿出版，將這位西方學者的習箭修禪學佛心得普及

於世。此外，古思悌・海瑞格於 1957 年出版德文版 Der Blumenweg（直譯為《花道》）與英文版《花藝中的禪：日本花道中的意義與象徵之經典解說》（Zen in the Art of Flower Arrangement: The Classic Account of the Meaning and Symbolism of the Japanese Art of Ikebana，可仿《箭藝與禪心》而譯為《花道與禪心》），1958 年發行美國版和英國版，同樣由哈爾英譯，鈴木大拙作序。全書記錄了她在本原流花道名師武田朴陽門下學藝的心得。此書與先生的箭藝之書，可謂陰陽剛柔相濟的夫妻作。

結語

即使海瑞格的歐洲教養、專業訓練等多方面與東方禪宗相去甚遠，但在個人求藝的初心以及老師高明的調教之下，六年學藝有成，得以體會箭術的大道，返回德國，著書立說。他在書中提到：「佛教的禪宗誕生於印度，經過了巨大的轉變，在中國發展成熟，最後被日本所吸收，成為一種生活中的傳統。」而經由作者的學習、體悟與著述，他的經驗與心得進一步藉由英文、日文、中文等多種語文的譯本廣為流傳，再度印證了禪宗的發展與傳播。

海瑞格師從阿波研造習箭是在兩次世界大戰之間，距今將近一個世紀，本書德文版問世至今已逾七十年。如今禪宗傳遍全球，派別眾多，兼習武藝者也不在少數。本書歷久不衰，固然因為作者為特定時空下的人事物留下了第一手史料，更因為其中有關箭藝、特別是禪心之處，與其他時代、地方、藝術相通，兼具了特殊性與普遍性，對於武藝與禪在世界的傳揚發揮了很大的引領作用，允為此一領域的經典之作。

2021 年 1 月 10 日
臺北南港

本文原名〈箭藝・禪心・達道──《箭藝與禪心》跋〉，收錄於海瑞格著，魯宓譯，《箭藝與禪心》（臺北：心靈工坊，2021年2月），頁119-138；易名為〈《箭藝與禪心》跋（上）：三種心態、三個過程、四個階段，藉由箭術來了解禪宗與佛教〉、〈《箭藝與禪心》跋（下）：東方學藝與修禪注重師承，當西方弟子遇到東方老師時會如何？〉，轉載於《關鍵評論網》，2021年2月28日，https://www.thenewslens.com/article/147568 以及 https://www.thenewslens.com/article/147570。

附識

　　筆者於1970年代讀到顧法嚴的譯本《射藝中的禪》，印象非常深刻。沒想到半世紀後又與此書結緣，藉由為魯宓的重譯本《箭藝與禪心》撰寫跋語，再度細讀全書，蒐集相關資料，對於作者、背景與內容有了更深切的認識與領會。相隔數十年，除了知識與經驗的增長之外，最大不同就是拜師學習鄭子太極拳以及隨聖嚴師父修學禪法三十載，由此而來的「體現知識」（"embodied knowledge"）正可用來體悟與詮釋此書。

　　本文撰於2021年，因此《箭藝與禪心》之跋所引用聖嚴法師與史蒂文生合著的《牛的印跡》，為梁永安翻譯的2002年商周版。梁譯於2023年由法鼓文化出版全新中文修訂版，本篇腳註中的出處亦隨之更新。撰寫過程中並向法鼓山的法師與居士大德請教，以確認正確理解聖嚴法師所傳授的禪法。

邁向美麗新世界？
——愛特伍著《瘋狂亞當三部曲》

書名：瘋狂亞當三部曲（劍羚與秧雞、洪水之年、瘋狂亞當；附新版作者序）
作者：愛特伍（Margaret Atwood）
譯者：韋清琦、袁霞、呂玉嬋、何曼莊
出版者：漫遊者文化事業股份有限公司
初版日期：2022 年 7 月
叢書系列：愛特伍作品集
頁數：1232 頁
ISBN：9789864896653（平裝）

愛特伍其人其書

故事開始時，已是「無水之洪」（the Waterless Flood）浩劫後，整片大地唯一倖存者似乎只有「雪人」吉米（"Snowman" Jimmy），而他觸目所及則是一片奇異景觀：氣候劇變與嚴重污染下的景色，綠兔子、器官豬（pigoon）、狗狼（wolvog）等基改動物，以及一群把他奉為先知般崇拜的新人類克雷科人（Crakers）。加拿大國寶級作家愛特伍（Margaret Atwood, 1939- ）以如此詭異、驚悚的末世畫面與後人類景象，揭開《瘋狂亞當三部曲》（*The MaddAddam Trilogy*）的序幕。雪人吉米是何許人？「無水之洪」是何種災難？基改動物從何而來？為何會

出現一群長相奇特、性情溫和、素食維生、不畏蚊蟲與紫外線、不知貪婪和嫉妒為何物的人造人？這些在在勾起讀者的好奇，想一探究竟。

高齡八旬的愛特伍，是位早慧且充滿創意與能量的作家，自幼喜歡與家人說故事，博覽群籍，[1] 年紀輕輕便決心以寫作為志業。1966 年以第二本詩集《圈戲》（*The Circle Game*）獲得加拿大總督文學獎（The Governor General's Literary Award），聲譽鵲起。她長年勤於創作，多方位發展，除了詩、短篇小說、長篇小說、兒童文學、圖像小說、電視劇本、音樂劇、歌劇、電子書、有聲書，也出版散文、評論集、文學演講集，並編選詩集與短篇小說集。她的一些作品也被改編為電影或電視劇，甚至自己客串演出。2000 年以《盲眼刺客》（*The Blind Assassin*）、2019 年以《證詞》（*The Testaments*）兩度獲得英國布克獎（Booker Prize），作品被譯為數十種語言。榮譽學位與其他榮銜不勝枚舉，包括美國人文與科學院外籍榮譽院士（1988），也曾於 1984 年至 1986 年擔任加拿大筆會會長。愛好自然和動物的她與伴侶、小說家吉布森（Graeme Gibson, 1934-2019）同膺國際鳥盟稀有鳥類俱樂部榮譽主席。

此外，愛特伍堅持言論自由，經常針對政治與社會議題發表意見。筆者撰寫本文的當下，她為了抗議日漸緊縮的言論空間，面對禁書、甚至焚書的威脅，特地製作防火材質的限量版《使女的故事》（*The Handmaid's Tale*, 1985），[2] 在企鵝藍燈書屋 YouTube 影片中，只見白髮蒼蒼的她手持火焰噴槍，煞有其事地噴向自己最常遭禁的這本防火書，其特立獨行、既幽默又嚴肅的行徑可見一斑。

---

[1] 參閱《與死者協商：瑪格麗特・愛特伍談作家與寫作》（*Negotiating with the Dead: A Writer on Writing*）的參考書目與索引，以及下一篇筆者為此書所撰寫的導讀，頁 316-327。

[2] 《使女的故事》為 1985 年加拿大總督文學獎以及 1987 年首屆亞瑟・克拉克最佳科幻小說獎（The Arthur C. Clarke Award for the best science fiction novel）得獎之作。

前後歷經十年出版的《瘋狂亞當三部曲》，在份量與內容上可謂愛特伍最可觀之作。首部曲《劍羚與秧雞》（*Oryx and Crake*, 2003，又譯《末世男女》）透過男子雪人的角度，觀看無水之洪過後的廢墟世界，探索大難發生的原因，結束於他帶領一群人造人前往海邊，探尋是否還有其他劫後餘生的人類。第二部《洪水之年》（*The Year of the Flood*, 2009，又譯《洪荒年代》）的時序約與第一部平行，從無水之洪中意外倖存的兩位女子桃碧（Toby）與芮恩（Ren）的角度，述說她們在浩劫前後的驚險遭遇。第三部《瘋狂亞當》（*MaadAdaam*, 2013）主要從一男（澤伯〔Zeb〕）一女（桃碧）的角度，接續並補充前兩部未盡之處，也把整個故事推展到匪夷所思又發人深省的地步。

作者藉由豐富的想像與純熟的技巧，交織出細緻的情節與彼此穿插的人物，呈現出一個既亙古如《聖經》、又奇異如幻想的重要主題：如何使墮落、惡化的世界再次啟動、重新開始？遠古時期的大洪水與諾亞方舟是大家耳熟能詳的聖經故事，科技昌明的二十一世紀有什麼對應的版本？地球上的人類能另啟生機嗎？或者，反過來說，已被人類占地為王、開腸破肚的地球，在什麼情況下可能獲得新生？

推想小說

愛特伍特地拈出「推想小說」（Speculative Fiction，郭強生用語為「科推小說」）一詞，以示與「科幻小說」（Science Fiction）之別。在她看來，科幻小說不乏超乎目前科技所及的幻想成分，如火星人、星際旅行等；推想小說則根據現實已有或明顯在望的科技，推想可能發生、甚至已經發生的現象，如生物工程、基因改造、人造病毒等。《瘋狂亞當》的謝詞中便說，此書雖為「虛構的作品，但並不包含任何不存在、不在製造中，或理論上不可行的科技或生物體」。

愛特伍在代表作《使女的故事》中描寫未來的基列國裡，掌政教大權的男性如何剝削女性，視使女為「只是長著兩條腿的子宮」之生育機器。書中使女的白帽紅衣，如今甚至成為女權運動者集會時的穿著，可見其作品之深入人心、呼應社會脈動。而篇幅最鉅、最具雄心的則是《瘋狂亞當三部曲》，其中的假設便是：「如果我們繼續走我們正在走的路，那會怎麼樣？」

《瘋狂亞當三部曲》一方面訴說充滿想像、創意卻又駭人聽聞的故事，另一方面引領讀者觀照身處的世界，並推想可能的未來，重要主題之一就是「存活」（survival）。愛特伍的父親（Carl Edmund Atwood）是森林昆蟲學家，她自幼在魁北克森林中長大，存活是性命攸關之事，正如她接受《巴黎評論》（*Paris Review*）訪談時表示，存活「打一開始就是我生命的一部分」。這也是愛特伍心目中加拿大文學的重要議題。她的第一本文學評論《存活：加拿大文學主題指引》（*Survival: A Thematic Guide to Canadian Literature*, 1972），主張文學對國族認同扮演著舉足輕重的角色，而加拿大認同必須著重在地。[3] 而在新千禧年出版的三部曲處理的不只是「無水之洪」之後舊人類的存活，更是倖存者與新人類如何在浩劫後的地球繼續存活。換言之，「存活」涉及愛特伍個人的生命經驗、文學見地、國族認同以及人類／地球未來。

地球之所以遭逢無水之洪，遠因和近因都與人類有關。遠因就是人類世（Anthropocene）的出現，號稱萬物之靈的人類逐漸在地球上取得主控權，尤其是工業革命以來對大自然需索無度，導致資源枯竭、生態失衡。近因則是資本主義橫行，跨國公司為謀取最大利益罔顧企業倫理、社會公義，導致道德淪喪、貧富懸殊，以致物極必反。

3　此說法一如愛特伍就讀的多倫多大學教授、國際聞名的文學批評家佛萊（Northrop Frye）的主張：「現實的中心就在你所在之任何一處，圓周則是你想像力可及的範圍。」

書中有些人組成環保宗教性組織「上帝的園丁會」(The God's Gardners)，宣揚環保理念，友善對待動植物，回歸自然生活。但也有極端分子如科技天才葛林／克雷科 (Glenn/Crake，其在線上互動遊戲「大滅絕」的代號為「秧雞」)，對現有世界絕望，決定以人造瘟疫消滅舊人類，並透過基因技術改造出性格和善、適應力強、無害於地球的新人類，大破大立，企圖讓地球重獲生機。此情節正切合微軟創辦人比爾·蓋茲 (Bill Gates) 警示當今人類面對的兩大威脅：極端氣候變遷與生物恐怖主義。這些對人類中心主義 (Anthropocentrism) 的批判，以及對地球永續發展的關切，具見於愛特伍長年對自然生態與動物權的重視。

反烏托邦文學

《瘋狂亞當三部曲》為反烏托邦 (dystopia) 的文學傑作，延續了扎米亞京 (Yevgeny Zamyatin) 的《我們》(*We*, 1924)、赫胥黎 (Aldous Huxley) 的《美麗新世界》(*Brave New World*, 1932)、歐威爾 (George Orwell) 的《1984》(*Nineteen Eighty-Four*, 1942) 的傳統，並根據現今的科學條件，推想人類的前途與地球的未來。書中科技的發展與醫藥的創新，表面上是增進眾人（其實是付得起的消費者）福祉，實際上卻是貪圖背後龐大的利潤，甚至使出見不得人的卑鄙手段，掩飾可能的副作用。意圖揭密者或遭到公司逼迫、殺害或「被自殺」。同業之間充滿爾虞我詐，挖角、刺探、綁架，無所不用其極。換言之，科技進步未能維護人類福祉與自然環境，反因人性險惡（或動機良善卻手段殘忍），導致眼前人類浩劫，未來卻在未定之天。

與此相關的，則是全球化及其危機。科技進步，交通發達，使得全世界的人流、物流、金流更為頻繁緊密，形成命運共同體。若被有

心者利用,影響更是迅速且廣泛。最具體的事例表現於利用行銷全球的喜福多藥丸,暗藏定時病毒,同時爆發,連海島臺灣都未能倖免於此無水之洪:

> 我聽到新聞,之前一直在報導的小流行病疫情反常,本來是可以控制的區域性爆發,現在成了緊急危機事件。他們放了一張全球地圖,疫情嚴重的地區亮著紅燈:巴西、台灣、沙烏地阿拉伯、孟買、巴黎、柏林。(《洪水之年》286)

書中描繪的「全球一命」情景,在新冠疫情爆發後更令人感同身受。

上述的嚴肅主題透過作者高超的技巧,結合不同的文類,包括說故事、佈道詞、讚美詩等,令讀者不忍釋手。創意之大者如主題呈現、情節安排、人物塑造;小者如一名之立,自創新字以形容基改動物,"MaadAdaam" 是左右讀來完全一樣的回文(palindrome),在在顯示出作者的巧思。而中譯本文字流暢,譯注仔細,則具現了譯者們的用心。

至於此書指涉的互文,可視為致敬之作,從《聖經》、希臘羅馬神話、莎士比亞,到現當代文學,都可找到相應之處。最明顯的便是首部曲題辭,引用綏夫特(Jonathan Swift)的《格理弗遊記》(*Gulliver's Travels*, 1726)以明志:「我也許可以像其他人那樣用奇談怪事來使你們吃驚不已,但我寧願以最簡單的方式和風格來平鋪直敘;因為我的目的是要增長你們的見識,而非博君一笑。」這不禁讓人聯想到大人國國王對人小鬼大的格理弗所說的話:「你的國人中,絕大多數是大自然有史以來容許在地面上爬行的最惡毒、最可憎的小害蟲」(《格理弗遊記》第二部第六章),或可反映作者對人性險惡及人類中心主義的批判。

總之,愛特伍透過閱讀、體驗、深思與推想,以生花妙筆呈現人與自己、他人、社會、科技、環境的關係以及可能的未來情境。《瘋狂亞當三部曲》尾聲,舊人類與新人類結合,可能孕育出什麼新人種?學會

文字記事，對新人類是福是禍——從此進入有文字的文明，抑或人生識字憂患始？無水之洪過後，是邁向美麗新世界，抑或重蹈覆轍，如劍羚與秧雞般滅絕？而作者愛特伍，是揭示未來的先知，抑或預言為人漠視的卡珊卓（Cassandra）？

這一切，都有待讀者的尋思與時間的驗證。

2022 年 5 月 31 日
臺北南港

本文原名〈邁向美麗新世界？——愛特伍《瘋狂亞當三部曲》導讀〉，收錄於愛特伍著，韋清琦、袁霞、呂玉嬋、何曼莊譯，《瘋狂亞當三部曲》（《劍羚與秧雞》、《洪水之年》、《瘋狂亞當》；附新版作者序）（臺北：漫遊者文化，2022 年 7 月），頁 15-20。

附識

此三部曲原名 The MaddAddam Trilogy，即 Oryx and Crake（2003）、The Year of the Flood（2009）、MaadAdaam（2013），在臺灣有兩種譯本，四位譯者中只有一位不同，但書名有異，各具特色。2015 年天培文化將三部曲譯為「末世三部曲」，係根據內容加以引申，強調末世的危機與災後的情境；2022 年漫遊者文化則直譯為「瘋狂亞當三部曲」（以下簡稱「天培版」與「漫遊者版」）。

Oryx and Crake 兩個中譯本的譯者均為韋清琦與袁霞，書名既是動物名稱，也是主要男女角色的名字。「天培版」另闢蹊徑，取名《末世男女：後基因改造的文明廢墟》（2004 初版，2015 增訂新版），旨在強調時代為末世，角色為男女，並加上副標題以示末世的文明廢墟係基因改造（病毒變種）之後果。「漫遊者版」則直譯為《劍羚與秧雞》（2022），並另加三個附文本：〈作者序〉、筆者的〈導讀一——邁向美麗新世界？〉（15-20）與郭欣如的〈導讀二——多重宇宙的永劫回歸〉（21-27）。〈作者序〉

說明書名由來、寫作因緣、文學理念等，兩篇導讀各從不同角度為中文讀者引介此三部曲。

The Year of the Flood 兩個中譯本的譯者均為呂玉嬋。「天培版」取名《洪荒年代》（2010 初版，2015 增訂新版），暗喻浩劫之後的世界又回到太初的原始狀態。「洪荒」的「洪」字可能讓人聯想到「洪水」，卻未必與洪水直接相關。「漫遊者版」則直譯為《洪水之年》（2022），謹守書中人為病毒大爆發有如洪水席捲世界之比喻。

MaadAdaam 的「天培版」譯者為何曼莊（2015 初版），「漫遊者版」譯者則同為第二部曲的譯者呂玉嬋（2022），書名均為《瘋狂亞當》，千里來龍，至此結穴，將愛特伍強調的「推想小說」三部曲做一了結，並留下進一步想像的空間。

由上述可知，「天培版」的書名為意譯，除了凸顯此三部曲作為推想小說的深意，並採取四字對仗（「末世男女」、「洪荒年代」、「瘋狂亞當」），為中文讀者較熟悉的歸化策略，足證其用心。「漫遊者版」為了與先前譯本區隔，書名採取忠於原文的異化手法，即使《劍羚與秧雞》一名令人覺得陌生，也選擇以〈作者序〉的方式來說明與處理。

此三部曲為漫遊者文化「愛特伍作品集」一至三號，第四號為評論集《與死者協商：瑪格麗特・愛特伍談作家與寫作》（*Negotiating with the Dead: A Writer on Writing*），相關評介詳見下篇〈穿梭於幽明之間——愛特伍著《與死者協商》〉。兩篇並讀，可對愛特伍的文學理念與小說創作有更深一層的認識。

穿梭於幽明之間
——愛特伍著《與死者協商》

書名：與死者協商
副標：瑪格麗特・愛特伍談作家與寫作
作者：愛特伍（Margaret Atwood）
譯者：嚴韻
出版者：漫遊者文化事業股份有限公司
初版日期：2022 年 10 月
叢書系列：愛特伍作品集
頁數：304 頁
ISBN：9789864897094（平裝）

愛特伍與薩依德

　　加拿大國寶級作家愛特伍（Margaret Atwood, 1939- ）寫詩起家，以長篇小說聞名國際，也從事其他類型的書寫。《與死者協商：瑪格麗特・愛特伍談作家與寫作》（*Negotiating with the Dead: A Writer on Writing*, 2002）原為 2000 年應英國劍橋大學之邀所發表的燕卜蓀系列講座（The Empson Lectures），兩年後由劍橋大學出版社出版。根據該社官網，此系列講座「為紀念偉大學者暨文學評論家威廉・燕卜蓀爵士（Sir William Empson, 1906-84），〔……〕由英文學院及劍橋大學出版社共同主辦，邀請世界知名學者，以深入淺出的方式廣泛探討文

學、文化之相關主題。」本書因主講人為著名作家,特增加「作家」("writers," *Negotiating* v)一詞。

有趣的是,閱讀愛特伍的《與死者協商》,在在讓我聯想到薩依德(Edward W. Said, 1935-2003)的《知識分子論》(*Representations of the Intellectual*, 1994)。首先,兩人都出身於大英帝國治下的殖民地,一來自北美加拿大,一來自中東巴勒斯坦。其次,兩人都應具有高度文化象徵意味的英國建制之邀,發表一系列六場演講──一為劍橋大學燕卜蓀系列講座,一為英國廣播公司李思系列講座(The Reith Lectures)。第三,主講人均為國際知名人士現身說法、夫子自道──作家愛特伍談寫作,學者與公共知識分子薩依德談知識分子。第四,演講對象不限學界,也普及大眾。此外,在愛特伍之前,薩依德也曾於1997年應劍橋大學之邀發表燕卜蓀系列講座,主題為「歌劇中的權威與踰越」("Authority and Transgression in Opera"),可惜天不假年,薩依德離世前未及定稿,以致廣陵散絕,徒留遺憾。

鑑於兩人的專長、代表性與知名度,加上主辦單位為舉世聞名的學術或傳播機構,這兩本演講集出版後不僅在英文世界廣受矚目,也翻譯成多種語文流傳,既是有別於兩人專長領域(一為文學創作,一為學術論述)的另類書寫,又與他們的名作相輔相成,甚至可視為開啟他們內心世界的方便之鑰。

《與死者協商》提要

《與死者協商》的英文副標題「作家論寫作」(更精確地說,是「一位作家論寫作」,重印時易名為《論作家與寫作》〔*On Writers and Writing*, 2014〕),直指寫作本質,而非枝枝節節的寫作技巧。至於寫作為何是與「死者」(而非「生者」)「協商」(而非「抗衡」或

「同行」）則引人好奇，有意一探究竟。由書名足見作者的巧思。

　　作家訪談與寫作祕笈之所以受歡迎，原因之一是眾人好奇於作家的創意與寫作的奧祕。燕卜蓀系列講座提供良好機緣，讓當時年屆六十的愛特伍回顧內心世界，反思創作歷程，透過著名學院的寬廣平臺，以演講與專書分享大眾。套用〈導言：進入迷宮〉的比喻，愛特伍如同說書人，引領讀者進入寫作迷宮，一路偕行，本著個人的天賦才華、決心毅力，以及多年閱讀與寫作經驗，撥開重重迷霧，歷經六道關卡，來到旅程終點，盤點一路收穫。

　　〈導言〉敘明此系列講座的緣起與主題。愛特伍坦承既非學者，更非文學理論家，自喻為在「文字礦坑」裡做了四十年的「苦工」，依多年體驗直指核心：「作家最常被問到的三個問題，發問的人包括讀者以及他們自己：你為誰而寫？為什麼要寫？這念頭從何而來？」全書可說是自問兼自答，並為偕行的讀者指點迷津。所臚列的七十多個寫作動機（筆者從未見過如此多元、精要、集中的呈現，每一個動機都值得深思）以及九個寫作時的感覺，在在讓人感受到這位「苦工」、「導覽」與「說書人」的廣博、深邃、真誠、熱忱與慧點。

　　〈楔子〉進一步說明本書的風格與內容。就風格而言，愛特伍表示在將演講（口說）轉換為書籍（文字）時，「力求保留原有的口語化風格」，此特色在閱讀原文時更明顯，尤其書中不時出現的幽默，可以想見現場聽眾哄堂大笑的情景。就內容而言，愛特伍謙稱因演講性質，各章順序並不嚴謹，但都有「若干共通主題，談及作家、寫作的媒介工具，以及寫作的藝術」。〈楔子〉提供六章內容簡述，理路清晰，為簡明扼要的路線圖，若讀者自覺迷失途中，可時時回首翻閱，尋得定位。

　　本書既為現身說法之作，自傳成分必不可少，這正是許多聽眾與讀者最感興趣之處。愛特伍果然不負眾望，第一章〈定位：你以為你是誰？〉提供許多有關家族、尤其是個人的訊息與軼事。全章從祖輩與父

母親談起，1939 年出生的她排行老么，童年與許多作家相似：「書本和獨處」，身邊有「說故事的人」。因耳濡目染而於七歲左右寫了一個劇本，遭到哥哥批評後改寫小說，無以為繼後又畫畫……。從本章敘述可看出愛特伍閱讀之廣（對歐陸、美國、英國作家如數家珍），大學時寫作之勤（「充滿非寫不可的衝動和希望……幾乎寫遍了日後我從事的文類——詩、小說、散文」），並有機會從學於名聞國際的文學教授佛萊（Northrop Frye, 1912-1991）。

此外，她提到相較於其他藝術，寫作的門檻低，看似民主，人人都可參與，卻需要「力氣和堅持」方能嶄露頭角。愛特伍一方面肯定作家的努力與身分，有如進入「神奇的蟻丘」，自成一世界，另一方面提醒切莫自認高人一等。本章副標題「你以為你是誰？」借自加拿大短篇小說家、十多年後獲得諾貝爾文學獎的孟若（Alice Munro, 1931- ）的書名，故事中老師訓誡女主角：「『妳不能因為自己會背詩〔代入愛特伍的情況則是「會編故事」〕，就沾沾自喜以為自己比別人強。妳以為妳是誰？』」

「你以為你是誰？」似乎成了愛特伍給自己的公案，接下來三章試圖從不同面向自我叩問，探討眾人好奇、甚至意欲窺視的作家之特質、衝突與角色。第二章〈雙重：一手傑柯一手海德，以及滑溜的化身〉拈出「雙重」一詞，並以傑柯／海德（Jekyll/Hyde）一而二、二而一的化身博士之喻，來強調作家的雙重性：一邊繼承了浪漫主義的觀念，認為作家與藝術家是英雄、偉人、天才，卓爾不群，不食人間煙火；另一邊又有凡夫俗子的一面，必須打理生活瑣事，尋常過日。即使時至今日，依然不離這兩面：一為寫作中的作家，一為日常生活中的作家。愛特伍進而對比「說故事的人」與「作家」：前者為口述，內容可能因聽眾反應或場合、講述者不同而改變，其流傳「從口到耳再到口」，充滿彈性、臨場感與流動性；後者為書寫，獨自創作，因文字而固定不變，

「在人手之間傳遞」，一如樂譜有待音樂家演奏，文本有待讀者詮釋。

　　作家面對的雙重性不止於此。與作家的英雄／凡人對立形象密切相關的，就是創作目的。第三章〈專注：文學大神〉轉向作家另一個雙重性：獻身寫作是為了文藝之神阿波羅（Apollo），還是為了財神瑪門（Mammon）？簡言之：是為藝術而藝術，還是為金錢而藝術？這涉及創作的動機，雖未必與藝術成就相關，卻是現實問題，在資本主義市場導向的今天尤然。

　　愛特伍選擇直接面對問題，表示在自己成長的年代，一般認為嚴肅作家是為藝術而藝術。然而她坦承：「當我十六歲發現自己是個作家時，腦袋裡完全沒想到錢的事，但不久之後錢就成了最重要的考量。」為了剖析藝術與金錢的關係，她旁徵博引，舉出一些相關論述，並以契訶夫（Anton Chekhov, 1860-1904）、莎士比亞（William Shakespeare, 1564-1616）、狄更斯（Charles Dickens, 1812-1870）、珍・奧斯汀（Jane Austen, 1775-1817）、艾蜜莉・勃朗蒂（Emily Brontë, 1818-1848）等人為例，說明「這些作家的優劣都完全不能以金錢因素來斷定。」此外，她也質疑藝術的功能論，警示若過於強調藝術之用，「到後來等於審查制度」。

　　第四章〈誘惑：普羅斯斐洛、奧茲巫師、梅菲斯托一干人等〉進一步討論，能以生花妙筆創造出另一個世界的作家——愛特伍稱之為「幻象製造者」（"illusionist"）——其角色與責任為何？她指出作家身為藝術家，與藝術之間不僅涉及表面的技藝，也涉及內在的精神，這種專注與獻身的精神具有宗教意味。儘管才華使作家與眾不同，但也並非遺世孤立，因為筆下的文字「真正進入世界，有其影響和後果」。那麼作家與外在世界的關係如何？該如何看待其中涉及的「道德及社會責任」？愛特伍認為，作家應否介入社會或袖手旁觀，並「沒有清楚的答案」，這點與其說是「問題」，倒不如說是「謎題」（"conundrums"），值得

不時參究。

至於評斷作品時是否只根據審美標準,還是涉及道德法則?作品必須有益於世道人心嗎?這種道德要求會不會淪為其他形式的審查制度?在她看來,作家身為文字魔法師,以文字施展法力／權力,就擺脫不了隨之而來的「錢與權」,以及道德與社會責任。而最能結合藝術堅持與倫理責任的就是「見證」——觀察、記錄並承擔責任。愛特伍表示:「你專心把作品寫好就好,社會意義部分會自有著落。」至於決定作品意義的,「不是作家自己,而是讀者。」

前四章的焦點在作家,第五章〈交流:從誰也不是到誰也不是〉則轉向讀者。愛特伍以倒 V 字來形容作家、讀者與文本之間的關係:作家與讀者各據兩端,藉由居間的文本聯繫。作家寫作與讀者閱讀時均為獨處狀態,以文本為交流媒介。本章針對三者之間的關係提出三個問題:作家為誰而寫?文本功能為何?讀者閱讀時,作家何在?

愛特伍認為,作家寫作時基本上都預設了讀者的存在,但讀者究竟為何許人也卻是「一大未知數」。如果「閱讀就是解碼」,那麼作家總希望自己的心血結晶能送抵適當、甚至理想的解碼者手上,而「理想狀態是讀的人正是應該讀的人」。文本離開作家後,就有了自己的生命,成為「獨立自主的個體」,在世間流轉,「唯有透過與讀者互動」,「在讀者與讀者之間來去」,才能存活、成長、轉化、衍生。

至於如「間諜」、「侵入者」般的讀者在閱讀時,「作家在哪裡?」,則有兩個看似矛盾的答案:一個是「作家哪裡也不在」,因為在孤獨的閱讀行為中,作家早已消失;另一個卻是「就在這裡」,因為讀者藉由解讀與重組,使文本活轉過來,進而觸及作家的內心世界。而理想的讀者,到頭來「可能是任何人——任何一個人——因為閱讀永遠跟寫作一樣個別獨特」。這點正如筆者在不同場合再三強調的:文字因緣不可思議,認真書寫功不唐捐。只要努力播下文字種子,機緣成熟時

就可能開出奇花異果。

前五章分別討論作者與讀者，書名中的「死者」直到末章才出現，也為全書破題：〈向下行：與死者協商〉。愛特伍坦承，這說法背後的假設是：寫作的「深層動機都是來自對『人必有死』〔mortality〕這一點的畏懼和驚迷——想要冒險前往地府一遊，並將某樣事物或某個人帶回人世」。換言之，人生苦短，作家力求以書寫探索未知，發現新意，留下印記，寫作便是來自「對人生稍縱即逝、方生方死的體悟，加上創作的衝動」。

相較於音樂、繪畫、雕刻等藝術，寫作的特質在於寫下字句，留住聲音，讓讀者可以依字循聲探意。而閱讀與寫作密不可分，透過閱讀作品與前人對話，「所有的作家都向死者學習」，期待自己能如冥界歷險歸來的英雄般獲得某些珍寶、知識與體驗，藉由寫作與讀者分享。因此，作家宛若巫師，跨越生死門檻，往返幽明兩界，協商的對象何止過往的死者，也包括現世的生者，以及未來的讀者。

愛特伍的重要關切

綜觀全書，愛特伍有幾個重要關切，具現於「加拿大女作家」一詞。首先是閱讀與寫作的關係。要成為作家，天賦縱不可少，後天工夫也很重要。愛特伍以長篇小說聞名，然而自幼便多方閱讀，嘗試不同文類寫作，於多倫多大學研習文學時，既取法強調細讀的新批評（New Criticism），也師從文學與文化大家佛萊。《與死者協商》固然是作者現身說法，但從各章的章前引言，以及書中引述的作家與作品——首章伊始為日本作家安部公房（1924-1993）的《砂丘之女》——可見其涉獵之廣，英文原書書末的兩百二十多個註釋、十頁參考書目與八頁雙欄索引便是博覽群籍的明證，要將這些龐雜的閱讀經驗與心得統合於恰切

的主題下絕非易事。

本書雖非嚴肅的學術論著,但引述作家高達兩百多位,原文橫跨希臘文、拉丁文、阿卡德文、英文、法文、德文、俄文、西班牙文、義大利文、捷克文、瑞典文、日文等。引用次數最多的作家依序為亨利‧詹姆斯(Henry James, 1843-1916,十九次)、迪納森(Isak Dinesen, 1885-1962,十六次)、莎士比亞(十五次)、波赫士(Jorge Luis Borges, 1899-1986,十三次)、濟慈(John Keats, 1795-1821,十一次),並列十次的有王爾德(Oscar Wilde, 1854-1900)、喬伊斯(James Joyce, 1882-1941)與孟若。引用的長篇作品有一百四十餘部,短篇作品五十餘部。這些工夫必須在獨處中培養,進而透過精準機智的文字、洗練靈活的手法,傳達給閱聽者,方不致有食而不化、掉書袋之嫌。

其次便是在地意識。愛特伍不諱言,加拿大長久籠罩在大英帝國的文化與政治影響下,具有濃厚的殖民性與自卑感,這點顯見於第一章的三段章前引文,分別來自〈加拿大文學的問題〉、〈加拿大詩人的困境〉與〈其他加拿大人及其後〉。書中提到 1950 年代末期,加拿大「殖民地心態依然盛行」,就讀大學時,大多數人「幾乎不知道有加拿大文學的存在」。從她第一本文學評論《存活:加拿大文學主題指引》(*Survival: A Thematic Guide to Canadian Literature*, 1972),就可看出有意奮力脫困,不僅要為加拿大文學尋求認同,安身立命,並認為文學對於建構國族認同至關重要。

換言之,加拿大作家與知識分子為了存活,必須關注在地情境,一如書中引用佛萊振聾發聵的說法:「現實的中心就在你所在之任何一處,圓周則是你想像力可及的範圍。」佛萊以原型批評(Archetypal Criticism)聞名,著重文學的普同性,他對於在地意識的強調特具意義:「不僅在加拿大,在任何社會都有革命性,尤其是殖民社會。」愛特伍深受啟迪。

相較於英美兩國的文學與文化評論，本書特色之一在於不時就地取材，引述加拿大作家與評論家，包括後來獲得諾貝爾文學獎的孟若。當然，愛特伍本人的作品多年來日益受到國內外讀者矚目，連帶著也使更多人注意到加拿大文學。

愛特伍的論述與文學實踐中，另一重大特色便是女性意識。她認為女作家有許多「不利之處」，甚至稱之為「在劫難逃」，有如霍桑（Nathaniel Hawthorne, 1804-1864）《紅字》（*The Scarlet Letter*）中的女主角，胸前的紅字 A 既為「女通姦者（Adulteress），更代表藝術家（Artist）、甚至作者（Author）」，然而她坦然接受，勇敢面對，並在承擔過程中累積經驗與智慧。

愛特伍對女性主義有個人特定看法，平實穩健而有力，並呈現於論述與文學作品中。她大多數作品都以女性為主角，從女性角度觀察與述說故事。值得一提的是，置身未來世界的反烏托邦代表作《使女的故事》（*The Handmaid's Tale*, 1985），其中白帽紅衣的使女形象，甚至成為當今一些女權運動集會的穿著，足見其作品在現實社會與政治發揮實際力量。

本書數度提到女詩人／作家在加拿大文學圈與社會遭遇的不平等待遇，而愛特伍以自己的作品與行為，一再挑戰這些成見與刻板印象，開拓女性的寫作空間，提升其社會地位，為女性作家樹立典範。

愛特伍為詩人出身，而詩人一向善用譬喻，本書另一特色就是引經據典，活用譬喻，成為點睛之筆。這點由各章的主副標題及簡述便可看出：如第二章以一分為二的化身博士比喻作者的雙重性；第三章以文藝之神與金錢之神說明作家選擇獻身的對象；第一章以孟若的「你以為你是誰」與第五章典出狄瑾蓀（Emily Dickinson, 1830-1886）的「誰也不是」（"Nobody"）相呼應。尤其是書名「與死者協商」（也是第六章副標題），以「向下行」的地府冥界之旅與回歸，喻示

作家從前輩作家汲取養分,並透過自己的書寫傳揚下去。穿梭於幽明兩界的作家意象,呼應第二章結尾引用的《愛麗絲鏡中奇遇》,既有鏡外世界,又有鏡中世界,而作家藉由寫作出入於鏡內與鏡外、「藝術面」與「人生面」之間。

全書從〈導言:進入迷宮〉,到末章〈向下行〉以及回歸,愛特伍帶領著聽眾與讀者,有如神話英雄般離開家園、出外冒險、歷經啟蒙、重返故土的「出發—啟蒙—回歸」(departure, initiation, and return)的範式,帶回進出於內外、幽明、冥陽兩界的知識與領悟,並以故事或論述與人分享。愛特伍閱讀之廣、挪用之妙、譬喻之精,以及畫龍點睛之效,在在令人佩服。

與華文界的關聯

從愛特伍的自我描述,可以發現與筆者這代臺灣學者相應之處。她就讀大學時所承襲的新批評,1960 年代末期由顏元叔、朱立民兩位教授引進臺灣,頓時風行草偃,不僅一舉改變英文/外文系的教材與教法,並進而影響中文系以及文學界。至於她老師佛萊的《解剖批評:四論》(*Anatomy of Criticism: Four Essays*),涉及文學作品深層結構的模式、象徵、神話與文類,為當代文論經典,當年英美文學的研究生幾乎人手一冊。

至於此系列講座緣起的燕卜蓀,生平頗具傳奇性。他早慧叛逆,因少作《多義七式》(*Seven Types of Ambiguity*,或譯《複義七型》)聲名鵲起,卻也因違反校規遭到劍橋大學開除(系列講座伊始便提到此事)。"ambiguity" 一字強調文字的曖昧歧義,成為新批評的重要術語,他的分類與解析至今依然具有啟發性。「燕卜蓀」為他自取的中文名,曾兩度前來中國(1937-1939, 1947-1952),包括對日抗戰期間任

教於西南聯大外國語文學系，葉公超、錢鍾書、朱光潛、吳宓、柳無忌等名家均為其同事，與中國師生同甘共苦，培育出多位英美文學與比較文學界的重要學者，對外文學門在中國的發展影響深遠。

再就本書翻譯而言，《與死者協商》也是向前輩與當代作家致敬之作，旁徵博引，作家與作品琳琅滿目，令人目不暇給，對於任何譯者都是很大的挑戰。譯者嚴韻為倫敦大學戲劇研究碩士，除了自行創作，也有諸多翻譯問世。原書為演講集，在平易中見文采，中譯文筆流暢，無有滯礙。全書引證豐富，註解甚多。中譯本除了維持原註，也視情況增加七十個譯註，提供讀者相關資訊，以利了解。從風格與專有名詞的掌握，雙關語的解說（如 "dead letter" 既有「無法投遞之信件」，又有「死的文字」之意），到用字的斟酌（如將 "storyteller" 或 "tale-teller" 譯為「說故事的人」），都可看出譯者用心之處。

愛特伍在《與死者協商》中，分享一己生平與閱讀、寫作經驗，提供關於作家與寫作的看法，幫助讀者了解其人其作，與她的其他論述相較（不論是早期的《存活》或後來幾本評論文集）更顯周全、親切可感。全書為作家言傳身教，引證舉喻，箇中妙意深趣，值得一讀再讀。讀者並可透過愛特伍的個人詮釋與獨到解讀，追索她所引證的文學作品，其中不乏經典之作，初讀固可長見聞，重讀也可增妙趣，讓作者的心血之作經由讀者的閱讀，重獲新生，既與死者協商，又與生者共創，成就出入幽明、穿越時空的文學天地。

2022 年 8 月 10 日
臺北南港

本文原名〈穿梭於幽明之間——略論愛特伍《與死者協商》〉，收錄於愛特伍著，嚴韻譯，《與死者協商：瑪格麗特・愛特伍談作家與寫作》（臺

北：漫遊者文化，2022 年 10 月），頁 13-26。此書先前譯名為《與死者協商：瑪格麗特・愛特伍談寫作》（臺北：麥田出版，2004；2010 二版）。

附識

　　本文撰寫於 2022 年，提到薩依德 1997 年應邀發表燕卜蓀系列講座，「主題為『歌劇中的權威與踰越』」（"Authority and Transgression in Opera"），可惜天不假年，薩依德離世前未及定稿，以致廣陵散絕，徒留遺憾」（317）。在我與薩依德的兩次訪談中，他都表示有意將講稿整理成書，並提到具體進度，但一直到他於 2003 年逝世，都未見蹤影。薩依德過世後，遺稿陸續出版，我曾在亞馬遜網路書店上看到書訊，表示薩依德談歌劇的書將由劍橋大學出版社出版，卻沒有下文，後來這則書訊就撤下了。我透過書商向出版社詢問，得知出版計畫取消，頗感悵然。今年（2024 年）我看到哥倫比亞大學出版社出版《薩依德論歌劇》（*Said on Opera*），果然就是期待了二十多年的書。此書由卡皮譚（Wouter Capitain）編輯，在瑟勒斯（Peter Sellars）撰寫的〈前言〉（"Foreword"）首段提到，薩依德在相隔四年的兩次訪談中，都提到此書進度（xxv）。我好奇訪談者是誰，翻到書後的註解，赫然發現就是我 1997 年與 2001 年在哥倫比亞大學與薩依德的訪談（105），喜出望外！瑟勒斯根據的是訪談的英文版，其實中文版更早出版，資料更完整。我一方面驚喜，自己的訪談多年後為人引用於薩依德談歌劇的書；另一方面也詫異，這些年間難道就沒有其他可資引用的文字紀錄?!此事再度讓我感覺到文字因緣不可思議，訪談因緣不可思議！而在臺灣進行歐美研究，也有可能突破之處。

觀賞翻譯鋼索上的舞技

——艾斯蘭揚著《鋼索上的譯者》

書名：鋼索上的譯者
作者：安娜・艾斯蘭揚（Anna Aslanyan）
譯者：王翎
出版者：臉譜
初版日期：2023 年 5 月
叢書系列：臉譜書房
頁數：292 頁
ISBN：9786263152809（平裝）

另類呈現的「譯普」之作

　　《鋼索上的譯者》（*Dancing on Ropes: Translators and the Balance of History*, 2021）的作者安娜・艾斯蘭揚成長於莫斯科，現居倫敦，為經驗豐富的英俄口筆譯者，常年從事新聞業、文學翻譯與公共服務通譯，並為《獨立報》（*The Independent*）、《倫敦書評》（*London Review of Books*）、《泰晤士報文學增刊》（*The Times Literary Supplement*）等撰稿。本書為作者博覽群書、查閱檔案、親自訪談與切身經驗的綜合之作，以一則則有關譯者（主要是口譯者）的史實、故事、軼聞以及親身體驗與觀察，生動再現譯者在歷史上扮演的或顯或隱

的角色,並不時帶入翻譯的本質與功能之討論,不僅是有關翻譯史與翻譯論的另類呈現,也是令人興味盎然的「譯普」之作。

作者將本書定位為「大眾讀物」(276),書名典出英國新古典主義文壇祭酒德萊頓(John Dryden, 1631-1700)與多人合譯的《奧維德之女傑書簡》(*Ovid's Epistles*)。在 1680 年出版的此書〈前言〉中,德萊頓以一個生動的比喻來形容譯者的處境:「翻譯如同戴著腳鐐在繩索上跳舞:或許謹慎小心可以避免失足跌落,但期待動作優雅曼妙卻是奢望。」他認為:「翻譯終究是愚蠢之舉〔……〕,明智的人不會冒這種險」(14)。話雖如此,德萊頓不但「冒險」從事這篇譯作,並且「明智」地留下這篇早期英國翻譯史上的重要譯論。德萊頓的妙喻深獲作者之心。因此,艾斯蘭揚欣然表示:「繩索上的舞者這個意象,既洋溢歡樂,也步步凶險,用來比喻翻譯這一行再貼切不過」(14)。本書便是記錄在人類歷史上,如何「為了讓一切保持平衡,譯者持續在許多的『近乎不可能』之間挪騰舞動,而世界也隨之挪騰舞動」(14)。

貫穿古今中外的翻譯史:從原可避免的原子彈談起

〈前言〉以實例說明,二次大戰期間由於美日雙方對「默殺(mokusatsu)」一詞的不同詮釋(7-8),導致日本挨原子彈轟炸的悲慘命運,足證翻譯可能產生的重大、甚至致命影響。因此,譯者身為中間人,「很難完全置身事外」(8),而本書希望呈現的,便是「譯者置身不確定性極高的事件中,不得不介入干預的鮮活形象」(9)。

全書十八章,敘述的史實與討論的議題頗為廣泛。第一章描寫美蘇冷戰時期,譯者如何處理「話多、性急又口不擇言」(24)的蘇聯頭目赫魯雪夫的言談,尤其是俄國俗話、俚語、諺語,以及美國人的反應,以期雙方避免核子大戰。第二章說明如何透過巧妙的傳達以及必要的轉

換,使一個語言中的笑話、幽默,在另一個語言中也達到引人發噱的「笑」果。第三章以十九世紀前往中亞的英國教士為例,主張翻譯不僅涉及語言能力,也涉及文化認知,如何入境隨俗,重視民族差異,注意文化標記。第四章強調專有名詞的翻譯,回顧十九世紀義大利天文學家以望遠鏡發現火星上的深色線條,將其標註為"canali",英文報導譯為「運河」("canal"),而忽略另有「水道」("channels")之意,以致引發火星上可能有智慧生物的聯想,意外加速人類探索火星,甚至「催生了一整個科幻次文類」(65)等一連串後續效應。

第五章介紹十六世紀義英語言學家、字典編纂者弗洛里奧(John Florio, 1553-1625),如何以積極介入的方式翻譯蒙田(Montaigne)的《隨筆集》(*The Essayes*, 1580),將簡單樸實的法文原文譯為華麗高雅的英文所涉及的語域轉換,以及如何對莎士比亞在內的後世作家造成影響。第六章以十六、七世紀鄂圖曼帝國的譯者為例,有人左右逢源,成為「帝國的推手和帝國羽翼下的受惠者」(100-101),享有權力、福利,甚至世襲特權;也有人身不由己,失去身分認同,改變宗教信仰。第七章則是十九世紀英國國會審理國王喬治四世指控卡洛琳王后通姦案,控方傳喚的證人包括義大利人、法國人和德國人,因此需要司法通譯以協助案件審理。面對如此重大案件,證人與通譯都小心翼翼,甚至找來第二位通譯,以確保忠實傳達。

第八章一方面描述希特勒與墨索里尼如何在口譯協助下,商討給予同盟國致命一擊;另一方面英、美、蘇三國領袖邱吉爾、羅斯福、史達林如何各自帶著口譯員,參加在德黑蘭與雅爾達的會議,共商對抗軸心國之大計。第九章回顧二戰結束後著名的紐倫堡大審中,一位年輕時逃離納粹統治的德國猶太人,如何為昔日的納粹高官、眼前的首要戰犯擔任法庭口譯。而審判也開啟了同步口譯系統,「在三十六名通譯協助下以德、英、法、俄四聲道進行」(139),不再拘泥於以往的逐步口

譯。第十章揭示鄂圖曼帝國的譯者地位,如何隨著帝國的發展以及與歐洲的關係,由興盛到衰亡,直到1923年《洛桑條約》簽訂,末代帝國翻譯員終於退場。

第十一章討論十九世紀英國作家費茲傑羅(Edward Fitzgerald, 1809-1883)翻譯的波斯詩集《奧瑪珈音魯拜集》(*Rubaiyat of Omar Khayyam*, 1859)以及探險家波頓(Richard F. Burton, 1821-1890)翻譯的《一千零一夜》(*The Book of the Thousand Nights and One Night*, 1885-1888),其中涉及的帝國主義、文化再現、東方色彩以及詩歌翻譯、歸化/異化等議題。第十二章訴說美國青年狄喬凡尼(Norman Thomas di Giovanni, 1933-2017)不僅為晚年失明的阿根廷作家波赫士(Jorge Luis Borges, 1899-1986)翻譯詩歌,並鼓勵、協助他撰寫小說,兩人平分版稅,甚至介入他的家庭事務,身兼「譯者、文書助理、代理人暨密友」(185),兩人間的親密與互信在翻譯史上極為罕見。基督宗教的《聖經》翻譯是人類歷史上的大事,第十三章提及不同的《聖經》翻譯,包括聖耶柔米(St Jerome)以通俗拉丁文翻譯的《武加大譯本》(*Vulgate Bible*)、英國的《英王欽定本聖經》(*King James Bible*),以及利瑪竇(Matteo Ricci, 1552-1610)與賀清泰(Louis de Poirot, 1735-1813)分別將福音書故事與《聖經》引進中國等宗教翻譯史。

第十四章指出新聞編譯(Journalation)將外地新聞轉化為本地文字,既要快速、忠實,又要為在地讀者所接受,因此「必須將內容本地化、簡化和模式化」(208)。既然不能照單全收,勢必有所取捨,因此要留意公允與忠實,避免斷章取義。這些在在挑戰著在時限下工作的新聞譯者。第十五章提到具有東方風味的十九世紀晚期遊記,置身其中的嚮導如何身兼多職,包括口譯,但客戶又無法判斷他們是否稱職。這種狀況至今依然存在。第十六章討論有關二十世紀初八國聯軍的外國紀錄,當時身處中國的英國作家與俄國記者對「義和團」一詞的不同翻

譯,以及本書作者在英譯俄國記者的書時,如何尋找資料,相互比對,以期得到正確譯名,因而提到「正名」的重要。此章也提到戰爭中為外國人口譯的當地人,如八國聯軍或阿富汗戰爭中協助美軍、英軍的當地傳譯,如何陷入兩面不是人、甚至性命堪憂的困境。

第十七章呈現英國與歐洲的公部門近年為了撙節經費,將口譯工作外包,以致翻譯品質每下愈況,低薪與劣譯、誤譯惡性循環,造成司法體系內的悲劇,不僅影響當事人權益,也間接造成公眾損失。末章回溯機器翻譯的三波浪潮,由規則式演算法,到統計式的機器翻譯,到類神經演算法,說明其過去、現況與可能的未來。機器翻譯或電腦輔助翻譯既是機會也是威脅,它可以節省時間,提升效率,卻也可能取代人類工作,減少就業機會。然而機器翻譯仍存在相當的改進空間,需要人力介入處理,因此「關於譯者這一行就要走到盡頭的報導實在太過誇張」(275)。

學會走在鋼索上:本書特色與重點

由以上概述可知全書內容廣泛,各章經常穿插類似例證,不時對照昔今情境,適時提出有關翻譯與譯者的見解,以及作者個人的經驗與觀察,書末註解註明出處,資料豐富多元,內容深入淺出。綜觀全書,具有以下幾項特色與重點。

一、**難得的「譯普」之作**:翻譯研究為相對新興的研究領域,翻譯史研究於晚近尤其受到重視,這種趨勢在中港臺學界也明顯可見。然而相關研究由於仰賴史料與檔案,事事無不詳加考證,對一般人來說過於嚴肅,以致讀者多限於學界,研究成果未能普及。本書各章在一定的篇幅內,針對特定議題,以簡易方式呈現一則則史實,讓讀者猶如閱讀故事般進入不同的時代與地方,了解譯者在其中的處境,以及不同譯者的

對應。換言之，本書有翻譯史研究之實（如提到利瑪竇的翻譯時，引用中央研究院院士、歷史學家夏伯嘉的評論〔197〕），而出之以輕鬆、甚至幽默的筆觸，讀來清新可喜，為名副其實的「譯普」之作。

二、**翻譯的關鍵與譯者的重要**：書中大部分章節涉及不同時代的外交關係，不僅印證「外交與翻譯向來息息相關」（236），翔實的史實與具體的細節更顯示譯者雖常看似隱形，但其中間人的角色甚為重要，傳譯力求忠實為本分，但異語言與異文化之間存在著差異，未必能完全傳達，甚至處處陷阱，涉及不同風險。此外，雙方當事人互不通曉對方語言，必須依賴居中的譯者，因而賦予譯者相當的運作空間。大人物在國際間縱橫捭闔，引人矚目，譯者雖似不顯眼，但誤譯、劣譯或省略卻可能釀成悲慘下場（如投擲原子彈），或改變戰局（如二戰時未譯出西班牙獨裁者佛朗哥無條件支持希特勒的話〔134〕），直接關係著個人的生死、邦國的興喪、國際的戰局，豈可不慎?!

三、**理論的落實與探討**：翻譯涉及語言轉換與文化調適，作者不時藉由例證引入翻譯研究的重要議題與實務，如十七世紀德萊頓的直譯（metaphrase）／意譯（paraphrase）／仿譯（imitation）三分法（172-173），《聖經》翻譯專家奈達（Eugene A. Nida）的「動態對等」（dynamic equivalence, 195），學者暨譯者韋努蒂（Lawrence Venuti）關切的譯者的隱形（the translator's invisibility, 179），西班牙哲學家奧德嘉・賈塞特（José Ortega y Gasset）、義大利學者暨小說家艾可（Umberto Eco）、墨西哥詩人帕茲（Octavio Paz）、阿根廷作家波赫士等人的翻譯觀，詩歌的可譯與不可譯，歸化／異化實為一體兩面，直譯／意譯之二分實無必要，不同語文之中似是而非、真偽難辨的「假朋友」等。這些若以抽象方式討論未免失之空洞，但落實到特定的脈絡與語境，便可得到具體的回應。

四、**經驗的分享與印證**：作者本人從事文學翻譯（英、俄文互

譯），也擔任法庭與社區通譯，口筆譯實務經驗豐富，並涉獵翻譯理論與翻譯史，查考檔案，進行訪談，因此行文時得以左右逢源，不僅引經據典，言有所本，也可現身說法，適時提供內行人的經驗為佐證，深具說服力。她的論述兼顧文本、脈絡、理論、實務，並出之以清晰的文理、流暢的敘述，充分傳達自己的論點，不時出現的幽默使全書更為生動。

　　五、**昔今之比**：書中呈現的昔今之比與作者的經驗密切相關，一方面藉由歷史的敘述凸顯過去到現在的發展，有些地方確實有長足的進步，包括翻譯的研究與硬體的改進。另一方面，隨著社會形態改變，有些地方不進反退，最明顯的就是新自由主義興起，公部門為撙節開支，將翻譯業務外包，報價低廉者得標，表面上節省了經費，卻導致譯者不受尊重，翻譯品質低落，當事人（尤其是弱勢者）權益受損，人權保障反不如前。

　　六、**未來之道**：末章簡要呈現機器翻譯的三波歷史，各自的發展與特色，尤其當前第三波的類神經網路與深度學習。儘管作者對機器翻譯時代的人類譯者抱持相對樂觀的態度，但這可能因為作者本身從事的是較難被取代的文學翻譯，以及與當事人密切接觸的通譯。不可諱言，機器翻譯的正確率和普及率與日俱增，在許多領域已相當程度取代人類譯者，如何善用此工具以節省時間，增加效率，提升品質，而不致「役於物」，甚至被取代，是人類譯者必須嚴肅面對的事。

　　七、**再現之藝**：筆者曾以「再現的藝術、政治與倫理」討論訪談。其實作為異語再現的翻譯，與三者的關係更為密切。基本上，翻譯不只是消極地避免不忠實，贅字廢詞，更要積極地尋求忠實、精簡，具有文字、甚至風格之美。作者與譯者位居文字迻譯的兩端，傳達過程中不免涉及權力的拉扯，以及譯者介入的多寡強弱。居間傳達的譯者，面對的大都為不同時通曉譯出語與譯入語的作者與讀者，不但不可因而掉以輕

心，輕舉妄譯，更應敬謹行事，恪遵職業倫理，善盡對雙方的責任。

以往翻譯研究多重原作而輕譯作，重作者而輕譯者，以致譯者地位低落，吃力不討好，有功不賞，有過挨罰，甚至淪為無影無蹤、無聲無息的隱形人。其實，若無譯者與翻譯，異語文與異文化之間就無法溝通，人類文明勢必完全改觀。譯者與翻譯是二而一的，正如葉慈（W. B. Yeats）〈在學童之中〉（"Among School Children"）一詩所言：「我們怎能區分舞與舞者？」（"How can we know the dancer from the dance?"）如果翻譯是跨語文的展演，那麼譯者則是翩翩的舞者，即使如德萊頓所言，「戴著腳鐐在繩索上跳舞」，但藝高膽大的譯者依然努力在鋼索上「挪騰舞動」，施展才華，其結果可能只是文字的處理，意義的傳達，但由本書作者所舉的翻譯史實例，在在印證譯者的主體性與主動性，也證明在不同的歷史時刻，翻譯小則涉及個人毀譽與自身安危，大則影響邦國興衰與人類命運。艾斯蘭揚穿梭、飛舞於不同時空，以具體事例證明譯者在人類溝通上扮演的關鍵角色，而中譯者也努力隨之共舞，在中英溝通的鋼索上發揮技巧。

欲知古今中外的譯者如何在人類歷史的鋼索上維持平衡，展現舞技，請看此書！

2023 年 4 月 23 日
臺北南港

本文原名〈觀賞翻譯繩索上的舞技──評《鋼索上的譯者》〉，刊登於《Openbook 閱讀誌》，2023 年 5 月 10 日，https://www.openbook.org.tw/article/p-67551。

筆者對本書之推薦語

　　安娜・艾斯蘭揚成長於莫斯科，現居倫敦，常年從事新聞業、文學翻譯與公共服務通譯，為資深的英俄口筆譯者。作者將本書定位為大眾讀物，內容生動活潑、深入淺出，藉由一則則史實、故事以及親身體驗與觀察，再現有如在鋼索上跳舞的譯者，如何維持異語言與異文化之間的平衡，扮演中間人的角色，在人類歷史與國際外交上發揮關鍵性的作用，並不時帶入有關翻譯的本質與功能之討論。全書取材寬廣，從西元前兩百年的聖經翻譯到當今熱門的人工智慧翻譯，遍及希臘、羅馬、中、美、英、法、蘇、德、日、義、土耳其、阿拉伯、阿根廷、阿富汗……不僅是有關翻譯史與翻譯論的另類呈現，也是難得一見的「譯普」之作。

附識

　　口譯在外交場合至關重要。晚近一個明顯的誤譯就是 2023 年 9 月 4 日土耳其總統艾爾多安（Recep Tayyip Erdogan）訪問俄羅斯，與總統普丁（Vladimir Putin）會談時，口譯將艾爾多安所說的一句「烏克蘭與俄羅斯之間的戰爭」誤譯為「俄羅斯與土耳其之間的戰爭」，令戴著耳機聆聽同步翻譯的普丁表情有些困惑。媒體稱此口誤為「史詩級錯誤／嚴重過失」（"epic mistake"），並戲稱北約成員國之一的土耳其意外向俄國「宣戰」！果真如此，後果將不堪設想。口譯（者）可不慎乎 ?!

翻譯鋼索上的舞技

——王翎譯《鋼索上的譯者》

刊名：中華民國比較文學學會電子報（第 42 期）

發行人：陳重仁

主編：楊承豪、王榆晴

出版者：中華民國比較文學學會

出版日期：2023 年 6 月

頁數：46 頁

刊別：電子報

簡直無所不能的譯者？

翻譯已非易事，翻譯安娜・艾斯蘭揚（Anna Aslanyan）的翻譯史書籍《鋼索上的譯者》（臺北：臉譜，2023〔*Dancing on Ropes: Translators and the Balance of History.* London: Profile Books, 2021〕）更是挑戰，因為書中不僅夾雜許多史實與專有名詞，而且帶入翻譯的理論與實務，包括作者常年從事的英俄口筆譯經驗，必要時還添加譯註。原書所舉涉及兩個語文之間的翻譯實例，對該二語已不易處理，何況翻譯為第三語的中文。此書中譯者王翎面對如此挑戰，唯有審慎處理，盡力將這本定位為「大眾讀物」（《鋼》276）的「譯普」之作，傳達給中

文讀者。對照原文與中譯,便能看出譯者的用心與巧思。

書中提到,「譯者若是獲得全權委託,簡直無所不能」(《鋼》42)。原文舉例為「處理相似發音結構的諧音雙關翻譯」(homophonic translation),例如把 "ABCDEFG" 音譯為 "Hay, be seedy! Effigy!"(*Dancing* 32)。中譯者也展現「簡直無所不能」的手法,以中文諧音取代英文諧音:「欸逼洗地伊愛扶凡」(《鋼》42),不但聲音相似,喜劇效果猶勝一籌。

比較簡短的是單字或單詞翻譯,如英文髮廊標語 "A cut above the rest"(*Dancing* 32)譯為「首屈一剪」(《鋼》45),係挪用中文現成的表達方式,博君一粲。又如,歷史劇《黑爵士》(*Blackadder*)提到西班牙公主的口譯 "Don Speekingleesh"(*Dancing* 93),中譯將此君轉化為「蔣英文先生」(《鋼》117),頗具巧思與「笑」果。書中也提到口譯者很難聽懂美國國務卿赫爾(Cordell Hull)低沉的南方口音,但職責所在,不得不勉力為之,"so I took heart and stumbled on."(*Dancing* 104),中譯為「振作起來繼續磕磕絆絆地翻譯」(《鋼》129),雖不及原文精簡,卻相當生動。

雙關語向來是翻譯的難題。一個語文中的雙關語,難以在另一語文中找到直接相應或完全對等的詞彙,譯者往往只得另闢蹊徑。本書一例涉及作者本人的俄譯英經驗。2011 年至 2012 年冬,俄國民眾示威抗議執政黨在國會大選中以舞弊贏得選舉。其中一則抗議標語運用上動詞 "*predstavlyat*" 的雙關語,兼具「想像」("to imagine")與「代表」("to represent")二意。艾斯蘭揚面對此俄文雙關語時,想到「預示美國獨立革命的標語:『沒有代表,就不納稅』(No taxation without representation)」,於是英譯為 "No modernisation without representation",並自我評論:「原本的雙關難免流失,但是這個譯法從背景相關的英文標語改寫而成,保留了人民要求採行代議民主制的意

思,而且有押韻。」王翎將此標語中譯為:「沒有代議士講話,就不算現代化」(《鋼》215),雖未達到俄文的雙關語效果,但至少如英譯般既在內容上維持了代議民主制的訴求,也在文字上保存了押韻。

其實,英文的 "representation" 也有「代表」與「再現」二意,中譯難以兼顧。筆者在翻譯薩依德(Edward W. Said)的 *Representations of the Intellectual* 時也遇到類似難題,選擇的策略是直接跳脫雙關語的思維,大膽譯為「知識分子論」,並在〈緒論〉中說明此譯法旨在兼具「知識分子本身的論述」與「有關知識分子的論述」雙重意涵,更是「知識分子〔薩依德現身說法〕討論知識分子的論述」(《知識分子論》,臺北:麥田出版,1997,頁21)。

風格的掌握與再現

風格的掌握也是一大挑戰。第三章〈恭維的藝術〉("The Arts of Flattery")開頭的實例是英國沃爾夫牧師(Reverend Joseph Wolff)親自英譯波斯沙王(shah of Persia)於1844年致布哈拉埃米爾(emir of Bukhara)的國書,行文間對這位即將前訪的牧師極盡恭維之能事:

> Now as the High in rank, the Possessor of genius and understanding, the Endowed with sagacity and judgment, the Prop of the learned among the followers of Messiah, the Chief among the wise people of Christendom, the English Padré Wolff, has the intention of proceeding in that direction, urged by the sincere friendship which exists between us, and in order to promote the unanimity of Islam, we are induced to issue this auspicious friendship denoting-letter, the love-increasing zephyrs of affection being reflected towards your benevolent mind, and the opportunity being favourable for announcing the ties of friendship which of old and now bind us. (*Dancing* 33)

中譯也努力維持外交辭令的風格:

今有英國教士沃爾夫意欲朝貴國方向前進，其人地位崇高、賢明公正、見聞廣博、才華洋溢，於救世主信眾博學智者之中流砥〔砥〕柱，為基督教王國中睿智人民之首領，我邦以貴我之間存有誠摯邦誼，並為推廣伊斯蘭教之全體一致，鄭重發出此保薦信函以彰雙方友誼，願此信如傳播愛與情誼的和風吹送至貴邦，而貴邦亦懷抱良善慈心敦睦互惠，願藉此信宣告從往昔至今日牽繫貴我雙方的邦誼永固。（《鋼》46）

另一涉及風格的就是修辭技巧。弗洛里奧（John Florio）為自己英譯的蒙田（Montaigne）《隨筆集》（*The Essayes*）撰寫的〈致讀者諸君〉（"To the Curteous Reader"），提到譯者面臨的困境：

"The sense may keepe forme; the sentence is disfigured; the fineness, fitnesse, featnesse diminished, as much as artes nature is short of natures art, a picture of a body, a shadow of a substance."（*Dancing* 68）

這段英文風格華麗，運用上比喻（如 "form[e]" 與 "disfigured"）、頭韻（"fineness, fitnesse, featnesse"），以及類似對調（chiasmus）的手法（"artes nature" 與 "natures art"，即 "art's nature" 與 "nature's art"）。原文美則美矣，卻為中譯者設下重重關卡，必須步步為營，小心應對，甚至加以轉化。中譯如下：

「意義或許得以保留其形，語句則扭曲變形；文中精妙得體、巧藝神技俱消失不存，正如藝之本質缺少自然之藝，本體徒留擬像，實物徒留虛影。」（《鋼》88）

不同語文各具特色，難以在另一語文完全複製。此處中譯雖文字優美，力求傳達文意，但無法完整再現原文的修辭技巧，只得以其他方式彌補。因此，中譯裡不見英文的頭韻，代之以「體」／「藝」／「技」以及「形」／「影」的押韻。原文的 "nature" 一字隨著上下文分別譯為「本質」與「自然」，而 "artes nature" 與 "natures art" 則譯為「藝之本質」與「自然之藝」，若只看中譯無法得知原文實為同一字 "nature"，

以及對調的修辭手法。這是語文特色使然,非譯者之罪,何況譯文已設法另行彌補。

更複雜之處則是法／英／中三語的呈現。作者指出,「〔英〕譯本中幾乎處處可見弗洛里奧的華麗辭藻,他會誇大渲染、加油添醋,他使用的字句是原文的兩倍甚至三倍量,此外還加入了修飾詞」(《鋼》89),並舉出一些法文英譯的實例:

> Under his pen, 'nous ne travaillons' grows into 'we labour, and toyle, and plod', and 'l'entendement' becomes 'understanding and conscience'. Sometimes these changes are made for the sake of alliteration alone (another hobby horse of Florio's), for instance when 'une estude profonde' is rendered as 'a deepe study and dumpish'. 'Le parler que j'ayme,' Montaigne writes, 'c'est un parler simple et naif … esloigné d'affectation et d'artifice.' 'It is a naturall, simple, and unaffected speech that I love,' Florio obliges – and then, in a volte-face, proceeds to embroider the text as he fancies, throwing in 'these boistrous billowes' in place of 'ces flots' and extending 'cette renommée' to read 'this transitory renowne'.
> (*Dancing* 69)

中譯如下:

> 在他筆下,法文的「我們不停工作」譯寫成「我們孜孜矻矻辛勞工作」,而「理智」成了「理智與良知」。弗洛里奧的改動有時單純只是為了押頭韻(他的另一愛好),例如他將「深入的研究」(une estude profonde)譯寫成「研究深入、乏味乾枯」(a deepe study and dumpish)。「我喜歡的語言,」蒙田寫道,「是簡單質樸的語言⋯⋯不矯揉造作或咬文嚼字。」「我鍾愛的語言,」弗洛里奧先是從善如流,接著忽然一百八十度大轉變,開始隨心所欲舞文弄墨,「這些波浪」成了「狂濤駭浪」,「這樣的名聲」加料譯寫成了「倏忽而逝的名聲」。(《鋼》89)

面對蒙田簡潔的法文與弗洛里奧華麗的英譯,王翎採取的中譯策略是以白話對比四字成語(「孜孜矻矻」、「矯揉造作」、「咬文嚼字」、「狂濤駭浪」、「倏忽而逝」),或四字詞語(「辛勞工作」、「研究深入」、「乏味乾枯」、「簡單質樸」),以期傳達類似效果。

將 "grows into" 與 "is rendered as" 都譯為「譯寫」（李奭學曾將「譯寫」譯為 "transwrite"，然而中譯本全書出現十三處「譯寫」，英文版卻未見類似 "transwrite" 的字眼），是中譯者詮釋之後的決定，以示英譯者不僅止於單純的翻譯，也增添了寫作／創作的成分。

至於英文 "a deepe study and dumpish" 裡的頭韻，則代之以「研究深入、乏味乾枯」的尾韻。文中提到「弗洛里奧以介入譯文的方式翻譯」（《鋼》89），成為其譯文特色。從上述中譯看來，王翎多少也介入譯文。或許該說，譯者作為居間代言的角色，即使自認是微不足道的中立導體，早已（不得不）介入其中。介入少者，固然不易為人察覺；介入多者，若非譯文不夠暢達，條理不夠清晰，往往也不為人發現。除非仔細比對原文，否則無法判斷介入程度多寡。而介入程度與譯文良窳如何評斷，也見仁見智，難以一概而論，必須回歸到特定的實例與語境，以及評斷者的翻譯理念與目標。

波斯文→英文→中文的譯寫

提到費茲傑羅（Edward Fitzgerald）著名的波斯詩集英譯本《奧瑪珈音魯拜集》（*Rubaiyat of Omar Khayyam*）時，中譯用上「譯寫」一詞（「他譯寫的《魯拜集》」〔《鋼》161〕）。英譯者自稱其目標為：「應該盡量保留它的東方味，只用最道地的撒克遜字詞去表達東方的譬喻」（《鋼》161）。底下是作者引為例證的第二十九首：

Into this Universe, and *Why* not knowing,
Nor *Whence*, like Water willy-nilly flowing;
And out of it, as Wind along the Waste,
I know not *Whither*, willy-nilly blowing.（*Dancing* 133）

《魯拜集》雖為翻譯之作，卻在英國文學史上占有一席之地，實

乃異數，足證其受推崇的程度。全書主題為「掌握當下，及時行樂」（carpe diem），形式為四行詩（quatrain），第一、二、四行押韻且為十一音節，第三行不押韻且為十音節。此詩集有不少中譯本。最早以七言絕句中譯此書者應屬黃克孫，其衍譯詩句文字優美，意境高遠，本身就是傑出的中文詩作，曾被誤認為黃本人的詩作。[1] 其他的七絕「衍譯」包括梁欣榮的《魯拜新詮》與《魯拜拾遺》，[2] 以及眭謙的《莪默絕句集譯箋》。[3] 這種翻譯策略在形式與用字上全然歸化。三人筆下的譯詩各有面貌，實難察覺來自同一源本（source text）。如《魯拜集》第二十九首，三人的呈現便大異其趣：

黃克孫譯：
　　渾噩生來非自宰，
　　生來天地又何之。

---

[1] 黃克孫（衍譯），《魯拜集》第四版，奧瑪珈音原著，費氏結樓英譯（臺北：書林，2016）。根據書林出版公司發行人蘇正隆1986年的〈出版說明〉，黃氏「以七言絕句衍譯『波斯李白』奧瑪珈音撼人心弦的詩篇《魯拜集》，在一九五二年初稿問世，一九五六年由啟明書局正式梓行」（vii），之後絕版多年。黃克孫在書林版〈序〉明言，「《魯拜集》的翻譯，我的出發點是作詩第一」（vxi）。

[2] 梁欣榮（譯著），《魯拜新詮》，奧瑪珈音原著，費茲傑羅英譯（臺北：書林，2013）。此書以「新詮」為名，英文書名則為 *Poems Inspired by* The Rubaiyat，與黃克孫之作同為「衍譯」，或梁本人所稱的「譯著」（10），即連「譯」帶「著」，或連「翻譯」帶「創作」。兩年後，梁欣榮出版《魯拜拾遺》（臺北：書林，2015），仍以七言絕句衍譯奧瑪珈音較不為人知的七十九首詩，「將翻譯與創作結合，做適當的文化轉移」（102），連同先前的一百零一首，合計一百八十首。

[3] 眭謙（漢譯及箋），《莪默絕句集譯箋》，莪默·伽亞謨原著，菲茨傑拉德與溫菲爾德英譯（上海：華東師範大學出版社，2016）。此書甲集轉譯自 Edward Fitzgerald, *Rubaiyat of Omar Khayyam of Naishapur* 第五版，計一百零一首，乙集轉譯自 E. H. Whinfield, *The Quatrains of Omar Khayyam*, 1883，計五百首。眭謙在撰於乙未年（2015年）的〈自序〉中提到，「莪默者，古波斯之畸人也。論其宗信，清真玄士，夷言謂蘇非也。所賦妙解人天，旨歸玄道，詞麗以則，義微而隱。其體曰魯拜，而其律與吾國絕句幾等匹，疑或出一源，余嘗有論。其詩播芬泰西，蓋得英倫紳士菲茨傑拉德之翼助也。晚近復流韻中土，亦大率以菲譯為津梁。洎今華譯凡四十餘家，前惟黃克孫氏百一篇（題曰《魯拜集》）以絕句衍譯，贍麗雅絕，允為翹楚」（未註頁碼）。此序遺漏了兩年前梁欣榮同以七言絕句衍譯的《魯拜新詮》。

蒼茫野水流無意，
流到何方水不知。[4]

梁欣榮譯：

子身何去我何來
莽莽乾坤渾未開
恰似江河流不住
風飄大宇入荒臺[5]

眭謙譯：

不知何日亦何由，
天地玄黃水自流。
彙篙出風何處去，
無心蕩蕩過荒疇。[6]

至於白話文翻譯雖各有不同，但大致可以察覺係來自同一個源本，謹舉數例：

郭沫若譯：

飄飄入世，如水之不得不流，
不知何故來，也不知來自何處；
飄飄出世，如風之不得不吹，
風過漠地又不知吹向何許。[7]

鶴西（程侃聲）譯：

不知道是為了什麼，來到這宇宙中間，
不知道從何而來，像流水潺潺，
離開這世界，像沙漠裡的風，
嗚嗚地吹着，也不知去向哪邊。[8]

---

4 黃克孫，頁29。
5 梁欣榮，頁51。
6 眭謙，頁22。
7 郭沫若（譯），《魯拜集》，莪默·伽亞謨著，愛德華·菲茨杰拉德英譯（北京：中國社會科學出版社，2003），頁19。
8 鶴西（程侃聲）（譯），《魯拜集》，奧瑪·海亞姆波斯文原詩，菲茨吉拉德英譯

陳次雲譯：

> 到這宇宙來，不知為何，也不知
> 從何處，像水無可奈何地奔注；
> 離開宇宙去，如吹過曠野的風，
> 不知往何處，無可奈何地飄逝。[9]

本書譯者王翎譯：

> 入此間宇宙，渾不知**所為何來**，
> 不知**從何處**，茫茫然隨波逐流；
> 出宇宙之外，風吹掃荒煙蔓草，
> **何去又何從**，茫茫然隨波逐流。（《鋼》161-162）

　　郭譯未押韻，一、三行與二、四行分別相應，除第二行十二字之外，其他三行都十一字，前三行中間以逗號間隔。程譯則一、二、四行押韻，四行字數分別為十五、十二、十一、十二。第一行「不知道是為了什麼，來到這宇宙中間」未免顯得鬆散冗長，若改為「不知道為何，來到這宇宙中間」十二字，則更精簡，也與第二行「不知道從何而來，像流水潺潺」較對應。陳譯每行都十二字，最為齊整，但未押韻，而且第一、二行的跨句（run-on line）與原文有出入，也異於中文詩詞傳統。

　　王譯與以上諸譯對照，特色更為凸顯。此譯每行十二字，前五字與後七字各成單元，以逗號間隔，卻又彼此相連，頗為齊整，標點符號的運用也完全符合原文。原文用以強調的三處斜體字，中文都採粗黑體，以再現原文的強調與編排效果（其他各譯則無）。第三行「荒煙蔓草」為添加，強調其為 "Waste"，並與「風吹」相應。第四行的「茫茫然隨波逐流」與第二行重複，雖有押韻與疊句（refrain）之效，但全

（北京：世界圖書出版社，2010），頁 18。
9　陳次雲（譯），《魯拜集》，奧瑪・開儼著，費茲傑羅英譯（臺北：桂冠，2001），頁 29。

詩四十八字有十四字重複，未免太過，宜只重複「茫茫然」，即英文重複出現的 "willy-nilly"。「隨波逐流」在第二行與該行的 "Water" 與 "flowing" 相應，但出現於第四行時，則未能與第三行的 "Wind" 及第四行的 "blowing" 相應，或可改為「隨之飄遊」，避免與前一行的「風」字重複（「飄」字已暗示），並與第二行押韻。

先前對照的六個例子，來自數十年來較具代表性的《魯拜集》中譯，多位譯者對全書風格有通盤了解，並悉心處理。相形之下，王譯只是《鋼索上的譯者》這本討論翻譯史之書所舉形形色色例證中唯一的完整詩篇，卻能有如此表現，殊為不易。[10]

總之，翻譯本身已是挑戰，翻譯有關翻譯史的專著更是挑戰中的挑戰。本書譯者王翎在翻譯過其他不同類型作品之後，願意接受更嚴苛的挑戰，勇於面對並處理難題，努力介入，將原作轉化為流暢且具

---

[10] 北京世界圖書出版公司的《魯拜集》（2010）〈出版后記〉（未著撰者）提到，「當然，知名度最高的與《魯拜集》相關的作品，是金庸的《倚天屠龍記》。小說故事裡明教教眾吟誦的『來如流水兮逝如風，不知何處來兮何所終』，就是《魯拜集》中的詩句」（222-223）。巧合的是，所吟誦的正是第二十九首。此處句式參差並夾雜「兮」字，有如楚辭體，且言簡意賅。細查《倚天屠龍記》便會發現，第三十回〈東西永隔如參商〉中借白眉鷹王殷天正孫女殷離之口唱道：「來如流水兮逝如風；不知何處來兮何所終！」金毛獅王謝遜解釋說：「明教傳自波斯，這首波斯曲子跟明教有些淵源，卻不是明教的歌兒。這曲子是兩百多年前波斯一位最著名的詩人峨默做的，據說波斯人個個會唱。」我們不知金庸筆下此曲的中譯根據，很可能是他自己所譯。有人認為金庸譯自費茲傑羅英譯的第一版第二十八首詩的最後一句 "'I came like Water, and like Wind I go.'" 和第三十首的頭兩句 "What, without asking, hither hurried Whence? / And, without asking, Whither hurried hence!" 參閱吳偉（2021年2月7日），〈小昭唱過《魯拜集》詩句嗎？〉，https://ppfocus.com/hk/0/enf2e0d77.html（瀏覽日期：2023年5月2日）。然而，仔細比對第二十八、二十九、三十這三首詩就會發現，金庸應係根據第二十九首，而非將另兩首割裂後拼湊而成，雖說三首之間的意思頗有相近之處。證據就是張無忌等人聽到此曲的反應，可謂第二十九首的闡發：「各人想到生死無常，一人飄飄入世，**實如江河流水，不知來自何處**，不論你如何英雄豪傑，到頭來終於不免一死，**飄飄出世，又如清風之不知吹向何處**」（粗體字為筆者所加）。參閱金庸，《倚天屠龍記》（臺北：遠景，1984），頁1199。金庸以楚辭體衍譯此詩，由書中角色殷離以曲子唱出，並將另一版本的翻譯化入散文敘事中，強調眾人聽聞此曲的感受，且由謝遜口中道出此曲的由來及詩人的生平，手法之高妙令人佩服。

有特色的譯文，引領華文世界讀者進入翻譯史的世界，即使迻譯過程備極艱辛，但也有克服挑戰後的欣喜，並讓讀者見識譯者在繩索上的高明舞技。

2023 年 5 月 4 日
臺北南港

本文原名〈翻譯鋼索上的舞技——《鋼索上的譯者》中譯的挑戰與呈現〉，刊登於《中華民國比較文學學會電子報》第 42 期（2023 年 6 月），頁 19-28。此處為增訂版。

附識

　　費茲傑羅英譯的《奧瑪珈音魯拜集》是英國文學史上經典譯作，影響深遠。筆者是在大三的「英國文學史」教本《諾頓英國文學選集》（*The Norton Anthology of English Literature*）首次讀到。大四上高天恩老師的必修翻譯課，有一回課堂作業是中譯費茲傑羅的一首英譯（"Some for the Glories of This World; and some / Sigh for the Prophet's Paradise to come; / Ah, take the Cash, and let the Credit go, / Nor heed the rumble of a distant Drum!"）。老師講解全詩大意後，我一時興起，以七言絕句譯出，其實只是湊齊字數，勉強押韻（現在只記得後兩句「秋實何如春花貌　暮鼓晨鐘驚不起」）。

　　下星期老師在黑板上抄錄此譯，作為討論之用。他抄寫一句，我唸出下一句，鄰座同學抄在筆記本時，奇怪我為何知道下句，是不是曉得譯詩出處先背起來？我回說是我譯的，同學有些狐疑，直到老師當眾說出譯者之名，才確信不疑。當時（1975 年左右）黃克孫衍譯的《魯拜集》早已絕版，因此我並不知曾有人以七絕翻譯《魯拜集》，既便後來陸續看到不同中譯版本，也未予深究。這次看到王翎譯書中有一首《魯拜集》譯詩，勾起昔日記憶，於是蒐集幾個代表性中譯本，專注於這首詩，抽絲剝繭，順藤摸瓜，竟找出金庸鑲嵌入《倚天屠龍記》中的兩個不同語體譯本，再次體會到研究的樂趣就在於：「探索未知」、「喜出望外」、「與人分享」。

譯異與傳思，逾越與愉悅

——王震宇編《譯鄉聲影：文化、書寫、影像的跨界敘事》

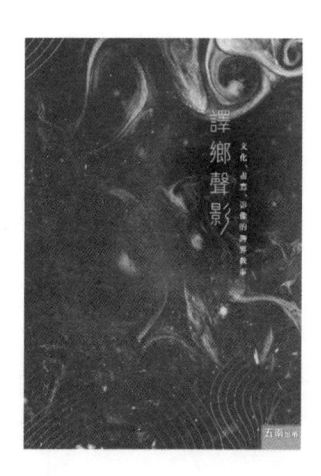

書名：譯鄉聲影
副標：文化、書寫、影像的跨界敘事
主編：王震宇
出版者：五南圖書出版股份有限公司
初版日期：2021 年 9 月
頁數：408 頁
ISBN：9789865228415（平裝）

釋名譯題：「譯鄉聲影」

「譯」與「異」息息相關。因「異」而「譯」，非「異」不「譯」，藉「譯」雖未必能「化異為同」，但至少可「化異為易」，使得原本無法溝通與了解的異／己，彼／此之間達到一定程度的溝通、傳達、了解，甚且達到互補互助、共生共榮的理想。

「鄉」有「故鄉」與「他鄉」之別。「故鄉」為「同」、為熟悉、為安定，「他鄉」為「異」、為陌生、為挑戰。古人安土重遷，可能世代定居一地；今人流動頻繁，為了種種原因易地而居成為常態。昔日「家鄉」等同於「故鄉」，然而今日「家園」與「故鄉」的關係如何，

值得重新思量。

「聲影」則與五官的耳朵與眼睛有關。眼、耳為佛家「六根」中的前二根,是人類用以感知外在世界最明顯且重要的生理器官,相應於物理世界「六塵」中的「色塵」與「聲塵」,產生心理作用「六識」中的「眼識」與「耳識」。眾多事物應運而生,包括文化、書寫、影像。

《譯鄉聲影:文化、書寫、影像的跨界敘事》一書為國立臺北大學智庫中心近年具有代表性的文章結集。特別拈出「譯鄉」二字,藉由「異鄉」的諧音,引發對於「譯」與「異」之間的聯想,以及跨界的思維(可進一步引申到「易鄉」——「改變」或「容易」居住之地)。[1]「譯而為鄉」,「譯能為鄉」,在在刺激我們的思維,挑戰我們的想像。「聲影」則用以串連文化、書寫與影像。王震宇主任據此發想,邀集不同領域的學者專家跨界相遇,以敘事或論述(或兼而有之)來分享自身的經驗與學思所得,期待促生更多的文化想像與具體成果。

異／譯／易:因異而譯,因譯而易／異

翻譯源遠流長,始於不同語言群體接觸時,彼此意欲溝通與了解。有關翻譯的不同體認,可藉由東西方三個不同語文的定義窺見一斑,而居間的譯者扮演著關鍵的角色。筆者曾以拉丁文、梵文與中文為例,說明各自的意涵,以及著重的不同面向:「拉丁文的 *"translatus"*,意指『轉移』、『遷移』、『搬動』、『傳遞』,強調的是空間的面向和越界的行動」;「梵文的 *"anuvad"* 〔……〕著重的是時間的面向(尤其是『延遲』、『後到』〔belatedness〕)和解釋、重複之意」。中國

---

[1] 本文完稿後,筆者讀到洪子惠的〈譯鄉人〉,該文英文名稱為 "Translator",關注的內容與討論的方式和本文不同。參閱洪子惠,〈譯鄉人(Translator)〉,《台灣理論關鍵詞》,史書美、梅家玲、廖朝陽、陳東升編(新北:聯經,2019),頁365-376。感謝梅家玲教授提供資料。

《禮記・王制》記載,「言語不通」的「五方之民」,為了「達其志,通其欲」,必須有中介者,而「譯」原指專司北方的通譯。許慎的《說文解字》把「譯」擴大解釋為「傳譯四夷之言者」,「除了明指『語言的傳達』之外,更暗示了我們／他們、中心／邊緣（中土與四方）,文明／野蠻（華夏與蠻夷）之辨」。由拉丁文的 *"translatus"*、梵文的 *"anuvad"* 與中文的「譯」,可看出各自著重的面向（「空間性、時間性、分野、階序與高下」）,也透露出面對他者時的思維模式。[2]

至於位居翻譯行為樞紐的譯者,又扮演何種角色?筆者特意將原先具有貶意的義大利諺語 *"Traduttore, traditore"*（「譯者,逆者也」）加以「翻譯」、「轉化」,並置於中文脈絡,指出「逆」字「至少具有三重意義:違逆、追溯、預測。其中,『違逆』、『不肖』（後者取其『不像』與『惡劣』二意）,最貼近義大利文原意和當今的中文用法。『追溯』則取『以意逆志』之意〔……〕。『預測』則取『「逆」睹』、『「逆」料』之意,把目標投射於未來。」經過如此翻譯、轉化之後,譯者的角色由原先充滿負面的意涵,變成具有多元的色彩:「譯者有意無意之間集三重意義於一身,綜合了逆與順、反與正、不肖與肖似、前瞻與回顧、開創與溯源。」[3] 其中的「一」與「異」在於,回顧與溯源時,希望能重索（retrieve）原先的意涵,了解必要的意思,以利於彼此協商與應對、甚或抗衡與敵對。

然而,不同語言之間有其不可共量性（incommensurability）,因而形成不可譯性（untranslatability）,使得原文與譯文之間勢必有落差。這種落差既有「失」（loss）,如經常遭人詬病的未能正確（accurate）、充分（adequate）傳達,但也有「得」（gain）,如在新

---

[2] 參閱單德興,〈譯者的角色〉,《翻譯與脈絡》增訂版（臺北:書林,2013）,頁 13-14。
[3] 參閱單德興,〈譯者的角色〉,頁 18。

語境中產生原先未有的意涵與聯想。這種現象用眾所周知的比喻來說就是「橘逾淮而為枳」，也就是為了順應不同時空與生態環境的變化與調整，固然多少失去了原質原味，但也反而激發了原物的潛能，在異地他鄉促生了新質新味。雖然衍異，卻未必較差，也有可能更好。而這種異於原質原味的多樣性，來自物種的越界與異／易地生根。生物界如此，文化界又何嘗不然？

因此，這裡就出現了「因異而譯」與「因譯而異」的現象。析言之，不同團體因為語言的歧異，為了溝通與傳達，必須要有翻譯。然而翻譯固然可為不同語言群體之間達到一定程度的溝通與了解，其中卻也總存在著難以完全歸化（naturalize）、馴化（domesticate）的成分。這些成分因為翻譯而滲透、進入異語言與異文化的脈絡中，隨著主客觀條件而發展，可則化之，不可則容之，久而久之也就見怪不怪、司空見慣，甚至日用而不知。例如：平常說話中夾雜的外來語（作秀、歐吉桑），一些源自異域的食物（番茄、胡蘿蔔）與日用品（沙發、摩托車），都因為習以為常而不察原為「外來種」。

又如，唐朝玄奘大師以漢語翻譯梵文佛經時有「五種不翻」之說，[4] 然而千百年下來，當時因為一些原因而未意譯的語彙，不少已成為今日佛教徒熟知的術語和觀念，甚至於日常生活中琅琅上口。當今漢傳佛教寺院早晚課誦念的〈心經〉，標題「般若波羅蜜多心經」中的術語，以及結尾的咒語便是明顯的例子。這些來自異語文、異文化的元素，因為翻譯，進入異鄉，豐富了原先的語文與文化，帶來了源頭活

---

4 根據曹仕邦考證，「五種不翻」之說最早保存於南宋法雲編集的《翻譯名義集》卷一〈十種通號〉的「婆伽婆」條中，原文如下：「唐（玄）奘師明五種不翻：一、祕密故，不翻，陀羅尼是。二、含多義故，不翻，如薄伽梵，含六義故。三、此無故，不翻，如閻浮樹。四、順古故，不翻，如阿耨、菩提，實可翻之，但摩騰以來，存梵音故。五、生善故，不翻，如般若尊重，智慧輕淺，令人生敬故，不翻。」參閱曹仕邦，〈中國佛教譯經史研究餘瀋之四〉，《書目季刊》第12卷第4期（1979年3月），頁3。

水，有利其延續、發展與創新。

上述為一般人認知的翻譯，著眼於不同語文之間的轉換。其實，翻譯的範疇遠為寬廣。雅克遜（Roman Jakobson）在〈論翻譯的語言學面向〉（"On Linguistic Aspects of Translation"）一文將翻譯分為三類：同一語文之內的語內翻譯（intralingual translation）、不同語文之間的語際翻譯（interlingual translation）、不同符號之間的符際翻譯（intersemiotic translation）。[5] 這種分類方式在習以為常的語際翻譯之外，提供了一個方便有效、更具包容性的觀念架構，來處理類似將文言翻譯成白話的語內翻譯，以及將文學作品改編為歌曲、電影、廣播劇、舞台劇等的符際翻譯——其實這些都是日常生活中常見的轉換現象。

至於埃文—佐哈爾（Itamar Even-Zohar）倡議的多元系統論（Polysystem Theory，或譯為「複系統理論」），進一步把翻譯置於文學與文化的脈絡，帶入了詩學（poetics）與政治（politics）等多元面向。[6] 正如該理論最有力的闡釋者張南峰所言，「埃文—佐哈爾的文化理論，有助於進一步拓寬翻譯學的研究範圍，令翻譯學能給較重要的跨學科課題提供較全面的解釋，從而提高學科地位。」[7]

凡此種種都擴展了原先的觀念與想像，引領眾人以更寬廣的視野來看待翻譯。而本書所收錄的文章，都與廣義的文化與歷史現象之觀察、詮釋、理解、迻譯、越界相關。前文提到不同的「翻譯」觀念，或有助

---

5 Roman Jakobson, "On Linguistic Aspects of Translation," *Roman Jakobson: Selected Writings. Vol. II: Word and Language* (Paris: Mouton, 1971), pp. 260-266.

6 Itamar Even-Zohar, "The Position of Translated Literature within the Literary Polysystem," *The Translation Studies Reader*, ed. Lawrence Venuti (London and New York: Routledge, 2000), pp. 192-197. 也可參閱 Itamar Even-Zohar, "Polysystem Theory (Revised)," *Papers in Culture Research* (Tel Aviv: Unit of Culture Research, Tel Aviv University, 2010), pp. 40-50。中譯可參閱張南峰譯，埃文—佐哈爾著，〈多元系統論〉（"Polysystem Theory"），《中外文學》第30卷第3期（2001年8月），頁18-36。

7 張南峰，《多元系統翻譯研究：理論、實踐與回應》（長沙：湖南人民出版社，2012），頁124。

於我們認知翻譯的不同面向與錯綜複雜，並且體會到其實翻譯早已涉入我們生活與生命的方方面面，息息相關，密不可分。

跨界連結：逾越的愉悅／愉悅的逾越

　　本書以《譯鄉聲影：文化、書寫、影像的跨界敘事》命名，獨拈「譯鄉」一詞，顯然特意有別於「故鄉」／「異鄉」之分，欲以「翻譯」來挑戰、甚至顛覆一般對於「鄉」的觀念與想像。「聲影」則挑明其中既有聲有影，繪聲繪影，也錄聲錄影，進而解聲解音、析影析像，協助讀者從中發掘新意，再度出發。這些當然不是傳統的研究領域所能承載或規範。副標題中的「文化」、「書寫」、「影像」各有廣袤的領域，「跨界敘事」則強調這些領域之間的跨界、逾越，並指涉近年來在人文與社會科學中發揮重大影響的敘事轉向（narrative turn）。這些絕非一本論文集便能處理的議題，然而也可看出主編跨界的意圖，逾越的嘗試，穿越的雄心，以及挑戰的愉悅。

　　要執行如此另類的計畫，勢必得糾集異於一般學科領域的撰稿人，這點由作者群的組成便可清楚看出。首先就任職單位來看，英語系／外語系四人（黃涵榆、楊乃女、翁素涵、陳彥豪），電影系／電影創作系兩人（吳珮慈、孫松榮），藝術研究所兩人（吳瑪悧、王怡茹），法律系一人（王震宇），歷史系一人（陳俊強），台文所一人（王萬睿），通識中心一人（林子晴），外交部一人（蔡慶樺）。能將如此多元異質的學科與專長的人士匯聚一處，實在難得，顯示了在發想、邀請、編輯時的出位與跨界。

　　進一步檢視各撰稿人的學科屬性與文章內容便會發現，雖然泰半隸屬其專長學門領域，但挑戰或逾越固有學科想像者也不在少數。這點從底下對各文的簡短描述可知。以筆者較熟悉的英語系／外語系為例，黃

涵榆嫻熟當代文學與文化理論，其論文〈病毒、感染與不死生命：當前生命政治情境的一些反思〉，在COVID-19疫情盛行，大眾對病毒、感染、生死無常感受至切之際，延伸以往對於生命政治的關懷，面對舉世險峻情勢，探討病毒與感染的本質，解析「資本主義體系的生命政治情境」，以期對後疫情時代有所認知。

楊乃女的專長包括烏托邦文學、科幻文學研究與後人類論述，〈中國科幻與現代性的轉譯：以劉慈欣的《地球往事》三部曲為例〉研究榮獲2015年雨果獎最佳小說獎的中國科幻小說家劉慈欣之三部曲，探究其中所呈現的「硬式科幻美學」，指出其科幻元素由西方到中國再到西方的跨界現象，並連結上晚清知識分子意圖藉由翻譯西方科幻文學，引介科學知識，以進行啟蒙與現代化。

翁素涵的研究興趣包括戲劇與表演研究，以及台灣民俗表演與常民文化（Taiwanese folk performances and culture），〈台灣廟會民俗藝陣表演文化的共時性與隨適性〉一文，根據多年觀察台灣廟會民俗藝陣表演以及實地田野調查，結合相關論述，探討這類表演文化所營造出來的時空既有共時性（synchronicity），又具連貫過去、現在、未來的異時性（diachronicity），順應現場情境的彈性、隨興則具現了隨適性（contingency）。

唯一看似「謹守本分」、「固守疆界」的是陳彥豪，其論文〈以西方文學表演學教授英詩之研究〉為典型的應用外語教學，探討如何藉由西方的「文學表演學」（Performance of Literature，又稱「文學的口頭詮釋」〔Oral Interpretation of Literature〕），在課堂上教導英詩。文中主張以學生／表演者為主體，教師則扮演輔導的角色，透過十五個步驟，逐一深入了解詩作，加以展演，並以選定的一首英詩示範此教學法。

「影像」為本論文集的關鍵詞之一，有關影劇與視覺藝術的論文

自然是重點。首先就影劇而言，吳珮慈的〈光影夢土建築師——「法國國家電影動畫中心」影視音產業策進的奇妙工法〉，針對全球影視大國法國的國家電影動畫中心（Centre National du Cinéma et de l'Image Animée），分析此一具有典範地位的文化政策核心機構，包括組織架構、業務職掌與運作機制，以了解其「奇妙工法」，並作為我國影視音產業策進的借鏡。

孫松榮（身兼兩系所合聘教授，其中之一是藝術「跨域」研究所）的論文〈檔案之眼：當代台灣錄像藝術如何對日本殖民史事發動影像起義〉，從後殖民與後解嚴的角度，透過錄像藝術的特色，分析台灣藝術家陳界仁、高重黎、許家維如何運用視聽檔案，重新想像與反思日本殖民史事，「發動影像起義」，並探討其中涉及的電影性、美學性、歷史性與政治性。

同樣與電影相關的是王萬睿的〈回收港星：鍾孟宏電影中的亞際互文性〉，由跨域電影史出發，從亞際互文性（intra-Asian intertextuality）的角度，研究臺灣導演鍾孟宏在《失魂》與《一路順風》中，分別找來昔日香港知名演員王羽和許冠文擔綱主角，以及這種「回收」現象所具有的意義。

任教於大學戲劇系的編劇家施如芳，在〈跋涉中的最近與最遠——試剖《快雪時晴》、《當迷霧漸散》的內在穿越〉一文現身說法，說明在創作自己「走得最遠的一齣戲」（京劇《快雪時晴》），以及「離自己最近的一齣戲」（歌仔戲《當迷霧漸散》）時，如何自我挑戰，納入異質，跨界創作，「用戲曲完成一個和臺灣有關的故事」。

另一篇與視覺藝術相關的，是王怡茹的〈臺南府城地景的「雙重編碼」：以《臺灣鐵道旅行案內》收錄之臺南驛相片為例〉，發揮區域文化研究以及文化資本與觀光的專長，針對二十世紀初臺灣西部縱貫鐵路通車後，日本殖民政府連年出版的《臺灣鐵道旅行案內》中，如何以帝

國的殖民之眼,透過臺南驛地景相片,再現首府臺南。

與地景和再現相關的另一篇論文則是歷史學門陳俊強的〈六朝隋唐的嶺南意象〉,帶領讀者穿越時空,來到六朝與隋唐時代,呈現嶺南在不同人士心目中天壤之別的形象:「窮山惡水」、瘴氣氤氳的「魑魅之鄉」,令仕人心生畏懼,裹足不前;然而當地盛產丹砂等物,適合煉丹修行,卻又成為道人嚮往不已的「神仙之墟」。

書名中有「聲影」二字,因此聽覺藝術也納入其中。鑽研音樂藝術與美學教育的林子晴,在〈文人桃花源的聲景——談古琴音樂的美感所在〉一文,針對中國傳統「四藝」——琴、棋、書、畫——之首的古琴,從其形制、演奏方式、樂曲內容、琴人社群等不同面向,探討在西方音樂觀念盛行下,遭到忽略的古琴音樂之獨特美感。

然而不論影劇文化、視覺藝術或聽覺藝術,都涉及藝術的性質與作用。吳瑪悧為我國著名的策展人,具有豐富的國內外策展經驗,〈藝術作為轉動的力量〉一文以國內外的多項案例,展示藝術在不同的脈絡下,作為「連結社會與公眾的新模式」,發揮「轉動社區的力量」,達到「社會創新與地方重塑」的效應。

〈中國餐館與歐洲咖啡館——歐洲如何看待中國與歐洲?〉一文作者為我國駐奧地利臺北經濟文化代表處的蔡慶樺,標題看似輕鬆、日常,討論的卻是嚴肅、沉重的議題:何為「歐洲」?歐洲要如何看待自己?又如何看待身為他者的中國?歐洲的問題可能以中國為解方嗎?文末質疑本質主義式的歐洲或中國,而主張二者之流變,並且「只能存在於居間」。

至於全書最「不安本分」的則是「知法越法」、不願受自身學門限制的王震宇。身為法律系教授與前臺北大學智庫中心主任,率先群倫,示範越界,寫出了看似與本行無關的論文:〈金庸《天龍八部》中的譯鄉情懷與後遺民想像〉。全文由標題就可看出作者企圖之宏偉

與內容之複雜,從當代華文世界最雅俗共賞的作家金庸的代表作《天龍八部》——這也是筆者最喜歡的金庸之作——切入,由其中呈現的漢華／胡夷議題,延伸到晚近風行的華夷風／華語語系研究(Sinophone Studies),帶入遺民／後遺民論述,並連結到「後中國研究」。其「譯鄉情懷」的想像之富、跨界之遙、視野之廣,令人歎服。

以上簡述當然無法傳達此論文集的繁複多樣,但多少可窺知其異質與逾越的特色,有些論文本身與作者的學科專長有相當距離,充分顯示了作者努力實踐與展演跨界,即使在一己專長領域內,也有自我挑戰、力求創新之處。總之,全書既是難得的跨界連結與敘事,更在作者們的越位展演中看到逾越的愉悅／愉悅的逾越,企盼引發讀者的想像和參與。

譯鄉:譯異與傳思,故鄉與家園

對於異鄉／譯鄉,感觸最深的莫過於離散在外的文化人,適應方式與呈現在外的則因人而異。此處以三人為例,以示其中的複雜性。巴勒斯坦裔美國學者薩依德(Edward W. Said)以後殖民論述奠基者與公共知識分子廣為人知。他的自我定義與定位就是流亡者(exile),這成為貫穿他整個學術、思維、寫作與生命的主軸,並由此發言位置,針對主流與宰制的文學、文化、社會、政治、國際外交等提出對位的(contrapuntal)批評。

薩依德在為哥倫比亞大學版《最後的天空之後:巴勒斯坦眾生相》(*After the Last Sky: Palestinian Lives*)所撰寫的序言開宗明義便說,這是「一本流亡者之書」("an exile's book");[8]《知識分子論》

---

8 Edward W. Said, *After the Last Sky: Palestinian Live*s, with photographs by Jean Mohr (New York: Columbia University Press, 1999), p. vii.

第三章以〈知識分子的流亡：放逐者與邊緣人〉（"Intellectual Exile: Expatriates and Marginals"）為題，來說明知識分子的處境，以及由此產生的視野與行為——對權力說真話；回憶錄取名 *Out of Place*（正體字版意譯為《鄉關何處》，簡體字版直譯為《格格不入》），更說明了在中東成長，在美國常春藤大學接受良好的文學與文化教育，出入於東（中東）、西（歐美）文化之間的薩依德，即使在紐約哥倫比亞大學任教四十年，定居美國的歲月也遠超過中東故鄉，更在國際學界與知識界享有崇高的聲望與地位，卻始終未找到能讓自己真正安身立命的所在。

這點正如他在〈寒冬心靈〉（"The Mind of Winter"）一文所說：

> 大多數人主要知道一個文化、一個環境、一個家，流亡者至少知道兩個；這個多重視野產生一種覺知：覺知同時並存的面向，而這種覺知——借用音樂的術語來說——是對位的。〔……〕流亡是過著習以為常的秩序之外的生活。它是遊牧的、去中心的、對位的；但每當一習慣了這種生活，它撼動的力量就再度爆發出來。[9]

換言之，薩依德出入於至少兩個文化、兩個環境、兩個家園之間，隨時隨地處於流轉與翻譯的狀態（in transition and in translation），這使得他具有多重的視野與對位的覺知，處於遊牧的、去中心的情境，不許他安定於一處過久。而他的遺言將骨灰運返母親的故鄉，灑在象徵著永恆的黎巴嫩雪松林間，其中深意引人思索。[10]

2020 年甫過百年誕辰的張愛玲，她與翻譯、「譯鄉」的因緣更為明顯。她的種種自譯與翻譯，固然有少部分發表於她在故鄉中國的時期，但更多的比例是出現於她初度離散所居的香港，以及二度離散所

---

[9] Edward W. Said, "The Mind of Winter: Reflections on Life in Exile," *Harper's Magazine* 269 (Sept. 1984): 55.

[10] 對於薩依德的生平感興趣者，可參閱 2021 年出版的傳記《心靈的棲地：愛德華．薩依德傳》（*Places of Mind: A Life of Edward Said* [New York: Farrar, Straus and Giroux]；梁永安譯〔臺北：立緒文化，2022〕），作者為他的學生與好友布倫南（Timothy Brennan）。

居、最後海葬的美國。一般中文讀者認知的是作家張愛玲，其實 1950 年代她移居香港時，主要是靠為今日世界出版社翻譯維生，也因此建立起與美國新聞處的關係，成為移民美國的跳板。[11]

此外，張愛玲在香港時期便積極尋求以英文寫作打開國際文壇之路。該時期的兩部作品《秧歌》（*The Rice-Sprout Song*）與《赤地之戀》（*Naked Earth*），甚至在創作過程中就出入於中英文之間（前者為英譯中，後者為中譯英），作品以英文再現中共統治下的故土也是某種意義的「譯鄉」，而《秧歌》英文版確實得到不少好評。

張愛玲到美國之後繼續力求以英文寫作開疆闢土，處理的則是中國題材（又是「譯鄉」）。1968 年她在接受殷允芃訪談時表示：「只要我活著，就要不停的寫。」[12] 1989 年她致函多年好友宋淇、鄺文美夫婦時寫道：「我一天寫不出東西就一天生活沒上軌道。」[13] 雖然張愛玲並未如願以英文創作名揚國際文壇，許多遺稿直到逝世後才以英文出版，並譯成中文，但她創作不懈的精神與毅力令人敬佩。

幸運的是，張愛玲僅一度短暫造訪的臺灣反而成為她文學作品的發揚地，不僅在此異鄉落地生根，全集在此地出版，而且發揚光大，使得她被寫入臺灣文學史，在文學創作與學術研究上都發揮了重大影響，乃至於近年來「張學」赫然成為當代華文文學中的顯學。因此筆者指出，獻身於寫作的張愛玲，「因為在寫作中找到歸屬，終能『此心安處是吾

---

11 有關譯者張愛玲，參閱單德興，〈含英吐華：譯者張愛玲──析論張愛玲的美國文學中譯〉，《翻譯與脈絡》，頁 159-204；有關她與香港美國新聞處《今日世界》的關係，參閱單德興，〈冷戰‧離散‧文人：《今日世界》中的張愛玲〉，《從文化冷戰到冷戰文化：《今日世界》的文學傳播與文化政治》（臺北：書林，2022），頁 99-170。
12 殷允芃，〈訪張愛玲女士〉，《中國人的光輝及其他──當代名人訪問錄》（臺北：志文，1971），頁 3。
13 宋以朗編，《張愛玲私語錄》，張愛玲、宋淇、宋鄺文美著（臺北：皇冠文化，2010），頁 272。

鄉』，進而在文學史上贏得一席之地。」[14]

另一位以英文寫作而揚名文壇的，則是十九歲才開始學習英文的哈金。他於1985年赴美攻讀英美文學博士，本想學成後返回中國大陸任教，然而六四天安門事件爆發，讓曾服役於人民解放軍的他痛心疾首，遂決定在美國定居。為了謀生並避免中文創作可能遭到的審查，不得不選擇以非母語的英文從事文學創作，箇中艱辛難以為外人道。移居美國異鄉的他，早期寫作都以中國為題材，風格特色之一就是把中文裡的比喻直譯為英文，既有異國色彩，又為英文增添新的表達方式，而其中對於中國各種現象的描述可視為某種的文化翻譯，宛如另一種「譯鄉」。直到定居美國多年之後，他才開始以美國的華人社群為創作素材。

哈金在自譯的中文短篇小說集《落地》（*A Good Fall*）〈新版序——「落地」的幾層意思〉中指出，英文書名源自密爾頓（John Milton）的《失樂園》（*Paradise Lost*）中亞當和夏娃因違反上帝禁令，偷吃禁果，被逐出伊甸園。但這種人類的原罪卻也是「人類開智的起點，應當是幸運的墮落，所以就稱其為 "a good fall"」（5）。[15] 然而挪用到這本小說集，書中許多華人自中國大陸來到美國這個「機會之地」（Land of Opportunity），進而開展出各式各樣的可能性。因此，中文的「落地」沒有這種宗教意涵，卻涉及漢語中「落地生根」的成語（5）。至於其結果，則多少有如他第一本有關美國華人社群的長篇小說之名：《自由生活》（*A Free Life*）。

哈金的全部作品都在只數度造訪的臺灣出版，反而在故鄉中國大陸紛紛遭禁，上市者寥寥可數。他的作品譯成中文時，既有自譯，也有他譯——即使是他譯，哈金也有相當程度的參與。與臺灣文壇熟悉之後，

14　參閱單德興，〈冷戰・離散・文人〉，《從文化冷戰到冷戰文化》，頁154。
15　在西洋相關研究中也稱為 "a fortunate fall"。參閱哈金，〈新版序——「落地」的幾層意思〉，《落地》十週年紀念新版，哈金著／譯（臺北：時報文化，2020）。

他更直接以中文寫作詩歌與散文專欄,其中有些詩再翻譯或改寫成英文,因而呈現出豐富多元的「在他鄉寫作」(借用其評論集 *The Writer as Migrant* 的中文書名〔直譯為「身為移民的作者」〕)。

換言之,以英文在異鄉揚名立萬,至今依然由於政治因素無法返回故鄉的哈金,藉由翻譯與漢語寫作再度回到廣袤的華文世界,而且在回歸中挾帶不少異鄉／譯鄉的聲影與聲望,使他在華文世界也成為受人矚目的重要作家。因為他這種奇特的遭遇與切身的體會,所以《在他鄉寫作》中有如下的說法:「家鄉(homeland)這一問題涉及抵達(arrival)多於回歸(return)。〔……〕其內涵不再可以與家(home)分開,家是移民可以遠離故土而建立的。因此,合理的說法是:建築家園的地方才是你的家鄉。」[16]

他在〈故鄉和家園〉一文對於兩者有更細緻的析辨:「故鄉」是故國、原籍、老家之所在;「家園」則是落地、扎根、新家之處所。[17] 而哈金與妻兒定居於美國,並借助寫作──與翻譯──找到心靈的家鄉。總之,哈金在自我放逐及被故國放逐之後,在原本異鄉的美國,藉由「譯鄉」──既包括了在生活上把異地轉化為自己的家園與新鄉,也包括了在創作上於英文作品中翻譯原鄉,以及透過漢語創作與自我漢譯建立起漢語中的家鄉──而塑造出自己身體與心靈所在的家園。

本文取名「譯異與傳思」,前文已說明「譯」與「異」之間的辯證關係,「傳思」則是我個人對於英文字首 "trans-" 兼取音義的翻譯。根據《牛津英語大辭典》(*Oxford English Dictionary*),"trans-" 的意思包括 "across, through, over, to or on the other side of, beyond, outside of, from one place, person, thing, or state to another",[18] 基本上就是不安於原

---

16 哈金,《在他鄉寫作》,明迪譯(臺北:聯經,2010),頁 132。
17 參閱哈金,〈故鄉和家園〉,《湖台夜話》(新北:聯經,2021),頁 21-26。
18 參閱 "trans", *Oxford English Dictionary*, https://www.oed.com/view/Entry/204575?rskey=FOI1kK&result=4&isAdvanced=false#eid (accessed April 24, 2021)。

先領域與事物的「越界」、「穿透」、「超過」、「逾越」、「在⋯⋯之外」、「到另一邊」等。

　　語文的越界與翻譯是為了「傳」達「思」想,彼此溝通,其中固然包含了理解,也不免存在著可能的誤解,固然「由譯而易」,也不免「由譯而異」,進而安身於異,安心於譯。正因為如此,才為原本的文化帶入了新元素,成為另一股源頭活水,使得文化更多元,書寫更豐富,影像更多姿多采。這些都必須經過一點一滴的匯流、一磚一石的堆疊,方方面面的長期耕耘。就此而言,本書的目標便在於召集一群有心逾越／愉悅的學者專家,藉由譯異與傳思,跨界與敘事,為源遠流長的文化長河奉獻一己之力,傳達個人所思。至於成效如何,有請讀者細細品評各篇文章,並冀望引發更多的互動與迴響,生生不息地跨界與傳思。

2021 年 5 月 2 日

臺北南港

本文原名〈譯異與傳思──《譯鄉聲影:文化、書寫、影像的跨界敘事》中的逾越與愉悅〉,收錄於王震宇編,《譯鄉聲影:文化、書寫、影像的跨界敘事》(臺北:五南,2021 年 9 月),頁 5-22。

附識

　　本文係應國立臺北大學智庫中心王震宇主任之邀,為《譯鄉聲影》一書所撰的序言。由於作者群來自不同學術背景,全書內容多元繁複,筆者主要是從廣義的翻譯角度切入,提示各文重點,強調該書跨界與逾越的特色,並以薩依德、張愛玲、哈金為例,闡明三人各自如何在異域尋求立身之道。

【輯五】
疑義與評析

六譯並進的余光中
——第六屆全球華文青年文學獎翻譯專題講座

何杏楓攝

時間：2017 年 4 月 6 日
地點：香港中文大學鄭裕彤樓一樓演講廳

有事弟子服其勞

今天很榮幸來參加這個盛會,分享自己的一些看法,只不過在兩位翻譯大家——金聖華教授與彭鏡禧教授——之後講話,心裡有些惶恐。而且我的情況有所不同,因為這次翻譯競賽的題目不是我出的,而是余光中老師與另兩位教授出的。余老師去年(2016年)因為摔傷頭部,無法評審,按照中華文化「有事弟子服其勞」的傳統,就由我代勞評審,並且參加今天的專題講座。余老師在國立政治大學西洋語文學系教過我大二必修的英國文學史,之後就被貴校延請過來,因此我可說是余老師來香港中文大學之前在臺灣的關門弟子,而余老師在香港十多年作育了許多英才,包括在座的樊善標老師等人。

身為學生的責任之一就是顯耀師門。因此,我的報告想要換個方式,不像前兩位評審老師那樣解析、評斷自己命題的翻譯,而是要介紹命題的余老師在翻譯方面的貢獻與風範。因此,我是帶著感恩的心,來跟大家分享今天的報告——〈六譯並進的余光中〉。我先前曾經從翻譯的角度,寫過幾篇有關余老師的論文,甚至在余老師和師母面前演講過有關「翻譯家余光中」的主題,今天特地綜合這些論文和報告的內容,提供給在座的前輩、老師、得獎者與同學們參考。[1]

三者合一

在場有許多年輕的大學生、甚至高中生,而余老師開始做翻譯就是在高中的時候,可以說是起步得很早,一直到今年(2017)年初還以

---

[1] 筆者的《翻譯家余光中》(杭州:浙江大學出版社,2019)收錄四篇論文、三篇訪談(兩篇訪談余老師、一篇訪談師母范我存女士)、四篇散文,從不同角度呈現翻譯家余光中,可供參考。

八十九歲的高齡出版了自譯詩集《守夜人》（*The Night Watchman*）的增訂新版（臺北：九歌），譯詩集《英美現代詩選》（*Modern English and American Poetry*）的增訂版（臺北：九歌）也將於今年夏天問世，可說是七十年來從沒離開過翻譯。今天余老師是眾人眼中的超級巨星，"superstar"，但是這個地位絕非一蹴可及，而是除了才華與努力之外，還有多年的堅持與毅力。

在座的年輕朋友如果現在開始努力，到了八、九十歲的時候，就累積了一甲子、甚至以上的功力。換句話說，余老師超級巨星的地位是一步步累積而成的，各位把眼光放大，時間拉遠，及時努力，長久堅持，尤其在翻譯這種需要至少兩種語文功力的項目，有為者亦若是。

大家都知道余老師在詩歌、散文、評論、翻譯四方面都卓然成家，自稱是他「寫作的四大空間」。他的文學成就，以在座的陳芳明老師所編選的《臺灣現當代作家研究資料彙編 34 余光中》（臺南：國立臺灣文學館，2013）最能顯現，因此我曾用「四臂觀音」來比喻。然而，正因為余老師在詩歌、散文方面的成就太高了，反而多少遮掩了他在翻譯方面的成就。

陳老師編選這本書時，收錄了我的一篇小文章〈既開風氣又為師——指南山下憶往〉，主要是描述余老師在擔任政治大學西洋語文學系系主任短短兩年間，運用一系有限的資源對全校文風的提升與貢獻，以及我個人如何因而踏上文學研究與翻譯之路。那本《資料彙編》也收錄了一篇與今天的主題更相關的論文，也就是金聖華教授的論文〈余光中：「三者合一」的翻譯家〉，「三者合一」是援引余老師的論點，強調他集「作者」、「學者」、「譯者」於一身的組合與成就，就是因為這種特殊的組合，使得余老師在談論翻譯時特別具有力道。

六譯並進

其實,今天的主題「六譯並進」並不是我個人獨特的發明,而是根據高雄中山大學張錦忠博士稱譽余老師的「五譯並進」拓展而來。張博士也是余老師的學生,曾提到余老師在翻譯上五方面的貢獻:做翻譯、論翻譯、評翻譯、教翻譯、編譯詩選集。我個人大學時期因為在西語系主辦的全校翻譯比賽中三度獲獎而得到很大的鼓勵,再加上參與並目睹余老師多年來對於梁實秋文學獎翻譯類獎項的盡心付出,以及他對全球華文青年文學獎——尤其是翻譯類獎項——的支持與鼓勵,所以就在「五譯」之外加上了「提倡翻譯」這一項。這也印證了今天開場白時金聖華教授特別提到的,余老師打一開始就非常支持這個全球矚目的文學獎。即使他無法親自出席,但事前也還打電話給我,表示對這件事的支持。

底下就根據「六譯並進」,來分門別類說明余老師對於翻譯的貢獻,相信除了先前兩位老師對於譯文字斟句酌的示範之外,了解余老師對於翻譯的多年投入,能提供一個翻譯家的典範,讓有志於翻譯的朋友有個效法的對象。

做翻譯

首先就「做翻譯」而言,余老師曾有「譯績」之說,也就是說,職場講求「業績」,那麼做翻譯就要講求「譯績」。單就翻譯的專書來說,余老師的「譯績」總共有十五本,雖然在數量上不及職業譯者,但因為選材用心,內容多元,除了譯文之外還增添了附文本,品質突出,具有特色,所以影響深遠,卓然成家。像是《梵谷傳》(Irving Stone, *Lust for Life: The Story of Vincent van Gogh*, 1934)最早於 1955 年在臺灣

的《大華晚報》連載，1956年至1957年分上下冊出版，在座大多數人都還沒有出生，後來精益求精，於1978年與2009年出版了兩個修訂版。

余老師的譯績既有英翻中，像是《梵谷傳》、《老人和大海》（後易名《老人與海》，Ernest Hemingway, *The Old Man and the Sea*）、《英詩譯註》（*Translations from English Poetry (with notes)*）等，也有中翻英，像是他自己編譯的臺灣現代詩集 *New Chinese Poetry*（《中國新詩集錦》）。就文類來說，有詩歌，如《英美現代詩選》，有小說，如《錄事巴托比》（Herman Melville, *Bartleby, the Scrivener*），也有戲劇——愛爾蘭劇作家王爾德（Oscar Wilde）的四部喜劇《不可兒戲》（*The Importance of Being Earnest*）、《溫夫人的扇子》（*Lady Windermere's Fan*）、《理想丈夫》（*An Ideal Husband*）、《不要緊的女人》（*A Woman of No Importance*），余老師全翻譯了。

除了翻譯之外，還有轉譯，如《土耳其現代詩選》就是由英譯轉譯成中文。這些譯作若要用四個字來形容，那就是「琳琅滿目」，而且各有特色、價值與影響。因此，即便我們不談「詩人余光中」、「散文家余光中」，單就「翻譯家余光中」，在當代華文翻譯史上都會有重要的一席之地。因此，譯作的數量不見得要很多，重點在品質好、有特色、具有影響力。

余老師譯作的多樣性，就像我在〈在冷戰的年代：英華煥發的譯者余光中〉一文中所指出的：

- **譯出語與譯入語**：既有英翻中，也有中翻英；
- **文類**：詩歌、小說、傳記、戲劇、散文與評論；
- **文本**：既有單一作家的文本，也有合集；
- **工作方式**：除了《美國詩選》為合譯之外，其他均為獨譯；
- **他譯與自譯**：大多為翻譯他人的作品，但也有較罕見的自譯；
- **出版方式**：單篇發表、連載與出書；
- **他選與自選**：既有他人編選的詩集，也有自己編選的詩集；

- **時代**：既有縱貫數世紀的詩作，也有十九世紀經典美國文學、英國戲劇，以及現當代的美國小說與中、英文詩作；
- **呈現方式**：既有中文文本，也有英文文本，以及中英對照本；
- **出版社**：既有一般出版社，也有臺、港與美新處關係密切的出版社。[2]

論翻譯

「論翻譯」與「評翻譯」往往密不可分，也就是論中有評，評中有論。若要勉強區分，在「論翻譯」方面，余老師多年來於報章、雜誌、期刊發表了很多討論翻譯的文章，這些都收入他的不同文集裡。後來在中國大陸出版的選集主要有兩種：1999年黃維樑與江弱水編選的五卷《余光中選集》由安徽合肥的安徽教育出版社出版，其中第四卷《語文及翻譯論集》收錄了十八篇文章，因為對余老師來說語文與翻譯是密不可分的；2002年北京的中國對外翻譯出版公司出版《余光中談翻譯》，收錄了二十二篇文章，並由他筆下「沙田七友」之一的散文家、翻譯家思果作序（2014年11月易名《翻譯乃大道》，由北京的外語教學與研究出版社重新印行）。[3]

評翻譯

在「評翻譯」方面，2002年臺北九歌出版社出版的《含英吐華：梁實秋翻譯獎評語集》，是一本相當有特色的譯評集，書名「含英吐華」意指如何把「英」文咀嚼、吃透，然後用「華」文表達、吐露出

---

[2] 單德興，〈在冷戰的年代：英華煥發的譯者余光中〉，《中山人文學報》第41期（2016年7月），頁1-34，引自頁5。

[3] 余老師過世後，由女兒余幼珊博士編選的《翻譯乃大道，譯者獨憔悴：余光中翻譯論集》2021年於臺北九歌出版社出版，收錄最為周全。筆者為該書撰寫的〈推薦序──千呼萬喚，誰與爭鋒?!〉與余幼珊撰寫的〈編後記〉，參閱本書頁3-7與頁8-10。

來。這本書收錄了余老師自 1988 年擔任第一屆梁實秋文學獎翻譯類評審十二年以來所發表的評語，大多是針對譯詩，最早的兩屆也包括譯文。余老師主其事將近四分之一個世紀，從命題、評審到撰寫評語全程參與，所有的投稿都是匿名評審。

記得我參加評審時，余老師不只一次語重心長且不無自豪地對我說，這個翻譯獎並不只是評審、排名次、發獎金就了事，還要認認真真地寫評語，連同得獎的譯作結集出書，相信可以發揮一些「社會教育」的作用。還有一件事在這個場合值得一提：第一屆「梁實秋文學獎」翻譯類的詩歌組與散文組，第一名都是同一人，那位雙料冠軍就是在座的彭鏡禧教授，由此可見彭教授翻譯詩歌、散文的功力。後來為了擴大鼓勵參與，修訂相關規則，如果兩項都得第一名者只能擇其一，我戲稱為「彭鏡禧條款」。

余老師在接受我訪談時曾說，他有關翻譯的論述都是來自親身的體驗，底下列出一些他的譯論，與在座的各位分享：

譯者如演員：

> 理想的譯者正如理想的演員，必須投入他的角色，到忘我無我之境，角色需要什麼，他就變成什麼，而不是堅持自我，把個性強加於角色上。（《舍》36）

形義兼顧：

> 一首譯詩或一篇譯文，能夠做到形義兼顧，既非以形害義，也非重義輕形，或者得意忘形，才算盡了譯者的能事。（《舍》36-37）

這兩句話的要旨就是好譯者如同好演員，融入自己扮演的角色，無我、忘我，演什麼、像什麼，譯什麼、像什麼，力求忠實於原作的形式與內容。文學作品，尤其是詩作，形式本身就是作者心血之所在，如何

賞析與詮釋是很大的學問，古典的格律詩尤其如此。譯者需在深入了解原文之後，再以譯出語適切地表達出來。若是不能無我、忘我，個性太強或表達方式有限，就如同一位拙劣的演員，不管演了多少部片子，大家卻只看到一個面貌，譯起文章來則不見原作特色，只見譯者個性，淪為「千文一貌」。

此外，翻譯中長久存在著「歸化／異化」、「直譯／意譯」的討論、甚至爭議。對於這一點，余老師不論在文章中，或者在接受我訪談時都表示，從翻譯的實務經驗來說，基本上這些爭議都是不必要的，也就是說，這些都是假議題。因為在實際翻譯時，很少事先就決定以特定的想法或框架去進行，而是面對原文文本時，處心積慮、想方設法要以最能兼顧原文義的方式傳達。

我訪談過的一些譯壇前輩，不只是余老師，像是在座的金聖華教授，或是嶺南大學的劉紹銘教授、臺灣的齊邦媛教授，都不約而同地表示，這種分別是沒有必要的。因為翻譯時念茲在茲的是如何以最佳的方式將原文以另一種語文表達，隨機應變、反覆推敲，不會特別去考慮歸化或異化、直譯或意譯。

自家心法

至於余老師個人比較特別的心得，就是他從自己多年創作與翻譯的經驗中歸納出的三點看法。

首先是「白以為常，文以應變」。雖然現在一般都以白話文來創作與翻譯，然而文言文畢竟具有兩千多年的歷史，經過歷代的錘鍊，這種文學與語言的精華，不要因為提倡白話文、甚至意識形態的緣故而捨棄，適時使用文言文可收濃縮精練、言簡意賅、畫龍點睛之效。

其次，「翻譯是一種逼近的藝術」（"Translation is an art of approximation."），由於不同語言的先天差異與限制，翻譯無法百分之百呈現原文，譯者只能盡心盡力以另一種語文再現，只能「逼近」，無法「複製」。

由此引申出第三點，「譯無全功」（"Translation knows no perfection."）。這是余老師脫胎自「詩無達詁」之說：對於詩的詮釋與了解沒有固定的標準答案，見仁見智乃是常態。翻譯一方面涉及詮釋，另一方面涉及表達，兩者都因人而異，而譯作也總是存在著改進的空間，甚至同一位譯者對於自己的譯作也可能不斷地修訂，余老師本人就是典型的例證。

再就實際批評（practical criticism）而言，余老師從多年的翻譯、教學與評審的經驗中，歸納出了許多實用的法則。底下的說法是關於英詩中譯，尤其是格律詩：

・英詩中譯的起碼功夫，該是控制句長，以免前後各行參差太多；（《含》3）
・句法或文法，也應儘量貼合原詩；（《含》4）
・遇到古典的格律詩，就考驗譯者用韻的功力。用韻之道，首先要來得自然。〔……〕其次韻腳之間，四聲應有變化；（《含》5）
・譯詩的另一考驗在語言的把握。原詩若是平淡，就不能譯成深峭；若是俚俗，就不能譯成高雅；若是言輕，就不能譯得言重；反之亦莫不皆然。同時，如果原詩的語氣簡潔而老練，也不見得不能用文言來譯。（《含》6）

綜合余老師此處和其他地方的一些看法，我們可以說翻譯最基本的功夫是掌握文法，理解字意，除了正確明瞭文意，也要認識形式或格式，尤其是歷史悠久的格律詩所具有的特色，如節奏、韻律、韻腳，了解原作的用字與風格後，再試著以另一種語文表達。譬如格律詩有固定的音節，譯文就不能相差太遠；句法、韻律希望貼近原文，但又不能為

了押韻而犧牲文字的質感，變成打油詩一般。這些都是余老師從實務經驗中提煉出來的心得。而他個人在評審時，就像剛剛兩位老師那樣，拿著實例一一點評，有時甚至親自出手翻譯作為示範。

文學翻譯涉及不同的文類，而余老師的譯作也包含各種重要文類，如詩、小說、戲劇、散文，各有不同的要求。他對於翻譯與文類的關係，有如下的說法：

> 我自己翻譯的經驗是：翻譯詩要像詩，翻譯小說，裡面當然也有對話，不過那對話跟台詞不太一樣，惟獨翻到戲劇，我翻王爾德的《不可兒戲》、《理想丈夫》、《溫夫人的扇子》，還有《不要緊的女人》，都是希望方便演員來演，也方便聽眾在台下聽。[4]

先前提過余老師對於詩歌翻譯的要求，底下進一步談談他對於戲劇翻譯的要求。因為戲劇劇本除了供人閱讀，還要考慮舞臺演出。閱讀劇本時可以反覆，但舞臺演出時，那些用來推動劇情的對白或獨白，不僅要演員講時不拗口吃力，也要讓聽眾一聽就懂，可不能說：「對不起，這一句我沒聽清楚，你能不能再說一遍。」尤其喜劇節奏輕快，劇中人你來我往，唇槍舌劍，充滿機智和文字遊戲，更是對譯者的挑戰。在座的彭鏡禧教授是翻譯和研究莎士比亞的高手，對於這方面有深入的領會，曾寫過許多文章探討戲劇翻譯，分享心得。余老師在〈與王爾德拔河記——《不可兒戲》譯後〉中，有如下的精要說法：

> 戲劇的靈魂全在對話，對話的靈魂全在簡明緊湊，入耳動心。〔……〕這一次我的翻譯原則是：讀者順眼，觀眾入耳，演員上口。〔……〕希望我的譯本是活生生的舞臺劇，不是死板板的書齋劇。[5]

---

4 余光中，〈翻譯至境見風格〉，《文學翻譯自由談》，彭鏡禧編（臺北：書林，2016），頁 2-3。
5 余光中，〈與王爾德拔河記——《不可兒戲》譯後〉，《不可兒戲》，增訂新版（臺北：九歌，2013），頁 153。

教翻譯

再就「教翻譯」而言,余老師的教學橫跨英文系與中文系,他在臺灣時任教於英文系或西語系,到香港則任教於中文系,在這兩個不同的系裡都教過翻譯。這裡提兩個比較特殊的例子。他曾說過,教中翻英時,基本上是在改英文;教英翻中時,基本上是在改中文。他修改學生的譯文非常用心,為了避免學生只看分數,不看他的訂正,便要求學生把老師訂正過的譯文重謄一遍交上,但也保持彈性:在重謄的過程中,如果學生自認有更好的譯法,也可用上,不必完全依照他的訂正。因此張錦忠老師曾經開玩笑說,交給余老師的翻譯作業不要譯得太好,讓老師多訂正,留下更多的真蹟,將來更值錢。

此外,我在訪談余老師和曾經任教於貴校的周英雄教授時,他們都提到余老師如何在課堂上要他們口譯王爾德。大家曉得王爾德非常 witty,充滿機智,很喜歡玩文字遊戲,他的喜劇不只劇情高潮迭起,還有很多文字遊戲,其中的愛情故事對學生特別有吸引力。當年周老師在師大英語研究所修余老師的翻譯課,老師上課時就分派角色給每一位學生,要他們當場口譯。余老師在〈上流社會之下流——《不要緊的女人》譯後〉中提到:

> 我在外文系教翻譯這門課,先後已有四十年,除注重筆譯之外,也包括口譯。王爾德的喜劇臺詞幽默,呼應敏捷,句法簡潔有力,最適合全班一同參與,形形色色的角色可以分配同學們輪流擔任,由我先誦出原文,再經同學即時口譯成日常的中文。劇中人語妙天下,加上曲折有趣的情節來推波助瀾,笑聲頻頻,一觸即發,恐怕是我一生教課最成功的方式。學生在這樣的課堂上而要瞌睡,絕無可能。[6]

---

6 余光中,〈上流社會之下流——《不要緊的女人》譯後〉,《不要緊的女人》(臺北:九歌,2008),頁 135-136。

余老師上課唱作俱佳，凡是上過課的人都印象深刻，但就戲劇效果來說，很可能以教王爾德的翻譯為最。而且他的教學又與實作結合，後來把王爾德的四部喜劇全部譯出，其實是累積了數十年上課的千錘百鍊，因此不僅譯文本身得到很高的評價，而且在香港、大陸和臺灣用粵語和國語演出時，觀眾反應熱烈，笑聲連連。

提倡翻譯

身為作者、學者的余老師，也是文學的傳播者，一向重視翻譯的角色，積極提倡翻譯。他就讀臺大外文系時曾榮獲臺灣《學生英語文摘》（主編為該系趙麗蓮教授）主辦的翻譯比賽首獎，深知這類比賽的激勵作用，對於年輕學子尤其如此，因此一向重視、提倡、支持翻譯。以下舉的三個實例，我都有幸在其中扮演不同的角色。

首先，余老師在政大擔任西語系系主任時，以一系的經費主辦全校的中英翻譯比賽。其實西語系大四才有必修的翻譯課，但我深知身為該系學生與翻譯有不解之緣，所以大二就參加翻譯比賽，而且僥倖獲得首獎。後來我秉持著自我挑戰的心理、「以戰練兵」的心態年年參加，多次細讀思果先生的《翻譯研究》及其他翻譯相關評論。因此，我就是在各位這個年紀參加翻譯比賽，從而建立信心，自此走上翻譯之路。而且因為出身翻譯比賽，總覺得會有人對照原文品評譯文，所以要求自己的譯文必須經得起這樣的考驗。這個經驗讓我深深體會到，做任何事情入門的態度很重要，是會影響一輩子的。簡言之，就是「入門要正」，「眼界要高」。

其次就是我參加梁實秋文學獎翻譯類，先是參賽者，後是評審者。參加比賽時的心境、做法與先前在政大參加比賽時沒有兩樣。擔任評審者則有機會一次閱讀數百篇不同的譯文，對照原文反覆思量，發現譯文

高下互見，各有精采之處，必須花許多心思仔細辨別。我只參加過三屆的評審，余老師可是負責前二十五屆所有的譯詩與譯文的命題與評審。評審時由他擔任主席，事先三位評審已經看過全部來稿，評審會議當天從早到晚仔細討論，只有中午吃便當時稍事休息。我特別留意到余老師在大筆記本上把每一篇譯文、每一首譯詩都打上分數，再加上總分，嚴肅認真的態度令人打從心底佩服。

再者就是金聖華教授創辦的全球華文青年文學獎也特別納入翻譯，以示對於翻譯的重視，余老師從一開始就大力支持，使得這個文學獎成為華文世界具有代表性的獎項，對有志於翻譯的青年發揮了很大的鼓舞作用。在場的各位就是見證。

編譯詩選集

至於編譯詩選集方面，余老師本身是知名的詩人，在大學外文系講授英詩多年，出入於中英文詩歌之間，無論是自譯的 *Acres of Barbed Wire*（《滿田的鐵絲網》）、《守夜人》，他譯的《英詩譯註》、*New Chinese Poetry*、《英美現代詩選》、《濟慈名著譯述》，轉譯的《土耳其現代詩選》，或是合譯的《美國詩選》，都可以看到他字斟句酌、匠心獨運的翻譯，對於原詩與作者的介紹，以及有關詩歌與翻譯的評論。

禮讚譯者

以上從多方位介紹余老師對於翻譯的重視與投入。多年來余老師一直呼籲大家正視翻譯的貢獻，重視譯者的地位。身為譯者的他深知譯者的地位長期遭到貶低，一直有意還其公道。他曾指出，譯者是「不寫論

文的學者,沒有創作的作家。」他還說:「譯者必定相當飽學,也必定擅於運用語文,並且不只一種,而是兩種以上:其一他要能盡窺其妙,其二他要能運用自如。造就一位譯者,實非易事。」然而和作家、學者相較,「一般的譯者往往名氣不如作家,地位又不如學者,而且稿酬偏低,無利可圖,又不算學術,無等可升,似乎只好為人作嫁,成人之美了。」[7] 因此,譯者往往是幕後的推手,也要甘心於隱身幕後。晚近的翻譯研究有所轉向,逐漸著重譯文與譯者的地位,強調譯者的主體性與主動性(agency),我們很樂於看到這樣的發展。余老師底下這段話是對於譯者罕見的禮讚,我借來獻給翻譯界的前輩、中生代與後起之秀:

> 譯者未必有學者的權威,或是作家的聲譽,但其影響未必較小,甚或更大。譯者日與偉大的心靈為伍,見賢思齊,當其意會筆到,每能超凡入聖,成為神之巫師,天才之代言人。此乃寂寞之譯者獨享之特權。[8]

這段對於譯者的禮讚出自「三者合一」、「六譯並進」的大師級人物,力道更是非比尋常。我最近在一篇臺灣科技部的文章中就坦言,如果非要在「學者」和「譯者」之間擇一來自我定位,我寧願選擇譯者。[9] 首要原因是譯者必須在細讀原文之後,以另一種語文再現,是逐字逐句的硬功夫,絲毫不得閃躲迴避。其次,就讀者群來說,讀我學術論述的人比讀我譯作的人要少得多,翻譯提供了我另類的結緣機會。第三,就影響力的時間長短而言,學術是累積性的,後出轉精,先前的研究成果往往會被後來者比下去,但若是翻譯一部經典作品,影響力可以相當持久。

---

7 余光中,《余光中談翻譯》(北京:中國對外翻譯出版公司,2002),頁 169-170。
8 余光中,《余光中談翻譯》,扉頁題辭。
9 單德興,〈譯注經典的另類來生——《格理弗遊記》經典譯注版的再生緣〉,《人文與社會科學簡訊》第 18 卷第 3 期(2017 年 5 月),頁 44-49,引自頁 49;亦可參閱本書頁 117-127。

一往情深，終生不渝

余老師自十幾歲開始就熱中於翻譯，直到現在仍然精進不已，對翻譯可說是「一往情深」、「終生不渝」，與他在詩歌、散文、評論三方面不僅「相輔相成」，而且「打成一片」。我個人認為他從翻譯中汲取了許多題材與技巧，而這些都成為他文學創作與評論的重要養分。

雖然說「詩人余光中」、「散文家余光中」似乎多少遮掩了「翻譯家余光中」的光采，但他的譯績、譯論與譯評在當今華文世界不僅穩占一席之地，而且具有獨特的貢獻，是一位不折不扣的大家。另一方面，由於他耀眼的文學光環，也讓讀者對他翻譯的作品另眼看待。也就是說，他把自身的作家光環帶到譯作，連帶也讓譯作為人矚目，為原作與原作者增添光彩。

這裡借用余老師的一些用語和觀念，來總結今天的發言。首先，就是「翻譯乃大道」，這是余老師一本翻譯論集的名字。[10] 我個人認為翻譯本身固然大有道理，同時也提供了溝通與傳播的通衢大道，讓不同語言與文化的人可以彼此交流與互動，相互了解與增益，擴大視野與胸襟。

其次，「譯者是要角」：傑出的譯者有如優秀的演員，演什麼像什麼；另一方面，他在異語言與異文化的溝通與交流上扮演了重「要」的「角」色。

第三，既然翻譯與譯者都如此重要，因此必須嚴肅以對，絕對「不可兒戲」。而「翻譯家余光中」正是在方方面面都提供了讓人效法的典範。

今天很榮幸得以「為夫子服其勞」，在這個特別的場合，繼金教

---

10 後來余老師臺灣版的翻譯論集便以「翻譯乃大道，譯者獨憔悴」命名。可參閱本書〈千呼萬喚，誰與爭鋒?!──余光中著《翻譯乃大道，譯者獨憔悴》〉，頁 3-7。

授與彭教授有關譯文的仔細點評之後,以另一位命題委員余光中老師為例,說明翻譯之道落實到個人身上的情形,成為畢生的志業,藉由提供一個當代的範例,作為在座的各位——尤其是有志於翻譯的年輕學子——效法的對象,希望大家共同攜手邁向翻譯之道。謝謝各位。

現場問答

發言者一:翻譯中往往會提到「意譯」、「形譯」的問題,但我前一陣子聽到一種說法:意譯和形譯之別並不存在,而是只有好的翻譯和壞的翻譯之別。請問您怎麼看這個問題?

單德興教授:我在先前的發言中曾引用余老師的說法,指出好的譯作要「形義兼顧」,既然是要兼顧,就不存在著二者之別,而是只有好壞之分。另一方面,翻譯裡長久存在著「意譯」和「直譯」之別,但剛剛報告時提到,我訪問的一些翻譯名家都認為沒有這種硬性的二分法,而是取決於譯者面對特定文字時所做的抉擇,並沒有說哪一種方式必定優於另一種方式。至於好壞之分當然又涉及如何定義好壞,不過那屬於另一個層次的問題了。基本上我認為要精進翻譯需要把握機會多多鍛鍊,而參加翻譯比賽就是很好的鍛鍊方式。

發言者二:剛剛看到北京外國語大學翻譯系有兩位我的學弟學妹先後上臺發言,我是北外翻譯系的畢業生,這次參加比賽時並沒有投翻譯組。剛剛聽了大家的發言,其中有很多東西都是大學四年裡老師們一直在跟我們探討的,尤其是評判翻譯作品好壞的標準。剛剛彭教授舉的一個例子牽涉到狄更斯文章中提到的 "second-best bed",來自莎士比亞的遺言。第二個翻譯的作品譯為「這些軼事並不影響⋯⋯」,可以看出這位譯者應該是查了資料,懂得原文的典故,但不像另一位譯者那樣用加

註的方式來處理。

關於譯文要不要加註,在校時老師們曾說,加註確實比較嚴謹,但會影響到閱讀的流暢,因此要視情況而定。至於金教授提到題目的翻譯,認為把 "A Flower for Your Window" 譯成「一抹芳菲飾窗台」很有文學性,是很棒的譯法。不過,這樣發揮的空間是不是太大了?

總而言之,翻譯很難有固定的標準,像在現在這個場景,這個 context,因為是比賽,還算有一個相對固定的標準,但真正投入翻譯市場時,問題就更複雜了。我想就這個標準的問題請各位再闡發一下。謝謝。

單德興教授:這個問題很複雜,我無法代替其他兩位老師回答,只能就自己的觀點簡短回應。翻譯其實就是「一個文本(原文),各自表述(譯文)」,必須要自己理解、詮釋原文之後,再用另一種語文表達,而且要讓讀者能透過你的譯文來理解原文的要旨。是否發揮過度,往往見仁見智。至於加註,要看目的和對象,不可一概而論。

翻譯研究中有 Skopos Theory(目的論),主張依照目的來決定翻譯的策略。以我個人為例,我曾參加臺灣國科會的經典譯注計畫,目標是結合學術與翻譯,要求必須有詳細的注釋。因此我譯注的《格理弗遊記》(*Gulliver's Travels*),正文有十五萬字,緒論有七萬字,譯注有九萬字(採腳註形式),也就是緒論加上譯注字數超過了正文。這本書後來出版普及版時,除了非常必要的注釋之外,其他的都刪掉了,而且格式改為尾注。

換句話說,同一位譯者翻譯的同一本書,尚且可能因為不同的對象而有不同的因應方式,更何況不同譯者根據不同的目的與理念,所翻譯出來的作品。但不論如何,翻譯本身是硬碰硬的扎實工夫,而且涉及文本(text)與脈絡(context)。請允許我引用先前交給主辦單位的一段文字:「翻譯小則涉及文字與文本,大則涉及文學與文化,應字斟句

酌，敬謹對待。」這是我對於翻譯的基本理念、態度與作法，提供各位參考。

2019 年 11 月 22 日
臺北南港

原收錄於何杏楓編，《春燕六重奏——第六屆全球華文青年文學獎作品集》（香港：天地圖書，2023 年 6 月），頁 351-366。

附識

　　本篇原為翻譯專題講座的發言。筆者並未參與此屆翻譯比賽的命題，因此有別於其他兩位評審（金聖華教授與彭鏡禧教授）針對譯文所做的字斟句酌之實際批評，轉以「譯者論」的方式，介紹「三者合一」、「六譯並進」的余光中老師，分享筆者近年研究與訪談余老師的心得，提供有志於翻譯的年輕學子、尤其是與賽者，一個當代華文世界的翻譯家典範。八個月後，余老師辭世，享年八十九歲。該年出版的兩本譯詩集成為他生前最後親自修訂、付梓的書。

向余光中教授致敬
——第七屆全球華文青年文學獎翻譯專題講座

時間：2020 年 8 月 29 日
講者：金聖華、彭鏡禧、單德興
模式：Zoom 線上講座
影片：https://www.youtube.com/watch?v=oQeTlHRmFr

葉嘉教授：

今天的第三位講座嘉賓單德興教授是臺灣大學外文研究所博士，擔任過許多英美文學與比較文學研究的學術職位，目前是中央研究院歐美研究所特聘研究員。單教授的譯作和學術專著都在臺灣獲得過至高的獎項，主要譯作包括《英美名作家訪談錄》、《知識分子論》、《權力、政治與文化：薩依德訪談集》、《格理弗遊記》等等，他的翻譯研究專

著《翻譯與脈絡》和《翻譯與評介》都為我們做翻譯研究的同行帶來過莫大的鼓勵和啟發。單教授曾經在《翻譯與脈絡》一書中講到，翻譯和翻譯研究對他而言，絕不是抽象的思維和理論，而是一個冷暖自知、苦樂參半的漫長歷程，既是學術生涯中最重要且值得畢生投入的志業，也是人生中不可或缺的要素。相信許多做翻譯的人都會不知不覺中把翻譯當作是人生的習題，一個恆常的思維訓練。這一點，想必在座的各位也深有同感。我們現在有請單德興教授為我們作分享。

文學海內存知己，視訊天涯若比鄰

單德興教授：

　　各位評審委員、各位得獎者、各位老師、各位同學、各位關心文學與翻譯的朋友，還有勞苦功高的主辦單位，大家好。這次由於新冠肺炎（COVID-19）疫情蔓延，大大改變了全球人們的生活形態，許多地方封城，多處海陸空交通受阻。第七屆全球華文青年文學獎（以下簡稱「華文獎」）為了因應疫情，也採取有別於前六屆的另類活動方式，透過網路視訊，讓散居各地的評審委員和得獎者能夠上線參與，以虛擬模式將大家集結在一起。唐朝王勃寫道：「海內存知己，天涯若比鄰。」今天我們則是透過網路，體現了「文學海內存知己，視訊天涯若比鄰」的情境。換言之，正是因為疫情危機所帶來的轉機，使得這次活動更無遠弗屆，形成華文文學與翻譯的共同體。

　　記得上一屆華文獎，余光中老師因為頭傷，雖然已經為翻譯比賽命題，卻無法評審，更無法出席頒獎典禮，讓忝為弟子的我有機會為老師服其勞，來到香港中文大學，與大家共聚一堂，參加三年一度的盛會，有幸聆聽翻譯組另兩位評審委員金聖華教授和彭鏡禧教授的演講，各自針對自己的命題與參賽者的譯文講評，發揮多年功力，內容鞭辟入裡，

發人深省。我因為是在後來階段才代「師」出征,並未參與命題,所以演講時採取「譯者論」的方式,分享余老師的翻譯理念與「譯績」,強調他多年來對於翻譯與譯者的重視,希望為在座的年輕學子,尤其是參與翻譯比賽的後起之秀,提供一個當代的譯者典範,激發「有為者亦若是」的雄心壯志。[1]

前瞻後顧,左顧右盼

回想起先前曾在余老師的邀請下,在臺灣三度參加梁實秋文學獎翻譯類評審(那三次都是因為多年擔任評審的彭鏡禧教授出國),親眼目睹余老師事先仔細評點每一篇譯詩與譯文,逐篇打分數,加總分,現場討論時字字句句斟酌,甚至連一個標點符號都不放過,對我個人而言無疑是離開學校數十年後,再度學習的最佳身教。

華文獎的翻譯評審也是同樣的嚴謹,除了三位決審委員各自評審之外,還透過國際電話仔細交換意見,品評高下。在所有獎項的評審中,擔任翻譯評審最為獨特,也最為辛苦。其他文學獎的創作篇篇不同,評審看的是不同的作品,根據各自的標準評斷,再經由集體討論來定奪。翻譯評審則不然,每位參賽者都是根據同一篇原文,絞盡腦汁、字斟句酌,儘量完善自己的譯文。決審委員面對的是三十位譯者的「三十篇」原作「一律」的譯作,因此是「一個原文文本,各自譯文表述」。評審時一方面要時時對照相同的原文,審視譯文是否充分且正確傳達了原文的意思,另一方面要處處比較不同的譯文,判斷彼此之間的得失高下。就此而言,既要前瞻(原文)後顧(譯文),又要左顧(甲譯)右盼(乙譯),其複雜困難可想而知。

---

[1] 參閱上一篇〈六譯並進的余光中——第六屆全球華文青年文學獎翻譯專題講座〉。

梭羅選文的特色與斟酌

　　至於命題本身也是煞費周章。首先，三位評審者的題目必須難易適中，風格多樣，才會有鑑別度，並且考驗譯者處理不同風格的功力。其次，文章既要能經得起反覆咀嚼，卻又不能過於熟悉，以免參賽者在線上或書上可輕易找到譯文參照。在三位評審者分別命題，彼此商討後，決定了三篇選文。金聖華教授的選文摘自愛爾蘭作家路易斯（C. Day Lewis）的 "Coincidences"（368 字），彭鏡禧教授的選文摘自非洲裔美國作家鮑德溫（James Baldwin）的 *Notes of a Native Son*（393 字），我的選文摘自美國作家梭羅（Henry David Thoreau）的 *Journal*（275 字）。三篇選文各有風格與特色，值得深入體會，悉心揣摩，反覆推敲，思索如何以妥貼的中文再現。剛剛兩位教授已經針對他們的選文以及相關譯文提供了精采的解說，底下我針對自己的選文之特色與意義，以及譯文的斟酌之處加以說明。

　　這篇選文來自十九世紀美國著名散文家梭羅。這位特立獨行的作家在日誌中詳細記載了自己的所見所聞所思所感，包括閱讀與沉思的心得，以及對於大自然的觀察與體悟。我曾數度參訪梭羅獨居的華爾騰湖（Walden Pond），體驗過四季不同的景致，也曾兩度在他的故鄉康考德（Concord）「蹲點」：第一次是在 2007 年，待了四天，時值他一百九十歲誕辰；第二次是在 2017 年，待了六天，時值他兩百歲誕辰。兩次都是參加梭羅學會（The Thoreau Society）的年會（Annual Gathering），在當地文史工作者帶領下尋訪梭羅的足跡，湖濱、山林、野外、草原、溪邊……更曾到哈佛大學侯騰圖書館（Houghton Library）借閱珍藏的梭羅檔案，捧著這些手稿，看著上面遒勁有力的字跡，遙想作家當年一筆一劃寫下，心中的感受難以言喻。

　　這篇選文來自他的日誌，形式上不像單篇文章般嚴謹，正因為

如此，反而彈性更大，內容豐富，蘊涵多元文化的色彩。如第一段中 "I too sit here on the shore of my Ithaca a fellow wanderer and survivor of Ulysses" 與 "perfect as her Grecian art"，明顯涉及希臘史詩與藝術。第二段中 "The Great spirit of course makes indifferent all times & places. The place where he is seen is always the same, and indescribably pleasant to all our senses"，具有相當程度的美洲原住民色彩。第三段中 "Verily a good house is a temple—A clean house—pure and undefiled, as the saying is"，比喻和用字則脫胎自《聖經》。[2] 而 "The less dust we bring in to nature, the less we shall have to pick up." 一句，從今天的眼光看來，相當具有環保意識。

此外，梭羅生活於大自然中，仔細觀察動植物，「多識於草木鳥獸之名」，形諸文字，成為自然寫作（nature writing）的先驅。他的文字除了具有文學價值，也成為美國自然科學史的重要紀錄，讓科學家能夠比對當時和現在的自然環境與生態變遷。我前兩次參加的梭羅年會，有專門的場次由科學家與生態學家宣讀論文。因此，在閱讀與翻譯這些動植物名稱時，也要多花點工夫。

由此可知，這篇選文雖短，內涵卻很豐富，在進行翻譯時，不只要留意文本（text）本身，也要注意它的脈絡（context）和語境，以便充分掌握文本內外的意涵，包括全篇意旨、作者關懷、文學典故、文化氛圍、時代環境等，也就是所謂的「讀其書，知其人，論其世」。若能對脈絡與語境有更多的了解，將有助於深入閱讀、詮釋文本，進而字斟句酌，以中文傳達。

因此在翻譯過程中，最好能對脈絡和語境做些功課，在確切理解文本之後，努力尋求以精準的譯文表達。若判斷一些必要的資訊無法

---

[2] 如 "If any man defile the temple of God, him shall God destroy; for the temple of God is holy, which temple ye are." *1 Corinthians* 3:17（《哥林多前書》第 3 章第 17 節）。

納入譯文時,可採用夾註(interlinear note)、腳註(footnote)、尾註(endnote)等方式補充。這些附帶於譯文的文本稱為「附文本」或「周邊文本」(paratext)。我參加過幾次翻譯評審,都看到一些譯者採用附文本的方式,顯見所下的工夫。這篇選文因為內容豐富、指涉廣泛、形式相對鬆散,評審們公認是三篇中最難掌握的一篇,也是對譯者挑戰最大的一篇,就更需要多下些工夫。

譯無全功,精益求精

余老師曾經多次表示:「譯無全功」("Translation knows no perfection.")、「翻譯是一種逼近的藝術」("Translation is an art of approximation.")。也就是說,由於文字與文化的差異,翻譯只能盡量貼近原文,卻無法百分之百呈現,所以天底下沒有完美的翻譯,總是存在著改進的空間。這也就是為什麼余老師的譯作總是一改再改,而他生前最後出版的兩本書《守夜人》與《英美現代詩選》,都是修訂、增補以往的譯詩,包括先前翻譯的自己的詩作。若連自己的譯作都會覺得不甚滿意,不斷修訂,精益求精,那麼對他人的譯作有意見就更不足為奇了。因此,評審的職責就在「尋優」「找碴」,分析得失,評斷高下。底下的評論難免顯得吹毛求疵,但目的在於切磋,相互攻錯,使譯文能更趨近於完善。

一般說來,第一句往往最花工夫、反覆琢磨,因為閱讀、修訂時都是從頭開始。我們以第一句為例,看看前三名得獎者的譯文:

> I am glad to remember tonight as I sit by my door that I too am at least a remote descendent of that heroic race of men of whom there is tradition.

> 今晚我坐在門邊,想到自己至少也是那些古希臘英雄人物的後裔,心裡愉快極了。

此處把 "remember" 譯為「想到」,但「想到」只是一般的想,而 "remember" 是回憶,「想」的是過去的事。「古希臘」一詞是把原文後面的內容挪前,這種處理手法見仁見智,要看通篇的效果如何。然而,原文中的 "remote" 和 "tradition" 在譯文中都不見了,"glad" 譯為「愉快極了」在程度上也有些落差。

> 今晚,閑坐于家門口,我高興地想起,我至少也算是那有著悠久傳統的英雄種族之苗裔。

此處把 "sit" 譯為「閑坐」,在意思上稍有引申;把 "remember" 譯為「想起」,跟前一例的情況相似。至於原文裡的 "I too am"(「我也是」)頗有坦承、直下承當的意味與氣概,譯為「算是」則帶有姑且、勉強、甚至充數之意,在語意和語氣上顯然與原文有出入。

> 今晚倚坐門邊,回想起自己也算是傳說中英勇民族的遙遠後裔,實在感到高興。

此處用上「倚坐」,「倚」是「靠」、「斜靠」之意,但原文用的是 "sit",而不是 "lean"。「算是」一詞不妥已如前述。原文的 "at least"(「至少」)漏譯,"tradition"(「傳統」)則誤譯為「傳說」("legend")。

得獎者反覆閱讀全文,斟酌譯文,大致能掌握第一句的原意,但細節則照顧不周,誤譯在於原意掌握不夠精確(accurate),漏譯在於譯文表達不夠充分(adequate)——而魔鬼,或者說高下,就藏在細節裡。

此篇選文有兩個常見的誤區。一個是文中提到門前矗立的 "pitch pine"(剛葉松),雖然不同於作者所見過的雕刻或繪畫的圖形,卻「如希臘藝術般完美」,隔一句便說:"There it is, a done tree. Who can mend it?" 這是順著前文而來,最後一句是個 rhetorical question,反問句,意思是:此樹渾然天成,自足完整,完美無瑕,誰能修補、改善

它？此處的情境多少類似《聖經・創世紀》所述，上帝創造宇宙萬物，一切都美好完善。

在三十篇譯文中，對這兩句主要出現三類不同的譯法。第一類從負面來詮釋，像是「枯萎的樹」、「一株已死的樹」、「一棵已經殘缺不全的樹」、「燒焦的樹，誰能修繕它？」、「燒焦的樹，誰又能扭轉它的命運？」、「一棵被砍伐的樹木，誰能使它恢復如初？」等等。

第二類詮釋比較中性，像是「一棵樹」、「完整的樹」、「一棵完成了的樹」、「自然生長的樹木」。有人接著引申：「誰能夠為它添妝色彩？」、「又有誰給它添加多餘的裝飾呢？」這兩處衍伸的譯文本身其實就類似「多餘的裝飾」。

第三類是從正面來詮釋，也比較符合原意：「這一棵完好的樹」、「如此完善的樹，誰又有資格修葺它？」、「這樣完美的傑作，誰又有能力修改呢？」。譯為「完美的傑作」、「完美的藝術品」都有些引申。也有人譯為「差不多如希臘藝術般完美」，把前一句的文意帶入。甚至有人譯為「它是大自然的傑作，究竟誰有能力修舊如新，護她如初？」雖然文字優美、前後對仗，只可惜流於過度引申，失卻精準。

由以上諸多實例可以看出，各人的理解不同，表達也就互異，有些譯文比較貼近原文，有些理解有誤，有些則加以引申、甚至過度引申，「美言不信」——但若妥善處理，信言未必不美。

另一個誤區就是："Verily a good house is a temple—A clean house—pure and undefiled, as the saying is. I have seen such made of white pine."接著是最大的挑戰："Seasoned and seasoning still to eternity. Where a Goddess might trail her garment." 這幾句的意思是：良好的房子就是聖殿，純淨清潔，無瑕無垢。而且作者見過用白松木蓋的好屋子，即使經過風吹雨打，歲月淘洗，依然歷久彌新，甚至可以直到永恆。此外，這裡非常乾淨，女神款步前行，即使長衣拖地都不怕弄髒。我們不妨想

像,這畫面有如現代新娘身著拖地婚紗款款前行。

　　底下是幾位譯者的譯文。一位譯成:「的的確確,一所好房子就是一個廟宇,乾淨整潔,一塵不染,如《聖經》上所說。」原文並未提到「聖經」,只是暗自指涉,譯文則點明,彼此之間明暗有別,各有用意。另兩句有人譯成:「歷經滄桑仍然頑強矗立,直到永恆。這樣一間房屋裡,會有女神輕曳羅裳。」此處的文字優雅,氣氛也傳達出來。有人則譯為「歷經風雨滄桑,依然屹立如初,永恆不朽。」這裡的「屹立如初」表示跟以往一樣,而以「永恆不朽」來涵蓋未來。也有人譯為:「這邊或許有女神拖著她的衣服,在那裡留下足跡。」明顯不如先前「會有女神輕曳羅裳」所塑造出的氣氛,以及用字的洗練。而根據實務經驗,同樣的意思,以愈精簡的文字表達,譯文的品質愈優越。

　　至於 "Seasoned and seasoning still to eternity" 更是大挑戰,不少人誤譯成「風乾」,像是「在歲月中風乾,風乾到永久。」「木材有些風乾,直到永久不斷的風乾下去。」另有一位譯為:「受過自然的風乾,能再接受四季的永劫」,文字儘管優美、對仗,但與原文有相當的出入。

　　由以上所舉的實例可見,譯者竭盡所能,挖空心思,試著把自己的理解與詮釋,用貼切的文字表達出來。然而重點在於如何正確解讀,再以簡練的文字傳達,這些在在挑戰著譯者,也提醒我們「譯無全功」,必須懷著謙卑敬謹之心,全力以赴,不斷修訂,以期在作者與讀者、原作與譯作之間,搭建起一座溝通的橋樑。

薪火相傳,廣結文緣

　　這個華文獎是金聖華教授擔任香港中文大學文學院副院長時創立的,2000 年第一屆名為「新紀元全球華文青年文學獎」,至今已經二十個年頭。我在 2015 年曾與金教授進行深度訪談,她提到自己如何

篳路藍縷開辦這個文學獎，各界如何熱心響應，以及多年來余老師如何大力支持這個獨具意義的文學獎。[3]

第七屆華文獎距離余老師謝世兩年，也是他過世後的第一次頒獎典禮。以「向余光中教授致敬」為主題，並於開展儀式特設「余光中教授藏品展」（展期自 2019 年 1 月底至 5 月底），展出他的手稿、華文獎評改手札，以及私人物品如眼鏡等，充分顯示主辦單位不僅有情有義，並以具體作為讓大家有機緣親近一代文學家、翻譯家的手澤，藉以表達深深的敬意，讓身為余門弟子的我既感動，又感謝。我個人也感謝主辦單位再度邀請，有機緣共襄盛舉，略盡棉薄之力，完成此次任務。

恭喜本屆華文獎在主辦單位的悉心籌劃，大家通力合作下，再次圓滿成功。也恭喜得獎者通過嚴格的挑戰，得到應有的肯定，並期許經過這次考驗的得獎者既多少是 seasoned，也能夠投入翻譯的志業，再接再厲，seasoning still to eternity。至於進入第七屆、走過二十年的華文獎，更已經是 seasoned，成為華文世界青年文學創作與翻譯的代表性獎項，並祝願在大家熱心參與、密切合作下，長長久久，seasoning still to eternity!

2021 年 9 月 16 日
臺北南港

本文將收錄於何杏楓編，《燕頌七重天——第七屆全球華文青年文學獎作品集》（香港：天地圖書）。

---

[3] 〈三文、五語、六地、七書：金聖華訪談錄〉2015 年 11 月 4 日於香港中環上海總會進行，收入單德興，《擺渡人語：當代十一家訪談錄》（臺北：書林，2020），頁 349-388，關於華文獎參閱頁 379-381。

附識

　　此屆文學獎專題講座因受新冠疫情影響，改以線上舉行。筆者自命題、評審全程參與，因而依照此獎慣例，採取實際批評的方式，對照原文、比較譯文，仔細推敲，點評不同譯文的精采與值得商榷之處，以示余光中老師所主張的「譯無全功」與「翻譯是一種逼近的藝術」，以及精益求精之必要。

思想的翻譯，行動的翻譯
——第三十四屆師大梁實秋文學大師獎「翻譯大師獎」總評

第三十四屆師大梁實秋文學大師獎頒獎典禮，作者位於第二排左一。
（圖片取自《師大新聞》）

時間：2022 年 3 月 12 日
地點：國家圖書館國際會議廳

翻譯大師獎得主及作品

首獎

馬耀民譯，《北海鯨夢》（伊恩・麥奎爾〔Ian McGuire〕，*The North Water*），啟明出版事業股份有限公司，2020。

優選（依譯者姓氏筆劃）

李斯毅譯，《慾望莊園》（伊夫林・沃〔Evelyn Waugh〕，*Brideshead Revisited*），聯經出版事業股份有限公司，2020。

陳育虹譯，《淺談》（安・卡森〔Anne Carson〕，*Short Talks*），寶瓶文化事業股份有限公司，2020。

葉佳怡譯，《消失的她們》（茱莉亞・菲利普斯〔Julia Phillips〕，*Disappearing Earth*），遠流出版事業股份有限公司，2020。

顏湘如譯，《消失的另一半》（布莉・貝內特〔Brit Bennett〕，*The Vanishing Half*），麥田出版，2021。

脫胎換骨，再創新猷

首先恭喜所有得獎者在激烈競爭下脫穎而出，贏得殊榮。

梁實秋文學獎今年進入第三十四屆，其沿革誠如剛剛臺灣師範大學文學院陳秋蘭院長所說。在此感佩余光中先生與蔡文甫先生的遠見與情義，率先倡議建立此獎，爾後得道多助，獲得相關單位的支持，讓這個別具意義的文學獎能延續至今，並且發揚光大。

我參加過不同的評審工作，包括學術著作與文學創作，其中以翻譯評審最為辛苦。先前應余老師之邀三度參加梁實秋文學獎翻譯類評審，面對的是根據相同原文而來的幾百篇譯文，評審時必須「前瞻後顧」、「左顧右盼」，反覆對照原文與譯文，並且評比不同譯文，判斷是否信實傳達文意與風格，各有何優劣，評定高下。因此，以往除了「家庭作

業」式的初審,各別先行評選,之後再共聚一堂,進行決審,每次都是從早上開始,中午吃完便當繼續奮戰,到傍晚才分出高下,只差沒挑燈夜戰。儘管勞心勞力,不過每次評審結果出爐,都有辛勞之後的成就感,很高興能選拔出優秀的譯作。

這次梁實秋文學獎改以出版品為對象,翻譯之作可說事先經過雙重、甚至三重把關:國外出版社的出版、國內出版社的出版與推薦。因為是文學翻譯書,所以與先前評審的譯作相較,篇幅長得多,內容與風格也迥異。主辦單位與評審莫不兢兢業業迎接挑戰。正如評審之一的高天恩教授所言:「今年的競賽方式有了『脫胎換骨』式的改變,主辦單位的苦心值得敬佩,改變之後的成果則有待方家的檢驗與評議。」

不同原文,各自表述

今年共有九本長篇小說、一本詩集進入決審。不同於以往的「一個原文,各自表述」,而是「不同原文,各自表述」,沒有數以百計的重複,卻有單獨長篇的甘苦。翻譯長篇小說有如馬拉松,譯者途中可能會「撞牆」,要注意「配速」(pace)、精神和氣力,也就是維持品質平穩,留意細節。篇幅較短的譯詩集則可精雕細琢,一改再改。

因為是翻譯成品,所以不禁要考量:為什麼、此時、此地華文世界會出現這麼一本書?我個人在閱讀這些譯作時,除了評斷文字的忠實、通順,風格的掌握之外,還會有底下的考量:原作的特色與難度如何?能否拓展華文讀者的感知與視野?譯者(與編者)有無善盡譯介之責?譯文除了忠實(信)、可讀(達)之外,是否具有獨特的風格?

譯事難,因此余光中老師有「譯無全功」("Translation knows no perfection.")與「翻譯是一種逼近的藝術」("Translation is an art of approximation.")之說,也就是說,天底下沒有完美的翻譯,總是存在

著改進的空間。而余老師生前出版的最後兩本書都是增訂先前的譯詩集《守夜人》與《英美現代詩選》（臺北：九歌，2017），實為精益求精的典範。

這次評審作業先經初審、複審篩選出十部作品，再由五位決審委員各自審閱，雖在疫情期間，依然舉行實體會議，經過一下午討論，評選出五部得獎之作，作業的過程與評審的態度頗為嚴謹慎重。由於時間限制，我的總評主要根據各位評審為指定的得獎之作所撰寫的評語。

首獎馬耀民譯《北海鯨夢》

首獎是馬耀民先生的《北海鯨夢》，根據梁孫傑教授的〈看哪，這翻譯！：淺談馬耀民的中譯《北海鯨夢》〉：

> 看哪，那個人！
> 翻開馬耀民翻譯的《北海鯨夢》，入眼就是一聲簡潔俐落的尼采式驚呼。〔……〕馬耀民的翻譯，在第一時間內，就以毫不留情的精準文字忠實呈現那深不見底的暗黑深淵，全面掌握了《北海鯨夢》傳遞的冷酷暴虐的人性本質。

梁教授進一步指出譯者所遇到的挑戰：

> 故事主軸雖然大致圍繞著航海捕鯨開展敘述的脈絡，但其中牽涉到的情節描繪卻遠遠超出這個看似單純的主題，舉凡戰爭、醫學、解剖、船舶、航務、器械、動物等等，都需要專業知識方能一一尋覓到較為理想的標的語言。

此外，譯者也試圖以歸化的翻譯策略，加入在地的文字特色：

> 無論原文有多齷齪粗鄙的文字或情理難容的描述，大體在譯文中都盡量給呈現在中文的語意脈絡之中。〔……〕譯文在引進這些他國粗口的同時，也巧妙鑲嵌臺灣熟悉的幹話，在異化歸化的斟酌推敲中，增添一點讓本地讀者可以共鳴的想像。〔……〕以臺語入譯文，明顯可以看出馬耀民作為譯者介入原文的意圖。

評審並舉出一例,說明譯者用心之處:

> 踐克斯〔邪惡的主角〕完全活在律法之外的禽獸本能,讓森姆納〔敘事者〕深惡痛絕:
>
> Sumner feels a pain growing behind his eyeballs, a sour sickness curdling in his stomach. Talking to Drax is like shouting into the blackness and expecting the blackness to answer back in kind. (192)
>
> 森姆納感到他眼底冒出一股痛楚、腹部有一種難以忍受的厭惡感在凝聚。與踐克斯談話就像對黑暗喊話,同時又期待某種回應會傳回來。(227)

原文 "behind the eyeballs",到了馬耀民筆下,變成「眼底」。一方面符合中文的語法,另一方面則是預示隨之而來的「黑暗」正處於他們的下方,換言之,也就是呼應開卷第一句「看哪,那個人!」所瀰天蓋地鋪展開來,那個尼采口中無盡的暗黑深淵。這種介入的翻譯手法,或許就是評審之一的單德興老師讚許《北海鯨夢》中譯具有高度譯者意識的原因。

不過,除了譯後記和捕鯨船示意圖之外,譯者沒有在附文本(paratext)上再多加著墨,有點令人覺得惋惜。

馬耀民花了三、四年時間翻譯此書,過程中幾度「撞牆」,至少兩次透過電郵請教原作者,了解文意、脈絡與背景知識,終能順利過關,鍥而不捨的精神令人敬佩。

整體而言,本書譯文相當精準,但也難免有少數值得商榷之處,最明顯的就是將心狠手辣的惡棍 Henry Drax 譯為「踐克斯」,充分顯示譯者對此人的不滿。然而此譯名不像中文名,在全書出現近三百回,與譯者的歸化策略扞格。原作採用 Drax 一名,可能有意讓讀者聯想到漫威漫畫中星際異攻隊的成員 Drax the Destroyer,暗示其邪惡之心與毀滅之行。我個人會建議把首字改譯為「崔」,維持「克斯」二字,如此既符合中文固有的姓氏與歸化的原則,諧音「摧剋死」也維持原作的聯想與暗示。

陳育虹譯《淺談》

　　陳育虹女士的《淺談》則是唯一一本詩集，譯者本身就是傑出的詩人。以往有「唯詩人足以譯詩」之說，但余光中老師和彭鏡禧老師對此都提出有力的質疑，尤其余老師身兼詩人與譯者，其論證更具有說服力。[1] 儘管如此，詩人譯詩，往往不只留心於字意與言外之意，也會注意風格。《淺談》既有原詩的風格，也留下譯者的印記。全書除了翻譯，另有作者簡介、譯注、譯後記、作者著作年表等附文本，可說是「麻雀雖小，五臟俱全」，足見譯者的用心。

　　梁欣榮教授在〈意深言簡：淺談陳育虹譯《淺談》〉中指出翻譯詩與翻譯長篇小說在文類、篇幅、內容、難度四方面都迥異，「大大增加了評審工作上的困難」。他認為：

> 　　詩的翻譯是一個獨立領域，自成一門學問。詩經營的是某種超越現實的心靈境界，小說則以故事情節為主，兩者不盡相同。詩的語言處處散發出誘人的意義擴張潛力，脫離文字的束縛，「準確」與想像力平行，譯文變化的可能性無限。小說則大多嘗試牢牢套住現實。所以詩的翻譯文字每每被讀者認為是錯譯或誤讀，這是詩人的原罪，而小說翻譯的文字對錯通常一目了然。陳育虹是詩人，他背負詩人的原罪，但他譯出來的文字也是詩，不能用處理散文或小說的標準來衡量。

　　譯詩的確不易，但詩人與譯詩者是否因而背負「原罪」（original sin），可能見仁見智。我個人認為可針對譯詩的特質，把所謂的 "original sin" 轉化為 "originality"，也就是說，正因為詩的語言曖昧多義，挑戰性高，更能凸顯譯者的原創。

---

[1] 參閱余光中，〈唯詩人足以譯詩？〉，《印刻文學生活誌》第 66 期（2009 年 2 月），頁 70-83；亦刊登於《明報月刊》第 518 期（2009 年 2 月），頁 30-44；後收入《翻譯乃大道，譯者獨憔悴：余光中翻譯論集》，余光中著，余幼珊編（臺北：九歌，2021），頁 119-145。

李斯毅譯《慾望莊園》

　　李斯毅先生的《慾望莊園》原作於 1945 年初版，1998 年由美國現代文庫（Modern Library）評選為二十世紀百大英文小說，2008 年由英國導演朱利安・賈洛（Julian Jarrold）拍成電影，名聲之高、流傳之廣不在話下，先前至少各有一個繁體字與簡體字全譯本。我在〈不容譯者獨憔悴：評李斯毅譯《慾望莊園》兼敘梁實秋翻譯大師獎〉中比對不同譯本，指出：

> 　　李譯的優點在於流暢可讀，傳達出英國名校（牛津大學）與貴族家庭的生活情境與社交氛圍，並折射出大英帝國的落日餘輝。特別難得的是，全書加了 256 條譯注（第一部 131 條，第二部 51 條，第三部 73 條，尾聲 1 條），居所有與賽作品之冠。〔……〕梁實秋以學者與散文家的角色翻譯《莎士比亞全集》，除了譯序的說明與考證，也加了詳細的譯注，李譯則是這次徵獎中最奉行此道者。
> 　　此外，書末附錄了作家／影評人但唐謨的〈屬於上個世紀的優雅愛慾──閱讀《慾望莊園》〉（453-457）和〈伊夫林・沃 重要大事年表〉（459-461），提供了有關小說的解讀與作者的生平大事，有助於讀者了解當時的時代背景，英國上流社會的經驗、品味、遊歷（如歐陸、美國、北非、拉美），其中的享樂、壓抑、逃逸、流離（以及「曖昧的同性戀」），有如一戰後大英帝國的剪影。[2]

葉佳怡譯《消失的她們》

　　葉佳怡女士的《消失的她們》為當代之作。根據高天恩教授的〈精彩再現原著精神：葉佳怡譯《消失的她們》短評〉：

> 　　作者茱莉亞・菲利普斯（Julia Phillips）所採取的寫作策略為她贏得許多大獎，這種撲朔迷離的偵探式語言和書寫風格，對讀者而言的確是閱

---

[2] 全文詳見下一篇，本書頁 405-414。

讀上的極佳享受，但是對譯者來說，卻是一大挑戰。葉佳怡翻譯的《消失的她們》（*Disappearing Earth*）成功保留了菲利普斯破碎片段的拼圖敘述模式，同時完整呈現婦女生活在不同形式暴力下各種曲折悲傷的故事。要兼具破碎和完整兩種力道在同一作品裡面的衝突、對峙、緊繃、拉扯、瓦解、消融和謀合，非得領悟原著的精髓，熟稔雙方文化的意涵，掌握中文的表達技巧，否則不足以全盤傳達小說細膩刻畫的受難婦女浮世繪。

高教授嘉許譯者「再現原著精神但毫不拘泥於原著句構的翻譯風格」，也特別針對書名的中譯詳加解析：

> 把 Disappearing Earth 翻譯成「消失的她們」，earth 消失了，取而代之的是「她們」，這種看似明顯的「錯誤」，其中隱含頗為精緻的考量。依據書名的原文，大致會翻譯成「消失的陸地」，或「逐漸消失的大地」，或其它類似的譯法。以「她們」替代「大地」，顯示出來三個面向：（一）避免讀者光從書名就產生「又是環境保育捍衛地球」的聯想；（二）由於中英文書名同時出現在小說封面，只要對這兩種語言稍微熟悉的讀者，應該立即就可以聯想到大地母親的意象，同時可以推測，這是一本關於「她們」和「大地母親」的小說，而依據譯者對於作者的理解和對於文本的詮釋，前者的比重應該會高於後者；（三）在閱讀完整本小說之後，我們更能欣賞如此表面看似錯誤的翻譯背後實質精準傳達的文化轉逡。

顏湘如譯《消失的另一半》

同樣是敘述姊妹花的故事，顏湘如女士的《消失的另一半》的內容與風格則迥然不同，涉及美國黑人族裔認同。張瓊惠教授在〈偽飾的野鴨：談顏湘如譯《消失的另一半》〉指出：

> 《消失的另一半》是一個「偽飾的故事」（"passing narrative"），敘述人如何藉用蒙混的手段，喬裝成另一個身分。〔……〕
>
> 專有名詞的翻譯通常不是音譯就是意譯。《消失的另一半》故事主要場景是一個名為 Mallard 的黑人小鎮，〔……〕幸好譯本翻成「野鴨

鎮」，而不是以音譯名。〔……〕自然保護提倡者把這些綠頭鴨與當地物種結合的現象視為「基因汙染」，指責野生的、非本土的、或入侵的物種如何「汙染、雜化」本土物種的基因。野鴨鎮的人刻意與白種人通婚，靠著代代漂白讓子孫越來越像白人，試圖擺脫社會大眾對有色人種的歧視標籤。

張教授進一步將此書與後殖民論述連結，以解釋姊妹花迥異的身分認同：

> 《消失的另一半》無疑是小說版的《黑皮膚，白面具》。一九五二年，法國精神醫學及心理學者法農（Frantz Fanon）出版了這本黑人研究的經典著作，揭示被殖民者如何因為受到宰制及壓迫，而產生人格扭曲、認同危機等心靈狀態。法農說：「當我開始意識到黑色是個罪惡的象徵時，我發現自己竟然憎恨黑鬼。但之後我就明白了，我自己正是個黑鬼。這個衝突有兩個方法可以解套：若不是要求別人對我的膚色視而不見，就是要求他們得特別把我的膚色當一回事。」法農所說的兩種極端心態正是《消失的另一半》裡兩位姊妹花的寫照，一位刻意與黑色膚種靠攏，一位則徹底從黑人社群抽身、融入白人當中，所以膚色的黑或白，關鍵竟是自己的選擇，〔……〕黑與白的議題不時在小說中浮現，挑戰讀者的思維，閱讀的經驗彷彿是讓讀者隨時準備接招、面對作者丟出的一個個提問。
>
> 《消失的另一半》表面上是非裔的家族史，實際上敘述的是美國近一兩百年的非裔種族史。〔……〕小說最後停在一九八六年，是美國種族意識逐漸抬頭的時期，年輕的世代興起，正以新的思維重新建構種族及性別的內涵，也為美國的種族問題帶來一絲希望。

以上是對五位評審意見的簡述，這五篇全文刊登於《Openbook 閱讀誌》官網（https://www.openbook.org.tw/article/p-65942），歡迎參閱。

思想的翻譯，行動的翻譯

王德威院士有一篇演講題為「思想的文學、行動的文學」，說明作

為思想與行動的文學。[3] 其實翻譯不僅是思想（思索文意），更是行動（化為文字），因而文學翻譯本身理所當然成為思想的文學、行動的文學，希望透過譯者的搭橋，讓讀者有機會了解異文學與異文化，達到開拓胸襟、提高視野的作用。

去年（2021 年）出版的余光中老師翻譯論集以「翻譯乃大道，譯者獨憔悴」為名，強調翻譯之重要與譯者之艱辛寂寞。正因為如此，更應對辛勤的譯者多所肯定與鼓勵。這正是梁實秋文學獎設置的宗旨。

在這個以利潤為導向、實用為訴求的時代，臺灣仍有一些出版社不計成本，不懼辛勞，投入譯介優質的外國文學作品，令人感佩。尤其要感謝勞苦功高的譯者，儘管面對惡劣的翻譯生態，依然奮力投入這項艱困的工作，讓華文世界讀者得以閱讀這些優秀的文學作品並開拓眼界，也讓評審者得以細讀、思索、討論、撰寫譯評，公諸於世。

因此，梁實秋文學獎固然可為各位增光，而各位的奉獻也可為梁實秋文學獎增光。余光中老師不只一次有感而發地對我說，梁實秋翻譯獎除了頒發獎項，評審意見還公諸於報章，並與譯文一併出版專書，發揮社會教育的作用。沿襲這項精神，本屆革新評選制度，將評選對象改為出版作品，所有評審意見都發布於《Openbook 閱讀誌》，透過網路媒體，達到無遠弗屆的效應，發揮文學淑世的功能。

2022 年 3 月 12 日
臺北南港

本文為未刊稿。篇首照片取自孫昱文、婁儷嘉，〈臺師大梁實秋文學大師獎頒獎　楊渡、馬耀民獲首獎殊榮〉，《師大新聞》，2022 年 3 月 15 日，https://www.gcwc.ntnu.edu.tw/index.php/2022/03/15/2022-03-15 lscnews/。

3　該場演講文字紀錄〈人文大師下午茶・王德威院士談「思想的文學、行動的文學」〉，刊登於《人文與社會科學簡訊》第 19 卷第 4 期（2018 年 9 月），頁 77-84。

附識

　　梁實秋文學獎創立於 1988 年，旨在紀念梁先生在散文與翻譯上的卓越成就，分為「散文創作」、「譯詩」與「譯文」三類。余光中老師不僅積極催生這個紀念恩師的文學獎，並熱心參與後續的各項活動。翻譯類前二十四屆都由他命題（詩歌與散文各兩題，風格迥異），並將自己前十二屆的評審意見結集出版為《含英吐華：梁實秋翻譯獎評語集》（臺北：九歌，2002）。此獎 1988 年第一屆由《中華日報》副刊主辦，自 2008 年至 2012 年由九歌文教基金會承辦，2013 年第二十六屆起由國立臺灣師範大學接手至今，2021 年第三十四屆改為「梁實秋文學大師獎」，評審對象則改為已出版的散文集與英翻中的文學書。2022 年新設「文學大師典範獎」，採翻譯、散文隔年輪替。

　　筆者應邀參加改制後的第一屆翻譯類決審作業。參賽作品先經初審與複審，選出十部入圍長名單。筆者身為決審委員，前後花了大約兩個月閱讀十部譯作並參考原文。之後五位決審委員進行實體會議，經漫長而審慎的討論，決定入圍短名單的五部作品，並確定首獎得主。在新制之下，譯作品質高於往年的來稿，評審也免於重複閱讀同一原文的數百篇譯作。然而在沒有同一原文的情況下，如何針對內容、風格迥異，甚至不同文類（如詩與小說）的譯作評定高下，成為新挑戰。

　　本篇為筆者擔任改制後的首屆頒獎典禮之翻譯類總評，其中多方引用五位決審委員各自撰寫的評審意見；下篇則略述本獎的設立與沿革，評論獲得「優選」的李斯毅譯作《慾望莊園》，並比較此一原作的不同中譯。

不容譯者獨憔悴

——李斯毅譯《慾望莊園》

書名：慾望莊園
作者：伊夫林・沃（Evelyn Waugh）
譯者：李斯毅
出版者：聯經出版事業股份有限公司
初版日期：2020 年 9 月
叢書系列：不朽 Classic
頁數：464 頁
ISBN：9789570855982（平裝）

梁實秋文學獎的設立與沿革

梁實秋文學獎的宗旨在於紀念梁先生對散文創作與文學翻譯的貢獻，自 1988 年設立至今已進入第三十四屆，為華文世界矚目的散文創作與翻譯獎項，每年都吸引眾多海內外人士共襄盛舉。

梁實秋文學獎翻譯類前二十屆都由梁先生的高足余光中先生擔任召集人，負責命題，主持評審會議，除了評選出得獎譯作之外，評審委員還撰寫譯詩組與譯文組的綜評，發表於報章，並連同得獎的散文與譯作結集出版，以達到推廣翻譯的社會教育功能。

筆者有幸三度應余老師之邀參與評審譯作，深知過程之嚴謹與評

審之艱辛，心中頗有感觸：一方面景仰多年從事文學翻譯，把莎翁全集翻譯成中文的梁先生，榮幸能為此獎略盡棉薄之力；另一方面佩服余老師多年如一日，為紀念恩師而熱心投入此獎的設立與評審。由於因緣轉換，此獎於第二十六屆、2013 年來到／回到梁先生任教數十載的國立臺灣師範大學，不僅其來有自，而且理所當然。[1]

往年梁實秋文學獎翻譯類由主辦單位統一命題，評審委員面對來自海內外數以百計的譯稿，初審時的「家庭作業」既要對照原文以確認忠實無訛，又要比較其他譯文以評定高下，因此不僅「左顧右盼」，還要「瞻前顧後」，忙得不亦樂乎。其後的馬拉松式全日評審會議更是字斟句酌，反覆討論，務必選拔出優秀的譯文，一天下來往往累得人仰馬翻。從眾多競爭者中脫穎而出的既有譯壇老手，也不乏翻譯新秀。今（2021）年參考國際重要的圖書獎與文學獎，改制為「梁實秋文學大師獎」，翻譯類的徵件對象改為個人獨譯且首次出版的英譯中文學作品，字數與文體不拘，並大幅提高首獎金額，以鼓勵翻譯者與出版者。

此次徵獎係由出版社每家至多提名三本譯作，當屆評審也可提名至多兩本。筆者應邀擔任決審委員，為了維持公正超然，並未提名，然而在接到十本決審書單時，發現其中一本已網購並閱讀，有幾本曾看過相關訊息，另有幾本則未曾聽聞，畢竟臺灣每年出版圖書數以萬計，英文文學譯作不勝枚舉。因此，此次評審經驗迥異於前，不再是「一個原文，各自（譯文）表述」，而是「不同原文，各自表述」。評審時固然免除了往年字字計較、句句權衡、個個品評、「千人一面」般的重複與辛勞，取而代之的則是十本書（原文加譯文）的篇幅，內容的多樣，文體的不同，標準的拿捏，高下的取捨⋯⋯在在都是對評審的新挑戰，然而樂趣正在於此，也為筆者的翻譯評審生涯平添了新體驗。

---

1 有關梁實秋文學獎的設立與沿革，可參閱國立臺灣師範大學全球華文寫作中心，https://www.gcwc.ntnu.edu.tw/index.php/lscliteraryaward/lscabout/。

相較於前,新制評審的譯作已先經過雙重把關:國外出版社對原作的把關;國內出版社對譯作的把關。加上是由國內出版社提名自家的譯作,又經初審委員過目與複審作業,因此決審委員看到的是精挑細選之作。筆者因職責所在於指定時間內猛啃了多本文學譯作,讀到了不少平時不會購買、遑論細讀的作品,得以拓展個人視野。

翻譯不易,文學翻譯尤難,加上本屆作業方式創新,提名的譯作內容多元,風格迥異,文類也有所不同(九本長篇小說、一本詩集),品評殊為不易。決審委員除了根據初審委員通過的書單各自閉門用功,在第一階段先推薦五本之外,特地於疫情期間多方位做好防護措施,冒著寒流共聚一堂,各抒己見,熱烈討論,力求做出最好的決定,歷時三小時終於完成決審會議。

評李斯毅譯《慾望莊園》

文學翻譯困難,國內出版不易,加上這次無前例可循,因此筆者在評審時會綜合考量多方因素,如原作的特色與難度如何?是否拓展華文讀者的感知與視野?譯者(與編者)是否善盡譯介之責?譯文除了忠實(信)、可讀(達)之外,是否具有獨特風格?底下以李斯毅譯作《慾望莊園》為例說明。

此書原名 *Brideshead Revisited*,副標題為 *The Sacred & Profane Memories of Captain Charles Ryder*,作者為英國小說家伊夫林・沃(Evelyn Waugh, 1903-1966),1945 年初版,1998 年由美國現代文庫(Modern Library)評選為二十世紀百大英文小說,1981 年由英國電視臺改編為迷你影集,[2] 2008 年由英國導演朱利安・賈洛(Julian

---

2 電視版本《拾夢記》有十一集,1981 年 10 月在英國的獨立電視臺(ITV)首播(1981 年 10 月 12 日至同年 12 月 22 日),影集捧紅了兩位男星:安東尼・安德魯

Jarrold）拍成電影（臺灣譯名為《慾望莊園》，香港譯名為《故園風雨後》），頗受好評。

李譯長逾四百六十頁，是這次徵獎中最長的譯作之一。若說短篇譯作有如百米短跑，那麼長篇譯作就是馬拉松。前者可一鼓作氣完成後反覆修訂，精雕細琢，後者則因篇幅太長而難有餘裕，端看「配速」和「氣力」，也就是如何維持品質平穩，留意細節。

早在 1957 年，華文文壇前輩林以亮（宋淇）便曾摘譯此書第一部第三章，書名譯為《興仁嶺重臨記》，刊登於夏濟安主編的《文學雜誌》。[3] 此書另有趙隆勷譯的《舊地重遊》（南京：譯林出版社，2004）與麥倩宜譯的《夢斷白莊》（臺北：皇冠，2007）。李譯之名《慾望莊園》便來自電影版的臺灣譯名。

林以亮與夫人鄺文美為張愛玲的至交，曾在香港美國新聞處負責翻譯部門，為華文世界的翻譯前輩（比余光中、楊牧都資深，並曾邀請他們加入今日世界出版社的翻譯行列）。他在該篇譯文之前表示：「我自己一直認為理想的翻譯應該彷彿是原作者的中文寫作，原文的意義與精神，譯文的流暢與完整，都應兼籌並顧，而且不應有以辭害意，或以意害辭的弊病」（171）。他並如此評量自己費時一個多月完成的不到一萬三千字譯稿：

> 用這個尺度來衡量我的翻譯，當然是眼高手低，還沒有脫離學徒階段。初譯畢時，還自覺過得去，現在再看一遍，覺得語句生硬，處處都在遷就原作，想來當時實在對原作太過尊重，不敢擅動〔……〕這不過是一章，尚且如此，全書之譯成更不知要多少艱難。（171）

斯（Anthony Andrews）以及傑瑞米・艾倫斯（Jeremy Irons）。參閱〈毒舌馬不負責影評室──慾望莊園（*Brideshead Revisited*）〉，2008 年 10 月 28 日，https://tavanic.blogspot.com/2008/10/brideshead-revisited.html。

3 第 2 卷第 2 期（1957 年 4 月），頁 20-34。巧合的是，緊接著林譯就是梁實秋翻譯的〈《亨利四世》上篇（二）〉，頁 35-49。林譯後來附錄於其文集《前言與後語》（臺北：仙人掌，1968），頁 169-193，本文據此。

因此,他的結語是:「心長力絀,唯有投筆興嘆而已」(171)。以上所言雖為自謙,但翻譯全書之難的確有如馬拉松,途中會遭遇不少「撞牆」階段。

李斯毅曾翻譯佛斯特(E. M. Forster)的《印度之旅》(*A Passage to India*, 1924〔臺北:聯經,2017〕)、《墨利斯的情人》(*Maurice*, 1971〔新北:聯經,2019〕),以及沃的《一掬塵土》(*A Handful of Dust*, 1934〔新北:聯經,2019〕),此番挑戰篇幅更長的鉅作,用心與毅力令人佩服。

李譯的優點在於流暢可讀,傳達出英國名校(牛津大學)與貴族家庭的生活情境與社交氛圍,並折射出大英帝國的落日餘輝。特別難得的是,全書加了 256 條譯注(第一部 131 條,第二部 51 條,第三部 73 條,尾聲 1 條),居所有與賽作品之冠,如第十九頁整頁為十條譯注,說明小說中提到的歷史與文學典故,否則讀者只是讀到一連串戰役之名,完全不知發生於何時何地;又如,描寫敘事者的大學同學 Anthony Blanche 的傳奇遭遇時,第六十七頁加了七條譯注說明其中提到的歷史典故、畫家、詩人、小說家、藝術家、藝評家等。透過眾多譯注,讀者得以領會此書涉及的人事物之廣,彷彿也有機會管窺一去不返的時代氛圍,一如書名中的 "Revisited"(「重訪」)所示。梁實秋以學者與散文家的角色翻譯《莎士比亞全集》,除了譯序的說明與考證,也增加詳細的譯注,李譯則是這次徵獎中最奉行此道者。

此外,書末附錄了作家/影評人但唐謨的〈屬於上個世紀的優雅愛慾──閱讀《慾望莊園》〉(453-457)和〈伊夫林・沃 重要大事年表〉(459-461),提供了有關小說的解讀與作者的生平大事,有助於讀者了解當時的時代背景、英國上流社會的經驗、品味、遊歷(歐陸、美國、北非、拉美),其中呈現的享樂、壓抑、逃逸(以及「曖昧的同性戀」),有如一戰後大英帝國的剪影。

書名為全書之「眼」,可收畫龍點睛之效,對作者固然困難,對譯者也是很大的挑戰,有時甚至從翻譯伊始到全文殺青,仍在與書名纏鬥。林以亮的《興仁嶺重臨記》以「興仁」諧音「新人」(原名中的"Bride"「新娘」),固然有其巧思,但中文讀者的聯想可能不如英文讀者來得容易,而且「嶺」字的聯想趨向山林,而非書中英國貴族在鄉間的豪華莊園。趙隆勷的譯名《舊地重遊》四平八穩,既無謬誤,也未見特色。麥倩宜採取歸化的翻譯策略,所有人物都譯為中式姓名,書名《夢斷白莊》既以「白莊」譯"Brideshead",帶有夢幻般富豪莊園之意,又以「夢斷」暗示昔日美夢空留回憶,力求兼具音譯與意譯。

李譯《慾望莊園》則採用臺灣的現成電影譯名,有其方便之處,雖然其中轉了個彎,繞道原作改編與「符際翻譯」(intersemiotic translation)的電影及其臺灣譯名,讓電影與譯本相互映照,增加彼此的可見度,也利於行銷。[4] 原著副標題則帶有懺悔錄／懺情錄的意味。作者於再版〈前言〉指出,此書寫於二戰時軍中跳傘受傷休養期間(1943年12月至次年6月),是「一部讓年輕讀者紀念第二次世界大戰的著作」(6-7)。客觀而言,即便書中對敘事者與好友的同性情誼著墨甚深,也難據此斷定兩人為同性戀關係。再者,書中人物各有所求也是人之常情,以「慾望」與「莊園」搭配似有過當之虞。

翻譯如此長篇、背景遙遠且涉及沒落中的英國與貴族世家之作,當然是大挑戰。由於篇幅所限,底下僅舉數例。首先,此篇小說呈現敘事者Charles Ryder與Sebastian Flyte的情誼("Flyte"諧音"Flight",有「飛行」、「航程」、「逃離」等意,影射其志在遠方、格格不入與流離失所),對兩人非比尋常的情誼多所著墨,以致有些人把它讀為同志

---

4 值得一提的是,《一掬塵土》附錄的作者大事年表中,於1954年之下記載:「出版《慾望莊園》或譯『故園風雨後』〔該片港譯〕」(343),而《慾望莊園》本身的大事年表則是「出版《慾望莊園》或譯《夢斷白莊》」(460)。

作品。該貴族世家信奉天主教，主角以 Sebastian 為名自有宗教聯想，即聖徒塞巴斯蒂安。趙譯直接沿用此名，李譯「賽巴斯提安」稍有轉化（「賽」比「塞」具正面意涵，「提」比「蒂」適合男子），林譯「賽勃斯興」距離稍遠，麥譯全名「費白群」則是典型的歸化手法，「費」字與「白」字的「白費」、「徒勞無功」涵意暗示貴族世家的沒落。

書中寫道，敘事者長假期間返家與父親同住，百般聊賴之際忽獲好友電報告知受重傷，匆忙趕往探視。下文為初遇好友之妹 Julia 的感受：

> She so much resembled Sebastian that, sitting beside her in the gathering dusk, I was confused by the double illusion of familiarity and strangeness. Thus, looking through strong lenses, one may watch a man approaching from afar, study every detail of his face and clothes, believe one has only to put out a hand to touch him, marvel that he does not hear one and look up as one moves, and then, seeing him with the naked eye, suddenly remember that one is to him a distant speck, doubtfully human.（68）

李譯：

> 她和賽巴斯提安太相像了。我坐在越來越深沉的暮色中，迷失在一種既熟悉又陌生的雙重幻覺裡，就像從一個高倍望遠鏡遠遠看著一個人走進視野，你一面仔細觀察著對方的臉龐與衣服的細節，以為自己伸手可及，同時又一面驚訝於對方根本聽不到你也看不到你。忽然之間，你再用裸眼去看，才意識到自己在對方眼中只是遠處的一個小黑點，甚至看不出人形。（104，含標點共 159 字）

林譯：

> 她同賽勃斯興長得那麼相像，以致我在漸暗的薄暮裡，坐在她身旁，有一種混亂的雙重感覺，又是熟悉，又是陌生。就好像從很深的望遠鏡裡望見一個人從遠處走來，看得非常清楚他面部和衣服的一枝一節，以為一伸手出去就可以碰著他，同時奇怪他為什麼沒有聽見本人說話，為什麼沒有看見本人的舉動，然後等到用肉眼去看他時候，忽然想起本人對他不過

是遠處一點黑影,是否人類還是問題。(190-191,含標點共 175 字)

麥譯:

　　她和費白群是如此相像,我在益形黑暗的夜色中坐在她身旁,不禁感受到一股熟悉交雜著陌生的矛盾。這就好像老遠看見一個人走過來;端詳著那人的容貌和衣服,滿心以為他是個熟人,於是舉起手朝他招呼,然而那人卻沒聽見似的逕自走過去;再猛一瞧,原來那人是個陌生的路人。(84,含標點共 125 字)

趙譯:

　　她同塞巴斯蒂安簡直太相像了,以致我在愈來愈濃的暮色裡坐在她的身邊,竟被她既是親近又是生疏的雙重幻覺弄得糊塗了。因而就像有人用一個高倍望遠鏡瞭望,看到一個人從遠方走來,細看那人臉上和衣服上的每一個細部,相信自己一伸手就摸得著這個人,可是他很奇怪,當自己走動時這個人竟沒有聽見他的聲音,也沒有抬頭望一下,後來他用肉眼觀看這個人,突然想起,那個人不過是很遠的一個斑點而已,很難說是不是個人。(74,含標點共 192 字)

　　從以上不同譯文可看出李譯突出之處:傳達了既熟悉又陌生的 "double illusion"(「雙重幻覺」),也掌握了 "strong lenses" 之喻的引申。林譯與趙譯雖與李譯相近,但文字可再精練,如林譯的三個「本人」略顯詞費,趙譯的三個「這個人」、一個「那個人」、一個「一個人」、一個「個人」,再加上三個「他」,有如繞口令,也讓人分不清哪個是哪個。麥譯雖然精簡、順暢,但不見原文的精采譬喻,語意也有所出入。

　　然而李譯也難免漏譯與誤譯,較明顯的一處在第九頁小說伊始(決審委員梁孫傑教授指出):敘事者描述其連隊今非昔比,紀律鬆散,此段最後提到:". . . the wireless played incessantly in the ante-room nowadays and much beer was drunk before dinner; it was not as it had been."。次段進一步提到自己 ". . . went to bed immediately after the nine o'clock news."

此處的 "wireless" 指的是「無線電收音機」,[5] 而 "ante-room" 根據《牛津英語大辭典》的定義是:Military (originally and chiefly *British*). A sitting room in a mess building (esp. an officers' mess), typically adjacent to the dining room.[6]

趙譯充分掌握了原意:「現在,軍官餐廳休息室裡不停地播放著無線電節目,人們在飯前喝很多啤酒;以前可不是這樣的。」「聽完了晚上九點鐘的新聞馬上上床。」(3)

麥譯文字流暢,但把 "incessantly" 譯為「總開得震天價響」有些出入(原文指時間上沒有間斷,而非聲音響亮):「近來康樂室裡的收音機總開得震天價響,大夥的啤酒也喝得很兇;如今的情況已和以往大不相同。」「聽完九點的新聞後便立刻上床。」(15)

李譯則漏了 "wireless" 以致會錯意:「結果現在三不五時就有人來會客,晚餐前的啤酒消耗量也遠比以前多增,一切都和從前大不相同。」連帶著「聽」新聞也成了「看」新聞:「只要一看完九點鐘的新聞就立刻上床睡覺。」(14)

以上謹舉數例,以示李譯之特色。翻譯難,文學翻譯尤難,更何況長篇鉅作,即使譯者步步為營,處處註釋,但原作包羅萬有,處處陷阱,稍不留神便易失足。最近出版的余光中老師翻譯論集以「翻譯乃大道,譯者獨憔悴」為名,以示翻譯之重要與譯者之艱辛寂寞,正因如此,更該對辛勤的譯者多所鼓勵。這正是梁實秋文學獎設置的宗旨。

5　參閱《牛津英語大辭典》(*Oxford English Dictionary*,簡稱 *OED*),https://www.oed.com/view/Entry/229458?rskey=h6oLxD&result=1#eid,名詞的第三個定義。
6　參閱《牛津英語大辭典》,https://www.oed.com/view/Entry/8311?redirectedFrom= ante-room#eid,名詞的第二個定義。

2022 年 1 月 19 日
臺北南港

本文原名〈不容譯者獨憔悴——評李斯毅譯《慾望莊園》兼敘梁實秋翻譯大師獎〉，為第三十四屆師大梁實秋文學大師獎「翻譯大師獎」優選譯作之評審推薦語，精簡版刊登於《Openbook 閱讀誌》，2022 年 3 月 11 日，https://www.openbook.org.tw/article/p-65970。此處為完整版。

附識

翻譯難，翻譯文學之書尤難，永遠存在著精進的空間，以及切磋的必要。梁孫傑教授在評審會議中指出李譯未能「精確處理書中細膩的描述」，並舉例如下：

原文（本書第一段）："When we marched in, three months before, the place was under snow; now the first leaves of spring were unfolding. I had reflected then that, whatever scenes of desolation lay ahead of us, I never feared one more brutal than this, and I reflected now that it had no single happy memory for me"（7）。

中譯：「如今春天的嫩芽都已經開始萌發」（12）。

說明：姑且不論「嫩芽」和 leaves 頗有差距，但沒把 unfolding 精確翻譯出來，尤其在小說首段，頗為可惜。敘述者想要 unfold 的正是本書的副標題（*The Sacred and Profane Memories of Captain Charles Ryder*）裡面包含各式各樣的 memories，慾望、宗教、隱晦的同性戀等。除了個人記憶的 unfolding 之外，在故事進行到一半時，甚至提升到歷史的層級；原文："[…] expecting to find unfolding before us at Dover the history so often repeated of late, with so few variations, from all parts of Europe"（180），不過譯文也沒顯示出 unfolding 的意象（「我原以為，在我們即將抵達的多佛港會有以前曾在歐洲多次發生且少有變化的歷史景象」，271）。

由梁教授的評論可見原作用字精巧，前後呼應，譯者即便使出混身解數，依然無法面面俱到，足證翻譯文學作品之難！

【輯六】
華美的再現

無法遺忘的不平之鳴
——張純如著《美國華人史》

書名：美國華人史
副標：十九世紀至二十一世紀初，
　　　一百五十年華人史詩
作者：張純如（Iris Chang）
譯者：陳榮彬
出版者：遠足文化事業股份有限公司
初版日期：2018 年 10 月
叢書系列：遠足新書
頁數：512 頁
ISBN：9789578630819（平裝）

美國華人歷史教父麥禮謙

　　2014 年，我於加州大學柏克萊校區族裔研究圖書館（Ethnic Studies Library, University of California, Berkeley），查閱麥禮謙（Him Mark Lai, 1925-2009）先生捐贈的上百箱資料與檔案（即「麥禮謙文件」〔Him Mark Lai Papers〕）。其父麥沃炳（Bing Maak [anglicized Mark]）於 1910 年以假文件冒充黎廣泮（Lai Poon）之子（"paper son"）前往美國，是第一批遭留置於舊金山天使島（Angel Island）上的船客，見證了美國移民史上對華人的歧視。

　　麥禮謙土生土長於舊金山唐人街，自幼深愛文史，因為目睹華人於

美國社會遭到不同程度、或明或暗的歧視,所以選擇以工程師為職業,以保障經濟收入,業餘時間則在夫人張玉英(Laura Lai, 1933-2014)協助下,全力投入美國華人歷史研究,兩人甚至為此決意不要有子嗣,這在當時華人社會幾乎是不可思議的事。

麥先生通曉中英雙語,經多年努力,為美國華人研究開疆闢土,不僅出版許多中英文論述,而且促使亞裔美國研究進入學院建制,享有「華裔美國歷史教父」("the dean of Chinese American history")的美譽,因此他本身就是美國華人史的一則傳奇。

張純如(Iris Chang, 1968-2004)在撰寫本書時曾多次向麥禮謙請益,〈謝辭〉中第一位感謝的學界人士就是他,坦言其研究成果「幫這本書奠定了基礎」,並尊崇他為「美國華人研究之父」("the father of Chinese American studies")。

我翻閱麥先生捐贈的一箱箱檔案資料,其中包括數十年來他辛勤蒐集的多家華文報紙剪報,赫然發現其中有關張純如的剪報奇多無比,遠超過任何一位華人。這些剪報中許多是關於她的成名作《被遺忘的大屠殺:1937 南京浩劫》(*The Rape of Nanking: The Forgotten Holocaust of WW II*, 1997〔蕭富元譯,臺北:天下文化,1997〕)出版後的消息、訪問與迴響,以及她於 2004 年英年早逝的報導。雖然我對張純如的生平與著作已有一定程度的認識,但隨著時序翻閱一張張大小不一的剪報(有些已經泛黃),彷彿進入這位美國華人奇女子的時空,看到一位年輕、認真、熱情洋溢、才華縱橫、充滿正義感的文字工作者的努力、奮鬥、成名以及殞落,心情隨之起伏,為之唏噓,久久不能平復。

張純如的生平與著作

張純如為第二代美國華人,出身書香世家,祖籍中國江蘇淮安。

祖父張廼藩畢業於南京中央大學,曾任江蘇省宿遷縣、太倉縣縣長,來臺灣後曾任中國國民黨黨職、教育部主任秘書與元培醫專校長。外祖父張鐵君在中國大陸時集詩人、學者、記者於一身,在臺灣曾任《中華日報》總主筆。父親張紹進(Shau-Jin Chang)與母親張盈盈(Ying-Ying Chang)幼時隨家人來臺,畢業於國立臺灣大學,1962年前往美國,雙雙獲得哈佛大學博士學位(一為物理,一為生物化學),後來任教於伊利諾大學厄巴納—香檳校區(The University of Illinois Urbana-Champaign),可謂典型的移民成功故事(success story),也符合美國主流社會心目中「模範弱勢族裔」(Model Minority)的印象。

1968年張純如出生於紐澤西州(當時父母分別在普林斯頓高等研究學院與普林斯頓大學進行博士後研究),成長於伊利諾州。從有關她的一些報導,尤其是母親張盈盈在她過世後所寫的《張純如:無法遺忘歷史的女子》(*The Woman Who Could Not Forget: Iris Chang Before and Beyond* The Rape of Nanking, 2011〔王若瓊譯,臺北:天下文化,2012〕)可以看出,她自學生時代就立定明確目標,有志從事寫作,並主動自我充實,積極把握機會磨練寫作技能,於伊利諾大學厄巴納—香檳校區獲得新聞學士之後,繼而獲得約翰斯‧霍普金斯大學創意寫作碩士。在她的文字生涯中,時常與家人,尤其是母親,分享她的寫作計畫,所見所聞。

張純如在短短的三十六年人生之旅中,更精確地說,在生命最後的八年間,出版了三部擲地有聲的著作:《中國飛彈之父:錢學森之謎》(*Thread of the Silkworm*, 1995〔張定綺、許耀雲譯,臺北:天下文化,1996〕)、《被遺忘的大屠殺》與《美國華人史》(*The Chinese in America: A Narrative History*, 2003)。這對任何作家都是值得稱道的成績,對年輕作家更是難得,既證明了她先天的才華與後天的勤奮,更令人佩服她針對題材全力以赴的精神與成就。

第一本有關錢學森（Hsue-Shen Tsien, 1911-2009）傳記的〈緣起〉中提到，撰寫該書並非來自作者個人的規劃，而是1991年應著名出版集團哈潑‧柯林斯（HarperCollins）旗下基礎圖書出版公司（Basic Books）資深編輯拉碧娜（Susan Rabiner）之邀，可見時年二十二歲、仍是約翰斯‧霍普金斯大學寫作系研究生的張純如，寫作才華已受到肯定——當然她的華裔背景也是重要因素。張純如本人很清楚「這個寫作計畫的高難度」（6），包括個人專業知識的不足，中文閱讀能力的限制，檔案資料的欠缺，以及傳主錢學森拒絕接受採訪，也不願有人為他在生前立傳。

儘管困難重重，張純如仍發揮鍥而不捨的精神，廣為蒐羅美國（包括聯邦調查局）的檔案以及學術期刊、一般出版品裡的資料，透過電腦資料庫檢索中國大陸的新聞報導，並找人譯成英文，更多方採訪錢學森在美國與中國的同事與學生，包括一些中國火箭科學界的精英，甚至當面採訪在加州一家臺資電腦公司工作的傳主之子錢永剛。

傳記中追隨著錢學森的足跡，由出生地杭州，童年生活的北京，到就讀大學的上海，再經過留學考試赴美。多年的留學與科研成果樹立了錢學森的頂尖科學家地位，卻因冷戰時期美國麥卡錫主義的恐共氣氛，讓他一夕之間跌落谷底，遭到逮捕與軟禁。歷經五年的悲慘歲月，透過中美交換俘虜會議，終於在1955年回到中國，成為中國首席科學家與工程師，帶領團隊在飛彈與航太科技上突飛猛進，而享有「中國飛彈之父」的美譽。因此，《遠東經濟評論》（*Far Eastern Economic Review*）認為此書「首次揭開了錢學森悲劇卻又成功的一生」。

這本書出版次年便出現了天下文化的中文版，足證臺灣出版界對此書的高度興趣。高希均在〈出版者的話　改寫中國懦弱歷史的大科學家——錢學森之謎〉中，把傳主譽為「把中國加速帶進『核子俱樂部』的大功臣」（II）。但他也指出，錢氏在跨出自己的專長領域時，卻又

成了「呼應農業大躍進、鬥爭同僚、推崇特異功能、批判民運分子」的「一個難以理解的『謎』」（VII）。與中國大陸隔海相望，在中共飛彈威脅下的臺灣讀者閱讀這部傳記時，對這位既是傑出的科學家，卻又是激烈的民族主義者、有著許多出人意表的言行的錢學森，感受恐怕不是一個「謎」字足以形容。無論如何，張純如憑藉她的天賦與努力，果然不辱使命，完成了這部傳記，實現了自幼以來的作家夢，為個人的寫作生涯樹立了第一座里程碑。

錢學森視當年在美國的遭遇為奇恥大辱，曾表示除非美國政府對當年加諸於他身上的羞辱公開道歉，否則絕不踏上美國領土。類似情形也出現在對日抗戰中南京大屠殺裡的受害者與慰安婦，至今依然等不到日本政府的正式道歉。張純如下一部不平之鳴之作，就是為她贏得最高聲譽、但也招來最多批評，甚至損及身心健康的《被遺忘的大屠殺》。

《被遺忘的大屠殺》背後的故事

張盈盈在《張純如》一書中提到，父母親於 1937 年與大批難民一道逃出南京，1940 年自己出生於對日抗戰的陪都重慶，「日後，我父母常對我們講述空襲後目睹的慘狀」（31）。在《被遺忘的大屠殺》的〈緣起〉中，張純如自述幼時便從父母口中聽到有關南京大屠殺的故事：「我的父母親雖然不曾目睹南京大屠殺，但他們從小就聽聞這些故事，然後將這些故事傳承給我。」因此，「在整個童年中，南京大屠殺一直深藏在我心深處，隱喻著一種難以言說的邪惡」（8）。就此而言，她的處境如同賀希（Marianne Hirsch）所謂的「後記憶」（postmemory）——這種記憶並非出自倖存者本身，而是未親臨現場者自前人及其他資訊間接傳承而來。

直到 1994 年 12 月，張純如參加「世界抗日戰爭史實維護聯合會」

（Global Alliance for Preserving the History of World War II in Asia）於加州庫柏提諾（Cupertino）舉行的第一屆年會，看到會場展示的南京大屠殺相關照片，其殘酷程度令人髮指，張盈盈的書中稱之為「改變一生的照片」（第十章章名）。張純如自道，這些照片讓她認知，「喪失生命的不只是一個人，而是成千上萬的人，只因別人一個奇想，他們的生命就此猝然殞落，隔天他們的死亡就都沒有意義了」（11）。因此，她體會到，「悲劇可能隨時會重演，除非有人硬要世人記住它」（11）。

張盈盈在為當初協助張純如走訪倖存者的學者楊夏鳴所譯的簡體字版《南京浩劫：被遺忘的大屠殺》（北京：東方出版社，2007）撰寫的〈中文版序〉中也特別指出，「純如在書中強調，她寫此書的目的不是為了煽動仇日的情緒。恰恰相反，是為了避免悲劇的重演，是為了包括日本人在內的全人類的未來」（5）。

張純如起先納悶，為什麼沒有美國作家或學者撰寫有關南京大屠殺的著作或論文？後來發現，部分原因在於「受難者一直保持沉默」，以致此人寰慘劇不像猶太人大屠殺那般廣為人知。此外，讓她「困惑、難過的是，日本人自始至終拒絕承認過去這段歷史」，「許多日本著名政客、學界與企業界領袖，即使面對如山鐵證，仍頑強地拒絕承認有南京大屠殺這回事」（14）。

這種現象迥異於二次大戰後，德國官方與人民對納粹政府犯下的猶太人大屠殺所進行的深切且誠摯的反省、道歉與賠償。兩個國家對待歷史的態度截然不同，所招致的結果也迥異，如今德國在國際間普受尊重，而日本依然為許多國家所疑慮，其來有自。在張純如看來，若是把南京大屠殺比喻為「強暴」（英文用字為 "rape"），那麼否認罪行、遺忘屠殺就是「二度強暴」（"a second rape"），這正是該書第十章的副標題。

面對這個二十世紀的人類歷史悲劇，受害者的沉默以及加害者的抵

賴，深具正義感的張純如決定挺身而出，提起如椽巨筆，伸張正義。因此，《被遺忘的大屠殺》面對與處理的是「兩種相關暴行」（16）：亦即，1937年12月發生在南京的大屠殺事件本身，以及世人對該大屠殺的漠視與遺忘，尤其是日方的否認與掩飾。她探尋各方資料，兩度前往南京尋訪大屠殺受害者，取得第一手資料，甚至錄影存證。

此外，張純如在寫作過程中，還發掘出當時南京安全區國際委員會主席、德國商人拉貝（John Rabe, 1882-1950〔此為現在通行譯名，他名片上的中文名為「艾拉培」〕）塵封了一甲子的日記，為這樁聳人聽聞的事件增添了重要的證據。張盈盈也提到愛女在耶魯神學院圖書館發現當年金陵女子學院代理校長魏特琳（Minnie Vautrin，中文名為「華群」）的五百頁日記，內容令她既震撼又感動，原本計畫在《被遺忘的大屠殺》問世之後協助出版，卻成了未竟之業（159-161）。

此書於1997年出版，適逢南京大屠殺六十週年，由於先前未有類似的英文書籍，出版後立即受到各方矚目，於1998年1月登上《紐約時報》暢銷書排行榜達十週之久。張純如也因此聲名大噪，到各地巡迴演講，並曾上美國公共電視台與日本大使齋藤邦彥公開辯論，在現場直播的節目要求對方為南京大屠殺誠心誠意道歉，正氣凜然，勇氣可嘉。

然而，名之所至，謗亦隨之，有些歷史學家認為書中若干資料有待商榷，但小疵不掩大瑜，張純如也願從善如流加以更正，使資料更為翔實。更嚴重的威脅來自否認大屠殺的人士，尤其日本右翼分子更是不斷攻擊。張盈盈的書中雖只列舉其中犖犖大者，但已足以讓讀者看到一波波壓力連綿不斷地湧向這位年方三十的年輕女作家。一向樂觀的張純如雖然勇往直前，為所當為，但情緒顯然頗受影響。

所幸比起著作引起的爭議，更多人受到她的啟發，開始熱切關注這個議題，多少達到她原先設立的目標。如小說家哈金和夏威夷第三代華裔詩人林永得（Wing Tek Lum）都坦言受到此書的影響與激勵，分別

以自己擅長的文類,寫出長篇小說《南京安魂曲》(*Nanjing Requiem*, 2011〔季思聰譯,臺北:時報文化,2011〕)與《南京大屠殺詩抄》(*The Nanjing Massacre, Poems*, 2012)。[1]

《被遺忘的大屠殺》英文版問世同一年,正體字中譯本便出現,之後陸續出現簡體字版。簡體字版第一個譯本由孫英春等譯(北京:東方出版社,1998),第二個譯本由馬志行等譯(北京:東方出版社,2005),第三個譯本由楊夏鳴譯(北京:東方出版社,2007),第四個譯本由譚春霞等譯(北京:中信出版社,2013)。由此可見華人世界對此議題的重視。其中楊夏鳴不僅是南京大屠殺研究的專家,而且是當年協助張純如走訪倖存者的人士,他的〈譯者後記〉(297-313)提供了許多不為人知的秘辛,可以看出當時中國大陸對此議題的忌諱,相較於 1985 年成立「侵華日軍南京大屠殺遇難同胞紀念館」,以及 2014 年設立「國家公祭日」,每年舉辦隆重的紀念儀式,完全不可同日而語。筆者 2016 年 3 月與楊夏鳴在南京見面時,他娓娓道來協助張純如的情形,更讓人了解當時在中國大陸訪談與蒐集相關資料的艱難與風險,也更讓人佩服作者的勇氣、毅力與機智。

《美國華人史》的緣起與大要

張純如在下一本著作《美國華人史》的〈前言〉指出,該書誕生也與南京大屠殺的書有關。《被遺忘的大屠殺》出版後,作者應邀到各地巡迴演講,「結識了各種不同背景的華人,有十九世紀鐵路華工的後

---

[1] 參閱筆者相關論文,〈重繪戰爭,重拾記憶——析論哈金的《南京安魂曲》〉,《華文文學》,2012 年第 4 期(總第 111 期)(2012 年 8 月),頁 5-15,以及〈創傷.攝影.詩作:析論林永得的《南京大屠殺詩抄》〉,《文山評論:文學與文化》,第 7 卷第 2 期(2014 年 6 月),頁 1-46,修訂版收錄於單德興,《跨界思維與在地實踐:亞美文學研究的多重視角》(臺北:書林,2019),頁 73-124。

代、拿獎學金來美國唸書的新移民、不識字的工廠工人、頂尖大學的諾貝爾獎得主、躲過日軍殘酷暴行的年邁倖存者，還有被白人父母收養的華人小女孩」，再加上她身為第二代美國華人的背景，因此對華人複雜多元的歷史產生高度興趣。華人在美國的遭遇，尤其是受到的種種不公與歧視，再度激發她的義憤，成為觸發她撰寫下一部書的動機。

《美國華人史》的〈前言〉提到，本書試著處理兩個故事與一個迷思。第一個故事涉及「前因」，也就是一向安土重遷的華人為何會踏上離散（diaspora）之途，遠赴太平洋彼岸的美國？簡言之，這種現象來自一推一拉之勢。中國動盪不安，人民的生活欠缺機會，百姓的生存受到威脅，這種情勢產生一種推力（push）（第一章〈古國：十九世紀的中華帝國〉）。相對地，新大陸的環境安定，經濟繁榮，可望提供生活的轉機與生存的保障，則會產生一種拉力（pull）（第二章〈新大陸，新希望〉）。其實，在華人漫長的歷史上這種情形屢見不鮮。古時為了避免天災或戰亂，黎民百姓離開故土，前往異鄉，那是國境內的內部移民（internal migration）。海運開通、交通發達之後，人民的活動範圍擴及海外，而形成移往國境之外的外部移民（external migration）。

第二個故事則涉及「後果」，也就是這些移民來到美國這塊所謂的「機會之地」（Land of Opportunity）、甚或「應許之地」（the Promised Land）後，他們的遭遇如何（第三章〈「別害怕，你們會很幸運」：前往舊金山的旅程與抵達之後〉）？是如願以償，個人得以安身立命，甚至安家落戶，實現了心目中的「美國夢」？還是理想未達，夢想幻滅，甚至夢魘現前？在追尋夢想的過程中，是否因為族裔的因素而遭到歧視、打壓與迫害？如何尋求融入美國社會？主流社會的接納情形如何？在同化的同時，如何、甚至有無維持與原來文化傳統之間的聯繫？在華人社會中經常看到的一種現象就是，第一代出生於華人地區，縱使來到美國，也試圖維持與故國在文化上、心理上的聯繫；第二代由

於生長在美國,致力同化於美國社會,避免被視為異己,因而接受主流價值觀;第三代已在美國社會安穩立足,重拾對故鄉的感情聯繫,試圖追根溯源,尋根問祖。

本書也有意打破一個迷思。張純如提到許多美國人對華人的印象還停留在他們是隨著十九世紀的淘金熱來到美國。其實美國華人的歷史與其他族裔一樣,都是美國移民史的一部分,而且是一個動態且綿延的過程,源遠流長,波瀾壯闊,甚至波濤洶湧,至今不斷。

正如〈前言〉所指出的,「『美國華人史』是一個橫跨一百五十年的史詩故事」,十九世紀中葉許多華人既是前來淘金(第四章〈金山的淘金客〉),也在淘金熱結束後參與了美國多方面的建設與經濟發展,其中尤以興建橫貫北美大陸的鐵路聞名(第五章〈建造橫貫大陸鐵路〉)。之後他們先在美國西部尋求發展(第六章〈在大西部求生存〉),再綿延、擴展到新大陸各處(第七章〈在美國各地開枝散葉〉)。然而這只是第一波華人移民潮,之後由於中美歷史環境的變遷,還出現了兩波移民潮。

第二波華人移民潮出現於1960年代。當時美國移民政策大為放寬,提供國外各地移民更高的配額,華人因此機會大增(第十五章〈新移民,新生活:混亂的一九六〇年代〉)。另一方面,由於中華民國政府與美國關係密切,許多人或為求學、改善經濟,或為離開戒嚴統治下的臺灣,紛紛前往美國(第十六章〈來自臺灣的美國華人〉),再度出現了一拉一推的態勢。

類似情形再次發生於1980年代,中國大陸改革開放,加上美國與中華人民共和國於1979年正式建交,雙方關係改善,於是出現了更多來自中國大陸的移民,形成了第三波華人移民潮(第十七章〈竹簾升起:中國移民與少數族裔模範〉)。書中對不同時期移民潮的背景、現象、特色、結果都提供了說明,有些地方更用上家族經驗以及個人訪

談。如第十六章〈來自臺灣的美國華人〉逾兩萬字，為以往美國亞裔或華裔歷史專書中難得一見，便用上不少張純如的家族經驗作為見證，不僅作者寫來親切，臺灣讀者讀來也特別有感，為本書特色之一。

綜觀書中所寫的一百五十年美國華人移民史就會發現，在美國的華人有時受到歡迎，有時受到歧視與排斥，甚至因而喪命他鄉。這些情形主要涉及內在與外在兩方面因素。內在因素就是美國內部的需求，包括社會需要與經濟情勢，如十九世紀需要廉價勞力建築鐵路便進口華工，二十世紀科技發展則需要大批科研人才。然而美國經濟情勢不佳、就業率低落時，華人往往就淪為代罪羔羊，成了非我族類的異己，遭致各式各樣的威脅與打擊，甚至發生冷血的屠殺案（第八章〈仇恨在各地掀起波瀾〉）。不僅民間如此，甚至官方也「俯順民情」，推波助瀾，落井下石，於1882年通過了美國歷史上唯一針對特定族裔制定的排除法案（第九章〈排華法案〉），成為美國移民史上的重大汙點，直到1943年，美國在珍珠港事件後對日本宣戰、與中國成為戰時盟邦之後兩年，此法案才宣告廢除，前後超過六十年。

外在因素就是美國與中國的關係。兩國關係友好時，華人就受到比較公平合理的待遇，然而兩國關係生變、甚至惡化時，華人往往就遭另眼看待。如二戰時中華民國是美國的盟邦，華人的地位就隨之提高（第十三章〈我們這個時代最重要的歷史事件：第二次世界大戰〉）。到了國共內戰與國際冷戰時，尤其是美國麥卡錫主義橫行時期，恐共氣氛造成類似獵巫的現象，以致許多華人受到懷疑與迫害，張純如第一本書的傳主錢學森就是明證（第十四章〈大規模審訊與迫害：冷戰、國共內戰與麥卡錫主義〉）。到了1990年代，中美競爭的態勢益為明顯，造成華人處境上的困難（第十八章〈草木皆兵的一九九〇年代〉）。1999年爆發的李文和案，後來證明是烏龍一場，也是針對華人的明顯案例（第十九章〈在美國社會兩端的華人：高科技與低科技〉）。

張純如站在新的千禧年，以後見之明回顧一百五十年來的美國華人移民歷史，多方蒐集資料，當面訪談，並連結上自己的家族歷史與個人經驗，對於其中的高低起伏有著深切的感受。末章以「前途未卜」（"An Uncertain Future"）為標題（第二十章），是她從一個半世紀以來的美國華人歷史以及教訓中得到的結論，可見其審慎之處。對照當今美國川普總統的反覆無常，對外決策的混亂無章，對移民的仇視無情，更加印證了張純如從美國華人歷史中鑑往知來。至於未來發展如何，就讓大家拭目以待。[2]

不平之鳴與未竟之業

總之，從張純如這三部作品中可以看出幾個明顯的特色：首先是不平則鳴，基於知識與道德勇氣，為遭遇不公不義的人發聲，充當長久遭到壓抑的弱勢者之喉舌；其次是從族裔出發，三本書所處理的題材，不論是錢學森、南京大屠殺受害者，或是在美國的華人，都是炎黃子孫；第三是善加蒐集資料，廣用多方文獻，進行訪談，甚至運用家族記憶；第四是敘事周全，條理清晰，文字平易近人，容易為社會大眾接納；第五則是致力於挖掘歷史真相，從中汲取教訓，前事不忘，後事之師。

然而，張純如並不滿足於已有的成果，反而不斷自我挑戰，思考新的寫作題材。張盈盈透露，張純如規劃的第四本書是有關二戰期間在菲律賓被日軍俘虜的美籍老兵，已於 2003 年到美國中西部走訪過幾位倖存者，他們訴說的故事讓謄打錄音稿的小姐都為之落淚。母親認為如此悲慘的內容會加重愛女的身心壓力，但張純如表示「不能背棄這些老兵，不能讓他們的故事被歷史遺忘」（308）。由此可見，基於義憤與

---

[2] 本書校對期間，川普第二度當選美國總統，許多言論變本加利，後續如何，全球矚目。

勇氣，她有心再度發出不平之鳴，為長久被遺忘的弱勢者發聲，而且視野更為廣闊，超越了華人的族裔界線。可惜進行這本書期間，由於各方壓力過大，終至難抵心靈的創傷與憂鬱，2004年11月9日於加州舉槍自盡，留下這個未竟之業。世人對年僅三十六歲的張純如死訊之震驚與哀思，由當時媒體的廣泛報導可見一斑。

回顧張純如的著作與譯作，或許可用「雙重意義的『三缺一』」來形容。第一重意義的「三缺一」是關於她的著作——在完成了三部有關華人的作品之後，下一部作品因為她的英年早逝而告終。鑑於前三本書的成果，尤其是第二本書所引發的熱議，計畫中的第四本美國二戰老兵的故事，勢必在美國社會引發熱烈的迴響。只可惜壯志未酬，空留遺憾。第二重意義的「三缺一」則涉及她的作品中譯。《中國飛彈之父》在原文出版第二年，即1995年，便有正體字中譯本問世（簡體字版《蠶絲：錢學森傳》〔魯伊譯，北京：中信出版社〕則要到2011年才出版）。《被遺忘的大屠殺》的情況更為熱烈，正體字中譯本與原文同在南京大屠殺六十週年出版，之後又有四個不同的簡體字版問世。儘管如此，與張純如的家庭以及個人成長經驗最切身的《美國華人史》，原書自2003年出版後，卻一直不見中譯本，成為她一生三本書中獨漏之作，殊為可惜。因此，此書中譯本的出版彌補了第二重意義的「三缺一」之憾，讓華文世界的讀者終於得見這位充滿才華與正義感的作家畢生著作全貌。

譯者的挑戰與努力

要翻譯這麼一本書實屬不易。譯者陳榮彬先生為輔仁大學比較文學博士，國立臺灣大學翻譯碩士學位學程助理教授〔2023年升任副教授〕，研究興趣主要為文學翻譯與現代華語小說英譯史，已出版五十種

翻譯作品，包括近期翻譯的《齊瓦哥事件》（臺北：網路與書出版，2016）與《戰地鐘聲》（新北：木馬文化，2016）等文學名著，並以《繪畫與眼淚》（臺北縣：左岸文化，2004）、《血之祕史》（臺北：網路與書出版，2014）與《我們的河》（臺北：遠見天下文化，2015）三度獲得「開卷翻譯類十大好書」獎項，足證其譯作普遍獲得肯定。

　　儘管已有豐富的翻譯經驗與卓越的成果，此次翻譯《美國華人史》依然面臨重大挑戰，其中最困難的就是中文名字的還原，尤其許多是按粵語發音。筆者先前從事華美文學研究時，遇到這方面的困難便請教有「活字典」之稱的麥禮謙先生，因為他根據多年蒐集所得建立了一個中英對照的資料庫。由本書〈譯序〉訴說的翻譯背後的故事，就可發現往昔嚴復所說的「一名之立，旬月踟躕」，其難處在於立新正名，發揮創意；本書譯者則是「一名之覓，上網下地」，其難處在於發揮偵探精神尋本探源，還原許多書中人物的中文原名。

　　筆者在翻閱書稿時發現一些漏網之魚，如第四章舊金山唐人街街名採用音譯，並非當地華人（廣東老僑）使用的名稱。又如 Global Alliance for Preserving the History of World War II in Asia 依其網頁的中英對照名稱為「世界抗日戰爭史實維護聯合會」，而謝辭中的加州大學柏克萊校區族裔研究圖書館華裔館員 Wei Chi Poon 的中文名字為「余慧子」，若非因為她是筆者舊識且進一步向該校族裔研究系榮譽教授黃秀玲（Sau-ling Cynthia Wong）查證，否則不可能還原。此事之困難由此可見一斑。此外，譯者適時添加的譯註為中文讀者提供了不少便利。凡此種種，都可看出譯者用心之處。

如流星般光輝耀目

　　本文名為「無法遺忘的不平之鳴」，一方面旨在彰顯張純如正像

母親張盈盈所言，是一位「無法遺忘歷史」、充滿正義感的女子，運用自己的寫作才華發出不平之鳴。另一方面則是張純如過世時雖僅三十六歲，卻留下了三本各具特色、發人深省的著作，為流星般的一生留下了光輝的印記，成為她的讀者「無法遺忘的不平之鳴」。

張盈盈表示，「純如」這個中文名字來自她的主意，帶有「純淨、未受汙染」之意（26），也符合《論語・八佾篇》：「從之，純如也」此二字所寓的「純正和諧」之意。英文名字 Iris 的典故則出自希臘神話，為「彩虹女神，負責在天上與人間往來傳遞訊息，所過之處便留下彩虹」（25-26）。張純如的寫作一直維持著正直純淨的初心，一生正如彩虹般短暫而多姿多采。

2016 年我前往南京進行相關研究，住宿所在的南京大學西苑賓館就是當年張純如下榻之處，在南京大屠殺紀念館（全名「侵華日軍南京大屠殺遇難同胞紀念館」）悼念廣場西側，看到她的全身銅像，左手拿著那本聞名國際的英文著作在演說控訴日軍罪行（另一座半身銅像安放在美國史丹福大學胡佛研究所圖書館）。

另一方面，張純如求教的麥禮謙先生，地方文史團體感念他畢生對美國華人歷史研究的貢獻，於他謝世後依市政府法律要求，為順利推動將舊金山公立圖書館華埠分館重新命名為「華埠／麥禮謙圖書分館」（the Chinatown / Him Mark Lai Branch Library），其生前好友、同事與社區熱心人士組成麥禮謙圖書館委員會，出席圖書館的各項公聽會，四處尋求社會各界支持，經過一年努力，經匿名投票表決，於 2010 年 11 月 4 日正式改名。

張純如與麥禮謙兩位都以文字為美國華人歷史做見證，也因為各自的卓越貢獻，把自己的名字寫入美國華人歷史中，成為華人離散歷史長河中精采的一頁。

2018 年 9 月 14 日
臺北南港

本文原名〈無法遺忘的不平之鳴〉，收錄於張純如著，陳榮彬譯，《美國華人史》（新北：遠足文化，2018 年 10 月），頁 7-19。

附識

　　筆者自 1990 年代初投入華裔／亞裔美國文學與文化研究，一方面從專長的文學領域切入，另一方面深知研究弱勢族裔文學必須著重其歷史背景與文化脈絡，因此也留意相關著作。在美國華人史方面，筆者最常請益的就是麥禮謙先生，兩人曾多次在舊金山與臺北會面。他對此領域的專心致志與熱心助人，以及夫人張玉英女士對先生志業的全力護持，識者無不感佩。年輕一輩的傑出作者就屬張純如，其才華、勤懇、熱忱、正義感，在在令人佩服，可惜英年早逝，令人不勝唏噓。適逢《美國華人史》出版，遠足文化龍傑娣總編輯向筆者邀稿，謹以此篇向兩位獻身美國華人史、不容青史盡成灰的作者，致上崇高的敬意與謝忱。

華美的先行者

——黃秀玲著《華美：華美及離散華文文學論文集》

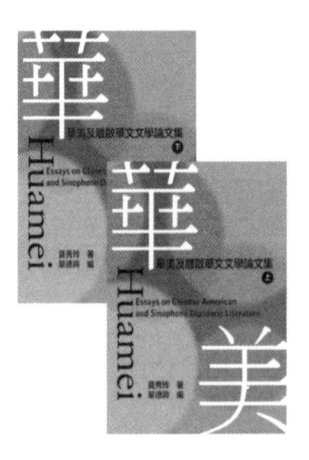

書名：華美
副標：華美及離散華文文學論文集
作者：黃秀玲（Sau-ling Cynthia Wong）
編者：單德興
出版者：允晨文化實業股份有限公司
初版日期：2020 年 12 月
叢書系列：允晨叢刊
頁數：992 頁
ISBN：9789869955331（平裝）（上下冊）

黃秀玲其人其事

　　黃秀玲教授的《華美：華美及離散華文文學論文集》（Huamei: Essays on Chinese American and Sinophone Diasporic Literature）在臺灣出版，不僅對作者個人具有獨特的價值，對亞美／華美文學與文化研究在華文世界的傳揚，也具有深遠的意義。

　　我與秀玲初識於 1995 年，至今已逾二十載，她是亞美文學與文化研究的先驅學者，多年任教於加州大學柏克萊校區族裔研究學系之亞美研究學程（Asian American Studies Program, Department of Ethnic Studies, University of California, Berkeley），廣納英才，教學認真，熱心協助國

內外學生與學者,現今美國學界不少亞美研究的中壯輩學者都出自她的門下,也與許多亞、歐國家、尤其是華文世界的學者密切互動,發揮影響力,直到 2010 年由於健康因素提前退休。

她的專書《從必需到奢侈:解讀亞裔美國文學》(*Reading Asian American Literature: From Necessity to Extravagance*)於 1993 年出版,是繼她的同事韓裔美國學者金惠經(Elaine H. Kim)教授的《亞美文學作品及其社會脈絡》(*Asian American Literature: An Introduction to the Writings and Their Social Context*, 1982)之後,另一部具有里程碑意義的作品,為亞美文學研究者所必讀,並多所引用。

她撰寫了多篇擲地有聲的論文,發表於具有代表性的期刊與專書,其著述的特色在於有機地結合文本解讀、理論論述、歷史脈絡,以及個人身為此領域資深觀察者／參與者的經驗與心得,而以下列研究深受學界重視:族裔自傳,典律形成(canon formation),性別、性取向與族裔的交會,網路空間的族裔／國族認同與社群,亞美研究的跨國轉向,文學文本與批評實踐的「旅行」,比較接受史,以及中國崛起對於亞美文化批評的影響。

此外,她還編選了多本論文集,集中於語言教學與亞美研究,如《語言多樣化:問題或資源?美國語言弱勢族群之社會與教育觀點》(*Language Diversity: Problem or Resource? A Social and Educational Perspective on Language Minorities in the United States*, 1988〔與 Sandra L. McKay 合編〕)、《湯亭亭《女戰士》教研參考資料》(*Maxine Hong Kingston's* The Woman Warrior: *A Casebook*, 1999)、《美國新移民:第二語言教育者讀本》(*New Immigrants in the United States: Readings for Second Language Educators*, 2000〔與 Sandra L. McKay 合編〕)、《亞美文學資源指南》(*A Resource Guide to Asian American Literature*, 2001〔與隅田(Stephen H. Sumida)合編〕),以及《亞

美網：族裔、國族主義與網際空間》（*AsianAmerica.Net: Ethnicity, Nationalism, and Cyberspace*, 2003〔與李雷潔（Rachel C. Lee）合編〕），在語言教育以及亞美文學與文化研究方面貢獻良多，影響深遠。秀玲在研究與教學都獲得崇高的成就，卻仍保有一貫虛懷若谷的態度以及與人為善的作風。

底下的小故事可以說明秀玲的成就與個性。幾年前一些學者有意向亞美研究學會（Association for Asian American Studies）舉薦她為終身成就獎（Lifetime Achievement Award）候選人，以表彰她多年在亞美文學與文化的研究、教學與服務等方面的傑出貢獻，她得知後婉謝，此事只得作罷，由此可見她個性的謙虛與行事的低調。2013 年這些熱心學者再次行動，擴大串連，瞞著她邀集了海內外相關學者撰寫提名函，筆者有幸成為「密謀者」之一，從臺灣學者的角度撰函說明她在亞美研究領域的卓越表現、重大影響與國際聲譽。在當事人不知情而未能勸阻的情況下，這次行動果然一舉成功，使她榮獲 2014 年亞美研究學會終身成就獎。筆者在加州大學柏克萊校區為她舉行的慶祝茶會以及亞美研究學會的頒獎典禮上，親眼目睹門生故舊、親朋好友對她的衷心祝賀與敬愛，也親聆她的茶會感言與得獎致辭，深切感受到她的真誠、喜悅、謝忱與謙虛。

秀玲出身於香港，家學淵源，自幼接受扎實的中英文教育，成績優異，於全港名列前茅，二十歲負笈美國，獲得學士、碩士與博士學位（她在得到名校史丹福大學的英美文學博士學位之後，再去攻讀語言教育碩士學位）。中英文俱佳的她，因為置身美國一流學府，所以英文論文遠多於中文論文，除了早先以主題研究的方式鑽研亞美文學之外，並有不少文章率先探討美國華文文學，充分發揮雙語文與跨文化優勢。

因此，不僅秀玲的亞美論述發人深省，引發多方討論，她的美國華文文學論述也獲得華語語系研究（Sinophone Studies）與海峽兩岸華美

文學研究者的熱烈迴響。然而，除了一些直接以中文撰寫或中譯之作之外，華文世界的許多讀者與她緣慳一面，殊為可惜。因此，如何與華文世界分享她多年的閱讀與研究心得，不僅是秀玲念茲在茲的事，也是受益於她的中英雙語學者的長年心願。

亞美研究的跨國轉向與翻譯計畫

筆者一向重視跨文化交流，從事翻譯工作逾三十載，其中最龐大、複雜、具挑戰性的，就屬 2012 年至 2013 年義務合編、合譯出版的兩冊、六十餘萬言的《全球屬性，在地聲音：《亞美學刊》四十年精選集》（*Global Identities, Local Voices:* Amerasia Journal *at 40 Years*，與梁志英〔Russell C. Leong〕、唐‧中西合編〔Don T. Nakanishi〕，臺北：允晨文化）。

書成之後，深感於此類大型翻譯計畫勞師動眾，尤其負責中文編務、籌組翻譯團隊的筆者，除了與國內外編者、學者、譯者、出版者多方聯繫之外，並與助理對照原文校訂譯稿，逐字逐句三次校對全書，非常勞累，因此計畫完成之後便宣告「金盆洗手」，公開表示這輩子再也不做如此勞心勞力、費時費事的苦差事了。然而為了秀玲的中文出版計畫，筆者再度披掛上陣，之所以「食言」，除了彼此多年的情誼之外，實在因為此事意義重大，儘管已入花甲之年的我時間與精力已相當有限，但仍願奮力承擔這項大型編譯計畫，引介一位亞美文學與文化研究先行者的畢生心血結晶，分享給華文世界的學者與讀者。

此處略述筆者與秀玲多年合作的經驗，以便華文世界的讀者能進一步認識這位傑出的華美學者、教育者與批評家，以及她與華文世界的因緣。秀玲可說是筆者互動最密切的國際學者。筆者於 1995 年 8 月結束哈佛燕京學社的一年訪問學人生涯後，安排妻兒直接搭機返臺，自己

則特地取道西岸,在舊金山華埠待了整整一星期,選擇住在當地的汽車旅館,親身體會當地華人生活,參訪天使島(Angel Island),不僅結識了亞美與華美研究的代表學者——除了秀玲之外,還有麥禮謙(Him Mark Lai)、王靈智(L. Ling-Chi Wang)、譚雅倫(Marlon K. Hom)等人——也訪談了華美前輩作家黃玉雪(Jade Snow Wong)。一星期之間對於華美社會與人物的接觸、認識與感受,超過了在哈佛大學的一整年。

返臺後,筆者邀請秀玲參加中央研究院歐美研究所於 1997 年 4 月舉辦的「創造傳統:第三屆華裔美國文學研討會」,她的會議論文〈任璧蓮《夢娜在應許之地》中的階級、文化與創造的(亞美、猶太)傳統〉經修訂後,刊登於筆者編輯的 2002 年 12 月號《歐美研究》季刊「創造傳統與華裔美國文學」專題。兩人並於 1998 年向國立編譯館提出「華美文學譯叢」計畫,擬於兩年間中譯十二本書,臚列北美具有代表性的華裔作家的英文作品以及參與中譯的學者專家。這是我國第一個大型華美文學翻譯計畫。遺憾的是,國立編譯館囿於預算,只通過了三項,其中兩項順利執行,於 2001 年由麥田出版社出版:何文敬翻譯徐忠雄(Shawn Wong)的《天堂樹》(*Homebase*)與張瓊惠翻譯林玉玲(Shirley Geok-lin Lim)的《月白的臉》(*Among the White Moon Faces: An Asian-American Memoir of Homelands*)。2005 年 9 月筆者為《中外文學》客串編輯「美國華文文學專題」,特地向她邀得〈黃與黑:美國華文作家筆下的華人與黑人〉一文,檢視關係重要卻乏人探討、同屬美國弱勢族裔的華人與黑人之間的關係,以及華文文學如何再現此關係。上述二文皆收入《華美》論文集中。

2005 年 8 月,筆者以傅爾布萊特資深訪問學者(Fulbright Senior Visiting Scholar)身分前往加州大學柏克萊校區訪問研究一年,由她擔任接待方負責人。筆者把握這個難得機會,於 2006 年春季旁聽了她一

整學期於研究所開的「亞美文學與文化批評」，上課地點就在她位於奧伯尼（Albany）的小屋。當時筆者從事亞美文學研究已逾十五年，相關著作有一本專書、多篇論文與多篇訪談，但在她的課上共同閱讀、參與討論，依然覺得收穫豐碩。除了知識的增長、眼界的開拓之外，更親眼目睹她對教學的認真、熱心與投入，以及對學生的教導、關懷與尊重，可謂經師與人師的綜合，難怪學生對她由衷愛戴。

筆者也在一個學期的準備後，與她進行深度訪談，長達兩萬餘字的〈華美‧文學‧越界：黃秀玲訪談錄〉刊登於 2007 年 3 月號的《中外文學》，後來收入筆者 2009 年出版的《與智者為伍——亞美文學與文化名家訪談錄》（臺北：允晨文化）（此訪談收入本論文集時，特地增刪一些問答，使內容更符合近況）。因此，秀玲教授對筆者而言，既是學術上的「貴人」，也是典型的「亦師亦友」。

之後，她於 2007 年至 2013 年擔任中央研究院歐美研究所諮詢委員，每次都提出詳細的書面意見，熱心分享她的專業與經驗。此外，她也曾應邀到國立中山大學短期講學，前往幾所大學演講，並多方協助到柏克萊研修的臺灣學者與研究生，與臺灣學界建立起密切的關係與深厚的友誼，也因為如此，當筆者出面邀集學者參與這次翻譯計畫時，大家都立即響應，在一兩天之內便組成團隊。

秀玲在亞美與華美研究上的貢獻與成就，除了上文提到的論述、編著與終身成就獎之外，還有兩個實例可資證明。首先，曾擔任亞美研究領頭羊《亞美學刊》主編三十年的梁志英，不只一次告訴筆者，秀玲 1995 年發表的〈去國家化之再探：理論十字路口的亞美文化批評〉（"Denationalization Reconsidered: Asian American Cultural Criticism at a Theoretical Crossroads"）一文，是該刊最常被大學選作教材的兩篇論文之一（另一篇是丹娜‧高木（Dana Y. Takagi）的〈處女航：航向亞裔美國的性取向與認同政治〉〔"Maiden Voyage: Excursion into Sexuality and Identity Politics in Asian America"〕,前文由秀玲自譯,後文由李根芳翻譯,分別收錄於《全球屬性,在地聲音》上冊第 101-148 頁〔也收入本文集〕,下冊第 194-218 頁)。

其次,就是梁志英、晚近過世的唐‧中西和我,三人合編的上下冊《全球屬性,在地聲音》,秀玲各有一篇論文入選(上冊為〈去國家化之再探〉,下冊為〈戰後唐人街的故事:論《新苗》(1947-1948)的短篇小說〉〔趙毅衡譯,也收入本文集〕),是被收錄最多的學者;前文為理論化的探討,後文為文本的考掘與解析,既有深刻的理論思維與反思,也有歷史的探索與文學的解讀。然而僅就這幾篇原作與中譯的論文以及訪談,實難以充分呈現秀玲的研究光譜與學思歷程。

多年論述結集出版

在 2005 年的訪談中,有鑑於她的多篇論文散見各處,我便詢問:「你什麼時候出版自己的論文集?」她回答:「我不認為自己重要到可以把先前的論文結集出版。更適合的方式就是重新探討我以往文章中所涵蓋的議題,然後在論文集中更新並重作思考。」當時她提到論文集的「主標題會是『華美』("Chinese American"),副標題會像是『華裔美國和華人離散中的文學與文化』("Literature and Culture in Chinese America and the Chinese Diaspora"),但那實在太拗口了。那本書的範圍應該比『文學批評』更寬廣,副標題會顯示我一方面要向華美文學致意,並且肯定亞美批評傳統,另一方面也要表現我從離散觀點對文學與文化的興趣」(《與智者為伍》 155)。

此後,我曾數度詢問她出版論文集的可能性,但都不得要領。隨著歲月的推移,她的中英文論述更多,退休後擺脫了教學與服務的負擔,個人能掌握的時間更多,除了休養生息之外,正可回顧並整理多年的研

究成果。

　　2014年夏天，我赴柏克萊研究訪問，再度當面向她提起此事。在《全球屬性，在地聲音》大型翻譯計畫之後，身為合編者和合譯者的我以及身為被譯者的她已熟悉這類計畫的進行方式，因此水到渠成，一拍即合，決定合作進行這項對個人與學術社群都很有意義的出版計畫，並初步交換意見。

　　待我返臺後，秀玲提供了各篇文章的出處、大要、字數等資料，我依循《全球屬性，在地聲音》的作業模式，根據各篇文章內容出面邀請我國從事相關研究的學者以及老練的譯者，其中絕大多數曾義務翻譯《全球屬性，在地聲音》中的作品。邀請函中特別提到本已決定「金盆洗手」的我，之所以決定「重出江湖」，個人情誼事小，重要的是希望能將這位亞美與華美文學與文化研究先驅者的多年成果，傳達——或多少回饋——給她所來自的亞洲與華文世界。幾乎所有的受邀者都立即欣然同意，並表示能參與此翻譯計畫為個人的榮幸。我也聯繫允晨文化廖志峰發行人，他表示願意繼《全球屬性，在地聲音》之後，再度支持這項具有特殊意義的學術翻譯計畫。

　　秀玲多年來英文、中文著述甚豐，在整理出篇目之後，決定依照年代順序排列，以凸顯其學思歷程，並輔以次目錄（sub-table of contents，即本文集之分類目錄），標示若干反覆出現的研究主題，方便讀者按圖索驥，其中有關華文創作的華美文學之探討更是本書特色。

　　之所以如此著重美國華文文學，一則因為華文世界讀者比較熟悉這個領域，以往也從另外的脈絡，如留學生文學，來閱讀這些作品，二則可以連結晚近熱門的華語語系研究，提供來自華美文學研究的觀點。從事華語語系研究者多從中國文學、臺灣文學或馬華文學等角度切入，但秀玲在華語語系研究尚未興盛之前，便因麥禮謙、王靈智兩位前輩學者的鼓勵，善用自己的雙語言與雙文化的資源，從華美研究的角度切入，

剖析美國華文文學的不同命名、立場、意涵與效應。

秀玲在為張敬珏教授主編的《亞美文學跨族裔伴讀》(*An Interethnic Companion to Asian American Literature*, 1997)所撰寫的〈華美文學〉("Chinese American Literature")一文中，除了綜述英文華美文學的歷史與意義之外，結尾特地引進美國華文文學，提到聶華苓、白先勇、張系國、陳若曦等作家，為華美文學進行跨語文的結合，打通了兩者之間的管道。她針對作品所進行的歷史性、文本性與理論性的解讀，不僅拓展了亞美與華美文學的視野與領域，也為方興未艾的華語語系研究提供了來自美國的另類觀點與思維方式。

在臺出版的雙重意義

因此，本文集在臺灣出版至少具有雙重意義：一方面鑑於美國研究的國際轉向，以及亞美研究的跨國轉向、尤其是亞洲轉向，讓亞美文學與文化研究的成果可以用英語以外的另一重要語言（中文）呈現，促進學術交流；另一方面，華文世界的讀者也可藉由一位資深華美學者的中文著述與英文著述中譯，了解亞美與華美文學與文化研究中的若干重要議題，以收攻錯之效。

例如有關華美華文文學的論文中，1987年發表於《廣東社會科學季刊》的〈華美作家小說中的婚姻主題〉是全書的首篇，討論了白先勇、於梨華、聶華苓、陳若曦、歐陽子、張系國、叢甦、莊因、袁則難等臺、港留美作家的小說中所呈現的婚姻主題。

2005年發表於《中外文學》「美國華文文學專題」的〈黃與黑〉，探討的則是華文作家筆下較少呈現的美國華人與黑人兩個弱勢族裔之間的關係，尤其是「黃黑一家」／「黃黑殊途」的辯證關係，並反省其中涉及的本質主義與族裔刻板印象。〈黃與黑〉中討論的作家除了

白先勇、叢甦、施叔青、老南之外,還有來自紐約唐人街的左派雜誌《新苗》中的兩位作家湘槎與百非。

這份曇花一現的刊物出現於 1947 年至 1948 年,總共刊出了二十三篇寫實風格的短篇小說。秀玲於 1988 年出版的〈戰後唐人街的故事:論《新苗》(1947-1948)的短篇小說〉,針對這些小說的語言、風格、內容、意識形態進行分析,並從華美文學史的觀點來評論這批小說所具有的意義。

如果說白先勇等人代表的是 1960 年代的留學生文學,《新苗》代表的是二戰後東岸紐約左派的華人文學創作,那麼早在 1911 年與 1915 年出版的兩冊《金山歌集》呈現的則是西岸舊金山老僑的華文歌謠。1991 年出版的〈民歌閱讀之政治觀與詩觀:文學裡所描繪之排華年代生活〉,剖析的就是這些以「四十六字」民歌體、不避方言(粵語)與俚語粗言所寫的作品,並主張後來的讀者必須以歷史化與脈絡化的眼光,結合政治觀與詩觀,方能較周全地認識這些獨具特色的民歌,以及所呈現的排華時期美國華人生活。將這三個不同時代的文學作品依年代順序閱讀,對於美國華文文學的歷史梗概與重要的關懷主題就會有基本的認識。

至於 1992 年出版的〈性別族裔化:美國移民文學中性色作為符號之探究〉,受到符號學和解構批評的啟發,將性別特色加以族裔化,並主張閱讀美國移民文學時必須置於其社會脈絡。

此外,「太空人」、「空中飛人」、「內在美」、「小留學生」等名詞曾風行一時,呈現了特定時空下的地緣政治、亞洲崛起與跨國現象,因此 1998 年出版的〈「太空人妻」與「小龍」:1980 年代兩部通俗小說裡離散華人女性的身分協商〉,以 1980 年代出版的陳若曦與梁鳳儀的小說為例,解讀來自臺、港的兩位女作家,如何以不同的方式呈現離散的華人女性,處理其文化身分的議題,並批判儒家父權文化。

筆者翻譯的〈必也正名乎？定義移民世代的華美文學〉出版於 1989 年，是秀玲有關華美文學最早的理論闡釋。此文指出「命名（nomenclature）就是創造」，闡釋命名與「正名」的觀念、動機與效應，以及不同的命名（如「華僑」、「美籍華人」、「華裔美國人」）所具有的不同意涵、意圖與意識形態，藉以說明華美文學的不同命名以及可能具有的定位、期許與意義。

事隔二十一年出版的〈全球視野與在地性：一個華美研究學者眼中的世界華文／華人文學〉賡續前文，結合這些年來的發展，從華美研究的立場出發，以全球的視野，綜合探討著眼於語文的華文文學以及著眼於族裔的華人文學，其中縱橫糾葛、錯綜複雜的關係，再度探尋世界華文文學，尤其針對全球化與在地化，提出「心懷故土的『本源中心主義』（genocentrism）、行腳天下的『跨地域主義』（translocationism）以及靈根自植的『植根主義』（racinationism）」三個觀念，並強調華裔美國英文與中文文學的在地性，以及力求維護 1960 年代以來亞美文化努力打造出的論述空間。這兩篇論文並讀可看出一位具代表性的亞美學者，隨著不同時空條件下演化的華美文學，所進行的調整與回應。

1995 年的〈去國家化之再探：理論十字路口的亞美文化批評〉，為秀玲在亞美論述的扛鼎之作，反思當時甚囂塵上的「去國家化」論調，分析發生的背景與原因。然而身為亞美研究資深學者的她，固然認知去國家化的主張與緣由，也了解全球化論述盛行，且有吸引人之處，但強調亞美文化論述的在地視角仍有其意義，不宜輕易拋棄。

2001 年的〈文本跨界之得失：以中國中心、亞裔美國和女性主義的批評實踐來看聶華苓的《桑青與桃紅》〉，探討三種不同的批評實踐，如何分別從中國中心、亞裔美國與女性主義的立場，試圖將聶華苓命運多舛的長篇小說《桑青與桃紅》納入各自的版圖，但也指出在經歷不同的跨界時，此部作品固然有所得，也有所失。

2004 年的〈當亞美文學離「鄉」時：論亞美文學研究的國際化趨勢〉，以亞美學者的發言位置，討論亞美文學研究離開美國、走向世界時，是否會出現「橘越淮為枳」的現象，此現象所具有的意義，並且提出「國族主義的收復」（nationalist recuperation）的概念，來說明亞洲與美國對於亞美文學所採取的不同態度與詮釋。

2006 年的〈慾望輪／迴：梁志英《鳳眼》中的佛教、離散理論與身分政治〉，聚焦於身兼作家、編輯、亞美文化先鋒、同志運動者與佛教徒的梁志英，解讀其短篇小說集《鳳眼》（*Phoenix Eyes*）中所呈現的三種華人離散情境——跨地域主義、植根主義與本源中心主義——藉此帶入亞美論述中罕見的宗教與靈性的面向，開拓新的研究視野。

2010 年的〈離散漫舞：以三藩市華人歌舞團為例論文化遠距國族主義及中國性展演〉，為先前在中央研究院歐美研究所發表的演講，可以看出由文學研究與理論闡述轉向文化研究，藉由舊金山當地歷史悠久的華人歌舞團（Chinese Folk Dance Association），說明一個社區文化組織，如何為了因應中、美各自之內以及兩者之間的變遷，而調整其所展演的中國性（Chineseness），以示中國性本身的變動不居，並以「文化遠距國族主義」（cultural long-distance nationalism）來說明這種現象。

以上簡述只是提供中文讀者有關本書的初步導覽，若要確切了解箇中深意，自當仔細閱讀各文。讀者若按年代順序讀下，當可看出秀玲個人在亞美研究領域的學思歷程，也多少折射了此一領域的發展與重要議題，尤其是她對於華文文學多年的關注，與時俱進，發展新觀點，並與其他領域的學者，尤其是華文世界的學者交流互動。

文集出版的背後故事

本文集基本上比照《全球屬性，在地聲音》的作業模式，最大的

不同就是作者本人中英文俱佳,對於各篇主旨與細節了然於心。由於論述細膩,文字精確,中譯頗為不易,因此每位譯者都兢兢業業,細讀文本,查證資料,用心翻譯,過程中發現任何問題都可直接詢問作者,並增加必要的譯注以協助中文讀者。譯文完成後,秀玲逐字細讀,給予必要的建議與修訂,並加以說明,與譯者商討,充分顯示了對譯者的尊重。另一方面,由於這些論述是秀玲的一家之言,自有其論點與全書的考量,因此筆者建請她根據多年的研究與教學經驗、對中英文的掌握,並顧及術語與論述的統一,儘管放手修訂,並向譯者當面或書面說明,也獲得一致的認同。

　　全書就在兼顧譯者的理解與再現以及作者的論點與考量之下完成。為了使她更熟悉作業方式與基本格式,筆者特地將自己的譯文率先交出,在與秀玲互動的過程中,充分體認到她對譯文的仔細推敲、斟酌損益,這種敬重文字、尊重譯者的態度,令人佩服,這也是其他譯者的共同感受。

　　此外,除了在序言交代此書緣起之外,秀玲特地於各文之前加上按語,必要時於文中補充註腳,使中文讀者更能了解撰寫時的情境以及與當前的關聯。這些附文本(paratext)都具有在地化、歷史化與再脈絡化的效應,讓人領會到文本翻譯與旅行到另一個脈絡時,所試圖傳遞的原意以及增添的新意,為筆者討論翻譯時所強調的「雙重脈絡化」("dual contextualization")增添了具體有力的例證。尤其這些按語是秀玲從當今的立足點回顧昔日的文章,既現身說法,又撫今追昔,並提供反思,允為本書的最大特色。

　　為了慎重起見,秀玲過目後的譯稿,依序由黃碧儀小姐、筆者與陳雪美小姐三人逐一校讀,統一文字,確認格式,若有問題則列出由秀玲決疑。在第一輪處理後,續由張力行小姐統整全書,確認格式與引用資料,再由秀玲定稿。因此,筆者個人有機會在最初階段校讀全書,通讀

秀玲的作品，若干初次閱讀之作固有拓展新知的收穫，重新閱讀之作也有溫故知新的效果，至於有些論文先前閱讀英文版本、此次閱讀中文版本，在不同的語文脈絡下閱讀，領會有異有同。

通讀全書之後，筆者感受特別深刻的是，我們兩人身為同世代的文學研究者，雖分屬港、臺兩地，但學術訓練與學思歷程有不少相似之處，例如同受新批評（New Criticism）的洗禮，也同受後結構主義、後殖民論述、弱勢論述、族裔論述、文化研究等的影響，因此在研究作品時，會努力兼顧文本與脈絡、理論與歷史。這個特色顯見於她為〈慾望輪／迴〉所添加的按語：

> 我大部份的論文，都致力於將源於「新批評」的細讀（close reading）方法，應用在常被認為政治掛帥的亞美文學研究上，希望能做到一方面尊重文本，尊重作家傾注入結構、意象、文筆等的心血，閱讀時不放過細節中透露的一切訊息；另一方面又避免將之孤立於作品的大環境外，盡量將作品置於物質脈絡和論述脈絡中作詮釋。總的來說，不但要理解已言之意，也要偵察作品的弦外之音。（750-751）

筆者在校讀的過程中，對於她在論文中有機地結合文本細讀、歷史脈絡、理論闡發、個人經驗，甚為佩服。如筆者與梁志英是多年好友，曾訪談過他，讀過也教過英文版與中譯本的《鳳眼》，不僅同為多年的佛教徒，也閱讀族裔與離散等理論，但在閱讀〈慾望輪／迴〉這篇論文時，折服於其中展現的解讀與論述的功力，發現秀玲獨具慧眼的洞見不僅來自文本的細讀，在理論方面也能取精用宏，與文本相互闡釋，自由出入於文本、理論與歷史之間，並於亞美社群與研究、教學真積力久，其中的許多切身經驗與感受，實非隔了一個太平洋的我們所能及。

本文集實際字數將近五十二萬字（若依總頁數估算，約達一般算法的六十九萬字），是作者、編者、譯者、校對者與出版者通力合作的成果，在此要感謝秀玲多年的堅持與毅力，多位譯者貢獻專長，熱心投入，三位助理不厭其煩，反覆校對，允晨文化發行人廖志峰先生大力支

持,使得這項翻譯工程終底於成。

文集於臺灣出版的意義

此時此刻於臺灣出版此書具有幾項意義。首先,一位居美多年的亞美與華美文學與文化的代表性學者與批評家,把自己多年的研究成果,以中文原作與翻譯,呈現、回饋給母語的華文世界。

其次,由於秀玲的建制屬性、發言位置與特殊關懷,使得她的研究呈現出另類觀點——既相對於以英文為主的亞美文學與文化研究,也相對於以中文為主的華語語系文學與文化研究——而呈現出雙語性、跨國性、游離性、混雜性。

第三,臺灣學者參與此項翻譯與出版計畫,顯示了逾四分之一個世紀以來臺灣學者於亞美與華美文學與文化研究已獲致豐碩的成果,多位學者不僅積極參與國際會議(就筆者十多年來的觀察,國際著名的相關學會,如亞美研究學會與歐美多族裔研究學會〔Multi-Ethnic Studies in Europe and Americas〕召開的國際會議中,在美國與主辦國之外,往往以臺灣學者人數最多,可見度最高),以英文或中文撰寫論文與專書,並且運用多年累積的專業知識,將英文的代表性作品轉化為華文世界的學術與文化資本,在個人的研究與教學之外,以翻譯貢獻於廣大的華文世界。

第四,幾乎每位譯者都向筆者表示,秀玲的著述內容豐饒,尤其是理論的稠密度與論述的細膩度,翻譯起來甚為困難,然而藉由翻譯也更能深入了解其論點與論述的方式,在與作者的交流過程中,也親身感受到她的認真、誠懇、開放與尊重,實為難得的溝通與學習經驗。

第五,忝為編者的筆者在作者與多位譯者之間穿針引線,多方聯繫,在校讀過程中獲益良多,尤其在與作者數度當面討論與多次電郵往

返中,對多年來亦師亦友的秀玲更為佩服與讚嘆。

 總之,筆者很榮幸有機會與多位譯者同心協力,為這位心儀多年的學者與好友的中文出版計畫略盡棉力,讓她學術生涯的重要研究成果,能以母語與華文世界的讀者見面。相信在秀玲與臺灣學者的密切協調與通力合作之下,《華美》可成為繼《全球屬性,在地聲音》之後,美國與華文世界的亞美文學與文化研究的另一座里程碑。

2016 年 9 月 15 日中秋節初稿
2019 年 8 月 15 日定稿
臺北南港

本文原名〈華美的先行者——黃秀玲教授中文論述出版的緣起與意義〉,收錄於黃秀玲著,單德興編,《華美:華美及離散華文文學論文集》,上冊(臺北:允晨文化,2020 年 12 月),頁 18-33。

附識

 《華美》上下冊為華文世界,尤其是外文系、中文系、華文系、臺文系,提供了另類觀點、跨國角度、華美視野、學術議題、研究方法、論述策略,其學術與文化意義非比尋常。因此,時任中華民國英美文學學會理事長的張淑麗教授積極主動接洽,由學會與國立臺灣師範大學英語系、翻譯研究所以及國立高雄師範大學英語系共同主辦兩場新書發佈座談會,2021 年 3 月 5 日於國立高雄師範大學文學院、3 月 12 日於國立臺灣師範大學英語系舉行,線上同步播出。

 兩場座談會主持人分別為黃秀玲教授在美國求學時就認識的多年好友蘇其康教授以及在中研院歐美所會議中結識的李有成教授,講者為黃教授、允晨文化廖志峰發行人與筆者,出席的譯者也分享感想與心得。出身香港

的黃教授以錄影方式參與，開場白戲稱「天不怕、地不怕，就怕老廣說官話」，接著以英文發言。

兩場座談會錄音由筆者委託趙克文小姐謄打，送請所有現場發言者修訂，未出席的譯者則補充書面稿或臉書訊息，黃教授親自中譯英文致辭。完整文稿逾四萬字，經筆者確認後，〈黃秀玲教授《華美：華美及離散華文文學論文集》新書發佈座談〉發表於《中華民國英美文學學會電子報》2021 年夏季號（2021 年 9 月），頁 2-46（參閱 https://storage.googleapis.com/ambient-mystery-337505.appspot.com/media/news_paper/pdf/EALA2021-2-Newsletter.pdf）。

筆者曾致贈一套《華美》給齊邦媛老師，高齡 97 歲的她在 2021 年 3 月 11 日致筆者的卡片中對此書有如下的評讚：「在這兩大冊文集中，黃秀玲教授對在美華裔族群各種寫離散、奮鬥的文學，作了大幅度且客觀的剖析，擴展了也加深了這個時代的歷史認識，應有歷久彌新的價值。」

黃秀玲《華美》目錄

目錄

原文出處 ·· 6
分類目錄 ··· 13
編者序
   華美的先行者：黃秀玲教授中文論述出版的緣起與意義 ······ 18
      單德興
作者序
   從留學生到華美人：我的心路與學術軌跡 ························ 34
      黃秀玲
1 華美作家小說中的婚姻主題（1987）···························· 45
2 戰後唐人街的故事：
   論《新苗》（1947-1948）的短篇小說（1988）··············· 66
      趙毅衡譯
3 必也正名乎？定義移民世代的華美文學（1989）············ 103
      單德興譯
4 民歌閱讀之政治觀與詩觀：
   文學裡所描繪之排華年代生活（1991）························ 119
      林爲正譯
5 湯亭亭處理中國傳統文化素材的方法（1991）··············· 151
      周序樺譯
6 移民自傳：關於定義和方法的幾個問題（1991）············ 171
      傅士珍譯
7 後現代不確定性的幾個族裔面向：
   湯亭亭的《女戰士》之爲前衛自傳（1992）·················· 213
      蘇榕譯
8 性別族裔化：
   美國移民文學中性色作爲符號之探究（1992）··············· 233
      李根芳譯

9 自傳作為唐人街導覽？
   湯亭亭的《女戰士》與華裔美國自傳的爭議（1992）……260
      馮品佳譯

10 顛覆慾望：
   閱讀一九九一年《亞太猛男月曆》中的胴體（1993）……297
      洪敏秀譯

11 族裔主體，族裔符號，以及華美小說
   平反性再現唐人街之困難（1994）……314
      游素玲譯

12 去國家化之再探：
   理論十字路口的亞美文化批評（1995）……338
      黃秀玲譯

13 「糖姐」：試論譚恩美現象（1995）……388
      羅筱璋譯

14 一九九〇年代的華裔／亞裔美籍男人：
   雷祖威《愛之慟》中的錯置、冒充、父道與絕種（1995）419
      何文敬譯

15 從理論思考在華語社群中
   以華裔美國文學為外語教材之可行性（1998）……438
      張瓊惠譯

16 「太空人妻」與「小龍」：一九八〇年代兩部通俗小說裡
   離散華人女性的身分協商（1998）……471
      李秀娟譯

17 文本跨界之得失：以中國中心、亞裔美國和女性主義的
   批評實踐來看聶華苓的《桑青與桃紅》（2001）……506
      梁一萍譯

18 任璧蓮《夢娜在應許之地》中的
   階級、文化與創造的（亞美、猶太）傳統（2002）……545

19 當亞美文學離「鄉」時：
　　論亞美文學研究的國際化趨勢（2004）..................582
　　　陳福仁譯
20 全球框架下的中產階級亞美女性：
　　狄娃卡露妮及湊谷對自由女神像的重塑（2004）..........609
　　　陳淑卿譯
21 黃與黑：美國華文作家筆下的華人與黑人（2005）..........643
22 全球框架下的湯亭亭：
　　接受史、體制中介與「世界文學」（2005）..................694
　　　陳重仁譯
23 慾望輪／迴：
　　梁志英《鳳眼》中的佛教、離散理論與身分政治（2006）749
　　　黃心雅、吳瑞斌譯
24 離散漫舞：以三藩市華人歌舞團為例
　　論文化遠距國族主義及中國性展演（2010）..................784
　　　李翠玉譯
25 全球視野與在地性：
　　一個華美研究學者眼中的世界華文／華人文學（2010）...826
　　　張錦忠譯
26 歷久彌新：湯亭亭《女戰士》的續生
　　與陳美玲的《月餅狐狸精復仇記》（2014）..................864
　　　王智明、賴怡欣譯

訪談
　　華美・文學・越界：黃秀玲訪談錄..................917
譯者簡介..................958
英漢人名對照表..................969
英漢索引..................976

內之內與外之外
——游朝凱著《內景唐人街》

書名：內景唐人街
作者：游朝凱（Charles Yu）
譯者：宋瑛堂
出版者：新經典圖文傳播有限公司
初版日期：2022 年 5 月
叢書系列：文學森林
頁數：288 頁
ISBN：9786267061206（平裝）

臺裔美國作家得獎之作

　　舊金山唐人街出身的小說家伍慧明（Fae Myenne Ng）在成名作《骨》（*Bone*）中，透過女主角眼光看自己土生土長的地方，領悟到觀光客來此，「不管看到什麼，不管如何近觀細看，我們內部的故事是完全不同的一回事。」

　　臺裔美國作家游朝凱的《內景唐人街》（*Interior Chinatown*），有意探索唐人街「內部的故事」（"inside story"），包括華埠內在環境與華人內心世界，無論形式與內容都有突破與創新之處，獲頒 2020 年美國全國圖書獎（National Book Award）之小說獎。

《內景唐人街》最大的創意就是雖為長篇小說，卻採用劇本形貌的跨文類手法。全書分為七幕，始於「平凡亞裔男」，終於「外景唐人街」。書中有志於影劇界的唐人街華裔男子，無不期盼有機會由基層角色「東方路人」逐步往上爬，經「亞裔男屍」、「三等平凡亞裔男／送貨員」、「二等平凡亞裔男／服務生」、「首席平凡亞裔男」，幸運的話成為如傳奇人物李小龍般的「功夫明星」。女性則可以主角的母親為代表，她扮演過「閨秀」、「閨秀死屍」、「杏眼女孩」、「亞裔天仙」、「東方狐狸精」、「餐廳領檯員」、「年輕悍婦」、「年紀稍長的悍婦」、「亞裔老婦」。此處的「平凡」，英文為 "generic"，原指生物學的類屬，即「通稱」、「總稱」之意，以示沒有個性、缺乏特色、面貌模糊的同類。一如晚近新冠疫情盛行，有些亞裔男女在美國不分青紅皂白遭到言語歧視或仇恨攻擊，就只因為是黃種人，而不管他們其實來自亞洲不同地區，歷史迥異。

另一重大創意就是挪用「戲中戲」的技巧，角色出出入入，虛虛實實，甚至脫稿演出，多少營造出後設小說／戲劇的效果，連情節都有些撲朔迷離，甚至不乏自我解構的成分，既有奇特、大膽的趣味，也對讀者構成某種程度的挑戰與閱讀門檻。作者獨具巧思，在全書七幕架構中，納入以唐人街金宮餐館為場景的警匪劇《黑與白》，主角為黑人瀟灑男警與白人美麗女警搭檔的懸案組，專門偵辦最棘手的刑案。小說中的男主角「你」威利斯・吳是第二代臺裔美國人。這種較少見的第二人稱敘事法，不似第一人稱的「我」那般主觀、權威，也不似第三人稱的「他」那般客觀、超拔，卻有如直接面對主角、敘事者、甚至讀者，令人難以閃躲。

對姓氏與「你」（You）諧音的游朝凱而言，[1] 既暗含自我查詰與

---

1 游朝凱先前在科幻小說《時光機器與消失的父親》（*How to Live Safely in a Science Fictional Universe*, 2010〔謝靜雯譯，臺北：三采文化，2013〕）中，便以自己的名

調侃,也直接叩問讀者,尤其亞裔／華裔／臺裔美國讀者。此外,書中其他呈現方式,如穿插的劇本、場景,以及英文原著特地採用打字機時代通行的字體,都強化了宛如閱讀戲劇的視覺效果。

華人社群刻板印象

就內容而言,主要描寫對象是唐人街華人社群,散房(無浴廁的單房公寓)裡住著來自大江南北和海外的底層人士,有三十七個姓氏,說著七種方言。這些男男女女經濟條件惡劣,不得不待在華埠這個自保之地,棲身於租金低廉的散房,天井中人聲鼎沸並晾曬著各式各樣的衣物。這群漂泊離散自不同時代和地方的華人移民相濡以沫,懷抱著美國夢,力求衣食無虞,渴望出人頭地。然而,即使在號稱「機會之地」和「應許之地」的美國,也未必人人有機會、夢想得到應許。與生俱來的黃皮膚所招致的刻板印象更是揮之不去的噩夢,在生活與職場中的「上空有一面無形天花板」。

儘管從1815年起華人移民美國已超過兩百年歷史,不少家族落地生根數代,依然被視為非我族類的外人、異形、過客,隨時可能有人要你滾回去。當有機會在戲裡軋上一角,即使曾是高材生,還是得放棄一口標準流利的美語,特意說著帶有腔調的英文,以符合觀眾心目中的華人形象。至於女性角色,則不脫東方主義式的異國想像與性別成見。

謙虛、勤勞、忍讓、沉默、低調等特質,成就了華人在美國社會中的「模範弱勢族裔」(model minority)形象,卻也淪為「典型的弱勢」,在這個「民族大熔爐」裡始終格格不入,成為無法同化的他者

字為男主角命名。簡體字版書名直譯為《科幻宇宙生存指南》,薛濛遠、張燁譯(濟南:山東文藝出版社,2014)。此書新譯《時光機修復師的生存對策》(臺北:新經典文化,2024)由宋瑛堂中譯。游朝凱初試啼聲的短篇小說集《三流超級英雄》(*Third Class Superhero*, 2006;新北:潮浪文化,2024)由彭臨桂中譯。

（unassimilable other）。透過戲中戲《黑與白》中黑白分明的男女主角，更凸顯出黃種人的困境：在黑白「雙元對立，反差清晰，素雅明朗」的美國社會裡，不適用此涇渭分明法則的黃皮膚亞裔位置何在？如何自我定位？是像父親／師父那般即使曾為風光的功夫大師，年老體衰後只能退化為「亞裔老漢」、「乾癟中國佬」，飾演「亞裔老廚子」或「亞裔老菸槍」龍套角色？還是像「師兄」般縱然功夫高強，卻選擇前往東岸名校攻讀法律，擔任校刊《哈佛法律評論》總編輯，再返鄉以專業知識、滔滔辯才及主流社會的邏輯，在法庭上以「主」之矛攻「主」之盾，為如「奴」似「僕」般的弱勢族人發聲辯護，有如「神話般的亞裔美國男人」？

抑或是，像「你」般哪怕一路辛苦，終於爬上眾所羨慕的「功夫明星」，風光一時，卻覺悟到自己太過「入戲」，以致被套牢，於是決心忠於自己，活在當下，逃離唐人街，依然有意無意間留下線索，讓追緝者得以循線緝捕到案，送上法庭？還是像其他底層人士繼續蝸居散房，艱苦度日，依循著面貌模糊的亞裔形象，做著不切實際的美國夢？

除了科幻小說，游朝凱也寫劇本，包括擔任HBO影集《西方極樂園》（*Westworld*）的編劇。在第二本長篇小說《內景唐人街》中，他結合編劇的經驗和美國哥倫比亞大學法學博士的專業知識，戲中戲的手法使得小說人物的夢想及處境更具象化。

第六幕〈亞裔失蹤案〉中，法庭上法官、檢方、證人／黑白雙警、律師／師兄，以及身兼被告／證人、嫌犯／被害人的「你」之間的交互辯詰，唇槍舌劍，尤其是師兄的慷慨陳詞與「你」的自我表白，生動呈現美國華人的歷史與現況（包括族裔結構差別，以及深深內化的自卑感和自我矮化），將戲劇張力發揮得淋漓盡致。然而，過程中不同角色不時出現的脫線言詞，又為緊張嚴肅的場景帶來喜劇緩解（comic relief），甚而化為鬧劇，添加嘲諷與自我解構的色彩。最後你與師兄

聯手大鬧法庭，拳打腳踢員警與雷霆小組，更是把故事推到高潮——直到槍聲響起。

運用臺裔美國元素

　　本書另一特色是作者運用臺裔背景，寫出不同於其他亞裔文學之作。隨著情節發展與倒敘，讀者發現原來「你」的父親吳明晨來自臺中、母親桃樂蒂來自臺北。父親在「歷史劇」中的角色是「威權體制下的苦兒」，1947年二二八事件發生時才七歲，目睹父親罹難，家產遭奪，之後離開戒嚴時期白色恐怖下的臺灣，遠赴美國求學，因緣際會，或者該說時運不濟，落腳於舊金山唐人街。

　　「旅美大時代」的兩顆螺絲釘相識於金宮中式餐館，年輕英俊的吳明晨的角色是「亞裔男／服務生」，桃樂蒂的角色是「亞裔美女領檯員」，同為「打拚中的移民」，婚後生下「平凡亞裔兒童」的你。你則自幼嚮往成為功夫明星，力求在影劇界發展，因為拍攝《黑與白》結識有四分之一華人血統的凱倫·李（祖父是臺中人），「會曉講台灣話」，甚至說得比你還溜。

　　你原先自慚形穢，不知美麗的凱倫為何對自己有好感。兩人戀愛，結婚，生下女兒菲比，各自在演藝界發展，後因意見不合離異。這些家族歷史以小說和劇本的方式呈現，虛實之間多少令人感到不易分辨。然而其中的臺裔美國人歷史則不容置疑，成為本書特色，對臺灣讀者別具意義。

　　譯者宋瑛堂的譯筆流暢，用字活潑，不避俚俗，有時還自創新詞，以期在譯文中複製出原文的對等效應（equivalent effect）。幾處譯註適時發揮說明作用。典型的例子就是白人女警在調查亞裔男屍命案時，用上 "Wong guy" 一詞。譯者譯為「王殺無辜」，並加註說明原文其實是

"Wrong guy"(「殺錯對象」,即「妄殺無辜」)的「諧音老哏,既可挪揄移民發音不標準,又能亂加一個華裔的姓」。這種翻譯可遇而不可求,必須對原文有深切的掌握,對譯文有靈活的巧思,否則很可能當面不識,或者知「譯」行難,不知如何下筆,遑論達到對等效應。

向華裔作家致敬之作

從亞裔或華裔美國文學與影劇的脈絡來看,此書又可視為致敬之作。游朝凱在加州大學柏克萊校區(University of California, Berkeley)主修分子與細胞生物學、輔修創意寫作,必對曾就讀該校的兩位亞裔美國代表作家湯亭亭(Maxine Hong Kingston)和趙健秀(Frank Chin)耳熟能詳(湯更曾在該校講授創意寫作)。

第六幕前後的呈堂證供,直接條列美國歷史上歧視華人的年代與事件,手法與湯亭亭小說《中國佬》(*China Men*,又譯《金山勇士》,1980)的〈法律〉("The Laws")一章如出一轍,並與該幕中間引述的1854年加州最高法院判決,構成全書高潮的法庭一幕的頭、中、尾,史跡斑斑,白紙黑字,不容抵賴。

書中對功夫明星的推崇與嚮往,則讓人聯想到趙健秀所欲建構的亞裔美國文學英雄傳統(the heroic tradition of Asian American literature),只不過趙健秀的英雄形象來自《三國演義》與《水滸傳》等中國古典小說(尤其是忠肝義膽的關公),而《內景唐人街》中的英雄則是影藝世界、通俗文化中打抱不平、扶弱抑強的傳奇人物李小龍。至於第六幕取名「亞裔失蹤案」("The Case of the Missing Asian"),可能指涉《喜福會》導演王穎(Wayne Wang)早年成名作《老陳失蹤了》(*Chan Is Missing*,又譯《尋人》,1982),不僅是單純的人物失蹤,並且涉及離散、移民、語言、誤解、文化、同化、適應、歧視、邊

緣化、自我迷失、社會認同等議題。

借助文史與社會學

　　游朝凱曾就讀加州大學柏克萊校區，必然熟悉搭乘 BART（Bay Area Rapid Transit，舊金山灣區捷運系統）即可抵達的舊金山唐人街。撰寫此書時除了運用親身的觀察、體驗，也借助舊金山文史工作者胡垣坤（Philip P. Choy）、港裔美國作家徐靈鳳（Bonnie Tsui）、加拿大裔美國社會學家高夫曼（Erving Goffman）的資料與論述，穿插三人的「題辭」與人物、背景、情節、戲劇相互印證。

　　胡垣坤身為建築師與歷史學家，《舊金山唐人街：歷史與建築導覽》（*San Francisco Chinatown: A Guide to Its History and Architecture*, 2012）提供了對土生土長之地的第一本「圈內人的導覽」（"insider's guide"）。根據他的說法，「唐人街如鳳凰浴火重生，從灰燼中振翅再起，門面煥然一新，構想來自一名 ABC〔American-Born Chinese，在美國出生的華人〕，由白人建築師團隊打造，狀似舞台佈景裡的中國，虛幻不實。」

　　徐靈鳳的《美國唐人街：五個社區的庶民歷史》（*American Chinatown: A People's History of Five Neighborhoods*, 2009）綜論五處唐人街：舊金山（最悠久）、紐約（最廣闊）、洛杉磯（好萊塢地標）、夏威夷（多元交會）、拉斯維加斯（最新近）。全書伊始便引述她的說法：「電影中若需要異國風情的場景⋯⋯就以唐人街呈現，也可代表世界各地的華埠。即便到現在，唐人街仍被用來泛指地點不明的亞洲市街。」而唐人街內則是另一片天地，除非有內行人指引，外人實難窺其堂奧。

　　另一個與唐人街並無直接關係、卻有關鍵作用的，就是書末提到

「會一讀再讀，讀到讀不動為止」的高夫曼之作《日常生活中的自我表演》（*The Presentation of Self in Everyday Life*〔徐江敏等譯，臺北：桂冠，1992〕）。此書 1956 年初版，1959 年增訂，爾後一直重印，為社會學經典之作。該書擷取「符號互動論」（Symbolic Interactionism）的看法，主張以戲劇和表演的觀點來看待生活中的人際互動、自我呈現與角色扮演，依據不同的對象與環境進行印象管理（impression management），避免自己和他人的尷尬，但有時難免入戲太深，難以自拔。

《內景唐人街》中引述高夫曼的說法：「表演者時有走火入魔之虞，假戲真做，誤以為其苦心營造的現實才是獨一無二的現實。在這情況下，我們意識到，表演者儼然化身為自己的觀眾，成了同一場戲中的表演者兼觀察者。」這些觀點顯見於「師兄」的法庭辯詞：「身為華裔，向來是一種建構，表演著特色、儀態、文化，散發異族情懷〔……〕我們動腦筋理解節目怎麼演，在劇中找位子佔〔……〕動腦筋理解自己能說什麼。更重要的是，盡量不要引眾怒，萬萬不得。觀察著主流，理解他們拿什麼虛構的故事自欺，在故事裡找個小角色扮演。演得討喜、親和，演他們想看的角色。」

若高夫曼論述的是「社會生活的戲劇式模式」（the dramaturgical model of social life），游朝凱則是將此論述加以小說化／戲劇化，落實於文學創作，並以舊金山唐人街為其內景與外景，出現在前臺（Front Stage）的人物為「表我」（表演／表面的自我），必須扮演觀眾期待的角色，後臺（Back Stage）的人物則為「裡我」（裡面的自我），能以本色示人（「表我」、「裡我」二詞來自社會學家孫中興）。

《內景唐人街》透過戲中戲凸顯「表我」與「裡我」的特徵。書中人物為了在美國社會和影劇界生存發展，必須扭曲自己，躲進角色，以符合美國社會對亞裔的刻板印象。而在日常生活中處於後臺的人物則

保有各自的自我。值得一提的是，凱倫之所以被「你」吸引，正是因為「你」在後臺真實表現的裡我，而非前臺扮演的表我。至於此書的戲劇化呈現，究竟是揭穿、顛覆了這種自我扭曲的現象，還是強化了這種自我東方化（self-orientalization）的形象，抑或兼而有之，一如書中提到的個人與體制之間的關係，都有待仔細尋思。

內之內與外之外

書名為「內景唐人街」，最後一幕為「外景唐人街」，足見作者對於內外之重視。就「內」、甚至「內之內」而言，此書呈現的「內」，既在號稱自由民主平等的美國之內，也在吸引不同世代華人前往淘金的加州之內，更在以「舊金山」為名的這座城市內的華人聚落唐人街之內，刻畫來自不同年代與地區的華人移民、居民之間的內在關係，以及各人內心的冀盼、夢想與挫折、恐懼。

再就「外」、甚至「外之外」而言，這些華人背景殊異，懷抱各式憧憬，經由不同管道離鄉背井，漂泊流離到美國，以為終於找到可以安身立命的夢土。萬萬沒想到卻因為膚色、經濟、政治、法律、社會等多重因素（膚色是外表最顯而易見的），被視為非我族類的異己、外人、邊緣人，不僅被阻隔於白人主流社會之外，也因法令與歷史之故，地位「比黑人低一等，卻和也低一等的黑人有所差別」（套用「師兄」的法庭辯詞），而遭到被白人拒斥在外的黑人社群所排擠。

這種現象不僅在兩百多年的美國華人移民史上屢見不鮮，晚近新冠疫情爆發，攻擊亞裔者很多為黑人更是明顯例證。甚至來自中國廣東的「老僑」，基於歷史、政治、經濟等因素，有時也不免對晚到的臺裔美國人「見外」。相較於過去，現行美國法律雖不再有類似以往的排外條文，但人們內心的成見與歧視依然根深柢固，難以拔除。

身為臺裔／華裔／亞裔第二代，游朝凱深切體會在美國的黃種人這種既置身其內、又被排拒在外的處境，不僅透過不同類型的創作來面對——《內景唐人街》是最直接面對之作——並與基金會合作成立創意寫作獎（Betty L. Yu and Jin C. Yu Creative Writing Prizes）紀念父母（游銘泉與林玲娟），鼓勵臺裔高中生與大學生投稿，或撰寫有關臺裔美國經驗的作品。希望藉由文學創作積極介入，消弭內外之分，讓眾生平等、真正自由博愛的美好國度早日降臨。

2022 年 4 月 21 日
臺北南港

本文原名〈內之內與外之外——探訪游朝凱的《內景唐人街》〉，精簡版收錄於游朝凱著，宋瑛堂譯，《內景唐人街》（臺北：新經典文化，2022年 5 月），頁 279-284；完整版刊登於《Openbook 閱讀誌》，2022 年 5 月 11 日，https://www.openbook.org.tw/article/p-66275?fbclid=IwAR1x05_CYx0KLz0iKM8KIgDVYpSjFhVkKVil2fq5fLtgENrJhCHEE6EyB3Y。此處為完整增訂版。

附識

　　筆者從事華裔美國文學與文化研究多年，也關注臺裔在美國的歷史發展與文化生產，近年來欣見臺美文學作品逐漸冒現，並取得佳績。應邀為游朝凱的美國全國圖書獎小說獎得獎之作《內景唐人街》撰寫導讀時，發覺其形式與內容頗為特殊，對華文世界而言閱讀門檻甚高，因此即使出版在即，時間緊迫，筆者仍應允撰文，期盼協助讀者了解並欣賞此書。除了蒐集資料（相關資料有限，中文資料更是稀缺），並請教熟識的華美文學資深學者專家，但他們對游朝凱及其作品頗為陌生，益發印證了中文導讀之必要。

此文除了提供華美文學的脈絡與互文，並強調臺美文學的特色，不僅在期限內交稿，並準備兩個版本，一收入書中，一刊登網路。葉美瑤總編輯於 2022 年 5 月 13 日臉書留言表示，「作者游朝凱收到我們的說明摘要後，特別來信致謝，感受到自己的作品在家鄉被認真照顧了。（原信說的是他很愛單老師這篇文章，收錄書中是他的榮幸……）。」

加州大學柏克萊校區每年舉辦「共讀」（On the Same Page）活動，要求秋季班新生於入學前的夏天共讀同一本書，並安排後續活動。《內景唐人街》獲選為 2022 年秋季新生的共同讀物，系列活動包括作者游朝凱的線上演講以及學者專題討論會。筆者身為中譯本導讀者，於疫情期間，應邀參加 10 月 6 日（美西時間 5 日）線上的「唐人街翻譯：學者對談」（"Chinatown in Translation: Scholars in Conversation"），分享身為臺灣學者暨中譯本導讀者的看法（參閱 https://events.berkeley.edu/otsp/event/124139-on-the-same-page-presents-chinatown-in-translation）。

由於此書本身的價值以及宋瑛堂的精采中譯，《內景唐人街》譯者榮獲 2023 年第三十五屆梁實秋文學大師獎「翻譯大師獎首獎」。宋瑛堂本人於網路發表的翻譯專欄文章頗受歡迎，後結集為《譯者即叛徒？》（臺北：臉譜，2022），筆者的書評〈低眉信手續續彈——宋瑛堂著《譯者即叛徒？》〉見本書第 46-57 頁。

惜少作，見老成
——馮品佳著《美國族裔女性成長小說》

書名：美國族裔女性成長小說
作者：馮品佳
出版者：書林出版有限公司
初版日期：2024 年 8 月
叢書系列：文學觀點
頁數：216 頁
ISBN：9786267193761（平裝）

卅年辛苦不尋常

　　初次聽聞馮品佳教授大名是在 1990 年代中期。1994 年品佳自美國威斯康辛大學麥迪遜校區（University of Wisconsin-Madison）學成歸國，任教於甫成立的國立交通大學外文系，次年四月參加中央研究院歐美研究所主辦的「再現：第二屆華裔美國文學研討會」。當時我正擔任哈佛燕京學社（Harvard-Yenching Institute）訪問學人，趁美國地利之便，在前屆會議與會者張敬珏（King-Kok Cheung）教授引介下，邀請林英敏（Amy Ling）教授宣讀論文（後來才知林教授就是品佳的博士論文指導教授）。記得是從林教授得知湯亭亭（Maxine Hong

Kingston）將隨同一行禪師（Thich Nhat Hanh）首度訪臺，也與黎錦揚（C. Y. Lee）、李雷詩（Leslie Li）、楊萱（Belle Yang）、劉愛美（Aimee Liu）、林英敏等華美作家應世界華文作家協會之邀來臺參觀訪問。為了擴大會議聲勢，也由於1993年的第一屆會議（主題為「文化屬性與華裔美國文學」）有一半以上的論文討論湯亭亭的作品，我與當時歐美所人文組組主任李有成教授商量，配合湯亭亭的行程調整會議日期。

於是1995年第二屆會議有林英敏宣讀論文"The Origin of the Butterfly Icon"（後來由我中譯為〈蝴蝶圖像的起源〉），作家湯亭亭朗讀正在進行中的《第五和平書》（*The Fifth Book of Peace*, 2003）開頭的加州大火場景，我則寄回解析天使島詩歌（Angel Island poetry）的論文〈「憶我埃崙如蜷伏」——天使島悲歌的銘刻與再現〉，由有成代為宣讀。那是品佳第一次在臺灣參加研討會，論文〈「隱無的敘事」：《骨》的歷史再現〉連同上述兩篇論文，收入何文敬教授與我合編的《再現政治與華裔美國文學》（臺北：中央研究院歐美研究所，1996）。

自那之後，歐美所舉辦的華裔／亞裔美國以及亞裔英美文學會議，品佳都積極參加，無「會」不與，成為臺灣學界非常活躍的一分子，除了大力投入研究，也熱心學術服務，在交通大學擔任外文系系主任與教務長，並擔任中華民國比較文學學會理事長、中華民國英美文學學會理事長、國科會外文學門召集人，也曾應筆者之邀擔任中研院歐美所合聘研究員達十年之久，共同打造出我國在國內外相關領域的學術地位。由於她的傑出研究表現與專業服務貢獻，榮獲國科會傑出研究獎（三度）、教育部學術獎、國家講座，以及中央研究院第一屆人文及社會科學學術性專書獎等，成為我國外文學門資歷最完整、成就最輝煌的學者。目前則擔任陽明交通大學終身講座教授，兼亞美研究中心主任、醫

療人文跨領域研究中心主任，繼續率領團隊奮力前進。

　　品佳三十年來以中英文發表了許多擲地有聲的期刊與專書論文，主編多種專書，其犖犖大者如《重劃疆界：外國文學研究在臺灣》（新竹：國立交通大學外文系，1999）、《再現黑色風華：臺灣的非裔美國文學研究》（臺北：書林，2018）、《文學、視覺文化與醫學：醫療人文研究論文集》（臺北：書林，2020），並於國內外出版中英文專書：*Diasporic Representations: Reading Chinese American Women's Fiction*（Münster: LIT Verlag, 2010）、《東西印度之間：非裔加勒比海與南亞裔女性文學與文化研究》（臺北：允晨文化，2010）、《她的傳統：華裔美國女性文學》（臺北：書林，2013）。然而，眾人始終緣慳一面的就是她進入學術界的奠基之作，即 1994 年的博士論文 "Rethinking the *Bildungsroman*: Return of the Repressed in Maxine Hong Kingston and Toni Morrison"。如今整整三十年後，《美國族裔女性成長小說》一書終能由作者親自翻譯，與中文世界的讀者見面，真是可喜可賀。

《美國族裔女性成長小說》

　　現今的美國族裔文學研究，尤其是非裔與亞裔／華裔美國文學研究，已蔚為顯學，以致許多人將兩者的地位與影響視為當然。其實，從宏觀的美國文學史角度來看，這種現象只是不到半世紀的事。明顯例子就是先驅之一的林英敏教授在研究與教學時遭到相當程度的障礙，此事品佳知之甚詳。品佳在本書〈後記〉中也提到昔今之比：「筆者開始撰寫博士論文時鮮少有人注意跨族裔比較研究，然而現在該研究已比比皆是。」有趣的是，我國學者從事華美文學研究之初，為了彰顯或對比其特色，也從比較的視角出發，如何文敬教授 1987 年於美國文化研究所（歐美研究所前身）的《美國研究》季刊刊登之〈追求女性的自我：

童妮‧墨莉生的《黑與白》和湯婷婷〔亭亭〕的《女戰士》〉（"In Search of a Female Self: Toni Morrison's *The Bluest Eye* and Maxine Hong Kingston's *The Woman Warrior*"），以及筆者1992年於《歐美研究》季刊刊登之〈說故事與弱勢自我之建構——論湯婷婷〔亭亭〕與席爾柯的故事〉，分別從華裔／非裔以及華裔／美洲原住民的角度進行比較研究，以凸顯彼此的異同與特色。

巧合的是（或者並非巧合，而是因緣際會），這些研究都聚焦於美國弱勢族裔女性作家，她們不僅處於族裔、性別、階級三重宰制之下，身為以文字銘刻與再現族裔處境、家族歷史與個人經驗的書寫者，更面臨了報導／掩飾、揭露／遮掩（reveal/conceal）的弔詭（如薩依德〔Edward W. Said〕在 *Covering Islam* 中所強調的 "cover" 一字的歧義與矛盾），甚至因此受到同族裔人士猛烈批評。《美國族裔女性成長小說》以成長小說的理論，探討兩位美國族裔女作家的四個文本：摩里森（Toni Morrison）的《最藍的眼睛》（*The Bluest Eye*）和《蘇拉》（*Sula*），以及湯亭亭的《女鬥士》（*The Woman Warrior*）和《金山勇士》（*China Men*）。

本書第一章翔實闡述成長小說的沿革與定義，足證作者對此一文學類型的熟稔與掌握。全書進而深入探討兩位作家的美國弱勢族裔女性成長敘事，如何根據特定的族裔與性別的書寫位置，從四個面向修訂並擴大成長小說的傳統：強調被壓抑的記憶；呈現弱勢族裔女性面臨的多重風險；重視成長的過程，而非只專注於結果；提出有關「個人即政治」（"The personal is political."）的後現代重新詮釋。此外，兩位作家雖都強調「家」的重要，但由於族裔、文化與歷史的差異，以致對於何處才是真正的「家」也見解有別：對摩里森而言，遙遠的故鄉渺然無蹤，「家」遂成為一種失落與尋找的過程；對湯亭亭而言，華人要在新大陸落地生根，「家」遂成為一個不斷變化與重構的概念。這些在書中都有

詳細的解析與論證。

　　全書有機地結合了文本、脈絡、歷史與理論，構成品佳多年來的研究方法與特色。而她的研究取向，如女性主義、族裔文學、弱勢論述、離散研究、文化認同、再現政治等，在本書已見端倪。經過三十年的辛勤耕耘與貢獻，在臺灣的英美文學界開拓出一片榮景。

　　我國文化向有「悔其少作」之說，但個人認為對於早年之作似乎不必過於求全，畢竟學術來自一點一滴、經年累月的累積，人文研究尤其如此，沒有昔日的基礎就沒有後來的成就。何況博士論文是最重要的初試啼聲之作，學術馬拉松的第一步，甚至有些博論改寫成的專書成為作者學術生涯中最重要的著作。因此與其「悔其少作」，不如「惜其少作」，如實觀察與評量，一方面看到當年的努力，以及其中存在的精進空間與發展潛能，另一方面珍惜一期一會的成果，擷取箇中精華呈現給有緣人，進一步促成知識的循環與累積。

　　梭羅（Henry David Thoreau）曾說：「如已蓋了空中樓閣，功不唐捐；樓閣本該在空中。現在要做的就是築基。」（"If you have built castles in the air, your work need not be lost; that is where they should be. Now put the foundations under them."）我們或可挪用這個比喻：品佳後來的傑出學術表現宛如那些樓閣，但絕非憑空而來，本書的出現讓我們看到七寶樓閣底下的基礎。

心靈後裔，至敬顯師

　　若說「至孝顯親」，或許我們也可說「至敬顯師」，學生以自己的學術成就來崇敬、彰顯老師。品佳在〈後記〉中特別向論文指導教授林英敏老師與終生導師費德曼（Susan Stanford Friedman）教授致敬（書中借用後者的心理政治詮釋方式）。我雖與林教授緣慳一面，但在邀請

與會和翻譯論文時多所聯繫,感受到她熱心學術、與人為善的一面,晚近也自前山東流亡學生、後就讀成功大學外文系且成為該系系主任的馬忠良教授的《從二等兵到教授:馬忠良回憶錄》(臺北:新銳文創,2012)中,看到林教授年輕時在臺灣任教的風采,以及師生間的融洽。而筆者有緣與品佳在印度開會時結識費德曼教授,不僅在會場見識到她的博學與受到尊重,會後同遊泰姬瑪哈陵時,更親眼目睹她的隨和自在與好奇學習。如今兩位恩師雖已遠去,但品佳身為「心靈的後裔」,以此書來顯揚老師,意義非比尋常。品佳三十年來熱心教學,指導後進,推動計畫,率領學術社群,也孕育出許許多多「心靈的後裔」,而《美國族裔女性成長小說》正是這一切的起點。

是為序。

2024 年 5 月 20 日
臺北南港

本文原名〈惜少作,見老成——序馮品佳教授《美國族裔女性成長小說》〉,收錄於馮品佳著,《美國族裔女性成長小說》(臺北:書林,2024 年 8 月),頁 vii-xi。

亞／美環境人文與人文環境
——陳淑卿編《亞／美環境人文：農業‧物種‧全球環境變遷》

書名：亞／美環境人文
副標：農業‧物種‧全球環境變遷
主編：陳淑卿
出版者：書林出版有限公司
初版日期：2024 年 10 月
叢書系列：文學觀點
頁數：288 頁
ISBN：9786267193785（平裝）

學術世代與典範遞嬗

　　本書為我國亞／美研究最晚近的論文集。主編陳淑卿教授的緒論對全書的緣起、理論的來龍去脈以及各篇論文的要義已有相當仔細的闡釋，因此本序旨在將此書置於臺灣的亞美文學與文化研究的建制史與出版史，並以「亞／美」的既亞又美、非亞非美、既合又離、既交融又分界的視角，提供歷史化的定位與脈絡化的詮解，以呈現本書的特色與意義。

　　一如陳教授在緒論所指出，亞美文學研究在臺灣的發展，中央研究院歐美研究所多年來投注許多資源，引領學術風氣，「對亞美文學的

跨太平洋傳播與在地化貢獻良多」。質言之，1980年代臺灣雖有關於華美文學（亞美研究重要一支）的介紹、翻譯與論述，然而率屬個別學者的努力，並未蔚為風潮。若謂亞美文學與文化研究在臺灣的建制化，則出現於1990年代中研院歐美所擘劃的一連串研討會與出版品，如始於1993年「文化屬性與華裔美國文學」的一系列國內與國際學術研討會，以及開華文世界風氣之先的《文化屬性與華裔美國文學》（1994）與《再現政治與華裔美國文學》（1996）兩本論文集。之後逐漸從國人熟悉的華美文學研究擴及亞美文學與文化研究、甚至亞裔英美研究，轉眼已逾三十年。

在這三十年間，我們見證了學術世代的傳承與研究範疇的拓展。世代之分很難一刀兩斷、涇渭分明。大抵而言，生理世代以二、三十年為譜，學術世代則以師承關係或理論的典範轉移來判斷，後者由於學術進展快速，理論紛至沓來，甚至同行並進，更難劃分。若以師承關係而言，從1945年至今，臺灣的外文學界已發展至六、七代左右，而晚近三十年間也已出現三個世代。

在這三個世代中，筆者這代已屆六、七十歲，在學術養成過程中讀的幾乎都是英美經典文學，早期接受新批評的洗禮，接踵而來的則是神話批評、結構主義、後結構主義、解構批評、女性主義、後現代主義等。至於美國族裔文學與弱勢論述、後殖民論述，當時雖未發揮明顯影響，但已蓄勢待發，後來的發展更是勁道十足。因此，這代學者開始從事亞美文學研究時，一方面是順應美國學界對文學典律遞嬗的關切以及對族裔文學的重視，另一方面則是將以往研讀文學與理論的經驗與心得，延伸並應用於此一新興領域。這是臺灣的英美文學研究中一個重要的趨勢轉移。這個世代的學者雖然「邊學邊做」、「現買現賣」，但在探索新領域或跨領域時，態度上則是熱切中帶著敬謹，期盼中帶著戒慎，希望透過自己的努力讓學術轉向順遂，開拓新領域，結出繁花異果。

現今四、五十歲的青壯學者求學期間，亞美文學研究已進入美國與我國的學術建制，得以接受正規訓練，不少人以此作為學位論文，是為該領域的第二代。這批青壯學者以他們的專業訓練與批判視野所教出的學生，有些已在國內外取得博士學位，成為學界的新血，是為第三代。

善用利基，彰顯特色

　　這些不同的時代環境與學術背景，使得異世代學者得以接軌以往的學術典範，親身見證其發展與遞嬗，進而以亞洲為方法，以跨太平洋的視角，尤其是善用臺灣學者雙語文與雙文化的利基與發言位置，開拓出有別於美國主流學界與亞洲其他國家的論述空間，形塑特定的主動性與主體性。

　　上述特色體現於我國相關的學術論述以及其中若隱若現的獨特歷史意識。謹將與本書研究領域相近的論文集臚列如下：

年份	書名	主編	出版者
1994	《文化屬性與華裔美國文學》	單德興 何文敬	中央研究院歐美研究所
1996	《再現政治與華裔美國文學》	何文敬 單德興	中央研究院歐美研究所
2013	《亞／美之間：亞美文學在臺灣》	梁一萍	書林
2015	《他者與亞美文學》	單德興	中央研究院歐美研究所
2017	《北美鐵路華工：歷史、文學與視覺再現》	黃心雅	書林
2018	《華美的饗宴：臺灣的華美文學研究》	單德興	書林
2020	《回望彼岸：亞美劇場研究在台灣》	謝筱玫	書林

1994年至今整整三十年。上列論文集透露出各自關懷的主題，固然有交集之處，但主要是回應當時社會環境與學術社群所關注的議題，由早期的華美文學逐漸擴及亞美文學與文化研究，主題也由華裔的文化屬性（cultural identity）與再現政治（politics of representation）擴及其他議題，具現了此一領域的發展與多元化。

對照上列論文集，本書的創新便昭然若揭：由原先以文學為焦點，擴及環境人文（environmental humanities），著重全球環境變遷下的農業與物種。質言之，由於人類的無明、短視與貪婪，戡天役物，視大自然為掠奪的對象，予取予求，以致生態失衡、氣候異常、環境變遷，造成生物多重危機、甚或瀕臨滅種，不僅與人類生存息息相關，也與全球物種命運休戚與共。農業自古以來便是亞洲社會與經濟的基礎，主宰著民生與國運（甚至有「以農立國」之說），對未來的永續發展也扮演著關鍵性的角色。

此處便帶入了本書的另一特色，亦即書名中「亞」與「美」之間的那條斜槓。主編引用劉大偉（David Palumbo-Liu）的說法，強調兩者之間若即若離、既相關又相異、既對話又對峙的關係。這種關係不只具有跨地域與跨領域的特色，並且「突出了當前環境問題本身的全球性，穿透了亞美之間的分界線，或者說，值得我們對其分界和交融的意義做更進一步的思考」（王智明2024年2月20日致筆者訊息）。本書八篇論文中有五篇涉及亞美文學，華德（Sarah D. Wald〔譯者岳宜欣〕）、周序樺、陳淑卿、常丹楓、張瓊惠分別針對特定作家、文本與議題進行深入探討：作家包括山本久惠（Hisaye Yamamoto）、大衛・增本（David Mas Masumoto）、露絲・尾關（Ruth Ozeki）、李昌來（Chang-rae Lee）等；議題更是廣泛，如農業改革、食物情色、美國食物運動、戰爭新娘、亞美農業書寫、跨族裔、日美遷徙營敘事、新墾民身分建構、生命政治……對這些日裔與韓裔美國作家的討論，有別於以往我國學者

以華裔作家為主的論述範疇,而議題的繁複多樣也印證了亞美研究與環境人文的對話協商、交流激盪可能產生的豐碩成果。

其他三篇涉及「亞」的論文作者張嘉如、蔡晏霖、高嘉勵,則跨越了文學,涉及更寬廣的生命、美學與人類學等面向,包括中國媒體人柴靜調查紀錄片《穹頂之下》所揭示的「霧霾人生」、公民責任與生命反思,宜蘭友善農耕在「拼接人類世」("patchy anthropocene")下的處境、因應與特色,以及吳音寧的臺灣農業報導文學所呈現的影音美學,思索人與土地的共存關係。其中人類學家蔡晏霖更是結合學理與實踐,以觀察者／參與者的身分分享在宜蘭友善農耕生活的親身體驗與觀察心得。

因此,本書至少具有雙重意義:一方面將「環境人文」中涉及農業、物種與環境變遷的面向,帶入臺灣的亞美文學研究,進而從「亞／美」的視角,拓展既有的關懷與議題,針對目前生態環境及其負面影響進行多方位的反思,體現學術研究與現實世界的相關性。另一方面,在全球人文學科逐漸邊緣化的今天,藉由探討人類與其他物種休戚相關的「環境人文」,以期發揮積極介入的作用,珍惜環境生態,提升自我認知,重視人文傳承,致力思想啟蒙,展現批判效能,提供創新思維,彰顯人文學科的現世性(worldliness),為改善當前的「人文環境」盡一份心力。

2024 年 2 月 21 日
臺北南港

本文原名〈亞／美環境人文與人文環境〉,收錄於陳淑卿編,《亞／美環境人文:農業・物種・全球環境變遷》(臺北:書林,2024 年 10 月),頁 vii-xi。初稿承蒙張錦忠教授與王智明教授過目並提供意見,謹此致謝。

附編

「三者」合一的譯行譯念
——單德興教授訪談錄

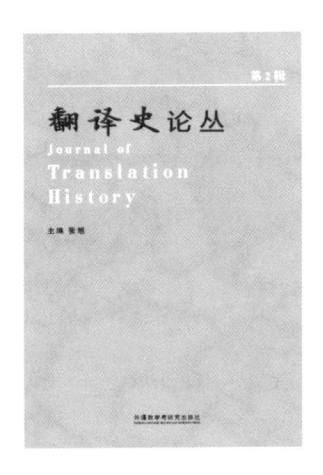

書名：翻譯史論叢（第2輯）
主編：張旭
出版者：外語教學與研究出版社（北京）
初版日期：2020年12月
頁數：210
ISBN：9787521321906（平裝）

時間：2020年4月至5月
主訪：孫艷
方式：書面訪談

前言

單德興教授現任中央研究院歐美研究所特聘研究員，曾在美國哈佛大學、加州大學爾灣校區（University of California, Irvine）與柏克萊校區（University of California, Berkeley）、紐約大學（New York University）、英國伯明罕大學（University of Birmingham）等世界知名學府訪學，兩次獲得美國傅爾布萊特基金會獎助，並曾擔任《歐美研究》季刊、《英美文學評論》等學術期刊主編。單教授的學術興趣廣

博，主要包括比較文學、亞美文學、文化研究與翻譯研究。從 1977 年的《魂斷傷膝河》(*Bury My Heart at Wounded Knee* 〔臺北：長河〕)到 2013 年的《格理弗遊記》普及版(*Gulliver's Travels* 〔臺北：聯經〕)，單教授幾十年間譯筆不輟，所譯作品涉及文學、評論、佛學、文化研究等諸多領域，其中不乏如薩依德（Edward W. Said）《知識分子論》(*Representations of the Intellectual: The 1993 Reith Lectures* 〔臺北：麥田出版，1997〕) 這樣首次譯入中文世界的重要作品。

在翻譯理論方面，單教授從多年實踐與研究中凝練出「雙重脈絡化」的翻譯理念，出版《翻譯與脈絡》（2007）、《翻譯與評介》（2016）二書，並發表多篇論文。單教授治學嚴謹，他的翻譯著述均從翻譯細節入手，輔以大量翔實案例，又給予讀者文學、歷史、文化等思考空間，將翻譯研究引向更深廣的探索維度。此外，單教授長年致力於近代名家訪談，余光中、齊邦媛、李歐梵、哈金、湯亭亭（Maxine Hong Kingston）等知名華人／華裔學者、作家，以及薩依德、米樂（J. Hillis Miller）等歐美文學批評家都曾接受過他的深度訪談，為翻譯學、亞美文學及比較文學等學科保存了珍貴的研究史料。

本次為書面訪談，從翻譯者、研究者、授業者，即「三者」合一的角度對單德興教授進行深度訪談，以期對翻譯研究的發展與學科建設有所啟發。單德興教授於百忙之中將自己的譯行譯念「傾囊」化為文字，本著對讀者負責的態度多次修改審定訪談稿件。主訪人孫艷為廣西民族大學外國語學院博士研究生、講師，研究方向為翻譯研究。

翻譯者

孫艷（以下簡稱「孫」）：回顧您的學生時代，報考大學時為什麼選擇西洋語文學系？

單德興（以下簡稱「單」）：當時臺灣的大學與專科聯考都是先填志願後考試，再依照分數分發。我是家族裡有史以來第一個考大學的，連怎麼填志願都不清楚。我父母親是國小老師，很尊重小孩的志願和興趣。我記得跟母親花了很大的工夫，參考前一年聯考各校系的分數，寫成一張張小字條，在日式宿舍的榻榻米上排序。雖然天熱，但不敢開電風扇，生怕把次序吹亂了。我高中時在英文方面多下了點工夫，英文成績比較好，就把廣義的英文系（包括外文系和西洋語文學系）都填在前面，從公立學校到私立學校一路填下來，之後再填公立學校其他系，根本不曉得在私立大學之後再填公立大學全是白填。我的第一志願是國立臺灣師範大學英語系，因為我一直嚮往父母親的老師生涯，而且師大是公費，可減輕家裡經濟負擔，畢業後就分發到中學任教，有工作保障。第二志願國立臺灣大學外文系是當時社會組公認的第一志願。第三志願是國立政治大學西洋語文學系，相對於該校的東方語文學系，其實課程跟一般英文系一樣。我的聯考成績上不了前兩個志願，就進了政大西語系。很幸運地在那裡遇到了余光中老師，開啟了我的文學與翻譯之路，因此余老師是我文學與翻譯的啟蒙師。

孫：您在政治大學念西洋語文學系時，抱著「認真一玩」[1]的心態，勤讀著作備「戰」，參與了很多英文相關的比賽，還兩度獲得了全校翻譯比賽首獎。您在一些場合都提到這些比賽的經歷，當時比賽的具體形式如何？您覺得這些比賽在哪些方面影響到了您日後的翻譯學術道路？

單：余老師擔任西語系系主任雖然只有短短兩年（後來為香港中文大學挖角到該校中文系），但建樹非常之多，包括運用一系的經費舉辦全校性的活動，中英翻譯比賽就是其中之一，其他還有英文作文比賽、英詩朗誦比賽等，努力提升政大學生的英文水準，為校園裡增添了濃厚

---
[1] 單德興，《翻譯家余光中》（杭州：浙江大學出版社，2019），頁290。

的文藝氣息。我大二參加翻譯比賽的確是抱著「認真一玩」、「以戰練兵」的心態。我大一時就體認到,身為西語系學生,不管願不願意,都會接觸到翻譯;即使對翻譯沒興趣,別人也會認為你在西語系就必定能翻譯。既然逃不掉,那就迎頭面對,而中英翻譯比賽正是個契機。我來自南投中寮鄉下,進大學不過一年多,因此當時志在參加,著重的是準備的過程,完全沒有得獎的企圖。記得我進大學那年思果的《翻譯研究》剛好在臺灣出版(臺北:大地,1972),余老師寫了一篇書評〈變通的藝術:思果著《翻譯研究》讀後〉,相當稱許,因為兩人的翻譯觀相近。[2]《翻譯研究》我從頭到尾讀得非常仔細,每一個例證都仔細琢磨。那本書雖然現在看來沒什麼高深的學理,但就實作來說是很好的入門書。因此對有志於翻譯,甚至有志於寫出清通流暢的中文的人,這本書會是我推薦的首選。

  翻譯比賽的形式就是中翻英和英翻中,好像是各兩段,文體不同,以考驗參賽者處理不同文體的能力。現場可以使用英漢和漢英字典,利用午休的時間進行,大約兩小時。譯文由幾位老師評審,按照平均分數排序。那時政大西語系要到大四才有一學年的翻譯必修課,我參加比賽時才大二,還沒上過相關課程。而且西語系僑生很多,尤其一些香港僑生的英文程度很高。因此,我壓根兒沒想得獎的事,結果竟然得了第一名,真是意外中的意外。我開玩笑說,比賽獎金不但把我繳的系費賺回來,還有餘錢買課外書。大三那年我又報名參加,並不是貪得無厭或是不懂持盈保泰,而是因為知道評分多少帶著主觀色彩,參加比賽必然會有風險,但名次與獎金並不是我的主要目標;我志在「以戰練兵」,利用機會再次細讀思果的作品和其他相關書籍,讓自己進入「翻譯狀

---

2 余光中,〈變通的藝術:思果著《翻譯研究》讀後〉(上、下),《中國時報》,1973年2月20日至21日,12版;後收入《聽聽那冷雨》(臺北:純文學,1974;臺北:九歌,2012),頁91-103 以及余幼珊編,《翻譯乃大道,譯者獨憔悴:余光中翻譯論集》(臺北:九歌,2021),頁286-297。

態」。結果那年也得到第一名。到了大四,我還是參加比賽,許多人更覺得奇怪,可能心想,這傢伙怎麼接二連三,老不知足?這年我修了必修的翻譯課,結果反倒得了第五名,但絲毫不覺得沮喪或沒面子,因為在積極準備的過程中,我既細讀了書,也增長了經驗。《翻譯研究》我每讀完一遍就註記一次,前前後後仔仔細細讀了七遍。也只有在大學時代有時間和精神如此細讀。

這當然跟我日後走上翻譯實作與學術研究之路有關。比賽得獎讓我這個鄉下小子增長了信

1975 年 6 月與余光中老師攝於政大校園四維堂前。

心,加強了興趣,更重要的是培養出我對翻譯的審慎態度。一直到現在,我在翻譯時都還是戒慎恐懼,覺得可能有人會對照著原文一字一句來比對,甚至評判。另外要提的是,余老師會辦這些比賽跟他自己的經驗有關。他在就讀臺灣大學時,參加趙麗蓮教授主編的《學生英語文摘》舉辦的翻譯獎,榮獲第一屆首獎,得到五十元臺幣的獎金,這在當時相當豐厚,對他鼓勵很大,所以他當了系主任之後就照辦。因此我認為學校主管若經費足夠,可以多舉辦類似的比賽或活動,所用的經費其實並不多,但說不定會對參賽者產生很大的影響,至少我個人獲益良多,終身受用。

孫:後來您自己也擔任過一些翻譯獎項的評委,由參賽者轉為評選者。站在評選者的角度,您如何審視一篇參賽譯文的優劣?

單：我曾經擔任華文世界兩個代表性的翻譯獎項評委：梁實秋文學獎翻譯類，我前後評審三次，都是由余老師主持；香港中文大學主辦的全球青年華文文學獎翻譯類，前後兩次，我是為余老師服其勞，因為他摔傷頭部後不便參與評審。這兩個獎項都是英翻中，參賽者根據相同的英文命題翻成中文。梁實秋文學獎翻譯類由余老師命題，每年多達幾百人投稿，譯詩組是兩首詩，譯文組是兩段散文，風格大不相同，以考驗參賽者的能力。因此評審必須看幾百篇原文相同的譯文。評審全球華文文學獎的負擔稍輕，幾百人的投稿經初選、複選，篩出三十人的譯作給三位評審進行終審，每人有三篇，份量也很驚人。多篇譯作中有些這裡對、那裡錯，有些這裡翻得好、那裡翻得不好，不但要對照原文，還要跟其他譯文評比，字字句句都要斟酌，連標點符號都不放過，非常費神，有時感覺血壓都飆高起來。我也擔任過其他文學獎評審，就屬翻譯獎評審最辛苦，但也是最難得的體驗。

　　我自己除了大學參加過翻譯比賽，也參加過幾次梁實秋文學獎翻譯類，因此評審時比較能設身處地為參賽者著想。參賽的翻譯跟一般的翻譯有點不同。一般翻譯揮灑的空間較大，而參賽的譯文彈性較小。我在評審時有幾個基本原則，首先就是忠實，因為大家都是根據相同的原文，個人不能過於發揮。第二是通順，第三是文采，第四是風格。就這四方面而言，每個參賽者的掌握或選擇不同，甚至同一人可能針對不同譯文採取不同的翻譯策略，就會出現千差萬別的現象。我曾利用這個罕見的機會與切身的經驗，寫了幾篇實際批評（practical criticism）的文章，有一篇甚至超過一萬字，說明評審過程中的種種考量，剖析不同譯文的利弊得失，與讀者，尤其是參賽者分享，希望對他們有些幫助。[3]

3　單德興，〈疑／譯意相與析——第22屆梁實秋文學獎翻譯類譯文組綜評〉，《中華日報・中華副刊》，2009年10月15日至16日，B4版；〈譯者的星光舞臺——第25屆梁實秋文學獎翻譯類譯文組評析〉，《中華日報・中華副刊》，2012年11月7日（B7版）、11月8日（D4版）。兩篇分別收入《翻譯與評介》（臺北：書林，

余老師對自己一手籌辦的梁實秋文學獎非常自豪，不只一次跟我說：我們不是辦比賽、發獎金就了事，還會有評審意見，先在報上刊登，再跟得獎作品一道收入書裡，廣為流傳。他特別強調這也是一種「社會教育」，足見他熱中於提倡翻譯。

孫：多年來，您譯筆不輟，數部譯作問世，也有大量忠實讀者。我在網路上看到您翻譯的《格理弗遊記》介紹，下面有幾條評論是「老單真用功」，「新本很難找了，看《巨流河》發現的這個譯者。」[4] 讀者通過譯作也許已經與您「相識」多年了，那麼您在譯書的過程中，會不會時常考慮到讀者因素？

《格理弗遊記》學術譯注版封面與目次。

2016），頁 103-120 與頁 121-134。

[4] 來自豆瓣網〈單德興與譯注《格理弗遊記》〉一文的網友評論（https://www.douban.com/note/96516885/），發表日期分別為 2010 年 12 月 24 日和 2019 年 2 月 24 日。齊邦媛教授名作《巨流河》（臺北：遠見天下文化，2009）的誕生，緣起於單教授與趙綺娜博士對她的近二十次深入訪談，堪稱文學史上一段佳話。齊教授在《巨流河》序中特地向單教授致謝，稱他為「點燃火炬的人，也是陪跑者」（11）。

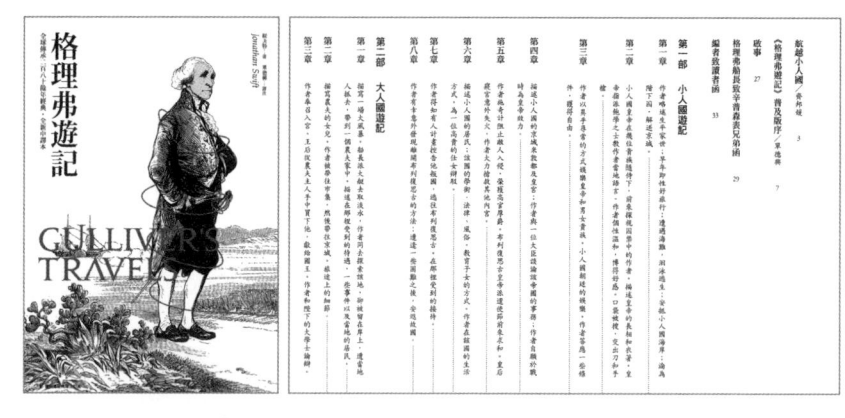

《格理弗遊記》普及版封面與部分目次。

　　單：讀者因素涉及翻譯倫理。翻譯倫理主要面對兩端：一端是作者和原文文本，一端是讀者和譯文文本。當然，譯者是連接這兩端的橋樑，也必須對自己負責。因此，我提倡的「雙重脈絡化」（"dual contextualization"）一方面涉及作者端的文本與脈絡，另一方面涉及讀者端的文本與脈絡，所以一定會考慮到讀者因素。

　　孫：有位讀者如此評論您翻譯的薩依德《知識分子論》：「單德興的譯文已經相當斟酌，但還是看得辛苦，不少地方靠猜。不能輕易去讀翻譯過來的思想著作。」[5] 面對譯作，有些讀者可能會因為對原書內容不接受甚至抵制，從而牽連到譯者。您怎麼看待譯者蒙受的這些「不白之冤」？會不會影響您對翻譯作品的選擇？您在翻譯選材時有沒有什麼考慮？

　　單：記得我大學剛開始看翻譯評論時，許多寫評論的都是資深譯者，經常提到翻譯是「吃力不討好的工作」（"a thankless job"）。確實如此。薩依德學識淵博，《知識分子論》原先是他在英國廣播公司針對

5　來自豆瓣網《知識分子論》短評，2011 年 4 月 14 日，https://book.douban.com/subject/1012379/comments/。

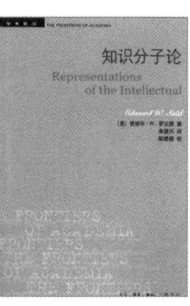

《知識分子論》簡體字版的不同版本。

特定主題發表的六場系列演講。你提到那位讀者看出「譯文已經相當斟酌」，但還是讀得辛苦，不知道是譯文本身造成的障礙，還是對相關主題的歷史、文化、脈絡，包括演講場合不熟悉。一般說來學者翻譯傾向於拘謹，翻譯論述性作品更容易如此，何況又是翻譯大師的論述。那本書的譯文我前前後後改過好幾遍，還請一位當時臺大外文研究所博士生賴維菁一字一句對照原文，看看有沒有文字不順或文意錯誤的地方，結果只提出一處建議，我就參照她的建議修改。

再就脈絡而言，我譯那本書時，薩依德的著作還沒有任何中譯的專書單行本，為了善盡譯介的責任，我加了不少附文本（paratext），包括緒論、訪談、書目提要、中英與英中索引等，甚至後來臺灣還出了增訂版（2004）和經典版（2011），到最後附文本的篇幅與譯文本身幾乎等量齊觀，在這本書的翻譯史中獨具特色。這本書 1997 年在臺灣問世，得到該年《聯合報》與《中國時報》兩大報的年度圖書獎。北京三聯書店要出簡體字版時就採用我的譯文。由於海峽兩岸有些專有名詞或表達方式不同，出版社特地請中國社會科學院陸建德老師校訂，以期符合大陸的用語，連作者名字也由「薩依德」改為「薩義德」，可見即使同在中文語境，也存在不同的轉換方式。

讀者的反應不會影響我對翻譯作品的選擇。早年自己的翻譯經驗

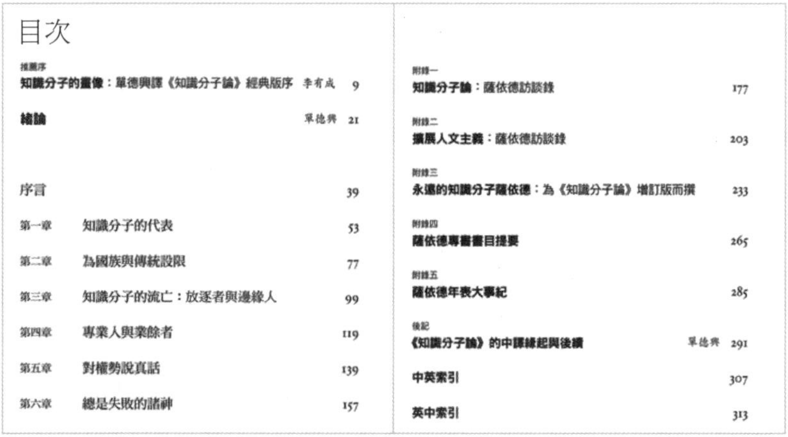

目次

推薦序
知識分子的畫像:單德興譯《知識分子論》經典版序　李有成　9

緒論　單德興　21

序言　39

第一章　知識分子的代表　53
第二章　為國族與傳統設限　77
第三章　知識分子的流亡:放逐者與邊緣人　99
第四章　專業人與業餘者　119
第五章　對權勢說真話　139
第六章　總是失敗的諸神　157

附錄一
知識分子:薩依德訪談錄　177

附錄二
擴展人文主義:薩依德訪談錄　203

附錄三
永遠的知識分子薩依德:為《知識分子論》增訂版而撰　233

附錄四
薩依德專書書目提要　265

附錄五
薩依德年表大事紀　285

後記
《知識分子論》的中譯緣起與後續　單德興　291

中英索引　307
英中索引　313

《知識分子論》正體字初版、增訂版、經典版封面以及經典版目次。

少,也沒什麼知名度,選擇的空間不大,但盡量接受自己有興趣或跟專長相近的作品。等到進了中央研究院,逐漸累積了一些學術資本,就比較方便跟出版社協商。隨著見聞增長,比較曉得華文市場的需求或欠缺,甚至會自己找書,向出版社推薦,《知識分子論》就是我向當時與薩依德同在美國哥倫比亞大學任教的王德威教授推薦,再由他推薦給麥田出版社。其實學術體制期待你寫論文,而不是翻譯,學者幾乎不可

能額外花時間翻譯自己不熟的主題。何況臺灣學者從事翻譯，不管是為了名，如學術地位或升等，或是為了利，如稿費或版稅，都跟投入的時間、心力完全不成比例，「投資報酬率」非常低，很難吸引條件優越的人，殊為可惜。余老師年輕時就為譯者的酬勞與地位低落發過不平之鳴，但幾十年後情況依然如此，實在令人感慨。因此，如果我要翻譯，一定選跟自己的專長、興趣有關的作品，而且必須是好書。因為我是用我的時間、也就是我的生命來做這件事，一定要做自己認為值得的事。

孫：我們知道，您還翻譯過聖嚴法師的一些著作。其中翻譯的語言路徑頗為「顛覆」，聖嚴法師的母語是中文，而您卻將他的很多英文書籍回譯到中文閱讀場域。在 2006 年出版的《禪無所求：聖嚴法師的〈心銘〉十二講》譯者序中，您提到「翻譯此書的優先順序為忠實、順暢、精簡」，[6] 能請您講述一下當時的考量嗎？聖嚴法師在這本書的序中非常肯定您的翻譯，認為您「既能掌握英文原意，也能兼顧華文讀者的習慣，以及對禪宗文獻的忠實解讀，所以非常受到華文世界的歡迎。」[7] 當時聖嚴法師本人對您的翻譯提出過什麼具體的意見或建議嗎？

單：佛學不是我的專長，但我從大學時代起就開始看一些佛教書籍，尤其是禪宗。我是在進入中央研究院服務、取得臺灣大學博士學位之後才去服兵役的，一為學術環境，一為軍旅生活，兩者落差很大，因此心情非常苦悶，更專注閱讀佛書，於佛法中尋求慰藉與安身立命之道。當時我擔任中正國防幹部預備學校裡的步兵排長，我寢室兩個書架幾乎全是佛書，其中我覺得聖嚴法師的書最能兼顧佛法、人情、義理，因此 1988 年退伍後的第二個星期天就到臺北北投農禪寺，在他的座下

---

6 單德興，〈譯者序〉，《禪無所求：聖嚴法師的〈心銘〉十二講》（臺北：法鼓文化，2006），頁 6。
7 聖嚴法師，〈序〉，《禪無所求》，頁 4。

《禪無所求》正體字版與簡體字版。

皈依三寶，後來又有機會跟著他禪修，包括打禪三、禪七。有一次禪七結束，覺得自己何德何能竟在這邊白吃白喝七天，心生慚愧，有意以譯書作為回報。聖嚴法師的中英文著作我大概都有印象，但有些英文書沒看到中譯本，於是就跟他的秘書果光法師說，我有一些翻譯經驗，不曉得有沒有機緣翻譯師父的書。於是就這樣開始，陸續翻譯了四本，是翻譯聖嚴法師最多著作的人，也與另一個讀者群結緣。

　　與翻譯其他書不同的是，這裡不但是一位活生生的法師，而且我還讀過他很多著作，跟著打過幾次禪七，曉得他的文章內容與風格，目睹他在禪堂裡的禪風，包括嚴格要求、苦口婆心、風趣幽默、揮灑自如等不同面貌。因此翻譯聖嚴法師的著作有容易的一面，也有困難的一面。容易的是，我已經相當熟悉那些內容，包括禪法要義、說話風格、遣詞用字、禪堂風範。不過困難也在於知曉現場的情況，明白其中的複雜。記得 1994 年到 1995 年我擔任哈佛燕京學社訪問學人，曾利用 1995 年的國殤日長假，南下紐約東初禪寺打了一次禪七，一半禪眾是西洋人，目睹法師用中文開示，由王明怡居士當場英文口譯，才深切體會到，原來我先前在紐約東初禪寺的英文刊物《禪雜誌》（*Chan Magazine*）和

聖嚴法師的英文著作中讀到的白紙黑字開示，其實歷經了很複雜的過程與因緣才完成。身為譯者，不只要忠實流暢地傳達原文，包括幽默風趣之處，還要努力傳達禪師的禪風和禪堂的氣氛。這跟翻譯其他作品很不一樣。此前我雖然有感於其中的複雜，但並未細究，一直到 2016 年，我應北京清華大學羅選民教授之邀，出席第三屆全國宗教經典翻譯研討會，運用了翻譯學的一些觀念，針對自己宗教文本的翻譯實踐進行學理分析，終於能夠既知其然，也知其所以然。仔細分析才發現整個過程比我原先想像的複雜得多，基本上包括口譯和筆譯，不但有文言翻成白話的語內翻譯（intralingual translation），也有中翻英、英翻中的語際翻譯（interlingual translation），還有文本到語音、再到文本的符際翻譯（intersemiotic translation），[8] 甚至還有逐步口譯（consecutive interpretation）。我以圖表顯示整個流程，並分析每個步驟：

禪宗經典 → 白話開示 → 英文口譯與錄音 → 謄打 → 編輯 → 刊登期刊 → 出版專書 → 中譯刊登期刊 → 中譯出版專書

如果我沒有接觸翻譯研究，根本寫不出這篇論文，[9] 分析自己的翻譯實踐到底是怎麼一回事。反過來說，如果沒有這種特殊的翻譯經驗，單單用理論來分析，恐怕也有些隔靴搔癢。

聖嚴法師很尊重譯者，對於我的譯文沒有什麼訂正，甚至認為譯作是譯者的心血結晶，因而未收入他的《法鼓全集》。他在預立遺囑裡

---

[8] Roman Jakobson, "On Linguistic Aspects of Translation," *Roman Jakobson: Selected Writings, Vol. II: Word and Language* (Paris: Mouton, 1971), pp. 260-266.
[9] 2016 年 5 月 14 日至 15 日，第三屆全國宗教經典翻譯研討會在北京清華大學召開，單德興作了題為〈禪宗經典之翻譯／返譯：聖嚴法師英文著作中譯之我見〉的發言。參閱蔣林珊，〈宗教經典「譯」彩紛呈——記「第三屆全國宗教經典翻譯研討會」會議〉，《亞太跨學科翻譯研究》第 2 輯（2016 年 6 月），頁 141-143，引自頁 142。該篇論文收錄於羅選民編，《在可譯與不可譯之間：第三屆全國宗教經典翻譯研討會論文集》（北京：中譯出版社，2018），頁 34-73。

說,未經他過目的文章不許收入全集,以示對自己作品的慎重與負責。而先前的譯作由於未收入全集,在他過世後也就沒有不許出版的限制。他圓寂後我翻譯、出版的《無法之法:聖嚴法師默照禪法旨要》(臺北:法鼓文化,2009)與《虛空粉碎:聖嚴法師話頭禪法旨要》(臺北:法鼓文化,2011)為了確保品質,都經他的弟子常悟法師過目。有意思的是,書中禪堂開示時,常悟法師就在場,可以根據現場經驗提供有關文本與文本以外的資訊,使得譯文更忠於當時的情境,而這是從英文文本本身看不出來的。最特別的一個例子就是,聖嚴法師開示時用同一個中文字,但英文口譯者會根據上下文而以不同的字詞呈現,我根據口譯錄音整理出來的英文稿翻譯時自然就用上不同的中文字詞。經過常悟法師說明現場情況,中譯就回歸為同一個中文字。換句話說,這兩本

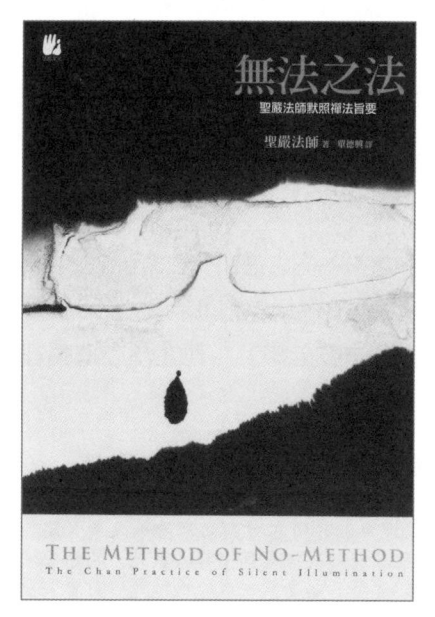

《無法之法》與《虛空粉碎》正體字版封面水墨圖樣為高行健無償提供。

書的譯文是經過在場法師驗證的。我在後記裡特別提到這件事,先立此存證,免得有人對照英文說我譯錯了。

孫:您說過,翻譯對您是 labor of love(甘願作,歡喜受),[10] 雖然有很多客觀因素的羈絆,但又是什麼原因讓您這麼多年對翻譯實踐不離不棄,譯作不斷,甘願承受這份翻譯之累呢?

單:我會多年心甘情願從事翻譯,基本上有幾個原因。第一就是個性單純,看到好東西就想跟人分享。第二就是記性不佳,雖然翻譯過程很辛苦,往往一改再改,甚至排版出來後每次校稿都還改,把自己弄得很累,但過了一段時間就忘了,看到好作品時就又忍不住想透過翻譯跟人分享。第三就是希望廣結「譯」緣。身為讀者或學者,我有自己的判斷,知道哪些作品是值得我投入的。而且原文都已經過揀選、編輯、出版,翻譯前再經過出版社與編輯的揀選,基本上都是相當有價值的作品,甚至是文學經典。我很明白,在專業領域裡,我是靠著一篇篇論文、一本本論述來累積學術績效與地位,但讀者幾乎只限於領域內的學者。如果我翻譯一部好作品,流傳之廣、之久則遠超過自己的論述。像是我翻譯聖嚴法師的作品,不只在法鼓山體系內的道場,甚至有時候到其他佛教場所都有人跟我說,看過我翻譯的聖嚴法師著作。又如在大陸、香港、新加坡、馬來西亞等華文地區,有不少學界人士和研究生也跟我說看過我翻譯的薩依德。總之,翻譯是藉由他人的文本,運用自己的文字,與大眾結緣的一種方式。因此我一向鼓吹,身為既有專長又有興趣的學者,若有時間、機緣,要不計名利,勉力翻譯一些好作品跟廣大的中文世界讀者結緣,一定功不唐捐。

---

10 單德興,〈寂寞翻譯事:劉紹銘教授訪談錄〉,《現代中文文學學報》第 11 卷第 2 期(2014 年 6 月),頁 148-170,引自頁 169。

研究者

孫：您早年說過，突破不了「信達雅」的束縛，就不「論」翻譯，只「作」翻譯，[11] 在過去幾十年的翻譯實踐中，您凝練出了「雙重脈絡化」的翻譯理念，能不能簡要介紹一下這個理論？您認為它與其他翻譯理論相比更著重哪些方面？

單：那還是在 1970 年代中期，我碩士生的階段。那時我上臺大外文所，仍住在政大附近，跟臺大與政大不同學門的研究生，包括政治所、企管所、甚至土木所，彼此定期分享各自領域的學習心得。他們要我報告翻譯，我就把臺灣那時的翻譯評論文章與書籍盡可能蒐集，逐一閱讀，做了厚厚一疊卡片。一整理才赫然發現，自嚴復光緒 24 年（1898 年）《天演論》〈譯例言〉開宗明義提出「信達雅」以來，中文翻譯評論幾乎擺脫不了這「三字真言」，文學翻譯的討論尤其如此。論者會拿著譯文比對原文說哪裡信不信、達不達、雅不雅，或者比較不同的譯文，說哪個更信、更達、更雅。只有極少數人從語言學的角度切入，但討論的結果卻很難應用到翻譯實務上。也就是說，從嚴復十九世紀末提出這個翻譯觀以來，一直到 1970 年代的臺灣，超過了一甲子的時間還在繞圈圈，尤其面對其他學門的進步，讓我不禁懷疑這會不會是個死胡同。因此我暗下決心，乾脆只做不談，有如另一個版本的 "Just do it!"。

雖然我有很多年沒有「討論」翻譯，但一直在關注，也一直在實做。此外，我在臺大接受比較文學的訓練，在中研院進行研究，接觸到不少當代歐美的文學與文化理論，對形塑自己的翻譯觀很有幫助。像是後結構主義、後現代主義、解構批評、女性主義、弱勢論述、後殖民論述、跨國理論、全球化論述等，都提供了不同的角度來觀察與分析一

---

[11] 單德興，《翻譯與脈絡》正體字修訂版（臺北：書林，2013），頁 330。

些文學與文化現象，當然包括翻譯。例如詹明信（Fredric Jameson）強調凡事要歷史化，"Always historicize!"，[12] 就我的解讀，歷史化就是脈絡化，凡事要放入歷史脈絡中，文本當然也不例外。而翻譯至少涉及兩種語文、兩種文化，所以涉及雙重脈絡化，這在我看來是順理成章的推論。任何原文文本都不是憑空而生，一定有它的條件、環境。某時某地某人用某語文翻譯某文本，針對某些對象，產生某些效應，當然涉及另一個環境與脈絡。

我一向認為翻譯不只是文字的轉換、不同語文之間一對一的對應關係，那樣就過於單純了，尤其現在翻譯軟體盛行，很容易被人工智能（Artificial Intelligence，簡稱 AI）取代。[13] 文字與文本存在於文化與歷史脈絡中，因此不能只是翻譯文字與文本，還要引介原文所處的脈絡。而作品透過翻譯移轉到另一個語境時，面對的是另一群目標讀者（target audience）與目標脈絡（target context）。因此譯文進來後，如果先前已經有相關領域、甚至同一文本的翻譯，就代表有了接受史（reception history），存在著一個較大的脈絡。即使沒有相關的脈絡或接受史，但譯本進來可能產生後續效應，依然逐漸會有脈絡化的效應。因此我既重視文本本身，也留意它的脈絡與文化面向，後來發覺這跟翻譯研究裡的文化轉向（cultural turn）不謀而合。當然，不同的翻譯理論各有不同的著重，都有值得借鏡之處。然而對身為譯者、比較文學學者、文化研究者的我，翻譯涉及具體的文本，原文文本來自具體的脈絡與文化，透過翻譯進入另一個具體的脈絡與文化，存在著比較的視野與

12　Fredric Jameson, *The Political Unconscious: Narrative as a Socially Symbolic Act* (New York: Cornell University Press, 1981), p. 9.
13　筆者將 AI 譯為「人工智能」，而非臺灣通用的「人工智慧」，係因後者在哲學探討中涉及人生禍福、價值判斷、共感同理等，其術語為 "Artificial Wisdom"（簡稱 AW），至於「人類智慧」則為 "Human Wisdom"（簡稱 HW）。以上根據中研院歐美所蔡政宏教授 2024 年 6 月 9 日電郵，謹此致謝。

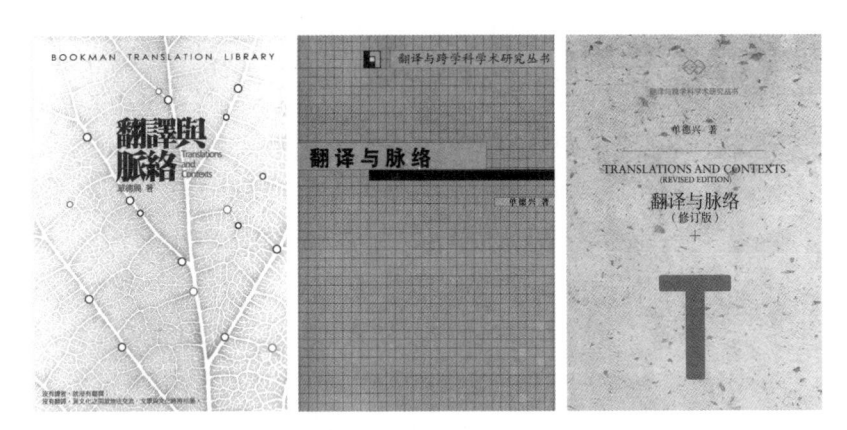

《翻譯與脈絡》正體字版初版以及簡體字版初版、修訂版。

面向。

　　孫：自您 2007 年在《翻譯與脈絡》一書中提出這樣的翻譯理念已有十餘年，而該書充實史料後，修訂出版也是將近四年前的事了。[14] 您對之前這本專著中的哪些觀點或主張又有了新的認識或見解？

　　單：《翻譯與脈絡》2007 年由北京清華大學出版社出版，後來在臺灣和大陸都有修訂版，裡面的觀點主要來自多年的閱讀與實踐。比方說，余光中老師翻譯英美詩時，不是只有譯詩，還介紹詩的格律、內容、特色，加以評論，甚至介紹作者的小傳以及文學史上的地位。因此讀者看到的不只是一首詩的翻譯，而是林林總總的相關訊息，讓人對作品、作者、時代、文風都有普遍的認識。我很可能從學生時代就受到他譯作的潛移默化。等到自己實際翻譯時，尤其是以學者身分從事翻譯時，覺得必須善盡譯介的責任，除了文本之外，也要一併引介周邊豐富的資訊，這是身為學者或文化橋樑的責任。因為那些觀念是從自己多年的閱讀與實踐中逐漸形成的，所以沒有什麼劇烈的改變，頂多是在條件

14　《翻譯與脈絡》（北京：清華大學出版社）初版於 2007 年，修訂版於 2016 年問世。正體字增訂版（臺北：書林）2009 年一版，2013 年出版修訂版。

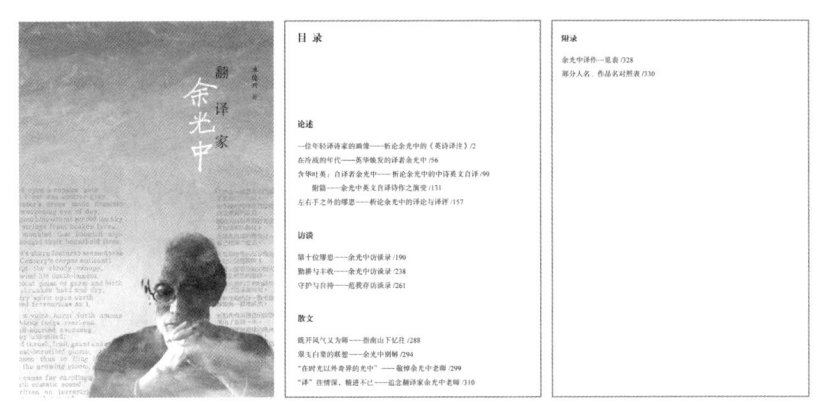

《翻譯家余光中》的封面與目錄。

許可下希望做得更集中、更仔細,其中一種方式就是針對個案。例如去年(2019年)我在浙江大學出版社出的《翻譯家余光中》便是針對單一譯者,除了對他的若干譯作分析研究,並善用師生的因緣進行深度訪談,若干文章帶有個人的色彩與感情。這對我是可遇不可求的獨特因緣,因而希望藉此結合個人的翻譯理念與實踐,在個案上深入探討,寫出有別於一般的學術著作。《翻譯與脈絡》修訂版主要修訂的是有關張愛玲的那篇,先前有幾個論斷因為新挖掘出的資料而改變,就做了一些必要的修訂。這其實是做翻譯史常遇到的情況:根據新資料,修訂舊看法,顯示了翻譯史研究是不斷更新的過程,它的挑戰在此,樂趣也在此。

孫:在您的翻譯論述中很著重譯者的地位與作用,他們在整個翻譯過程中往往「身兼數職」,既是中介者、溝通者、傳達者,又是介入者、操控者、轉換者,甚至還是顛覆者、揭露者、掩蓋者,還有您提到的脈絡化者(contextualizer)或雙重脈絡化者(dual contextualizer)。就您個人而言,面對這樣紛繁複雜的譯者角色,怎樣才稱得上是一個稱職的譯者?

單：我在〈譯者的角色〉一文中提到譯者的多重角色還不止這些,[15] 其實那是為了強調譯者的不同面向而特意細分的,歸根結底只有一個：譯者。至於怎樣才是稱職的譯者,相關文章汗牛充棟,下面提出的未必是什麼新見解。首先就是先前提過的譯者倫理：譯者要同時對作者與原文負責、對讀者與譯文負責,以及對自己負責。第二是專業能力：翻譯既然涉及語言轉換,就必須對兩種語言有相當程度的掌握,而語言是不斷演化的,因此要不斷精進自己的語言能力以及相關的知識背景。第三是敬業態度：在翻譯過程中,只要時間與精力許可,要持續不斷地修訂譯文,力圖不僅充分掌握原意,也能精準通順傳達。前者涉及理解與詮釋,後者涉及修辭與美學,務必力求兼顧,以期達到最佳效應。第四是跨界思維：翻譯不僅跨越語言,也跨越時間與空間,一位稱職的譯者要盡可能做足功課,發揮想像,設身處地,換位思考,先入乎其內,沉浸於原文文本以及所呈現的異文化中,了解其中的微妙之處,再試著出乎其外,用譯文精確捕捉並傳達原文的旨意。最後,身為文學學者與文化研究者,我會從文字、文句、文本、文學、文化、文明等不同層次考量,希望能更宏觀、立體地看待譯作及它的意義。

孫：目前翻譯史研究受到越來越多的重視,能講一講翻譯史研究在臺灣的發展與現狀嗎？

單：翻譯史的確受到愈來愈多的重視,就我比較熟悉的華文世界而言,中國大陸、香港、臺灣都有學者從事相關研究,並有扎實的學術成果,而且這股風氣向下延伸到研究生,像香港中文大學有專門針對年輕學者與研究生舉辦的翻譯史會議,臺灣也有一些研究生的學位論文做的是翻譯史研究。談到翻譯史研究在臺灣的發展與現狀,這真是大哉問,回答起來會掛一漏萬。一般翻譯研究主要在外文學門和翻譯研究系所。翻譯史研究涉及歷史、思想、文化,因此在臺灣從事相關研究的人除了

---

15 參閱單德興,《翻譯與脈絡》正體字修訂版,頁 19-27。

外文學門和翻譯系所之外,還有中文系、歷史系、臺灣文學系,甚至包括哲學、法律學、政治學、社會學、科學史等,跨學門的色彩相當濃厚,各有特色,難以概括。

這裡只提在臺灣從事翻譯史研究的兩位代表性學者。一位是中研院中國文哲研究所的李奭學。他本身是傑出的譯者,多年研究明末清初耶穌會會士的翻譯,不僅出版多本論述,也進行版本的考證與註解,從中可以看出他對史料的掌握與論述的特色。[16] 他出身於外文學門,具有西洋文學背景,赴美國芝加哥大學攻讀博士學位,受教於余國藩先生。余先生出入於宗教、哲學、文學、歷史之間,李奭學在嚴格調教下廣泛學習。他的翻譯史研究除了要看中、英文資料,還須用上拉丁文等語文,並且到世界重要圖書館找資料,寫出的論文都很扎實,註解又多又

李奭學專著《譯述》與編輯之《古新聖經殘稿》。

---

16 李奭學,《中國晚明與歐洲文學:明末耶穌會西洋古典型證道故事考詮》(臺北:中央研究院、聯經出版,2005)、《譯述:明末耶穌會翻譯文學論》(香港:香港中文大學出版社,2012)、《明清西學六論》(杭州:浙江大學出版社,2016);Sher-shiueh Li and Thierry Meynard, *Jesuit Chreia in Late Ming China: Two Essays with an Annotated Translation of Alfonso Vagnone's* Illustrations of the Grand Dao (Bern: Peter Lang, 2014)。他編輯的書也不少,最厚的一套是與鄭海娟編著的九冊《古新聖經殘稿》,2014 年由北京中華書局出版,獲選 2015 年度第二屆雙十佳圖書獎「古籍整理類十大好書獎」第二名及中央研究院 2015 年重要研究成果。

細,曾經連續獲得香港中文大學年度的宋淇先生翻譯研究紀念獎,後來還擔任該獎的評審。[17]

另一位是臺灣師範大學翻譯研究所的賴慈芸,她做的是類似偵探般的「偽譯」研究。1949年後兩岸往來斷絕,有些譯者在大陸,而臺灣又有禁書令。臺灣當時從事翻譯的人很少,但市場上又有需求,於是許多出版社就把大陸的譯本改頭換面,把譯者隱名或使用化名,譯本做些微修改、甚至不改,就這樣重新出版,因此成了一本糊塗帳。她的研究就是蒐集臺灣戒嚴時期的譯本,從一些蛛絲馬跡來追根溯源,看看這些譯本源於哪個大陸譯者的譯本,或是透過香港來到臺灣。因此她勤到大陸、香港的圖書館和舊書店找資料,比對文本,並在網路分享「破案」的過程和結果,既有學術性,又有趣味性,出版的《翻譯偵探事務所:偽譯解密!台灣戒嚴時期翻譯怪象大公開》(2017)獲得臺灣第四十二屆金鼎獎的非文學圖書獎,深受肯定。我還應邀為她那本書寫了六千多字的導讀。[18]

賴慈芸著《翻譯偵探事務所》。

在臺灣從事翻譯史比較特別的是,臺灣曾被日本殖民統治長達五十年,生活與文化上深受日本的影響,關於日據時期的報章雜誌,或出版

---

[17] 李奭學曾兩度獲得宋淇翻譯研究論文紀念獎,2010年得獎論文:〈三面瑪利亞:論高一志《聖母行實》裏的聖母奇蹟故事的跨國流變及其意義〉,《中國文哲研究集刊》第34期(2009年3月),頁53-110。2011年得獎論文:〈翻譯的旅行與行旅的翻譯:明末耶穌會與歐洲宗教文學的傳播〉,《道風:基督教文化評論》第33期(2010年秋季號),頁39-66;並於2016年擔任該獎決審委員。
[18] 參閱單德興,〈柯南與克難:為台灣翻譯史探查真相〉,收入賴慈芸著,《翻譯偵探事務所》(臺北:蔚藍文化,2017),頁6-17;亦見本書頁35-45。

社的一些文學翻譯，或日常生活中雙方溝通和法院審理案件時需要的通譯、口譯等，都有一些研究成果。還有就是轉譯，就像魯迅當年一些譯作是透過日譯本而翻成中文，原文是其他語文，臺灣的一些漢語譯本也是透過日文轉譯，這種現象在日據時期和光復之後都有，以兒童文學較顯著。為了查明某個譯本可能根據哪個日譯本轉譯，賴慈芸又自修日文，跑到日本的圖書館和舊書店找資料，破解了不少翻譯史上的懸案。因此當偵探一方面很辛苦，東奔西走，追根究柢，任何蛛絲馬跡都不放過；另一方面樂在其中，從一般人不疑處起疑，從起疑處來破案，不少臺灣翻譯史上的懸案就此一一破解，廓清了翻譯史上的一些誤區。

臺灣翻譯史的另一項特色就是受美國的影響。冷戰時期臺灣在許多方面都仰仗美國，在香港的美國新聞處主導下，今日世界出版社翻譯了許多有關美國的書，以美國文學為大宗，在學術界、文化界和知識青年中發揮了很大的影響，其中許多譯者都是港臺著名的譯者、學者或作家。此外，美國新聞處也支持把臺灣的文學作品翻譯成英文，在國際上流通，扮演著重要的贊助者（patron）的角色。這些固然是冷戰時期執行文化外交政策的產物，但無疑也拓展了戒嚴時期臺灣讀者的文學與文化視野，成為翻譯史上的特殊現象。[19]

李奭學和賴慈芸的中英文造詣都很好，都是優秀的譯者，並具有其他外語能力。臺灣其他幾位從事翻譯史研究的學者也都能掌握幾種語言，有利於查詢資料，判讀文本，找到彼此之間的關係。至於新血主要來自翻譯研究所，尤其是博士生，像李奭學和賴慈芸都在翻譯所任教多年，不少學生就以翻譯史作為學位論文。先前有個博士生要研究佛經翻譯，李奭學就要她先去學梵文，打好語文基礎，再進行研究。

孫：您曾講到，「研究和翻譯一樣，總是存在著改進的空間。當一

---

19 參閱單德興，〈冷戰時代的美國文學中譯：今日世界出版社之文學翻譯與文化政治〉，《翻譯與脈絡》正體字修訂版，頁 117-157。

個領域發展到某個階段,積累了一定的成果,就需要加以反思,甚至批判」。[20] 在您看來,目前的翻譯史研究存在哪些問題?需要反思的地方有哪些?對我們的《翻譯史論叢》在辦刊內容、欄目、學術定位方面有何建議?

　　單:剛剛提到翻譯史的研究由來已久,而且跨學科,像很早之前我就看過中文系學者討論中國歷史上佛經的譯場,有專書討論佛經的重譯,也看過近代史或科學史的學者研究嚴復的翻譯⋯⋯由於範圍很廣,我的專長與所知有限,這個問題很難深談。首先,只能說由於史料很多,散落各地,從事翻譯史研究就要像傅斯年所說的名言那般,「上窮碧落下黃泉,動手動腳找東西」,[21] 勤於蒐集資料,再判讀這些辛苦得來的資料,找到線索,建立連結,形成論述的主軸,再隨時根據新的資料檢視自己的論點,或補充,或修正,甚至不得不改絃更張。其次,在追查資料時,不只是為資料而資料,而要能放進更大的脈絡來看,像是資料與資料之間的關係,資料與原作者或譯者的關係,原作者或譯者的歷史背景與時代思潮,特定學科的發展史或建制史等。

　　此外,進行翻譯史研究時,除了歷史的面向,也須留意理論的面向。理論的面向分為狹義與廣義兩種。狹義指的是有關翻譯史本身的理論,尤其是了解國外翻譯史理論的研究與發展,有沒有值得借鑑之處。廣義指的是一般的文學與文化理論,能不能提供新觀念或新視角,協助觀察或詮釋辛苦尋得的資料。如果運用得當,在史料的廣度上加上論述的深度當然好。若是無法應用,千萬不要削足適履,硬把具體的史料套入抽象的理論框架之中,本末倒置,反倒弄巧成拙。也就是說,史料與理論若能有機、圓融地結合當然好,若是現存的理論無法充分解釋史

---

20 吳貞儀,〈亞美文學研究在臺灣:單德興教授訪談錄〉,《英美文學評論》第 23 期 (2013 年 12 月),頁 115-143,引自頁 134。
21 傅斯年,〈歷史語言研究所工作之旨趣〉,《中央研究院歷史語言研究所集刊》第 1 本第 1 分(1928 年 10 月),頁 3-10,引自頁 9。

料，則不必勉強，說不定能從具體的史料中修訂先前的理論，甚至發展出自己的理論。

這年頭辦刊物不容易，辦學術刊物尤其困難。學術刊物基本上屬於小眾，提供專業人士交換研究心得的平臺，是學術發展的重要建制，因此我個人對《翻譯史論叢》的出刊不但表示佩服，而且樂觀其成，希望能吸引更多好的文稿，吸引更多人關注並參與這個領域的最新發展。從創刊號可以看到，裡面有很多扎實的論文，都是辛勤的研究成果，讓我增長不少見聞。

各地的期刊評比有不同的學術脈絡與不同的主客觀條件，不可一概而論，底下謹就我個人主編學術期刊以及擔任一些期刊的審查人、編輯委員與諮詢委員的經驗提出一些看法，權充野人獻曝。

第一，學術期刊最重要的是扎實的論文，除了主編的學養與期刊的路線之外，若條件允許，可考慮採納國外行之已久的雙盲同儕審查（double-blind peer review）。

第二，除了公開徵稿，主編或編委可運用各自的人脈，邀請研究成果廣為公認的學者撰文，增加期刊的聲勢與可見度。

第三，翻譯史研究一般以長篇論文為主，但若能解決具體的小問題，也是學術貢獻，因此可考慮提供若干篇幅給研究箚記等短文，但這些文章必須以研究為基礎，言之有物，提出特定的看法或解決具體的問題。

第四，針對特定議題，包括及時性議題，邀集學者專家舉行座談或書面座談，集思廣益，彼此腦力激盪，也擴大讀者的視野。

第五，提供具有深度的會議報導，目前各地的會議很多，但能參加的人有限，如果有一些不是很大型的專業會議，主題具有翻譯史的意義，論文有一定的水準，可請專人撰寫會議報導。描述性的報導可提供會議的主要議題、每篇論文的大要，激發讀者的思考，有其貢獻。若能加上一些評論性的觀點，針對不同論點加以連結，就會議進行整體評

估,看出一些現象、趨勢或值得發展的方向,或提供檢討與反思,那就會更有參考價值。

第六,同一領域內的書評與討論固然可收切磋攻錯之效,如果有不同學門的人針對其領域的中外文翻譯史專書撰寫評論,則可引介新知,擴大見聞,若能發展出跨學門的合作關係,那就再好不過了。

第七,訪談或經驗談也有分享、檢視、回顧與傳承的作用。可找一些資深學者分享經驗與心得,通過當面或書面進行分享,受訪者可利用這個機會回顧與前瞻,以平易近人的方式,一方面分享已有的研究成果,加以評述或補充;另一方面可透露正在進行的計畫與未來的研究取向,讓人先聞為快,提供讀者更前瞻的思維,說不定還能藉機招兵買馬,吸引更多人投入。此外,這些回顧與前瞻提供了第一手的見聞、觀點與史料,可作為將來的翻譯史研究素材。換句話說,這些學者不僅研究翻譯史,自己也可能成為翻譯史研究的一部分。

《翻譯史論叢》才剛創刊,來日方長,希望能在扎實的研究基礎上發揮多樣性,包括內容取材與形式呈現的多元化,只要具有學術價值與貢獻,就會逐漸走出自己的路。

孫: 在評介韋努堤的《翻譯改變一切:理論與實踐》一書時,您講到雖然他已稍能打破西方全然漠視東方的現象,但仍存在很大的「欠缺」(lack),進而您呼籲華文世界雙語學者可以積極介入世界範圍的翻譯研究,比如受到了國際翻譯研究界重視的張佩瑤(Martha P. Y. Cheung)譯注的《中國翻譯話語英譯選集(上冊):從最早期到佛典翻譯》(*An Anthology of Chinese Discourse on Translation, Volume 1: From Earliest Times to the Buddhist Project*〔Manchester: St Jerome Publishing, 2006〕)的出版,就是很好的嘗試。[22] 您覺得我們的翻譯史

---

22 單德興,〈朝向一種翻譯文化——評韋努堤的《翻譯改變一切:理論與實踐》〉,《編譯論叢》第 8 卷第 1 期(2015 年 3 月),頁 143-154,引自頁 149。

研究還需要在哪些方面拓展或深入,才能夠如您呼籲的那樣,積極地介入國際翻譯研究,打破地域影響的瓶頸呢?中國的翻譯史研究存不存在一些普遍特徵,可以提升至理論原創的層面?

單:這確實是很大的挑戰,尤其在全球化的時代,大家有一些共同的現象、觀念、思維或彼此了解的基礎,但又必須具有在地的特色,否則難以彰顯優勢或主體性,建立學術市場區隔。換句話說,愈是本土的愈具有特色,愈能行走於國際,不單時尚、藝術、文學如此,學術也是如此,這就是所謂的「全球在地化」(glocalization)。這也是我特別佩服已故香港浸會大學張佩瑤教授的原因。以往談翻譯史或翻譯理論都是西洋那套。然而中華文化自古以來也有一個龐大的翻譯傳統與論述,佛經翻譯使得釋家與儒、道兩家並列為中華文化的三大支柱,更是翻譯史上值得大書特書的事。遺憾的是,因為相關資料沒有翻譯成外文,以致外國學者即使知道存在著這麼一個獨立的傳統,卻礙於語言的限制而無法閱讀,更別說了解與交流了。這對中華文化傳統的傳揚無疑是個重大的損失,而外國學者無法從中國翻譯傳統與論述中得到借鑑,也是很可惜的事。

張佩瑤譯注的《中國翻譯話語英譯選集》上下冊已經出齊,[23] 採用的是厚實翻譯(thick translation)的策略,不僅把這些具有代表性的中國翻譯話語文本譯為英文,也加上不少評論與譯注,讓外國學者能透過英文翻譯與解說,了解中國翻譯話語源遠流長,兩千多年來自成體系,既可與西方分庭抗禮,也可透過對話與交流讓雙方獲益。如果那兩本書有中文版,讓中文系和歷史系的學者看看如何向英文世界再現與傳播中國翻譯傳統與話語,說不定能激發出一些新想法。晚近朱志瑜、張旭和

---

23 張佩瑤譯注,《中國翻譯話語英譯選集(下冊):從十二世紀晚期至十九世紀伊始》(*An Anthology of Chinese Discourse on Translation, Volume 2: From the Late Twelfth Century to 1800*, edited by Robert Neather [London and New York: Routledge, 2016])。

黃立波合編了一套《中國傳統譯論文獻彙編（六卷本）》（北京：商務印書館，2020），集中國翻譯論述之大成，是研究中國翻譯史、翻譯論必備的參考資料。

如何兼顧本土和國際，不單單是自己這方達到知己知彼的效應，而且積極對外交流，讓雙方都能更相互了解，有利於學術的互動與文明的躍升。因此，如何深耕本土、接軌國際就成為很重要的目標。至於中國翻譯史研究有沒有什麼普遍的特徵，是不是可以提升到理論原創的層面？我相信只要下工夫，具慧眼，應可淬煉出一些具有原創性的理論。但也要認知到，理論畢竟來自特定的文化脈絡，有其特色與局限，洞見（insight）與不見（blindness）。而理論經過翻譯旅行到另一個地方之後，可能發生變異，然而就像「橘逾淮為枳」增加生物多樣性，理論衍異之後可增加文化多樣性，在異時異地落地生根後生出奇花異果，但先決條件是種子本身必須具有充分的潛能，而且要有適當的土壤、養分和照顧讓它發展。

孫：現在有很多學生在研究生階段，更傾向於選擇一些與當下聯繫緊密的研究方向，翻譯史研究對他們來說稍顯冷門或寡淡。您多年從事翻譯實踐與翻譯研究，從個人視角來看，翻譯史研究有哪些現實的指導意義呢？要做翻譯史方面的研究，需要研究者具備哪些條件或做好哪些準備？

單：研究生在老師的教導以及學術環境中接觸新理論，選擇與當下較密切的研究方向，可說是與時俱進，關懷現實，不但無可厚非，而且值得鼓勵。至於說翻譯史研究對他們可能稍顯冷門或寡淡，可能原因之一是翻譯史研究的門檻有些高，而且資料的蒐集與判讀需要相當的細心、耐心與判斷力。其實如果對理論感興趣，不管是用理論來解釋史料，在翻譯史研究中發揮創見，或是藉由史料來印證或挑戰理論之不足，甚至加以補充與強化，若能如此兼顧理論與史料，那會是一項成就。

翻譯史研究有哪些現實的指導意義，很難一概而論，因為現實也

是方方面面、錯綜複雜。然而「以史為鑑」原本就是人文傳統的重要部分，即使一時看不出與現實的連結，說不定會在另一個情境中產生連結。只要翻譯史研究做得踏實，本身就是學術貢獻。如果不踏實，就算勉強找出對現實的指導意義，但根基不穩，目的性太強，動機過於實用，能有什麼深切長遠的意義也很難講。

至於從事翻譯史研究的條件或準備，從我先前所舉的學者可知，良好的雙語能力，聽、說、讀、寫、譯是基本條件，也才能達到雙重脈絡化的目標。如果具有多語能力，研究的範圍就更廣，方便處理類似轉譯的現象。比方說清末民初一些社會科學觀念的翻譯，有些術語借用日文翻譯，而日文翻譯又是借用中國傳統語彙來翻譯西洋術語，涉及三方面的語言與文化關係，至少要懂三種語言才能進行相關研究。因此擁有多語能力是一項利器。再來是史料的蒐集與考證，不同版本的比對等。資料的蒐集唯恐不齊全，考證的工夫唯恐不到位，版本的比對唯恐不仔細，凡此種種都涉及學術訓練與心性培養。雖然說這些都是做研究的基本條件，但進行翻譯史研究要「大小通吃」、巨細靡遺，能入乎其內、出乎其外，小到一字一句的文本細節，大到譯者的生平、時代背景、文化思潮、歷史脈絡，才能從微觀與宏觀的不同角度切入，不致拘泥於細節，也不致大而無當，而是字字句句有文本的根據，也有時代的視野。若再能加上理論的論述，就更突出了。

授業者

孫：您的譯作、著述等身，有著博厚的翻譯實踐和理論支撐，作為您的學生一定受益匪淺。您還記得第一次登上講臺時的情形嗎？

單：我第一次正式在大學教課是在1980年代初期，由於時間遙遠，已經沒什麼印象了。那時教的是大一英文和中文系的大三英文這些

基本課程，只要準備充分，就不會有什麼問題。

　　孫：您在以往的教學中，是如何在課堂進行翻譯訓練的？如何教好本科生、研究生的翻譯課程呢？

　　單：大二時教我們英文作文的陳蒼多老師翻譯過上百本書，也在系裡教翻譯，記得他有一次很感慨地說：「翻譯是可學、不可教的。」我在中文系教大三英文，在西語系教大一英文、英文散文，有時會在課堂上帶到翻譯，甚至讓學生體會一下翻譯的滋味，但那都是額外的，我並沒有在大學本科教過翻譯。後來我到中研院任職，曾應幾所學校邀請到研究所兼過一些課，像華裔英美文學、亞美文學與文化研究、文學與文化翻譯等，也曾在加州大學爾灣校區英文與比較文學系開過中美敘事文學比較研究（Comparative Studies of American and Chinese Narrative），教材中的中國敘事文學用的都是英譯本。就廣義而言，這些都涉及兩個語言與文化系統的互動與轉化，可說與文化翻譯有關，有時還涉及特定名詞或文本的翻譯。不過嚴格說來，跟翻譯有關的只有文學與文化翻譯，因為是碩士班的研討課（seminar），著重學理探討，而不是語言訓練或翻譯實作。這些年翻譯研究已成顯學，相關的專書、論文與選集不少，就從中挑一些具有代表性的西方翻譯理論文本，或切合中文世界的走向或需求的教材，結合個人的閱讀與實務經驗，跟研究生一塊研討，為鼓勵他們發表意見，每週都要求事先就指定的教材撰寫摘要及感想，期末繳交一篇書面報告。

　　孫：目前在臺灣的大學中，本科、碩士、博士各個階段的翻譯課程開展的情況又是怎樣的呢？有哪些普遍開設的翻譯課程？教學模式有什麼特別之處？您能介紹一下嗎？

　　單：臺灣的大學翻譯系很少：長榮大學於 1996 年首創翻譯學系；中原大學於 1999 年創立應用外語系，下設翻譯組；文藻外語大學從翻譯組逐漸發展，於 2005 年設系；臺灣大學於 2009 年在外文系本科設立

中英翻譯學程。各校的翻譯訓練包括筆譯與口譯，以實務為導向，目標在於訓練職場翻譯人才。其他學校的翻譯課主要是設於英文系或外文系的必修課。本科生的中、外文能力還有待加強，主要是提供一些基本觀念，像是直譯／意譯、信達雅、可譯／不可譯等等，並說明這些傳統譯論可用與不可用之處，重點在中翻英、英翻中的實作，老師的批示與課堂的討論。例如信達雅中的「雅」，在文學作品翻譯中就常遭到質疑，因為有些對話刻意使用粗俗的表達方式來表現角色的個性、背景、地位、教育程度，遇到這種情況就必須尋求適當的對應，以達到原作想要達到的藝術效果。由於本科生的語言訓練有待加強，像在臺灣、香港教過多年翻譯課的余光中老師就說，批改學生作業時，遇到英翻中基本上是在改中文作文，中翻英就是在改英文作文。齊邦媛老師在臺大外文系教翻譯時，會把學生譯得好的文句唸出來與大家分享，也會提供名家的翻譯供大家討論、品評，發現名家的翻譯未必能得到大家的贊同。

　　臺灣的翻譯學制主力在碩士班，散布於北中南各地，提供碩士學位或學程。輔仁大學最早於 1988 年創立翻譯學研究所，訓練出許多口筆譯人才與學者，但後來教育部規定研究所至少要有七位專任教師，不得不於 2010 年與語言學研究所、比較文學研究所整合為跨文化研究所，現為其下的翻譯學碩士班。其他較具代表性的學校包括彰化師範大學、臺灣師範大學、高雄科技大學、臺灣大學。[24] 東吳大學英文系於 2001 年成立「比較文學碩士班」，2011 年改為「英文系碩士班」，2018 年改為「英文學系翻譯碩士班」，反映了臺灣的社會環境、學院建制與高教人才需求的改變。

　　不像一般研究所主要是本科生報考，臺灣的翻譯所碩士班生源很

---

24 彰化師範大學英語系於 1994 年成立碩士班；臺灣師範大學文學院於 1996 年成立翻譯研究所；高雄科技大學應用英語系於 2007 年成立口筆譯碩士班；臺灣大學文學院於 2012 年成立翻譯碩士學位學程。

廣，只要雙語能力強，對翻譯感興趣，或著眼於待遇優渥、工作時間自由，不同背景和動機的人都可能來報考，甚至包括外籍人士。原本臺灣的文學院裡外文研究所是熱門，但現在報考的人愈來愈少，反而翻譯研究所現在在文學院裡一枝獨秀，因為報考人數多、門檻高，就能從中挑選語文能力強的學生。

　　碩士班課程有些是學理方面，像是翻譯史和翻譯理論，也著重實務，邀請不同領域的專家前來授課，帶入職場和業界的實務經驗。不論是筆譯或口譯都會得到扎實的專業訓練，而且要通過一定的語言要求，撰寫學位論文。因為訓練嚴格，語文能力強，畢業生的出路都不錯，據說一些有固定客源的譯者收入還超過大學教授。也因為就業市場好，念博士班的人相對較少。

　　多年來一直只有臺灣師範大學翻譯所設有博士班，著重於翻譯的學術研究，招收有心在翻譯史與翻譯理論方面繼續精進的學生。入學除了筆試之外，必須審查碩士論文（或相當之著作）、研究計畫、已發表的論著或譯作等。入學後接受不同專業課程的訓練，必須修滿三十個學分（有時老師還會要求去修與學位論文計畫相關的語文），通過資格考後才能撰寫論文，多方蒐集資料，往往必須結合文本、理論、歷史來證明自己的論點，論文稿送請指導教授過目，反覆修改，經過認可後呈交所方，學位考試通常由五位口試委員當場詢問，完成答辯，修改，確認，定稿，繳交學校後才能取得博士學位。修學分加上考試、撰寫論文，需要花上好些年的工夫，必須有相當堅定的決心與毅力才能完成學業。

　　孫：您在新著《翻譯家余光中》裡追憶了許多恩師精勤授業的細節，情深意切，讓許多讀者動容。您深受余光中先生學術精神和人格魅力的影響，作為「師者」本身，您又是如何培養學生，傳承您的治學理念和精神的？

　　單：我早先曾在大學兼課多年，後來為了專注於研究、翻譯與訪

談,已經好些年不兼課了,因此跟學生的緣分比大學老師淺了許多。我的學生與研究助理有任職於中研院的,也有任教於北中南各大學的。研究與教學有個顯著的不同,研究講求小題大作,針對特定議題深入探究,教學則要循序漸進,涵蓋面較廣。我的基本態度是避免好為人師,或佛經所說的「不輕初學」,既然有緣,就把握機會,教學相長,自己往往也在備課、講課和討論的過程中有更深的領會。

相較於學生,我和助理的接觸更多。助理主要是依我的研究需求去找資料,但資料的閱讀、論文的撰寫還是得自己一字一字讀,一字一字寫。我的論文稿、翻譯稿或訪談稿,除了自己反覆修訂,也會要助理協助修潤或校對,請他們盡量提供意見,再由我綜合判斷,完成定稿交出。在期刊或專書出版前,大多有三次校對,每次都是助理和我同步校對,我再合併修訂,因此一般的三校在我至少是九人次的校對,這還不包括出版社編輯的校對,務期把錯誤減到最低,文句修到最精確,因此我在出版的作品中也會向他們致謝。即使寫非學術性文章,也是抱著「獅子搏兔,全力以赴」的態度。我常請期刊或出版社的編輯多多包涵這種幾近自我挑剔的作法,因為好不容易完成一篇論文、譯稿或訪談,總希望以最好的方式呈現。至於我編譯的書,由於參與人數眾多,其中許多是年輕學者,我曾和助理對照原文逐字逐句校對,提供意見給他們參考。在這些過程中,可能多少有些潛移默化的作用吧。

其他

孫:除翻譯研究外,您在亞美文學、比較文學等方面的研究同樣成績斐然,在學界享有很高的聲譽。您認為這樣多學科的治學背景,是不是從某種意義上有種 1 + 1 + 1 > 3 的效果?它們在您的學術研究中是如何彼此影響及互動的?

單：我在亞美文學、比較文學和翻譯研究是不是有1＋1＋1＞3的效果，這很難講，因為那些是學科分類的方便之計，對我來說卻是三者合一、「三位一體」（trinity）。歸根究柢，這些都跟我的外文系背景有關，更精確地說，跟我的比較文學訓練密切相關。雖然現在比較文學這門學科沒落了，但我一再表示，我從比較文學中開拓視野，受益良多，並以比較文學為榮。我當年唸比較文學方法論時，翻譯是比較文學的研究領域之一，不像現在有人宣稱要把比較文學納入翻譯研究。對我來說，三者相通之處在於比較的視野與翻譯的心境，也就是"cross"（跨）的狀態──總是在兩種語言、文學與文化之間跨來跨去。另用一個字首來表達就是"trans"，中文可譯為「傳」，把東西從一時、一地傳到異時、異地。也可譯為「穿」，這又有兩種解釋：一個取「裝外」的意思，像是一個外文文本，如何來到中文語境，穿上中文的外衣；一個取「透內」的意思，也就是如何由外「穿」越、「穿」透，進入內裡發揮影響。因此，你所說的1＋1＋1＞3，其實可能是在三者之間傳來傳去、穿進穿出，依不同的需求，開不同的課程，寫不同的論文，對身為學者的我而言，彼此水乳交融，密不可分。

孫：從1983年開始到現在，您專注學術人物訪談也已有近四十年了，[25] 像余光中、李歐梵等很多近代知名學者以及薩依德、米樂（J. Hillis Miller）這樣的國際學者，都曾接受過您的深入採訪，可以說您已經「身經百談」了。有時候，提出問題可能要比回答問題更具挑戰性，提問本身就是一個很深的學問，能否請您分享您的提問「秘笈」？怎樣才能成為好的「提問者」？

---

25 單德興教授自述初次訪談是在1983年，訪談對象為其在臺灣大學的老師，小說家王文興教授。參閱單德興，〈理論的旅行：單德興訪談錄〉，訪談者張泉，《薩依德在台灣》（臺北：允晨文化，2011），頁449。〔補注：可參閱單德興，《訪談的技藝》（高雄：國立中山大學人文研究中心，2020）與《王文興訪談集》（臺北：文訊雜誌社，2022）。〕

單：的確，我從博士生時開始訪談，對象有國內外的學者、作家、批評家、理論家、歷史學家、社會學家等，都跟我的研究和翻譯有關，也是另一種的「三者」合一或「三位一體」。到目前為止，我在國內外期刊和專書出版的中英文訪談有七十九篇，若加上沒有發表的，或者自己接受別人的訪談，應該稱得上你所說的「身經百談」。我在臺灣出版了三本訪談集：《對話與交流：當代中外作家、批評家訪談錄》（臺北：麥田出版，2001）、《與智者為伍：亞美文學與文化名家訪談錄》（臺北：允晨文化，2009）、《卻顧所來徑：當代名家訪談錄》（臺北：允晨文化，2014；此書有簡體字修訂版《文心學思：當代名家訪談錄》〔廣州：廣東人民出版社，2016〕）。目前正在校對《擺渡人語：當代十一家訪談錄》，十一位受訪者分為三類：亞美與華語語系研究、比較文學、翻譯研究。[26]

因此，訪談是我幾十年來一直不斷進行的工作。至於其他一些訪談的初稿，或整理出來送請受訪者過目，就擱在他們那裡，沒有下文，我也只能表示尊重。訪談不像寫論文可以自己作主，而是必須雙方配合，畢竟這是合作、協力的成果——雖然說從閱讀資料、準備題目、進行訪談、錄音錄影、謄打逐字稿、修訂文字（有時還包括翻譯），到最後的校對、出版等，訪談者所花的時間與心力往往多得多，書面訪談相對輕鬆些，因為是由受訪者自己撰寫回答，但事前的準備工作則是完全一樣。

至於提問，大概沒有什麼「秘笈」可言——講得出來就不是「秘笈」了。真要說只有兩個字：「用功」或「認真」，也就是事先做足準備、做好功課。就像你這次訪談一樣，讀了我那麼多作品，擬出題綱，分門別類，依序排列，看得出你下了很多工夫。訪談對我來講是很重

---

[26] 此書於 2020 年 8 月由臺北的書林出版有限公司出版。〔補註：2022 年由文訊雜誌社出版的《王文興訪談集》則是筆者首次針對單一對象出版的訪談書。〕

單德興在臺灣出版的訪談集。

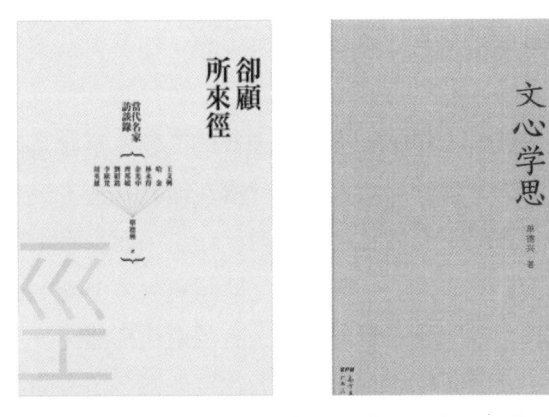

訪談集的正體字版《卻顧所來徑》以及簡體字修訂版《文心學思》。

要的文類（genre）或次文類（sub-genre），涉及很多方面，絕不像一般人想的那麼簡單、容易。我自碩士生時代閱讀、翻譯《巴黎評論》（*Paris Review*）的作家訪談錄，就一直著迷於這種文類，自己也做了多年訪談，有些人甚至前後訪談過幾次，但每次情況都不一樣，其中自有奧妙之處。我寫過相關文章，也曾多次演講，試著分析並反思這種文類的性質、特色與作用。最近應高雄中山大學人文研究中心張錦忠主任

之邀，要寫有關訪談的書稿，以兩萬字為譜，結果我愈寫愈開心，竟然寫出了四萬多字的《訪談的技藝》（2020），對訪談有較深入的剖析，包括訪談的類型、過程、技巧與倫理，訪談者與受訪者到底誰主誰客，訪談者的不同角色：研究者、求教者、提詞者、刺激者、編寫者、翻譯者、代言者、分享者、再現者、合作者。

怎樣才能成為好的「提問者」？我想只要勤下工夫蒐集資料，仔細閱讀，保持好奇心，在過程中自然就會浮現一些問題想向受訪者請益，或請他說明、確認，在實際的訪談中則隨機應變，順藤摸瓜，追根究柢。其實提問者就是受訪者與讀者之間「傳」或「穿」的橋梁，跟傳遞者、穿越者、翻譯者有相似之處。訪談者就是再現者，只不過再現的不是原作者和原文，而是受訪者跟你的對話。除非是書面訪談，這些對話不像書寫文本那般固定，需要訪談者協助謄打、修潤文字、調整順序，讓文句通順、架構清晰，再送請受訪者確認或補充。我有些訪談以英文進行，若要用中文發表還涉及翻譯。

我個人認為訪談要留意幾方面。第一，**訪談的倫理**。要忠實傳達對方的意思，絕不能任意改動，甚至曲解。因此，訪談結束時我都會詢問受訪者要不要看訪談初理稿，除了薩依德、李歐梵和任璧蓮（Gish Jen），其他人都要求過目。出版時我會註明已請受訪者過目並致謝，以示尊重。

第二，**訪談的美學**。除了像薩依德那般條理分明、出口成章，不必太整理就是一篇好訪談，一般說來都難免有反覆、累贅，或回答時前後穿插的情形，因此必須把內容相近的調整到一塊，才不會讓讀者覺得忽前忽後，**斷斷續續**。至於語助詞，除非可以反映當時的情境、神情、語氣，否則不必在文稿上呈現。所謂「言之不文，行之不遠」，這就牽涉到美學。

第三，**訪談的政治**。這點較少人留意，也就是主訪者與受訪者之間

的互動與權力關係。一問一答的訪談表面上看來受訪者是主角,也是讀者關注的對象,但從邀請訪談、擬定題目,到當面訪談,基本上他是被動地回應主訪者的提問——當然也可以有所補充。然而主訪者與受訪者之間誰主誰從,誰的權力較大,是一個微妙、值得深思的問題。[27]

正因為有這麼多微妙之處,加上每位受訪者的個性、態度、經歷、學養、反應、表達方式都不一樣,所以每次訪談都是嶄新的體驗,更別說難得有機緣跟受訪者如此密切互動,這也說明了為什麼我對訪談樂此不疲。

以往都是我訪談別人,近年來我自己也愈來愈有機緣接受訪談,書面與當面訪談都有,讓我能從受訪者的角度來體會訪談,更覺得其中大有學問,也大有樂趣。

建議和期望

孫:作為本次訪談的尾聲,您對已經或者即將從事翻譯研究的年輕學輩有怎樣的建議和期望?

單:年輕學者從事翻譯研究與教學,最好具備翻譯的實務經驗。有幾位香港資深的翻譯研究學者曾跟我說,以往翻譯系的老師都有豐富的實務經驗,甚至譯作等身,從經驗中歸納出一些看法,再參照一些書籍或理論,就能在課堂上派上用場。後來翻譯研究成為獨立的學科,年輕學者科班出身,理論方面的訓練很強,實務經驗可能就比較少。這可分教學與研究兩方面來談。就教學而言,許多學生的目標是培養翻譯技能,具有實務經驗比較能符合教學現況與學生需求。就研究而言,實務經驗可以和不同的翻譯理論對照,相互檢驗,更切合實情。而且翻譯涉

---

27 可參閱單德興,〈緒論:再現的藝術、政治與倫理〉,《對話與交流:當代中外作家、批評家訪談錄》(臺北:麥田出版,2001),頁 13-37。

及雙重脈絡化，對在地文化有更深入的了解，有利於檢視外來理論的適切性，畢竟理論有其時空背景和限制，既不要以理論壓過實踐，也不要以實踐壓過理論，而是兩者健康互動，有機結合，相輔相成，可能的話再加上歷史的縱深。

至於建議和期望，第一就是「**入門要正，眼界要高**」。現在科班出身學者的訓練基本上都相當扎實。眼界要高就必須多讀、多思考，觀察名家之所以為名家可師法之處。眼界高，判斷力就強，而且因為見識過高手，也會比較謙虛，更認清自己的分量，以及研習的方向與目標。

其次是「**步步踏實，寧拙勿巧**」。翻譯是硬碰硬的工夫，一字一句都不能跳過、錯過，必須充分了解後，再以精確的語言傳達。學者寫中文論文要引用外文資料時，可挑自己有把握的，但譯者就無從挑選，必須步步踏實，寧可先把它充分呈現出來，再看如何改進，也不能在當中迴避、閃躲或取巧。

第三是「**字字斟酌，句句推敲**」。這裡的對象不只是譯者，也包括讀者和學者。像是我第一位訪談對象王文興老師是著名小說家，以「苦行」聞名，一天只寫三、四十個字，數十年如一日。人家請教他怎麼寫作，他都會要人先學會讀，也就是仔細閱讀文本，了解每個字的作用，字與字、句與句、局部與整體之間的關係。作為譯者，在閱讀與翻譯時固然要字字斟酌、句句推敲，學者在閱讀文本和理論時又何嘗不是如此，這樣才能深入掌握原文，運用時不會出錯。

第四是「**一期一會，全力以赴**」。「一期一會」之說出自禪宗，表示因緣變化不已，機會稍縱即逝，需把握當下，因為每一個當下都是獨一無二的。因此我在翻譯或寫論文時，都是在當時的時間、體力、心力、知識條件允許的情況下盡力做好，經常一磨再磨，一改再改。在修訂和校對時也是如此，因為即使盡全力也未必能做到十全十美，又豈容鬆懈。像我譯注《格理弗遊記》前後六年，其實以一般標準早就可以交

稿，但我知道如果錯過了這個難得的機會，沒有把它做到符合自己心目中的理想，這輩子很可能就再也沒機會了，因此寧可多磨個幾年，把事情做到讓自己心安為止。

第五是「苦樂交融，功不唐捐」。研究、翻譯本來就是一條孤獨的道路，有苦有樂，其中況味唯有自知。其實做任何事都有苦有樂，尤其認真做事時，苦與樂的感受更強烈。既然選了這一行，選了做某件事，就努力去做，辛苦中自然會有一些心得與成果，也會有收穫的喜悅。凡走過必留下痕跡，只要認真寫過、做過，就個人而言是內在無形的成長，經驗和心得的累積，也會涉及外在的學術地位與職場升遷、甚至社會聲望。另外，研究或翻譯成果發表後，除非有人引用，否則很難看到具體的影響。即使在翻譯或研究時約略知道目標讀者，但作品真正出版後還是不易確定對讀者的影響，有如向虛空呼喊，卻聽不到回音。然而不必氣餒，說不定在某個時間、地點，剛好遇到某個人來跟你說，讀過你哪些論文或譯作，得到什麼幫助或啟發，或透過電郵和其他方式表達謝意，讓你覺得自己的心血與努力沒有白費。這對學者或譯者都是很大的鼓勵，證明當初閉門認真、用功的成果，確實留有效應在人間。

孫：這次訪談讓我們有機會在您的講述中體會到您對翻譯的投入與感悟，相信讀者也能從中發現與自身有所共鳴或啟迪之處，再次感謝您！

單：謝謝你花了那麼多工夫準備與提問，讓我能夠針對這些問題歸納個人經驗，整理思緒，表達想法，希望我們協力完成的這篇訪談也能功不唐捐，引發一些迴響與後續的討論。

原刊登於《翻譯史論叢》第 2 輯（2020 年 12 月），頁 174-195。出版時因篇幅之限略有精簡，此處為完整版。

附識

　　此篇為筆者接受中國大陸學者關於翻譯研究的書面訪談，為配合期刊性質，內容著重於翻譯史以及個人的學術角色與研究取向。主訪者孫豔當時為廣西民族大學外國語學院博士研究生，2020 年取得博士學位，現任河北師範大學外國語學院講師。主訪者態度嚴謹，準備充分，熟讀筆者相關著作，訪綱分門別類，條理清晰，透過電郵進行訪談，整稿過程中多次聯繫，即使在期刊編輯階段仍不時接洽與微調，務期精確、周全。

　　有關臺灣翻譯史與翻譯系所的概況，筆者曾請教多年任教於國內不同翻譯研究所與翻譯學程的中研院同事李奭學教授、臺灣師範大學翻譯研究所賴慈芸教授，以及前研究助理、現任中興大學外文系助理教授強勇傑博士，承蒙熱心提供第一手的經驗、觀察與訊息，謹此致謝。

　　本訪談錄為符合全書體例，刪除簡體字版文前之中文摘要與關鍵詞，文末之中英文參考文獻，以及刊末之英文摘要與關鍵詞。

後記
我的青春翻譯夢——回顧與反思

刊名：桂冠（第 19 期）
發行人：金陵
指導老師：李文彬
總編輯：潘麗如
出版者：國立政治大學西洋語文學系
出版日期：1979 年 5 月
刊別：年刊
出版形式：紙本期刊
出版類別：系刊
備註：1991 年更名為「英國語文學系」

緣起

我出生於南投縣中寮鄉，該地群山環繞，氣候合宜，盛產水果，尤以香蕉聞名，曾有「香蕉王國」的美譽，外銷日本，賺取大批外匯，因此〈臺灣囝仔詩〉有如下的詩句：「日燒燒，中寮舍，割芎蕉，換日票。」

我自幼住在中寮國民學校的日式宿舍，在校園中成長，學會注音符號之後，擔任教師的雙親就常購買兒童文學讀物，我和兩個妹妹在父母的不言之教下，培養出閱讀的習慣，終生受益。

小學時為了準備初中入學考試，老師要求我們背誦「模範作文」。

中學時的作文與週記,我只求湊足篇幅交差即可。六年中學在沉重的升學壓力下,眼中只有教科書,幾乎沒有什麼課外讀物。高中三年苦讀的報償就是考取國立政治大學西洋語文學系。小學提早就學、一路比班上同學年紀小的我,從南投鄉下來到臺北指南山下,初來乍到時的惶惑與格格不入可想而知。

我常形容中學六年時自己「目光如豆」,處於人生的「冰凍期」,上了大學才進入「解凍期」。在良師益友的教導與陪伴下,我逐漸重拾閱讀的喜悅,開展出自己的興趣,並決心報考國內的外文/英美文學研究所。我對政大充滿感情,既便後來就讀臺大外文研究所,也仍住在木柵,經常出入於西語系辦公室,與系主任、助教、學弟妹都很熟,也很熱心(有時可能過於熱心)為學弟妹提供經驗與建議,甚至主動輔導準備研究所考試。

底下是我碩士班三年級時,接受西語系系刊《桂冠》編輯團隊中一位學妹的訪談,但發表時未署名,加上年代久遠,已不記得她的名字。該期系刊以翻譯為專題,認真籌劃,專訪了幾位師長,包括本系的金陵主任、何欣老師、賴聲羽老師,師大英語系的曹逢甫老師,臺大外文系的齊邦媛老師、黃宣範老師,從文學與語言學等不同角度切入,我則是唯一受訪的碩士生,以學長的身分提供一些意見。

如今回顧四十五年前的訪談,不免覺得羞赧,有些說法過於理想化,顯得青春氣盛,未經世故,夸夸其談;不過,有些期盼則已成為現實,可見並非全然沒有道理。為存其真,底下附錄全文,並據以回顧與反思。

〈訪單德興學長〉

單德興學長是本系系友,目前就讀於臺大外文研究所,而且有從事翻譯工作的實際經驗。我們訪問他的目的,在於請他以學長的身

分,提供本系同學一些切身而實際的意見。

單學長認為他是受系裡的栽培,才走上翻譯之路的。大一時他看了思果的《翻譯研究》,產生了初步的興趣。大二參加本系舉辦的全校翻譯比賽,榮獲第一名,由此建立信心,加上平日留心涉獵一些討論翻譯的書籍,使其興趣得以持久不退。

富蘭克林當初為了練習寫作,曾將英國《旁觀者》(*The Spectator*)雜誌上的文章做成摘要或改寫成詩,等到將原文忘記後,再將這些摘要或詩重寫成散文,拿來與原文比較,藉以學習名家的優點。單學長提供同學一個較具實效的練習方法——多閱讀一些翻譯名家的中英對照作品。比照富蘭克林的方法,在閱讀名家的譯文之前,先自行試譯,再與名家散〔譯〕文加以比較;這樣的學習方法,自然比埋頭苦譯的效果要來得大。翻譯是層出不窮的藝術,多觀摩別人的理論與實際,可以樹立自己的翻譯觀。

那麼,同學們欲從事翻譯工作應從何著手呢?還是老話一句,先打好中英文基礎。同時,單學長認為理論與實際最好能夠反覆配合。閱讀理論而不實際應用,徒有滿腹理論而已;如果在實際翻譯過程上遇到困難,不參考理論書籍,常常會重蹈前人的覆轍。另外,單學長更建議同學不要光靠老師上課時的傳授,也要培養本身的興趣並且私底下努力不懈。

紀德曾說:「每一位優秀的作家在一生中至少該為祖國翻譯一部優秀的文學名著」,藉著翻譯來豐富本國的文學傳統。艾略特認為每一代都應將從前的文學著作重新評估。其實,每一代又何嘗不該將以往翻譯過的文學作品重新翻譯?

有鑑於此,單學長認為西語系的系友應該成立一個翻譯或出版中心,為國內讀者有系統地介紹外國作品。目前,對於外國作品往往只是盲目的輸入,缺乏批判。我們「學院派」的翻譯者應以本身的文學知識為基礎,「集中火力」把一些名家的主要作品介紹進來。在中譯英方面,應該積極譯述,加強文化輸出,讓世人了解我們三十年來的文學成就,以及數千年來的優良文化傳統,和大陸作文化競爭。

今日的翻譯界偏重於中英互譯,其實其他語言文化也值得重視,否則我們只能藉助二手翻譯來了解其他語言〔的〕作品。單學長認為,既然國內設有許多不同的語言系組,外文系也開有第二外國語的課程,就應該從而培養各種語言的翻譯人才,直接翻譯各國作品。

有鑑於目前翻譯界仍是一盤散沙,單學長認為不妨成立一民間機構——翻譯協會——將翻譯人才組織起來。根據他初步的構想,此協會至少應有下列幾項作用:

一、成立審查委員會。凡譯書者宜事先登記，繳交論文，以避免搶譯、濫譯的現象，並達到又譯又評的效果。
二、重金敦聘學者專家翻譯有價值的冷門書。
三、向書商爭取較高的待遇。
四、翻譯執照的考核。
五、建立健全的譯評制度。
六、編印同義字典，以解譯者辭窮之困。
七、編印詳盡的翻譯書目。
八、編印討論翻譯的書目。
九、成立專刊，交換心得。

回顧與反思

在這篇《桂冠》的採訪稿中，我以學長身分提供學弟妹一些學習經驗，以及對當時臺灣翻譯生態的一些觀察與期許。當時身為碩士生的我，主要的「譯績」是兩本譯著與幾篇譯文，包括王靖獻／楊牧的〈論一種英雄主義〉。[1] 此外，碩士班期間，我曾和幾位臺大以及政大不同學門的碩士生組織讀書會，各自針對專長領域進行報告。我應邀報告的是翻譯，那還遠早於翻譯研究在臺灣成為正式學科之前。為了那次報告，我廣泛蒐集相關書籍與資料，卻發現文學角度的見解幾乎難以擺脫「信達雅」的窠臼，而語言學角度的概念則無助於解決翻譯實務上的困難，因而備感失望。

這篇是有關我個人翻譯經驗與觀感的最早紀錄，四十多年匆匆流逝，從未出現於我個人的著作。如今納入本書固然不無敝帚自珍之意，

---

1 兩本譯著為 Dee Brown 原作的《魂斷傷膝河》（*Bury My Heart at Wounded Knee*, 1970〔臺北：長河，1977〕）與 J. P. Stern 原作的《寫實主義論》（*On Realism*, 1973〔臺北：成文，1979〕）。譯文包括王靖獻（C. H. Wang）原作的〈論一種英雄主義〉，《中外文學》第 4 卷第 11 期（1976 年 4 月），頁 28-45。有關此文翻譯始末，可參閱筆者〈譯事・譯緣——我與楊牧先生的翻譯因緣〉，本書頁 153-161。

但更是為了從歷史的角度，呈現 1970 年代末一位涉世未深的英美文學碩士生對臺灣翻譯生態的觀察、期待、想像、甚至幻想。

以今日的眼光重新檢視，有些看法仍然不變，如雙語素養的加強（絕非當今誤入歧途的「雙語教育」），理論與實務的配合，肯定思果《翻譯研究》的經驗分享與實務貢獻。另一方面，隨著學術、社會、文化、市場各方面條件的發展，有些改變符合當年的期盼，有些則證明是個人異想天開的青春翻譯夢。然而即便是癡人說夢，或有可觀之處，以明其癡、解其夢，識其癡夢之處。

首先，譯者若能又譯又評當然好，不過陳義過高，可行性低，要求譯者繳交論文更是強人所難，因為能掌握兩種語文的翻譯能力已屬不易，兼具論述能力則更為罕見。再者，市場機制基於預算與時間的考量，也難允許這種作業方式。然而要「達到又譯又評的效果」，以善盡譯介的責任，也有可行之道。目前出版社大多採行翻譯與評介分別作業，譯者完成譯稿後，由編輯邀請學者專家撰寫導讀或推薦序，如此分工合作，各自發揮所長，相得益彰。若譯者本身有論述能力，再加上翻譯過程的親身體驗，能現身說法，又譯又述又評，當更具獨特意義。

再就作者權益、翻譯市場與讀者福祉而言，1970 年代臺灣為盜版的天堂，翻印、盜譯滿天飛，搶譯、濫譯的亂象司空見慣。1994 年「六一二大限」之後，譯作受到智慧財產權的保障，同一原作多種譯本的現象成為歷史陳跡。然而隨之而起的是另一種現象。以往著名或熱門的書籍可能有幾個譯本同時出現，但透過口碑與書評，強者生存，良幣得以驅逐劣幣。智慧財產權法規生效之後，作者、出版社、譯者的權益獲得合法保障。然而，有時會發現取得翻譯權的公司所託非人，編輯後製也未能把關，以致劣譯上市，評者交相斥責，讀者權益受損。有職業倫理與魄力的出版社會回收處理，但也有出版社只顧市場利潤，罔顧對作者與讀者的責任，任由劣譯在市面上流通，以致作者蒙受其害，讀者

也沒有機會選擇其他譯本,立意良善的法律反而保護了劣譯,使得作者與讀者雙雙受害,甚為不值與無奈。在這種情況下,不少人期盼公允的譯評與輿論的壓力、甚至某種形式的仲裁機制,能發揮撥亂反正的作用,至少讓劣譯不得肆無忌憚橫行無阻。

若要成立審查委員會,專家委員的組成與審查程序的運作會是接下來要面對的問題。臺灣每年的譯書量大,在民主社會下進行翻譯審查不僅困難,也有限制出版自由之虞(當時臺灣處於戒嚴時期,但社會風氣已逐步開放,黨國體制漸趨鬆綁,解嚴之議時有所聞)。因此,與其寄望於類似的審查委員會,不如期待民間的自主力量與學術建制。

在有志於翻譯者的熱心籌劃下,1997 年成立「中華民國翻譯學學會」(1999 年易名為「臺灣翻譯學學會」),旨在「推廣翻譯專業及學術活動」,以民間社團的資源致力於「建立健全之翻譯學術社群,提升譯者之專業與福祉」。另一值得矚目且影響深遠的是,大學院校裡翻譯系所先後成立,分布於北、中、南不同地區,逐漸建立起體制化的基礎,由大學部到碩士班、博士班,多年來培育出眾多翻譯實務與研究人才,散播於學界與社會各個角落。

若要譯介有價值的冷門書,讓個人達到又譯又評的目標,「學術翻譯」會是有效的解決途徑。然而現行的學術生態重論述、輕翻譯,就專業聲譽與學術升遷而言,翻譯的「投資報酬率」遠不及學術論文或專書寫作,甚至可能招來「不務正業」之譏。除非個人興致高、使命感強,否則很難有人願意投入「學術翻譯」這項費力耗時、吃力不討好的工作。

以往國立編譯館在這方面扮演著主要角色,而國科會於 1998 年設置的「人文及社會科學經典譯注研究計畫」資源更為豐厚,聲譽更為卓著,以致有後來居上之勢。該計畫在試辦階段採邀請制(如筆者的《格理弗遊記》〔臺北:聯經,2004〕便是此階段的成果),不久便開放申請,之後除了各學門指定的經典,也允許自提書單,至 2024 年已

累積了一百三十三部不同學門的譯作,達到又譯又評的厚實翻譯(thick translation)目標,為華文世界帶入了意義重大、影響深遠的文化資本。[2]

然而,公家機構資助的翻譯計畫畢竟仍屬少數,而且申請門檻相當高,更多的譯作是出自民間出版社,為了吸引條件優秀人士加入翻譯行列,經濟誘因有其必要。為了評量合格譯者,我國曾辦理翻譯證照的考核,屬於鼓勵性質,不具強制性,試行數年後,因為效果不如預期而停辦。[3] 此外,官方也曾委託專人研究如何擬定合理稿酬,以期提升譯者的酬勞與地位,但結果也僅供參考,到頭來還是回歸到市場機制。[4] 由於譯酬依然偏低,職業譯者為了生計必須維持一定的接案量,難有餘裕去反覆推敲,精進譯稿品質。如此一來,也不利譯者向委託者爭取較

---

[2] 時任國科會人文處處長的黃榮村教授於 2024 年 11 月以國科會經典譯注計畫規劃者與譯注者的雙重身分,提供背景資訊與執行經驗,前後三位承辦人魏念怡小姐、藍文君小姐、張斯翔先生於 2024 年 11 月 6 日接受筆者訪談,國立臺北大學法律系王震宇教授邀請筆者於 2024 年 11 月 14 日赴該校法律學院演講「翻譯世界,回到未來:國科會經典譯注計畫的前世、今生與來生(以《格理弗遊記》為例)」,謹此一併致謝。

[3] 我國曾自 2007 年起舉辦「中英文翻譯能力檢定考試」,分筆譯與口譯兩類,英翻中、中翻英都有,通過者可取得證書,惟因通過率偏低,舉辦八次後,於 2016 年停辦。參閱廖柏森,〈兩岸翻譯證照認證考試發展大不同〉,2022 年 11 月 27 日,https://blog.udn.com/trjason/177597600。

[4] 賴慈芸於 2009 年便指出,「根據《建立國內學術翻譯機制研究》,翻譯稿酬至少要達到每千字 2,500 元才能反映大學教師的薪資,但現在即使是國科會經典譯注計畫的最高稿酬(學門邀稿),也只有每千字 1,650 元,國編館補助一般只有每千字 1,000 元」。參閱賴慈芸,《譯者的養成:翻譯教學、評量與批評》(臺北:國立編譯館,2009),頁 19 註 34;2006 年賴慈芸、賴守正、李奭學、蘇正隆的〈建立我國學術著作翻譯機制之研究——期末報告書〉,https://teric.naer.edu.tw/wSite/ct?ctNode=648&mp=teric_m&xItem=1508626&resCtNode=454。根據最新修訂 2023 年 1 月 1 日施行之「中央政府各機關學校出席費及稿費支給要點」所附之「中央政府各機關學校稿費支給基準數額表」,「一般稿件或特別稿件由各機關學校本於權責自行認定。」而中央研究院於 2018 年 10 月 16 日院本部第 995 次主管會報決議修正通過之支付標準為:「一般譯稿 外文譯中文——每千字 1,070-1,570 元」,「特別譯稿 外文譯中文——每千字 1,610-2,800 元」(「以翻譯前字數計價」)。

高的報酬,兩者之間形成惡性循環。資深或具有口碑的譯者或可稿源不斷,收入無虞,而資淺的從業者就必須屈從於市場機制,苦撐待變,期盼隨著經驗與聲譽的累積,可以強化個人與出版社議價的條件。

再就譯評而言,以往報章雜誌上的譯評雖然沒有今日的理論根據或深度,但在品評高下、普及知識、提升翻譯意識上發揮了一定的作用。如今由於學科的發展與專業化,正式譯評大多刊登於學術期刊,目標讀者為專業人士,構成一定程度的閱讀門檻。傳統紙媒對於譯評的興致不高。幸好網路刊物與自媒體不僅提供了發表譯評的平臺,也提供了評者與讀者互動的空間,有利於譯評的普及化。

早年思果呼籲編印同義字典,以解譯者辭窮之困,筆者從事翻譯時也深有同感。以往這類工具書不易尋找,而且篇幅與內容有限。近年來網路上建置不少相關的資料庫,方便檢索,人工智能科技(如ChatGPT與Gemini等)更提供隨問隨答的服務。

編印書目之議,來自碩一時修李達三(John J. Deeney)老師的「英美文學參考書目」。一方面,編纂者在廣搜資料與編寫的過程中,得以了解該領域的概況與特色,並以精簡扼要的文字記錄下來;另一方面,使用者可藉此書目了解大要,按圖索驥,省時省力。這些是昔日做學問的基本功。如今譯書數量眾多,性質迥異,雅俗皆有,編印「翻譯書目」之事,即使分門別類,抑或針對特定文本、作者、譯者,都不易處理。至於編印「討論翻譯的書目」,如今相關文章不少是學術之作,隨著期刊體例逐漸規格化,如國科會訂定的「臺灣人文及社會科學期刊評比暨核心期刊收錄實施方案」,多數學術期刊論文都附有摘要與關鍵詞,便於上網查詢,除非為了特定目的另行編纂書目提要,否則相關需求已經頗低。

再就「成立專刊,交換心得」而言,臺灣已有官方、民間與學術單位出版的一些期刊,可供專業人士交換研究心得與新知,如臺灣翻譯學

學會的《翻譯學研究集刊》(*Studies of Translation and Interpretation*，1996 年創刊，每年一輯，原為紙本，自 2013 年第十六輯起改為發行電子版)、國家教育研究院編譯發展中心的《編譯論叢》(*Compilation and Translation Review*，2008 年創刊，每年 3 月、9 月出刊，原為紙本，過渡時期紙本與電子版並行，自 2023 年第 16 卷第 1 期起改為全電子版)，便是臺灣最具代表性的兩個翻譯研究專刊。

前文特意對照筆者年輕氣盛的夸夸之談，以及半世紀後國內的翻譯生態。雖說「有夢最美」，但仍需「逐夢踏實」，其中若干期盼已成現實，甚至超乎想像（如 2022 年 11 月橫空出世的 ChatGPT），也有不少因為主客觀條件不符而未能實現。無論如何，重要目標就是提升翻譯與譯者的價值與地位，肯定余光中老師所說的「翻譯乃大道」，而不希望長期存在著「譯者獨憔悴」的現象。如今 AI（人工智能）儼然成為人類譯者的最大挑戰，如何維持超前一步的優勢，兼具翻譯與譯後編輯（postediting）的能力，使 AI 成為輔佐人類譯者的利器，而非威脅、甚至消滅譯者的凶械，則是必須嚴肅以對的課題。

此篇後記既是回顧已逝的青春翻譯夢，也是跟過去道別。筆者廁身譯界五十年，即將進入從心所欲之年，希望多少保有昔日的熱忱與理想，利用有限的餘命，在此領域有所發揮，既能翻譯與譯後編輯，也能評介與傳播譯作，繼續為翻譯在華文世界的普及略盡棉薄之力。

臺北南港
2024 年 1 月 5 日

本文內附之〈訪單德興學長〉，刊登於國立政治大學西洋語文學系系刊《桂冠》第 19 期（1979 年 5 月），頁 20-21。

《桂冠》第 19 期內文

專訪

訪單德興學長

較,我們很容易發現,許多單字已有不同的解釋。當初編輯英漢字典者,只是根據英文解釋,配合自己的想像,而給予中譯。例如 table 一字,其解釋為「一度空間,有脚,有一平面的物體」,編字典者根據這個解釋,將 table 翻為「桌子」。這種方法難免發生偏差。雖然具體事物翻錯的可能性,比抽象事物來得少,但也不能說沒有。比方說 buffalo 一字以往一直譯為「水牛」,但最近有人發現,buffalo 其實是一種異於水牛的大野牛。同時,由於美國不產橘子,Orange 一字的正確譯名應該由「橘子」改為「柳丁」。抽象事物的翻譯更有問題,例如 relativity 譯為「相對論」,並不能幫助我們了解它。因此甚至可能「望文生義」,誤解了原意。黃先生敎勵學生找出字典的錯誤,作為翻譯的一種訓練,並體會翻譯的經驗法。

談到音譯及意譯的問題,黃先生指出中文音譯只是過渡時期的現象,它最終是要走向意譯的。從前,我們將 Cement 譯為「水門汀」,telephone 譯為「德律風」,馮玉祥甚至稱 motel 為「茅頭」。這些字眼在中文裡實在不具任何意義,因此我們逐漸將它們正名為「水泥」、「電話」、「汽車旅館」等,除了使中國語言複雜以外,音譯不具任何作用。黃先生認為,近年來音譯逐漸走向意譯,是中國人對本國語言恢復自身心的現象,至少是使之更符合中文的「精神」。

總之,黃先生認為從事翻譯一定要對於語言有基本的認識,而這並不很簡單。他認為,一般所謂翻譯上的「問題」,完全肇因於譯者對語言理解不足,而非翻譯「技巧」的問題。最重要的是,必須視翻譯為經驗的科學,以分析的態度來探討它。

單德興學長是本系系友,目前就讀於台大外文研究所,而且有從事翻譯工作的實際經驗。我們訪問他的目的,在於請他以學長的身分,提供本系同學一些切身而實際的意見。

單學長認為他是受系裡的栽培,才走上翻譯之路的。大一時他看了思果的「翻譯研究」,產生了初步的興趣。大二參加本系舉辦的全校翻譯比賽,榮獲第一名,由此建立信心,加上平日留心涉獵一些討論翻譯的書籍,使其興趣得以持久不退。

富蘭克林當初自己練習寫作,曾將英國 Spectator 雜誌上的文章做成摘要或改寫成詩,等到將原文忘記後,再將這些摘要或詩重寫成散文,拿來與原文比較,藉以學習名家的優點。單學長提供同學一個較具實效的練習方法——多閱讀一些翻譯名家的中英對照作品。比照富蘭克林的方法,在閱讀名家的譯文之前,先自行試譯,再與名家散文加以比較;這樣的學習方法,自然比埋頭苦譯的效果要來得大。翻譯是層出不窮的藝術,多觀摩別人的理論與實際,可以建立自己的翻譯觀。

那麼,同學們欲從事翻譯工作應從何著手呢?還是老話一句,先打好中英文基礎。同時,單學長認為理論與實際最好能夠反覆配合。閱讀理論而不實際應用,徒有滿腹理論而已;如果在實際翻譯過程上遇到困難,不參考理論書籍,常會重蹈前人的覆轍。另外,單學長更建議同學不要光靠老師上課時的傳授,也要培養本身的興趣並且私底下努力不懈。

紀德曾說:「每一位優秀的作家在一生中至少

—20—

專訪

該為祖國翻譯一部優秀的文學名著」，藉著翻譯來豐富本國的文學傳統。艾略特認為每一代都應將從前的文學著作重新評估。其實，每一代又何嘗不該將以往翻譯過的文學作品重新翻譯？有鑑於此，單學長認為西語系的系友應該成立一個翻譯或出版中心，為國內讀者有系統地介紹外國作品。目前，對於外國作品往往只是盲目的輸入，缺乏批判。我們「學院派」的翻譯者應以本身的文學知識為基礎，「集中火力」把一些名家的主要作品介紹進來。在中譯英方面，應該積極譯述，加強文化輸出，讓世人了解我們三十年來的文學成就，以及數千年來的優良文化傳統，和大陸作文化戰。

今日的翻譯界偏重於中英互譯，其實其他語言文化也值得重視，否則我們只能藉助二手翻譯來了解其他語言作品。單學長認為既然國內設有許多不同的語言系組，外文系也開有第二外國語的課程，就應該從而培養各種語言的翻譯人才，直接翻譯各國作品。

有鑑於目前翻譯界仍是一盤散沙，單學長認為不妨成立一民間機構——翻譯協會——將翻譯人才組織起來。根據他初步的構想，此協會至少應有下列幾項作用：

一、成立審查委員會。凡譯書者宜事先登記，繳交論文，以避免搶譯、濫譯的現象，並達到又譯又評的效果。

二、重金敦聘學者專家翻譯有價值的冷門書。

三、向書商爭取較高的待遇。

四、翻譯執照的考核。

五、建立健全的譯評制度。

六、編印同義字典，以解譯者辭窮之困。

七、編印詳盡的翻譯書目。

八、編印討論翻譯的書目。

九、成立專刊，交換心得。

—21—

原文出處

(依發表順序排列)

1979 年 5 月　〈訪單德興學長〉，刊登於國立政治大學西洋語文學系系刊《桂冠》第 19 期（1979 年 5 月），頁 20-21。增訂版〈我的青春翻譯夢──回顧與反思〉（內附〈訪單德興學長〉）作為本書後記。

2017 年 1 月　〈柯南與克難──為臺灣翻譯史探查真相〉，收錄於賴慈芸著，《翻譯偵探事務所》（臺北：蔚藍文化，2017 年 1 月），頁 6-17。

　　　5 月　〈譯注經典的另類來生──《格理弗遊記》經典譯注版的再生緣〉，刊登於《人文與社會科學簡訊》第 18 卷第 3 期「創刊 20 週年紀念特刊」（2017 年 5 月），頁 44-49。

　　　9 月　〈呼喚文藝復興──高行健演講暨座談會紀錄〉，林延澤整理，陳佩甄、彭小妍校訂，刊登於《中國文哲研究通訊》第 27 卷第 3 期（2017 年 9 月），頁 112-116（全文頁碼 101-141）。

2018 年 4 月　〈陪我們長大的《格理弗遊記》真相竟然是？──專訪翻譯學家單德興〉，刊登於中央研究院科普媒體《研之有物》，2018 年 4 月 3 日，https://research.sinica.edu.tw/gullivers-travels-shan-te-hsing-translation-studies/；易名為〈兒時讀過的故事《格理弗遊記》居然不只是童話？〉，轉載於「故事：寫給所有人的歷史」網站，2018 年 5 月 10 日，https://storystudio.tw/article/gushi/gullivers-travels；改寫版〈陪我們長大的《格理弗遊記》，真相竟然是……〉，收錄於中央研究院研之有物編輯群（著），《研之有物：穿越古今！中研院的 25 堂人文公開課》（臺北：寶瓶文化，2018 年 7 月），頁 211-219。本書所收為改寫版。

6月	〈魂兮歸來——召喚黑人靈魂的先知杜博依斯〉，收錄於杜博依斯（W. E. B. Du Bois）著，何文敬譯注，《黑人的靈魂》（新北：聯經，2018年6月），頁7-14。
7月	〈古道新義——歷久彌新的《希臘之道》〉，收錄於漢彌爾頓（Edith Hamilton）著，林耀福譯，《希臘之道》（新北：聯經，2018年7月），頁5-9。
10月	〈無法遺忘的不平之鳴〉，收錄於張純如（Iris Chang）著，陳榮彬譯，《美國華人史》（新北：遠足文化，2018年10月），頁7-19。
2019年10月	〈以詩歌面對生死——序張綺容編譯《死亡賦格》〉，精簡版收錄於張綺容編譯賞析，《死亡賦格：西洋經典悼亡詩選》（臺北：漫遊者文化，2019年10月），頁7-16。本書所收為完整版。
2020年8月	〈余譯鉤沉與新生——寫在《老人與海》及《錄事巴托比》合訂本出版之前〉，刊登於《文訊》第418期（2020年8月），頁126-129；完整版收錄於梅爾維爾（Herman Melville）、海明威（Ernest Hemingway）著，余光中譯，《錄事巴托比／老人與海》（臺北：九歌，2020年8月），頁5-16。本書所收為完整版。
8月	〈譯事・譯緣——我與楊牧先生的翻譯因緣〉，收錄於須文蔚編，《告訴我，甚麼叫做記憶：想念楊牧》（臺北：時報文化，2020年8月），頁73-83。
11月	〈歷史為誰而寫？《戰火中國 1937-1952》：近代中國的內爆與崛起〉，精簡版刊登於《udn Global 轉角國際》，2020年11月9日，https://global.udn.com/global_vision/story/8664/4990482。完整版〈時代歷史與個人敘事——方德萬著《戰火中國 1937-1952》〉收錄於本書。

12 月　〈華美的先行者——黃秀玲教授中文論述出版的緣起與意義〉，收錄於黃秀玲（Sau-ling Cynthia Wong）著，單德興編，《華美：華美及離散華文文學論文集》，上冊（臺北：允晨文化，2020 年 12 月），頁 18-33。

12 月　〈「三者」合一的譯行譯念——單德興教授訪談錄〉，孫艷主訪，精簡版刊登於《翻譯史論叢》第 2 輯（2020 年 12 月），頁 174-195。完整版收錄於本書。

2021 年 1 月　〈瘟疫的文學再現與生命反思〉，精簡版刊登於「COVID-19 的人文社會省思」專題網站，2021 年 1 月，https://covid19.ascdc.tw/essay/204；完整版收錄於入康豹（Paul R. Katz）、陳熙遠編，《研下知疫：COVID-19 的人文社會省思》（臺北：中央研究院出版中心，2021 年 7 月），頁 17-36。完整版易名為〈研下知疫——瘟疫的文學再現與生命反思〉收錄於本書。

2 月　〈箭藝・禪心・達道——《箭藝與禪心》跋〉，收錄於海瑞格（Eugen Herrigel）著，魯宓譯，《箭藝與禪心》（臺北：心靈工坊，2021 年 2 月），頁 119-138；易名為〈《箭藝與禪心》跋（上）：三種心態、三個過程、四個階段，藉由箭術來了解禪宗與佛教〉、〈《箭藝與禪心》跋（下）：東方學藝與修禪注重師承，當西方弟子遇到東方老師時會如何？〉，轉載於《關鍵評論網》，2021 年 2 月 28 日，https://www.thenewslens.com/article/147568 以及 https://www.thenewslens.com/article/147570。

3 月　〈當訪談遇上指考——翻譯成為 109 學年度指定科目考試國文科考題之意義與省思〉，刊於《中華民國英美文學學會電子報》2021 年春季號（2021 年 3 月），頁 7-16（含附錄）。

9 月　〈譯異與傳思——《譯鄉聲影：文化、書寫、影像的跨界敘事》中的逾越與愉悅〉，收錄於王震宇編，《譯鄉聲影：文化、書寫、影像的跨界敘事》（臺北：五南，2021 年 9 月），頁 5-22。

10月	〈推薦序——千呼萬喚，誰與爭鋒?!〉，收錄於余光中著，余幼珊編，《翻譯乃大道，譯者獨憔悴：余光中翻譯論集》（臺北：九歌，2021年10月），頁7-10。
2022年3月	〈不容譯者獨憔悴——評李斯毅譯《慾望莊園》兼敘梁實秋翻譯大師獎〉，精簡版刊登於《Openbook閱讀誌》第三十四屆師大梁實秋文學大師獎專題，2022年3月11日，https://www.openbook.org.tw/article/p-65970。完整版〈不容譯者獨憔悴——李斯毅譯《慾望莊園》〉收錄於本書。
3月	〈思想的翻譯，行動的翻譯——第三十四屆師大梁實秋文學大師獎「翻譯大師獎」總評〉，發表於第三十四屆師大梁實秋文學大師獎頒獎典禮，國家圖書館三樓國際會議廳，2022年3月12日。未刊稿。
5月	〈內之內與外之外——探訪游朝凱的《內景唐人街》〉，精簡版收錄於游朝凱（Charles Yu）著，宋瑛堂譯，《內景唐人街》（臺北：新經典文化，2022年5月），頁279-284；完整版刊登於《Openbook閱讀誌》，2022年5月11日，https://www.openbook.org.tw/article/p-66275?fbclid=IwAR1x05_CYx0KLz0iKM8KIgDVYpSjFhVkKVil2fq5fLtgENrJhCHEE6EyB3Y。完整增訂版〈內之內與外之外——游朝凱著《內景唐人街》〉收錄於本書。
7月	〈邁向美麗新世界？——愛特伍《瘋狂亞當三部曲》導讀〉，收錄於愛特伍（Margaret Atwood）著，韋清琦、袁霞、呂玉嬋、何曼莊譯，《瘋狂亞當三部曲》（《劍羚與秧雞》、《洪水之年》、《瘋狂亞當》；附新版作者序）（臺北：漫遊者文化，2022年7月），頁15-20。
7月	〈追念李達三老師——個人與建制的回憶〉，刊登於《中華民國英美文學學會電子報》2022年夏季號（2022年7月），頁30-39。

10月	〈穿梭於幽明之間——略論愛特伍《與死者協商》〉，收錄於愛特伍著，嚴韻譯，《與死者協商：瑪格麗特・愛特伍談作家與寫作》（臺北：漫遊者文化，2022年10月），頁13-26。
2023年2月	〈一心一意傳香火——敬悼劉紹銘教授〉，刊登於《文訊》第448期（2023年2月），頁86-90；增訂版收錄於《劉紹銘教授追思集》編委會編，《劉紹銘教授追思集》（香港：嶺南大學中文系，2023年2月），頁152-156。二度增訂版收錄於本書。
5月	〈觀賞翻譯繩索上的舞技——評《鋼索上的譯者》〉，刊登於《Openbook閱讀誌》，2023年5月10日，https://www.openbook.org.tw/article/p-67551。
6月	〈一代中文大師的英文博雅讀本〉，精簡版收錄於余光中編著，《余光中的英文課》（北京：商務印書館，2023年6月），頁i-x；增訂版〈廣搜博納、獨樹一幟的英文博雅讀本〉，刊登於《中華讀書報》，2023年8月2日，第18版。完整增訂版收錄於本書。
6月	〈翻譯鋼索上的舞技——《鋼索上的譯者》中譯的挑戰與呈現〉，刊登於《中華民國比較文學學會電子報》第42期（2023年6月），頁19-28。增訂版收錄於本書。
6月	〈六譯並進的余光中——第六屆全球華文青年文學獎翻譯專題講座〉，收錄於何杏楓編，《春燕六重奏——第六屆全球華文青年文學獎作品集》（香港：天地圖書，2023年6月），頁351-366。
11月	〈未竟的訪談——紀念王文興老師〉，刊登於《文訊》第457期（2023年11月），頁108-111。增訂版收錄於本書。
11月	〈獨此一家，別無分號的「王式教學法」——紀念王文興老師〉，刊登於《中華民國比較文學學會電子報》第44期「王文興紀念專輯」（2023年11月），頁21-24。增訂版收錄於本書。

	12月	〈文研大業，薪火相傳——臺灣的英美文學研究之再現與傳揚〉，收錄於蔡振興編，《文學薪傳：臺灣的英美文學研究（2001-2022）》（臺北：書林，2023年12月），頁 i-xviii。
2024年3月		〈張揚經典，華采譯注——序張華《解讀愛麗絲》〉，收錄於卡洛爾著，張華譯注，《解讀愛麗絲》（臺北：漫遊者文化，2024年3月），頁 6-8。
	3月	〈王文興的文學世界〉，刊登於《中外文學》第53卷第1期「王文興紀念專號」（2024年3月），頁 93-100。
	3月	〈外文學門的故事與重生〉，刊登於《人文與社會科學簡訊》第25卷第2期（2024年3月），頁 49-55。
	5月	〈與文偕老，邦之媛也——追憶齊邦媛老師與《巨流河》背後的故事〉，精簡版刊登於《文訊》第463期（2024年5月），頁 95-100。完整版收錄於本書。
	8月	〈惜少作，見老成——序馮品佳教授《美國族裔女性成長小說》〉，收錄於馮品佳著，《美國族裔女性成長小說》（臺北：書林，2024年8月），頁 vii-xi。
	8月	〈不可思議的文學因緣——追念永遠的齊邦媛老師〉，刊登於《中華民國英美文學學會電子報》2024年夏季號（2024年8月），頁 40-44。
	9月	〈齊邦媛老師與比較文學的因緣〉，刊登於《中華民國比較文學學會電子報》第46期「齊邦媛紀念專輯」（2024年9月），頁 19-24。
	10月	〈亞／美環境人文與人文環境〉，收錄於陳淑卿編，《亞／美環境人文：農業・物種・全球環境變遷》（臺北：書林，2024年10月），頁 vii-xi。
	10月	〈推薦序——文豪與譯家畢生最後力作〉，精簡版刊收錄於托瑪斯・曼（Thomas Mann）著，彭淮棟譯注，《浮士德博士》（臺北：漫步文化，2024年10月），頁 7-9。完整版收錄於本書。

12 月　〈低眉信手續續彈——評宋瑛堂《譯者即叛徒？》〉，刊登於羅選民編，《亞太跨學科翻譯研究》第 15 輯（2024 年 12 月）。

即將出版　〈向余光中致敬——第七屆全球華文青年文學獎大學翻譯專題講坐〉，收錄於何杏楓編，《燕頌七重天——第七屆全球華人青年文學獎作品集》（香港：天地圖書）。